MEMORY HOUSE

记忆坊文化

芦湾

程国

青海

唯方大陆设定图

祸国

（全二册）

HUOGUO

来宜

十四阙·著

江苏凤凰文艺出版社

JIANGSU PHOENIX LITERATURE AND ART PUBLISHING

月涌江流，林深见鹿。

目录

CONTENTS

她梦见自己在水中，背着一艘船。

船紧紧地压着她，却因为有水的浮力而不那么沉重。

她似不吃力，却又憋着不敢呼吸。

有人划船，桨从上方拍下来，带落一丝光。

她想那人救她。

却又怕救了她，船会沉没。

水光潋滟，她悠悠荡荡，不知身在何处，亦不知心在何处……

"贵嫔！贵嫔！"

一个声音从上方依稀传来。

喊谁呢？

她想，终归不是喊她。

于是那声音又道："大小姐！大小姐！"

还不是喊她。

一只巨手突然出现在水上，"啪"地掀翻小船，惊得万物四分五裂，重重砸在她背上！

姬忽一个惊悚，睁开眼睛。

眼前的宫殿，号端则，建于湖心，东西两座六角飞亭，名"宜双亭"，两亭间联一座轩廊小院，院内种着一株老梅树，时值八月，只有叶子没有花。树下倒是有许多黄花郎，正值果期，微风过后，白伞簌簌然如雪花飘扬。

有一些飘到了她趴睡着的窗前。

她抬手接住几朵，心头有隐隐的浮动，想起了自己的乳名——扬扬。

而这时，她的婢女站在一旁。其中一个眼神悲伤，低声道："大小姐，公子……薨了……"

姬忽一怔。

看看身后，有一面巨大的白墙，墙上被人用墨酣畅淋漓地写了一幅字，名字叫《长央歌》。

此歌写于八月初二，那天，据说是百年一遇的黄道吉日。

一语成谶。

姬忽想——

她自由了。

她终于，自由了。

粹华年

第一卷

汗观天下，医人为生。

是谓，善。

姜沉鱼走进甲库时，天色已黑。

甲库内灯火通明，窗户大开，东风夹杂着雪花飘进窗内，落在炭盆上，瞬间消弭。

光影摇动间，坐着一位少年。

说是少年，不过总角年纪，白色皮裘包裹着巴掌大的小脸，瘦得只剩下一双眼睛。然而这双眼睛，又黑又沉，带着超出年纪的稳。

姜沉鱼走过去，环视四下道："怎么只有你？"

少年埋首于山般高的文书里，淡淡道："他们累了，回去歇了。"

"你也回去歇吧。"

"查到了一些东西，禀完就走。"

姜沉鱼自然而然地走过去，在他身畔坐下，与他共用一几。

反倒是少年，因她的靠近，低垂的眉心微微一蹙，不动声色地挪远了一些。

"查到她的下落了？"姜沉鱼随手拿起最上面的文书，翻看起来。

"暂时还没有。"

"那，可知何时失踪的？"

"你见到言睿那晚。"

姜沉鱼一怔，有些诧异："那么久了？"

那是半年前的事了。

九月廿一，公子逝后的七七之日，端则宫为他奏乐送魂。姜沉鱼当时听见了，心神恍惚地走到凤栖湖边，就看到了一艘船。

船上站着的人是天下第一智者言睿。为他操桨的是个身形瘦小的姑娘，彼时她以为只是普通宫女，后来从昭尹口中得到了验证——那姑娘，就是姬忽。

或者说是——假姬忽。

昭尹病倒的第二天，她决定去见姬忽。然而凤栖湖人去宫空，登记在册的宫女四人，全跟姬忽一起失了踪，无人知晓她们去了哪儿。

姬忽毕竟是贵嫔，姜沉鱼第一时间封锁消息，命薛采秘密追查此事。

如今，终于有了些许线索。

"也就是说，她失踪的原因是公子死，而不是昭尹病？"

公子死了，姬忽离开，跟昭尹病了，姬忽离开，是两回事。

少年点了点头。

姜沉鱼心中一沉，莫名有种不祥的预感。

"目前你查到了什么？"

少年放下手中的书册，注视着她，缓缓道："她的来历，她跟琅琊的约定，以及……她跟公子的约定。"

姜沉鱼咬了咬嘴唇，一字一字问："她是谁？"

★★★

"我叫姬善，善良的善。阿娘说了，做人最重要的是善良。"女童抬起头，望着珠帘后的琅琊，甜甜一笑，眼睛亮晶晶的，毫无胆怯之色。

琅琊想：还真是……跟忽儿长得很像。

乳母崔氏在一旁耳语道："夫人，我没说错吧？这孩子，眉眼五官跟大小姐只有七分相似，但精气神和说话的样子，一模一样。要知道形似容易神似难，我见她的第一眼，就想着要带来给您看看。"

琅琊却不喜这话，眼眸一沉。

崔氏忙又道："当然，她跟大小姐一个地一个天，天壤之别。少不得要好好调教，才能有大小姐三成的本事。"

琅琊这才面色微霁，问姬善道："认字吗？"

"认得。"

"都读过什么书？"

"《神农本草经》《黄帝内经》《素问》《伤寒杂病论》《金匮要略》……"

琅琊诧异道："都是医书？"

"是的。"

琅琊跟崔氏彼此对视了一眼。

"你读医书做什么？"

"阿娘自生了我后身体就一直不好，我想着也许能找到医治她的办法。"

崔氏附到琅琊耳边道："元氏生她时大出血，伤了元气，一直缠绵病榻。也因这，没能逃出汝丘城，现还在城内困着。我已答应这丫头，等大水退了，第一时间去找她娘。"

"汝丘的水退了吗？"

"退是退了，但据说伤亡惨重，地方官吏正在收拾残局。阿栋也已到了那边，找到人第一时间回报。"

"嗯。"琅琊起身，婢女们连忙拉开珠帘。

姬善看到琅琊，眼睛一下子睁大了，难掩惊艳之色。

琅琊缓步走到她面前，摸了摸她的头道："那这些天你便在这儿住着，不用拘束，就把这里当作自己家。"

姬善的嘴唇动了动，最终行了一礼："多谢大夫人，拜托一定要找到我的阿娘。"

★★★

"姬善，是姬家在汝丘的分支，祖父姬达，沉迷修真，儿子死后，便出家当了道士。他的儿媳元氏带着女儿阿善也住在连洞观内，就近侍奉。嘉平十八年，姬达病逝，那一支只剩母女二人。"

薛采将一本甲历推给姜沉鱼，姜沉鱼边翻看边道："姬家的分支竟会沦落至此……"

"嗯。姬达性子古怪，从不与本家亲近。"

"那姬善和她娘呢？"

"嘉平十九年，汝丘大水，姬善善泅，幸运逃脱，元氏留在观中，不知所终。"

"不知所终？"

"对，目前没有查到她的下落。不知她是死了，还是……"

还是被琅琊藏了起来，用作要挟和控制姬善的人质。姜沉鱼想到这里，叹了口气。公子、昭尹，还有姬忽，此生悲苦，大半都是拜琅琊所赐，如今又多了一个姬善。

"姬善就这样变成了姬忽？"

"当然不是。琅琊找了二十个替身，姬善最终证明了——她最像姬忽。"

姬善端坐在几案前，看着四周的女童，心中的困惑渐浓——

这是她进姬府的第三天。她被安置在客舍里，一个聋哑老妪负责照顾她的生活起居，除此外，再没见过旁人。

那两天她最常做的事情就是爬到树上，望着远处发呆。后来老妪过来咿咿呀呀地拦阻，怕她摔落，她无奈，只好下树，进屋发呆。

老妪见她安分，这才作罢。

到了今天，一大早崔氏便出现了，她兴奋起来，问道："找到阿娘了？"

"没这么快。夫人说，你这个年纪，又是达真人的孙女，总不好浪费光阴。从今日起，带你去学堂继续读书。"

崔氏领她坐进一顶没有窗户的轿子，走了半盏茶才到目的地。三间草庐依林而建，匾额上写着三个大字——"无尽思"。

姬善想，名字起得妙，就是字难看了点，笔力青稚，应是出于孩童之手。

草堂最大的一间屋子里，坐了好些女孩子，正襟危坐地埋头练字。

门口摆着一只半人高的花篮，插着各种花卉。崔氏对她道："挑枝喜欢的吧。姬府的学堂，为了没有本家分家之别，一视同仁。入学时，每人挑一朵花为号，进得此门，便以花名称呼彼此。"

原来如此，法子不错。现是初冬，难为她们弄来了这许多花。姬善想到这儿，抽出一枝黄花郎。

崔氏意味深长地看了她一眼，问："喜欢此花？"

"嗯。此花消炎抗毒，清热去火，捣碎成油，能治烧伤。"

"你果然喜爱医术啊……"崔氏将花别在她的衣襟上道，"不过此花风吹即散，无法持久。"就这么说话的工夫，上面的白伞状冠毛果然都掉了，只剩下光秃秃的褐色花心。也难为之前那个插花之人，将它插进篮中时，竟没有丝毫损毁。

姬善笑了笑："无妨，反正她们知道我叫黄花郎就行。"

"嗯，进去吧。"

姬善走进门内。

偌大的书房，共坐了十九人，全是十岁左右年纪的女童，不知为何，模样很是相像，如一个工匠手里捏出的泥人：淡眉小口鹅蛋脸，细微处虽有不同，大体却是一样的。

感觉就像是在照镜子。

若只有一两个像的，也就罢了，全都如此，就有点说不出的诡异。

崔氏将她领到唯一的空位上，上面已摆好了字帖，姬善一看，字迹与匾额上的"无尽思"一样。

匾额找孩子写没什么，想必那人身份尊贵。可照着孩童的字帖练字，就匪夷所思了。

她忍不住抬头看崔氏，问道："这是谁的字？"

前面簪着石竹花的女童顿时回头，满脸惊恐，好像她问了什么不该问的问题一样。而临近的其他人，虽没这么大反应，但从握笔的姿态看，也明显紧张了几分，各个竖着耳朵在听。

崔氏微微一笑道："有什么疑问先收着，总有告诉你的一天。先好好练字，谁能跟字帖写得最像，便有奖励。"

于是姬善又问："什么奖励？"

"衣裳首饰吃食……到时候拿过来任你挑。"

"若没有我想要的呢？"

崔氏有点笑不下去了，眼神中露出几分警告之意："总有你想要的吧？"

"想要什么都可以？"

"到时候再说。"崔氏转身匆匆离去。

书房内鸦雀无声，只有"沙沙"的写字声。

姬善用毛笔戳了戳簪石竹的女童，问道："要写到什么时候？"

石竹紧张地看了眼门窗，才回答道："到午饭时。"

"一上午都要坐在这里练这个破字？不学些别的？"

"还要学吟诗插花礼仪什么的……吟诗可难了，不但要背诗，还得念得好，声音低了高了都不行……"石竹正在解释，一旁别着牡丹花的女童咳嗽一声，冷瞥了她们一眼道："夫子说了练字的时候不许说话。"

石竹一听，忙扭身继续练字了。

姬善看向字帖，是陶渊明的《桃花源记》，写字之人必是极爱此文，运笔灵动，带着飞扬之态，跟门匾上的"无尽思"三字有着不一样的风貌，但对方有个习惯：竖笔端正，横笔跳脱，有着藏不住的小心思。

以字观人，应是个表面看着正经，其实一肚子花花肠子的人。

姬善看到这里，终于拿起了笔。

★★★

"姬善用了三天，便将姬忽的字迹学了个十成十。"

姜沉鱼把薛采搜罗来的两份旧字帖进行对比，确实一模一样。

"九岁。"她忍不住看了薛采一眼，同样的年纪，"比你如何？"

薛采面无表情道："臣写不出这么丑的字。"

姜沉鱼"扑哧"一笑。薛采的字，确实比姬忽写得好多了，至于姬善……"姬善原来的字是什么样子的？"

"不知。"薛采摇头道。

也是，就算有，也被琅琊销毁了。姜沉鱼拿起另一份字帖——这是姬忽赖以成名的《国色天香赋》，彼时她已十四岁，运笔比孩童时成长了许多，但风格依旧一样：竖极正，横斜飞。

对十四岁的少女来说，字写成这样已算优秀。可若这字是伪出来的呢？那么写字之人的实力，就有点可怕了……

"她的身形、长相在那群人里不是最像姬忽的，但字迹、声音，以及行事作风，都一模一样。"

"行事作风？"

"嗯，比如说插花……"

★★★

"你们学习花艺已一个月了，今日堂考，主题'如意'，一炷香后，我来验收。"女夫子说完便出去了，女童们纷纷插起花来。

姬善盯着花篮发呆。

石竹插到一半，回头一看姬善还没开始，便推了她一把道："想什么呢，快插呀！"

"管好你自己，人家的事情少管。"一旁的牡丹不屑道。

姬善笑了笑，没说什么，索性趴下睡了。

一炷香后，女夫子回来，开始点评大家的作品，走到牡丹面前时，微微惊讶。

只见牡丹选了一个木头浅盘，以灵芝和铁线莲凹成如意搔杖的形状，横呈于盘上，枝干上顶了七只桃子，并精心缀了一根盘长结。

"桃果长寿，如意吉祥，灵芝驱邪，盘长结则是恭祝幸福长远！"

女夫子满意地点了点头道："很好。插花好比绘画，如何在一张白纸上落笔勾线，铺呈意境，抒展抱负，都是学问。而插花比画画更难，一幅画画完就完了，是否悬挂，挂在何处，画者无须多虑。插花，却要考虑花瓶放在何地，献于何人，与周遭景物是否相衬。大家都要向牡丹学习。"

女童们齐声应是。

女夫子走到了姬善面前，见她睡着了，皱眉不悦。

石竹连忙回身推她，姬善迷迷糊糊地睁开眼睛道："嗯？"

"你的如意呢？"

"如意？"姬善晃了几下头，才慢悠悠地清醒过来，"哦，如意。如意如意，如我心意。我的心意就是——什么都不插。"

书房里顿时哄堂大笑。

"胡闹！"女夫子斥责道，"偷懒耍滑，成何体统？我教你们插花，并不是要将你们困在这一方之地，想着法地折腾你们，而是通过此艺磨炼你们的性子，培养你们的情趣，让你们能够领略生活中的美好……"

姬善打了个大大的哈欠，女夫子的脸一下子气白了，道："黄花郎！汝敢如此轻慢我？"

姬善叹了口气道："夫子，您看看她们……"她踢了前方的石竹一脚，石竹一下子惊跳起来。

"这丫头，来这儿前是家里的老大，下面三个妹妹一个弟弟，两岁起就帮忙干活，五岁放牛割草，做饭挑水，您看她手上的疮，一个多月了也没见好。什么时候离开这里，回去了还得干活。你让她吟诗插花？不如教她做做女红针线，还能补贴家用。"

女夫子一怔，石竹定定地看着姬善，整个人都在颤抖。

"再看她……"姬善指了指牡丹，牡丹立刻戒备地直起身子，"她是商户家的庶女，整日一门心思想出人头地，你教她这些，让她长了见识，再回去有了落差，不是祸害别人就是祸害自己……"

牡丹跳了起来，大怒道："你胡说！你污蔑！你你……"

"你父不是商户？你不是庶女？"

牡丹一噎。

"你娘还是个弹琵琶的青楼女子，老大嫁做商人妾，对不对？"

牡丹的身子也跟着抖了起来。

"你不该学这些中看不中用的，学学算账管家，将来好帮你爹。"

"你！你！"牡丹突然掩面大哭，转身跑了。

其他人一片哗然，用看怪物的眼神看着姬善。女夫子瞪着姬善，姬善则朝她展齿一笑，笑得很是天真无邪。

★★★

"姬善真的这么说？"晚间，琅琊坐在梳妆镜前，崔氏一边为她梳妆一边汇报无尽思里发生的事情。

"是。她们每日只有书房中共处，也不许彼此交谈自己的家事，可她就是看出了每个人的身份来历。那丫头啊，不但嘴巴毒，眼睛也毒。"

琅琊沉吟片刻，忽而一笑："倒真是挺像忽儿。"

"是啊，神似嘛。"

"这样，明日，你让夫子再考她们一次花艺。然后……"琅琊抚摩着手中的胭脂，眼神中却尽是哀愁，"我觉得，差不多可以选出结果了。"

★★★

"今日的插花是最后一课。"

此言一出，众人皆惊。有欢喜的，比如不擅此艺的石竹；有紧张的，比如擅长此艺的牡丹；也有继续昏昏欲睡压根不把这一切放心上的，比如姬善。

女夫子环视一圈，将目光落到姬善身上，道："今日没有主题，你们自由发挥。插完后，将花统一送去给侯爷夫人，由夫人选出你们中的最优者。"

姬善一听，腾地坐直了。她已在此住了一个多月，再没见过琅琊和崔氏，跟夫子打听，也只说不知。若今天能见到琅琊……

一旁的牡丹见她突然认真起来，当即加快了手里的动作。

然而她快，姬善更快。

只见她拿起一株，"咔嚓"一剪，再随手一插，几乎没有停顿，不一会儿，花瓶就满了。

牡丹轻哼一声道："有的人啊，把插花当堆放，一个月的学可真是白上了。"

姬善淡淡道："管好你自己，人家的事情少管。"

牡丹面色一白，气得说不出话了。

女夫子看到姬善面前那瓶插得满满当当色彩斑斓的花，也是暗暗摇头。

如此一炷香后，所有女童都插好了，女夫子让众人继续练字，自己则亲手将花一一捧走。

姬善看到这一幕，突有所悟，再看字帖里的字迹，陷入沉思。

石竹扭头，惊讶道："黄花郎，你居然没睡觉？"

"嗯？"

"你的字已经练得那么像了……能不能教教我？有什么诀窍吗？"

姬善动动手指，石竹便如小狗般凑了过来。

"放弃吧。"

"哎？"

"好好当你的农家女，别自寻死路。"

石竹一僵，咬着嘴唇低声道："我本也不敢奢望能够读书认字。可突然有了这么珍贵的一个机会，我也想好好学，也许、也许就能……"

姬善打断她："你觉得为何你会有这种机会？"

石竹一怔。

"你毫无天赋，脑子也不聪明，凭什么从你们那犄角旮旯儿里把你挑到这里来学习？"

石竹答不上来，她的眼眶红了。

牡丹将笔一停，拍案道："够了！黄花郎，我忍你好久，真是听不下去了！你以为你是谁？入了学堂，大家就都是一样的，你凭什么狗眼看人低，说这个没出息，那个没前途的？农家女怎么了？怎么就不能读书认字了？"

其他女童也都纷纷停笔，义愤填膺地瞪着姬善。

姬善扫视了一圈，悠悠道："因为你们都是蠢货啊。"

"你！"牡丹气得当即就要上前打她，姬善头一低，扭身逃了出去。

"有种别跑！姐妹们，一起上……"

姬善冲出书房，沿着来时的路跑。这一个多月来，虽然每天都是坐着没有窗户的轿子来回，但她心中已默默记下了方位时长和沿途声响，现在正好可以实践一下脑海中的某个想法。

然而，刚跑出竹林，就被人抓住了。

那两人也不知是从哪儿冒出来的，突然出现，一人扣住她的一条胳膊，将她压在了地上。

"住手！"崔氏的声音远远传来。

两人立刻松手。姬善抬头，还没看到他们的脸，他们就"嗖"地消失了。若不是胳膊上的疼痛仍在，真怀疑是自己眼花了。

而这时，牡丹她们的呼喊声和脚步声也从林中传来。

崔氏皱了皱眉，望着远远追来的女童们沉下脸道："谁允许你们离开书房的？"

牡丹等人连忙停步，解释道："是黄花郎她欺人太甚……"

崔氏打断她："都回去，我有事宣布。"

女童们乖乖地低头回去了。崔氏瞥了依旧躺在地上的姬善一眼道："还不走？"

姬善爬起来，揉着自己的胳膊道："她们烦死了，我不要跟她们一起上学了！"

"快走吧。"崔氏虽在催促，却牵住了她的手。姬善垂眸看着那只手，心中越发确认了一件事。

果然，待所有人回到书房坐好后，崔氏开口道："女夫子家中突然有事，请辞了。咱们的学堂，到此结束。"

　　一语如石，惊起千层浪。

　　"结束？什么意思？学堂没、没了？"

　　"夫子有什么事？不、不能请别人吗？"

　　"那、那我们不上学了？"

　　崔氏答道："你们准备准备，自有人送你们归家。"

　　牡丹面色如土地尖叫起来："不！我不要回家！求求您，让我留下！干什么都行，我不要回家！"

　　石竹更是身体颤抖。其他人有的哭哭啼啼，有的浑浑噩噩，有人暗自开心。姬善以手托腮，饶有兴趣地看着，全场只有她一人云淡风轻。

　　"管家，求求您！"牡丹冲到崔氏面前跪下。

　　崔氏道："求我有什么用呢？这是夫人的决定，不会更改。你们回去收拾行囊吧。"

　　"我不走！我不走……"牡丹抱住崔氏的腿大哭。

　　崔氏一脚将她踹开，动怒道："滚！养了你们这么多天，真把这儿当自个儿家了？也不看看自己是什么玩意儿！"

　　牡丹羞愧地捂住自己的脸。

　　崔氏额外看了姬善一眼，这才离去。

　　石竹上前将牡丹扶起，安慰道："牡丹别哭了。往好了想，我们能见阿娘啦。"

　　"你的阿娘是阿娘，我的阿娘……是个贱人！"

　　"'子之于母，譬如寄物缶中，出则离矣'。"姬善淡淡道。

　　牡丹抬起一双通红的眼睛，瞪着她道："你得意了？高兴了？我们都要回去了！"

　　"高兴。"

　　"你！"

　　"你们本就不该来这里。趁着现在能回，赶紧回吧。"姬善说罢起身摇摇晃晃地走了。身后传来牡丹斥骂捶地的声音，她的目光闪了闪，抬头看天，天高云阔，几只大雁飞过，秋天来了。

★★★

　　是夜，崔氏走进姬善的房间，发现她在看医书，根本没有收拾行囊。

"你怎么不收拾？"

"我又不走，无须收拾。"

"谁说你不走的？"

"您说送大家归家。可我没有家了，而且夫人答应过找我阿娘。夫人是大人，不会食言。"

崔氏不由得笑了："你很聪明。"

"我还能更聪明一点。"

"哦？"

"我本以为侯爷府救我，是因为我的血脉。"

"难道不是？"崔氏索性坐下，为自己倒茶。

姬善摇头："你们只是看中了我的脸。"

崔氏倒茶的手就那么僵住了。

"你们办学堂，也不是为了栽培我们，而是在筛选。"

"哦？"

"你们在为写字帖的那个姑娘，找替身。"

崔氏的杯子掉到了地上，发出清脆的一记炸裂声。

"你们解散学堂，是因为已经选出了替身人选。"姬善说到这里，从书里抬起头，冲崔氏灿烂一笑——笑得跟初见时一样甜，"就是我。"

崔氏定定地看着她，半晌才哑声道："你确实很聪明，但是……"

"要韬光养晦嘛，我懂。"

"既懂，还来卖弄？"

姬善沉默了一会儿，放下书，一张小脸绷得紧紧的，显得异常严肃地道："因为我知道，若我不卖弄，不快点让你们选中我，时间拖久了，那些花儿就没法回家了。"

"你！"

"阿娘给我讲过，秦皇的陵墓葬了八十万工匠——很多秘密，是要用人命封印的。"

崔氏盯着她，久久无言。

★★★

姬善被再次带到琅琊面前时，已是深夜。

琅琊坐在几前，几上放着一瓶花，正是日间姬善所插的那一瓶。

崔氏躬身道："夫人，阿善来了。"

琅琊招手，让姬善过去坐在她身旁，打量了她好一会儿，才道："去备些消夜来，咱俩吃点。"

"不用了。"姬善道，"阿娘说过，过午不食。"

琅琊笑得越发亲切道："令堂还教过你什么？"

"很多。最重要的一条是——做人，一定要善良，所以为我取名善。"

琅琊的笑容顿时淡去，沉默片刻后，拨弄着瓶子里的花转移了话题："你为何不按夫子教的插花要错落有致，讲究风韵？"

"这便是夫子教的。夫子说——插花要考虑花瓶放在何地，献于何人，是否合宜。既是要献给夫人，自当按照夫人想要的插。"

"哦？我想要什么？"

"我记得入学第一天，书房门口摆着一篮花，管家让我选一株花为号。那篮花便是这么插的——姹紫嫣红，满满当当，看似无章，但细看的话，会发现无论斜枝如何凌乱，主干都是笔直的。"姬忽说到这里，笑了笑，"就像那个人的字一样，竖笔直，横飞扬。"

琅琊微微眯起眼睛道："那个人是谁？"

"我不知道。"

"令堂不曾告诉你主家的事？"

"阿娘从不提及姬氏。"

琅琊叹道："你母元氏十分要强，自达真人逝后便与我们断了联系。我虽不曾见过，但看你便知，不是妙人，教不出你这样的女儿。"

琅琊示意崔氏将花搬走，崔氏离开后，将房门轻轻合上，如此一来，偌大的房间里便只剩下了她们二人。

"我有一个女儿……"

"我知道。姬忽，大小姐。"

"字帖是她的。"

姬善一惊，眼睛慢慢地睁大了，道："大小姐，找替身？"

"她要去一个地方，很远，回不来。"琅琊说这话时脸上有浅浅的哀色，"我们不能让别人知道这件事。"

"为何不对外说病逝了？"

"你如此聪慧，我便直说——姬家大小姐是一个很重要的位置，也是很有用的一个筹码。我得留着，以备将来不时之需。"

"你希望我假扮她，留在这里？"

"不是假扮，而是——成为她。姬家大小姐所拥有的一切，只要你点头，就都是你的了。"烛火下，琅琊的眼瞳是那么明亮，闪烁着人世间最极致的美好和诱惑。

象箸玉杯、仆婢成云的贵胄生活。

玉叶金柯、众星捧月的尊崇地位。

青云万里、一帆风顺的远大前程……

全在前方等着她，只要她点头。

姬善咬了咬下唇，抬眼，注视着琅琊——甚至还能有这样一位美丽优雅、位高权重的母亲。

她沉思了很久。琅琊很耐心地等待着。

终于，姬善的睫毛颤了颤，开口了："那么……我的阿娘呢？"

★★★

"无人知晓琅琊是怎么回答的。总之几天后，琅琊将姬善送到骆空山千问庵，对外宣称姬忽得了天花，去找无眉神尼医治，无眉喜爱她，收她做了弟子。两年后再回家时，面容已长，无人起疑。从此，她正式取代了姬忽。此后我们所听闻的所有姬忽的相关事宜，都是她做出来的。"

姜沉鱼听到这里，再次拿起《国色天香赋》道："她的文采如此了得？"

"这倒没有，诗稿皆是言睿捉的刀。"

姜沉鱼不由得轻笑了一下，揶揄道："衰翁这一生，还挺忙的。"

"言睿对我说过——姬忽和姬善，一个号称无心，但心志坚毅；一个号称善良，但其实……并无善念。"

姜沉鱼不解道："为何这么说？她虽打击挑剔那些女童，口出恶言，目的却是希望她们尽快淘汰，好活着离开姬家，不是吗？"

"但离开姬家回到各自家中的女童们，都过得很惨，无一例外。"薛采将厚厚一本资料递给姜沉鱼道。

姜沉鱼翻看了几页，拧眉沉思道："姬善不过九岁孩童，卷入局中自顾不暇，哪有余力救助他人？不能以此就判定她不够善良吧？"

薛采的眼中似有笑意，静静地凝视着她，并不说话。

姜沉鱼见他这副模样，若有所悟，当即继续翻看资料，在其中一页上，找到了一个标注，标注的笔迹十分熟悉。

"姬忽……不，这是姬善的字！她看过这份资料？这不是你查到的？"

"这是她这些年派人探查后记录成册的。"

"她查那些女童做什么？"

"不知道。唯一确定的一点是：她有关注那些女童此后的人生，却没有对之做出任何干涉。比如,其中一个女童嫁人后活活被丈夫打死,她派去的暗卫就在一旁看着,没有阻止。"

书册上唯一的一个标注,就是针对此事的。

"石竹婚后三年生三女,受夫家苛责,腊月初八,夫醉酒归家,伊捧粥解酒,夫嫌粥烫,虐打之。一炷香后气绝,草席裹尸,匆匆葬于荒郊。不月,夫另娶。"

姬善标注道:"蝼蚁。"

姜沉鱼想,这可真是高高在上、充满了轻蔑和傲慢的两个字啊……

"姬善喜爱医术,琅琊出于某种考虑没有阻止,无眉神尼真的教导了她两年医术。此后十一岁到十七岁那几年里,她经常携婢女和暗卫出门,见到病人偶尔会施以援手。"

"可外界未曾听闻姬忽善医。"

"三个原因:一,她只救感兴趣的病人,出手的次数并不多;二,她行医时用的是'善娘'的称号;三,她的水平忽高忽低,常医死人……"薛采说到这里迟疑地看了她一眼,才道,"她跟卫玉衡,便是那么认识的。"

姜沉鱼的心"咯噔"了一下。

卫玉衡,一个午夜梦回时恨不能食其肉挫其骨却又出于种种原因无法对他轻举妄动的人。

★★★

"大小姐,前面有个人哎!"婢女对着车窗外看了好一会儿了,转头兴奋道,"如此暴雨夜,独自一人走在山路上,是不是鬼呀?"

"你追上去看看就知道了。"姬善懒洋洋地靠在榻上,琢磨着手里的医书,回答得漫不经心。

婢女又观察了一阵子,道:"大小姐,他好像受伤了,脚一瘸一拐的。"

姬善的眼睛顿时一亮,放下医书道:"我看看!"

帘子一掀开,风雨扑面而至,冻得她立刻打了几个喷嚏。暴雨如泼,山路崎岖,原本是看不见什么的,但那人手里的红伞过于醒目,就成了风景。

姬善吩咐车夫:"加速。"

马车"嗒嗒嗒",踩碎一地湿泥。

距离逐渐拉近,那人的模样便越发清晰了起来——一个高高瘦瘦的少年,穿着紫衣,撑着红伞,右膝盖似受了伤,无法弯曲,走得一瘸一拐。

姬善出声喊他:"前面的小郎君……"

少年没有停步，更没有回头，继续往前走。

姬善提高声音道："叫你呢，玉树临风的小郎君。"

少年走得更快了。

姬善笑唤道："如此雨夜，相逢有缘，我有……"

她的声音戛然而止。

马车追上少年，车灯晃动间映亮了对方的脸，不过十四五岁年纪，剑眉星目，唇若涂脂。

"打搅了。"姬善"唰"地放下车帘，坐回榻上。

婢女奇道："大小姐？你不是要给他治病吗？"

姬善捂着胸口道："治不了呀。"

"为什么？"

"他太好看了，我光顾着看他，没心思看他的腿呀。"

婢女无语。

然而这番话，一字不落地传到了紫衣少年的耳中，他终于停了下来，皱眉看向马车问："你们是大夫？"

"不是不是。只是我家大小姐恰好会看病。"

少年目光闪动，忽立定，抱拳行了一个大礼道："那么能否请小姐为我……"

"不行不行，大小姐说没法给你看病！"

少年停了一下，继续说了下去："为我的朋友看一下？"

"你的朋友也病了？"

"是。就在距此不远的庙里，我正准备进城找大夫。"

"你自己的腿都这样了，还为朋友找大夫……"婢女顿生敬意，扭头对姬善道，"大小姐，帮帮他吧！"

姬善低声说了句什么，婢女忍住笑，探头问少年道："你朋友跟你一样好看吗？"

少年僵了僵，才道："很好看，但……是女的。"

姬善又低声说了几句，婢女出来摇头道："哦，我家大小姐说她最见不得美貌男子心有所属，更见不得有情人终成眷属。所以，不能帮忙治你的心上人。"

少年气得额头青筋跳了几跳，咬牙道："她不是我的心上人！"

"真的？"

"真的！只是普通朋友！"

"庙怎么走？"马车里，姬善淡淡道。

庙离得很近，就在半里外，看起来东倒西歪，破落不堪，已荒芜了许久。

少年将马车引到此地，便先一步冲进去了："欣欣，我回来了！"

婢女在车中早早准备好了包袱，见状道："大小姐，咱们快走吧。"

姬善懒懒道："急什么呀。等着，让他来求咱们。"

这时屋里传出少年的惊呼声："欣欣！欣欣你怎么了？你们快来看看……"

婢女立刻就往车下跳，姬善本伸手要拦的，没来得及，眼看婢女也冲进了庙内，她叹了口气，只好跟着下车。

车夫是个沉默寡言的老翁，忽开口道："这里是糊涂林。"

"我知道。"姬善"唰"地撑开伞，闲庭信步地走了进去。

庙内生着一堆火，火旁铺着稻草，一个十四五岁的少女躺在上面。少年六神无主地抱着少女，扭头向姬善求助道："求求你救救她！"

婢女手脚麻利地把包袱打开，取出银针垫子和纸笔道："别急别急，我家大小姐医术很好的！你朋友肯定没事！"

姬善撑着伞，却远远地在门口处立定了，道："好脏的地方，不想进去了怎么办？"

"大小姐？！"婢女震惊地回头看着她。

姬善吸了吸鼻子道："而且你有没有闻到？好臭。"

"大小姐！"婢女有点急了。

"好啦好啦，我来啦。又不是你朋友病了，你这急公好义的脾气，什么时候能改改？"姬善把门合上，把伞收起靠在门旁，这才慢吞吞地走进来。

少年怒视着她，却又有求于她，只好强忍怒意道："还请小姐为她看病。"

姬善扫了他怀里的少女一眼，少女容貌秀丽，披散着一头乱发，看上去非常虚弱。姬善道："啧啧，真是我见犹怜。"

她走过去，跪坐在婢女铺好的垫子上，抽出一根银针，在火上淬了淬，刚要往少女脸上扎，原本双目紧闭气息荏弱的少女突然睁开眼睛，一把扣住她的胳膊，紧跟着，从稻草里抽出一根草绳，三两下就把姬善绑了起来。

婢女惊呆了，刚要喊，少年也用一根草绳把她绑了起来，同时塞了一团烂布在她口中。

"外面还有个车夫！"少年说着便出去了，过不多时，拿着马鞭回来，往地上一扔，"成了。"

"呜呜呜呜！"婢女拼命挣扎，想要说话。

少年想了想，拔掉她口中的布团。

婢女急声道：“你这是做什么？你疯了吗？”

一旁虽也被绑了但嘴巴没塞布团的姬善叹了口气道：“走走啊，你难道还没看出来？咱们中了美男计啊。”

“什么？”

“他们两个，雌雄大盗。守在此地，专门诱捕路人。遇到男的，就女的上；遇到女的，就他上。”

走走非常震惊。她自跟随大小姐游历以来，还是第一次遇到这种事！

少女嫣然一笑道：“挺聪明嘛，猜得不错，只一点——我们不是雌雄大盗，我们是兄妹。”

少年注视着姬善，忽开口道：“我叫卫玉衡，她叫卫小欣。”

卫小欣一惊：“哥！为啥要告诉他们我们的名字？他们回头报复怎么办……”

“告诉名字，是因为……”

姬善接话道：“因为要灭口呀。”

走走颤抖起来道：“什么？！他、他要杀我们？我、我们好心来救你……”

“你们的马车非富即贵，放你们回去，我们会倒大霉。所以……”卫玉衡说着，走到姬善面前，从袖子里拔出了一把匕首，匕首的锋刃，映亮了姬善的脸。

姬善脸上却没有惊恐，只有感慨和惋惜，她道：“卿本佳人，奈何做贼。”

卫玉衡的耳朵红了起来，突然有些生气，粗声道：“不要啰唆！我手很快，一下子就好！”

走走大急道：“不许碰她！大胆，你可知她是……”

姬善突道：“我就一个问题！”

卫玉衡不同意地说：“有什么问题去问阎王吧！”

卫小欣却拉住了他的胳膊道：“哥，你就让她问吧！我听人说做了糊涂鬼，到地狱里很可怜，会受各种欺负……”

姬善眼里绽出些许笑意道：“你不应该叫‘小心’，应该叫好心。”

卫小欣一怔，脸上不忍之色顿起。

卫玉衡握刀的手紧了紧，恶狠狠道：“行，你问！”

“你们闻不到？”姬善再次吸动鼻子道，“多臭呀。”

“你！”卫玉衡大怒，一张脸由红变白，又从白变红，“你嫌我臭……”他情不自禁地低头闻了闻自己的袖子，但就在这时，他发现自己的袖子放不下去了，不仅如此，握刀的手也软绵绵的，再也使不上力气。

卫小欣反应得快一点，第一时间捂鼻道：“不好！”扭身就要往外冲，但冲到一半，脚步也越来越慢、越来越重，最后"啪"地栽在地上。

走走迷惑道："他们怎么了？"

姬善的手不知怎的一动，就从草绳里挣脱了出来，起身走到门口，将搁在那儿的雨伞拿起来抖了抖，抖干上面剩余的水珠。

走走醒悟过来道："大小姐，伞上有东西？"

"抹了点迷药，第一次用，效果还行。"

"我怎么没事？"

"你也动不了，不信试试。"

走走试着挣扎，果然身体不听使唤，但意识是清醒的，也能说话："大小姐好厉害！"

"所以说……"姬善回到卫玉衡面前，用伞尖戳了戳他的头道，"别跟大夫作对。怎么死的都不知道。"

伞尖划过卫玉衡美玉般的俊脸，只见他神色复杂地瞪着姬善，说不清是愤怒多一点还是惊恐多一点，好像还有一点说不清道不明的自卑。

走走在一旁"啐"了一声道："狼心狗肺，恩将仇报！这种人，死一百遍都不足惜！"

卫小欣不解道："你是如何发现的？我们的破绽在哪里？"

"那可就……太多了。"姬善用伞尖敲了敲卫玉衡的腿道，"首先，这腿伤是装的，别人看不出来，我可是大夫。一个没伤却装伤的人，走在路上，为了什么？自然是为了引人注意。你想让我停车。"

卫玉衡的目光闪了闪。

姬善的伞尖上移，又戳了戳他的脸道："其次，你的这张脸啊，太干净好看了，如此雨夜行色匆匆，若真是为朋友的病去找大夫，怎会有时间刮脸画眉敷粉？这架势，倒像是特地来迎客的小倌。"

卫玉衡面色顿变，气得就要跳起来揍她，奈何浑身乏力爬不起来，只能躺在地上抖。

"我一看就知道是陷阱，不想管。奈何我的婢女太善良，非要救人。果然，此人听说我不肯救他，就改口说朋友生病了，诱我来此。我心想，反正闲着也是闲着，看场戏也好，就跟来了。"

卫小欣咬着嘴唇道："那我呢？我可有破绽？"

"呵呵，那就更多了。你哥是不是一进来就告诉你，让你装病？但时间紧迫，你只来得及拆散头发，往脸上抹了把灰。下次记得把嘴唇和耳朵也涂一涂，大夫看病，首先看的就是耳鼻口。其次，墙根那儿明明有那么多稻草，却只在你身下铺了这几把，让生病的朋友睡这么差的地儿，这样的人会在暴雨夜替你寻医？最后，也就是最重要的一点，作为朋友，你们太亲密了，作为情侣，又不够亲密……"姬善说到这里，笑吟吟地对卫玉衡道，"你直言是妹妹病了多好，非扯什么朋友。"

卫玉衡的表情阴晴不定，却没再反驳。

卫小欣道："好。技不如人，我们认栽。要杀要剐，悉听尊便。"

姬善扭头问走走："你觉得怎么处置他们比较好？"

"他们谋财害命，罪大恶极，应该送官！"

卫小欣冷笑了一声。

走走道："你笑什么？"

"没什么。"

姬善拍手道："那还等什么，元伯……"

伴随着这声叫声，庙门开了，那位沉默寡言的车夫走了进来。

卫玉衡大吃一惊道："你！你没死？"

"你想杀他？早了十年。"

车夫元伯纠正道："五十年。"

姬善笑道："好好好，五十年。"

卫玉衡看看元伯又看看姬善，幽幽道："你们到底是谁？"

姬善朝走走弹了个响指，走走会意，立刻大声道："听好了！我家小姐乃是谢庭兰玉、汝南姬氏三十九代嫡女，涵今茹古的图璧第一才女，康衢烟月的逍遥散人，雅称不凡客是也！"

"咳咳……"姬善纠正道，"是布帆客。布衣之布，帆船之帆。"

"你是姬忽！"

"你就是姬忽？！"

卫玉衡和卫小欣同时惊呼出声。

姬善非常满意这样的效果，点了点头道："恭喜你们，没能杀得了我，没有酿成惊世大错。"

★★★

"姬善虽擒住了卫家兄妹，但并没有把他们送官。卫家兄妹出身不凡，父亲曾任金城太守，蒙受冤屈被革职，兄妹跟着一起流放。途中父亲病死，兄妹俩趁衙役不注意逃了，从此落草为寇。姬善给他们机会重新做人，便送卫玉衡去学武，卫小欣则留在了她身边，改名看看。"

姜沉鱼感慨道："原来卫玉衡还有妹妹……"

"嗯，两年后，卫玉衡艺成下山，第一时间去找她们，正好遇到姬善出事。"

★★★

紫衣少年站在槐树下，撑着红伞，迎风等待着。

他的脸上虽没什么表情，心却跳得很快。

"诸位，好久不见……"

"在下的腿不幸受伤，听闻姑娘医术通神，可否一施援手？"

"不行，还是……咳咳，大小姐，我回来了……"

山路的那头，依稀传来车马声。

卫玉衡连忙收腹挺胸，站得更笔直了些，随即就察觉到有些不对劲——车马声后，竟还有一连串的脚步声和喧嚣声。他皱了下眉，朝山路尽头看去。

没多会儿，一辆熟悉的马车出现在视线中，赶车之人正是卫小欣。

卫玉衡眼睛一亮："小欣……"

"哥！快跑！"卫小欣挥着缰绳，加快速度。

马车后方，是一队穿着喜服的村民，二三十人，正着急地冲他们喊："站住……站住……"

"什么情况？"卫玉衡一边惊讶一边飞身跳上车辕。

"小姐说他们的酒好喝，我们拿了两坛，但押了一串铜钱在桌上。谁知他们不干，追上来了……"

卫玉衡无语。

"啊呀你下去！你太重，马跑得更慢了！"卫小欣一把将卫玉衡推了下去。

卫玉衡连忙一个千斤坠稳住身形，偏偏这个时候车帘开了，姬善正好抬眸往外看——看到了他踉跄落地的样子。

卫玉衡的脸腾地红了，说不出的羞恼不知如何发作，眼见后面的村民们追近了，当即以伞做剑拦在路中间，叱喝道："站住！"

为首之人是个五十出头的壮汉，手里还拎着把弓，瞪眼道："你谁？"

卫玉衡微仰着下巴，矜持道："两坛酒而已，一串铜钱不够，再补你们一串好了。"

"谁要酒了！她们偷了我儿媳妇！"

卫玉衡一惊，忙回头看向马车。车内的姬善也听到了这句话，表情一怔。

壮汉跺脚道："快把二丫还给我！"喊话间，村民们越过卫玉衡继续追。

卫玉衡也只好转身追车，边追边问："你们偷了二丫？"

"没有！"姬善否认。

壮汉道："就在你车上！停车！停车！"

卫玉衡拦住他道："大小姐说没有，就没有。"

"滚开！"壮汉推了他一把，没推动，便吹了记口哨。前方追车的村民们听到哨声，纷纷从怀里掏出酒坛，朝车厢砸了过去。

"砰砰砰砰砰"，写着"喜"字的酒坛立碎，里面的酒全泼在了车壁上。

壮汉从背后抽出一根箭，瞄准车厢射了出去。箭在半空腾地炸开，燃起火球——竟是一支火箭！

卫玉衡连忙飞过去挥伞将箭劈断："放肆！你们竟敢纵火？"

"留下二丫，否则就留下你们的命！"说话间，除了壮汉，其他人也纷纷掏出火折子扔向马车。

卫玉衡虽然会武功，但毕竟只有一人，拦不住所有乱箭。其中一支箭正中车壁，火光立起。

卫小欣大怒道："找死！"当即挥舞马鞭，朝围在最前面的几个村民劈头盖脸地打了过去，将他们纷纷逼退。

走走从车里探出身道："先灭火！"

然而火焰烧得极快，如毯子般瞬间把车壁裹了起来。

姬善见此情形，命令道："跳车！"一推车门正要跳，一双手突然从榻下伸出，颤抖地抱住了她的腿。

低头，只见一个五六岁的女童，穿着红彤彤的喜服，满脸眼泪道："救、救救我……"

姬善立刻看向走走，走走面露愧色道："是、是我藏的……对不起，大小姐！"

"别说了，快跳！"卫小欣冲进来一把抱住女童，一手拉住姬善，跳下车去。

村民们看见女童，越发愤怒地大叫起来。

姬善对卫小欣道："把人还给他们！"

走走急声道："不行啊大小姐！她是被逼的！村长的儿子已经死了，她这是冥婚啊！"

"那也跟我们没关系。还人！"

走走将女童抱在怀里，泣声道："求求你，大小姐……救救她吧！"

卫玉衡至此看明白了到底怎么回事，当即跳到姬善身边横伞护住她道："没事，二十六人而已，我跟小欣打得过！"

姬善想了想，高声道："她要多少钱，转卖给我行不行？"

壮汉冷冷一笑道："不行！"

"十倍。"

对方不为所动。

"二十倍！五十倍！好，一百倍！"

"她是我的儿媳！我们村自古以来，就没有娶进家的人，还卖出去的。"壮汉拉弓，将箭头指向姬善，沉声道，"这，是我们的规矩。"

"狗屁！"卫玉衡"啐"了一声，挽了个伞花冲了上去。

他的武功确实学得很好，身手很快，但这些村民平日里也是进山狩猎惯的，既强壮又灵活，彼此还会配合。一半人缠住卫玉衡，另一半人就来抓捕二丫。

卫小欣只保护姬善，因此一个疏忽，走走和女童就被村民们抓住了。

一村民强行将她二人分开，抱起二丫就要走，走走扑过去抱住他的腰不肯松开。

村民骂道："放手！"

走走不松手，村民大怒，从腰间拔出斧头就朝走走劈落。

姬善惊叫起来："住手……"

然而已来不及，血花飞溅，泼红了二丫的半个身子，半条左腿就那么从走走身上脱离，滚到了地上。

走走尖叫一声，晕了过去。

二丫满头满脸都是她的血，整个人也僵住了。

村民踢开走走，抱着二丫正要继续往回走时，看到这一幕的卫玉衡飞过来，伞尖弹出匕首，一下割断了他的头。

同样的血花飞溅，再次泼了二丫一身，头颅从村民身上脱离，滚到地上。

壮汉见此情形，目眦欲裂道："三弟！我们跟你拼了！"

卫玉衡冷笑道："好啊！来！正好用你们这帮无法无天的蝼蚁，给小爷的伞开开刀！"说罢挥伞就上，跟村民们打了起来。

姬善快速冲到走走身边，撕下衣服为她止血，但血如泉涌，根本止不住。

走走颤声道："对、对不起，大小姐……"

姬善定定地看着她，脸上的表情很淡，分不出悲喜。

"我、我又给你添麻烦了……对不起……"

姬善凝视着走走的眼睛，轻声问："若你早知救她会这样，还救吗？"

"我、我……"走走看向一旁的二丫，只见她僵立原地一动不动，小小的身体，大大的嫁衣，以及，连头发丝都在淌血的一身红……

走走的目光闪了闪，咬牙道："我不后悔。"

"好。"姬善放开她，站了起来。

就在这时，走走发现——大小姐变了。

她跟着姬善已三年。三年来，姬善一直是个不着调的人，每天都笑眯眯的没个正经样，从没见过她生气，爱恨不鲜明，做什么都懒洋洋的，颇是随心所欲玩世不恭，从某种角度来说，她对任何人都很宽容。

可现在的姬善，生气了，两道柳眉一点点地竖了起来，细长的眼睛里也露出了冷冽之意。

她变得莫名遥远和陌生。

姬善走上前，环视着愤怒的村民们，一字一字异常冰冷地说道："你们的规矩，我不认。现在，请你们这样的规矩，去死。"

★★★

"二十六名汉子全部失踪，不知死活。"

"官府没有上报？"

"上报了，但无人关注，最终定论为进山打猎不幸遇难，尸骨无存，草草掩卷。"

姜沉鱼凝眉沉吟，至此终于认可了言睿的评价——姬善与姬忽确实不同，姬忽所行皆是恶事，却始终守着善念；姬善看似乐善好施，却是不在乎人命的。

"而这，不是姬善第一次动手。"薛采将书册往前翻，找到某页道，"在她跟母亲分离，自己逃出汝丘的路上，遇到了两个饥民，他们抓住她准备吃掉。但她身上带了毒药，下在炖锅中，反杀了二人，并抢了他们包袱里的钱财，这才得以熬到姬府的人找到她。"

姜沉鱼合上厚厚的书册，缓缓道："从调查到的资料看，姬善非常聪明，惯会伪装。琅琊希望她变成姬忽，她就把自己伪装成张扬自我的姬家大小姐；她娘希望她善良，她就学医行善，救死扶伤。"

"嗯。"

"就像这字帖一样——是伪的。她本人的字迹如何，品性如何，无人知晓。"

"是。"

姜沉鱼盯着烛光出了一会儿神，忽然一笑道："但有一件事是真的。"

"什么？"

"婢女的名字。"姜沉鱼将书册翻开，指给薛采看，"她有四个婢女，分别名叫走走、看看、吃吃、喝喝。"

"你的意思是？"

"人们可能自己都意识不到，一个名字在诞生时，往往寄予了起名者最真实的心思和最渴望的想法。"

薛采露出几分了然之色道："就像你的握瑜、怀瑾？"

"我那时是个清高骄傲又爱强说愁的无知丫头。"

薛采的目光闪了闪，似有笑意道："你现在也是。"

姜沉鱼沉下脸，佯怒地瞪着他。

薛采立刻行了一礼道："臣失言。"

"总之，如果说这些厚厚的资料里，最能反映姬善此人真实一面的细节，我认为，就是这四个婢女的名字。"

"走走看看，吃吃喝喝。你觉得，姬善是个心无大志、耽于玩乐之人？"

"恰恰相反，她不是。所以，才渴望是。"

这回轮到薛采若有所思。

风吹碧波，翻起千层浪，撞在少女白皙修长的腿上。

黄衣少女挽着裤腿，目光灼灼地喊："这里！那里！还有！"她每指一处，另一名青衣女子就将手中的鞭子掷向何处，轻轻松松地卷回一只只螃蟹，丢给蹲在一旁的红衣女童。

红衣女童仔仔细细地用麻秆捆好，放进竹篓中。

三人忙碌，一人看。

那人坐在轮椅上，笑吟吟地看着竹篓道："宜的冬蟹最是肥美，加点豆腐和萝卜丝熬成粥，今晚咱们就吃这个。"

"好哎！那边那边！"黄衣少女追着一只蟹跑，眼角余光忽见海平线上漂来一物，"鱼？看姐，快！宝贝借我！"

青衣女子从怀中取出一物丢过去。那是件手掌长短的圆柱形金器，金器中间嵌着一块水晶，很是精致。

黄衣少女接住金器，透过水晶看向海面，视野顿时近了许多，也清楚了许多。

"真的是鱼！好大的鱼！"黄衣少女兴奋起来，朝最近的一块礁石招手道，"善姐善姐，别睡啦！快钓！好大的鱼！"

礁石上方横插着根钓竿，本该钓鱼的人平躺着，吹着海风晒着太阳，用一顶斗笠盖住了自己的脸，没有反应。

黄衣少女跺了跺脚道："算了，看姐，我们去捉！"

坐在轮椅上的女子忙道："小心些。"

竹篓旁的红衣女童更是站起来，紧张地看着二人朝海面上的黑点游去。

浪起浪落，将那黑点推得近了些，果真是鱼，足有一人多长。

轮椅上的女子惊道："蓝鳍！蓝鳍长于深海，怎会出现在岸边？"停一停，又欣喜道，"倒是极好吃的。吃吃，生擒啊！"

"生擒不了！"奋力游到鱼前的吃吃回喊道，"已经死啦！"

"可惜了，虽也能吃，味道却是差了。"

吃吃跟看看二人用丝带和鞭子捆住鱼身，费劲地拖了回来。

"太沉了，累死我了！"二人全都瘫倒在沙滩上道。

轮椅上的女子打量鱼身，欢喜道："我们先吃大肥，然后中肥，最后吃赤身。可惜天气太暖，又没冰窖，尽量两天吃完吧。"

"现在可是冬天，怎么这么暖和？"

"宜国地处南岭，冬季湿暖如春，所以很多人会来此过冬。看看，你刀工好，把这、这、这几处先切下来。"

青衣的看看应了一声，手里多了一把匕首，手起刀落，当场给鱼开膛破肚。

鱼腹割开，露出一只巨大的白茧。

吃吃惊诧道："茧？走姐，这鱼还吃茧哪？"

"怎么可能？"走走推动轮椅上前，越看越惊道，"还真是茧！怎么会有这么大的茧？"

四人你看看我我看看你，一时间，都有点不知该怎么办。

"善姐……"吃吃又朝礁石上的人喊，"我们发现了一只巨大的茧！"

石上人依旧没有反应。

走走伸手抚摸茧身，惊叹道："这丝不错，做衣裳应该很好看。这样，看看把茧弄出来，小心些，别划破。吃吃，垒石头搭灶。喝喝，捡些柴火。咱们——烧水缫丝！"

一声令下，众人行动起来。

看看小心翼翼地剔除鱼身，最终剥出一只五尺长的巨茧。

"不知茧里面会是什么样的虫子……"

"管它是什么，都要被煮了。"

"也不知好不好吃……"

"那抽完丝切片尝尝？"

你一言我一语间，灶搭好了，吃吃和看看二人从停在岸旁的巨型马车上抬下一只铁锅，架在灶上开始生火。不一会儿热水沸腾，把巨茧放入水中。四双眼睛，全都期待地盯着锅。

"得亏咱们有口这么大的锅！"

"这也不舍得扔，那也不舍得扔，搞得马车越来越沉，走得也越来越慢。万一哪天薛相的人追上来，怎么逃呀？"

"弃车逃呗。善姐说了，除了人，万物皆可弃。"

这时一直安安静静的红衣女童喝喝，突然动了动耳朵，道："有、有声音……"

"别吓我啊，真的追来了？"吃吃连忙转身眺望，然而看了半天，也不见人影。

"行了，别疑神疑鬼了，来，一起找线头。"走走探身，在茧上摸索起来。四人八手，很快就找到了线头，开始抽丝剥茧。

然而，又是一声呻吟响起，这一次，所有人都听见了。

"什么声音？"吃吃再次张望，搜罗一圈，最后盯在了茧上，"是从茧里传出来的！茧里有人？！"

看看当即抽刀，被走走一把拦住道："等等！让我想一想。"

"还想？水在沸啊！"

"可惜了这么大个茧，能做多少衣裳啊……"走走面露心疼之色，但那呻吟声再次响起，她连忙让步道，"不管了！快划快划！"

看看一刀将茧划破，探手进去，抓出一把乌黑的长发。

"天啊！居然真的是个人！"

随着丝线一一划断，里面的人一点点呈现——

黑缎长发，赛雪肌肤，如画眉睫，以及……

吃吃一下子捂住了眼睛道："呀，是个男的！还光着！"喊到一半，又去捂喝喝的眼睛，"喝喝，你不能看！"

"还活着吗？"

看看探了一下对方鼻息道："没呼吸，但有脉搏！"

走走连忙冲礁石大喊道："大小姐！我们发现了一个将死之人……"

礁石上的人终于动了，拿开斗笠，肤白眉长，眼皮微耷，带着股说不出的倦乏之色，正是姬善。

只见她打了个哈欠，伸了个懒腰，然后慢悠悠地爬下礁石走到锅前，在此过程中，披散的长发和宽大的衣袍随风拂动，还踩了一双木屐，看上去像个嗑丹的竹林散人，完全不像是来钓鱼的。

看着被煮得不知死活的茧中人，姬善的目光闪了闪，若有所思道："你们……想吃人肉？"

"大小姐，这种时候就别说笑了！快救人啊。"

"此人如此亮相、如此美貌，绝非普通人，救了他后患无穷。不如吃了一了百了。"

"真的？"吃吃一听，睁开眼睛，露出些许期待来，"我还没吃过人肉……"

"吃吃！"走走怒目。

吃吃忙摆手道："瞎说瞎说，我可不敢吃。"

喝喝什么也没说，拿起一旁水桶打了桶海水泼在柴上，火便灭了。

看看则抓住那人胳膊，将他从锅中连同剩下的半个茧一起拖出来，平放在沙滩上。

看着四人表态，姬善挑了挑眉道："想好了？都要救？"

四人点头。

姬善叹了口气："那便……救吧。不过，我只负责救活，其他种种……"

"我们负责。"四人异口同声。

★★★

男子缓缓睁开眼睛，醒了过来。

第一眼看见的，是一双手。

一手握着药杵，一手扶着石碗，起落间发出原始的质朴声响：茎块碎裂、汁液横流、石木碰撞、颗粒混融，窸窸窣窣，皆得天韵。

那弹出天韵的手指，骨肉纤匀，修长灵巧，指尖轻轻一捻，撒出粉末如烟，落进碗中，再添余音。

琴师奏乐、绣娘拾针，世上再没有一双手，比这双手更适合捣药。

第二眼看见的，是发。

发髻松松，绾于耳后，唯有两缕调皮地从束带里钻出来，被汗氤湿了些，一缕勾在耳上，被风吹得悠悠荡荡，一缕探入胸前，随着呼吸起起伏伏。

"醒了？"对方开口，转过头来，烛光映亮半边脸，乍一看哪儿哪儿都是缺点：眉过飞扬、眼过犀利、鼻过直挺、唇过刻薄，组合起来却又说不出地冷艳，宛如老枝白梅，令人过目难忘。

男子眉睫轻抬，终于对上她的眼睛——

一瞬间，星落花开，鱼跃鹘飞。

万般灵秀，尽在眸中绽现。

姬善想：哟，竟又是一个……妖孽。

在姬善的记忆里，上两个堪称妖孽的人，一个是曦禾，一个是薛采。

曦禾纯而放浪，薛采幼而多智，他们身上都有两种截然相反的气质，令他们有别于常人，显得异常突出。

而此刻榻上的这个男子，昏迷时端正严肃，带着拒人千里的冷漠，似个位高权重之人，然而一睁眼，又是柔软少年的气质，眼神清亮好奇，带着三分跳脱。

有意思。

男子四下打量着马车，开口道："马车？居然有如此大的马车……"

姬善心想：装，尽管装。走屋这几年风靡唯方大陆，就算没坐过也该见过。

"请问，我们现在何处？"

"东阳关。"

男子一怔，想要起身，却发现自己根本动弹不得，不由得露出惊讶之色道："我……怎么了？"

"你身中剧毒，体内筋脉尽乱，又多日未曾进食，已是强弩之末。"

男子凝视着她，眼神轻软道："是你救了我？"

未等姬善点头，他又道："那我要好好报答你。你有什么心愿？"

"哈？"姬善乐了。

下一刻，帘子后"唰唰唰"挤出四个脑袋道："我们呢我们呢？我们才是真正救你的人啊！"

"是啊，善姐一开始还说要把你炖了吃了……"

男子看向姬善道："吃？你的愿望是吃人？"

姬善冲四人招手道："都过来，许愿了。"

吃吃第一个冲了出来道："我要一个如意郎君！"停一停，小脸红红地瞄了他一眼，"要像你这么好看的！"

男子闻言一笑。他笑起来时嘴角有两个非常小的酒窝，更添几分少年气。

"好看的男人都是祸水，我哥还没给大家教训吗？"看看一把将吃吃推开，凑到榻前道，"你有钱吗？我要好多好多钱，花不完的钱！"

吃吃扭头问喝喝："喝喝，你要什么？"

喝喝睁着一双怯生生的大眼睛，紧张得根本不说话。

吃吃只好去问走走："走姐，你哩？"

"我没什么想要的，只要满足大小姐的愿望就可以了。"

于是四人一起看向姬善。姬善冲男子挑了挑眉道："什么愿望都可以？"

"嗯。"

"好，我要你奉我为主，从此听我命令供我差遣。"

吃吃"啊"了一声道："这也可以？"

看看翻个白眼道："不愧是你！"

走走捂嘴莞尔，喝喝紧张不语。

男子目光闪动，含笑道："那你恐怕不够资格。"

姬善将药杵一放，把药碗威慑地递到他面前，道："你，再说一遍。"

男子看了眼碗里已经模糊一团的药材，道："此药于我无用，治不好的。"

"你再说一遍！"姬善勃然大怒，当即就要把碗往他脸上砸，吃吃喝喝早有预料地拦住她。

"你说善姐什么都行，独独不能说她的医术不行！"

"要砸也别砸脸啊，这么好看的脸砸坏了多可惜呀！"

"你快跟大小姐道歉！大小姐，息怒，息怒……"

男子缓缓道："茯苓三两，白芍三两，白术二两……"

姬善一怔，安静下来。

"炮附子去皮一片。此药可治心力衰竭，温顺助阳，暖胃缓痛。"

姬善道："原来也是个行家。"

"所以，此药治不好我。"

"那怎么治？"

"我中的毒需解药。"

"解药在哪儿？"

"在巫神殿。"

此言一出，姬善表情顿变，神色复杂地看了男子一会儿后，忽道："看看，把他丢下车。"

"是……啊？为什么？"

"快点，回头解释！"

然而就在这时，喝喝的耳朵动了动，道："有人唱歌。"

众人安静下来，果然听见一缕极轻极细的声音从很远的地方传来，曲调诡异，如泣如诉，如怒如求。

姬善咬了下嘴唇道："来不及了……"

"这是什么？谁在唱歌呀？"

"这是十大巫乐之一的《奢比尸曲》。"

看看道："奢比尸？耳朵上挂青蛇的上古之神？"

"对，那两条青蛇能通鬼神二界，为奢比尸传达消息……"姬善不悦地看着男子，冷冷道，"也就是说，此人是巫族的敌人，巫给他下了毒，并断水断粮藏在鱼腹中。如今，巫追来了！"

男子无辜且讨好地冲众人一笑。

★★★

"巫神殿?"秋姜坐在船舱中,诧异抬头。

自接到宜王来信后,她便登上了赴宜寻找颐殊的旅程。船从芦湾出发,已驰了半月,眼看就要着陆,朱龙带来了一个不好的消息。

朱龙点点头,解释道:"我们在巫神殿的探子回报说,颐殊,已落入巫族手中。"

秋姜沉吟后,道:"我虽未曾去过宜国,但知道宜地处南岭,千百年来素崇巫术,司巫的地位很高。"

"是的。甚至悦帝本人的继位,也与她们有关。"

★★★

"传言宜先帝病危时问大司巫伏周,应由哪个儿子继位,伏周选了赫奕,故而赫奕登基后,对伏周非常信任。"车厢中,看看抽出一本用来垫案脚的书,翻到某页念了起来。

吃吃急道:"都什么时候了还有空看书?"

"反正都逃不掉了,先知己知彼,摸摸清楚对方底细嘛。"看看翻转书册,露出书名《朝海暮梧录》,叹气道,"后悔平日不读书啊……"

"也就是说,在宜,连王都是大司巫选的……"走走惊骇,听着越来越近的歌声,忐忑道,"来了多少人?"

喝喝屏息聆听,道:"四个。"

"才四个?"吃吃顿时松了口气,道,"那我跟看姐应该对付得了。"

"这是传讯之乐,听到歌声的巫族都会赶来支援,而且……"看看飞快地翻着书页道,"书里写,巫女擅用巫毒、巫乐和巫咒,防不胜防!"

众人脸色更白。

★★★

"悦帝登基后,对伏周极为尊重,伏周性格孤僻低调,从不踏出巫神殿半步。悦帝有事请教时,都是亲自前往听神台。"

"如果我没记错,伏周是个女人,年纪不大。"

"巫族认为只有至纯至美的处子才有资格侍奉巫神,每任大司巫都是女子。至于年纪,应和你差不多。"

秋姜皱眉道："别又是一个如意夫人才好。"

"你的意思是？"

"奏春计划，可不仅仅只针对燕璧程三国。"

"按长幼，宜王本应传位给赫奕的兄长——镇南王泽生，但泽生回京途中突然病逝……"朱龙越想越惊。

如意夫人生前野心勃勃，筹谋了一个名叫"奏春"的计划。在那个计划里，燕王、璧王、程王都会被她的人所取代。但唯方有四个国家，怎会独独少了宜国？

以他对如意夫人的了解，奏春必定也包括了宜国。只是宜国一直风平浪静，看不出有何变化。可颐殊逃去了宜，绝非偶然。在宜境内颇有权势的巫是否跟如意夫人早有勾结？赫奕取代他的兄长成为宜王，是否就是奏春计划里已经成功了的一步？

朱龙从秋姜脸上，看到了最坏的答案。

★★★

"快找找，书上可有破解之法？"

看看飞快翻阅，急得满头大汗。

"别找了，这只是本游记。"姬善淡淡道。

"闲书就是闲书，关键时刻一点用都没有！"看看气得将书扔出窗外。

走走急道："别啊，垫案脚还是好的呀！"

吃吃"扑哧"一笑道："燕后要知道她的书被这般嫌弃，肯定生气。"

"这种时候你还笑得出来？"

喝喝忽道："来了。"

外面的歌声，停了。

车内的烛火无风自晃，映得众人的脸明明灭灭。

东阳关是宜和璧的交界地，马车停在岸上，一边是海，一边是崖，人迹罕至，远离尘嚣，属于两不管地带。

而且现已入夜，月黑风高，危机四伏。

看看的手不知何时已解下了腰间的马鞭，刚才气急败坏的样子荡然无存，只剩下一双眼睛满是杀机。

吃吃最先按捺不住，咬牙一把将车门推开——

月夜下，几只蝴蝶鸟振臂鸣叫着从崖上飞起，投奔别处。

一顶白色软轿，静静地停在正前方的地上。四名中年妇人站在轿旁，腰系木杖，头扎彩带，身披羽衣，被风一吹，像极了四只彩蝶。

姬善看到这一幕，眼眸深处，起了某种玄妙的变化，似惆怅，又似怀念。

"她们的衣服好漂亮啊！"吃吃忽然道。

走走点头道："配色是很别致。"

"现在是讨论这个的时候吗？"看看气得再也绷不住蛰伏的气息。

"不是，我们为什么这么害怕？她们是来抓这个人的，我们把人还给她们呗。大不了再道个歉，赔点钱？"吃吃建议道。

此言一出，众人全都看向榻上的男子，男子闻言一怔，继而委屈地垂下了眼睛，轻轻道："好……吧，那就把我交出去吧。"

"我去跟她们谈。"吃吃当即就要下车，被走走拦住："且慢！"

走走看了眼自己的断腿，对男子道："我有三个问题问你，你需老实回答。一，你叫什么名字，何方人氏？"

男子明明无法动弹，但眯眼一笑，便让人觉得他是在作揖行礼："我姓时，名鹿鹿，宜晚塘人。"

"啥？湿漉漉？"吃吃惊讶道。

"咳，是小鹿的鹿。"他的眼睛又黑又亮，湿漉漉的，看上去确实像一只无辜的小鹿。

"你跟巫因何结怨？"

时鹿鹿似有犹豫，但仍是回答了："家母背叛巫族，被巫所杀。"

四人彼此对视了一眼。

走走沉声道："三，你可愿加入我们，奉大小姐为主？"

一旁的姬善挑了挑眉，心想走走出息了啊，居然知道要有偿救人了。

四人目光灼灼地盯着时鹿鹿，时鹿鹿却迟迟不回答。

走走道："还是不肯？我们救你，就等于跟整个巫族为敌，你总要让我们的付出值得。"

"我只是在想……"时鹿鹿看着姬善，眸中似有星光闪烁，"你们的大小姐，连婢女都免了奴籍，改以姐妹相称。非要个男奴做什么？"

众人面色微变。

"还有，你们错了。现在，恐怕是我来救你们……"时鹿鹿话音刚落，外面的四名巫女同时抽出腰间木杖，往轿子的东南西北四角一插，然后盘膝坐下，再次唱起歌来。

看看惊呼道："捂耳朵！"

然而已来不及。

歌声如蛇，一下子钻进耳中，瞬间爬上头顶，再像藤蔓一样四下扩散。看看疼得大叫一声，直接滚落下车。

喝喝整个人都僵住了，睁大眼睛没有焦距地看着前方；走走只觉那条没有知觉的左腿再次肿痛，痛得她快要发狂；吃吃尖叫抱头，想要盖过歌声，却毫无作用……

只有两个人是安静的。

一个是躺在榻上的时鹿鹿，一个是靠坐在角落里的姬善。

两人彼此对望，姬善眼中是探究，时鹿鹿脸上带讨好。

时鹿鹿道："这是《据比尸曲》，以内力伤人，捂耳无用。"

姬善不冷不淡地回了一声"哦"。

"内力越高，越受其害。但三种人例外：一，毫无内力者；二，内力比吟曲者高者；三，身体失控者。我身中奇毒，无法动弹，因此幸免于难，是第三种。"

"那我是第二种呗。"

时鹿鹿笑了笑，道："不，你是第一种。"

姬善"呵呵"了一声。

"此曲分三段，第一段，五内如焚；第二段，摘胆挖心；第三段，魂飞魄散。三段唱完，她们立死。"

话音刚落，吃吃喝喝走走看看发出更为痛苦的叫声，四下翻滚。

"第二段了！"时鹿鹿满是期待地看着姬善道，"不如你奉我为主，我救她们，如何？"

姬善的回答是拿起药杵往他身上一敲。

药杵敲打骨肉，发出一记闷闷的撞击声。

时鹿鹿整个人重重一震，额头冷汗奔流。

而巫女们的歌声，也似被这个声音干扰，乱了一下。

"你也不够资格。"姬善说着，再次往时鹿鹿身上敲去。她每敲一下，时鹿鹿的身体就发出一记诡异的爆裂声，巫女的歌声就停一下。

敲敲停停，到得后来，碎不成调。

一名巫女腾地起身，大喊道："住手……"

歌声停了，吃吃喝喝走走看看也不痛了，纷纷爬起，围到姬善身旁。

姬善睨着巫女道："怎么？谈谈？"

"留下此人，任尔归去。"

"我若不呢？"

巫女们全都剃了眉毛，眉心绘着一只彩色耳朵，一皱眉，那耳朵便诡异地扭曲起来："那么，就迎接神的愤怒吧！"

她们举起木杖，再次吟唱起来。吃吃下意识捂耳，但又很快发现："咦，这次不疼？"

"是巫毒！巫毒来了！"

"啊？"

伴随着吃吃的惊呼声，巫女手中的木杖前端散发出团团白雾，怨灵般朝马车扑来。

看看第一时间按下暗格，只听"咔咔"几声，车窗和车门处分别落下一道铁质屏障，将门窗封死。

如此一来，走屋成了一个密不透风的大箱子，白雾进不来，她们也出不去。

看看松了口气道："幸好咱们还有这一手。"

车外响起一连串敲打声，想来是巫女们要破车而入，然而屏障坚固，毫不受损。敲打声响了一会儿，停了。

吃吃吐了吐舌头道："进不来呀进不来，气死你呀气死你……"

喝喝的耳朵动了动，道："火……"

吃吃趴在车壁上一听，怒道："她们居然放火！"

喝喝颤抖起来，发出一连串呜咽声，比听《据比尸曲》时还要痛苦。

走走连忙抱住喝喝，将她的脑袋按入怀中，道："喝喝别怕，没事，我们都在呢！"

看看急道："善姐，快想想办法！"

"等。"

"等到什么时候？"

姬善瞥了时鹿鹿一眼——时鹿鹿又做了个无辜且讨好的表情，她的目光闪了闪，道："等到，时机成熟。"

★★★

走屋是特制的，防火防水，关键时刻还能封死御敌，唯一的缺陷就是不透气。

如今再被外火一烤，气息更薄，没多会儿众人就呼吸困难，汗如雨下。

"好闷……受不了了！毒死总比闷死好！我要出去！"吃吃跳着要去按机关。

被看看拦住道："善姐说了，等着！"

"可是我好难受！"吃吃抓着自己的头发往车上撞。

"越动越难受，忍住了！"看看扭身掏出匕首抵在时鹿鹿身上，喘道，"你这个祸害！快卖身为奴，不然我杀了你，少一个人，还能多缓口气！"

时鹿鹿本就九死一生刚救回来，被姬善打了一顿，又被火这么一烤，嘴唇都变成了黑紫色，但他眼中依旧充满了笑意，道："我不答应，才是救她。"

"可恶！"看看气得正要动手，把头往车壁上撞的吃吃突然发出一声尖叫："烫！烫死我了！"然后捧着自己的头发惊呼，"啊！头发！我的头发卷起来了！"

姬善至此伸手摸了一下车壁，道："差不多了。"

"什么？"

"准备跳车！"姬善说着按下机关，"咔咔"几声，门窗开了，大火瞬间卷舐而入。姬善一把用棉被裹住时鹿鹿，抱着他跳下车。

两人倒在地上一起翻滚。

天地旋转，火光跳跃，海风拂来，冷热交融间，二人视线相交——

月涌江流，林深见鹿。

一眼如万年。

★★★

时鹿鹿笑了。

他笑起来的样子真真好看，汲取了世间所有灵秀于一身，再凝固住少年最美的时光，令它不受世事玷污，远离红尘干扰，肆意单纯地烂漫着。

看着真是……好刺眼。

姬善冷哼一声，"啪"地推开时鹿鹿，站了起来。

其他人也已各自落地，纷纷扑打着身上的火苗。

马车依旧在熊熊燃烧，车旁倒了四个人，正是巫女。

吃吃上前探了探四人鼻息，惊讶道："她们怎么晕过去了？"

走走道："她们中了迷药。"

"迷药？在哪里？"

"屏障里。"

吃吃还是不解，一旁的看看解释道："原来如此。善姐把迷药嵌在屏障中，屏障被火烧融变软，里面的药也就挥发了……我跟我哥当年也中过招……"

走走想起往事，也不由得笑了，道："此药唯一的缺陷就是臭。幸好夹在火中，不易察觉。"

吃吃踢了踢巫女的腰，道："活该！这帮心狠手辣装神弄鬼的家伙！杀了她们，以绝后患。”

四人望着姬善，姬善挑了挑眉道：“我不管。你们自己决定。”说罢走到停放在地上的那顶白色软轿前，拉开帘子。

轿子是空的。

她伸出手，摸了摸垫子和纱帘，怅然若失。

那边，四人七嘴八舌地议论一番后，也有了结果。看看走过来对姬善道：“我们觉得，杀了便宜她们了，咱们的车被烧了，得让她们赔辆新的！还有，听说巫医颇有奇效，若她们能治好喝喝的病，就当将功补过。你觉得如何善姐？”

姬善放下轿帘，淡淡道：“就这么办吧。”

吃吃和看看用彩带捆住巫女们，拖入海中。被海水一泡，四人悠悠醒转。

吃吃清咳一声，道：“醒了？”

四人面露惊骇，开始挣扎。

吃吃道：“你们的衣服很结实嘛，尤其这几根彩带，我试了，刀都划不开呢。”

四人顿时绝望地放弃了挣扎。

“现在，回答我的问题，不然就送你们去见巫神。”吃吃把匕首抵在其中一名巫女脖上，道，“你们在巫族中是什么身份？”

巫女满脸不屑。吃吃将匕首推进一分，鲜血如珠，一颗颗地渗了出来。

巫女不为所动，只是冷冷地看着她，像在看什么死物。

吃吃噘嘴道：“看姐，这招不好使，你来吧。”

看看用一条彩带系住喝喝的眼睛，又对走走使了个眼色，道：“走姐，老规矩。”

走走无奈地闭上眼睛，摘下手腕上的佛珠开始默念经文：“如是我闻，一时佛在忉利天，为母说法。尔时十方无量世界，不可说不可说，一切诸佛，及大菩萨摩诃萨，皆来集会……”

经文声轻柔细润，间隙夹杂几许呻吟。姬善离得很远，席地而坐，从怀里取出个小药瓶为自己敷药，被火烧过的地方星星点点，幸运的是都不严重，结了痂再一掉，最多留点疤。

她身上已有很多伤疤。

多年之前，琅琊捧着药来，也曾这般亲手给她上药，眉心微蹙道：“这些伤疤怎么来的？”

“陪祖父炼丹时不小心溅到的。”她回答，察言观色，小心翼翼道，“我以后会注意的。姬家的大小姐，不该有疤。”

琅琊闻言却是笑了，道："倒也不是。世间女子爱美，皆是为了讨好夫君，但以色侍人，焉得长久？你既已是姬家的大小姐，皮相如何不重要。"

"那夫人为何不悦？"

琅琊低声道："人说幼吾幼以及人之幼。我如今为你上药，想的是可有人为我忽儿上药。"

"大小姐……一定会回来的。"

琅琊当时脸上的表情，至今仍无比清晰：那是一个女人，在家主和母亲两个身份间痛苦挣扎，回肠九转，难以言述。

琅琊病逝后，姬婴来找她，第一句话就是："家母之过，我来偿还。"

姬善想，其实姬婴错了，她并不恨琅琊。

还有两个人，也对她身上的伤疤表过态。其中一个是卫玉衡。

他曾无比心疼地抓住她的手道："大小姐何等尊贵，本不应做这些事，受这种苦！"然后又信誓旦旦地发誓，"终有一日，我要护你周全，令你再不受任何伤害！"

她哈哈一笑，笑得他心如刀割。

卫玉衡始终不明白，她的哈哈，是真笑。

★★★

姬善敷着药，感觉到某道视线，便回瞥过去——时鹿鹿就躺在不远的地方，定定地看着她的手。这让姬善想起，此人睁开眼看的第一处，便是自己的手。

"怎么，你也要敷？"

时鹿鹿摇了摇头。他被棉被包裹得很好，又有她遮挡着，没受任何伤。

"那么，就是有话说？"

时鹿鹿幽幽道："你是谁？"

"我叫阿善，善良的善。"

"你是做什么的？"

"大夫。"

"你想要什么？"

"怎么？还想满足我的一个愿望？"

"你心不诚。"

"哈？"

"许愿，诚心才有回馈。你并不真想要我做你的奴仆，这不是你真正的心愿。你真正的愿望是什么？"

姬善心中"咯噔"了一下，看着时鹿鹿，他的眼睛又大又亮，瞳仁深黑，仿佛能够吸纳一切烦恼忧愁。

"我真正的愿望是……"姬善缓缓开口，眼看就要透出几分真心，却在最后一刻，变成了冷笑，"我若告诉你我的愿望，岂非给了你一个挟制我的把柄？我像这么蠢的人？"

时鹿鹿道："你真是位疑心重的姑娘，不过——我欣赏。"说到后来，又眯眼笑。姬善却很是讨厌他的笑容，当即伸手将他的脸推向另一侧。

这时看看一边走过来一边用手帕拭擦双手。

"问到什么了？"

"她们是大司巫伏周的侍女，在巫族地位极高，奉伏周的命令外出擒拿时鹿鹿，没想到半路被他逃了，所以继续追来……"

姬善皱眉，若有所思道："还有什么？"

"没了。说到一半，突然毒发身亡。"

姬善连忙起身到海边一看，四个巫女果然全死了。死状非常诡异，眉心上的耳朵图腾本是红色的，此刻变成了黑色。姬善从怀中掏出一根针，试了试，没有变黑。

吃吃奇道："不是服毒自尽？"

"是巫咒。"时鹿鹿的声音远远传来。

看看冲到他面前，揪住他的衣襟道："说清楚！"

"巫女若有背叛之举，就失去了聆听神谕的资格，受到神的诅咒，失聪暴毙……"时鹿鹿停了一停，又道，"家母也是这么死的。"

看看一怔，有些歉然地缩了手。然而，时鹿鹿脸上并没有伤心之色，反而温柔地冲她一笑。

看看心道：此人脾气倒好，比我哥好太多……

吃吃看着焦黑一片的马车，叹气道："人死了，马车没的赔了，咱们接下去怎么办？"

走走也难过道："车不可惜，就是可惜了车上的东西……"

"虽说万物皆可抛，只要人还在。但没了钱，咱们接下去怎么活呢？再去找个生病的冤大头坑一笔吗……"吃吃刚说一半，一旁的喝喝拉了拉她的袖子，然后脱掉被火烧出好多洞的外衫，露出里面的软甲来。

吃吃欢喜起来，道："玄武甲？这个能换钱！"

喝喝脱下软甲拆开来，又从里面掏出了好多片金叶子。

大家的眼睛顿时都直了。

姬善拍了拍走走的肩膀，赞许道："你当年救她，真是做了最正确的一件事。"

★★★

黄昏雾气氤氲，客栈的灯光被渲染成一个个圆圆的光球，宛如云雾仙境。

吃吃在巨大的象牙榻上滚来滚去，用脸摩擦着柔软光滑的锦被，发出了至理名言："有钱真好啊……"

看看巡逻一圈，确定没问题后将窗户关上，点头道："应该说，有钱，在宜国能活得最好。"

"为什么？"

"拿走屋举例。在程国，方圆十里都未必有的卖；在璧国，只能买，不能租；在燕，能租，但蛮贵的。而宜，只要五十文，凡是带金叶子标志的商铺，都可还车。多方便！"

"天子家的车，谁敢赖着不还？"吃吃说着，在被角也翻到了一片金叶子标志。金叶子是镂空的，里面站了只三头六尾的鸟，正是鹄余——宜国国主赫奕的图腾。

"没错，这家客栈也是悦帝的。真是阳光照得到的地方，就有他的买卖。"看看说到这儿无限向往，"他肯定是全天下最有钱的人！"

"不对呀，唯方第一首富是胡九仙呀！"

这时房门开了，喝喝推着走走进来，走走买了辆新轮椅，膝上放着几包草药，闻言道："胡九仙失踪了。"

"什么时候的事？"

"抓药时大伙儿都在这么说：他去程国求娶女王不成，回来的路上遭了海难，再没回家。胡家现在人心惶惶，乱得不行。"走走把草药递给喝喝，喝喝开始生火煎药。

"娶程王？他都五十了吧，还想娶程王？那程王最后嫁给谁了？"

"程王也失踪了。"

吃吃大惊，感慨万千："怪不得说山中一日，人世千年。我们进山找药不过短短两个月，外面竟发生了这么多事？"

榻上，时鹿鹿静静地躺着，直到此刻，才开口说了第一句话："你们在找什么药？"

看看警惕地看着他。

时鹿鹿又补了一句："也许我有。"

吃吃道："我们在给喝喝找药。"

"她有病？"时鹿鹿好奇地看着蹲在炉边专心煎药的小姑娘，只见她十岁左右年纪，圆圆的眼睛圆圆的脸，十分甜美可爱，委实看不出哪里有病。

"她现在是好的，但一旦病发，不是大喊大叫伤害自己，就是成天躺着不死不活饭也不吃……"吃吃说着，怜爱地摸了摸喝喝的头，叹道，"要我说就是名起得不好。你看多邪乎，走姐叫走走，没了一条腿；看姐叫看看，瞎了一只眼……"

看看反驳道："没瞎，还能看见一点点！"

"喝喝，天天喝药；我，吃吃，尽吃亏了。"

时鹿鹿闻言笑出了酒窝。

"怎么？你们不满意这四个名字？想改名？"伴随着这句话，姬善从门外走进来。

"没有没有，非常满意。"吃吃立刻改口，"我就爱吃东西，我要吃尽天下美食！"

走走道："大小姐，你去哪儿了？"

姬善还没回答，时鹿鹿已道："青楼。"

姬善冷冷地睨了他一眼。

吃吃好奇道："真的？！"

"她身上有脂粉味和酒味，除了青楼想不出第二个地方。"时鹿鹿说着歉然一笑，"不好意思，在下的嗅觉比较灵。"

"太过分了，善姐！你明明知道我一直想去青楼见识见识，怎么不带我呀？"

姬善扔过来一个布袋，吃吃接住打开一看，是六份过所文书。"咱们的过所被烧了，找人弄了六张新的来。现在，统一口径：我们是璧国雾州人氏，听闻巫神很灵，结伴前往鹤城巫神殿请神，为喝喝、走走和这家伙祛病。"

"去鹤城？"看看有些担忧地道，"巫族在追杀他，我们还往她们跟前送？"

吃吃拍手道："我知道我知道！这一招叫最危险的地方就是最安全的地方！"

"并不，我就是要去找伏周。"

吃吃好奇道："找她做什么？"

时鹿鹿眨了眨眼睛，道："她想用我换伏周出手，为喝喝治病。"

"哎？"众人皆惊。

姬善睨着时鹿鹿道："知道杨修怎么死的吗？"

"我错了，不过再多嘴问一句……伏周若是不肯呢？"

"那你就想办法，逼得她肯。"

时鹿鹿笑了笑，柔柔地应道："好。"

全程目睹了这一幕的吃吃，忍不住对看看道："你哥没戏了。"

"什么？"

"这个人肯定喜欢上了善姐，而且比你哥还会来事，杀了自己给善姐助兴啊这是！"

看看翻了个白眼。

★★★

从客栈往西，车行半个时辰便正式进入了宜国。南岭多山，多林，多沼泽，官道两旁随处可见飞鸟游禽，偶尔还有几只梅花鹿，灵巧地跃过车厢，引起吃吃时不时地惊呼：

"啊！一只你！"

"啊，又一只你！"

"啊，好多你！你爹给你起名的时候肯定也看到了它们！"

时鹿鹿笑道："名字是家母起的。"

"那你爹呢？"

"他给起了另一个，我不喜欢。"时鹿鹿的目光闪了闪，笑容淡去。

"我爹起的我也不喜欢，我喜欢吃吃这个名字。"吃吃说着，把手里的瓜子分了一颗给他，"吃吗？"

时鹿鹿怔了一下，张嘴吃了，脸上的表情有些复杂。

"怎么？不好吃？"

"这是什么？"

"瓜子。西瓜的籽加盐烘干，是燕那边的特产。你没吃过？"吃吃不禁大为怜爱，忙又塞了几颗到他嘴边，"宜如此方便，万物皆有卖。你是宜人，却一点见识都没有，不应该哦。"

"是，在下孤陋寡闻，今后一定多吃多看。"时鹿鹿便含笑又吃了几颗。

姬善瞥了他一眼，没说话，继续看着窗外的风景。

如此过了大概一刻钟，时鹿鹿面色微变，额头流下汗来。

吃吃好奇道："你怎么了？"

"我……"刚说一个字，时鹿鹿的胸膛一阵震动，咳出了一大口血。

吃吃慌了："善姐！他怎么了？"

"他禁食多日，肠胃虚弱，无力消化硬物，反噬出血罢了。"

"啊？你怎么不提醒我呀？"

"你们相谈甚欢，不舍坏你雅兴呀。"

吃吃的脸红一阵白一阵，附到看看耳边道："完了完了！我怎么觉得善姐也喜欢上了这个人，这会儿是在吃醋？"

看看又翻了个白眼，将她推开几分。

这时喝喝煮好了一碗药，端上前喂给时鹿鹿，时鹿鹿总算缓过了一些，脸白如纸地盯着姬善道："我能不能提一点要求？"

"哦？"

"你要拿我换药，总得让我活着。"

"放心，你死不了。"

"但若我能开心一点，也许能帮上你更多。"

"比如？"

"巫神殿的机关部署、相关甲历，在下略知一二。"

吃吃雀跃道："对呀，善姐，正所谓知己知彼，咱们需要啊！"

姬善想了想，道："你娘是何时叛出听神台的？"

吃吃一怔，道："听神台？"

"巫神殿中，大司巫的住处名听神台。听神台的巫女与别处不同，普通巫女二十五岁可成婚，听神台的巫女却要终身守贞侍奉巫神。他娘若不是听神台的，怎会知道巫神殿最机密的事？她娘若是听神台的，就不该有他。"

吃吃感慨道："难怪说是背叛被杀……"

时鹿鹿答道："家母背叛巫族是二十七年前，然后逝于十五年前。"

"也就是说，你娘背叛了十二年，听神台才发觉此事，杀了她？"

"对。"

姬善的目光闪烁，又问："巫族为何抓你？"

"我是玷污神的孽种，需用我的血洗清听神台的污垢。"时鹿鹿态度坦荡，有问必答，连回答这么不堪的问题时，都神色自若，没有丝毫遮掩。

吃吃却看得有些难过，忍不住道："善姐，能别再揭疮疤了吗？他的私事跟咱们也没关系呀，问点别的吧。"

姬善换了话题："你见过伏周吗？"

"见过。"

"她是个什么样的人？"

时鹿鹿沉思了一会儿，才道："她精通巫蛊，擅舞、乐、医和机关术，鲜少说话，话即神谕。没有任何特殊喜好，也不同任何人亲近，常年坐在听神台上发呆，无人知晓她在想什么。"

"说了等于没说。"姬善冷哼道，"她几岁？"

时鹿鹿抬眼道："比你大一两岁吧。"

他的眼睛缱绻热情，被如此专注地注视着，就像是被爱慕着一般。姬善忍不住皱眉。

吃吃好奇道："她美吗？"

"还行。"

吃吃很不满意这个答案，追问道："还行是什么意思呀？这么说吧，我好看还是她好看？"

时鹿鹿轻笑出声："你好看。"

"真的？你不是当我面故意说好听的吧？"

"伏周不过一具行尸走肉，怎比姑娘活色生香？"

吃吃怔了怔，突然捂脸躲到看看身后，小声道："怎么办？他是不是也看上我了？"

看看已经懒得翻白眼了，索性点头道："嗯，我哥对杜鹃也这样。"

姬善默默地出了会儿神，再问："伏周的预言准吗？"

"从未错过。"

赶车的走走扭头插话道："比定国寺的签还灵验？"

"定国寺的签谁都可以求，而伏周只测宜国大事。"

"除了选赫栾为帝，她还做过什么？"

"小公子夜尚于襁褓中曾被抱去见她，她看了一眼，说了八个字：'从法化生，方得寂灭。'"

吃吃不解道："什么意思呀？"

时鹿鹿解释道："意思就是这个孩子要修佛才得善终。气得镇南王妃当场翻脸道：'出家当和尚？你怎么不干脆收他进听神台算了？'"

吃吃哈哈大笑，姬善翘了翘唇角道："这条逸闻有意思。"

"夜尚从此便有了佛子之号，听说他长大后，真的一心想当和尚。"

"但宜国不是不信佛道只尊巫术吗？"

看看道："所以小公子才如此有名——既聪明乖巧，又离经叛道。"

姬善盯着时鹿鹿问："还有吗？"

"永宁五年也就是图璧三年的十二月，程先王铭弓对宜宣战，横跨青海，入侵南岭。宜王前往听神台聆听神谕，伏周说了四个字——'匕鬯不惊'。"

吃吃道："我知道这个！结果铭弓中途突然中风瘫痪，真的休战了！"

"今年程王颐殊选夫，请了胡九仙。胡九仙备厚礼求问凶吉，伏周做了个预言——'紫薇开天启，一驻连三移。荧惑未守心，东蛟不可殪。'"

吃吃不解道："啥意思啊？"

看看道："意思就是时机未到，女王不能死。"

"可女王失踪了！胡九仙也失踪了……"

"颐殊本该死在芦湾，如今只是失踪……"看看说到这儿面色微沉，转向姬善道，"善姐，你说会不会是伏周派人救走了颐殊？"

姬善蹙眉不语。

吃吃道："很有可能啊！巫族必须服从神谕的，神谕都说女王不能死，那她们肯定得救啊！"

走走发愁道："可如此一来，等于把薛相啊燕王啊还有花子大人全招来了，他们哪个是好惹的？宜国不怕引火上身吗？"

"女王在手，就可以跟他们谈条件了呀！再说，悦帝那么精明，绝对不会吃亏的！"

看看担忧道："善姐，我们这个时候入宜，会不会不太合适？"

吃吃"啊"了一声："是啊！薛相来了我们就危险了！还是继续入山避一避，等他们打完了，我们再找伏周看病？"

姬善沉吟片刻，盯着时鹿鹿道："这预言是重大机密，你如何得知？"

"我被擒时听到的。"

姬善将针抵在他的百会穴上，沉声道："说真话。"

"在下从不说谎。"

姬善眯起眼睛，将针往里刺进了一分，吃吃紧张道："善姐！他如此坦诚，为何还要……"

"谎话连篇，只有你才信。"

吃吃一怔，一旁煮茶的喝喝抬起头来，也是一脸惊讶。

看看皱眉道："他撒谎？"

走走道："不是吧，他看上去挺真诚的……"

时鹿鹿笑吟吟地看着姬善道："旁观者清。"

姬善将针又刺进了一分，时鹿鹿立刻笑不出来了，疼得再次汗如雨下。

"我来告诉你，为何你说的都是谎言。"姬善伸出三根手指，"一，你不是宜人，而是璧人。"

吃吃睁大了眼睛："啊？"

"他肤色白皙细腻，固然天生丽质，也有后天护养。宜人，尤其男子，可不讲究这个。哪怕赫奕，也是个糙汉子。只有璧国的男人才注重外表。而且，你虽说得一口宜话，却偶尔会带出璧国尾音。"

看看质疑道："他是晚塘人，晚塘在宜壁交界，难免会沾染壁的一些习性？"

"就当这个成立。二，你说你母是巫女，二十七年前偷偷生下了你，十二年后此事才败露，被巫所杀，而你，也一直被巫族追捕……你跟你娘聚少离多，对吧？她不可能把一个男童养在膝下，也不可能频繁出听神台去见你。那么，你是如何从她口中得知那么多关于听神台的事情的？"

"会不会是他爹讲给他听的？"看看正在分析，姬善瞪了她一眼，她连忙闭嘴。

时鹿鹿因为痛苦而微微有些喘，缓缓道："家父……不曾讲过，家母，也确实很少见面，但——她留了手记……"

"对呀，他可以看书啊……"吃吃正在附和，看看瞪了她一眼，于是吃吃也闭上了嘴巴。

姬善沉下脸道："行。那么三，你说巫族在追杀你，要用你的血清洗你娘的罪孽，为何不直接杀了，反而大费周章地藏在鱼腹中？还有，那四名巫女死前招供，是最近才听说你的下落，故而抓你。你既是这几天才被抓，又如何听到三个月前的神谕？"

四人全都目光灼灼地盯着时鹿鹿。

时鹿鹿不慌不忙，依旧镇定自若地回答道："家母手记里有巫族的一些隐秘，如今只剩我一人知晓，所以不能杀我。而我十五年前被擒，一直关在听神台中，故而知晓伏周的预言……"

此言一出，众人皆惊。

"你被关了十五年？！"吃吃目露怜惜，"难怪你连走屋和瓜子都不认识……"

"十五年你都没有说出隐秘？"走走满心钦佩道，"你看着柔弱，心智竟如此坚毅……"

"伏周竟能容你十五年，看来那些隐秘很不得了啊……"看看回眸看向姬善道，"我觉得拿他换药，稳了。"

姬善深深地凝视着时鹿鹿。当她如此时，琥珀色眼瞳会显得格外锐利，带着天生的冷煞之意。就像人们一看到白梅，就知道寒冬已至。

然而时鹿鹿似感受不到般，依旧笑得柔而暖，道："在下真的从不说谎。善姐相处久了，便知道了。"

"叫谁善姐？"姬善瞪眼道。

"那……善妹？"

姬善作势又要扎针，时鹿鹿立刻改口："大小姐！"

姬善这才将针缓缓收回。时鹿鹿松了口气，然后小心翼翼地问道："现在，能对我好点，让我开心一点了吗？"

"你想怎么开心？"

★★★

"北境之内，当以银叶寺为首，僧多钱多屋多，又称'三多寺'。其客舍共计三十九间，天字三间推窗可观日出，奇雾拦腰，颇有红尘尽在脚下之感，实乃躲避俗事纷扰的绝佳之地。然住持富豪又清高，钱帛哭求皆不能动其心志，想要入住，需投其所好。问有何好哉？答曰一狗肉二狗肉三狗肉也……"吃吃手捧《朝海暮梧录二》，念到此处舔了舔嘴巴，"啊，好想吃狗肉！"

"不许吃！"看看飞来一记眼刀。

"我就想想。"

"想也不许想！"

吃吃"哼"了一声。

躺在榻上听书的时鹿鹿好奇道："为何不能吃？"

"看姐说她当年流放路上被衙役欺负，幸好有只野犬冲出来救了她。自那后所有狗狗都是她的朋友。"

时鹿鹿看向看看——她替换了走走在赶车。走走赶车时，马车行驶得十分平稳，轮到她，就横冲直撞各种颠簸。但众人都似习惯了，无人对此抱怨。四个婢女中，看看长得最美，却动作最糙，大大咧咧像个假小子，似在刻意屏蔽身为女子的一些特征，原来如此。

"北艳山有一奇景，曰悬棺。壁立水滨，逶迤高广，一具具船型棺材悬挂其上，饰以彩绘，栩栩如生……"吃吃继续念书，喝喝捧了杯茶递给她。

"小贴心，我正念得口渴呢。"吃吃笑着接过茶呷了一口，挑眉道，"呀，仙崖石花？可惜用的水差了些，若能配以璧的凝秘泉，或者燕的紫笋泉水，就好了……"

喝喝捏紧茶托，有些不安。

一旁绣花的走走抄起木尺戳了下吃吃的头："别听她的，喝喝，她这是在别人面前卖弄风雅呢！"

"我也就能聊聊吃的，琴棋书画一概不会，哪风雅得起来？"吃吃说着把书一合，塞回案脚下，"我念累了……"

时鹿鹿温声道："辛苦了。"

"要不，你给我讲讲巫神殿的事吧。这些年，你都是怎么过的？"吃吃凑到榻前，双手托腮直勾勾地盯着他，一双大眼睛扑闪扑闪，写满好奇。

一旁的走走不禁朝姬善投去一瞥，只见姬善埋首于医书中，从头到尾连看都没看一眼这边。

时鹿鹿笑了笑，视线掠过吃吃看向窗外，霞光满天，斑斓似锦，他的眼神里流露出了许许多多的喜爱。

"巫神殿建在鹤城乃至整个宜国最高的蜃楼山上。山峰峰顶被削去一截，留下四四方方一块平地。宜人说，那是巫神的杰作。历任大司巫都要在那儿聆听神谕，再下山传达给世人。唯独伏周不同，她不下山。巫女们在听神台上搭建了木屋，供伊居住。我第一次见伏周，便是在那木屋中。"

"伏周如果跟善姐差不多大，等于也跟你差不多大？你十二岁被抓回听神台，那时候她也十二岁左右？"

"对。"

"然后呢？她怎么对你的？十二岁的小姑娘，应该坏不到哪儿去吧？"

"她把我关进一个没有光的屋子里。"

"当我没说过上句话……"

"我在那儿看不到任何东西，但有很多声音：吹过山顶的风，敲在外墙的雨，长出峭壁的草，落在土上的花……那些声音陪伴我，一天天，一年年。"

吃吃的眼眶湿润了起来，颤声道："你就这样过了十五年？"

"也有例外的时候。你知道的，听神台上什么都没有，只有种着花的一块地和两间小木屋。有一次，雷正好击中我住的那间屋子，把它烧掉了，我终于离开了小黑屋，看见了蓝天白云和太阳。"

时鹿鹿说这话时注视着窗外的风景，眼神温柔，唇角还带着笑意，却让吃吃看得更加难过："巫的隐秘很重要吗？说出来，你就解脱了呀。"

时鹿鹿收回视线，认真地看着吃吃道："我想活呀。说出来，我就活不成了。"

"可是……"吃吃实在无法想象，一个十二岁的孩子怎么能够在暗无天日的屋子里活十五年，十五年！

"你看，我这不是出来了吗？还遇到了你们。"时鹿鹿眸光流转，唇角的酒窝既可爱又明朗。

吃吃愧疚道："我们却要送你回去……"

"我迟早会被抓回去的，能额外换一个给喝喝看病的机会，赚了呢。"

吃吃突然转身，跳出了车窗。

时鹿鹿惊道："你去哪儿？"

姬善淡淡道："你的故事很感人，她去哭了。"

时鹿鹿看向她道："我没说谎，请你相信我。"

姬善终于放下书，也看向他：他的肌肤比她还白，是因为长年幽禁；他脸上带着这个年龄不该有的少年气，是因为没有机会长大；他的一切怪异行为和话间漏洞，确实都变得合理……

但不知为何，姬善心中仍有疑惑。那点疑惑毫无依据，毫不讲理，大概就是身为女子天生的直觉。

直觉告诉她——别信他。

于是她开口告诉时鹿鹿："我信不信不重要。她们信了就可以了。"

时鹿鹿的目光闪了闪，然后，难掩委屈地黯了下去。

　　车行七日，终于抵达宜国的皇都——鹤城。说也奇怪，此趟路程无比顺利，竟没有遭遇任何巫族的追兵。按理说在东阳关遇到那四名巫女时，她们已唱出《奢比尸曲》传递讯息，没能招来同伴，只能解释为东阳关实在太人迹罕至了。

　　作为唯方大陆最富有的都城，鹤城的街道既不像玉京那样四四方方泾渭分明，也不像芦湾那样质朴粗犷视野开阔，更不像图璧那样八街九陌高楼林立，而是鳞次栉比别有情趣。路两旁全是一间间小商铺，一眼望去卖的东西各不相同。每家都有窗台，窗台上全种着花，虽是冬天，但气候温暖，花朵开放得十分鲜艳。

　　走走边赶车边叹道："我可算对得起我的名字，把四国的都城都走遍了。"

　　看看从怀里取出那件圆柱形金器，将左眼凑到水晶前四处打量，接话道："你最喜欢哪儿？"

　　"当然是图璧，故乡啊。"

　　"我喜欢玉京，规规整整井然有序。"看看转头问姬善，"善姐你哩？"

　　姬善一边为时鹿鹿针灸，一边答道："以景喻人，图璧是个优雅的大家闺秀，小矜持又小傲慢；玉京是个身穿骑射服的贵胄公子，俊朗飞扬胸襟豪迈；芦湾是个未老先衰的驼背大汉，每条皱纹都写着凄苦和暴躁；而鹤城……"说到这里，她抬头看了眼车窗外的风景，"像个白手起家的商人，富有而不改勤俭，精明却为人和善。"

　　"大小姐说得精妙！"

　　"不是我说的。"姬善扎完了针，接过喝喝递过来的汗巾拭擦双手道，"《朝海暮梧录》里写的。"

　　看看道："可惜十九郎当了皇后后就不写了。啧啧，真是嫁人误事。"

　　"宜国人真的都信巫呢。看这些商铺，全都悬挂巫符，供奉神像。"吃吃拍拍看看的肩膀道，"看姐，嗳嵲借我。"

看看把金器递给她。

吃吃将名为嗳嵲的金器举到眼前，观察道："雕的是个年轻美貌的姑娘，赤脚踩着毒蛇，手持草药，耳朵尖长，唇上还含着一朵花……"看到这儿，扭头问时鹿鹿，"是巫神的神像吗？"

"不是。巫族认为神无真容，不可勾绘。那是第一代大司巫伏怡的雕像。"

"伏怡？"

"巫族宣称——千年前，宜人的先祖们住在大山里，巫为他们占卜治病，受到了大家的尊敬。后来一场大火烧毁了他们的家园，危急时刻，伏怡听到神的启示带领宜人走出大山，在此落脚，并根据神意指定一人为王，然后才有了宜的延续和兴起。"时鹿鹿说着，嘲讽地笑了笑。

吃吃看出他的不屑，问道："不是真的？"

"历史由胜者书写，谁能知道真相如何。"

吃吃揶揄道："你果然玷污巫神。"

一直沉默不语的姬善忽问："雕像嘴里的花是什么？"

"铁线牡丹。"

"铁线牡丹？"姬善不信，道，"我所知的铁线牡丹都不长这样。"

"嗯，此花只长在听神台，寥寥几株，可解巫毒。所以，我要解毒，只能回去。"

吃吃的眼眶又红了。

时鹿鹿冲她笑了笑，道："没事，十五年都过来了。能出来一次，就也能出来第二次。没准下次，你们又能从鱼腹里捡到我。"

"你是怎么逃出来的？"

"我……"时鹿鹿刚说了一个字，一旁的喝喝突然发出一声凄厉的尖叫，一头朝车壁撞过去。吃吃和看看迅速转身一人抓住她的一只胳膊，将她压在软垫上，姬善立刻从怀中取出针，封住几个关键穴位，再将一团软巾塞进她口中，防止她咬伤自己。

赶车的走走惶恐道："是我的错，光听你们说话走神了，没看见街那边有送亲的队伍……"

看看朝窗外望了一眼道："不是送亲，是送彩礼。"

远远的长街那头，扎着红绸的队伍从拐角处走出来，一个接一个的，一担担、一杠杠，朱漆鎏金，溢彩流光。

"不愧是宜，好大的阵仗……"吃吃说着轻拍喝喝的背，安抚道，"喝喝别怕，不是来娶你的，放心吧。"

喝喝像受伤的小动物般呜咽着，整个人抖个不停。

时鹿鹿怜惜地看着她，问姬善："这是心病？"

姬善没有回答。

她直勾勾地盯着窗外那队送彩礼的队伍，脸上有一种奇怪的表情——自时鹿鹿遇见她以来，还是第一次见到。

姬善性格冷淡又懒散，在她身上似乎毫无"热情"这种东西，冷眼旁观着世间的一切，就算参与其中，也无关痛痒得像个局外人。

而这一刻，局外人回到局中。

终于有了七情六欲。

时鹿鹿忍不住也看向窗外，但从他这个角度，什么也看不到。

幸好吃吃也发现了姬善的异样，问道："善姐？你怎么了？"

"鸂鶒。"

"什么意……啊！鸂鶒？你说的是真的吗？"吃吃一下子兴奋起来，冲到了窗边道，"真的是鸂鶒图腾！"

只见那些彩礼的箱子上，全都绘着黑底白纹的鸂鶒梳翎图腾。

"鹤公……"吃吃捂住脸庞，露出痴痴的傻笑模样，道，"他居然也在鹤城！"

时鹿鹿好奇道："你们说的是风小雅吗？"

"你知道他？"

"巫女时常跟伏周汇报四国之事，我听过。"

"就是他。我有幸在燕听他弹琴，虽然听不太懂，但我看见了他的脸……"吃吃说到此处，回头看了眼时鹿鹿，"他比你还好看呢。"

时鹿鹿的目光闪了闪，悠悠道："所以，他这是又要成亲了？"

一语惊碎少女心。

吃吃的脸瞬间变得惨白。

时鹿鹿将目光转向姬善，又道："也不知这回是看上了谁家的姑娘。"

吃吃咬牙道："我去问问！"说着飞身跳下车去了。

姬善收回视线，继续为喝喝针灸，时鹿鹿忽道："歪了。"

"什么？"

"刚才那针，歪了。"

姬善的手僵了一下，目光骤冷，时鹿鹿却像是发现了什么秘密般，悠然道："哦，原来你也喜欢风小雅。"

"怎么可能？"看看立刻反驳道，"善姐才不喜欢他！"

走走拆台道："可是大小姐去过燕国三次啊，就是为了去看他。"

"那是因为他的病很特别，善姐只是想看看他的病而已！善姐生平，只对三种人感兴趣——死人、病人、坏人。"

"也对。"

时鹿鹿想了想，转头问姬善："你可知我为什么会被包在茧中？"

姬善果然侧目，问："为什么？"

然后时鹿鹿便笑了，笑得又可爱又灿烂，道："当然是因为——我的病比融骨之症，更特别。"

★★★

风小雅得的病名为融骨之症。他的骨骼无法正常生长，随着年纪增长，骨头越来越软，最后全身瘫痪。

为了治这种病，他的父亲、燕国丞相风乐天想了很多办法。风小雅十岁时生命垂危，眼看着就要不行，不知从哪儿传出一个说法——只要在冰雕祭携孔明灯于幸川为他祈福，精诚所至，可逆天改命。

那一夜，燕国百姓纷纷前往幸川，为他们所爱戴的丞相大人祈福，求上天垂怜，福泽他的独子。

然后，奇迹发生了。

风小雅熬过了那个晚上。风乐天也终于找到了为他续命的方法——用七股真气控制住正经十二脉和奇经八脉，助其行动。

风小雅就此活了下来，今年二十五岁。

可谓是传奇人生。

如今，与他同岁的时鹿鹿却说，自己的病比风小雅还特别！

看看忽然意识到：吃吃说的也许是对的——此人真的看上了姬善，正在拼命想方设法地想要吸引她的注意。

当她想着吃吃时，吃吃就回来了。车帘掀起，她脸上带着激动亢奋之色，飞快道："我打听到了！是真的！鹤公要娶胡九仙的女儿的婢女为妻！"

"婢女？"走走一怔。

"正妻？"看看诧异。

姬善皱眉："为什么？"

"鹤公儿时不是有个未婚妻嘛？在他十岁那年去幸川为他祈福时被人贩略走，自此下落不明。如今找到了！就是那个婢女！叫什么茜色！"吃吃说着流下泪来。

走走心疼地安抚她道："天下何处无美男，想开些。"

"我不是嫉妒，我是感动啊！"吃吃索性放声大哭，"太感人了，十五年兜兜转转竟还能破镜重圆、分钗合钿……"

姬善腾地起身道："看好喝喝。"说罢跳下车消失不见。

众人一怔。

吃吃奇道："善姐去哪儿？"

"好奇怪，我还是第一次见她反应这么大……"看看也不禁质疑起自己的判断。

榻上的时鹿鹿收起笑容，喃喃道："我能变茧……"

然而无人理会。

★★★

姬善站在胡府对面，看着彩礼被一担担地抬进侧门，围观百姓指指点点议论纷纷。

"不愧是鹤公，娶个婢女都如此大手笔！"

"那可是胡大小姐的贴身婢女，从小看惯了好东西，不下点本钱怎么娶回家？"

"听说是鹤公儿时失散的未婚妻，找了这么多年终于找到了，真好啊……"

"可惜胡老爷失踪了，现在的胡府乱得很，否则这样的喜事，肯定风光大办。"

"听说冬至迎娶，然后就带回燕国了。"

"冬至？好快，岂非三天后？"

"那个茜娘我见过，可好看了，真真郎才女貌……"

一个个声音从耳畔划过，一朵朵红绸在眼前晃动，姬善的手慢慢捏紧，心中有一锅水快烧开了，即将沸腾，而她，只能用锅盖死死压住。

她深吸口气，扭头问离得最近的一名路人："请问，什么样的人能接到喜帖？我也想向两位璧人当面贺个喜。"

★★★

"啪。"

姬善将一张喜帖拍在几案上。

四个婢女凑上前，围观右下角绘着鸳鸯图腾的喜帖。

"这是……鹤公的喜帖？"

"对。"

"大小姐，你怎么弄到的？"

"从胡家人手里买的。"

"买这个干吗？你要参加婚宴？"

姬善淡淡道："不是我。"

"那是我？"吃吃不好意思地捂脸，左右为难道，"啊呀，我虽然很感动，但若真看见鹤公掀新娘子的盖头，肯定会嫉妒死的……"

"也不是你。"

吃吃诧异地问："那是谁？"

姬善轻勾手指引吃吃上前，在她耳边说了一个名字。吃吃大吃一惊，整个人都呆住了。

"去吧，三日后就是婚宴，务必在那之前赶回来。"

★★★

秋姜走出船舱，被热乎乎的海风一吹，顿觉有些不妙。

她所受的伤与寻常病症不同，最好在干燥寒冷的地方休养，天一热便胸闷气短，呼吸不畅。

朱龙见她脸色难看，便道："我去租辆车来。"

秋姜正要答应，一道声音远远传来："十一夫人！十一夫人……"

秋姜面色微变地朝着声音来源处望去。

他们停泊在宜国最大的港口——槐序，这里也是唯方最大的商港，共有四条港内航道，货载船只井然有序地出入于此，装卸工们穿着统一的服装忙碌着，整个画面充满秩序之美。

——除了一辆车，一个人，格格不入地插在中间。那人站在车顶，穿一身耀眼的黄衣，冲她挥舞长长的黄丝带。

朱龙立刻飞掠过去，将她一把抓住，带回船上。

那人噘起嘴巴，很不高兴地说道："我好心来迎，你们却如此无礼！"然后，看着秋姜又"啊"了一声，"真的有点像啊！"

"什么？"

"哦，没什么。"黄衣少女从怀中取出一封信笺，递到秋姜面前，"奉主人之命，送此物给十一夫人。"

朱龙伸手要接，黄衣少女忙道："不行不行，主人说了，必须十一夫人亲启！"

秋姜淡淡道："我没兴趣看，朱龙，送她下船。"

"你怕有毒？没有毒的！我给你打开！"黄衣少女连忙撕去信封，把里面的喜帖展开给她看。

于是，秋姜就避无可避地看到了上面的字——

"风小雅"。

这三个字，跟另外两个字"江江"并列写在了一起。

　　"鹤唳华庭，琴瑟合鸣。幸有嘉宾，其秀其英。前姻再续，契阔重逢。冬至吉日，扫台相迎。"

她的呼吸停止了。

耳鼓间响起急促的心跳声，"咚咚咚咚"。

日居月诸，沧海桑田，光阴一瞬间过去了许多年。

再然后，睫毛轻轻一颤。

呼吸，恢复了。

黄衣少女睁大眼睛盯着她的脸，发现此人竟然毫无变化，不由得很是失望，不甘道："看见没？鹤公要成亲了！"

"哦。"

"你不惊讶？不着急？"

秋姜玩味地看着她，问："你是谁家的小丫头？"

"我是谁不重要！重要的是你夫君！他要娶那个茜色了！"

"第一，你叫我十一夫人，这是他第十二次成亲，又不是第一次，有什么好惊讶的？第二，他已不是我夫君，我收了休书，现一别两清，他爱娶谁娶谁，有什么好着急的？"

黄衣少女气馁道："我连夜赶了一百多里路，腿都快跑断了，没想到你竟是这个反应……"

"所以，你究竟是谁家的丫头？为何要送喜帖给我？"

黄衣少女转了转眼珠，嘻嘻一笑道："你猜。"

秋姜打量着她，悠悠道："你是吃吃吗？"

黄衣少女大吃一惊，问："你怎么知道？！"

秋姜取过几上一本小册，丢给她。吃吃接住一看，密密麻麻全是字，又给合上了，道："哎呀，这么多字，你直说吧。"

秋姜轻笑了一声，道："你无父无母，从小跟着姑姑杂耍卖艺。五年前，你姑姑途经图璧，感染风疾，恰逢姬善路过。但她没能救活你姑姑，你姑姑病逝。走走见你机警可怜，便收留你，一同侍奉姬善。"

吃吃一怔，连忙重新翻开小册，匆匆看了几眼，道："原来你一直在调查我们啊？"

"毕竟事关'姬忽'，怎会不多留意？"

吃吃瞪着她，忽道："我们也知道你的事。"

秋姜淡淡道："既知道，便该好好躲着、藏着，怎么还敢到我面前挑衅？"

虽然她的表情很平静，声音也很轻柔，却让吃吃觉得不寒而栗，她忍不住搓了搓手臂道："不是挑衅，我们急着来告诉你，就是希望你快去阻止风小雅娶亲！"

"为什么？"

"什么为什么？你明明喜欢他，他喜欢的也是你，怎么能……"

秋姜沉下脸道："朱龙，把她丢下船！"

"我还没说完呀……"吃吃挣扎道，然而朱龙抓着她，就像老鹰抓着黄鹂一样轻松，一把扔了下去。

吃吃在空中几个翻身，堪堪落在了马车顶上，她还待要闹，朱龙沉声道："速速离开，否则抓你回璧。"

吃吃一听，转身就跑，一溜烟消失不见。

朱龙道："她留下了马车。要用吗？"

"有何不可？"

"怕动过手脚，会被追踪。"

"我们才刚靠岸，对方便赶来了，你觉得，我们的行踪保密得很好？"

朱龙一怔道："姬善竟有如此能力？"

"姬善逃出璧国，为何不去燕也不去程，独独来宜？"

"莫非……她在宜也有所求？"

秋姜翻转着手中的喜帖，幽幽道："看来姬善身上的秘密，比起我……只多不少。"

★★★

客栈二楼。

看看趴在窗边用瀣睫遥望着车水马龙的胡府，啧啧道："胡九仙失踪，胡家本在内讧，结果风小雅一来，都偃旗息鼓了。"

走走道："不看僧面看佛面。鹤公背后可是燕王。大家想来会看在他的面子上，不太为难胡大小姐。"

"那也得这门亲事成了才行。"看看勾起一个冷笑，道，"我有预感，吃吃回来之时，就是风小雅悔婚之际。"

走走情不自禁地看向内室——一门之隔的里间，姬善正在为时鹿鹿施针。

于是她靠近看看压低声音道："大小姐真让吃吃把喜帖送去给姬大小姐了？"

看看点头。

"姬大小姐真的……是鹤公的十一夫人秋姜？"

看看再次点头。

走走脸上的表情有些复杂，道："原来大小姐知道姬大小姐这些年的行踪……那她是在为姬大小姐着急？"

"说起这个……"看看突生好奇地问，"她们两个见过吗？"

四人中，只有走走是姬家的家生奴，从小就在姬府长大，也因此，只有她至今改不了口，依旧用"大小姐"一词称呼姬善。

"我爹是姬府的车夫，我从小帮着爹爹喂马擦车，直到十三岁才被夫人提拔去服侍大小姐。我见到大小姐时，姬大小姐已不在了，所以不知她们是否见过。"走走想了想，又道，"但我觉得，应该是见过的，不然不会那么像。"

★★★

"你见过姬善吗？"赶车的朱龙问秋姜。

"见过。"秋姜靠在窗边，看着十二月的宜境繁花如簇，脑海中却浮现出十二月的图璧——雪虐风饕。

其实图璧处于燕和宜之间，既不太冷也不太热，气候最是宜人，很偶然才会下雪。

而她初遇姬善那天，便在下雪。

她的书房叫陆离水榭，建在湖中，三面临水。那一天，云尚宫来教她插花，她因即将去如意门而心情郁卒，很是敷衍地把瓶插满，起身就想回屋歇着。

云尚宫的戒尺"啪"地敲在了几案上。

她只好再次坐下来。

看着插得满满当当的花瓶，她心中生出许多不忿，还有一些不服，忍不住问道："请问尚宫，我插得有何问题？"

"大小姐不是插，是堆放。"云尚宫起身，绕着几案走了一圈，缓缓道，

"我一开始就说过，插花要考虑花瓶放在何地，是否合宜。花开一个景，花败又是一个景，是会变的。学插花，学的是耐心，养的是情趣，修的是德行。你不该轻慢。"

姬忽想了想，忽一笑道："尚宫误会了，我正是想着这瓶花插好了，要摆在阿婴床头，才如此做的。"

云尚宫一怔。

"阿婴的房间一本正经的无趣死了，颜色加起来都不超过三种。所以，插这么一瓶五颜六色、奇形怪状的花送过去，正好弥补缺陷。尚宫，这瓶花放在那里，合不合宜，外人说了不算的。"说到这儿，她扬声道，"来人，把这瓶花送去公子榻旁，问问他，喜不喜欢。"

婢女上前捧走花插，云尚宫想说什么，终复无言。

当时天很阴，水榭很冷，她见没法回寝屋，便索性起来踱步，就在那时，看见了琅琊。

琅琊站在三丈远外的湖边，静静地看着她。母女对视了好一会儿，她有很多很多话要说，却又不知从何说起。

过了很久，她才注意到，母亲身边站着一个人。

那人戴着幂篱，纤细娇小。她心中立马明白过来——那是母亲为她找的替身。

于是心底那些汹涌湍急的话语，一瞬间，枯竭干涸。

琅琊带着替身走进水榭，与此同时，送花的婢女也小跑着回来了，得意地看了云尚宫一眼，道："回尚宫，公子说他非常喜欢那瓶花，谢谢大小姐！"

云尚宫注视着姬忽，叹了口气，道："大小姐是天之骄女，出生起便迎合者众。这是幸事，但居安思危，也要想想若有一日出去，遇到的他人是否也如公子一般，能让着你。"

一语成谶，乱箭攒心。

姬忽的脸瞬间没了血色，她本就冷，这会儿，更是无法遏制地全身颤悸起来，最终从齿缝间逼出一个字："滚。"

云尚宫大惊道："大小姐？"

"我说——滚。"

云尚宫回身看向琅琊道："夫人！她……"

琅琊淡淡道："今天就到这儿吧，你们送尚宫回去。"

云尚宫一怔，羞恼着挥袖而去，婢女们连忙相送，如此一来，水榭只剩下她们三个人。

琅琊并不看姬忽，而是侧头问那个替身道："你怎么看？"

替身答道："插花是世间最无用之事，大小姐早弃早好。"

姬忽的目光闪了闪，冷冷地看着她。

琅琊却"哦"了一声，问："为何？"

替身上前几步，看着一案的鲜花道："现在是冬天，大小姐这儿却有这么多花，天寒地冻的，花农不知耗费多少心血才让这些花提前开放，再一路小心翼翼地呵护着送过来…真想磨耐心，养情趣，修德行，应去种花，那才是命。而这些，离了土，截了枝，死物罢了。欣赏插花，跟欣赏死尸何异？"

琅琊挑了挑眉，转头看向姬忽道："现在，你怎么看？"

姬忽心底那股发不出又压不下的气，不知为何，因这一番话烟消云散。她定定地看着对方，道："摘下幂篱。"

替身没有摘帽，只将垂着的黑纱挽起，露出了她的脸——

空中忽然飘起了雪花，她的笑脸在雪花中，像一株白梅，悠然绽放。

"我一直觉得，姬善并不像我。"秋姜缓缓道，"她见我的第一面，虽然在笑，但我一看就知道她其实是个不爱笑的人。不像我，我很爱笑，只是后来，不得不不笑。"

朱龙理解这句话，他也是见过姬善的人："我被公子选中时，见到的姬大小姐，已是她了。当时只觉她性子'狂野'，不像个正经闺秀。"

秋姜忍不住笑了，道："难道我像？"

"你像。"朱龙深深地看着她，轻声道，"你身上有跟公子一样的气息。她没有。"

秋姜的睫毛颤了颤，继续道："姬善是个可怜人。"

"如何可怜？"

"姬达不是病逝的，是饿死的。"

朱龙一怔。

"姬达在汝丘，本有田地无数，因儿子嗜赌，全输了，眼见连儿媳孙女都要赌出去，姬达拦阻时失手杀了儿子。"

朱龙一惊。

"姬达出家赎罪，儿媳元氏感念他的恩德，继续留在身边侍奉。嘉平十八年，汝丘饥荒，姬达把仅剩的口粮留给她们娘俩，自己每日只吃香火，活生生饿死了。"秋姜说到这儿，感慨万千，"此事夹杂在一堆闲事里报至本家，就一句'汝丘分支姬达病逝'。"

一人之命，一家之苦，一隅之灾，隔着千山万水、人情世故，不过是短短一行字，儿时的她，虽看见了，唏嘘了一下，转头也就忘了。

"但姬善后来因祸得福，虽成了你，但起码活下来了，还活得不错。"

"不错吗？"秋姜嘲弄地一笑，道，"我看见她的脸，想起姬达的事情，便问她……"

"当年饥荒，为何不写信来？"

"祖父要面子，不肯。我写了，但邮子要一担谷当报酬，我跟他说我是写信去要谷子的，能要到就分他一半，他不肯，最后没谈成。"姬善说这番话时，没什么难过的表情，云淡风轻的，这令姬忽很惊奇。

她们都是九岁，姬忽却自认为做不到这般淡定。姬善身上有股子风雨里挣扎着成长的韧劲，莫非，真是穷人的孩子早当家？

于是她问了第二个问题："你喜欢这里吗？"

"什么？"

"这里，房子，园子，花草，衣饰，一切……"

"当然喜欢。"姬善低下头摸了摸身上的新衣裳，道，"这上面还有暗花，我娘也会绣，但太费时间了，她的手艺是要拿去跟人换钱的，不会用在家人身上。这是我第一……哦不，第二次穿花衣裳。"

"留在此地，你会有更多的花衣裳。"

姬善抬起头，直勾勾地盯着她。

被一个很像自己的人这么盯着，感觉就像在照镜子，照出了一些平日里忽略了的东西。

姬忽忍不住想：姬家的大小姐原来一点也不重要，谁都可以来当。如意夫人却不可以，必须我继承。二者的区别是什么？就像我和姬善，我们之间的区别又是什么？

姬善伸出手，从几案上拿起一枝黄花郎，道："大小姐知道这种花的吧？这么多花里，它最不值钱，乡间野外到处都是，风一吹，哗啦啦地四下飞……我的小名叫扬扬，由此而来。"

"扬扬？"

"对，因为我不想待在一个地方，等我长大了，要到处走走看看。"

"看什么？"

"看别处的风景，看别人的生活，看不属于自己的世界。"

"以何为生？"

"治病。"

"令祖还教过你医术？"她只听说姬达会炼丹。

"他没有。但他有个朋友是大夫，一直在帮他看病，教了我很多。"

"所以，你想悬壶济世、医行天下？"

"反了。我是为了行观天下，才医人为生。"

姬忽听到这儿，忍不住笑了，道："我认识一个人，他叫玉倌，和你一样，也痴迷医术。"

姬善的目光闪了闪，道："我知道他。"

"有机会介绍你们认识……"说到这儿，声音戛然而止，想起自己根本没有机会引荐二人。她和她，自此之后，只能有一个，出现在世人面前。

姬忽的眼泪忽然流了下来。

琅琊表情顿变，刚要喝止，姬善已上前两步，伸手捧住了姬忽的脸，道："一定有机会的。"

她说得那么坚定，然后又露出了灿烂的、甜蜜的、像这个年纪所有孩童一样天真的笑容："一定。"

"我跟她共处了三日，三日后，便去了如意门。临行前母亲问我还想要什么，我说——请名医教导姬善，再资助她钱财，让她尽可能地出去走走看看。我和她都为了家族身困樊笼，不得自由，但起码让她在出嫁之前，可以快活一些。"

"难怪姬善后来时常外出游玩……"朱龙想着后来那个骄纵肆意的天下第一才女姬忽，再看眼前苍白虚弱的秋姜，心头一阵唏嘘。

"我跟姬善说，扬扬可以是黄花郎，但姬忽，必须是一株寒梅，无论遭遇什么困境，都要用最美的姿态傲然地展示给世人看。"秋姜停一停，沉声道，"她……做到了。"

"但她也……逃了。"公子一薨，姬忽便带着四个婢女逃离端则宫，从此不知去向。没想到今天突然露出行踪，竟也来了宜国。

朱龙看着吃吃留下来的喜帖，迟疑道："现如今她如此急切地想把你引去胡府，应该不只是简单地挑衅和看热闹，必定另有原因。"

秋姜也看着喜帖，眼眸深深，难辨悲喜，道："管它什么原因，我不去。"

★★★

"那你说，姬大小姐接了喜帖，会来吗？"走走问道。

看看眺望着胡府，沉吟道："那就看她认为自己是谁了。如果是十一夫人秋姜，肯定会来；如果是姬忽，不应该来。"

"我不了解姬大小姐，但我了解大小姐。大小姐想要她来，肯定会逼得她不得不来。"

★★★

秋姜被朱龙抱上吃吃送来的马车。车里竟然放了四桶冰，散发着丝丝冷意，让她闷燥不已的身体立马舒缓了许多。

朱龙的脸色却不太好看，道："她知道你受了伤？"

秋姜抚摸着桶壁，若有所思。

就在这时，朱龙眉毛微动，手臂一长，从车下拖出一人。

"啊呀！轻点，轻点……"那人连忙求饶，冲二人讨好一笑，竟又是吃吃。

"你还没滚？"朱龙沉下脸道。

"我本都要走了，突然发现身上有个锦囊，打开一看，就只好回来了。"吃吃把锦囊递给秋姜，秋姜依旧不接，她只好再次自行打开，道，"喏，里面写着——你若不去，风小雅必死。"

秋姜的睫毛又不受控制地颤了一下。

★★★

"你猜得没错。"伴随着这句话，姬善从内室走了出来，走到水盆旁一边净手一边道，"我给了吃吃一个锦囊，上面写着如果姬忽不肯来，就告诉她，风小雅要死了。"

走走一惊，继而失笑道："大小姐软硬皆施，先用亲事诱她，诱不成，就逼她来。"

看看却道："不过，如果姬忽真的就是秋姜的话，我估计她还是不会来的。"

走走道："为什么？"

"因为传说中的秋姜性格坚毅，软硬不吃。"

★★★

秋姜看着吃吃，轻叹了口气，道："姬善凭什么觉得，她能杀得了风小雅？"

吃吃的手一紧。

"据我所知，这些年无数人想杀风小雅，无数人觉得他会死，但他始终活着。"秋姜的声音轻柔，还藏了一分她自己都无法否认的骄傲，"而姬善，这几年销声匿迹，东躲西藏，都无法出现在阳光下。如此丧犬，凭什么决定风小雅的生死，又凭什么操纵我？"

吃吃的表情变得有些古怪，她深深地凝视着秋姜，一字字道："你会去的。因为，锦囊上还有一句话——要杀风小雅的人，是茜色。"

★★★

"有的人确实言出必行，说此生不见，就真的不见。哪怕对方要死，也不肯破坏誓言。但是……若祸端因她而起呢？"姬善淡淡道。

"什么意思？"

"秋姜告诉风小雅，茜色就是他从前的未婚妻江江。于是风小雅来找茜色，要娶她，弥补曾经的遗憾。但如果，茜色也就是江江，她要杀风小雅呢？"

"她为什么要杀风小雅？"

"因为身份改变了。而且，已过去了十六年。"

"什么意思？"吃吃不解。

"意思就是，人是会变的。"

"你为何如此肯定茜色变了？"看看疑惑道。

姬善微微一笑没有回答，她转过头望向窗外，十二月的宜境阳光明媚，候鸟被这宜人气节所惑，来此越冬；人类被这琳琅春光所引，踏青欢游。

万物至此皆忘了——十二月，本是冬天。

所谓来宜，不过是"夺天地之造化，侵日月之玄机"的陷阱一场。

★★★

黄色身影如同黄鹂飞走，这一次，是真的走了。

却把无穷的疑惑和巨大的麻烦留在了马车上。

秋姜拿喜帖的手有点抖，朱龙看见了，担忧道："姬善的话，未必可信。"

秋姜无奈地笑了笑，道："她模仿我多年，可算是这世间最了解我的人。"知道她的软肋是什么，知道她会被什么打动。

最重要的是，江江被如意门所控，从九岁到二十五岁，十六年时间，足够改变太多东西。

"我们去鹤城。"她心中做出了决定，道，"我去见一见江江。"

只见江江，不见风小雅。如此，便不算违誓……吧？

★★★

"我虽解不了巫毒，但可暂时将毒全都逼至丹田，如此一来，你能恢复一点行动力，不必一直躺着了。"当时鹿鹿从昏迷中悠悠醒来时，听见坐在一旁捣药的姬善如是说。

他有些痴迷地盯着她的双手，没有接话。

姬善将捣好的药揉成丹丸，转身喂入他口中，然后道："试试。"

时鹿鹿缓缓抬起自己的手，虽然还是虚弱无力，但真的能够动弹了。而当他能够动弹时，第一个举动就是将手伸向姬善的脸——

姬善"啪"地将他的手打落，道："做什么？"

"你说让我试试，我就想试试能不能摸到你的脸。"时鹿鹿沮丧道，"原来还是不能。"

姬善冷哼了一声，开始收拾药箱。

时鹿鹿抱怨道："不公平，你把在下摸了个遍，在下却想摸摸你的脸都不行。"

"我是大夫，你也是？"

时鹿鹿眼睛一亮，道："其实，我也懂一点点医术的，哦不，是巫术。"

"哦？"

"巫医治人，用的其实是巫术。我在伏周身边多年，听了很多，也学了很多。"

姬善挑眉道："你不是说——伏周鲜少说话？"

"她不说，可巫女们会说呀。所以，如果真想让喝喝看巫医，可以先让我试试。"

姬善显得有点心动。

于是时鹿鹿伸手轻轻拉住她的袖子一角，笑得更加亲昵，道："试试嘛，又不吃亏。"

姬善垂眼看着自己被拉住的那片袖子，缓缓道："接下去，你是不是要问，喝喝什么时候生的病？因何生的病？"

"心病需要心药医嘛，总要先了解她。"

"然后，你会旁敲侧击出我的真实身份。"

"啊，这个……"

"接着，你会找到机会逃脱。"

时鹿鹿不笑了，睁着一双黑漆漆的大眼睛，静静地看着她。

"最后，你甚至可以出卖我，去换取一些东西。"

时鹿鹿叹了口气，道："你总是把人心想得这么坏吗？"

"因为，你就是个坏人啊。"姬善骤然凑上前，在近在咫尺地距离里盯着他的眼睛，冷冷道，"你自称小鹿，以无辜示人，但养过鹿的人都知道，鹿在攻击前，都会给人'鞠躬行礼'，鞠躬次数越频繁，就表示它越性急。"

时鹿鹿眼神一漾，依旧浅笑卿卿，道："那我既是病人，又是坏人，大小姐是否对我更感兴趣了？"

姬善一怔，然后就发现自己错了。她为了威慑而靠得很近，此刻却被对方反利用了。如此近的距离里，时鹿鹿的眼瞳像两个深不见底的旋涡，能将一切吞噬。

她预感到危机，想要撤离，却发现自己无法动弹。

"我都说了我会巫术啊……阿、善……"时鹿鹿的声音恍如叹息。

★★★

"我回来啦！"吃吃欢快地推门而入，却发现客房外室空空，没有人影，"走姐？看姐？喝喝？人呢？"

她抬腿就要进内室，却听里面传出姬善的声音道："我在针灸，先别进来。"

"哦，好的。她们呢？啊呀不管了，我快饿死了，先去吃点饭……"说着，又蹦蹦跳跳地离开了。

★★★

内室，姬善盯着时鹿鹿道："原来你还会口技。"

刚才那句别进来，是时鹿鹿说的，不是她说的。

"所谓巫术，本就是一切装神弄鬼之术的结合啊……"时鹿鹿一边轻笑，一边伸出手，再次摸向她的脸。

姬善极力想要躲避，却是徒劳，只能眼睁睁地看着那双手越来越近，越来越近，不由得浑身战栗。

"害怕吗？"时鹿鹿笑得越发开心，道，"别怕，我很温柔的。"

他的手，真的很温柔地拢上了她的脸庞，用指背轻轻地蹭了蹭，就像被小鹿蹭头。

"所以，其实还是可以摸到的，对不对？"然后，他的眼瞳又深了几分，隐透出被压抑着的欲望，"我还想亲亲你。"

姬善咬牙道："你会后悔的。"

"我说过要满足你一个愿望。如果不想被亲，现在许愿还来得及。"说着，时鹿鹿的手扣住她的脖子，一股力道传来，姬善不受控制地俯下了脑袋。

他的嘴唇因为病情缓解，恢复了红润，像一枚饱含琼浆的鲜果，等待采撷。

可恶，明明是登徒子，却长了一副纯洁无辜好欺负的模样。

"快许愿啊……"声音又轻又软，宛如情人的呢喃。

"为什么……非要我许愿？"姬善也说得很小声，她不得不小声，因为靠得实在太近了，嘴唇动得稍大一些就会碰到了。

"我这样的人，是不可以欠因果的。你救了我，我还了愿，两不相欠，多好？"

"是挺好的，但你如此重视，反让我觉得这个愿不能轻许，一定要用在最关键的地方。"

"现在不是关键之处？"时鹿鹿的目光从她的唇往下，看向了更隐秘的地方。

姬善嗤笑了一声，道："有件事你不知道——我是嫁过人的。"

时鹿鹿"啊"了一声，但眼中笑意不减，道："这样啊，那更好，你教教我。"

姬善皱眉。

"阿善。"他呼唤她，声音甜甜地道，"你救了我，我要报答你。"

"救你的是吃吃看看，你应该报答她们。"

"但让我活过来的是你啊，现在，让我能动的也是你。"

说到这个姬善就想扇自己几耳光，她被自己的医术蒙蔽了眼睛，总觉得此人剧毒仍在体内，筋脉依旧乱跳，无法使用武功，手无缚鸡之力。谁能想，还有这么邪乎的巫术呢？

时鹿鹿软绵绵地道："阿善，快阻止我呀，不然，就真要纠缠不清了……"

姬善眼神微动，突然冷笑道："那就纠缠不清，谁怕谁？有本事，亲啊。"

时鹿鹿的笑容消失了，死死地盯着她。

姬善挑眉道："你不敢，对不对？"

"不敢？呵……"

"你有一个秘密。这个秘密束缚着你，不敢欠人因果，更不敢跟人相交太深。因为你知道，这一亲亲下去，就回不了头了。"姬善说完，又补充了一句，"不信试试。"

时鹿鹿的眼神起了一系列变化，就像砚台中流动的墨汁，注入新鲜的清水后，渐渐淡化。

他别过头去。

姬善只觉身体一松，能够动了，第一反应就是"啪"地扇了他一巴掌。

时鹿鹿不怒反笑道："这么生气？"

姬善又扑上去，一通猛揍。时鹿鹿呻吟道："啊呀！轻点、轻点……"

就在这时，吃吃蹦蹦跳跳地回来了，道："善姐善姐，我跟你说……"

她的声音戛然而止，张大嘴巴看着眼前的一幕，然后又捂住眼睛，扭身就跑，道："你们继续，我出去找找她们……"

"等等……"姬善想叫住她，然而吃吃已经一溜烟跑没影了。

姬善气喘吁吁地罢手，看着时鹿鹿有点头疼。她不会武功，控制不住此人，虽揍了一顿，也就让他受了点皮肉小伤。

时鹿鹿睨着她，轻笑道："气消了吗？没有就再打会儿。"

姬善沉声道："你究竟是谁？"

"我真的从不说谎。"

"你父亲是谁？"

时鹿鹿的目光闪了闪，有些迟疑。

姬善意识到自己终于抓到了关键所在，道："你身上有个大秘密，伏周不杀你，除了想知道巫族的隐秘，还因为——你身份特殊。能让你母亲不惜背叛巫神也要为他生儿育女的那个男人……是宜先帝禄允吗？"

时鹿鹿脸上没有任何表情。

于是姬善知道，自己猜中了。

时鹿鹿反复重申自己从不说谎，又一直表现得很软柔爱笑，那么当他不笑时，就是被说中了笑不出来了。

"有意思。"姬善细细打量着他，道，"这么一看，你跟赫奕有点像。"难怪她初见此人便觉得眼熟。现在想来，虽然眉眼五官不像，但都很白很高很瘦很有气势。赫奕有风流肆意的成熟气质，时鹿鹿则更少年。

"难怪禄允要去问伏周，选谁继位。你也在他的考虑范围之内啊……"

宜王和巫女苟合，是为渎神。

渎神的孽种必须杀死。但因为他是王的血脉，不得留……

难怪伏周要把他关在听神台，亲自看守十五年。

"赫奕知道此事吗？"

时鹿鹿摇了下头。

也对，若赫奕知道，必不能像如今这般自在快活。

"你说你从不说谎，那么，我要问你最后一个问题——你如此拼命地逃出来，想做什么？"

时鹿鹿反问："真的是最后一个问题？"

"是，然后我会决定：是把你交给伏周，还是放了你。"

时鹿鹿看着她，看了好长一段时间。

姬善觉得他的脸真的非常有迷惑性，柔软又羞涩，乖巧又灵秀，散发着楚楚可怜的气质，特别能引发人的保护欲和讨好欲，想要让他过得好一点。

她之前大概就是被这种气质不知不觉所惑，让他恢复了行动力。

纵然一向自认心冷如铁，也着了美色的道啊。

时鹿鹿的睫毛轻轻扬起，终于开口道："我若不答……就可以继续跟着你？"

姬善沉下脸道："不。不答，就把你送给赫奕。"

时鹿鹿叹了口气，笑道："阿善，你可一点都不善良啊。"

"别废话，快选！"

"那么，听好了……"时鹿鹿侧头，用黑漆漆的眼睛盯着她道。

姬善立刻闭眼，以免再中那个什么见鬼的巫术，耳畔听见那个又软又甜的声音缓缓道："谁告诉你，我是'逃'出来的？"

姬善心中"咯噔"了一下，想睁眼，却发现眼皮沉如千斤，竟睁不开；想动，却发现自己再次不能动了。只有那个声音，那个讨厌的声音，像条灵巧的小蛇一样又冷又坏又调皮地一个劲往她耳朵里钻："我都跟你说过，我能变茧呀……还有，你肯定在想，都闭眼了，怎么还中招？谁告诉你，巫术是用眼睛施展的？"

姬善脑海中瞬间闪过了一些画面，震惊地发现：时鹿鹿确实从没说过他是"逃"出来的，也说过他的病比融骨之症更特别，再联系巫女们吟唱的巫曲，听神台的名字……

"是声音！"

"答对了，不愧是阿善，真聪明。"那声音笑，笑得她很痒，"巫用耳朵接听神谕，再用声音蛊惑世人……"

"是叹气。"姬善咬牙道，愤怒于自己这会儿才发现这一点，"你每次施展巫术之前，都会先叹口气！"

"啊呀呀，你这么聪明，我很为难啊。杀了你，舍不得；放了你，会糟糕……要不，你也回答我一个问题，我来决定——是杀了你，还是，放了你？"

温热的气息，靠近了她的耳朵。此刻的时鹿鹿，近在咫尺。

"你问。"

时鹿鹿又笑，笑得她更痒了："你找伏周，真正的目的是什么？"

姬善刚要回答是帮喝喝看病，耳上一痛，竟是被他轻咬了一口："虽然你是个满口谎言的人，但这一次想好了，要不要诚实一回。"

姬善浑身都在战栗。

耳上又一热，竟是他开始舔咬过的地方，湿漉漉，热乎乎，像小鹿舔舐青草。

"我……"她屈辱地、艰难地开口道，"我知道她不想当巫女，更不想当什么狗屁大司巫。我、我……我想问问她，要不要，救她离开。"

话音刚落，耳上的触感消失了，紧跟着眼上一热，却是时鹿鹿用手揉了揉她的眼皮。

姬善发现，能睁眼了，当即睁开眼睛——

光影铺呈，万物浮现，轻柔绚丽的那张脸，再次没有了笑容。

"你……"时鹿鹿眼神复杂地问，"认识伏周？"

"是。"

"什么时候的事？"

"十六年前。"在姬善，还住在汝丘连洞观时。

★★★

那时候的伏周，不叫伏周，叫十姑娘，因病在观中静养。

姬善经常去跟她聊天。她确实是个不爱说话的人，总是姬善单方面地说，她从来不答。

但有一天，姬善爬上树把掉在地上的麻雀送回巢里，树枝突断，她掉下来，心想完了死定了时，坐在窗前的十姑娘突然飞出披帛卷住她，救了她。

姬善觉得她人美心善，更加喜欢她。但她还是不说话，也不拒绝，任姬善各种自来熟地缠着她。

然后有一天，观中来了很多很多人，娘说是来接十姑娘回去的，她很舍不得，准备了一堆礼物想送她，结果，就看见十姑娘在哭。

静静地哭。

姬善问她："你不想回家吗？"

十姑娘终于说了认识以来的第一句话——

"那不是家。"

★★★

"你说得对，欠的因果都是麻烦。她于我有救命之恩，我小时候没有能力偿还，现在……"

"现在，你觉得你有能力了？"时鹿鹿看着她，眼神出人意料地冰凉。

"总要试一试。"这是她亏欠的最后一件事，只要还了，从此就是自由身，就能真正地行观天下，毫无牵挂了。

姬善凝视着时鹿鹿，问道："说完了。杀，还是放？"

若真像他所言，不能亏欠因果，就断不能杀，他只能放。

但她知道了此人如此多秘密，扪心自问，如果是自己，肯定不会放。

时鹿鹿，你到底是个什么样的人，真的从不说谎吗？也从不亏欠因果吗？就让我，验证一下吧。

姬善想到这里，挑眉一笑。有些秘密，就像压在心头的巨石，说出去虽会造成毁灭，却也能获得解脱。此刻她就觉得自己轻松了许多。

结果，时鹿鹿也学她的样子挑眉笑了笑，当笑容再次出现在那张脸上时，他就又恢复成那个温软如棉、无害似鹿的好脾气少年，道："我杀过很多很多人。"

姬善一怔。

他忽然伸出手，捧住她的手，像摸着世间至宝一般，小心翼翼，爱不释手，道："可你有一双世上最美的手——释药理，延寿限，生骨肉，活人命。"

姬善不解地看着他。

时鹿鹿抬眸，直勾勾地回视着她，叹道："阿善，你这样的人……应该活着，很好很好地活着。"

姬善突生警觉——他又叹气了！然而已来不及，视线陡然一黑，万物失去轮廓，她晕了过去。

"阿善……"那声音轻微悠远，仿佛只是幻觉，"希望你我再无相见之日。不然，就真的，非杀你不可了……"

秋姜默默地注视着车窗外的景色，马车进入城门后，一路北行。

这是她第一次来宜国，便认定了一件事：她不喜欢宜国。

且不说这见鬼的天气让她胸闷气短透不上气，家家户户供奉巫像也让她颇为不适，在她的认知里，巫蛊之术曾试图扩张入璧，然后被当时的璧王荇枢给下令驱逐了，再加上民智早开，用恩师言睿的话说就是"没文化的人才信巫"。当然，言睿对佛道也很不屑，他是个不信鬼神之人。

秋姜于此刻想起恩师，心中既柔软，又悲凉。她想快点抓回颐殊，好回璧看一看。

"巫像口中含的是什么花？"

朱龙答道："据说叫铁线牡丹，伏怡最早发现这种花能解虫蛇之毒，救了很多人。"

"有点意思……"说话间，马车在一家名叫"和善堂"的药铺门前停了下来。

秋姜戴上幂篱下车。

铺内迎出一名伙计，朱龙道："我们从程国而来，我家夫人得了怪病，遍寻名医都束手无策，听闻您这有位妲婆，九分灵验，特来求取三两三钱三文的良方。"

伙计忙将二人请了进去，带上二楼隔间，道："夫人稍候，我这便请妲婆上来。"

秋姜留意到窗台上也种着花，正是铁线牡丹，再看东墙，上面悬挂着一个丝线编织的符结，巴掌大小，也是铁线牡丹的形状，正中央绣了一个嘴巴，上唇红色下唇黑色。

朱龙在一旁解释道："这是伏怡的图腾，悬挂这个代表这户人家信奉巫神。"

"那耳朵又是什么？"秋姜指着西墙问。那上面也挂着一个符结，同样铁线牡丹，却绣了个耳朵，耳郭上还绘制着红色的纹路。

"这是伏周的图腾，悬挂这个代表她曾赐福给这户人家。"

秋姜颇有些意外地扬了扬眉。

"妲婆是如意门安插在巫神殿的巫女，因厨艺过人，被破例提拔为上一任大司巫伏极做饭，直到伏极飞升才离开神殿，来此药铺坐镇，为乡邻看一些疑难杂症……"

"飞升？"

"巫族认为大司巫不死，她们只是结束了人间的任务，被巫神召唤走了。"

这时门外传来一连串飞快的脚步声，到得门前停住，对方深吸了几口气后，才叩响房门。

朱龙将门打开，一个四十出头、身型肥硕的巫女出现在门口，许是跑得急了，衣领湿了一大块。

"琉璃门下十九李妲，拜见夫人。"巫女行了一个如意门的见面礼。

秋姜"嗯"了一声："只有你一个吗？"

"自收到夫人传笔后，我便召集宜境内的所有同门，除了三个，其他人都到了，随时等候夫人召唤。"

"哪三个？"

"一个是玛瑙门的小十……我们没有人知道他是谁……"

秋姜眉心微动，"嗯"了一声。这个小十虽在她门下，却一直是如意夫人直接调动，连她也没见过，只知在她入如意门前便已去了宜国。《四国谱》里记载说此人是女性，拥有过人天赋，潜在宜宫，身份极为高贵，只能她主动联络如意门，如意门绝不能找她，以免打草惊蛇。

"一个是砗磲门的小六，如今在胡家的黄色……"

秋姜微微垂眼——江江不应如意召唤，倒是可以预料。她得到了自己的名字，知道了自己的身世，还跟风小雅相认了，没有必要再蹚浑水。

"还有一个是颇梨门的老十，她叫多麦，三天前死了。"

"死了？"

"是。她是唯一一个成功打进听神台的弟子，是伏周十二个贴身巫女中的一人。"

朱龙听到这里，补充道："颐殊已落入巫族手中的消息，便是她核实的。"

秋姜注视着耳朵符结，忽问："这个符结也是她弄来给你的？"

李妲道："是。大司巫威望颇隆，有这个更好办事。"

"怎么死的？"

"十日前，她说巫族逃了一个囚犯，奉命捕捉。一路都陆陆续续有消息传回，但到东阳关附近消息就断了。后从别的巫女那儿打听到，确实死了，被那个囚犯杀了。"

"囚犯是谁？颐殊？"

"不，是一个叫鹿什么的人。其他一概不知。"

"那伏周如何反应？"

"伏周决定下山。"

秋姜一惊，道："不是说她从不离开听神台的吗？"

"是啊，所以大家都很震惊。但具体何时下山，尚未得知。"

"伏周会武功吗？"

"没人见过她出手，只知道她的贴身巫女们很厉害。"

"那她下山，必会带着巫女们……巫神殿是个什么样的地方？"

"巫神殿是巫族在鹤城的总部，位于城西的蜃楼山上，方圆十里戒严封路，除了巫族，任何人擅闯，都会遭到神谴。"

"王室也不能进？"

"除非有大司巫的手令，或者，陛下的圣旨。"

秋姜沉吟道："好。目前可知三点：一，我们假设颐殊真在伏周手中；二，囚犯出逃，伏周决定下山；三，姬善也在鹤城，对我的行踪了如指掌，并声称江江要在婚宴上杀风小雅，诱我来此……你怎么看？"

朱龙想了一会儿，道："明日必出大事。入局者，不仅仅是您，还有伏周。"

"没错。有人要借风小雅的婚宴拖住我们，并用囚犯将伏周和她的贴身巫女引下山，趁巫神殿戒备变弱之际，劫回颐殊。"

"会是谁？"

"等在神殿就知道了。"

李姐道："我明日入山等着。我毕竟曾是前大司巫的厨娘，她们不会拦我。"

"好。此行危险，切切小心。"

李姐的眼眶红了红，道："夫人还了我们姓名和自由。我们发誓要帮您擒回颐殊，还归四海太平！现在所做这些，皆是自愿。"

秋姜目光微动，垂下眼去。好像什么也没改变，如意门弟子拿回了名字，大多还在从事原来的劳作，世情繁杂，依旧有很多的身不由己。但又真真切切有了些许改变，比如李姐狂奔而来毫不遮掩的敬意，以及决定行动时明亮的眼睛。

那是一种名为希望的火，在她们的余生，开始闪烁。

★★★

"大小姐？大小姐……"叫谁呢？

"善姐？善姐……"好吵……

"醒醒呀！快醒醒！姬忽来啦！"

姬忽？二字入耳，仿若惊雷，震得姬善一下子睁开了眼睛。

四位姑娘全都围在榻旁，紧张地看着她。

"你可终于醒了！大小姐……"走走更是激动地哭了出来。

姬善的神思逐渐清明，腾地坐了起来，扭头一看，榻上空空，哪里还有时鹿鹿的身影？！"那家伙呢？"

"我不知道，我再回来时就剩你睡在这里……"吃吃讷讷道，"我还以为你把他打死了埋了……"

姬善敲了一记她的额头，道："我是这样的人吗？"

"你是！"三人异口同声，只有喝喝睁大眼睛，表情茫然。

姬善翻身下榻，开始翻找四下。

"别看了，什么也没少，金叶子一片没动。"看看道，"算他还有点良心。"

"不是找钱。"

"那找什么？"

"针，我的针不见了。"她那套针与寻常针灸的银针不同，乃是用足镔打制，不但可以鉴毒，还永不磨损。平日里都贴身藏着，因此马车被烧时也没丢。

"居然偷人吃饭的玩意儿！可恶，善姐，下次再见，我帮你一起揍他！"吃吃破口大骂。

"再见？这种祸害再也不见才好，是吧善姐？"

"算了。"姬善转移话题，"姬忽现在在哪儿？"

看看答道："哦，两个时辰前，姬忽的马车进了鹤城，先去了一家叫和善堂的药铺，见了一个叫妲婆的巫女，然后就近找了家客栈住下，没再外出。"

"妲婆……"姬善推断道，"想必是如意门安插在巫族的细作。"

"如意门还没解散？"走走惊讶道，"我好像听说什么如意夫人一死，如意门就解散了呀。"

"如意门还在，姬忽是她们的夫人；如意门不在，姬忽是她们的恩人。不管哪种，都还能差使她们。"看看撇了撇嘴道，"真是打得一手好算盘啊。"

吃吃道："照这么说，善姐本是我们的主人，现在把奴籍撤了，成了我们的姐姐，也还能差遣我们。善姐也打得一手好算盘不成？"

看看一噎，道："这怎么能一样？善姐可是九死一生地救了我们！"

"姬忽也九死一生地救了那些人啊！"

看看气得脸都白了，道："你怎么回事？怎么去见了姬忽一趟，就开始帮她说话？"

吃吃的表情变了变，道："因为我见到的姬大小姐，看着挺可怜的。"

看看发出一声嗤笑。

"她脸色特别差，每说一句话就喘得不行，随时都会死掉一样。那样的人，应该躺在家里，好好喝药休息，她却又坐船又坐车地各种奔波。她本不用做这些事的，不是吗？如意夫人死了，姬夫人也死了，她可以回家继续当她的姬大小姐的。"

此言一出，众人缄默。

"现在什么时候了？"姬善看向窗外问，不知何时下起了淅淅沥沥的小雨，天色很黑，似已入夜。

"亥时。"

也就是说，距离明日的婚宴，还有六个时辰。

只剩六个时辰。

"善姐，你说姬忽会提前去见茜色吗？"吃吃好奇道。

姬善淡淡道："不会。"

★★★

喜帖在秋姜指间翻转，像一只被蛛网粘住的苦苦挣扎的蝴蝶。

她的心也在挣扎。

朱龙端着饭菜进来，放好碗筷后，忽问："要不要……喝酒？"

"你劝病人饮酒？"

"我觉得，有了酒，也许你就能做出决定了。"

秋姜摇了摇头，道："不，我想快点好，我不喝酒。"

她总是这样。在激滟城那会儿，飓风来袭，他、颐非和江晚衣围炉而坐喝酒时，她就坐在窗边看着，明明馋得不行，却还是忍住了。

她总能克制一切欲望，就像克制笑容一般。

朱龙心中佩服，正要把一早准备的酒拿走时，秋姜又道："把酒留下吧。"

朱龙给了一个疑惑的眼神。

秋姜望着窗外的夜雨，将喜帖反扣在了几案上，道："今夜应该会有客来。"

★★★

"她不会去的。但是，江江会主动找她。"姬善道。

"为什么？"

"因为姬忽是姬家的大小姐。"

"这跟她的身份有什么关系？"

姬善勾起一抹微笑，似嘲弄又似感慨："大家族养出的名门贵女，从小受到的条条框框太多，凡事讲究三思而行。她和姬婴一样，布局，谋事，分利，图长远。所以，他们很少主动出击，更擅长防御。"

吃吃点头道："我明白了！姬忽会等，等那个茜色先找上她，看看茜色是什么样的人之后，再决定如何应对她！"

走走道："可茜色又为何要主动找她？"

看看道："我觉得是如意夫人大驾光临，弟子自当恭迎，就算她不去，也会有别的人把她抓过去。与其被抓过去，不如主动去。"

"茜色，哦不，江江，没准恨透了如意门，想彻底摆脱它，再加上有胡家和鹤公撑腰，不把失势的如意夫人放眼里了呢？"

三人讨论至此，齐刷刷地扭头看着姬善。

姬善脸上有一种很奇怪的表情，似笑非笑道："那就更期待了。希望此人能让我……更出乎意料些。"

▲▲▲

更鼓声响了十二下，酒壶四周的冰块化成了水。

朱龙问："换新冰吗？"

秋姜望着外面的雨——宜的雨，像多愁少女的眼泪，弱而美。下了半天，才堪堪打湿地面。她露出几分失望之色，道："不用了，客人不来了。"

"我去把她抓来？"

秋姜哑然失笑道："让她好好休息，明日做个容光焕发的新娘吧。"说着吹熄烛火，拥被躺下道，"睡了。"

朱龙只好退出房间，却没离开，而是坐在一旁的台阶上，抱住了自己的剑。

剑身中间刻着一条龙，原本是公子姬婴的佩剑，然后公子将它送给了他，说道："你喜欢这把剑？拿去。"

他想接，又有点不好意思，他一向羞涩，大老粗的外貌，少女般的心，平日里伪装得极好，喝了酒就会露形。

那天他并没有喝酒，但还是窘迫极了。

"这把剑……很尊贵，跟小人……不配。"

"哪里不配？"

"剑上是龙，而我、我叫阿狗……连蛟和鲤鱼都不如。"在古老传说中，蛟和鲤鱼都有一朝飞升为龙的机缘，而狗，是最下贱的生物。

"你可知何为盛世太平？"

"白泽奉书！"

公子笑了，道："白泽奉书，意味着有明君，但明君，未必能赢得盛世太平。"

"那、那怎么才算？"

"鸡犬桑麻，狗吠不惊。真正的安与盛，在天'下'，不在天'上'。"

公子将剑放入他手中，随着落在手上的，还有温暖的体温，道："所以，应该让龙，来守护你。"

朱龙看着剑上的雕龙，往事历历，清晰在目。可那个赐剑的人，永远地，不在了。

朱龙想了很多，然后，他就睡着了，梦见剑上的龙飞了起来，腾云驾雾，施云布雨，好不快活。再然后，草长花开，鸡犬桑麻，狗吠不惊……

他的脸上露出了一丝清醒时绝不会有的开心、幸福的笑容。

与此同时，一片红纱轻拂过他的裤腿。

★★★

来人提着一盏灯笼走进屋内。

灯光微弱，只能映亮半片红裙。帷帘后秋姜的呼吸又轻又浅，弱到几乎听不见。

来人先是走到几案旁，翻了翻上面的书册，看到记录姬善的那本，停了一下，继而不感兴趣地转身离开；再走到柜子前，打开里面的药盒，里面装满了瓶瓶罐罐，取出一瓶闻了闻，若有所思了一会儿，放入袖中；最后，拿了个垫子放在榻的正前方，坐了下去。

灯笼放在裙旁，烛火摇曳，似随时都会熄灭一般。

来人坐了一会儿，开口道："我知道你醒着。"

帘后静静，没有回应。

"我也知道，你动不了。"来人的手轻轻抚摸着红裙上的褶皱，道，"但你能说话，有什么想问我的吗？"

帘后沉默片刻，终于传出了秋姜的声音："你是江江？"

"我是。"

"你是何时知道自己的真实身份的？"

"从未忘过。"

"这么多年，为何不逃？"

"不得自由。"

"现在你已经自由了。"

"还没有。"

"为什么？"

来人轻叹了口气，道："因为我还有一些事没有办。"

"你要杀风小雅？"

来人有了片刻的停顿，最后回了一个字："不。"

秋姜再次陷入沉默。

来人道："你问了我这么多，现在该我问你了。你来宜，做什么？"

"抓颐殊。"

"抓到后呢？"

"回璧看一看。"

"只是看一看？不留下？"

"不。"

"为什么？"

"因为我也还有一些事没有办。"

"你还爱着风小雅吗？"来人紧盯着帘子问。分明无风，帘子却轻微颤动了两下，那是躺在榻上的秋姜用手揪紧了褥子，褥子带动了帘子。

最终，秋姜也答了一个字："不。"

来人笑了，道："撒谎。"

帘子顿时不动了。

"你不是不，是不能。而我，知道你为何不能。"

来人从袖中取出那瓶从柜子里拿来的药，缓缓倒在了地板上。

澄光月色，一滴滴地敲打着地板，就像外头的雨一样。

"这是江晚衣的独门秘药，叫'奔月'，意喻嫦娥偷得不死之药，服食可延命苟活，但是，浑身燥热如火，需住在月宫那样的冰寒之地。"

最后一滴奔月落在地上，来人收起空了的瓶子，注视着帘子道："你，活不长了。"

秋姜忽然冷笑起来，道："你医术不错，却太不了解我。我若真爱他，且活不长，就会放下一切顾虑，奔爱而去，绝不会把风小雅还给你！"

"你为何不问问——我想要他吗？"

秋姜一怔。

"你自我感动，以为成全了前缘，但也许，只是多了一对怨偶。"

秋姜深吸口气道："那你为何答应婚事？"

"这也是……我想知道的。"来人说着，起身，缓缓拉开了帘子。

四目相对，烛火昏幽。

门口的朱龙突然惊醒，拔剑而入喝道："什么人？"

风吹床帘，只有秋姜抱被坐在榻上，直勾勾地盯着地上的一盏灯笼。

他心中一紧，道："江江来过？"

秋姜点了下头。

朱龙扭身要追，秋姜叫住他："走很久了。"

哎？他竟一无所知！朱龙大骇。

"她有说什么吗？"

秋姜脸上有很奇怪的表情，如果走走看看她们看见了，就会发现，那是跟姬善一模一样的一种表情："明日婚宴，风小雅，真的有危险。"

★★★

淅淅沥沥的雨终于停歇了，像忧愁的少女破涕为笑，旭日东升，恢复成明丽温暖的宜冬。

姬善坐在窗前，用暖碳眺望着一街之隔的胡府，正好看见打扮成中年妇人模样的看看和吃吃捧着贺礼走进侧门——

吃吃的目光在人群中搜寻，看见前方有几位妇人正在打招呼。

"刘婶！"

"哟，赵姑，你也来了？"

"我虽已离了府，但也算看着茜色那丫头长大的，这么大的喜事怎么能不来祝贺？"

"最近又成了几对良缘啊？"

"别提了，现在的姑娘们啊，各个眼高于顶不愿嫁……"

吃吃听到这里，快走几步挤上前去，道："刘婶婶！啊呀，真是刘婶婶，看姐快来，这就是我时常跟你提起的刘婶婶！方圆十里最有名的冰人！我那三姑妈的大女儿的小姑子就是托她的福嫁出去的……"

看看配合地崇拜地看着刘姓妇人，刘姓妇人打量着吃吃，迟疑道："你是……钟……"

"我姓王！王家的！"

刘姓妇人露出恍然大悟之色，道："东巷搬走了的那个王家？"

"对对，来来来，看姐，咱们跟刘婶婶一起走，你那麻子瘸腿嫁不出去的小女儿就有着落了……"

看看翻着白眼，被吃吃笑着拉住跟在那几个妇人身边混了进去……

姬善见二人进去了，放下礯礋递给了一旁的走走。

走走道："大小姐不看了？"

"不看了。等吃吃她们回来，自然知道发生何事。"

"好。那我去添点茶水来。"走走说着推动轮椅出去了。

姬善见喝喝定定地看着外面，便问道："怎么了？"

突有察觉，快步上前一看——

她的脸骤然一白。

★★★

吃吃看着席上的美味佳肴，对看看啧啧道："不愧是胡家办喜事啊，一个丫鬟都这么有排场。"

一旁的刘氏接话道："这个丫鬟不一般的。"

"哦？快说说，刘婶婶，您是胡府的旧人，消息最灵通了。"

"茜色啊，原本是胡三爷的七夫人的丫头。那七夫人一直养在外头，生了儿子，有了大功，才被允许入府。结果命不好，半路上染病死了。茜色当时十二三岁，独自抱着胡三爷的儿子走了二十里地找来，那雨大得呀，她的鞋都走烂了，却把小公子包得严严实实，半点没淋着。胡老爷欣赏她，就破例提拔她去服侍大小姐。"

吃吃跟看看对视了一眼，眼中尽是了然之色：什么忠义小女仆，分明是如意门精心设计出来的，那个七夫人，八成也是她们弄死的。

"大小姐给她起名茜色，二十个丫鬟里啊最喜欢的就是她。她还会一点医术，有什么难以启齿的女人那方面的病，大伙儿都去找她。所以，府里的女人们也都喜欢她。"

吃吃感慨道："会医术就是好啊……"正说到这儿，外面一阵锣鼓喧天。

刘氏喜道："新郎官来催妆了！"

吃吃看向看看，看看冲她使了个少安毋躁的眼神。

主屋的门于此时打开，两位老妪扶着高挑窈窕的新娘走了出来，绣着银线牡丹的华丽却扇遮住了她的脸，依稀可辨容色甚美。

吃吃赞叹道："她的衣服真好看！都快赶得上善姐出嫁时那身了……"

看看冷哼一声，目光盯紧大门，心想着姬忽怎么还不来。

吃吃也意识到了这一点，睁大眼睛等待着。

伴随着一阵鞭炮声，身穿吉服的风小雅出现在了视线中，引起惊呼一片。

吃吃下意识拽了刘氏一把，刘氏吃疼，她忙不迭松开道："抱歉抱歉，太激动，实在是第一次见这么俊的后生……"

"俊什么呀。"刘氏不屑道，"病恹恹的，比咱们宜国的男人差远了，也就图个好看。"

吃吃不禁莞尔，拼命点头道："您说得对！而且听说他人品也不行……"

"王孙公子哥，能有几个真心的……"

看看一边听二人说风小雅的坏话，一边视线四下搜寻，再次后悔没带暖暖，现在各种雾里看花。那个姬忽，到底来不来？

那边，一身吉服的茜色转身向胡倩娘叩拜行礼，胡倩娘扶住她的胳膊，眼泪汪汪道："他要负你，尽管回来找我！"

风小雅这时正好走到阶前，于是胡倩娘又对他道："你知道的，我一直不喜欢你。所以，我会时刻派人盯着你，若敢对茜色有半点不好，我、我必不饶你！"

风小雅什么话也没说，只是躬身行了一礼。

胡倩娘拉起茜色的手，交给风小雅。

绿袖和红袖逐渐靠近。

"快来抢亲啊，快来抢亲啊，姬大小姐你真没用啊，怎么还不来啊！"吃吃嘴里念念有词。

茜色的手，终于放到了风小雅手上，与此同时，门外传来惊呼声。

吃吃一跃而起道："来了？！"

门外的喧闹声越来越大，所有人都不禁扭头回望。一个门房跑进来喊道："来了！来了……"

"抢亲来了？"吃吃兴奋极了。

"大、大、大司巫！大司巫来了！"此言一出，呼啦啦，在场的宾客全都跑了出去。

刘氏更是一马当先，肥硕的身体跑出了箭的英姿，第一个冲出大门。

不过眨眼工夫，偌大的院子就只剩下寥寥五人：新郎新娘、胡倩娘和吃吃看看。

吃吃张大嘴巴看着这一幕，喃喃道："什么情况啊这是？"

胡倩娘犹豫了一下，道："我去看看大司巫为何而来。"说罢，也一溜烟地跑了。

台上，拿着却扇的新娘望着脸色苍白的新郎。

台下，吃吃拉了看看一把，低声道："我们是不是也应该出去看看？"

"傻吗？没准正是声东击西呢！"

吃吃一想大有道理，便继续等着看热闹。

茜色动了动，似也要走，被风小雅拦住，道："怎么？你也要出去？"

"大司巫驾临，信徒都需拜见……"

"你是信徒？"

却扇上方的眼睛有一瞬的迟疑，然后，定住不动。

风小雅这才扭头，看向吃吃看看。不得不说，在所有人都跑光了的院子里，这两个原本普普通通的妇人，就一下子变得不普通了。

看看瞪眼挑衅道："看什么？我俩是璧国人，不信巫神，不行啊？"

"没错，什么大司巫小司巫的，都不信。"

"哦，璧国人。"风小雅悠悠道。

吃吃坏坏一笑道："可惜，不是你盼着的那个璧国人哦。"

看看也故意道："他盼着谁？"

"他盼着谁我就盼着谁。我盼着谁，就看他盼着谁了……"

风小雅眯了眯眼睛，沉声道："你们究竟是谁？"

"我们是看热闹的人啊。"

"对啊，二位郎貌女才，很是般配。"

"咦？看姐，新郎有貌不假，可你怎么看出新娘子有才的？"

"胡大小姐出了名地难伺候，新娘子能成为胡大小姐最喜欢的丫鬟，必有过人之才呀……"

吃吃看看二人一唱一和，正在落井下石，门外突冲进一个人，那人逆流而入，跑得十分艰难，头发更挤乱了，呼吸更跟拉风箱似的又快又急。

吃吃大吃一惊，连忙上前扶住那人，道："别急别急，来，跟我一起吸气，吸气……"

看看也安抚道："喝喝，别急……"

来人正是喝喝，她跟着吃吃做了好一会儿的深呼吸后，才停止那种尖锐可怕的风箱声，但脸色煞白，依旧一个字都说不出来。

看看目光闪动，察觉道："善姐出事了？"

喝喝拼命点头。

"跟……大司巫有关？"

喝喝再次点头。

看看扭身就跑，吃吃有点不舍地看了风小雅一眼，道："婚礼不看了？"

"看个头！"

吃吃当即拉着喝喝追上，边跑边扭头道："鹤公，你小心点，你的新娘子要杀你啊！"最后一个字的尾音，悠悠消散在了门外。

风止人静，日影斜长。

胡府屋前，仅剩下的两位新人彼此对视。

茜色道："你信吗？"

风小雅笑了笑，道："我觉得，我活着应该比死了有用。"

"那她们为何说这话？空穴来风，总有出处。"

"有人不想让你我成亲。"

"谁？你的十一夫人？"

风小雅眉心一跳，沉默了。

门外遥远的喧嚣声仍在，仿佛只有此地被世俗的热闹所遗忘。日冕一点点移动着光阴，似乎所有人都不再记得，所有的婚筵都有吉时，而吉时，都是很短暂的。

★★★

吃吃等人还没跑回客栈，就见客栈外里三层外三层围满了人，所有人都跪在地上虔诚叩拜，嘴里念念有词，说得最多的一句是"大司巫神通"。

"一帮疯子！"看看一个纵身，越过众人头顶，直飞上二楼，撞破某扇窗户进去了。吃吃不能丢下喝喝，只能硬挤。但人群熙攘，连落脚之地都没有。她转了转眼珠，大声道："妹妹！你的巫毒传不传染啊？别大司巫还没给你解，把这些人也给祸害了……"

众人一听，纷纷避让，硬生生空出一条路来。

吃吃连忙带着喝喝进去，边走边道："多谢多谢，你们都是大好人，巫神会保佑你们的，大司巫神通，大司巫神通……"

客栈外全是人，客栈里却很空，只有两名中年巫女把守着楼梯口，除此外，店伙计和掌柜都俯身跪在地上，安静极了。

一名巫女冷冷地看着进来的吃吃喝喝，道："尔等何人？"

"我妹妹生了怪病，听闻大司巫大驾光临，想求她为我妹妹看看……"吃吃边说边抬头朝楼梯上看，楼上一片静谧，也不知什么情况。

另一名巫女看见喝喝，对同伴耳语了句什么，同伴道："你就是刚才着急跑出去的那丫头？"

喝喝不知所措，吃吃忙答道："对对，她不会说话，见大司巫来了，只能赶紧找我回来。"

两名巫女交换了个眼神，让出楼梯道："上去吧。"

这么好说话？吃吃心中狐疑，但还是拉着喝喝上楼了。

楼上除了她们那间房外，所有客房门都紧闭着。她们的房间外也站着两个巫女。

吃吃大着胆子走到门前，巫女们果然伸出竹杖拦住了她。

"先别进来。"姬善的声音从屋内传出来。

吃吃探头一看，姬善正站在房中央，她面前有一顶轿子——跟之前在东阳关见过的一模一样的软轿。

伏周在里面？

巫女们的竹杖作势要往她身上点，吃吃连忙后退，露出一副乖巧之色，拉着喝喝等在一旁，心中既担忧又迷惑。

伏周不是从不下山的吗？她知道时鹿鹿被她们救了？时鹿鹿溜了，伏周会不会迁怒？善姐没了人质，怎么请她给喝喝看病啊？还有看看，她又去了哪里？

★★★

姬善静静地看着软轿。

她无数次想象过自己有朝一日见到伏周会是怎样的情形，在她的想象中，见伏周是很难的一件事，要耗费许多时间，得到很多机缘，经历很多险阻，才能在听神台见到这个人。

所以，她万万没想到，伏周会下山，并主动来见她。

计划果然永远赶不上变化。

沉默许久后，姬善率先开口道："如果你是为时鹿鹿而来，我本来确实想带他去见你，但没看住，还是让他逃了。"

透过轿子的纱帘，依稀可见里面坐着一个身穿彩色羽衣的女子。女子低垂着眉眼，并没有看她。

姬善又道："我救时鹿鹿时，并不知道他的身份，知道后，第一时间带来鹤城，想交还给你。从头到尾都没有跟你作对之意，你若不信，可问巫神。"

伏周依旧没有看她。姬善想，她还是这么不爱说话啊……于是她让自己的声音显得更诚恳些："我一直想见你。我变化极大，你可能已经不认识我了。但是……这个，是你给我的，还记得吗？"

姬善从怀中取出一样东西，抖开来，递垂到帘前。

那是一根孩童用的披帛，年份已久，原本的朱红淡化成了浅红，上面还残留着一些褐色的血渍。

正是当年十姑娘用来救小姬善的那根。

轿中人终于动了，伸出一只手，接住了披帛。

手纤长，却戴着彩色丝织手套，看不到任何肌肤。

姬善暗暗皱了下眉。

那只手连带着披帛缩了回去。伏周低着头，似在仔细打量披帛。

姬善情不自禁地屏住了呼吸。

这一刻十分漫长，漫长得她听见自己的心跳声：扑通、扑通。是她吗？是不是她？

★★★

"若是她……就好了。"风吹庭院，恍如叹息。

风小雅自嘲地一笑，道："但我知道，她不会的。"

秋姜只会希望他快点跟江江在一起，又怎会来阻止？

茜色问："那是谁？"

"也许……"风小雅朝喧闹声的来源处望去，道，"是巫神的意思吧。"

茜色面色微变。

★★★

扑通、扑通、啪！

心跳声被打断——披帛被扔了出来："不是这根。"

姬善笑了，从怀里取出另一根，同样陈旧的红色披帛，但没有血渍："拿错了，是这根。"

戴着彩丝手套的手再次伸出来，将这根拿走，然后道："不是拿错，而是试探。"

"你当年叫十姑娘，我总要确认一下，你是不是伏周。"十姑娘当时十二岁，被听神台的长老接走，很美貌，不爱说话，身份尊贵……巫族当年纳新的巫女里，全部符合这几个条件的，只有伏周一个。

伏周沉默了一会儿，道："现在确认了？"

"嗯。"

"想做什么？"

姬善转身走到门口，把喝喝叫过来，再带着她来到轿前，道："巫术可能医治她？"

一根玉杖从轿子里伸了出来，杖身乃是一整块白玉雕成，用五色宝石拼嵌出一个耳朵图腾，杖头还挂了一个银制的铃铛——正是伏周的象征。

玉杖轻轻点在喝喝的眉心上，带动铃铛"叮"了一声，又清又脆，说不出地空灵好听。喝喝睁大了眼睛，很不安，但没有动。

十息后，玉杖收回，伏周道："不能。"

姬善失望道："为什么？"

"她不信巫，神术对她无用。"

"也就是说，想要治病，就得先信巫神？"

"对。"

姬善的目光闪了闪，俯下身子盯着帘内的伏周道："那么你呢？你信吗？"

此言一出，门口两个低眉敛目的巫女顿时激怒，双双拔出竹杖冲了进来，道："放肆！"

"退下。"伏周淡淡道。

巫女们恨恨地瞪了姬善一眼，退了出去。

姬善表情丝毫不变，又问了一遍："告诉我，你信巫神吗？"

★★★

茜色冷笑起来，道："巫神？巫神是这世上最恶心之物！"

"哦？"风小雅淡淡道，"据我所知，胡九仙当年可是带你去过巫神殿测命，巫神说不错，他才放心让你服侍胡倩娘。"

茜色一僵。

"数月前的快活宴，本不许火相者上船，巫神赐符于你，你带着护身符，才得以上船。"

茜色又一僵。

"这些年，你用你的医术治好了一些病，但也治坏了一些病。那些人本要找你麻烦，但巫神说那是他们的命数，非药石能救。你的名望这才得以继续保全。"风小雅注视着却扇上的眼睛，叹了口气道，"你受了巫神这么多恩泽，本该感激。"

茜色再次冷笑道："恩泽？若我当年没去幸川，这一切，我本无须经历，这份恩泽，也就无须承受。"

这下，轮到风小雅一僵。

他轻轻地、低低地，像抱着最后一丝希望地问道："所以，你……是不信巫神的？"

★★★

伏周沉默片刻，一字一字道："我必须信，我为此而生。"

姬善眼中的探究之色淡去，变成了另一种复杂情绪，她慢慢地直起身子，道："我明白了。"

"真的明白？"

"嗯。你不需要我救，是我自作多情。"姬善笑了笑，露出几分顽皮之色，道，"但想来你不会怪我，毕竟我是一片好心。"

伏周"嗯"了一声。

"看你模样，病应该也彻底好了。那么，还有什么我可以帮你的吗？帮你抓时鹿鹿？"

"不必。"

"那我如何报当年的救命之恩？"

"不必。"

"不行，我这个人不愿欠人恩情，不还上睡觉都不踏实。我都惦念了十五年了，你就说件什么事，我给你办了，就当两清了，可好？"

伏周想了想，从帘后伸出手，彩色的手套上，躺着一朵五色斑斓的花。

"这是？"

"铁线牡丹。听神台的。"

姬善连忙接过来细细打量，果然与普通的铁线牡丹不同，花瓣更繁，花色更艳，散发着一股幽幽清香。

伏周又递了一个瓶子出来，不过手指长短，十分精巧。

"这又是？"

"巫毒。"

姬善扒开瓶盖，里面是种白色粉末，没有特殊气味。

"你要我做什么？"

"研制解药。"

姬善一怔，继而恍然，道："时鹿鹿说他知道巫族的一些隐秘，其中就包括……这个？"

"时鹿鹿的母亲阿月本是内定的继承者，但伏极临终前发现她的背叛，赐死了她。伏极自己也力竭飞升，没来得及告知解药配方。"

"时鹿鹿知道？"

"是。但他绝不会说出米。如今解药已不多了。你若真想报答我，便试着解一解吧。"

姬善盯着瓶子和花，明眸流转，微微一笑道："没问题。"

伏周晃了下玉杖，门外的巫女进来抬起软轿。擦身而过的瞬间，姬善突升起一股冲动，想要掀帘看一看伏周的模样，但手指动了一下后，又生生停住。

她眼睁睁地看着软轿走出去，下了楼，消失不见。

吃吃连忙冲进来道："善姐善姐，原来你认识大司巫啊？你跟她怎么认识的？之前怎么都不告诉我们？"

姬善比了个"嘘"声，吃吃只好停止了询问。

姬善走到窗边，正好看到伏周的软轿抬出客栈，所有人都跪下参拜，口中齐呼："大司巫神通！"

姬善缓缓道："我不认识她。"

"骗人！"

"起码，不认识……这个她。"

吃吃不解地问："什么意思？"

姬善转动着手中的铁线牡丹，淡淡道："意思就是，同是铁线牡丹，长在听神台的，跟别地的，已经完全不一样了。"

吃吃细细咀嚼了一番，还是不懂，索性不想了，扭头张望道："对了，看姐呢？她刚才着急，直接飞隔壁了，怎么还不过来？"

姬善一怔，问："她在隔壁？"

话音刚落，与右侧相邻的墙壁突然穿入一截剑尖，剑在墙上利索地画出一个大圆，紧跟着"轰隆"一声，半人多高的圆板倒了下来，震得地面一阵轻颤。

洞的那一边，朱龙缓缓将剑收回鞘内，冲她冷冷一笑。

他身后，走走和看看叠坐在轮椅上，嘴里塞着布团，发出细碎的"呜呜"声。

再后面，同样邻街的窗边，秋姜正在眺望胡府方向，手里拿着一物，正是她的礤礋。

秋姜悠悠回头，冲姬善举了举礤礋道："此物甚好。"

★★★

"所谓巫蛊，不过是装神弄鬼之术，巫族以其诱惑、威慑、恐吓百姓，达到敛财、揽权、干政之目的。"茜色冷冷回答道，"所谓神谕，皆是人言。我为何要信？"

风小雅凝视着她，忽然释怀一笑。

"你笑什么？"

"我自见你，总有陌生之感——直到此刻。"直到此刻，才能把你和当年那个天不怕地不怕、又刻薄又犀利、与众不同的江江联系在一起。

那个笑起来缺了两颗门牙的江江；

那个喜欢尝试各种草药的江江；

那个劝人种柳树别种梨树的江江；

那个戏谑地说他"你真是娇滴滴的相府小公子啊"的江江；

那个喜欢看病人苦苦哀求自己，看似毫无同情心，却又有原则的江江……

那个……我命定的妻子……江江。

茜色愣了愣，然后，慢慢撤下却扇。

她的脸，完完整整地展露在了风小雅面前。

这是一张跟秋姜有三分相似的脸，却比她漂亮得多，属于第一眼看见就会被判定为美人的脸。尤其此刻妆容浓丽，更加显得美艳不可方物。

宜国明媚的阳光照着身穿婚服的她和他，天造地设，一对璧人。

　　三分相似的脸，在阳光下嫣然回眸，眉弯了，眼笑了，整个房间都似跟着一起亮了。

　　"这是蛤蟆鼓捣的玩意儿？可惜只能看一只眼，要有两个一起看的，就更好了。"秋姜爱不释手地把玩着砭嶷。

　　姬善皱了皱眉道："放了她们。"

　　秋姜"啊"了一声，亲自上前拿掉走走看看口中的布团，道："抱歉，我想安安静静地听个壁脚，委屈二位了。"

　　看看"呸"了一声。走走却是受惊不小地看着秋姜，眼眶微红。

　　秋姜冲她笑了笑道："大刘家的三丫头，是吧？"

　　"姬、姬大小姐……"走走讷讷地垂下头去。

　　秋姜给了朱龙一个眼神后，朱龙伸手在二人肩上一拍，她们顿时恢复了行动力。看看从走走腿上一跃而起，回身拔出腰间长鞭，吃吃一看，也立刻挽起了黄丝带。

　　两人眼看就要动手，秋姜歪了歪头道："都说吃人嘴软，拿人手短，吃了我家这么多年的饭，拿了我家这么多年的月钱，你们两个怎么不感恩呢？"

　　看看和吃吃面色微变。

　　看看又"呸"了一声："收留我们养我们的是善姐，可不是姬家！"

　　"对对对！要感恩也感念善姐的恩！跟姬家没关系！"

　　"要不是姬家，我们早自由了！"

　　"对对对，我们不跟你计较就不错了，还感恩？脸怎么这么大……"

　　姬善打断二人道："你们都先出去。我跟姬大小姐单独谈谈。"

　　走走连忙推着轮椅离开了；看看有点不情愿，被喝喝拉了一把，只好也走；吃吃见她们都走了，连忙跟上，顺带叫上朱龙："朱爷，人要单独谈谈，走啊！"

朱龙走出去，将房门关上。

秋姜收起笑容，静静地看着姬善。

姬善并未退让，也平静地回望着她。

十六年前的图璧大雪纷飞。

十六年后的鹤城阳光明丽。

水去云回，她和她再度相见，像在看一面有些扭曲模糊生锈了的镜子——这般相像，却又截然不同。

★★★

看看趴在门上听着里面的动静，并恶狠狠地瞪着朱龙道："怎么，就许你们听壁脚？"

吃吃道："朱爷，虽然她们两个一个病入膏肓一个不会武功，但真打起来，还是你家那位比较吃亏啊！我们听点响声，有啥事也好进去拦不是？"

朱龙双手环胸靠在栏杆上，压根没有要拦阻的意思，闻言也只是挑了挑眉，一言不发。

于是吃吃也趴在了门上，两人光明正大地偷听。

"怎么什么都听不见呢？难道继眼睛坏了，耳朵也坏了？"

"我也什么都听不见！喝喝你来！你耳力最好。"

喝喝被强行拽了过去，听了一会儿道："在写字。"

"啊？"

"用手指，蘸着水，在案上写字。"

吃吃和看看很失望："没想到善姐连咱们都防备……"

"肯定是姬忽先写的字，果然如传闻一般狡猾。"

"她还有心思在这儿跟善姐聊天？前夫都要跟新妇走了！"

"不是，你为什么觉得她是真爱风小雅？她那种女人谁也不爱吧？"

"不可能！世上没人会不爱鹤公！"

看看翻了个白眼。

这时外头街道上传来巨大的喧嚣声。吃吃连忙跑到窗前眺望，发现伏周的软轿竟进了胡府大门！人群正是为此喧腾。

吃吃连忙跑回来拍门道："善姐善姐，大司巫去胡府啦！"

房门应声而开，开门的却是秋姜："哦。"

"哦？你不惊讶？不好奇？不着急？"

秋姜淡淡一笑道："有人替我去了。"

"谁？"看看问完，才发现屋里没姬善的身影，"善姐呢？"

秋姜指了指墙上的大洞。

看看一惊，快步走到几案前，上面水渍未干，依稀可辨写着两句话："可怜夜半虚前席，不问苍生问鬼神。"

字迹统一，应是出于一人之手。

也就是说——

刚才喝喝听到的声音，并不是两人笔谈，而是从那时起，姬善就通过墙上的大洞走到隔壁静悄悄地离开了，留下秋姜一人在那儿写字自娱罢了。

"善姐的秘密可真是比猴儿身上的虱子还多啊……"看看发出了由衷的感慨。而吃吃第一时间跳窗，向着胡府方向疾奔而去。

★★★

软轿被抬进胡府大门，喧嚣和人潮也跟着涌进前院。

人们这才想起，这里还有一对新人在等待行礼，原先定下的吉时却已经过去了。

大家都很尴尬，却又觉得理所应当——参加婚宴跟参拜大司巫相比，当然是后者重要。

台上的风小雅跟茜色两两相望，彼此一笑。

风小雅对众人拱手道："未等诸位，我们已自行礼毕，婚船在槐序等候多时，我们这便上路了。"

抬轿的巫女出声道："慢着。"

众人顿时兴奋起来，期待地盯着轿子，不知尊贵无双的大司巫，会对这对命运多舛的新婚大妫施以何等祝福。

巫女冷冷地盯着茜色道："汝受神庇护，不得离境。"

众人哗然。一胆子大的诧异道："为何？以往没这说法啊。"宜商遍布四国，从没有不许信巫者离境一说。

巫女道："因为她不是宜人。"

众人这才想起，巫神只庇护宜人，别国子民想要得到神的祝福，需要立誓：或更改国籍，或不离左右。

而茜色之前是胡家的婢女，现在证实了她的身份是燕人。一个燕人凭什么得到神的祝福？众人看茜色的眼神顿时变得不太友好。

胡倩娘见状上前一步道："我这便为她改籍！今日一定完成！"

众人心道不愧是财大气粗的胡家，改籍跟吃饭喝水一样容易。

巫女道："不行。"

胡倩娘急了，道："为什么？"

巫女从怀中取出一根丝带扔给胡倩娘。臂长的红丝带，绣有耳朵图腾，宜人全都认识此物——这是许愿带，信徒把心愿写在带上，系在巫神殿下的迎客松上，通过伏周向巫神许愿。伏周会挑选其中的有缘者，给予祝福。

而这一根，上面写着："愿永陪小姐左右。"

胡倩娘一眼就认出来，这是当年茜色到她跟前侍奉时许的愿。

彼时，她们都是十三岁。

胡九仙把茜色指派给她，大年初一，她们一起爬屬楼山，在迎客松下许愿。她许了什么已经不记得了，伏周也没有给予回应，但茜色许的愿她看见了，十分感动，自那后更是偏爱她。

"茜色当时不记得自己的身世，所以许了这样的心愿，并非有意欺神……"胡倩娘试图辩解，说到一半也自觉理亏，看看脸色苍白的茜色，再看看一旁的风小雅，咬咬牙大声道，"好！我决定了！我跟他们一起去燕！"

"什么？"人群起了一阵惊呼。

"她的心愿是陪我左右，我也去燕，就不算违誓了！"

胡府的一位老妪连忙阻止道："这怎么行！大小姐，你……"

"为何不能？反正我也不想在这个鬼地方待着，去燕住几年也挺好。"父亲不见了，胡家乱得很，那些叔叔婶婶全都来她跟前哭哭啼啼、吵吵闹闹，烦得不行。索性迁居，来个眼不见心不烦。

胡倩娘越想越觉得此法甚妙，既成全了这对苦命鸳鸯，又让自己从泥潭中解脱。

然而，巫女还是摇了摇头道："不行。"

胡倩娘有点生气了，道："这也不行那也不行，你们想怎样？非要逼死新娘吗？"

老妪吓得连忙拉她的手，道："大小姐慎言啊！"

胡倩娘甩开她的手，走到轿前，她本就是受不得半点委屈的性子，即使面对着大司巫也毫不畏惧："巫神怜爱，怎会毁人姻缘？还请大司巫给个说法。"

轿内，伏周的声音轻轻却又清晰地传了出来："你要保她？"

"对。"

"她杀了你父，你也要保她？"

轰隆隆，似有晴天霹雳，重重砸在所有人耳中。

更砸得胡倩娘连退三步。她睁大眼睛，不敢置信道："你、你说什么？"

"神谕——胡九仙，死于此人之手。"帘内伸出至高无上的玉杖，伴随着

"叮当"铃声，杖头不偏不倚地指向了茜色。

★★★

"天啊！天大的消息啊……"吃吃飞奔而入，把胡府发生的事快速说了一遍，"太紧张了，我要继续去看！"

走走道："那大小姐呢？看见没？"

然而吃吃压根没听到这句话，又风一样地飞走了。

秋姜站在窗前，放下手中的煖碟，悠悠道："有意思。"

"难怪你不着急。"看看忍不住讥讽，"你是不是早就预料会有人替你破坏婚事？"

"你这丫头，为何对我这般敌意？"秋姜好奇道。

看看愣了愣，别过头去不说话了。

走走则迟疑着开口道："姬、姬大小姐……胡老爷，真的死了？茜色杀的？"

"我不知道。如果是真的，这丫头可太了不起了；如果是假的，那这个丫头，更了不起。"

"还请姬大小姐指教。"

"能当天下首富的人，一生不知要经历多少坎坷风波倒悬之急，都不足夺其运，能杀这样人物的人，岂非很厉害？"

看看反驳道："那可不一定，所谓大风大浪蹚过来，结果阴沟里翻了船的人也不少。"

秋姜笑了笑，没说话。

走走道："那么，为何说如果是假的更了不起？"

"大司巫的神谕是不可以轻易出口的，一旦不准，就会降低她在百姓心中的威信。若是谎言，能让大司巫搭上自己的名望也要栽赃给她，可见此人之重要。"

秋姜说到这儿，再次拿起煖碟，眯眼看向人潮的中心处，沉声道："个人之势不足如此，茜色，你背后站着谁，让我们看一看吧……"

★★★

院落内一片死寂。

神谕降临，所有人都在瞬间失去了声音。

几息后，最先反应过来的人，是胡倩娘。

她僵硬转身，望着被玉杖指着的茜色，颤声道："是、真、的、吗？"

茜色眼中一派漠然，似是默认。

胡倩娘的第二句话就越发颤抖了起来："不可能！我爹不会死的，我爹怎么可能死？不可能……"

她环顾四下，希望能找到应和者，然而所有人脸上都写着惊恐。

神谕，是不会错的……

胡倩娘跌跌撞撞地朝茜色走去，问："你为何杀我爹？为什么？"

茜色的嘴唇动了动，刚要回答，一旁的风小雅突然牵住她的手。茜色一怔，胡倩娘也一怔，她的眼睛瞬间红了，道："你要庇护她？"

她立刻拔剑。

胡倩娘当然是会武功的，而且在贵胄小姐中算得上是佼佼者。可她还没来得及拔出，风小雅指风轻弹，剑身崩断。

——她拔出了一把断剑。

此举犹如火上浇油，瞬间惹怒了众人。胡府家丁纷纷拔出武器围了上去，将两位新人围在中央。

胡倩娘盯着茜色，嘶声道："回答我！为什么？"

风小雅站到了茜色身前，道："可不答。"

茜色却反握了握他的手，重新走到他跟前，直视着胡倩娘道："因为他该死。"

胡倩娘尖叫起来，挥舞着断剑朝她劈去。

风小雅一掌，将她整个人拍飞出数丈，落在草地上。

胡倩娘顾不上疼痛立刻爬了起来，喊道："杀了他们！"

★★★

张灯挂彩的喜堂，终究是变成了修罗场。无数人、无数武器，全都朝二人冲去，从客栈窗户看去，就像一个巨大的旋涡，旋转着要将一切吞噬。

秋姜的目光闪了闪，低声道："阿善，该你出手了。"

★★★

然而姬善并没有出现。

风小雅以一人之力，应对愤怒的人潮，像崔嵬剑门的守隘人，让万夫在他身前退却。

　　胡倩娘看着一个个被抛飞的家仆，目眦欲裂道："杀了他们，府内物件，任凭挑选！"

　　围观众人一听，当即有数十人跃跃欲试地加入攻击。

　　胡倩娘又喊道："他武功虽高，但无以持久！给我拖住他！"

　　风小雅面色微变。

　　茜色在他身后低声道："你走吧。他们只想要我的命，你单独走，他们不敢拦的。"

　　"不。"

　　"我不值得你如此！"

　　风小雅回眸看了茜色一眼，这一眼，如光透纱、霜凝珠、天破晓、风轻来，如这世间所有美好被领略的瞬间，令她心中一惊、一漾、复一悲。

　　"抓紧我。"他伸出手臂，将她挽于胸前，然后，就有一把伞破空飞来，不偏不倚落到了他手中。

　　伞面"砰"地旋转打开，风小雅带着茜色一起飞了起来。

　　一名曾在玖仙号上见过风小雅和马覆一战的婢女连忙提醒道："小姐，他们要逃了！"

　　"拦住！"胡倩娘将断剑用力掷出去，然而，断剑在离伞面不到一丈时就被什么挡住了，反弹落地。

　　"给我拦住他们！"胡倩娘咬得牙齿都渗出血来。

　　眼看所有人都拦不住时，一直袖手旁观的巫女们，突然动了。

　　她们拔出竹杖插在地上，开始吟唱。

　　众人闻声顿变，会武功的连忙逃离，不敢听；不会武功的纷纷跪下，跟着应和。胡倩娘不肯走，执着上前的后果就是身体一震，似有成千上万根针，扎透了她的身体。

　　而空中的风小雅也很不好受，他的武功虽比巫女高，但体内七股真气本就彼此不和，被《据比尸曲》一勾，就像毫不配合的七个人一同捕猎，彼此冲撞，各不相让，气血汹涌间，一口血涌上喉间。

　　茜色下意识抓紧他，风小雅轻轻道："别怕。"再次提力，拼命向前飞去。

　　乐声如蛇，不依不饶地追着他，伺机啃咬。

　　风小雅忍不住想：我需要一把琴，或者一根箫，或者随便来点什么东西……

　　就当他这么想时，一记诡异的敲击声突兀清脆地响起，"啪"，简单干脆，听得众人心头一跳。

巫女们面色陡变。

"啪！"

又一记声音响起。

巫女们齐齐抓着竹杖转动起来，吟唱更急。

风小雅飞上屋檐，趁机看了人群一眼，什么也没看见。

这时，轿子里突然传出一声铃声，铃声势弱，却异常清晰。风小雅脚下一滑，踉跄着就要摔下去，被茜色眼明手快地一把扯住，堪堪立稳。

轿子里的铃声没有停，"叮、叮、叮"，响了三次。

风小雅的血"噗"地喷出来，在鲜红的婚服上再添艳色。

茜色再次道："你走，别管我！"

"不。"风小雅咽下喉间残血，手指在伞骨与伞面上轻点，发出一连串乐声，这乐声，瞬间盖过了铃声。

★★★

这乐声，穿透风月，来到了秋姜窗前。

她的眉心不受遏制地跳了几下。

这是……《玉钩栏》。

十四岁的彰华所写，送给挚友风小雅的曲子，十分轻快，十分美好，十分肆意快活。

十四岁的太子不可一世。

十四岁的少年不惧死亡。

"《据比尸曲》要败了……"秋姜幽幽一叹。

★★★

风小雅飞快地弹奏着，一把伞，被弹出了琴瑟钟鼓之声，听在众人耳中，只觉酣畅淋漓，痛快之极。

哪还能听见巫咒跗骨，死亡之音？

巫女们的身体抖了起来，苦苦支撑着不肯罢休。但她们的声音越来越小，气息也越来越弱，所有人都知道落败只是时间问题……

一道光突然亮起。

短促、闪耀，像夜间划过天幕的流星。

从茜色袖中飞出，没入风小雅后腰。

乐声，顿时停了。

浅蓝色的伞，破了一个洞。

风小雅的腰上也多了一个洞。

看到这一幕的众人，纷纷惊叫起来。

风小雅垂眸，看着破了的伞面，眼中不知是惋惜多一点还是哀伤多一点，再然后，慢慢回头——

茜色的脸在这一瞬间跟秋姜的脸重合了。

若干年前，秋姜从内室掀帘而出，扔出他父的人头时，也是这样的表情：微笑的、轻松的、愉悦的，以及……诡异的。

"又被挚爱之人背叛一次，感觉如何？"

★★★

秋姜手里的瑷琏从窗口掉了下去。

看看大惊道："我的宝贝！那是我的！"当即跳下窗扑救，然而已来不及，水晶落地，瞬间碎裂。

晶莹碎片崩了一地。

看看心疼得无以复加，气得抬头就要大骂，然而就在这抬头的瞬间，她看到了秋姜的脸——一张真实的、悲伤着的脸。

看看的声音戛然而止。

★★★

又被挚爱之人背叛一次的感觉，是什么样的？

亲眼看见了这一幕的众人全都心头惊悸，震撼难言。

风小雅看着茜色，苦笑道："我以为，我活着比死了有用。"

"你活着，只能救我一人；而你死了，能累及伏尸百万。"

"原来如此。"风小雅喃喃，眼中的最后一丝光也暗了下去。

茜色冷冷一笑，抓紧匕首正要拔出来，一根黄丝带横空出现，一把卷住风小雅的腰将他拉走。

匕首也因这一拉之力离开风小雅的身体，喷薄而出的鲜血泼了茜色一脸，茜色尖叫一声，不得不捂眼后退。

黄丝带卷着风小雅落地，跌入吃吃怀中。她身边还有一人，正是姬善。

姬善出手极快，用布团压住风小雅的后腰，又喂了一颗药丸给他，嘴里道：

"擒下她！"

"是！"吃吃飞上屋檐跟茜色打了起来。

胡倩娘也跟着回过神来，叫道："杀了茜色！"

众人正待上房，茜色手中挥出一物，手指长短的瓶子，里面的粉末迎风而化，变成白雾迅速扩散。

"吃吃，跑！"姬善连忙喊，但已来不及，吃吃张嘴吸入了一点，整个人立刻僵硬地倒下了。

白雾所落之处，晕倒一片。

胡倩娘惊骇回头，对巫女们道："是巫毒！她怎么会有巫毒？"

茜色发出一连串银铃般的笑声，道："我不仅有，而且还知道，你们只剩下最后一瓶解药啦！哈哈哈哈……"笑声中，在屋檐上几个起落飞跃着离开了。

巫女们一脸惶恐地向软轿跪拜道："大司巫！"

软轿内沉默片刻，然后，彩色手套伸出来，掌心上躺着一瓶解药。

★★★

"共有三十二人中毒，伏周给了解药。据说，那是最后一瓶解药。"

客栈内，朱龙向秋姜禀报道。

秋姜点点头，望向内室，隔着纱帘，依稀可见姬善正在为风小雅针灸。

朱龙禀报完便悄然退了出去。

一旁的几案旁，吃吃边揉头边道："这巫毒真是厉害，我整个人跟被暴揍了一顿似的，哪儿哪儿都疼。"

"能及时解就不错了，知足吧。下次再中招，就得死翘翘了。"

"不怕，我对善姐有信心！善姐，你一定能研制出解药来的，对不？"

"嗯。"内室传来姬善的回应。

吃吃很高兴地道："听，善姐说没问题！"

看看瞄了秋姜一眼，刻意问道："善姐，风小雅没事吧？"

姬善没有回应。

吃吃道："完了，善姐不说话，就是要糟糕啊。你说说那个茜色，怎么能那么狠呢？鹤公为了救她，不惜跟所有人为敌，她却在后面捅刀子！"

看看又看了秋姜一眼，心想不愧是传说中的如意夫人，脸上真的一点表情都没有，啥心思都看不出来。

"她是疯子吧？她到底是不是江江啊？怎么能这样对鹤公？"

"善姐不是说了嘛，这么多年过去了，没准她都移情别恋了，不爱风小雅了。"

"瞎眼的贱人！"

看看咳嗽了一声道："文雅点，喝喝在呢。"

"喝喝在我也要骂，禽兽不如……"吃吃正在骂骂咧咧，内室的姬善警告道："太吵了！"

吃吃一怔，连忙噤声。

房间里安静了一盏茶工夫，直到姬善掀帘走出来，对秋姜道："你……要不要见他最后一面？"

秋姜毫无表情的脸上终于有了变动，像镜子承受不住重击，终于裂了一条缝。

姬善补充道："他没有意识。你可以一见。"

秋姜站在原地，没有动。

姬善朝四个丫头使了个眼神，带着她们退出客房，并关上房门。

吃吃作势就要往门上贴，被姬善揪住耳朵道："做什么？"

"好想知道她会跟鹤公说点啥。"

看看道："我也想知道！"

"别闹，吃饭去！"姬善抓着她们下楼。

★★★

房间里，秋姜盯着那道帘子，薄薄一层纱，却似隔着万水千山，遥不可及。

唯方如此之大，多少人说着再见再也难见。

唯方如此之小，多少人不愿再见却总是再见。

是命运吗？是嘲笑吗？还是……考验呢？

多少人生死之际可以不顾一切，而到了她这里，这一步，依旧沉如千斤。

今日发生之事，像一出精心为她准备的戏码。

她不肯出现，她不肯表达。

于是冥冥中那只充满恶意的手，就强行将她捉过来，按在台下，看一切发生。

看新人如玉，看欢天喜地，看前缘再续，看破镜重圆。

她想：她不遗憾，也不后悔，更不回头。她要继续往前走。

但突然间，喜事变成丧事，新人变成敌人，强行缝合的镜子再次碎裂，而她给予了无限祝福的那个人……就要死去。

秋姜的眼泪流了出来。

她在心中一遍遍地问：为什么？凭什么？说什么？做什么？什么和什么……

最终归结为了另外三个字。

★★★

五色小盏，分别装着甜的、咸的、酸的、辣的、原味的五种豆花。

每人只吃自己那一份。

吃吃吃着甜豆花，对吃着原味的姬善道："善姐，姬大小姐会见鹤公最后一面的吧？鹤公真是太可怜了。"

吃着咸豆花的看看道："自以为是情圣的男人，最终都会死于女人之手。"

"多情有错吗？"

"多情没错，多情到愚蠢就是错。"

吃吃顿觉吃不下去了，把碗一放，重重叹了口气，道："鹤公死了，燕王得多伤心啊。"

"茜色的目的不就是惹燕王动怒，挑起两国纷争吗？"

"但你说，她怎么会有巫毒？又怎么知道只剩下最后一瓶解药呢？"

看看和吃吃对视了一会儿，全都想起了一个人。

"时鹿鹿？他跟茜色是一伙的？！"

"八成是！"

二人齐刷刷看向姬善，道："善姐，你觉得是他吗？"

姬善吃着没有添加任何调料因此极为寡淡无味的豆花，幽幽道："听说秋姜做的素斋非常好吃，尤其豆腐，堪称一绝。"

吃吃看看莫名其妙。

姬善以手托腮，望着楼上客房方向道："人死了，办丧事时，也许能吃到？"

"善姐！鹤公都要死了，天下就要大乱了，你只想着吃吗？"

"九成九吃不到，唉。"姬善叹了口气，好生失望。

吃吃急道："善姐，你快想想办法阻止……"

走走打断她："死不了。"

"哎？什么？"

"如果鹤公真的命不久长，大小姐绝不会坐在这里吃饭，而是拼了命地翻医书找偏方寻奇药，死马当活马医也要闹腾起来，直到对方咽气才肯罢休。"

姬善悠悠一笑道："知我者，走走也。"

吃吃"啊"了一声,反应过来道:"也就是说,鹤公不会死?但姬大小姐以为他要死了,也许就会对他说一些……平日里不会说的话?"

看看点头道:"生死之际,确实可见真心。"

吃吃睁大眼睛道:"这是你的主意还是鹤公的?"

姬善指了指自己的鼻子。

吃吃啐道:"善姐,你这招太阴险了!"

"我是在治病。"

"什么?"

"风小雅是个痴儿,先被姬忽抛弃,再被茜色这么一搞,压根不想活了。此其一。"

"还有二?"

"姬忽命不久长。"

此言一出,四人皆惊。吃吃颤声道:"真的?"

"风小雅跟她是两个极端:一个肉身强健,心却千疮百孔;一个破烂之躯,偏偏心志坚韧。所以,一个能活却不想活,一个想活却濒死。"

"那你这算是心病用心药医?"

"我想知道……人类,为什么如此脆弱,哪怕衣食无忧、毫发无损,却仍会抑郁成疾;又为什么如此强大,开天辟地,改写山河,驯百兽为禽,驭万物以乐。为什么有些病药石无解却可自愈;为什么有些病对症下药却仍消弭……"姬善说到这里,用蘸着汤汁的筷子在几上写了一个"医"字,"医的本意是什么?是把箭从中箭之人体内挖出来?是用药酒消毒对抗顽疾?还是,巫医同宗,驱散心邪?"

她的眼瞳幽深,神色难得一见地严肃:"江晚医立志于医,对他来说,无所谓人,只在意病。不管好人坏人,只要是病人,他都医治。我的道与他不同,我不问病症,只求医人。所以……"

纵她一生,三分疯癫,三分痴狂,三分清醒,再加以一分亏欠,变成了十成执念。

行观天下,医人为生。

是谓,善。

★★★

没什么。

秋姜想,没什么大不了的。

不过就是毁誓，不过就是屈服命运，尊崇本心，自私一次又怎样？

她朝帘子走过去。

一步、两步、最后一步。

手指轻抬，触及纱帘的瞬间，铜钩映出半张脸，其他全是模糊的，唯独眉心被颐非用剑文出的姜花，格外清晰。

"要归来。"

"要归来。"

"要归来。"

无数个声音在她耳畔回响，秋姜整个人重重一震。

最后，后退三步，回到了原来的位置上。

秋姜开口，声音里充满情绪，不再遮着藏着，反而显露出一种温柔的平静来："儿时上学，谈及鬼神桥。你知道那个传说吗？投胎之人要过桥，桥上会有声音呼唤他，让他回头。他心里最想听什么，那个声音就说什么。所以，过桥之前，都会有个智者苦口婆心地劝说——别听，别回头。回头的人，最后都无法返回人间。"

帘后静静，没有丝毫回应。

"老师告诉我们这个故事，问我和阿婴怎么想。阿婴说既已身死，理当魂消，七情六欲和牵挂都应断在上一世，下一世有下一世的羁绊。"

"当断则断——这是阿婴的道。"她那个傻弟弟，最终没有回头，但也没能走到终点。

"你猜我回答的是什么？"

秋姜说到这儿，笑了笑，显得又调皮又狡黠："我跟老师说，那些回头的人真傻，为何不等过了桥后再回头呢？这样，桥也过了，惦念的人也能见到。阿婴反驳我，若那时惦念的人消失了呢？我说，那就是那个人不对了。他为何不等等我？等我过了桥，再续前缘？"

窗外的风吹了进来，帘子晃动了起来。秋姜盯着晃动的帘子，收起笑容，沉声道："所以，永远前行——这是我的道。我必须往前走，完成我的事情。到时候如果你还活着，我就去见你。如果你死了，说明——你放纵自己成为命运的棋子，成为阻碍我的心魔，那，还是死了的好。"

秋姜说完，转身离开。

她没有犹豫。

她没有回头。

她大步朝前走着，每一步，都异常坚定。

帘后榻上，一动不动平躺着的风小雅依旧闭着眼睛。

唯独放在身侧的手指，轻轻地动了两下。

似挣扎，似解脱，似一场跟命运抗衡的战争终于有了结果。

★★★

最先吃完辣豆花上楼去了的喝喝又飞快地跑了下来："走、走……"

吃吃随口回应道："叫走姐干吗？"

"走、走掉了！"喝喝指了指秋姜所在的房间。

看看立刻跳了起来，道："什么？姬忽走了？"

喝喝点头。

看看和吃吃立刻冲上楼，果然，房间空空，只有风小雅躺在榻上，也不知是真睡还是假睡，没有反应。

两人又连忙下楼，见姬善还在慢条斯理地吃豆花，不由得急道："善姐！真走了！你的心药没起作用啊！"

"谁说的？"姬善微微一笑道，"看着吧，风小雅不想死了。"

★★★

风小雅不但不想死了，还很快地好了起来。

当天晚上喝喝捧药给他时，他已经能自行伸手端碗了。

灯光如锦，铺在他羸弱的躯体上，瘦瘦一片，却显得越发雅致精美。吃吃一边托腮看着，一边感慨道："还是鹤公更美。你哥，还有那头臭鹿都比不上。"

看看正在拨算盘，闻言哂鼻道："男人都不是什么好东西，不想被辜负被抛弃被连累，还是躲着点吧。"

"那怎么行？我的梦想就是嫁个如意郎君，生儿育女，白发苍苍时看着儿孙满堂，还要用没牙的嘴嗦几口糖！"

看看撇撇嘴，没再说什么。

坐在榻上喝药的风小雅，闻言一笑，抬眸看着吃吃道："你一定会实现的。"

吃吃的脸腾地红了，结结巴巴道："鹤公，我叫吃吃，我以前去过玉京，听过你弹琴……"

"我知道。"

"你知道？你、你怎么会知道？"

"薛采写信告知，姬善逃离在外，请我代为留意。而你们……"风小雅的视线在走走的腿、看看的眼、喝喝的红衣和吃吃脸上扫过，"很好认。"

太有特色了，姬善的这四个婢女。名字也好记，过耳不忘。

只是没想到，他没去找，她们就主动出现了。只不过当时婚宴上看看和吃吃易了容，他没能第一时间认出来。

风小雅配合地将药喝光，递还给喝喝道："请问，姬善在哪儿？我想亲自谢谢她。"

他之前失血过多迷迷糊糊，虽然知道施针疗伤的那个人就是姬善，但怎么也睁不开眼睛。而等他能睁眼后，姬善再没出现过。

吃吃"咦"了一声，道："对啊，善姐去哪儿了？怎么又一声不响地失踪呢？"

"都说了她的秘密比虱子还多，你还没习惯？"看看就很习惯。

走走也很习惯，她对大小姐有种盲目的信任："大小姐肯定是去办要紧的事了，过会儿自会回来。"

喝喝从不发表意见，默默地拿着空碗去洗。

就在这时，外面响起一道尖锐悠长的声音。

吃吃扭身推窗一看，惊喜道："焰火！"

月上中天，夜色如墨，却有一簇簇五颜六色的烟花，从城西窜起，在空中不断炸裂，变成耳朵的图案。

吃吃叹为观止："宜的烟花，真是美啊！"

"美个头！没看见耳朵吗？那是巫族专门的焰火！"看看挤上前，面色大变。

"西边……蜃楼山方向？"走走惊觉。

"巫神殿……出事了？！"吃吃问看看，看看凝重地点了点头。

所有看到烟花的宜人全都开窗推门，奔出屋外互相传讯，鹤城的夜，被惊讶和惶恐点燃，不安地蒸腾了起来。

★★★

姬善也在看烟花。

她不是一个人。

她跟秋姜并肩一起坐在客栈的屋顶上，望着夜色里被烟花映得花花绿绿的蜃楼山，道："是你干的？"

"是你干的？"

两个声音同时发出，两人同时转头看了对方一眼，又双双道："原来不是啊。"

姬善皱眉道："别学我说话。"

秋姜"扑哧"一笑道："别忘了，你才是影子，是你学我。"

"我已经离开姬家，不当影子了。"

"我好像没答应。"

"你说了不算。你娘同意了，你弟弟也同意的。"

秋姜的呼吸顿了一下，道："他们真的同意？"

"琅琊给我的承诺是'当世间不需要姬忽时'。姬婴则是'你想离开，就可以离开'。"

秋姜笑了笑，道："确实像我娘和阿婴会说的话。"

"璧国政权落入姜氏之手，姬贵嫔的存在已经毫无意义。除非……"姬善盯着秋姜，一字一字道，"你想从姜沉鱼手里，抢回来。"

"我做不到。也没兴趣。"她只想归程，至于璧国的皇室姓季姓姬还是姓姜，无所谓。

"你不想救你弟弟？另一个弟弟。"

"他是个什么样的人？"秋姜来了兴趣。她只见过昭尹一面，那时候他还是个可怜兮兮、凄惨无助的孩子。后来听说了许多他的事情，整体评价不高。但外界传闻多少失实，昭尹究竟是个什么样的人，也许这个做过他枕边人的姬善，最清楚。

姬善沉默片刻，道："他是个好人。"

不得不说，这个答案让秋姜非常意外。

▲▲▲

姬善第一次见到昭尹，是十七岁生日过后的第一天——当然，那是姬忽的生日。

六月初二，正值盛夏，荷花开了一池，陆离水榭又美又凉快。她趴在栏杆上，喝着冰镇过的琼浆玉液，微醺道："敬高粱锦绣！"

"敬泼天富贵。"

"敬高明之家，鬼瞰其室……"

一旁的看看将酒夺走，着急地推了推她。"干吗？"她一边去抢酒杯，一边回头，见一人泪流满面地站在前方，正是看看她哥——卫玉衡。

姬善挑了挑眉，道："你哭什么？"

卫玉衡突然上前几步，抓住她的手道："大小姐，我带你走吧！"

"哈？"

"天涯海角，我一定会保护你的！你是如此洒脱快活的一个人，怎么能去那种地方？！"

姬善想，这么英俊的男人，怎么会哭得这么丑呢？

就在那时，昭尹出现了。

他在崔氏的引领下出现在了湖边，彼时的他十四岁，身型较一般人瘦小，却有一张极为英俊的脸。

崔氏看见卫玉衡，面色立马一沉，道："拉拉扯扯成何体统？还不速速退下？"

卫玉衡犹豫了一下，缩手低头地含恨而去。

崔氏这才引见道："大小姐，这位是颖王殿下。"

姬善便冲他举了举手里的酒杯，道："敬颖王殿下！"

昭尹微微一笑，上前两步接过了她的杯子，一饮而尽。

崔氏十分识趣地退下，并带着婢女们全部离开了。

昭尹亲自将酒斟满，递还给姬善道："敬谢庭兰玉、汝南姬氏三十九代嫡女，涵今茹古的图璧第一才女，康衢烟月的逍遥散人，布帆客姬大小姐！"

姬善勾唇道："你查过我呀。"

"对于未来的妻子，应该用点心。"

"妻子？不是妾吗？"

昭尹的目光闪了闪，问："你不想当妻？"

"我什么都不想当。"姬善反手将酒杯丢入湖中，溅起一片水花。昨夜琅琊告诉她，决定把她嫁给颖王。颖王是陛下最小的儿子，比她小三岁，出身卑微，母亲是浣衣局的宫女，早早病亡。诸位皇子中，他最无权势，却不知怎的得了薛家嫡女薛茗的青眼，娶了薛茗为妻。

如今，又看上了她，昨日在姬府门前当街下跪，求娶她为妃，姬老侯爷十分感动，应允了这门婚事。

姬善心中明镜似的：什么姬老侯爷应允，明明就是琅琊的决定。

此刻，她上下打量着昭尹，心道：真是看不出来，此人竟有真龙之相。

昭尹在她身旁坐下，轻轻道："不想当妻也不想当妾的话，就当我的姐姐吧。"

姬善一怔。

昭尹抬头看她，眼睛明亮温柔，道："我一直想要个姐姐。"

"然后，你猜，发生了什么事？"姬善朝秋姜眨了眨眼睛。

秋姜半点不奇地答道："卫玉衡被人引荐给了姜仲，姜仲欣赏他，决定把杜鹃嫁给他。"

姬善叹道："不愧是……千知鸟啊。"

秋姜皱了下眉，突有所悟："难道……是昭尹所为？"

"没错！他想要姐姐，却不想要姐夫，于是暗中推波助澜，就此改变了卫玉衡的命运。"姬善抚掌大笑道，"所以我才说他是个好人啊！我正烦死了卫玉衡，他来这么一招，正合我意！"

秋姜忽然觉得，姬善所谓的好人，跟她的定义似乎不一样。

"看看一直觉得她哥对我一往情深百般呵护，可当他得知我要嫁给颖王为妃再无机会后，立刻扭头选了姜仲的女儿。看看去找他理论，反被他打伤眼睛。自那后，她便知道了，我为什么一直看不上卫玉衡。"姬善说到这里，声音恍如叹息，"卫玉衡喜欢的是姬大小姐，不是我。"

"那昭尹呢，他真的把你当姐姐吗？"

"是真的。所以我才说，他是好人。"

昭尹对她确实没话说，她嫁过去后，也依旧自由自在，无所顾忌。乃至后来他当了皇帝，还给她特地找了个湖心岛，让她可以避开繁文缛节，继续外出逍遥……他本可以不必这般优待她，可他全做了。

"他应该知道你不是我。"

"他一开始不知道，当了皇帝后，琅琊告诉了他。"

"那他还把你当姐姐？"

姬善似笑非笑地眈着秋姜，秋姜奇道："为何这样看我？"

"如果当时嫁过去的是你，他肯定不喜欢你。"

秋姜不屑地撇了撇嘴。

"因为，你只是姐姐。而我，是大夫啊。"

秋姜一怔。

"他自幼丧母，缺衣少食，后又被高高捧起，站到了权势之巅，高处不胜寒，围绕身旁的全是算计，全是有所求。只有我，视权势如粪土、纵情肆意、眼高于顶……这样一个人却对他温柔亲近，还会针灸，帮他缓解头疼……昭尹喜欢一切对他有帮助的人，而我，就是一个有用的人。"

"如此说来，昭尹对你极好。他如今中毒，你不想救他？"

"你这个亲姐都不救，为何苛责我？"

两人对视，相对无言。

片刻后，秋姜先收回视线，低声道："我告诫自己现在不要去想他。"因为那样会犹豫，会失去方向，无法继续前行。

命运对她从来吝啬。

一个昭尹，一个风小雅，都是不可分心。

就在这时，姬善突然伸手，捧住了她的脸。

秋姜心中一颤，仿佛回到了九岁初见的那一天。

"一定有机会的。"

九岁的姬善说道。

二十四岁的姬善，也如此说道。只不过这一次，她没再假笑，而是眼神温柔，神色坚定地重复道："一定。"

有一朵烟花在空中炸开，映亮了她和她的脸。

秋姜道："我要走了。"

"去吧。"

"他……"

"他死不了。"

若吃吃等人在，肯定会问那个他是谁？风小雅还是昭尹？但秋姜和姬善，都知道指的是谁。

朱龙飞上来，将秋姜抱起。秋姜对她道："你多保重。"

"担心你自己吧。"姬善不耐烦地挥了下手。

朱龙瞥了她一眼，带着秋姜飞下屋檐，坐车离开了。

直到马车消失在视线里，姬善才悠然起身，伸了个大大的懒腰，伸到一半，面色微变："糟了！"

她不会武功，怎么从这么高的屋顶上下去？

再回想起朱龙临去前的那一瞥，果然，他是故意的！

姬善四下张望，心中琢磨着怎么下去时，身旁多了一道影子。她欢喜起来道："看看，你怎么知道我在这儿……"

扭头回望，那人却不是看看。

再然后，一记手刀切落，无边暗幕落下的瞬间，她心中骂道：浑蛋朱阿狗！不把我送回去……我要是死在这贱人手里，做鬼也不放过你！

共生

她当然没有死。

姬善醒过来时，发现自己躺在一张非常华丽的大床上。

床褥以上好的鹅绒织成，床头插着白孔雀翎羽，躺在上面如卧云端，柔软得不可思议。视线所及，琳琅满目，每件东西都精致极了，空中有非常好闻的花香。

姬善这些年养尊处优，见惯了大富大贵，人间奢靡。然而，连她也是第一次见到这样的房间——每件陈设都似乎在说"我的主人好美好美啊"。

这里……是哪里？

她恋恋不舍地从床上爬起来，在床旁找到了自己的鞋子——与风情万种的房间格格不入的一双牛皮小靴子。

她穿好靴子，推门走出去。

大风立刻吹得她一哆嗦。

好冷！

屋里温暖如春，屋外却冻得瘆人！

不过一门之隔，恍如两个季节。

姬善第一时间回屋，见屏风上挂着一件白狐皮裘，便拿下来穿上。裘长至地，看来此地的主人比她高了起码一个头。

姬善"啐"了一声，此前见秋姜时就发现了，秋姜也比她高了半个头。

她不太开心地再次出屋，四下张望，发现门里门外不只温差有别。屋内那般精美，屋外一片荒芜。视线内除了两间木屋，就是一地杂草，除此外什么也没有，远远望去只有一片蔚蓝色的天空。

她裹紧皮裘迎风而行，走了大概五六百步后，终于看到了边界。

两腿不由自主一软，整个人跌坐在地，一时间，冷汗奔流，浸湿衣衫。

下面竟是悬崖！

四下毫无遮挡，再多走一步，就下去了。

悬崖！木屋！冷！

这里是……

一个答案跳入脑海——听神台！

姬善手脚并用地往回爬，爬回木屋"砰"地关上门，这才恢复了些许力气，当即骂了出来："茜色你个贱人！"

她恐高啊！

这些年，迟迟没来听神台找伏周，也有一部分原因是这个。她对自己爬上宜国甚至可以说是唯方大陆最高的蜃楼山，没有信心。

现在倒好，昏迷之际直接被人送上来了。

那个昨夜出现在屋顶打晕她的人，正是茜色。

茜色为什么抓她？跟伏周什么关系？为什么把她送来此地？她不是巫族的敌人吗？怎么上来的？

姬善一边思索，一边在屋子里翻找，她有点饿，急需进食维持体力。然而，屋子里每样东西都美极了，也无用极了，什么吃的喝的都没有。

——除了博古架的抽屉里那些瓶瓶罐罐的毒药。

就在这时，外面远远传来一连串脚步声。姬善心中一沉。

★★★

秋姜注视着床榻上的女子：她闭着眼睛，有一张秀雅温和的脸，看上去楚楚可怜，但这只是假象。

这是世上最可怕的一个女人，对很多人来说，比恶贯满盈的如意夫人更疯狂。

"颐殊中了巫毒，妲婆没有解药。"朱龙在一旁禀报道。

秋姜转头，看向李姐道："说说经过。"

"是。昨日我以符咒不够为由，前往巫神殿请符，巫女们并未起疑。我在殿内一边抄录符文一边等着，到了午饭时间。我牢记夫人的叮嘱，没吃殿内的饭食，只啃了几口自己带去的馒头。果然，不到一炷香工夫，就发现那些人都睡着了！"

秋姜眯了眯眼道："继续。"

"我假装昏迷。有一群黑衣人闯入神殿，每个都轻功了得，他们进来后直接上山，我便悄悄跟在后面。远远看到他们从听神台的木屋里抬出一个大箱子。我心道不好，箱子里估计就是颐殊。若让他们把人带走就糟了，于是我抢先一步下山把巫女们用水泼醒，告诉她们有人闯入。两拨人在山道上打了起来，我就趁乱把颐殊偷出来……"姐婆说到这里，从怀里取出一物递给秋姜，"我还从其中一个黑衣人身上偷到了此物。"

这是一只黑色的、被墨浸泡过的茧。

朱龙面色顿变："燕王的暗探！"

燕王彰华有一批暗探，散布在各地收集情报，用来汇报的信物，就是茧。

秋姜用戒指上的针划破茧子，从里面抽出一张卷得细细的字条，上面写着：核实程王确在听神台。

朱龙分析道："也就是说，风小雅刻意选在昨日成亲，吸引所有人的注意，并把伏周也引下山，让燕王的暗探趁机上山擒人。"

秋姜皱了皱眉，没有说话。

"也不知他们两派打成了什么样子，不过如此一来，巫女们会以为颐殊落到了燕王手中，对我们来说，是好事。"

★★★

姬善第一时间躲在了屏风后。她虽不会武功，却深谙化气之道，让自己的呼吸变得缓慢悠长，接近无声。

脚步声在门外停了下来，然后，轿子落地。

一个巫女的声音响了起来："禀大司巫，当时留在殿内的姑娘们全都中了迷药，身体僵硬，没能擒住那群黑衣人，被他们逃脱了。"

另一个巫女道："我们现已封锁城门，四处寻找那群人，想必很快会有结果。"

"私闯神殿，亵渎巫神，罪不可恕！还请大司巫聆听神谕，帮我们尽快擒住那些渎神者！"

伏周"嗯"了一声。

"我们随时等候您的召唤。"巫女们恭恭敬敬地行了一礼，然后脚步声远去。

姬善有些犹豫，不知是该主动现身，还是再等一等。某种直觉让她选择了等待。

在她的犹豫间，门"吱呀"一声开了。透过屏风的缝隙，依稀可见身穿羽衣、头戴羽冠的伏周走了进来。

她跟她想象的不太一样，个头十分高挑，戴着一对羽毛耳环，脸上绘满红纹，看不清面容，给人一种艳而妖异的感觉。

伏周走到一扇窗前——也是此屋唯一的一扇窗，窗户紧闭着，她盯着窗户看了半天后，忽道："想出来？"

姬善陡然一惊，第一反应就是被发现了！

"出不来的。"伏周又道。

姬善一怔，透过缝隙，伏周背对她站在窗前，抚摸着手中的玉杖——不是在跟她说话？

"你该知道，我出来了，就轮到你进去了。"

姬善微微皱眉，这话非常诡异，更诡异的是，她只能听到伏周的声音，跟她对话之人是谁？

"我要做什么？你想不出来？"伏周呵呵一笑，道，"我要你死，要赫奕死，要宜，也死。"

姬善下意识地捂住自己的嘴巴，她听出来了——

此人不是伏周！

此人是……

眼前突然一黑，复一亮，整个屏风横飞出去，再然后，头戴羽冠、身披羽衣、耳戴羽环、手持玉杖的大司巫便落在了她跟前。

原先看不真切的绘满红色花纹的脸，也一下子清晰了起来。

——时鹿鹿。

★★★

秋姜翻转着黑色的茧，幽幽道："但真的是燕王吗？"

朱龙不解道："你觉得对方是故意带着此物，栽赃给燕王？"

"燕王行事，喜欢堂堂正正碾压。如此瞒天过海、鬼鬼祟祟，不像他的行事风格。还有最重要的一点——风小雅娶别人，他不在意，但风小雅娶江江，他绝不会破坏。"

彰华深知风小雅此生最大的执念就是江江，绝不会在这么重要的事情上横生枝节，这是他身为挚友最大的祝福，也是他身为帝王最难得的真情。

"那么，会是谁嫁祸燕王？"

秋姜笑了笑，道："得是个很熟悉燕王的人，能弄到这种茧，还能模仿他的暗探；而且心思极多，你以为他的目标是颐殊？不，他的目标恰恰是，放走颐殊。"

朱龙和李妲双双一惊。

"首先，黑衣人们既能暗中下迷药，为何不直接下毒药，把巫女们全毒死，岂非更安全？"

李妲低声道："可人命关天，那么多巫女要同时死了，宜国的百姓肯定会觉得是巫神降怒，动荡不安……"

"宜国动荡，燕国担心什么？"

李妲无语。

"其次，你一人就能将颐殊背回来，他们那么多人，抬个箱子做什么？"

朱龙了悟道："目标。是为了醒目地告诉别人——颐殊就在箱子里！"

李妲面色一白。

"没错，他们生怕你发现不了颐殊所在。你说混战之时，双方都顾不上你，这才得以溜走。但是，颐殊是他们此行的目标，遇到攻击只会第一时间重点看护，怎会丢在一旁不顾，让你捡漏？"

李妲"啪"地跪下了，惶恐道："我也想过这也许是个阴谋，但是，当时满脑子想的都是既然夫人的目的是抓回女王，那么，管它背后牵扯多少事，也先把女王弄到手再说！"

秋姜盯着她，半晌后点了点头，道："你想得对，起来吧。"

朱龙道："如你所言，这是个阴谋，对方故意把颐殊送给我们，目的何在？"

"等着看下一步就知道了。"秋姜把玩着黑茧，淡淡道，"巫族封锁了城门，还在四下寻人，过不多会儿就会找到这里。天罗地网，我们本逃不掉。但是，此人一定会帮我们，让我们顺利离开。"

★★★

姬善的第一反应是转身就跑。

然而，木屋虽然精美，却不宽敞，根本无处可逃。

姬善跑到窗边，试图开窗，却发现窗是封死的。

身后，传来轻轻的笑声："这么害怕？"

软绵绵、温吞吞，独属于少年的音感，却是裹了蜜的毒药。

姬善见逃不掉，索性不逃了，回身望向对方。

宜国大司巫的装束，穿在时鹿鹿的身体上，却说不出地合适——他天生就应该穿这样高贵繁美的衣服，而不是裹着被子躺在榻上委屈兮兮地讨好她。

"伏周呢？"

时鹿鹿淡淡道："以彼之道还施彼身。也许十五年后，我会放她出来。"

"我昨日客栈所见的……"

"是我。"

姬善的眉心跳了跳。昨天跟伏周的见面，给她一种怪怪的感觉，当时她觉得是多年未见生分了的缘故，现在回想起来，是因为——话多。

伏周是个沉默寡言之人，昨日却破天荒地跟她说了那么多话。那般不正常，她却没发觉，大意了！

姬善咬牙道："你怎会认出第一条披帛是假的？"

那是独属于伏周跟她的秘密。

她一向谨慎，昨日也是试探过后，才认定轿内确实是十姑娘。

"自你告诉我你和伏周儿时的羁绊，我便回来第一时间抓了她，问出了细节。"

"不可能，你分明中毒……"

"巫毒的解药，如今世间，只有我知道。"

"可你如何瞒过众人上山？"

"巫族的隐秘，如今世间，也只有我知道。"

她每问一句，他便前进一步。意识到这点后，姬善停止了发问。

时鹿鹿忽又放柔了声音："继续问。只要你问，我就回答。而你知道，我一向……是不说谎的。"

"你不说，却做！"假冒伏周在外行走，他想干什么？为什么要去搅乱风小雅的婚事？为什么说胡九仙是茜色所杀？为什么给她铁线牡丹让她破解巫毒？他到底在图谋什么？

无数个问题在她脑中跳跃，但她一个都不敢问。

时鹿鹿笑了起来，一边笑一边继续朝她靠近，道："你不应该想不到的。我所做的一切，都是为了复仇啊。我要天下大乱，我要我的好哥哥四面受敌，我要拿回本该属于我的一切……而假扮伏周，就是计划的第一步。"

"我不想听！"

"你必须听。因为，我已经放过你一次了。我对自己说，我放过你一次，就一次。我不辞而别，甚至借伏周之口把你调走，让你专心去研制解药，不要再出现在我面前。可是，你主动来了这里……"

姬善忙道："不是我自己来的！"

"你既来了，要不死，要不……就永远地留在我身边。"最后一个字的气息，轻柔地喷在了姬善脸上。他距离她，已近在咫尺。

姬善的心沉了下去。因为看着时鹿鹿的眼睛，就知道他是认真的。

★★★

秋姜摸着颐殊的脉搏，眉头微蹙，问："巫毒真的没有解药了？"

"按茜色的说法，昨日伏周拿的是最后一瓶，已经用完了。"

李妲在旁补充道："上任大司巫是暴毙而亡，伏周未能见她最后一面，她也没有留下什么秘籍。所以，解药的秘方，确实断了。"

"伏周是怎么选出来的？"

"大司巫提前聆听了神谕，说去汝丘接一个十二岁的女童，那是她的继承者。当时我也在场。结果，听神台的巫女们刚出发，她就突然口吐鲜血飞升了。"

"那么，如何断定接到的伏周，就是那个女童？"

"耳力过人，一测便知。跟我们不一样。比如说——她能听见种子破坏的声音，准确说出发芽和开花的时间。"

秋姜目光闪了闪，情不自禁地想起了喝喝。当时她在屋中蘸水写字，喝喝在外面就能听出来。但喝喝没能听出屋里只有她一人，伏周想必比她更厉害。

"伏周是到了听神台后才学的巫术？"

"她不用学。天生就会。"

秋姜皱眉。李妲见她不信，忙道："真的，她跟我们不一样。她能听到神说话，无所不知。"

"那么，能聆听神谕的她，巫神为什么不告诉她解药的配方呢？"

李妲一怔。

"有意思啊……"秋姜笑了，这一次，是真的笑了，"宜国比我想象的，有意思多了。"

★★★

"选吧，阿善。"时鹿鹿注视着她，眼眸如月、如水、如化……如这世间最美好柔软的东西。

然而姬善似看见了毒蛇一般，立刻悔改道："我错了！"

时鹿鹿慢悠悠地"哦"了一声。

"再给我一次机会，都说事不过三，也就是说起码得给人两次机会！我这就彻底消失在你面前，绝不再踏入宜国半步！祝你心想事成，早日完成复仇大业！"

时鹿鹿笑吟吟地盯着她。

"我说真的，我发誓……"姬善说着就要举手。

"你不报答伏周的救命之恩了？"

"还是我自己的命更重要啊。"

"也不管姬忽了？"

"我跟她早已两清，我可不欠她什么！"

时鹿鹿"扑哧"一笑，两眼弯弯，兴致盎然道："小骗子。"

姬善还待辩解，时鹿鹿突然摘掉手套，抬手一推，背脊撞上墙壁，她被他抵在了墙上。来自手的温热，和来自墙壁的冰寒两相相撞，令她不寒而栗。

"你果然……从不说真话。"时鹿鹿伸出手，用指背轻轻地蹭划着她的脸，似讨好，似亲昵，又似威慑，"如你我这样的人，想做一件事，从来都是百折不挠，志在必得。所以，你一定会想方设法救伏周，而你要救她，就是与我为敌。"

姬善见被拆穿，索性不装了，沉下脸冷冷地盯着他道："那你杀吧。"

"你知道我舍不得。"手指从下颌，一路往上，蹭到了她的耳朵，然后探入发间。他初见此人时，便觉得她的手和发都美极了，美得让他蠢蠢欲动，想要摸一摸。而今真的摸到，又觉后悔，应该早点这么做的。

"阿善，选呀，选另一个。"

"不。"

"阿善，我会对你很好很好的。"

"不。"

"阿善，你一点都不喜欢我吗？我又是坏人又是病人。"

"等你成了死人，我再喜欢你。"

"阿善，你果然很会气人。那位可怜的卫玉衡，是不是经常被你气哭？"时鹿鹿伸手将她的脑袋按入怀中，然后将自己的脸抵在一头秀发上，蹭了蹭道，"但我是不会哭的。如果你气我，我就更舍不得你了。"

姬善觉得自己的八字肯定很差，尽招惹妖魔鬼怪。

"阿善，我知你心志坚定。但你知不知道？巫术里，最神奇的一种，叫情蛊。"

姬善身体一僵。

"以心血喂养蛊虫，万只得一，种在心上人身上，从此形影不离，生死相依。"时鹿鹿捧起她苍白的脸，一边欣赏一边缓缓道，"你，要不要试试？"

★★★

药铺楼下传来了喧嚣声。

李妲忙道："我去看看。"

"若是巫族，不必拦阻，让她们上来。"

李妲犹豫了一下，应声离开。

朱龙望着她的背影道："你在怀疑她？"

"我一向怀疑任何人。包括你。"

朱龙严肃道："我是公子的人，永远效忠公子。"

"阿婴虽是我弟弟，但有些事上，跟我立场并不一致。你要遵从他的遗愿，可能就要背叛我。"

朱龙一噎。

秋姜反而冲他笑了笑，道："无所谓。我所做之事也不一定完全正确，若与你有所冲突，可以阻止。"

朱龙的表情变了变，情不自禁地去抚摸佩剑上的那条龙，问："你觉得……何为盛世太平？"

"我觉得……现在就是。"秋姜的眼睛亮如星辰，她道，"越来越多的人在抗拒命运，在摆脱束缚，在找回自我。君王在革新，士族在反省，百姓在奋斗，能人异士层出不穷，星星火光，已有燎原之势。"

朱龙看着她的眼睛，想：她跟公子如此像，却又如此不像。天地画卷，公子一路往下，看见了鸡犬，而她更进一步，看见了柴扉炊烟，人间烟火气。

与此同时，一个掌声响了起来："说得好。"

朱龙下意识握剑，那人推门而入，身穿一身黑斗篷，从头到脚裹得很严实，闻言哈哈一笑，摘掉斗篷随手扔到地上，露出了红衣、黑发，和一双风流倜傥的眼睛。

朱龙惊呆了。

因为此人不是别人，正是宜王——赫奕。

★★★

姬善的目光闪了闪，低声道："你种。"

时鹿鹿笑得越发欢愉了："我就知道你愿意，因为你觉得你一定能战胜情蛊，对不对？"

"神农始草木之滋，医道由此而启，我等后人，理当效仿炎帝，以身殉道。"

"不悔？"

"不悔。"

时鹿鹿的眼眸微沉，将食指伸入口中咬破，血珠立刻冒了出来。

"鬼血凝珠，是谓玛瑙。养汝之魂，偿吾之愿。宜风宜月，相闻相息。富贵不离，生死不逆。"

他将血珠按在她的眉心。姬善只觉额头一凉，像被针扎了一下，紧跟着，有什么东西游窜而入。

这是一种非常诡异又可怕的体验。以至于她一时间分不清，是真的有什么活物钻进了她的身体，还是她又被巫术所惑，产生了幻觉。

姬善情不自禁地闭上眼睛，一遍遍地对自己说：假的，假的，装神弄鬼，全是假的……

★★★

秋姜将酒斟满，推至对坐的赫奕面前。

在她热酒之际，赫奕一直饶有兴趣地打量着她，若换了别的男子可谓无礼，偏偏他做出来坦坦荡荡，像诗人赏月，画师品画，剑客观战，没有半点邪念。

赫奕拿起酒杯饮了一大口，挑眉赞道："好酒。有了这一杯酒，朕此行不虚矣。"

"我也很惊诧，宜国境内，竟有此酒。"灯光落在酒坛上，照亮了上面的"归来兮"三个字，也映亮了一旁的金叶子标记。

此酒本是"秋姜"父母所酿，后来那对夫妇落入风小雅之手，再没见过。但这名为"归来兮"的酒，时不时仍会出现。

"海纳百川，因容而大。善酿之才，到了我们宜，自当好好珍惜。"

也就是说，那对夫妇如今在宜，还在源源不断地酿酒，为这个奸商皇帝赚钱。秋姜不由得嗤笑了一下，道："那么颐殊呢？她又是什么才？"

"她？"赫奕扭头看了眼榻上昏迷不醒的颐殊，"她虽是个美人儿，但确实没什么才。朕也不知神谕为何要将她招来宜国。"

"哦？是神的旨意，不是陛下本心？"

"你们三国打得热闹，本可在一旁好好看戏。如今这美人儿一来，朕只有头疼。"

秋姜一个字也不信，但也不揭穿，悠悠道："那陛下把颐殊送还给我，岂非违背了神谕？"

"咦？朕？"赫奕眨了眨眼睛，笑眯眯道，"难道不是燕王劫走颐殊，然后将她送交你手，让你带回程国交差？"

秋姜想了想，默认了这个说法："燕王真是好人。"

"敬慷慨助人的燕王陛下。"赫奕举杯，又喝了一大口。

"宜王与他齐名，自不能落于人后。"

"有道理。你想朕做什么？"

"巫在满城找我们，还请陛下开个方便之门，让我们平安离开。"

"朕，为此而来。"赫奕说着，将一物推到她面前。

★★★

姬善蓦地睁开眼睛，然后有些疑惑：我闭眼睛了？什么时候闭的？不可能，我明明一直保持着清醒……

然后，她发现了更可怕的事：她不是站着的，而是躺着的，躺在了柔软如云的孔雀翎榻上。

什么时候躺下的？刚才明明是贴墙而立的啊……

姬善立刻起身，下榻冲到四叶八鹤纹铜镜前，打量自己——发现眉心上，赫然多了一只红耳图腾——跟听神台巫女们一样的图腾。

这是巫咒，若有背叛之举，就会受到神的诅咒，失聪暴毙……

姬善试着擦了擦，果然擦不掉。她踉跄后退了一小步，然后，从镜子里看到了时鹿鹿。

时鹿鹿就坐在被封死的窗户下，灯光被屏风所遮挡，重重阴影包裹住他。

这一刻的他，既不像从鱼腹里救出的那个青葱少年，也不像尊贵妖异的大司巫，而是一个疲倦紧张的幽魂，需要时刻防备所有的光。

时鹿鹿抬眼，正好与镜中的姬善对望。

姬善的心"咯噔"了一下。

他的眼神有一瞬的陌生，冰冷、阴郁、无情无绪，但很快，他认出了她，转为温柔："过来。"

姬善便情不自禁地朝他走了过去。

时鹿鹿拉住她的手，让她一同在毯上坐下。姬善盯着毯上花纹，绣的是缠枝铁线牡丹。

"可有不舒服？"

姬善摇了摇头，然后问："你在做什么？"

"听。"

"听什么？"

时鹿鹿指了指窗。姬善将耳朵贴在窗上，却没有听到任何声音。要是喝喝在就好了，她的耳力应该跟这疯子差不多。

"我听不见。"

"嗯。我也听不见。"时鹿鹿微微一笑。

姬善瞪着他，他便抓了她的手轻轻抚摩，耐心地解释道："只有伏周听得见神谕。所以，我在等她听见。"

姬善顿时明白过来，之所以把窗户钉死，是因为伏周在隔壁！隔壁屋子没有门，只有这么一扇通往此间的窗户。

黑漆漆，静悄悄。

伏周就这样关了时鹿鹿十五年。

如今，轮到时鹿鹿关伏周，还有……她。

"我要下山！"

"可以。"

"真的？"

"等时机到了，我带你一同下山。"

姬善皱眉，时鹿鹿伸手将她眉心抚平，柔声道："从今往后我在哪儿，你在哪儿。我们要形影不离。"

"若是分离会如何？"

时鹿鹿淡淡道："你可以试试。"

姬善想：我一定要试试！

就在这时，时鹿鹿表情微变，盯着窗户竖起耳朵似在聆听什么，然后，瞳眸幽幽，深不可测。

"伏周说话了？"

"嗯。"

"她说什么？"

"她说……"时鹿鹿唇角勾起了一个明丽的微笑，"赫奕背叛了神。"

★★★

金叶子躺在几上，被灯光一照，闪闪发光。

叶子是镂空的，里面站了只三头六尾的鹔余——跟马车上同样的标志，但这一次，是实物——一片真正的金叶子。

秋姜将叶子拿了起来。

"把它挂在马车上，宜境内自由来去，无人敢查。"

"巫也不敢？"

"除非接到神谕。"

秋姜盯着赫奕看了一会儿，表情有些发愁。

赫奕笑道："你若不信，现在便可下去走一圈。"

"我自然相信此物好用，却也知道如此好用的东西，代价必定不菲。你要什么？"

赫奕抚摸着酒杯杯沿，道："虽与姑娘初见，却是一见如故……"

"坦白点，悦帝陛下。"

赫奕收起了笑容，放下酒杯，原本歪着的身体也坐直了。

★★★

姬善诧异道："为什么？"

宜王和巫可谓一体：巫宣布他的正统；他借用巫的势力稳固江山，分明是共生的关系，为何背叛？

"因为我呀。"时鹿鹿笑得越发可爱了。而当他这么笑时，就跟大司巫的装束再次违和了起来。

★★★

"唯方四国，燕璧宜程四帝，各有各的苦恼。彰华受士族挟制，颐殊被如意门操纵，昭尹有个头疼的出身，而小王……烦死了巫。"

"但是巫选你为王。"

"她们别无选择，只能选我。"

"你的兄长泽生……"

"死于伏周之手。"

秋姜拧眉道："不是你和她商量好的？"

"你信不信世上有人，是压根不想当皇帝的。"赫奕苦笑一声，指了指自己的鼻子道，"你面前，就有这么一位。"

秋姜打量着他。赫奕是个什么样的人？拿这个问题去问路人，答案是：赫奕，宜之十九代君王，少好游，嗜酒，可连举十数爵不醉。精于商，惰于政，情通明，性豁达，可与贩夫走卒相交也。故又称——悦帝。

他是个很不正经的皇帝。

他不问朝政，常常消失。三个宰相负责处理朝政，三人决定不了的事，就去问大司巫。十几年来，宜国就这么诡异地维持着繁荣。

而作为如意门的七儿，秋姜知道的，自然比普通人多很多。

赫奕十五岁登基，借伏周之手搞倒了所有的前朝老臣，扶植起大批自己的势力，操纵张笃、冼成风、穆骢三人控制朝局，自己则在幕后指挥。一手制衡术，玩得可畏炉火纯青。

　　要知道，他可不像彰华从小就是作为太子培养的，也没有风乐天那样的名臣辅佐，以一己之力短短几年就坐稳江山，还能有大把时间吃喝玩乐，实在罕见。

　　他既不沉迷蝴蝶，也不喜爱女色，现在看来，连巫神也是不信的。分析一个人，要从对方的弱点入手，秋姜此刻打量着近在咫尺的赫奕，却发现——此人，竟然，没有弱点。

　　至于嗜酒，虽然他确实表现得很喜欢酒的样子，但如果不醉，就不是真爱。

　　真心爱酒之人，爱的都是"醉"。

　　只喝不醉者，是伪装。

　　秋姜直接问道："你不想当皇帝，想当什么？"

　　"陶朱归五湖，吾所愿也。"

　　"陶朱之富，陛下已有。想必，是还缺一位美人。"

　　赫奕微微一笑。虽然他笑得跟之前一样洒脱，但这一次，秋姜知道，自己终于说到了关键。

★★★

　　"你做了什么？"

　　"赫奕迟迟不大婚，宜国上至大臣下至百姓都很着急，于是他假模假式地上听神台，让伏周问问巫神，他的姻缘在何处。"

　　"伏周问了？"

　　"问了。"

　　"真有答案？"

　　"神答了一个字——'璧'。"

　　姬善的睫毛颤了一下。

　　"于是大臣们四处搜寻，哪家的小姐名字里有璧，或是家中有祖传宝玉……忙活了好久，后来才知道璧是璧国的意思。赫奕的有缘人，在璧国。"

　　身为姬家的大小姐，璧国的贵嫔，璧王信任的姐姐，以及一些别的原因，姬善知道很多秘密。其中就包括姜皇后当年是如何痴恋姬婴，被逼入宫；后又如何去昭尹面前自荐，以药女的身份出使程国；出使途中，她在船上救了一个人，那个人，就是赫奕。

　　都说巫术愚昧，连时鹿鹿也说那不过是装神弄鬼之术，这一路行来，所见所闻，亲身体验，却是诡异如斯。

　　"赫奕真的喜欢姜沉鱼？"

"假的。"

"什么？"

"神谕是假的。"时鹿鹿悠悠道，"一个璧字，将他引去璧国，然后把消息提前告知昭尹，让昭尹可以趁机动手暗杀他。"

姬善眯了眯眼道："是你所为？"

"是。"

"你不是一直被关？如何作为？"

时鹿鹿看着她，姬善并不退缩，而是上前一步，近在咫尺地盯着他道："你信不过我，难道也信不过自己亲手种的情蛊？回答我，你是怎么做到的？"

时鹿鹿伸出手，轻抚她的发道："我母阿月，本是下一任大司巫的继承者。十几年，足够她为取代伏极做准备，培养了一批死心塌地的下属。"

"她死后，那些人……跟了你？"

时鹿鹿点头。

"都有谁？"

时鹿鹿微微一笑，答道："你见过的只有一个——茜色。"

★★★

"陛下看中的那位美人，怕是不好到手。"秋姜说这话时不知为何，心底有些骄傲：多少天之骄子为那姑娘神魂颠倒，而那姑娘，偏偏只喜欢你。她只喜欢你啊，阿婴……

赫奕微笑道："想来正是因为极难，所以反而极喜。"

确实如此。身为帝王，万物皆有，得来得那般容易，反而无趣。偏要姜沉鱼那样身份高贵，还心有所属的，才更珍贵。

"所以，陛下这是想用颐殊换姜沉鱼？恐怕我无能为力。"

"为什么不能？"赫奕眨了眨眼睛，道，"她是皇后，你是贵嫔；她有姜氏，你有姬家；她有薛采，你有我、颐非和风小雅……怎么看，都是你胜算更大。"

秋姜显得有点心动。

"璧国归你，美人归我。皆大欢喜，天下太平。不都挺好？"

秋姜抬眸，诚恳地看着眼前的男人道："就一点不好。"

"哪一点？"

"悦帝不悦。这可真是让人……失望啊。"秋姜说着，将整个酒壶拎起，把里面的酒泼在了赫奕脸上。

一时间，血色长袍翻酒污。

★★★

姬善想，这个答案真是出乎意外。

不过，这就解释得通为何茜色会随身携有巫毒，又知道只剩下最后一瓶解药，她在听神台有内应，而这个内应，就是时鹿鹿。

只是，茜色分明是如意门弟子，又怎么成了阿月的下属？

"阿善，你接下去是不是想问，我为什么假扮伏周去破坏她跟风小雅的婚宴？"时鹿鹿把玩着她的长发，笑盈盈地看着她，"因为……你呀。"

"我？"

"你喜欢风小雅，不想看他跟别人成亲，对不对？"

姬善一怔。

时鹿鹿露出熟悉的讨好表情道："所以，我帮你破坏掉，让他娶不成。"

"你恐怕弄错了——我不喜欢风小雅。"

"你喜欢他，我并不在乎。"

"可我真的不喜欢他……"刚说到这儿，姬善心口猛地一痛，像有一把匕首狠狠捅了她一下。

时鹿鹿用她的头发刮了刮她的鼻子，道："中了情蛊，是不能对恋人撒谎的啊。小骗子。"

姬善面色骤白。

时鹿鹿捧起她苍白的脸，轻轻道："我都说了，我不在乎你喜欢谁，反正从今往后，你只能喜欢我。"

姬善捂住心口，比起疼痛来，更多的是不敢置信。她不敢置信世上真有如此可怕的巫术，更不敢置信的是这个巫术告诉她——她喜欢风小雅！

这玩意儿应该给姬忽用才对吧？

★★★

"你疯了？"赫奕坐在地上，不敢置信地瞪着秋姜，更不敢置信的是——秋姜不但用酒泼他，还在酒里下了毒。这会儿他全身无力，提不起半点力气。

"疯了的是陛下您。不但妄想我们璧国的皇后，还胆敢孤身前来见我。"秋姜俯下身，一字一字道，"我可是如意夫人啊。"

赫奕的目光闪了闪，没说话。

秋姜打了个响指，朱龙便进来了。

"把他和颐殊带上。"

"是！"

朱龙扛起赫奕，又把颐殊夹在腋下。

赫奕像面条一样挂在他肩上，叹了口气道："这是要去哪儿啊？"

"送陛下回宫。"

"你们不出城？"

"我想了想，回程迢迢，恐有变故，还是在陛下宫中住几天，等薛采他们来了再做定夺。"

赫奕喜道："薛采要来？那沉鱼来吗？"

"话太多。"秋姜道。朱龙立刻明白了，一记手刀切在赫奕脖子上，将他打晕。

★★★

姬善颤抖地抓住时鹿鹿的手，问："要痛多久？"

时鹿鹿笑了笑，数道："三、二、一。"数到一时，疼痛消失了。

姬善震惊地看着时鹿鹿，问："是你在操控我？！"

"首次发作，疼痛不过三息，下一次，九息，再下一次，八十一息……每次叠加，无休无止。所以，别再撒谎了，阿善。"

"若你撒谎呢？"

"一样。很公平吧？"

公平个鬼！你本就是个不撒谎的人！而我……姬善绝望。

偏偏，时鹿鹿笑得更开心了些。

"从此往后，你的痛苦和快乐，都与我相关。"他深情款款地说道，"阿善，我们是天造地设的一对。"

姬善的眼神恍惚了一下，有些僵硬地附和道："是。我们是天造地设的一对。"

时鹿鹿伸手一拉，她倒入他怀中，于是幽幽重重的阴影，便也将她吞噬了。

★★★

喝喝从梦中惊醒，突然尖叫。

尖叫声把其他三人也都吵醒了，纷纷围至榻前："怎么了？喝喝不怕，不怕，我们都在呢……"

"善姐……"喝喝睁着一双雾蒙蒙的大眼睛，直勾勾地平视着前方道，"善姐被吃掉了。大嘴巴的怪物，把她吃掉了……"

她"哇哇"大哭起来。

其他三人彼此对视着。虽然姬善经常会神秘失踪，过几天又突然出现，但不知为何，这一次，众人心中都有种不祥的预感。

"我们去找大小姐！"

"喝喝别哭了，我们一起去找找她。"

"对，一定能找到善姐的！"

扬之水

第二卷

神谕劝人清醒，
魔咒令人沉沦。

姬善坐在门口，望着外面。

外面景色荒芜，唯一可看的只有天空。但此刻天空阴云密布，似要下雨，看得人心情很不好。

她忍不住想：命运这玩意儿着实有趣。几年前，秋姜在陶鹤山庄形同废人时，据说只能天天看天。如今，轮到了自己。

秋姜是个倔人，在那样的逆境中仍然坚持不懈一点点地恢复了行动力。而她，懒洋洋的，提不起丝毫想要逃跑的念头，只想睡觉。

会是情蛊的关系吗？

姬善掏出一把玳瑁制成的小镜子，照了照额头的图腾，真不是一般丑。同样脸上留痕，秋姜是朵漂亮的姜花，她却是只耳朵。

秋姜所遇男子皆是好人，她所遇的全是疯子。

世界之参差，真真令人绝望。

不过，此地还有个人应该比她更绝望——就是被关在隔壁的伏周。

秋姜想到这里收起镜子，走到封死的窗前，敲了敲。

"阿十，我是阿善啊。我是来救你的，但不知道该怎么救，你若有法子，快指点指点我？"

窗那边安静极了，以她普通人的耳力，什么都听不到。

姬善叹了口气道："你耳力过人，那我这边发生了什么，你也应该知道。这个情蛊到底是什么玩意儿？怎么解？"

话音刚落，终于有了动静，却不是来自窗那头，而是门外。

姬善转身走到门口，就见八名中年巫女拖着辆独轮车上来，车上一袋袋的全是土。她们刨地、堆土，一副要种地的架势。

她们忙活，姬善就坐在门槛上看着，这番景象起码比天好看。

说也奇怪，听神台上凭空多了一个她，却无人对此起疑。伏周的贴身巫女一共十二人，死了四个，只剩下了眼前这八个。

这八人，不但认不出伏周是假的，还对她完全无视。

是时鹿鹿对她们也施展了巫术吗？怎么能眼瞎耳聋成这样！

姬善转了转眼珠，忽掏出那把小镜子，朝其中一个巫女丢去："喂。"

巫女一个挪步，轻巧地避开了，镜子落地，"哐啷"砸个粉碎。

姬善啧啧道："完啦，大司巫心爱的镜子碎啦！"

巫女们全都继续垦地，并不理会她的话。

她们能躲避飞物，说明并未失聪，那就是故意无视她的话了？还有，时鹿鹿说过，伏周对任何东西都不感兴趣。一个无欲无求的人，怎么会把住所布置得这么精致舒适，连镜子都是罕见的奢美之物？

"喂，大司巫去哪儿了？"时鹿鹿那个骗子，说什么从今往后形影不离，结果一大早就不见人影，独留她一人在此。

巫女们仍不回应。

姬善感慨道："还真是行尸走肉啊……"可惜巫女们武功高强，而她又不会武功。不然强行抓一个回来研究，也许能发现到底是怎么回事。

巫女们垦完地，撒下种子。姬善遍识百草，一下子认出那是铁线牡丹的种子。

她们要种铁线牡丹？

怎么听神台上的铁线牡丹没有了？要重种？

仔细回想，之前跑了一圈，确实没有看见花。

在时鹿鹿和伏周之间，到底经过了一场怎样的博弈？花是那时候没的吗？伏周分明就被关在隔壁，却毫无动静，对她的话也毫无反应，是昏迷了？

姬善突然拿起独轮车上一把闲置的锄头，跑到封死的窗户前狠狠砸下去。

她虽不会武功，却也不是手无缚鸡之力的弱女子，多年历练让她的肢体充满力量。然而，这一锄头下去，看似木制的窗户没事，锄头"嘎嘣"一声断成两截。

"阿善，你又淘气了。"

一个声音远远传来。

姬善后背上的汗毛，一根根地竖了起来。她僵立片刻，回身，就看见了时鹿鹿。

他手上提着一个食盒，分明是殷切送饭的恋人，落在姬善眼里，却无异于催命的恶魔。

恶魔盯着封死的窗户，挑眉道："你想救她？"

"没有没有，我就试试锄头……"姬善的话还没说完，心口猛地一痛，扑倒在地蜷缩起来……

彻心彻骨间，依稀听见一声叹息："都说了不要再撒谎的啊……"

★★★

温热的水流，轻柔地冲刷着姬善的身体，把汗水和污垢一点点带离。

她趴在桶沿上，怔怔地看着前方的屏风，仿佛那是她唯一在乎的东西。

惩罚的时间，果然从三息延长到了九息，疼痛解除后，整个人都虚脱了。此时的她，只能任凭巫女们为她沐浴，一根手指头都不想动。

巫女们把她洗干净后捞出去，用柔软的丝帛裹住身体放在白鹅绒大榻上，用白棉吸去头发上的水渍，再用熏炉一点点熏干。

最后，她变得又香又软又干净，她们便退了出去。

姬善平躺在榻上，望着屋顶美丽的铁线牡丹雕花，忽然笑出声。

"笑什么？"角落里，传来时鹿鹿的声音。他依旧坐在窗户下，坐在阴影中。

姬善道："八年前我嫁入颖王府，成为昭尹的侧妃，大婚之夜，他们也这般给我沐浴熏香脱光光，放在榻上等他来。"

时鹿鹿道："然后呢？"

"然后……"姬善侧了个身，媚眼如丝地朝他勾了勾手指道，"你过来啊，我教你。"

时鹿鹿的眼睛，在黑暗中亮得惊人，但他没有动。

"你都给我种了情蛊了，为何不同我亲近？"

"之前你说怕欠因果，但现在我们已经生死相依，纠缠不清，就差最后一步……你在怕什么？"

"过来。"

姬善索性一把把身上的丝帛扯掉，丢到地上。

玉体横陈，美人如花隔云端。

时鹿鹿远远地看着她，目光闪动隐晦不明，却依旧没有动。

姬善等了一会儿，又"咯咯"笑了起来："你知道吗？昭尹那天一开始也没过来。"

"然后呢？"时鹿鹿的声音明显喑哑了几分，似在忍耐着什么。

"后来，他就过来，抓起我的头发……"姬善说着也抓起一缕长发，放到唇旁，粉红的舌头如猫舌般探出，在上面舔了舔。

时鹿鹿的咽喉跟着滑动了一下。

"然后，是手……"纤长的手指，从黑色长发上滑过，来到唇旁，眼看那粉色舌尖就要舔上去，指尖却像猫爪顽皮地缩了回去。

时鹿鹿突然咳嗽起来。

"再然后，是胸……"姬善的话没说完，一道白影飞掠而至，将她从头到脚罩住了——是那件本来挂在屏风上的白狐皮裘。

与此同时，时鹿鹿起身推门，屋外冰寒的风一下子吹进来，吹散了一室旖旎。

姬善在皮裘里放声大笑。

"如果我能，你现在不该笑，而是哭。不，是哭都哭不出来。"时鹿鹿的声音因为压抑而沙哑得厉害。

姬善一怔，收了笑，从皮裘里探出脑袋。

风吹拂着他的耳环和羽衣，似乎随时都会乘风而去一般。

"但我不能。我做不了。"时鹿鹿回头，脸上的红纹像魔咒，遮盖了他的全部欲望，"我有病，你忘了？"

姬善的目光闪烁了几下，低声道："什么病？"

"我体内种有蛊王，有赖于它，能操纵各种巫蛊，但它在时，我……"时鹿鹿停了停，神色越发悲凉，"不能纵欲。"

姬善望着他。

他也定定地望着姬善。

两人都沉默了。

片刻后，姬善开口道："背过身去。"

"什么？"

"我要穿衣服起来了。"

时鹿鹿一怔，然后，真的转了回去。

身后响起窸窸窣窣的穿衣声。

"等我杀了赫奕，把蛊王从体内拿掉，就能……"时鹿鹿想到未来，又兴奋起来。

"那我也不用再受你控制，就能走了。"

时鹿鹿一僵，回头，看向姬善。姬善已穿好了衣裳，坐在梳妆台前梳头。此刻的她，跟刚才那个在榻上色诱他的女子判若两人，显得又冷淡又疏离，还有那么点遥不可及。

一个声音在他耳畔响起，那是不久前伏周的预言——

"神跟你说什么？"

"神说，你必须杀了那个女人。不然……"

"如何？"

"你会死于她手。神谕——时鹿鹿，会死于姬善之手。"伏周声音悠悠幽幽，仿佛来自天上，又仿佛来自地狱。

时鹿鹿于此刻想起这句神谕。再然后，朝姬善走过去。

玉杖在他手中，不费吹灰之力就能杀人。

他杀过很多很多人，从不曾犹豫。

这个女人不爱他。

这个女人会杀了他。

他走过去，一步、两步、三步……

玉杖放下，梳子拾起，他却最终将她的发捧在了掌心，道："我替你梳。"

★★★

旭日东升，第一抹光透过门缝映在姬善脸上，将她唤醒。

姬善睁开眼睛，盯着天花板上的铁线牡丹，好一会儿才彻底清醒——这是在听神台，她睡在伏周的床上。而时鹿鹿，又不知去了哪里。

姬善起身披衣，推门出去，昨日新翻的那块地已变成了深褐色，呈现出良田独有的色泽来，不过不知什么原因，地面的一角被砸了个大坑……对了，新栽的铁线牡丹种在此地，就有特殊药效，那么换作别的草药，会不会也有奇效？

她蹲在田前研究了半晌，觉得值得尝试，当即就想找人要种子。四下环顾时，发现远处有一个彩点，心中不由得一惊——时鹿鹿？

他没走？

姬善朝彩点走过去，还真是他。只见他就坐在悬崖的边界处，两条腿垂挂着，只要她轻轻一推，就会掉下去。

然而，没等她靠近，自己的两条腿就先不听使唤了。

有些病看似毫不严重，也不影响日常生活，却偏偏是无解的，比如——恐高。

姬善别过头，尽量让自己不去想悬崖，口中问道："你在这里，却不出声，做什么呢？"

"看。"

"下面是万丈深渊，有什么好看的？"

"世上最好看的，便是……"时鹿鹿回头，冲她微笑道，"深渊啊。"

"为什么？"

"因为未知，更因为危险。"时鹿鹿望着身下的悬崖，绿色一路往下，然后变成黑色，无穷无尽的黑色。

"人类对死亡有本能的恐惧，这是留在我们血脉中的来自先祖的告诫。在他们漫长的对世界的求索中，有的人淹死了，所以告诉我们要怕水；有的人烧死了，所以告诉我们要怕火；有的人怕猛兽，有的人怕深渊……"姬善想，她就是那个骨子里怕深渊的人，虽然真的不理解为何而怕，"畏惧危险是任何动物的本能。而喜欢危险……这种情绪，只有人类有。"

时鹿鹿轻笑了一声："有道理。不愧是大夫。"

"我想知道这是为什么。"姬善逼自己转头，看着时鹿鹿和他身后的悬崖，问，"为什么，你会喜欢危险？"

时鹿鹿思索，神色认真。姬善发现了他的一个优点——他并不轻慢她的任何话，总是给予坦诚的回应，是好是坏，是善是恶，全会直接说出来。

"你看此地……除了木屋，就只有两处风景：一为天空，一为深渊。"

姬善"嗯"了一声，若有所思。

"伏周看天，她渴望聆听神谕，她认为所有的幸福都自天上来。她讨厌深渊，那是鬼魅之所，罪孽之地，只会勾引人堕落。"时鹿鹿的声音慢慢的、轻轻的，像此刻山崖上的风，"但我觉得，认为'幸福来自天上'这本身，也是一种勾引——来自神的勾引。凭什么，神的诱惑是慈悲、是恩德；鬼的诱惑，就是孽障、是毁灭？"

时鹿鹿抬手，在一旁的地上画了一个"巫"字，道："你看巫这个字，人在天地之间，通天达地，两处相连。也就是说，既要听取神谕，也要知晓鬼言，不偏不倚，缺一不可。被鬼魅迷惑的巫，固然是错，而一味崇拜神的巫，就对吗？"

姬善有点惊讶。自认识时鹿鹿以来，他一直表现得对巫很不屑，他此番说的话，见识之高，也远超巫人，可是，这是站在巫的立场上说的话，每个字都饱含了对巫的感情。

是因为他妈妈阿月的关系吗？如果没有禄允那事，阿月才是大司巫的继承者，而她对巫的理解和信念，无疑通过她的手记，遗传给了她的儿子。

"我听不到神谕，可能因为我是个坏人。那么我想，也许我能听见鬼言。"

"所以你就坐在这里看……有什么发现吗？"

时鹿鹿苦笑了一下，道："没有。看来我真的没有伏周有灵性。不过……有时候我会很想跳下去。"

"跳？"

时鹿鹿有点痴迷地望着悬崖下方，道："嗯。也许跳下去了，就知道深渊到底是什么了。"

姬善的目光闪烁着，突然抓住他的手道："我们下山吧！"

"嗯？"

"悬崖之所以是悬崖，是因为你站在高处。回到山下，这个黑洞，也只不过是一片普普通通的地，或者还有海啊湖啊什么的。不用跳，走下去，就能知道它到底是什么了！"

时鹿鹿怔了怔，再看向她时，眼中就多了很多很多情绪。

"你有事要忙？"

时鹿鹿摇了摇头。

"那走啊！你和我一起，难道还怕我逃了？而且我不会逃的……"姬善拉着他的手离开悬崖，离得远了，她的脚步就恢复了轻快。

在此过程中，时鹿鹿一直望着她，就像刚才看着深渊一样："你为什么不逃？"

"你觉得呢？"

"你是大夫，没有大夫会对情蛊不感兴趣。你想破解情蛊。"

"算其一。"

"你有一些疑惑，想借我，或者说，借巫之势弄清楚。"

"其二。"

"你……"时鹿鹿突然反手用力，一直拉着他往前走的姬善没有防备，整个人往后栽倒，倒在了他怀中。

小鹿般的眼睛倒着呈现在她上方，带着雾蒙蒙的水光，能够柔化任何铁石心肠。

"喜欢我。"所以，不舍得逃。

姬善的呼吸，顿时一滞。

★★★

"我出生的时候据说不会哭。"姬善折了一根树枝当手杖，拨开过膝的蔓草一路往山下走，"父亲倒提着我各种拍打，依旧不哭。他很着急，想了很多办法，后来发现，我虽然不哭，却也没有生病，平平安安地长大了，这才放心。"

"我和你恰恰相反，我出生的时候据说很爱哭。"时鹿鹿跟在她身旁，用玉杖帮她开路，"母亲当时是偷偷生的我，藏在外面，非常着急，怕哭声泄漏行踪，想了很多方法。"

"后来怎么解决的？"

时鹿鹿淡淡道："她把蛊种在了我体内。"

姬善一惊。她本以为是伏周为了逼出秘密才给时鹿鹿下的蛊，没想到竟是他的亲娘！

"然后呢？"

"然后我就不哭了，非常乖巧，毫不违抗她的命令。"

"如果违抗会怎样？"

"不会。蛊在心，心神受控，生不出任何违抗的念头。"

"那……有什么坏处？不可能只有好处没有坏处吧？"

"坏处就是……"时鹿鹿看着她，眼神突然炽烈。

姬善忙道："行了我知道了，不用说了。"

姬善踢飞一块拦路石，还是按捺不住好奇，又问道："你知道怎么把那玩意儿取出来吗？"

"不知道。"

姬善一怔道："那你还说等报了仇就取出来……"

"不是有你吗？"时鹿鹿笑了笑，笑得有几分狡黠，"取情蛊，和取蛊王，想来有共通之处。你若想出了破解之术，记得也救救我。"

"我若想出了破解之术，就远走高飞，才不管你！"

"你不会。"

"为什么？"

"因为你喜欢我。"

姬善冷笑道："我刚才没有反驳你，是因为被你的自作多情给震惊了，一时间没反应过来。既然你又提此事，那我就明明白白告诉你……"

"阿善。"时鹿鹿打断她，"小心惩罚。"

姬善一僵，声音戛然而止。

时鹿鹿的眼睛弯了起来，道："看，你不敢否认，所以是真的。"

姬善头大如斗，只好又恨恨地踢了一块石头。

"阿善，你小时候是怎么样的？多说一些。我喜欢听你小时候的事。"

"那作为交换，你也要说你小时候的。"

"好啊。"

姬善想了想，谨慎地选择措辞："我运气不错，出生还行，家境马马虎虎过得去。"

"汝丘虽是姬家的分支，但毕竟是贵族，跟平民百姓自然不同。"

姬善握着树枝的手微微一紧，扭头道："你……查我？"

时鹿鹿"嗯"了一声。

"查到很多？"

"不少。我回听神台第一件事就是假扮伏周让巫女们调查你，没想到，巫神殿内竟真有你的详尽资料，共计二十页。"

"二十页很多？"

"颐殊就是二十页。意味着，你在巫族心中的地位，堪比程王。"

姬善想，那还确实挺多的，不由得更加好奇了："那，江晚衣有吗？"

"有，两页。"

姬善发现自己竟比江晚衣多十倍，有点开心。要知道江晚衣可是当今世上最有名的大夫，她虽在医术上的名气没他大，却在这种事情上赢了，也挺高兴的。

"那……姜沉鱼肯定有吧？"

时鹿鹿轻笑出声："有。"

"多少页？"

"十七……册。"

"啊？！"

"她是赫奕最感兴趣的人，她爱吃的东西，穿过的衣服，读过的书，参加过什么宴席……事无大小，能查到的都记录了。"

姬善有点同情姜沉鱼了："没想到赫奕也是个疯子。"

"伏周调查姜沉鱼，未必是赫奕授意。"

姬善听出了言外之意："难不成伏周喜欢赫奕？所以调查情敌……"话音未落，额上忽被时鹿鹿弹了一记。

"伏周调查姜沉鱼，应是出于宜国的考量，并无儿女私情。她虽是个贱人，但在当大司巫一事上，还是无可挑剔的。"

姬善勾唇一笑道："你对她评价还挺高。"

"我不说谎。"

"你是不能，跟我一样。"

"我是坏人，你是骗子。而如今，我们都无法说谎，同病相怜。何其般配？"

姬善呵呵冷笑道："我是阿善，医行天下四处救人的大善人！"

"我是鹿鹿，天真纯洁无辜可爱的小鹿。"

两人你一言我一语间，山路走完，前方是一片看不到边的密林，杉树参天，树下则繁花似锦：新开的雏菊白如碎珠，黄色的金凤花灿似火焰，凤尾兰像一个个身穿绿裙的纤细美人，向上伸展着柔荑，三色朱蕉则把绚丽铺进了绿意里……

"我第一次见姬忽时，她在插花。那时便觉得惊奇——那可是冬天，为什么会有那么多盛开的鲜花，后来才知道，都是商人们从宜带过去的。"

"宜四季如春，人们认为是巫神的力量。"

"山海四季，固是神力所致，但蝇营人类，却能挪盗天机。搬山凿河、引海填田，把各地独有之物运去别地，无所不用其极。"

时鹿鹿凝视着她，悠悠道："你……很喜欢人类啊。"

"我喜欢了解人类。"

"你最了解的人是谁？"

"姬忽。我扮她，扮了整整十五年。"

"可你只跟她待过三天。"

"那二十页上写的？"

"嗯。"

"看来巫的情报不比如意门差啊。"姬善感慨。

"姬忽是个什么样的人？"

姬善想了想，道："好人。"

"如何定义？"

"好人，在我这儿就是无趣之人，就算了解了也没什么用。坏人，则各有各的玄妙，或性格、或出身、或经历、或这里……"她点了点脑子，"有问题。"

"那我属于哪种？"

"你啊，你就是个出身有问题，经历很有问题，性格更有问题，这里最有问题的人。"

时鹿鹿大笑起来，惊起一片飞鸟。

这还是姬善认识他以来第一次见他如此大笑，笑得好像放下了所有心事所有包袱所有秘密，笑得像个真正的少年。

然后，他弯下腰来，平视着她的眼睛，一字一字道："你想了解我吗？阿善。"

"我……"姬善刚说了一个字，时鹿鹿的手指就按在了她的嘴唇上，笑容消散，眼眸深黑，一瞬间，从大笑转变成大悲："别太了解我，阿善。"

"太了解了会如何？"

"会死。"

姬善心中一沉。

"不是你死，就是我死。"时鹿鹿的声音轻如叹息。

伏周的声音回旋在耳旁，絮絮叨叨，不停回荡——

"你会死于她手。神谕——时鹿鹿，会死于姬善之手！"

这哪里是神谕。时鹿鹿想，这分明是魔咒。神谕劝人清醒，而魔咒令人沉沦。就像他此刻，玉杖轻轻一点就能要了身前女子的性命，却宁可冒着死于伊手的危险，也不肯杀她。

她喜欢我。

时鹿鹿凝视着姬善的背影，如此想道。我能令她越来越喜欢我，喜欢到，让神谕无法应验。

没错。神谕，是可以破解的。

比如他的诞生，就是神谕失效的结果。

★★★

林深似海，却比海多了无数种气味。

一开始是草木的清香，然后有枯叶腐烂的味道，入得深了，各种各样奇奇怪怪的气味融在一起，再被穿过林间的风一吹，便轻了淡了，飘忽不定。

姬善正在努力分辨，时鹿鹿突然拽了她一把，道："小心。"

她前脚踩中的那一处地面，迅速塌陷。

时鹿鹿带着她后退数丈，只见塌陷之地很快又满了起来，变得跟之前完全一样。

"陷阱？"

"沼泽。"

姬善想了起来，宜境确实多沼泽："但沼泽地不是没有大树的吗？"

"有，巫树林。"

又是巫神之力？

"这种树既能水生又能陆生，与沼泽最是般配。"时鹿鹿眺望一番，道，"看来前面都是沼泽了，还要继续前行吗？"

"若我想，如何？"

"这样。"时鹿鹿说着伸手搂住她的腰，玉杖轻点，直跳上树，手中不停，玉杖继续点出，以树为地，奔驰跳跃。

金色的阳光照在姬善脸上，她情不自禁地闭上了眼睛，觉得自己像只小鹿，在草地上跳跃撒欢，又像一只大鸟，在振翅翱翔……

会武功真好啊……

听说风小雅的武功也极高，不知能否如时鹿鹿一样带她这般飞……

刚想到这儿，胸口猛地一痛，姬善"啊"了一声，身行立沉，往下坠落。

时鹿鹿吃了一惊，连忙救她，但玉杖伸出一半，突然一顿，然后眼睁睁看着姬善掉到地上，掉进了沼泽里。

姬善想完了，这下死定了！

一根东西破空射来，卷住了她的腰，阻止她继续下沉。

抬头一看，原来是玉杖杖头弹出了一根镔丝，千钧一发之际救了她。

"快拉我上去！"她喊道。

谁知，时鹿鹿却落到了一棵大树上，然后，好整以暇地把玉杖往身下一压，坐下了。

"不要。"

"为什么？"

"我在带你飞，你却在想心上人。"时鹿鹿看起来不太高兴。

姬善觉得，这次是真的完了。

★★★

沼泽像一张湿漉漉、臭烘烘的大嘴，不停地吮吸着她。

姬善放弃挣扎，张开手臂，尽量让自己仰躺，加上腰间有镔丝加持，虽然过程非常煎熬，好歹没有性命之忧。

因为仰躺，所以她跟时鹿鹿正好面对面相望，彼此都能看得很清楚。

"我不知道原来想想也会催发情蛊。"姬善老老实实道，"而且，我真的不知道那个人是我心上人。"

"你想的是谁？"

"风小雅。"

时鹿鹿注视着她，姬善显得无辜极了，道："我不服气。我没觉得风小雅是我的心上人。"

因为她说这话时情蛊没有反噬，因此时鹿鹿表情大缓，却还是不肯拉她出去。

姬善转了转眼珠，又道："我觉得我喜欢的是你。"

她屏住了呼吸，用尽全力等待着，然而一息、两息、三息……疼痛没有袭来。

时鹿鹿的眼睛一下子亮了。

"你看，情蛊证实我没撒谎。"

"你说——比起风小雅，更喜欢我。"

"比起风小雅，我当然更喜欢你。"一息、两息、三息……还是没有发作。

时鹿鹿起身，脚尖在玉杖上一踩，镖丝缩回，拖拽着姬善瞬间飞出沼泽。他张开手臂接住她，顺势抱着转了好几个圈，笑道："这还差不多。"

"放开我，脏死了！"

"我不嫌你脏。"时鹿鹿抱得更紧了。

"我是可惜你这身衣服啊……"

时鹿鹿一僵，慢慢地，把她放下。姬善好不容易在树上站稳，见他神色异常，便道："不会吧？伏周只有这一套装束？"

"她销毁了。"

"咦？"

"她预料到我会回来取代她，所以把除了身上这套之外的所有衣服全部销毁了。"

"这又是为何？"

"这件羽衣是用一百种鸟儿的羽毛编织而成，其中有一种鸟来自不知名海岛，每年只在一月时飞过宜境上空，不做停留，捕捉不易。我虽知制法，却没有时间等。"

姬善立刻想到了另一样东西，道："听神台的铁线牡丹……"

"除了我给你的那朵，也全没了。"

所以才重新栽种吗？姬善觉得有趣，道："巫族的神物，你知做法，却没有；她有实物，却不会做。你们真是命中的宿敌，彼此的克星啊。"

时鹿鹿傲然道："她不及我。"

那是，你找到机会就能做，她却是用一样少一样……

"她明知你迟早能做出来，为什么还要销毁？"

时鹿鹿的目光闪了闪，道："我也在想为什么……她虽是个贱人，却是个聪明的贱人，此举必有深意。"

姬善心道：你对她的评价还真高。

这时，远处依稀传来乐声，二人双双表情一变。

《奢比尸曲》！

"曲调与我先前听到的有些许不同。"

"她们在召唤大司巫。"时鹿鹿倾耳听了一会儿，皱起了眉头道，"圣旨。"

"什么？"

"她们说，赫奕的圣旨到了。"

深渊的探索之行就此中止，时鹿鹿带她回到了听神台。

等在木屋外的巫女们看到两人全身泥浆出现时，全都很震惊，纷纷跪了下去："大司巫恕罪！"

"圣旨拿来。"

一名巫女跪着呈上圣旨，时鹿鹿打开迅速看了一遍，凝眉不语。

姬善歪头凑过去看，只见上面写着："糟了！救命！速来！等你！"如此不正经的八个字，配着一个极具威严的玉玺印戳，显得说不出地可笑。

★★★

轿子摇摇晃晃间，走出屦楼山，前方道路逐渐平坦，两旁建筑逐渐繁华。

姬善坐在轿中，翻来覆去地看着圣旨上的八个字。

时鹿鹿道："别看了，是赫奕的笔迹。"

"你看——上好的庐山松烟墨，配以墨香村的极品羊毫，从头到尾每一笔都写得肆意洒脱，毫无局促之意。我若有性命之忧，心急如焚，是断断写不出这么气定神闲的八个字的。"

时鹿鹿淡淡一笑道："我知道。"

"那你还去？如此明显的陷阱。"

"你说的——想知道深渊是什么，就要下山，直接过去看。"阳光透过纱帘照进来，把他的睫毛染成了金色，虽然穿着全是泥污的羽衣，却一身神光，像极了真正的大司巫，"神谕说赫奕背叛了。我想知道，为什么。"

姬善还是不太放心地问："赫奕认不出你？"

时鹿鹿握住她的手，温柔一笑道："阿善在担心我？"

"我……好奇。为什么听神台的巫女分明看到了你的脸，却认不出来？"

时鹿鹿掀开帘子，看了眼外面抬轿的四个巫女，她们面无表情脚步齐整，宛如牵线木偶："因为……就算认出来了，我也能让她们忘记。"

姬善想：巫蛊真是个好东西，还能这么玩。

时鹿鹿忽道："你没去过宜的皇宫吧？想不想好好看一看？"

"有何特殊之处？"

时鹿鹿一怔，答道："我也没去过。"

"那么……"姬善反握住他的手，"我们一起好好看一看。"

时鹿鹿的眉心微蹙了一下，似诧异，似恍然，又有那么一点无所适从的局促，然后才又笑了起来。

　　姬善想：真复杂，这个人到底经历过什么，掩藏着什么，才会有如此复杂的情绪？

璧的皇宫典雅奢华；程的皇宫质朴厚实；燕的皇宫恢宏辽阔。

宜的皇宫……则是出乎意料地平凡。甚至于，姬善都没想到这就是皇宫，相比之下，威严十足的巫神殿更像天子住所。

它坐落在金叶子街的尽头，门不高，墙不阔，守卫也才普普通通两个。

看到巫女们抬着轿子来，守卫先给跪下了，口中颂道："大司巫神通！"毫无身为天子御军该有的矜贵。

时鹿鹿没有回礼，巫女们也没有停步，径自抬着轿子进门了。

门内没有园林，只有平坦空阔的青石地，三座小楼呈品字形而建，楼高不过二层，地宽不足百丈，可谓相当寒酸，偏起了三个极大气的名字："北宫""西宫""南宫"。

姬善"扑哧"一声笑出来。

时鹿鹿看着这三宫，冷哼一声道："哗众取宠。"

姬善觉得他说得有道理。帝王的住所，再怎么华丽都不算什么，如此简陋，反而不正常。

巫女们抬着轿子直进名叫"北宫"的小楼。

楼内白墙石地，没有任何花纹，却异常开阔明亮；北墙上有个巨大的圆窗，设计精巧，推窗便是造月，推多一点，是满月，推少一点，是弦月，一扇窗，便让整个房间都灵动了起来；屋内没有屏风没有书架没有熏炉没有任何装饰物，只有一张竹制长案，案后铺着一块白毡，案头放着此行来所见到的唯一一株植物——

一枝梨花，静悄悄地横躺在木托盘上，花瓣上尤带露珠。

姬善心中暗叹：极素极雅，至美至洁。

都说富上三代才懂穿衣吃饭，而奢足天下才知大道至简。宜王果不是一般人物。

巫女们放下轿子，躬身退了出去。

"大司巫可算来了，朕等了许久。"伴随着一个抱怨声，红衣黑发的高挑男子，手扶原木栏杆，轻快地从楼梯上走下来，发摆摆，袍荡荡，带出了十分的倜傥风流态——正是宜王赫奕。

时鹿鹿的眼神有了些许变化，覆在她手上的手，也变得有些凉。

他们是同父异母的兄弟，一个在外潇洒，一个被囚暗室。人生何其不公。

"哟，还带了贵客？贵客怎么称呼啊？"

时鹿鹿看了姬善一眼，答道："她叫阿善。"

"善，从言从羊，像羊一样说话。好名字。"

姬善心道有什么好的，羊的叫声根本不好听，而且，过于温顺软弱。她曾见过屠夫宰羊，它们排成一队队，屠夫手起刀落，前面的羊流血倒下，后面的羊依旧安静无声地等待着，丝毫不懂反抗。

她以此为名，不过是在时刻提醒自己，莫做羔羊。

一念至此，姬善看向时鹿鹿：此人名鹿，却也是绝不甘心做一头鹿的。

"我既来了，陛下不妨直言。"

"是这样的，朕这几天做了同一个梦，恐怖至极，吓死朕了！梦中人告诫朕绝对不能外出，朕没办法，只能请大司巫下山为朕解梦。"赫奕说得紧张，人却在案后侧身歪坐，看上去一点都不紧张。

姬善翻了个白眼。

时鹿鹿淡淡道："请说。"

赫奕将手架在曲起的一条腿上，叹道："朕梦见巫神训斥，说朕背叛了他啊！"

姬善一惊。

"朕觉得冤枉极了，追问是哪里做错了，神说——跟大司巫有关。朕想来想去，也想不出大司巫有什么问题，只能把你请过来当面请教。"赫奕说着将木盘上的梨花拈起，放在掌心轻轻地敲。

每敲一下，那上面的花瓣便落一瓣，真正可谓是"辣手摧花"。

时鹿鹿皱起了眉。

"大司巫没什么想跟朕说的？"

时鹿鹿沉默许久，道："没有。"

"那么，朕问，你答，可好？"

时鹿鹿不语。

赫奕便径自问了起来："朕三年前求问姻缘，后去图璧，为何好好的船在弥江突然翻了？朕事后派人彻查此事，证实船只船夫全无问题，是璧王的暗卫所为。可你说，璧王又是如何知道朕去了他的地盘呢？此第一个疑惑。"

时鹿鹿不答。

"第二个，胡九仙死于茜色之手你如何得知？为何不事先知会朕一声？别人纵然不晓，大司巫总该知道胡九仙是朕的小金库。他死了，朕很为难啊。"

姬善想：胡九仙果然是赫奕的人啊……她之前便觉得奇怪，四国首富竟然出在宜国，而堂堂宜王竟能容忍。要知道，唯方大陆里，金叶和狐仙两大商行是最大的竞争对手，有金叶子的地方，三步之内必有小狐仙的笑脸；小狐仙货物多，金叶子价格低……总之两家的爱恨情仇说上三天三夜都说不完。

如今才知，两家的老板竟是同一个。

难怪璧先帝苻枢曾说，有阳光的地方，就有赫奕的买卖。

时鹿鹿还是不答。

"第三个，巫毒的解药，真的全用光了，一点都没剩？"

时鹿鹿听到这儿，终于开口道："陛下真正想问的问题，是这个吧？"

赫奕把散落的花瓣一片一片放入木托盘中，为难道："朕总要为自己的安危着想。万一朕中了巫毒，却没有了解药，怎么办？"

"陛下是宜王，自有巫神庇佑。"

"是吗？"赫奕伸手缓缓拉开衣领，露出脖子和胸膛。只见一根红线从耳根后盘旋而下，扭曲着延伸至胸前，衬着红衣白肤，竟很好看。

巫毒姬善见识过，是粉末状物体，无论是烧化成烟，还是直接吞食，都只会致人昏迷，并不致死。而且吃吃也中过毒，并无红线出现。赫奕身上这是什么？

时鹿鹿似笑非笑道："你喝了颐殊的血？"

什么？这么疯魔？姬善惊讶。

赫奕不答，反问道："到底有没有解药？"

"没有。"

"真的没有？"

"真的，最后一瓶昨日用掉了。"

赫奕的眼神锐利了起来，盯着轿帘道："大司巫要朕死？"

"巫毒不会致死，又经颐殊之血稀释，毒素弱了很多，就算出现神文，也只是惩戒。"

"惩戒？"

"嗯，陛下今后刮风下雨，少不得要遭点罪。"

"朕不想遭罪。"

时鹿鹿悠悠道："恐怕由不得陛下。"

赫奕起身，负手，开始踱步。屋子很大，他绕着长案从这头走到那头，再从那头走到这头，抖落花瓣无数。当把衣袍上的花瓣全抖干净时，赫奕扭头，露出一个亲切的笑容，道："朕可以受苦，但不能独自受苦。"

时鹿鹿顿生警惕地道："陛下何意？"

意字刚出，赫奕手臂一场，突然伸入帘中，一把抓住姬善的胳膊，将她拖出来。时鹿鹿的玉杖立刻跟上，挡在她腰前。

如此一来，姬善上半身出了轿子被赫奕抓着，下半身仍在轿里，被玉杖挡住。她在心里骂了一句：赫奕你个老贼！

赫奕的目光从她脸上扫过，他跟时鹿鹿不愧是兄弟，看人时都显得情意绵绵："阿善姑娘，你跟朕一起受苦吧。"

"凭什么？"

"凭大司巫舍不得你，你若也中毒，她必想尽办法救你。"

"我不要喝人血！"

"哦？可巫女们都喝过。你难道没有？"

姬善一怔，想起了时鹿鹿点在她眉心上的那滴血，以及后来出现的诡异的耳朵图腾。图腾，莫非也是一种红线？

时鹿鹿手中的玉杖点向赫奕，赫奕不但没有松手，反而以她为盾挡在身前。

玉杖距离姬善一分处立止。

赫奕轻笑出声："看，她果然不舍得伤你。"

时鹿鹿手在座上一拍，连人带轿竟一起飞了起来，罩向赫奕。赫奕大惊，急忙后退，却已来不及。轿帘如蛇，一口将他吞吃入肚，与此同时，时鹿鹿抓住姬善，一同飞出轿子。

轿子"咚"地砸回地面。

彩羽如灰凤，旋转翻飞，优雅地落在轿顶上。

姬善跟跄了一下，没能站稳，时鹿鹿在她腰间一托，扶稳了。两人一同站在轿顶上。

姬善心中"怦怦"直跳：此人被囚十五年，到底是如何学得一身好武功的？赫奕可是唯方四帝里武功最高的，竟在他手下只走了一招。

时鹿鹿却不松懈，双目如电，直直盯向二楼道："陛下也有客在。还不下来？"

"咚、咚、咚。"

一个略显沉滞的脚步声，从楼梯上缓缓下来，长袍如叶，带来一片春光。

姬善一看，哟，老熟人。

时鹿鹿看到来人，忍不住回头看姬善，姬善扬眉笑道："跟我挺像的，是吧？"

来人，当然就是跟她有七分相像，却比她足足高了半个头的秋姜。

时鹿鹿若有所思。

秋姜望着他，也是若有所思："我曾听闻在宜国，百姓'宁违王命也不敢抗巫言'，还觉得是夸大其词，没想到，大司巫竟连宜王也敢打。"

时鹿鹿手持玉杖，神色淡漠，看上去威仪十足，又因为羽衣污浊，反而显得说不出地诡异，确实像个通天地驭鬼神的巫者。

"陛下中邪了，我是在为他驱邪。"

"邪？"

"汝之所为，不正，是谓邪。"

"哦？请问，我做了什么？"

"你劫走颐殊，把她的血喂给陛下，令陛下中毒，以此胁迫他召我入宫，求取解药。"

秋姜鼓掌道："大司巫果然神算也。没错，确实如此。"

"我说了，没有解药。"

"我不信。"秋姜笑盈盈道，"解药之方，历任大司巫都知晓。就算伏极死时没来得及告诉你，你也可以直接问巫神。除非——所谓的能听到伸谕，是假的。"

姬善忍不住拍案叫绝——不愧是姬忽，这个问题太尖锐了！伏周真没办法回答。

可惜啊，这个大司巫，是假的。更可惜的是，这个假大司巫是知道真解药的。

果然，时鹿鹿道："我知解方，但无解药。"

秋姜的目光闪了闪，悠悠道："知道解方？那给我一份。"

时鹿鹿冷冷道："汝私闯宫殿，劫持吾皇，其罪当诛。"

"那你倒是诛杀我呀。"秋姜走近几步，索性停在了轿前。

时鹿鹿垂眸。

姬善心中充满了疑惑：时鹿鹿武功高强，对付一个病入膏肓的秋姜完全不在话下。为什么要迟疑？

"你不敢……"秋姜笑道，"因为你是……小十啊。"

姬善一怔，睁大了眼睛。秋姜说的当然不是时鹿鹿的时，是数字十，而当数字从她嘴里说出来，往往具备第二种意思——如意门的编号。

小十——十姑娘——伏周。

一连串线索在她脑中串联，拼出某个可怕的真相：汝丘所遇的那位十姑娘，是如意门弟子！然后，被选为宜国的大司巫，成了伏周，成了宜国比皇帝还要有权势的人!

如意门果然没有放过宜国!

难怪姬婴、薛采、燕王他们不惜一切代价地联手铲除它,这个大毒瘤不除,四国怎会安生?

如意夫人生前,给了伏周什么命令?伏周说出要保颐殊的神谕,意欲何为?秋姜直接说破,本是一步好棋,但是……这个伏周是假的。

姬善向秋姜使了个眼色。秋姜看见了,却似没看见一般,道:"你既见绿袍细腰,为何不拜?"

姬善总算明白为什么秋姜会刻意换上一件绿袍子。绿袍细腰,是如意夫人的标志。她今天,是以如意夫人的身份,来问责弟子的。

时鹿鹿看着她,唇角一点点地勾起,道:"你又不是如意夫人,我为何要拜你?"

"前任如意夫人已死,我就是如意夫人。"

"是吗?如意夫人有《四国谱》,你有?"

"我当然有!"

时鹿鹿从怀中取出一张纸条,手指轻弹,飞向秋姜。

一道红影从楼上掠来,半空中截住字条,然后落地,双手递给秋姜。

姬善一看,嗯,正是那个不送她回屋从而导致她被茜色擒住送上听神台发生了一系列后续事件的始作俑者——朱龙。他果然也在。

秋姜接过字条,看到上面的话后,脸色大变。

姬善好奇得不得了,但站在轿顶,恐高令她胆战心惊,丝毫不敢动。

"这是真的?"秋姜的声音非常沙哑。

"神谕无谎。"

秋姜整个人都抖了起来,几乎站不住。朱龙连忙扶住她。

"现在,你还要我拜你吗?"

秋姜猛地抬头,双目赤红地盯着时鹿鹿——就姬善对她的了解,这很不可思议。姬忽久经训练,控制情绪可谓驾轻就熟,如此激动,显然是被抓住了软肋。事关昭尹,还是风小雅?那字条上到底写了什么?

"你想做什么?"

"我想做之事,与旁国无关。留下颐殊,任尔离开。"

"不行!我一定要带回颐殊。"

"她身中巫毒,半死不活。你确定要带这样一个程王回去?"

秋姜咬牙。

姬善想,这有什么不行的?若是燕国和璧国,继位讲究名正言顺,哪怕不那么名正言顺，表面上也要装装样子；可程国那个破地，发生什么都不足为奇，颐非名声又很差，直接篡位就好，干吗非要把颐殊带回去？还要解了毒清醒地带回去？这些"好人"的心思，果然是不可理喻的。

"我数到三，如果不走，就永远别走了。"时鹿鹿冷冷道，"一。"

朱龙看着字条的内容，忙道："走吧！"

秋姜盯着时鹿鹿。

"二。"

朱龙一把抓住秋姜的胳膊："走！"两人从大圆窗户直接跳了出去。

他们一走，姬善便一股脑地问了出来："字条上写什么了？你什么时候写的？我怎么不知道？为什么不事先告诉我？"

"我告诉你了。"时鹿鹿无辜地眨了眨眼睛道。

"什么？什么时候？"

"我告诉过你——茜色，是我的人。"

姬善一呆：这个，他确实说过。

"所以，她根本就不是江江。这说明什么？"

"《四国谱》……是假的？不可能啊，其他人都对得上……"姬善突然反应过来道，"是你们替换了的？"

"是。"

"为什么？！"

"如意夫人的奏春计划，虽然在燕、程、璧，都失败了，但在这里，可以说是成功了。"

果然如此……姬善继续问道："怎么成功的？计划内容是什么？"

"这，是个很长的故事，要慢慢说啊。"时鹿鹿说着，将她抱下轿子，然后掀开轿帘，注视着里面的赫弈，微微一笑，"陛下，臣救驾来迟。"

赫弈趴在柔软的垫子上，姬善一直以为他晕过去了，没想到他闻言侧了个身，以手支头，朝时鹿鹿抛了个媚眼："朕就知道，爱卿一来，朕安矣。"

两人相视而笑，君圣臣贤，看得姬善又翻了个白眼。

★★★

夜色降临，几个老太监抬来泥炉木柴，将一口装满食材的铜锅架在火上煮。

如此一来，那扇圆窗越发凸显出必要之处：既能通风换气，又能借来月色，加上炉中柴火，屋内已足够明亮，难怪一盏灯都没有。

不过，这种窗子也就宜这种四季如春之地适合，换了燕，冻死；换了程，雨淹；换了璧……太素，肯定不受欢迎。

姬善一边百无聊赖地想着，一边探头看锅，皱眉道："辣的？我不吃。"

赫弈一怔，看向时鹿鹿。时鹿鹿道："换。"

老太监只好重换了一锅。

"酸汤？我不吃。"

老太监又换了一锅。

"骨汤？我……"

赫弈打断她："阿善姑娘，你就说说有什么是你吃的？"

"我爱吃素，荤肉只吃鸡鱼，偶尔吃点牛羊鹿，入口之物皆不要任何调料。"

赫弈叹道："难怪你跟秋姜不像。"

"什么？"

"不吃点好的，怎么长高？"

姬善刚要瞪眼，时鹿鹿开口对老太监道："换。"

"且慢！她吃的朕不爱吃。"

老太监站在原地左右为难。

最后的结果是架起了两口铜锅，赫弈独自一锅香辣滋味的，时鹿鹿和姬善吃淡而无味的。

赫弈不满道："大司巫厚此薄彼，朕很孤单。要不，你陪朕喝点酒？"

"陛下忘了？臣是不能饮酒的。而且，陛下一向孤单，不必在意。"

赫弈一噎。

姬善夹了一筷菌菇放入口中，眉毛不禁一动，饶是口腹之欲极淡，也不由得多吃了几口。时鹿鹿见状，取勺将锅内所有此菌都挑拣出来。

赫弈立刻将自己的碗捧到时鹿鹿面前，道："此乃麟角菇，产地极少，无法种植，只能靠天地自生。朕也爱吃。"

时鹿鹿手腕一转，整勺麟角菇全都倒进了姬善碗中。

赫弈落寞地将碗收回，盯着姬善叹了口气道："阿善姑娘果然厉害，假扮姬忽十几年天衣无缝，如今，又令朕的大司巫如此厚待于你。"

姬善微微一笑道："不比陛下，连姬忽都被你坑了，玩弄三国于股掌。"

"我没有坑她。"

"那《四国谱》里关于江江那页，是谁掉的包？"

赫弈看向时鹿鹿，时鹿鹿道："是神谕。"

赫弈当即点头道："没错，是神谕。"

这，确实是个很长很长的故事。

"茜色不是江江。"字条上，只写了这六个字。

秋姜坐在马车里，却看了足足一盏茶时间。车身颠簸，字影摇晃，看上去是那么地不真实。

"朱龙，你怎么看？"

朱龙驾着车，谨慎地答道："巫言不可信。也许是反间计。"

"哦？"

"《四国谱》里，其他都已证实没问题，为何独独江江这页有异？如意夫人不可能事先猜到你的目的，弄个假《四国谱》在那儿。"

秋姜幽幽道："可我觉得，茜色确实不是江江。"

因为，江江不会杀风小雅。

或者说，她无法接受江江要杀风小雅这件事。

"不管怎么说，先找到茜色。"

马车掉转方向，向着和善堂驰去。

★★★

时鹿鹿注视着姬善，缓缓道："我告诉过你，三个月前有关程国，有一个预言——'紫薇开天启，一驻连三移。荧惑未守心，东蛟不可殪。'"

"没错，伏周从巫神那听到了这四句话，告知于朕。朕便开始头疼，实在不想再插手程国那儿的破事啊……"赫奕摇头，为自己把酒斟满。

姬善意识到一件事——赫奕真的认不出时鹿鹿，他真的把时鹿鹿当作了伏周——刚才的场景实在过于慌乱，以至于她都没有好好留意，时鹿鹿是何时叹气对赫奕下了咒。

"但没办法，神谕不可违。朕只好派人去程，命他严密监视程国内乱，必要时救下颐殊。"

"那个人……是胡九仙吗？"

"正是。"

姬善目光闪动道："胡九仙从薛采手里救出颐殊，带回宜国，但为何说他遇到海难失了踪？又为何说他死于茜色之手？"

赫奕瞥向时鹿鹿道："这就要大司巫为朕解惑了。为什么？"

时鹿鹿淡淡道:"很简单——茜色背叛了。"

★★★

"我要你,召集宜境内所有如意门弟子,所有能调动的人,一起帮我,掘地三尺,找到茜色!"和善堂中,秋姜如此对李妲道。

李妲闻言一惊,但什么也没说,深深一拜:"是!"

★★★

"三十年前,如意夫人有了奏春的计划。第一处决定实施之地,便是宜。"柴火的火光在赫奕眼中跳动,映得他一向从容豁达的脸庞也多了几分晦涩,"因为,宜最弱。"

三十年前的宜,是唯方大陆最弱小的国家,八山一水一分田,虽然四季如春,却不能大量产粮,从而导致食物匮乏。宜人很能吃苦,走街串巷,翻山越岭地各处寻找商机,然后,从遥远的海外带回一种叫作玉麦的谷物,能在宜境种植,堪堪解决了温饱。

当然,按照巫神殿的话说,那是受到巫神的指引才找到玉麦的。

"如意夫人训练了一批绝色美人,送入宜国,分派各处。其中一个,叫阿月。"

姬善一惊,看向时鹿鹿——他娘!时鹿鹿眉睫低垂,布满红绘的脸看不出表情变化,但也许是情蛊感应,她能觉察出此刻的他情绪十分低落。

"阿月在巫族熬了五年,因听力过人最终成功进入听神台。父王前往听神台祭神,对她一见钟情。"赫奕笑了笑道,"不久,阿月有了身孕。父王心知亵渎神明,若传扬出去,皇位难保,便让她将孩子堕掉。阿月苦苦哀求,求得父王心软,还是把孩子生下了。然后,你猜——发生了什么?"

"如意夫人出现了。"

赫奕将碗里的残酒泼入火中,火光窜起,如悲似怒:"没错。这一切……不过是美人计而已。"

美人计很俗,但通常很好用。比如妲己、西施和貂蝉。

"如意夫人给出的条件是:让阿月的孩子成为太子。如意门则帮助宜国打开程国口岸,互通海商。父王迫于形势,答应了。"

姬善又忍不住去看时鹿鹿,他沉默地提起一旁的水壶往锅中加汤,水从壶口泻出,"哗啦啦"地跳进锅内,奔赴注定沸腾的死亡一场。

"但是……"赫奕说到这里，长长一叹道，"人算不如天算。那个孩子夭折了。"

姬善看了时鹿鹿一眼，问道："是真的夭折，还是被先王弄死了？"

赫奕露出一个神秘的微笑，道："这个谁知道呢？"

"然后呢？"

"如意夫人只好命阿月尽快再为父王生一子。但父王得了教训，不再与她亲近。阿月为求自保，拼命博取伏极欢心，终令得伏极决定选她当继承人。"

阿月果然也是个人物啊……

"然而，伏极最终还是发现了阿月的真实身份，以及她跟父王的私情。"

"巫神告诉她的吧。"

赫奕哈哈一笑道："那巫神告诉得还真是有点晚啊。"

时鹿鹿突然道："晚有什么关系，很及时不是吗？"

"也是。总之，伏极处死了阿月，并把大司巫之位传给了她。"赫奕指了指时鹿鹿，微笑道，"就此，在宜的奏春计划泡汤了。后面的，大家都知道了。"

"可你还没说江江和茜色到底是怎么回事！"

"别急啊……"赫奕慢吞吞地为自己倒了一杯酒，悠然道，"宜以商强国。朕以商治国。而商人有一个特征：就是买卖买卖，有卖，就要有买。"

姬善的心"咯噔"了一下。

"善姑娘，看来你最想知道的事就是茜色和江江，那么，出个价吧。"赫奕眨了眨眼睛。

姬善气得眼里要冒火，一旁的时鹿鹿忽然笑了。

"你笑什么？"

"我记得初遇时，阿善说过一句话——'若告诉你我的愿望，岂非给了你一个挟制我的把柄？'从那时起，我就特别好奇，阿善的愿望到底是什么呢？"时鹿鹿转头，向赫奕抱拳行了一礼道，"多谢陛下，此刻，我终于知道了。"

柴火暖黄，汤汁香浓，不像皇宫的空旷房间，两个本该是敌的兄弟君臣……没错，赫奕的圣旨，的的确确是道陷阱。

却不是为时鹿鹿，或者说为伏周而设。

真正的猎物，是她。

★★★

李妲的效率很高，很快带回了消息："茜色可能藏匿于巫神殿中。"

秋姜和朱龙对视了一眼。

"她不是巫女，也不是赫奕的人，怎么混进去的？"巫族戒备极其森严，之前李妲能进，是因为她本身就是巫女；那些冒充燕王暗卫的人能进，是因为他们有赫奕的圣旨。茜色，身为巫通缉的人，是怎么瞒天过海，藏在最危险的地方的？

"不知道怎么进去的。但有巫女在神殿见过她，然后就被打晕了。"

"为何只打晕，不杀了？"

"不知道。"

朱龙沉吟道："你怀疑又是陷阱？"

秋姜的目光闪了闪，注视着李妲，幽幽道："颐殊已还了，如意门也解散了，我一濒死之人，身上还有什么是值得设局图谋的？"

李妲面色微变，急声道："夫人一定会好起来的！"

秋姜想了想，做出决定："走吧。"

"要去？"

"去。不入虎穴，焉得虎子。"

最重要的一点是，她觉得整个宜国之行都怪极了，怪得连她都完全猜不出等在前方的会是什么。

★★★

姬善看了看时鹿鹿，又看了看赫奕，忽然开口道："你知道他不是伏周吗？"

时鹿鹿举杯的手一停。

赫奕也一怔。

姬善挑眉笑了，道："你不知道？"

"阿善！"时鹿鹿的声音里有了警告之意。

"施展你神奇的巫术，继续瞒天过海啊！让我看看，你是怎么蛊惑宜王，让他帮忙来试探我的。"

赫奕放下酒杯似要起身，时鹿鹿长袖一拂，袖风到处，赫奕"啪"地倒了下去，杯子滚于一旁，酒水污了地毡。

姬善"咦"了一声道："你没有叹气。所以，没有叹气也是能施展巫术的？"

时鹿鹿盯着她道："阿善，我生气了。"

"该生气的人是我。我只是反击。"

"我只是想更了解你。"

"了解不是逼迫。你想知道我的秘密，就该用真心来换。"

时鹿鹿一僵。

"你给我种下情蛊，说什么生死相依……"姬善说到这里，冷冷一笑，"可你，根本不爱我。不是吗？"

时鹿鹿抿紧唇角，不说话了。

姬善起身走到赫奕面前，把他的脸转了过来。赫奕双目紧闭，显是晕了："要杀赫奕其实如此容易……你不是要杀他吗？动手啊。"

时鹿鹿不说话。

"你杀不了他，对不对？因为——蛊王在你体内，助你施展巫术的同时，也给了你许多禁忌。不能纵欲，不能违抗巫神，以及……要保护宜王。"

时鹿鹿脸上的红纹扭曲了起来，看起来越发诡异，他道："你怎么会知道？"

"这是宜王和大司巫用来彼此牵制对方的契约，从伏怡时代便开始了，对吧？别忘了，你可不是真正的大司巫啊……"

时鹿鹿的眼神一下子锋利了起来，飞刀般朝她射过去，道："是伏周那贱人告诉你的？她什么时候告诉你的？"

姬善冷冷地回视着他，并不回答。

彩影一闪，时鹿鹿瞬间来到她跟前，一把掐住她的脖子，将她推到了三丈后的墙上，道："说——你，什么时候见过她？"

姬善看着这张近在咫尺的扭曲的、诡异的、再不像少年的脸，淡淡地想：果然……是假的。

这些年，她见过很多很多少年，他们都说爱她。但其实，那些人爱的都是姬大小姐，张扬个性、傲视四国的天下第一才女。

有一个人，对她极好，却不爱她，他最爱的人是他自己。

有一个人，为她要死要活自甘堕落，却完全不了解她。

还有一个人，跟她羁绊极深，但爱的是另一个人。

他们……还有这个人，都是假的。

"你遇到我，发现我医术不错，自成一派，就让茜色把我抓到听神台上，给我种下情蛊，想让我死心塌地地想办法解蛊。因为，只有解除你体内的蛊王，你才能杀了赫奕，不受反噬。"

时鹿鹿微微眯眼，扣在她脖子上的手更紧，他道："还知道什么？"

"你虽给我种了情蛊，却发现对我的控制极为有限，而且时间会拖得很久。你很着急。就让赫奕配合来演这场戏，想知道我最大的秘密，借此牵制我。至于赫奕，他不知道你是假的，以为你是伏周，自然按神谕照办。"

"还有呢？"

时鹿鹿的手越发紧了，紧得姬善觉得透不过气，眼前的一切都变得有些恍惚："还有……时鹿鹿，你关不住伏周的。我认识她，所以我知道——她比你，厉害……"

最后一个字，伴随着无边暗幕落下，脑海中，却有亮光绽放——

一人在光中，坐在窗里，望着天空。

儿时的她跳到窗前，好奇地问："阿十，你在看什么？"

"自由。"

囚于樊笼里的人，不只时鹿鹿，还有被逼成为大司巫的伏周啊……

★★★

秋姜低眉敛目地跟在李妲身后。

沿途警哨问起，李妲声称此女是来找她治病的，因她治不好，所以带进神殿问问别的巫医。秋姜取出一早准备的过所，巫女们查核无异样后放行，朱龙却被拦下了，秋姜示意无妨，独自跟随李妲入山。

走不到盏茶工夫，巫神殿便耸立在了眼前——依山而建，百丈之高，大面积的石壁屹立如削壁，令得整个神殿与蜃楼山仿若一体，气势雄伟，碾压所谓的宜宫。

"巫神殿共有巫女三百六十人，若有不足，随时从各地挑选调补。在伏周之前，听神台的巫女是三十六人。伏周性格孤僻，凡有折损，并不补纳，所以，这些年越来越少，如今只剩八人。"

"想入听神台，除了要守贞、武功高，还要什么？"

"种卜神蛊，永远忠诚。"李妲说到这儿叹了口气，道，"我便是因为过不了这关，无法再进一步。"

"小十和多麦为什么能成？"

李妲惶恐道："多麦天生哑巴，口不能言，所以蛊虫对她没有感应吧……至于大司巫，属下不知。"

这个问题，恐怕要亲自问伏周才知道。但先前在北宫时看伏周那样子，怕是不会配合。其中必定出了一些变故，她不知道，如意夫人也不知道。

秋姜按下心中疑惑，继续前行。她喘得有些厉害，李妲担忧道："属下背您上去？"

"被看见了无法解释。"哪有尊贵的巫女大人背平民的道理，"没事，我能行。"

抬头，只见巍峨神殿在阳光下无限庄严，凡人至此，确实会心生卑怯。但她长有反骨，看见这样的东西，只想着一件事——巫神在宜境的权力，实在太大了，而能够约束它的东西，根本没有。如此之物，是祸非福。

★★★

姬善昏昏沉沉地睡着，耳畔似有人在唤她："阿善！阿善！"

她困乏得厉害，一点都不想回应。

那声音又道："别怕……我留了……"突然中断，然后便再没出现。

如此一来，她反而好奇。是谁？为什么要叫她别怕？留了什么？

姬善一个激灵，睁开眼睛。第一反应是——我瞎了？

眼前漆黑一片，什么也看不见。她试探着伸出手，摸到了木头的纹理。这里是……小木屋？用来关时鹿鹿的那间屋子？！

"阿十！"她连忙爬起来，四下摸索道，"你在吗？阿十！"

无人回应。

姬善心中"怦怦"直跳，极力让自己镇定下来，开始四下摸索。小屋长三丈宽二丈，无门，只有一扇通往隔壁的窗户。可是屋内不闷，风声呜呜，气息清凉，她朝风口摸过去，在某块地板上，有一排针眼大小的洞，没有光却有风。难道有密道？

除此之外，屋内有一个马桶，一张草席。马桶毫无味道，草席也是崭新的，无人用过。是伏周留给她的吗？

她进来了，那伏周呢？

一念至此，心中有些后悔，不该提伏周的，如此一来，等于是将伏周置于险境，时鹿鹿会杀了伏周吗？

刚才迷糊时听见的那句不怕，是伏周对她说的吗？

姬善坐在草席上，抱着膝盖陷入沉思，然后庆幸：她只恐高，却不惧黑，否则，此时此刻就该遭罪了。

★★★

秋姜终于迈进了神殿门槛。

下一刻，她就蹲在地上，奄奄一息，连大口喘气都做不到了。

李妲忙关切道："还好吗？"

一名巫女经过，李妲的表情转为冷漠："你能以带病之躯走到这里，也算心诚。起来，进了静室再休息。"

巫女对此见怪不怪，并未询问，走开了。

李妲等她走了，忙将秋姜扶起来，带她穿过大堂，进了隔壁一个小房间。

"稍候，我去倒壶水来。"李妲拎起案头的茶壶离开。

秋姜靠在榻上，精疲力竭地将眼眸合起。

脚步声很快去而复返，茶香扑面而至，然后，是茶壶放到木几上的轻微声响，紧跟着，茶水"咕噜噜"地倒进杯里，杯子又被捧到她唇旁。

就在这时，一根镔丝闪电般从她戒指里飞出，卷上对方捧杯的手。

秋姜冷冷睁眼，盯着捧杯之人。

那人道："我只是想让你喝口水。既然你不渴，那便算了。"说着就要把杯挪走。

"要手的话，就别动。"

那人的动作立刻停了，眼眸沉沉，不复笑意。

秋姜坐直，觉得好笑道："我来找你，你不逃，反而主动现身？"

此人不是别人，正是她此行的目标——茜色。

茜色不慌不忙，悠悠道："因为——我也在找你啊。"

★★★

姬善抚摸着草席上的纹路，从第一根摸到最后一根，每摸一遍，就往墙壁上画一道线。

如此大概画了三道线后，窗户忽然开了。

亮光也随之照进来，刺得眼睛生疼，她连忙用手捂住，过好一会儿适应了才缓缓睁开，只见时鹿鹿站在窗口，背光而立，看不清脸上的表情。

两人沉默地对视了许久。

时鹿鹿先开口道："被关一天，感觉如何？"

姬善呵呵一笑道："还行吧。"

时鹿鹿的目光闪了闪，道："你是不是以为自己在伏周的房间里？"

姬善一怔。

"我允许你过来，看看窗外。"

分明心中一个声音劝自己别过去，但还是按捺不住好奇，姬善起身跑到窗边，掠过时鹿鹿的身体，看到了他身后遥远的两间小木屋。

小木屋在那么远的地方？那她现在是在……

姬善低头往下看，然后双腿一软，一下子就瘫在了地上。

——她在深渊上！

这间木屋，一半着陆，一半悬空，瞬间有了截然不同的定义。

想到一板之隔就是悬崖，整个人就不受控制地颤抖着。

"现在感觉如何？你觉得，你能在这里，也住十五年吗？"

姬善没有说话，恐惧令她无法发声。

时鹿鹿眼底露出一丝怜惜，道："找到解蛊之法，我便放你出来。早解一日，早出一天。"

姬善瑟瑟发抖，依旧没有回答。

时鹿鹿深深地看了她一眼，然后，将窗关上。

光亮再次消失，世界恢复黑暗，而这一次，姬善再无法保持镇定。风从洞口灌入，每一声呜呜都似在提醒她，下面是空的，是空的，是空的！

姬善终于明白了伏周为何要说"别怕"。

她的眼泪流了出来。

若是吃吃喝喝走走看看看到，必定会无比震惊——因为这是这么多年来，她第一次哭。

★★★

秋姜打量着茜色，心想：嗯，难怪风小雅见了此女并不起疑，确实跟自己有点像，只不过，比自己美艳许多。

"我召唤过你，你没有来。"

"因为我并非如意门弟子，无须应召。"

秋姜心知她不是，却没想到她澄清得如此直白。

"你是谁？"

"你猜。"

"伏周告诉我，你是她的人。"

茜色点头道："没错。"

"那么请问——巫族的你，怎会变成如意门弟子，又出现在了江江的《四国谱》中？"

"你觉得呢？"

秋姜凝视着她的眼睛，一字一字道："我觉得，不仅你，《四国谱》中，有关于宜国的部分……全是假的。被你们巫族调了包。"

茜色的笑容消失了，将她从上到下仔仔细细地打量了一番，幽幽道："他们都说你很聪明，你果然很聪明。"

听到这句话，秋姜心中并无喜悦之色，一颗心反而越发低沉。本以为抓回颐殊就能完结的"归程"计划，又起波折……

★★★

别怕。

别怕。

别怕。

姬善一遍遍地想：又不会真的掉下去。更何况什么都看不见，就当自己是在一个安全的屋子里好了……

然而，恶心和晕眩都在向她明确传达着一个事实：她真的怕极了。

她小时候其实不恐高的，不但不怕，还特别擅长攀爬。但后来，自从那个人离开后，不知为何她就不敢爬树了，后来慢慢地发展为不敢去任何高的地方，现在更是，一到高处就双腿发软……

姬善咬咬牙，尝试着慢慢爬起来，靠住窗户那面墙，告诉自己：这半边还是陆地，下面是踏实的……

颤抖，慢慢地停止了，呕吐的感觉，也渐渐淡去。

姬善喘着气，一个念头冒了出来——逃！

不能坐以待毙，要想办法逃！

她原本没有这个想法。这么多年，生活轨迹跌宕起伏，一直随遇而安。搬到观里住时，挺开心；到了姬家后，挺好的；去了骆空山，很不错；进了皇宫，也凑合……一直一直，从不逃。

她自小跟常人不同，应了黄花郎的特征，随风飞到哪儿，就在哪儿落根，凶险是奇遇，波折是情趣，人生百态皆风景，自由随心无所惧。

可这一次，超出极限，无法容忍。必须逃！

"别怕……我留了……"伏周的话于耳畔响起。对，她说她留了什么，想必不会只有草席和马桶，肯定还有什么，还有什么！

姬善在伸手不见五指的小屋里摸索了起来……

★★★

"如意夫人的奏春计划，最早在宜国实施，一度成功了，后被宜王反击。"茜色抚摸着手腕上的镔丝，眼中没有害怕，只有好奇，"如意夫人没有气馁，又派玛瑙门的小十入宜。小十后来成了大司巫，巫神赐名伏周，表面看对夫人言听

166

计从，但其实……"

"暗度陈仓，将宜境内所有的如意门弟子，全部更换。你、李妲，以及我这些天见到的那些人……都是假的！"秋姜冷冷道。李妲泄漏了她的行踪，李妲招来赫奕，李妲此刻又把她带到这里，跟茜色见面。

一步步，都是局。

茜色微笑道："要做到这一点很难，但幸好，宜是个特别的国家，在这里，所有莫名其妙的事情，都可以用两个字解释——神谕。"

确实。换了其他三国，姑姑恐怕都会发现，偏偏宜国，又弱小又迷信，巫的怪举层出不穷，遮盖了很多漏洞。

"你见过伏周吗？"

"见过。"

"你觉得如何？"

秋姜想起北宫里发生的一幕，答道："伏周其人如何，时间太短看不出来。但有一点很确定——伏周不像如意门弟子。"

"为何？"

"武功。"如意门的武功她了如指掌，却从不曾见过伏周那样的身法。可是，如果伏周不是小十，实在想不出宜宫内还有哪个位高权重的女人。

赫奕尚未大婚，后宫并无主人，也没有公主太后。仅有的一个身份高贵的女性——镇南王妃也就是小公子夜尚的母亲，一直留在封地，不在鹤城。因此，她心中第一个怀疑的对象就是伏周，在北宫见到伏周时，便出语试探。而对方的反应也很古怪，不否认，也不承认。

茜色看出她的疑惑，笑了笑道："七主确实洞若观火，那你可知为何？"

"还请姑娘为我解惑。"

茜色笑得越发欢愉，伏下身靠近她的耳朵，轻轻道："因为——你见到的伏周，是假的。"

秋姜一惊。

"那是禄允和十月的私生子，叫时鹿鹿。"

★★★

时鹿鹿坐在镜前，提起一支玉管羊毫笔，蘸上朱砂，将脸上已经有点淡了的红纹重新勾勒。

两名巫女在一旁为他清洗羽衣，一名巫女向他禀报道："秋姜的马车离开皇宫后，去了和善堂。然后从密道离开，在城西的一家农舍里换了衣衫易了容貌，打扮成一个四十出头的贵妇人和车夫，跟着李妲来到巫神殿。"

"她不去追缉茜色，反来了这里……"时鹿鹿眼眸微眯道，"莫非，茜色躲在此地？"

巫女们吓得连忙跪倒。禀事巫女道："我们彻查了巫神殿，并无茜色踪影。"

时鹿鹿漫不经心地将眼角蔓延出的红线拉入鬓角，道："茜色若有心藏匿，你们找不到也正常。"

"那……"禀事巫女壮着胆子道，"能否请神谕……"

时鹿鹿"啪"地将笔往架上一放，冷冷道："如此小事，也要问神，要尔等何用？"

巫女们吓得再次叩拜。

时鹿鹿转身，正要说话，外面传来一声异常的响动。

巫女们也听到了，纷纷转身。

那异动未停，接连不断地传来，像什么东西在啃咬木桩。

"奴去看看！"禀事巫女刚起身要出门，一道风声从她身侧掠过，却是时鹿鹿本人亲自冲了出去。

清洗羽衣的巫女们急了，忙唤道："大司巫，您没穿外衣……"

时鹿鹿毫不理会，几个跳跃冲向悬崖边的小屋，正好看见一块地板被人从里不知用何物撕扯踩踏，一半脱离了木屋，啃咬木桩声便是由此而来。

时鹿鹿加快脚步，然而已来不及，只听"咔嚓"一声，地板断裂，其中一截往下坠落。

"住手！"时鹿鹿刚喊了两个字，一角白衣出现，正是姬善穿的白狐皮裘。

姬善的头从挖空的地板里伸了出来，两人目光相对——

仿佛回到初遇那一天，从着火的马车上滚落时，她看见他，他也看见她。她见他是林深见鹿，他见她是万劫不复。

"阿善！"时鹿鹿的声音带了他自己都不曾察觉的惊恐，"小心！"

姬善瞥了他一眼。这一眼，像风吹过山谷，山谷因此有了回应，但风不会停留；像雨落进小溪，小溪因此有了涟漪，但雨没有温度；像恢复成初见时的那个她——一个漠然地看着这个世界的局外人。

然后，她毫不犹豫地跳了下去。

"阿善……"时鹿鹿下意识地飞过去，他的身体也离开了听神台。

身后巫女们在尖叫。

耳畔全是风。

眼前只有那道白影，那片白袍，那团被风吹得根根竖起的白毛。

时鹿鹿在最后关头抓住了白狐皮裘，左手的玉杖插进山岩。然而，没来得及松口气，皮裘"刺啦"裂开，里面的姬善继续坠落。

时鹿鹿用力抓着玉杖，在岩壁上拉出一道火花，追着姬善往下奔跳。

玉杖终于承受不住这股巨力，"咔咔咔"裂出无数纹路，碎成了粉末。

时鹿鹿索性弃杖，双脚在壁上用力一蹬，借力往下跳，在半空中再次抓住姬善。最后，一起掉了下去……

"也许跳下去了，就知道深渊到底是什么了。"

"我们下山吧。"

"嗯？"

"不用跳，走下去，就能知道它到底是什么了！"

她曾试图拉着他一起走下去。

然而最终的结局是，他们一起跳了下去。

她梦见自己在水中，背着一艘船。

好讨厌啊，怎么又做这个梦了？

船不是已经翻了吗？她不是已经不用再背船了吗？她不是已经上岸了吗？为什么还会做这个梦？

她觉得透不过气来，拼命想要挣脱。桨在哪里？快出现啊，快把船拍碎，只要船碎就能结束了……这一切就都能结束了……

突然间，船底弹出无数根针，一下扎进她体内！

姬善猛地睁开眼睛——

暖黄色的枯叶铺了一地，她趴在叶堆上，全身赤裸，手上头上背上都扎着针，而且银针十分眼熟，定睛一看，正是时鹿鹿从她这儿偷走的那套！

一只手轻压住她的脊背，然后，又一根针刺进了悬枢穴。

姬善先是绷紧，又放松下来——这是在疗伤。

然后她才发现，自己受了重伤，失血虚脱，才有一种浮在水上的无力感。

银针一根根从命门、腰阳关一路往下。那只手也轻轻移动，按在肌肤上，有点热，有点痒，还有点莫名的羞耻。

但这是在疗伤！她想，没什么大不了的。

银针刺至会阳穴，终于停了，身后之人起身离开。

姬善努力抬眼看着前方，判断出自己在密林中，而且比之前探索所到之处更远，因为巫树没了，变成了杉树，这意味着，离沼泽已经很远了。

悬崖下方竟没有湖啊洞啊奇遇啊，就是很纯粹的一片树林，真无趣啊。

正当她这么想时，一条蛇突然从草丛中抬起上身，一对琥珀色的眼睛专注地盯向她。

姬善整个人一僵……她错了，她不嫌无趣了还来得及吗？

蛇头椭圆，身上黄环黑环相间，缓缓朝她游来。

"大哥！看你骨骼清奇相貌不凡，想必就是传说中的金甲带！你不是吃老鼠的吗？你朝我游来干吗……"

此蛇虽吃老鼠，却有剧毒。若平时遇见，必定抓来做药，但她此刻身不能动，只能惊慌。

"大哥！我可没招惹你啊，别再过来了！"眼见它越来越近，越来越近，姬善情不自禁地闭上眼睛，只听一声轻响，吐芯声突然没了。

姬善睁开眼睛，就看见一只手抓住蛇身将它掐死了。然后，那只手在她身下的枯叶堆里找了找，找出几颗蛇蛋。原来是雌蛇护卵……"不对啊，大姐，你不是夏天产卵的吗？现在可是十二月啊！"

姬善觉得书上所学，到了这破地，全部乱套了。

手的主人终于走到了她的正前方，把一堆枯枝架在地上开始生火。

姬善睁大眼睛——此人当然就是时鹿鹿，却不知为何，看上去有点奇怪。长发大概是掉下来时被什么缠到断了，变成了参差不齐的短发；脸上的红绘彻底没了，露出完整的脸庞，没有笑容，也不灵动；最重要的是，一眼也没看她。

要知道自认识以来，时鹿鹿的眼睛就一直黏在她身上，哪怕是撕破脸被囚禁时，也都盯着她须臾不离。此刻，却一眼没看。

姬善心中很清楚，时鹿鹿一开始是对她好奇，然后是暗存勾引，撕破脸后，改成了威胁。他并不曾真爱她。但此时此刻，他为救她一起掉下山崖，正该是趁热打铁改善关系之际，为何如此冷漠？

这，很不正常。

又是在做什么局？以退为进吗？

姬善想了想，冷哼一声道："原来你会医术。"从他给她针灸的手法，就知此人医术应不在她之下，却藏了掖了这么久，果然心计深沉。

"既会医术，何必求我为你解蛊？怎么，自己解不了？"她越想越气，气得咳嗽起来，一咳嗽，整个人都疼了起来。

时鹿鹿走过来，在她身柱穴上补了一针，她便不咳嗽了，痛觉再次缓和。

而他处理完后，便回去生火，然后似想到了什么，抬眸看了她一眼——可算是看她了！姬善瞪眼道："你看什么？"

"你。"

"什么？！"

"事关医术，才有情绪。"

姬善一怔，有些不自然地瞥开视线，想了想，又心有不甘，怒视于他："没错，所以就算你跟着一起跳下来，我也是不会感动的！"

时鹿鹿擦出火星将枯叶点燃，然后加入枯枝，把火苗扩大。他做这事时非常专注，专注得又不看她了，嘴里却说了一句："情蛊共生。"

"什、什么？"姬善惊道，"共生？就是会……同年同月同日死？"

时鹿鹿点了下头，开始熟练地剥蛇皮。

他面色如常看不出情绪，她却是吹皱春水，再难将息。难怪见她跳崖他要来救，因为她死了他也得死！可是，时鹿鹿疯了吗？为什么要给她种这种双向限制的蛊？虚情假意一场，有必要绑定生死吗？

"疯子……"疯子的想法，果然是……最有趣的。

姬善忍不住再次看向时鹿鹿，觉得他既熟悉又陌生，既遥远又亲近，像捉摸不透的雾，看得见，摸不到。

"我既是病人，又是坏人，大小姐是否对我更感兴趣了？"

曾经的话语于此刻回绕在她耳旁。姬善想，完了完了，确实无法置之不理了。

她看了他一眼。

她又看了他一眼。

然后她有点生气，觉得自己是条明知前方是饵还要往上凑的蠢鱼。

两声音在脑海中交织——

一个说："扬扬，扬扬，你可不能上当。他的目的就是要你爱上他，然后予取予夺无所不应。"

另一个说："我不爱，我就是感兴趣，很好奇。"

一个说："好奇是喜欢的开始。你当初也很好奇那个人，然后就……"

另一个说："可我最终抽身而退了啊！这次我也一定可以！"

一个说："不可能，这家伙可比那个人危险了无数倍，那个人不会伤害你，但这家伙肯定会！你忘了他把你关在小黑屋里的事情了吗？若没有伏周……"

姬善"啊"了一声，想起了伏周，下意识想要找什么，然后想起自己现在全身赤裸。

再看前方，时鹿鹿手中用来剥蛇皮的，赫然就是一根镔丝——伏周藏在马桶盖里的那根镔丝。她用镔丝一点点地划断地板，最终逃了出来，而且她算计得很好，那块木板应该就在悬崖的交界处，能抓踩着悬崖的边慢慢爬上来。然而，想象是好的，现实很残酷。当木板脱落，她往下看的第一眼，就因为恐高而石化。

后面发生了什么全是混乱迷糊的，只知道时鹿鹿飞过来试图救她，再然后一起坠落……

"还我！那是我的！"姬善道。

时鹿鹿停下动作，看了眼手中的镔丝，视线上移，终于又看了她一眼。

他什么时候变成了这副冰山脸死样子？姬善恨恨地想，一点都不可爱了！
"没错，我就是靠这个逃的，是我的，还我！"

时鹿鹿伸手摘下一只耳环，放在镔丝旁按了一下，那根镔丝就"嗖"地缩了进去，然后他重新戴上了耳环。

虽然一个字也没说，但意思非常明显：这是我的。

姬善咬牙道："才不是你的！是伏周的！"

时鹿鹿看着她，目光闪动，忽笑了一下。笑容与以往大为不同，以往是少年气的可爱率真狡黠顽皮，此刻是似笑非笑，带着杀人于无形的嘲讽。

姬善莫名地觉得自己输了。

气场对比如斯。眼前这个没穿羽衣的时鹿鹿，比穿羽衣的他还像大司巫。

时鹿鹿突然起身，朝她走过来。随着他的靠近，姬善警惕道："干吗？"

鼻尖嗅到香味，一截穿在树枝上烤熟了的蛇肉，递到她的嘴边。姬善从不委屈自己，当即张嘴吃了，边吃边道："太难吃了！还有，天要黑了，你不找个山洞？光这一堆火可不够，我会冻死的。你自己说的，我要死了，你也活不成。"

时鹿鹿"嗯"了一声。

姬善变本加厉道："还有，我的衣服呢？我要衣服，你想办法找只老虎、熊什么的，我要穿皮袄！"

时鹿鹿又"嗯"了一声。

"这么好说话？你心里在打什么鬼主意？"姬善盯着他道，时鹿鹿转过头，也盯着她。

姬善的脸，突然一红。说不清楚为什么，之前无论时鹿鹿如何撒娇讨好威逼利诱，她都不为所动，可现在，他如此面无表情地看着她，眼神不再缱绻，眉宇不再温柔，反而令她心头怦怦乱跳。

"无、无论你、你打什么鬼主意，我、我都……"她的话没能说完。

因为时鹿鹿的手在她眼前拂过，眼前一黑，瞬间失去了知觉，依稀间，听到的最后一句话是——

"你太吵了。"

★★★

姬善再醒来时，已在山洞中。身上的针已经收了，盖上了一张黑熊皮，前方一丈远外，还生着一堆巨大的篝火。

姬善愣了愣，然后发现自己伤势大好，身体恢复了一定的知觉。

她慢慢地试探地坐起来，看到身上的伤疤又多了好多。这辈子果然没有大家闺秀的命，就算伪了十几年，一身皮肉还是暴露了出身。

外面传来脚步声。姬善回头，见时鹿鹿一拐一拐地捧着块形如瓮状的石头走进来，里面装着水和切割好的肉块。

"你受伤了？"坠崖的时候还是抓熊的时候？姬善仔细回想了一下，之前他为她针灸时走路好像就不是很稳，想来应是前者，"既受伤了，该好好休息，抓什么熊？"

时鹿鹿看着裹着熊皮的她，似气乐了，但依旧不说话，坐到篝火前，将石瓮架在上面烹煮。

"你什么情况？怎么突然变成了闷嘴葫芦？"他之前爱说话时，她只想让他闭嘴，此刻他不说话，她反而无法接受。如果这是一种以退为进的话，不得不说，时鹿鹿做得还挺成功的。

"好。你嫌我吵，我不说了！"姬善躺下继续睡，肚子却不争气地"咕咕"叫了起来。

她只吃了一小口蛇肉，如今时鹿鹿又在煮汤，肉香一个劲地往她鼻子里钻，分明知道此人厨艺极差，还是抵抗不了。

姬善不甘心地又坐起来，动作太急太大，扯动伤处，再次咳嗽了起来。

时鹿鹿立刻过来为她搭脉。

姬善瞪着他，此人头发是湿的，身上也很清爽，看来是在外清洗过了，而她，一身血污，熊皮又臭，对比过于明显。归根结底，是他把她害成这样，本来她好好地逍遥着，遇到他救了他，就被迫卷入这一系列事件中……

姬善突然张嘴，一口咬在时鹿鹿的脖子上。

时鹿鹿一怔，搭在她脉搏上的手紧了紧，却没有闪躲。

姬善加大力度，使出了全部力气，咬到后来又想咳嗽了。

时鹿鹿伸手，拍了拍她的背，带着安抚之意。

姬善一颤，情不自禁地松开牙齿，挪后几分，注视着他。

时鹿鹿静静地回视她。

姬善想了想，缓缓道："你父禄允已死，无论你有多恨他，都无法改变这一点；你母阿月也已死，无论你多舍不得，也无法挽救。你逃出木屋，已是自由身，天高海阔，有那么多东西你没见过、没尝过、没有体验过……你的余生，一定要浸淫在仇恨中吗？只有这一条路可走了吗？"

时鹿鹿的目光闪了闪，然而太过复杂，无法解读。

"你从崖上看深渊，是黑色的，是杀戮，是死亡；但如今我们下来了，这里是绿色的，是生机勃勃，是未开垦之地。所以你看到了——这不是绝路，而是生机。"姬善深吸口气，鼓起勇气抓住了他的手，道，"我不是你，放下仇恨对你来说也许真的很不容易，但是，报仇的对象为什么要是赫奕？就算是他，报仇的方式那么多，你可以慢慢熬，熬到赫奕死了，你就赢了！没有国家会永远昌盛，就算没有你，宜国也处处危机，说不定哪天它就完了……"

时鹿鹿的眼中闪过一丝笑意，虽然很淡，但被她看到了。

"你也觉得我说的有道理对吧？我陪你一起熬啊，笑看赫奕老死，宜国灭亡如何？"最后一个字的尾音戛然而止。

时鹿鹿的手捧住了她的脸。这一次，不再是用指背蹭，而是用掌心轻轻托住。

姬善呼吸一紧。

"我要巫死。"

姬善一惊。

在近在咫尺的距离里，时鹿鹿的眼瞳如大海般深不可测，又如磐石般坚定不移："你说——巫，怎样，才死？"

这个问题……太难了。

"你该去问赫奕，或者姬忽或者彰华或者薛采或者颐非……"姬善别开脑袋，退缩。

"问你。"时鹿鹿逼近了一步。

姬善继续后退道："我只是个大夫。胸无大志，得过且过……别太强人所难……"

时鹿鹿双手扣住了她的肩膀，她便不能动了："那么……"

"治好我。"火光中，他一字一字道。

★★★

秋姜走上听神台，呼呼的风吹得她浑身舒爽，这里大概是整个宜国最凉爽的地方了，不过，对普通人而言恐怕也是整个宜国最不适宜居住之地。

之前的大司巫们只是偶尔上来聆听神谕，只有伏周开辟了居住于此的先例。

"伏周……挺能吃苦啊！"她忍不住对跟在身后的茜色道。

茜色的身手十分了得，这一路上来，遇见的巫女全被她悄无声息地打晕了。以秋姜的眼力，觉得她的身手不在朱龙之下，年纪却比朱龙小很多。

茜色闻言，什么也没说，上前推开木屋的门。

"当我没说过上句话。"秋姜无语地看着屋内的陈设。如意夫人也是个奢侈爱美之人，但她的自恋程度恐怕在伏周面前也要甘拜下风。

秋姜抚摸着梳妆台上琳琅满目的胭脂水粉，不禁问道："伏周……是个什么样的人？"

"是个……"茜色沉吟了好一会儿，皱眉道，"深不可测之人。"

"你看不透她？"

"完全。"

秋姜心中讶然，然后她看见了封死的窗户："这么多年，伏周便把时鹿鹿关在这里面？"

"嗯。"

"能打开吗？"

茜色点头，从怀里掏出一把匕首，费力地开始拆窗户。秋姜道："这窗户都锈住了，不像是开启过的样子。"

"确实。"

"若没开启过，时鹿鹿怎么逃的？"

"不知道。"说话间，茜色用力一掰，将整扇窗户拆了下来。

里面漆黑一片。

秋姜点燃火折子，探入屋内一照，纵然一向沉稳，还是惊呼出声。

茜色立刻挡在她面前。秋姜意识到她对自己的维护，不禁怔了怔。

"给我。"茜色从她手中拿走火折子，跳入窗内，先是照了一下四周，最后才回到屋子中央——那里，坐着一个身穿巫女羽衣的人，身形纤细长发及地，但是，她的脸是——骷髅。

★★★

姬善趴在熊皮上，再次露出了脊背。

时鹿鹿为她施针，这一次落针的位置却与之前大有不同，姬善一边感受一边思索，实在忍不住，开口问道："你这是什么走针法？我怎么看不明白？"

时鹿鹿没有回答，只是用手指点了点她的哑门穴。一股热血窜上脑门，姬善整个人哆嗦了一下，心想好痒好爽，又痒又爽。

时鹿鹿的针一路往下，走至腰阳关。

姬善心中"咯噔"了一下，意识到有些不对劲。

时鹿鹿停了针，手指却顺着腰阳关往上，一点点，再次来到哑门穴："感受到了？"

"感受到了……这便是？"

"嗯。"

被针灸的部位宛如一条被强行打开的密道，落针之处就是卡在上面的门，随着温热的手指，某样东西慢慢游移，滑过一扇扇门，每过一处，那门便抖动一下，被她的身体无比清晰地感应到。

这便是——蛊。

她体内，看不见，摸不着的蛊。

在这种操作下，终于现了行。

"没法再往上引了？"

"嗯。"

"那往下呢？也排不出去？"

"嗯。"

"也是，它在我体内待得多爽，怎舍得走……既能感应到它在何处，不如切开身体，强行挖出来？"

"你会死。"

"那我吃点毒，把它毒死？"

"你无效，它亦无效。"

"既取不出，又杀不死。怎么办？我没招了……"

时鹿鹿来到她面前，蹲下身，漆黑的眼睛无比认真地盯着她，道："你可以。"

"你对我可真有信心。我自己都没信心。"姬善不自在地别过脸，忽然有了某种倾诉的欲望，"我的医术……没你想的那么好。"

时鹿鹿似一怔。

"从小我就知道有个少年天赋异禀，医术过人。很多人在我面前夸赞他，说医学之路固步多年，天下苦医圣久矣。这个少年的出现，可能会改变历史。我……听了很不高兴。我觉得我才是那个人，因为任何草药和医书，我都过目不忘。"那个人真是她童年时梦魇般的存在啊，以至于她心中暗暗发誓，一定要见见那个人。

"江晚衣？"

"嗯，是他。若干年后我终于见到了江晚衣，那时候我已从无眉大师那儿出山了，满心期待地去挑战他。可他跟我说，他要离家出走。"那个人抛下锦绣前程，抛下通天大道，不撞南山不回头，"从那天起我就知道……医术上，我永远不可能超过他了。"

时鹿鹿想了想，伸出手摸了摸她的头。

姬善一颤，抬睫。如果说之前的时鹿鹿像一件华美的衣袍，虽然看上去厚实，却是湿的，碰触起来让人很不舒服，也没法穿；那么此刻的他，就像是衣袍被晒干了，变得蓬松柔软。

"我的人生，虽然总是莫名其妙地被逼进入另一个人的人生里，但我跟自己说挺好的，就当玩嘛，唱戏呀，演呗，怎么过不是过啊？而且，我真觉得那样的生活挺有意思的，什么都不拥有，什么都不失去。就像黄花郎，飞呀飞，飞到哪儿就在哪儿生长。可是……"

　　"真正喜欢的东西，是不甘心的。"

　　是啊，她真正喜欢的就是医术。或者说，唯一喜欢的就是医术。

　　"后来，我听说江晚衣有很多治不好的病人，就去找来看看。发现他们都有一个特征——心病。"

　　那些人，得的都是心病。药石难医，所以，江晚衣治不好。比如叶曦禾，比如姜画月。

　　"我就想，如果，他治不好的这些人，我治好了，那么，我也等于赢了！我就开始试。有一个富商，他爹是吃田螺死的，所以他从小就被告诫，不许吃田螺。可有天在外做客喝醉了，没留神上了一道田螺，他酒醒之际发现自己已吃了一整盆，吓得不行。回家当天就腹泻不止，日益消瘦，随时随地内急，外出不得不带着马桶。他很愁，找江晚衣看，没看好。我知道后，就去他家住了一个月。最后跟他说，他那天压根没吃田螺，田螺是被别的客人吃掉的。那个客人也出来做证。他听后，当天就不腹泻了，再然后，慢慢好了……"

　　姬善说这话时眼睛亮晶晶的，时鹿鹿就专注地看着她。

　　"江晚衣告诉我，田螺里有很多虫，如果没熟透就吃容易生病。富商他爹估计就是那么死的。可富商吃的那盆是没问题的，他的腹泻，源于癔症。我治好了他，他给了我好多好多钱。他说，从前不知，原来外出不用带马桶，是这么好的一件事。自那后，我就总找江晚衣治不好的人来治。"

　　时鹿鹿的目光闪了闪，忽道："风小雅？"

　　姬善一怔，神情有一瞬的不自然，道："他不需要我。能治好他的人，先是江江，后是秋姜。"不是她。

　　"你问过很多次了，我也否认过很多次，可情蛊还是判定我喜欢他，如果情蛊没有出错的话，那大概……是吧。我凝望了他太久，久到成了心结。"那心结深埋心底，不可捉摸，不可言说。

　　时鹿鹿的神色很平静，既没有像之前那样吃醋，也没有显得难过。他又伸出手，摸了摸她的头，然后起身，将煮沸的肉汤连瓮一起端过来。

　　姬善嫌弃道："能不能吃啊？"

　　时鹿鹿折了两根藤条做筷，夹了一筷肉喂给她，姬善张嘴吃了，一怔道："熊掌？"

　　"嗯。"

"太难吃了。"姬善想，要是走走和吃吃在这儿，看到如此暴殄天物肯定要哭，"首先，新切的熊掌是不能吃的，要放入坛中封存一年，彻底干了再吃。其次，炖煮之时，要先抹一层蜂蜜，文火慢炖方熟，你这才煮了多久？还有……"

时鹿鹿扬一扬眉。

姬善的眼神突然变得有些古怪，问："这些小人哪里来的？"

时鹿鹿一惊，立刻回头，身后空空，并无人影。

"怎么……这么多小人？"姬善又道。

时鹿鹿顺着她的视线看向洞壁，上面只有篝火映照出的光影，怎么看也不至于像人。

"啊？酒？好呀。我最喜欢喝酒了！来！"姬善突然探头，吸了一大口瓮中的肉汤，露出一个轻浮的笑容，"敬高粱锦绣！敬泼天富贵！敬高明之家，鬼瞰其室……"

时鹿鹿突然想到了什么，用藤筷拨开肉块，露出夹杂其中的蘑菇来。莫非……这些蘑菇有毒？

"敬大司巫！"姬善以手为杯，举到了他跟前。

时鹿鹿有些歉然地看着她。她歪了歪脑袋，笑道："你知道吗？"

"嗯？"

"我不是江晚衣。他不挑病人，我挑。你这样对我，我是绝对不会给你治病的！"

时鹿鹿的目光闪了闪，又有笑意。

"所以，我先甜言蜜语说一堆，稳住你，哄得你善待于我，放松警惕，再想办法反击。"

时鹿鹿慢吞吞地"嗯"了一声。

"但是这个见鬼的情蛊，不让我撒谎！搞得我束手束脚。这见鬼的神道道的玩意儿，真是太要命了！你却从一出生就要种着它，想想也真是蛮可怜的。"

时鹿鹿深深地凝视着陷入幻觉中的姬善。她一直是个懒散冷淡的人，笑意从不抵达眼睛，就算脱光了色诱他时，也毫无羞涩腼腆之态。而此刻的她，眼神惺忪，呼吸微促，脸颊红红的，终于有了几分女性的娇柔感。

也印证了之前的一个想法——之前全是伪装，只有这一刻的她，才是真实的她。

"如何……才肯治我？"时鹿鹿开口，轻轻地问。

姬善皱眉思考了很久很久，最后伸手抓住他的衣领，将他拉到面前道："巫兴还是亡，我一点都不感兴趣。你生还是死，也与我无关。甚至，我的生死，于我而言，也没有意义。"

"那，什么有意义？"

"阿十。"

时鹿鹿无法控制，沉稳的脸庞崩开一道缝隙，让惊色终于露了端倪。

"我欠她一条命。我要还她一条命。娘说过——这个世界上，报仇很难，但报恩更难。当今天下，我只欠阿十一人了。只要偿还了她，我就……真的可以飞走了。"姬善说着，又露出了甜美的、烂漫的笑。

时鹿鹿凝视着她，眼底涌起很多情绪。

"要救她，就要杀小鹿。"

"那么……"姬善揪着他的衣领，近在咫尺地将气吐在他脸上，"就杀了小鹿。"

"小鹿死，你亦死。"

"那么，我就死！"鲜红的唇角翘起弧度，一点洒脱，一点漫不经心，却是满满的认真，"死也是一种飞啊，又有何惧？"

时鹿鹿伸出双手，捧住她的脸，千言万语，却一个字都说不出来。

然后，他眼睁睁地看着这张脸靠近、靠近，红唇也越来越近、越来越近……如中咒术，无法动弹，又如见神迹，心驰神往。

三分、两分、一分……

眼看就要贴上，却最终一个摇晃，擦着唇角滑过脸颊。

热乎乎的气息就那样喷到了耳上。

心如小鹿乱撞，身似老蚕作茧。

偏偏，那个热乎乎的脑袋还在肩膀上蹭来蹭去，几根调皮的发丝钻进他的耳朵里，又痒又麻。

他终于无法忍受，一把抓住她道："停！"

说了一个字，惊觉自己的声音在颤抖，忙又压沉道："站好！"

谁知，姬善不但没有站好，反而贴着他的一侧身体"啪"地滑到了地上。

时鹿鹿一惊，连忙转身查看，发现她双目紧闭，双颊通红地睡着了。

她睡着时，眉心微蹙，唇角微微下垂，似一张绷得很紧的弓，跟醒着时那副万事不放心上的模样相距甚远。

但因为得知了她的心事，查明了她所背负的东西，从而有了新的定义。

篝火"噼噼啪啪"地燃烧着，时鹿鹿一直坐在姬善身边看着她，幽思百转，心有千结。

最终，他从靴中取出一枚焰火，走出山洞将之点燃。

五星连珠，直上云霄，映亮了黑寂寂的夜。

天空中，一只耳朵似隐若现，分明卑微聆听，却又是心机窃取。

与神、与天、与这万物。

争与斗。

★★★

秋姜在茜色的帮助下爬进窗内。

黑漆漆的房间，只有手上一点火光，像不明局势中的唯一一点指引，告诉她——秘密就在前方。

秋姜走到骷髅面前，观察上面的衣饰，闻了闻道："羽衣抹过油，防潮防虫，又没有光照，因此鲜艳如昔，但年份起码在十年以上。因为……"她指着衣领上的几片翎羽道，"这种粉色鸟，这些年已经绝迹了。不信你看外面那几个被你打晕的巫女，她们的羽衣上就没有这种粉羽。"

茜色若有所思地看着她。

"此人身长五尺三，骨架纤细，手骨较一般人长……"秋姜又摸了把她的头发道，"头发也很美。"

"还有吗？"

"她的喉骨被人割断，用钉子接好后才入殓，所以保持着静坐而不垂头的姿势……也就是说，她死于割喉。"

"神殿戒律三十七——说谎者，惩以喉刑。"

"她的小腹也有伤，看，脊椎这里有刀痕……一刀中腹，直透入脊。"

"神殿戒律六十四——私孕者，惩以剖腹。"

一个答案呼之欲出，她道："阿月？"

茜色凝重地点了点头，道："恐怕就是她。"

"伏周干的，还是时鹿鹿干的？"

茜色还没来得及回答，一人在窗外叹气，然后用一种调皮的声音道："你猜。"

茜色面色顿变，立刻转身将秋姜护在身后，跟着她的腹部就挨了重重一击，整个人横飞出去，撞在墙上，"噗"地吐出了一大口血。

窗户外，露出了时鹿鹿的脸。

★★★

时鹿鹿一招手，茜色的身体就朝他直飞过去，快到秋姜都没来得及阻拦，他就已掐住了茜色的咽喉。

茜色本在猛烈挣扎，但不知为何，突然身子一震，手脚全都软了下去。

"说，为何背叛？"

茜色的表情也变得很奇怪，形如梦呓："我……没有……背叛。"

"我让你跟着胡九仙去程，伺机将颐殊劫回。"

"我劫回了颐殊……"

时鹿鹿冷笑道："但你杀了胡九仙！"

"他是赫奕的臂膀……杀了他……对你好。"

时鹿鹿继续冷笑道："是吗？那你把阿善送来我这里，又是什么目的？"

"你……喜欢……她。"

时鹿鹿一怔，眼神有一瞬的恍惚。茜色似反应过来，刚想挣扎，时鹿鹿叹了口气道："谁说我喜欢她？"

茜色再次变得迷茫。

一旁的秋姜看得叹为观止。这就是传说中的……巫蛊之术？

"我觉得，你……想见她。"

时鹿鹿垂下眼睛沉默了一会儿，道："那么，你把她——招来这里，也是为了我好？"犀利的眼神，伴随着这句话，一下子转向了秋姜。

秋姜立生警觉，第一时间将戒指凑到了骷髅的喉骨上，道："别动。"

时鹿鹿挑眉道："你，用一具尸骨，威胁我？"

"她虽然死了，肉体腐烂，这副骨架却保养得很好，上过油，熏过香，还配上了这么一件新衣裳……足见你的用心。"秋姜微笑道，"我无意对死人不敬，只求自保。"

若眼神能杀人，秋姜想，自己大概已被杀了无数次。

"我觉得……她能帮你对付……赫奕……"茜色艰难地开口。她的话果然吸引了时鹿鹿的注意。时鹿鹿凝眉沉吟了一会儿后，松手。

茜色软绵绵地掉到地上，陷入了昏迷。

秋姜点头道："茜色告诉了我你的身世。我觉得，你做得对。"

时鹿鹿不冷不热地"哦"了一声。

"阿月也许罪有应得，但你是无辜的。身为父亲，不能怜爱弱子；身为兄长，不能拂照小弟，任你被伏周囚禁，一十五年。我若是你，也必要报复。"

时鹿鹿高深莫测地盯着她。

秋姜一笑道："我只要两样东西：一，真正的《宜国谱》；二，给颐殊解毒，让我带她走。作为回报，我们帮你除掉赫奕，届时，宜国就是你大司巫的天下，予取予夺，任凭君意。如何？"

时鹿鹿沉默。

"或者，你还有别的想法？"

时鹿鹿的唇角缓缓拉出嘲弄的弧度，道："你想要璧国吗？"

"什么？"

"你都不要璧国，凭什么认为，我想要宜国？"

秋姜一愣。

"这世间确实有很多人想当皇帝，但也有很多人对皇位毫无兴趣。否则——你以为当年的大司巫，为何会选赫奕为帝？"

秋姜先是讶然，继而感慨。这么些年，所遇之人，哪个不是野心勃勃，妄图操弄风云，权倾天下。或为名，或为利，或为爱，或为恨，或为保护自己，或为保护别人……只有两人，在她面前明确表示过不想当皇帝，一个赫奕，一个他，不愧是兄弟。

"那你想要什么？杀死赫奕，任凭宜国大乱，就是你的目的？"

时鹿鹿道："曾有人对我说过——我若告诉你我的愿望，岂非给了你一个挟制我的把柄？我觉得，这句话很有道理。"

秋姜皱了皱眉道："那我们还能聊什么？"

"没有。"一袖拂来，将她打晕。

★★★

姬善醒转时，头疼欲裂，只觉浑身酸乏无力，呆滞了好一会儿，才看清眼前的景象——孔雀翎羽。

她心中一凉：这是？回来了？

"醒了？"坐在梳妆镜前上妆的时鹿鹿淡淡道。

她当即想要起身，时鹿鹿又道："起不来吧？"

身上的伤没有痊愈，每处关节都在叫嚣着疼疼疼，她只好继续躺平。

"饿吗？"

时鹿鹿放下笔，端着玉盅走到榻旁，给她垫高枕头，然后舀了一勺盅内之物，递到嘴边。

谢天谢地，总算不是那可怕的熊掌了。香味扑鼻，看起来已非常好吃，物滑入口，更是鲜美得几乎连舌头一起吞掉。

"豆腐？"

"你不是想尝尝秋姜的素斋吗？现在吃到了，感觉如何？"

"比你做的好吃一万倍吧。"

时鹿鹿的目光闪了闪道："我还以为你会说——什么？秋姜落入你手

中了？"

"你的地盘，一个重伤在身之人，落入你大司巫之手，有什么奇怪的。"

时鹿鹿呵呵一笑，继续喂她。

姬善觉得他跟之前在洞穴时又不同了。也许是因为他重新画上了红绘，也许是因为他的脸上再次有了很多表情，又也许是因为回到了听神台，眼前的时鹿鹿，再次变回了湿答答的衣服，让人产生微妙的不适。

姬善没说什么，温顺地将整碗豆腐都吃完了。

"明日想吃什么？让秋姜给你做。"

"若我不再想吃她做的东西呢？"

"那她便没什么用处了。"时鹿鹿淡淡道。

姬善心中一紧，不信道："堂堂姬家大小姐，如意门的新主人，怎会没有用处？"

"对世人而言——姬家大小姐是你，而如意门已经解散。"

他说得没错。秋姜身上的价值，也许对程国、璧国和燕国都有用，但对宜国，尤其是时鹿鹿来说，死了才更省事。

"那你为何不杀了她？"

"你喜欢她，不是吗？"

"谁说我喜欢她？"

"你当然也可以不喜欢她，我现在就去杀了她。"时鹿鹿作势要起身。

姬善不得不出声阻止道："且慢！"

时鹿鹿重新坐了下来，微微一笑，道："现在，她的生死由你来决定。这种感觉，好吗？"

姬善不明白。明明在山洞时，她自觉跟他的关系有所改善，为何回到听神台，却好像更恶劣了。

头疼之际，想起那盅可怕的熊掌汤。啊！蘑菇！是了，当时汤里有毒蘑菇，她吃了蘑菇，神志不清。是说了什么不该说的话，引起了他的戒备和不快吗？

"我头疼……"姬善将脑袋埋进柔软的枕头中。

时鹿鹿拍了两下手。

一个脚步声从门外进来。

时鹿鹿叹了口气道："听到了？她头疼。"

那脚步声靠近，在榻旁坐下，一双温热的手过来，按在了她的两侧太阳穴上。

一股轻柔的力道跟着手一起，细致为她按起摩来。

姬善诧异抬眼，看到来人，更是一惊道："茜色？！"

茜色表情木然，对她毫无反应，只顾继续按摩。姬善去抓她的手道："你还敢出现在我面前？"

茜色反手一按，不会武功的姬善就被压回榻上，紧跟着，双手再次落在她的后脑勺上，继续揉捏。

姬善想要反抗，却触动伤处，疼得只能哼哼。

时鹿鹿看到这一幕，轻轻一笑。

"你给她下了降头？"

"她本就是我的下属。"

"你不是说她背叛了吗？"

"我查过了，是个误会。"

"那她为什么把我抓上山？"

"她知道我想要你。"

姬善无语。偏偏，茜色的手法真的很好，按得她很舒服，头疼真的缓解了很多。

"她会医术，今后就让她照顾你。"

"你为何不自己来？"他在山洞里为她针灸的手法纯熟，医术显然也很高明。

时鹿鹿却没有回答，而是径自走了出去。姬善下意识想要起来，被茜色一推，再次趴下。

姬善不甘心，咬牙道："茜色，你能听到我的话吗？"

茜色毫无反应。

★★★

第二日，时鹿鹿送来秋姜做的饭菜，每道都很好吃，尤其是其中的一碗茯神汤，时鹿鹿一口气吃了两碗，末了赞叹道："厨艺确实不错，看来，她也有一双妙手。"

"你为何如此看重头发和手？"

时鹿鹿歪着头想了想道："许是跟我娘有关。我记得她的头发和手，都很美。"

"脸呢？"

"我说过——我一出生就种下蛊虫，养在外面。她很少能来看我。绝大多数时候都是仆人照顾我，所以我不太记得她的模样。"

"你娘把你藏在晚塘？"

"儿时时常搬迁。住过最久的地方，确实是晚塘。"

"还去过哪里？"

时鹿鹿微笑地看着她道："阿善，是在套我的话吗？"

"我对你开始感兴趣了，你应该高兴。"

"那你，肯为我取蛊了？"

姬善正要回答，时鹿鹿提醒她道："可以不答。"

"我肯。"姬善一本正经道。

时鹿鹿眉睫微悸，下意识屏住了呼吸。一息、二息、三息……姬善的情蛊没有发作——她说的是真心话。

"你……为何改变心意？"

"我也不知道，也许是因为你跳下崖来救我，也许是因为你的身世确实可怜，也许是因为……我确实，喜欢你。"

情蛊再次没有发作。她说的，是真的。

"现在，把巫神殿内有关于巫的甲历、档籍和相关一切都拿来给我。我要了解，蛊，究竟是何物。"

时鹿鹿久久地注视着姬善，有关于她的神谕再次响起，仿佛最终的警告，又仿佛宿命的诅咒——

"你会死于她手。神谕——时鹿鹿，会死于姬善之手。"

时光飞逝，木屋前的铁线牡丹发芽、抽枝、绽叶、开出了绚丽多姿的花。

姬善的伤在茜色的调理下，彻底好了。

茜色每天背一箱甲历上山，她用一天的时间看完，再带下山。时鹿鹿一开始陪在一旁，有什么不懂的，姬善问，他解答。后来，他时常下山，只在饭点带着秋姜的饭菜回来。再后来，饭菜也由巫女们派送。他日出下山，月起方回。

姬善没有问他在做什么，专心地读着典籍，读得越多，就越觉玄妙。

然后，她开始钻研巫毒，茜色给她打下手。在将宜境特有的五种蛇、蝎、蜈蚣、壁虎和蟾蜍萃取提炼后，终于，制出了一模一样的毒粉。

当晚，时鹿鹿回来时，姬善把毒粉和配方放到了他面前。

时鹿鹿拿起配方，唏嘘一笑道：“不过短短一个月，你就复制了巫毒。”

“毒不难，难的是解药。”

“我可以直接告诉你……”

姬善拒绝道：“不用。我要一步步来，只有足够了解巫的历史、构造、风格，才能追本溯源，找到蛊的真相。”

时鹿鹿认同地点点头，然后打开食盒，从里面取出四道斋菜，并且，还多了一坛酒。

“这是？”

“秋姜说，你喜欢酒。”

姬善拿起晶莹剔透的玉壶，看着里面琥珀色的琼浆，勾唇道：“看来她过得不错。还有心情酿酒。”

“她的心情当然很好，因为，程璧两国都要派人来救她了。”

姬善一怔道：“你……故意的？”

“像秋姜那种人，在云蒙山全身瘫痪都能重新恢复行动力，区区一个巫神殿，几名巫女，怎困得住她？”

姬善认同，要说逃，秋姜是行家里的行家。

"你囚禁她，留着她，为的就是让程国和璧国都来救她？赫奕知道此事吗？"

"知道。"

"他能允许你这般引狼入室？"

"别忘了，一，他被秋姜下了巫毒；二，他巴不得能与璧国的皇后产生交集；三，他知道有蛊王在，我无法对他下手，更不能对他说谎……所以，从某种角度来说，他没有选择。"

★★★

赫奕坐在长案前，看着两份摆在一起的国书，一封的图腾是蛟龙，一封的图腾是璧玉。他起身，负手在屋内开始踱步。

从东墙走到西墙，一百十八步。从西墙回到东墙，一百十八步。

最后，他坐回案前，提起御笔，分别写了一个"准"字。

太监躬身进来，将国书捧走。

再然后，门外响起了高亢尖细的宣诏声——

"陛下宣旨，准程璧二国使臣入宜。沿途官员，准备接行……"

永宁八年元月十七，程、璧二国使臣入宜，分别由王予恒和卫玉衡领队，合计三百七十二人。

★★★

姬善听说璧国派来的使臣竟然是卫玉衡时，顿觉头大如斗，道："薛小狐狸果然恶毒！竟派这个人来！"

时鹿鹿自然也是知道她跟卫玉衡之间的事的，闻言呵呵一笑。

"姜沉鱼恨卫玉衡恨得不行，他却是她姐夫，又是她爹的心腹，不能轻举妄动。薛小狐狸为了维护皇后仁厚的名声，也不得不留着他装装样子。现在，可算逮着机会借刀杀人了。"

"你想杀卫玉衡？"

"不想。"

"那么，真正借刀杀人的，是我们。"

姬善心中"咯噔"了一下，问："你要借卫玉衡之手杀赫奕？"

"他的命数很有意思。无论从哪方面看，都是个小人物。如此小人物，却杀死了白泽公子姬婴……你不觉得，十分玄妙吗？"

"所以这一次，你觉得他也可以杀赫奕？"

时鹿鹿抬头看了看天空，眼神悠远而空灵："就算他不是，也会变成是。因为——世人会相信这个神谕的。"

虽然璧国之前对外宣称白泽公子死于颐非之手，但自从颐非回程后，回城那边又传出了不一样的说法，说好几人亲眼看到，当日，是卫玉衡的毒箭射死的姬婴。

此传言越传越广，再加上官方没有否认，已渐成共识。

所以，如果此番悦帝也死于卫玉衡之手，大家都不会再意外，毕竟已经有过一次蚂蚁杀象的先例了。

"那么，王予恒呢？"

不得不说，程国这次的使臣选得出乎众人意料，尤其出乎姬善的预料。在她的认知里，世上最紧张秋姜的人，除了风小雅，就是颐非。就算程国目前时局不稳，需要颐非坐镇，无法亲自前来，也不至于随随便便派个王予恒来。

王予恒是谁？

这个名字第一次被其他三国知晓，还是源于颐殊选夫——他是王夫的候选者之一。王家是程国的世家之一，数代单传人丁凋零；据说他已有意中人，不愿娶女王，假装比武受伤，却还是没拗过老娘，被逼去了选夫宴……总之，此人武功不及马覆，长相不及周笑莲，家财不及金闪闪，才能不及杨烁，是位很中庸的公子哥。

颐非为什么会选这样一个人来宜国？

姬善想到这儿，忽又想起一事，问时鹿鹿道："马覆和周笑莲现在何处？"

"胡九仙带颐殊来宜时，本带着他们同行，但路上被他二人逃脱，现不知所终。"

胡九仙带着马覆和周笑莲，应该是想给颐殊找两个帮手，不料路上茜色翻脸，将他杀害，马周二人趁机逃脱。如果他们回了程国，应该会有动静。既然还没动静，要不就是路上出了岔子没能归程，要不就是化明为暗另有所图。

不过，这一切与她无关。姬善随便想了一下，也就丢于脑后了。她现在要头疼的，还是卫玉衡。以她对薛采的了解，那小狐狸不可能不告诉卫玉衡她在宜国一事，卫玉衡最擅长的就是打着她的幌子行争权夺利之事，届时必定风波不断。而且听时鹿鹿的意思，是要好好利用他一把。如果赫奕真的被那么个小人给弄死了……

姬善看了时鹿鹿一眼——伏周，就更难救了。

"我讨厌卫玉衡，不想见到他。"她冷冷开口道。

时鹿鹿答应得很痛快："好，那就不见。"停一停，却问，"那么……风小雅见吗？"

"他还在宜境？"

"他在寻找秋姜，差不多也该找到巫神殿了吧。"

也就是说，燕璧宜程又将会晤，而这一次的东道主，变成了宜国。

"不见。接下去我要专心研制巫毒的解药，和探查蛊虫的奥秘。无暇理会闲事。"

"得令。"时鹿鹿笑了起来，拿起酒壶为她将杯斟满，依旧只有姬善一人喝。

姬善抿了一口，看向一旁的四道配菜，心想：这等好菜，估计也没几天好吃了。

★★★

她没有猜错。

第二天，秋姜就不见了。

两个巫女惊慌失措地前来禀报时，姬善正在采摘铁线牡丹，时鹿鹿在一旁帮忙。

巫女们颤声道："今早秋姜说要做烤鹿，我们抓完鹿后疲乏得很，就让神殿的妹子们帮忙看着。休息时听见外头在烤肉，还闻到了香味。可等我们起来，妹子们都晕过去了，秋姜也不见了……"

时鹿鹿一边锄草，一边悠悠道："这不是她们第一次被放倒。一点都不长记性……"

巫女们连忙跪倒。

姬善道："秋姜擅毒，且自成一派。神殿的巫女们防备不住，很正常。"

时鹿鹿看了她一眼道："知道了，下去吧。"

两个巫女连忙退下了。

姬善提着花篮回到木屋里，把铁线牡丹放入药臼中捣碎。时鹿鹿则以手托腮，坐在一旁着迷地盯着她的手。这时，又有两个巫女来了。

"大司巫。我们回来了。"

"嗯，看到什么了？"

"禀大司巫，我们按照您的吩咐，潜于暗处，看着秋姜将药粉撒在木柴上，然后点燃。如此过了一盏茶工夫，她身旁的巫女们就全晕过去了……"

姬善看了眼时鹿鹿——原来是故意放走秋姜的啊。

"秋姜不慌不忙地将鹿肉片完装盘后，换了一位巫女的衣服令牌，这才离开。"巫女说着从身后拿出一个食盒，打开来，里面赫然是一盘火炙鹿肉。

姬善忙道："我要吃！"

时鹿鹿笑了笑，端过来放在她面前。

姬善提筷一尝，鹿肉片得薄如蝉翼，烤得鲜嫩多汁，边吃边道："她这是在咒你吧？烤鹿烤鹿，要把你烤了。"

"我才是咒术的祖宗。"时鹿鹿扭头对巫女们道，"继续说。"

"我们跟着她下山，路上看见风小雅带着四个丫头在面摊吃饭，秋姜没有过去，而是转身走了另一条路。"

"四个丫头是不是青、红、黄、粉四色衣服？"姬善插话。

"是的。"

她的婢女们竟跟风小雅结伴同行，距离她失踪已快两个月了，她们必定很着急。

"秋姜离开了鹤城。我们的人还在继续跟着她，有新情况随时回禀。"

时鹿鹿若有所思地看向她道："她竟离开了鹤城……依你看，她想做什么？"

姬善咀嚼着口中的鹿肉，品尝着其中滋味，半晌才回答道："她来宜的目的很明确，只有两个：一，颐殊。颐殊就在巫神殿，却没有一起带走，是因为没有解药。所以，她应该是去想办法弄解药了。"

"除了听神台，哪儿还有解药？"

"现成的药没有，却有可破解之人。"

时鹿鹿眯了眯眼睛道："江晚衣？"

"我也只能想到他。"

时鹿鹿又问："那么二呢？"

"二，就是《四国谱》中的《宜国谱》。既然是被你和赫奕替换了的，而你绝不可能给她，她只能找赫奕。所以，这就又牵扯到一个问题——赫奕想要什么？"

"赫奕想要姜沉鱼。"

姬善"扑哧"笑出声道："你信？"

"我信。"

姬善一怔道："为什么？"

"因为伏周信。"

姬善的目光闪了几下，舌尖的鹿肉本来滑腻甘甜，但许是嚼得久了，变得有些柴和苦。她别过头，转移了话题："结论，秋姜要不就是去找江晚衣了，要不就是去联系薛采想办法了。"

"无论哪种，我都不喜欢。"时鹿鹿看向两名巫女，巫女们立刻叩拜："属下明白了。"

巫女们离开后，姬善继续捣药，边捣边道："如果我管你要《宜国谱》，你会给我看看吗？"

"看不了。"

"什么意思？"

"《宜国谱》，在这里……"纤长的两根手指伸出，在眉心的耳朵图腾上敲了敲，时鹿鹿露出一个灿烂的笑容道，"如果你想知道，只能听。"

"算了，我不想知道了。"姬善垂下头，往药臼里又加了一朵铁线牡丹，碾碎的汁液红而混沌，像此刻繁复不明的局势。

要配比准确，才能发现解药。

要环环扣合，才能破局而出。

相比之下，秋姜从如意夫人手里诈到《四国谱》，真是容易许多。

"同人不同命啊……"她不禁喃喃道。

★★★

此后每日，巫女们都来汇报秋姜的行踪，她一路往北，沿途经过泉溪、乐菽、黄洲等地，已然抵达宜璧边境。

姬善皱眉道："若是跟薛采的人碰头，也离得太远了……莫非，是要回璧国？"

时鹿鹿问巫女："她有跟谁接触吗？"

"没有，独自一人。"

"朱龙呢？"

"没有出现。"

时鹿鹿沉吟道："风小雅现在何处？"

"他们在蜃楼山下转悠了几日后回了客栈。昨日秘密去了趟胡府……"刚说到这儿，一名巫女匆匆跑来道："大司巫！胡倩娘来了神殿，大吵大闹说要见你……"

时鹿鹿和姬善对视了一眼。

"他们来了。"

"嗯。"时鹿鹿起身，走了几步，回头问，"你要与我同去吗？"

姬善拿起小秤继续分秤药物，用行动表示了拒绝。

时鹿鹿深深看了她一眼，下山去了。巫女们跟着他一同离开，却有一人来到跟前，继续看着她。

姬善抬眼，看到对方的红裙，道："你不跟你的主人一起走？"

"我的命令是监视你。"对方终于开口，对她的提问做了回应。

这个人，当然就是茜色。

★★★

时鹿鹿还没走进神殿，就听到里面传来胡倩娘撕心裂肺的哭喊声——

"今日我一定要见大司巫！我们胡家多年来一直供奉巫神，神殿我们出钱修缮，殿中衣食我们提供……如今，我父横死，尸骨难寻。我只是想问问巫神，为何如此对待我父，为何如此对待胡家，都不行吗？"

时鹿鹿抬步走进去。原本束手无措的巫女们看见他，连忙跪拜道："大司巫神通！"

胡倩娘扭头看到他，眼睛一亮道："你可算来了！今日我一定要问个……"

时鹿鹿袖子一挥，她便睁大了眼睛，继而喉上一痛，再也说不了话。

胡倩娘大骇，捂着喉咙不敢置信地看着时鹿鹿。

"神圣之地，岂容你喧哗？"

胡倩娘咬着唇哆嗦半天，眼泪流了下来。

"你父为神而死，死得其所。你身为他唯一的女儿，应该继承他的遗志。"

胡倩娘睁大眼睛，满脸愤怒。

"还有，你的怒火应该冲杀死你父之人，而不是冲我。"

胡倩娘重重一震，然后目露渴求。

"想知道茜色在哪里？"

胡倩娘拼命点头。

"跪。"

胡倩娘一惊。

"为你刚才的失礼，祈求神的原谅，并且宣誓，今后凡有神谕无不应从。"

胡倩娘脸上的表情变了又变，最后，走到神像前，深吸口气，跪了下去。

她非常认真地磕了三个头。

时鹿鹿挥袖解了她的禁制。

胡倩娘喉咙一松，发现自己能说话了，便仰望神像，开口道："我有话说。"

"说。"

"我从小就信巫神，就算今日不发誓，也早已是神的信徒。"

"嗯。"

"我父一生，更是对神无所不应。因为他觉得，他之所以能成为天下首富，全靠巫神庇佑。"

"嗯。"

"但是……"胡倩娘话题一转，突然起身转向时鹿鹿，"此趟赴程，是神的指示。敢问——神可知我父会死？"

胡倩娘上前一步，直勾勾地盯着时鹿鹿，每个字都掷地有声："若知道，他为何不庇护他最虔诚的信徒？若不知，神，为何不知？"

此刻神殿内，巫女有二三十人，她们都只是普通巫女，并不像听神台的巫女那么忠诚，因此也不像她们那么木讷，此刻，听到如此大逆不道的话，一张张脸上，全都写满了震惊。

★★★

姬善看着茜色，冷冷一笑道："原来，你是能听懂我的话的。"之前唤她却不回答。

茜色随手抄起案上的瓶瓶罐罐检阅，措辞很不客气："都两月了，还没研制出解药。这等无用之人，懒得理会。"

姬善气笑了，道："你不也会一点医术？你行你来。"

"我若能，此刻在这儿坐着的人就是我。"

"就你？连区区几个妇人的隐疾都治不好，还敢来我面前叫嚣？"

两人四目相对，"噼里啪啦"，几乎撞出火花。

就在这时，茜色吸了吸鼻子，皱眉道："什么味道？你捣鼓的什么玩意儿这么臭？"

姬善也闻到了这股味道，觉得很熟悉，然后，恍然大悟地"啊"了一声。

"是什么？"茜色有所警惕，但已来不及，骤然向后栽倒。

——倒在了一个人臂间。黑衣红裙，对比强烈。

风穿山谷，扑入门内，吹得姬善的头发和睫毛都在颤。

今夕何夕，又见郎君。

"是你……你是来找……茜色的？"

她注视着来人，轻轻问。

那人抱住了茜色，视线向她，凝眸一笑道："不，我是来找你的。"

此人黑袍如夜，笑意如星，正是燕国第一美男子——风小雅。

★★★

"若知道，他为何不庇护他最虔诚的信徒？若不知，神，为何不知？"

胡倩娘问完这句话后，巫神殿内好一阵子寂静。

巫女们都不知道该怎么办，眼巴巴地望向时鹿鹿。时鹿鹿缓缓勾起唇角，一把掐住胡倩娘的脖子，将她整个人抵在了墙上。

胡倩娘没有反抗，只是眼神越发犀利，充满不忿。

"为何不庇护？因为他背叛。"

"什么？"

"你父，背叛了神，所以，死。"

胡倩娘尖声叫了起来："你胡说！"

巫女们吓得魂不附体，纷纷跪了下去，诵念祷告。

"你胡说，我父绝不可能背叛！"

"你父书房，博古架第九行第三格，回去自己看！"时鹿鹿说完松手，胡倩娘跌落于地，抖了半天，咬牙起身冲了出去。

一个巫女道："此女质疑巫神，顶撞司巫，当严惩。"

"你教我做事？"

巫女连忙伏倒，不敢再多言。

时鹿鹿转身走人。

★★★

风小雅看着姬善，凝眸一笑道："还未拜谢姑娘的救命之恩。"

姬善咬了咬下唇，一时间不知该说什么，就在这时，一黄一青两个身影冲上听神台来，一左一右地扑到她身上。

"善姐！"

"可算找到你了！"

正是吃吃和看看。她们果然跟着风小雅一起找到了这里。

"快，善姐，趁胡倩娘拖着伏周，你快跟我们离开！"吃吃抓住姬善的手，急声道。

时鹿鹿回到听神台，脚步极快地来到木屋前，却在推门的一瞬，停住了。

他看到了门槛上的鞋印。

鞋子踩过铁线牡丹，粘到了些许土，再踩在了门槛上。

——有人来过。

时鹿鹿眯了下眼，下一刻，踹门而入——

门板立刻脱离了门框，重重砸在一个人的脚边。那人吓了一跳，回头不悦道："你做什么？"

时鹿鹿盯着姬善，只见她好好地坐在长案前，仍在捣鼓草药，手上、脸上、身上沾满了斑斓的花汁。

时鹿鹿的目光在屋内迅速搜罗了一遍，问："茜色呢？"

"被风小雅带走了。"

"他果然来了……"可门槛上的脚印，是女子的，"带着你的婢女？"

"对。看看和吃吃。"姬善边答边继续捣药。

时鹿鹿盯着她问："你为何不走？"

姬善叹了口气道："我离开你会死呀。要走，也得除了情蛊再走，不是吗？"

时鹿鹿的神色缓和下来，笑了笑道："你倒是坦诚。"

"我不能说谎，只能坦诚。而且……"姬善将混好的汁液倒入瓶中摇匀，淡淡道，"我知道你是故意离开的。"

"哦？"

"你已知风小雅曾带着我的婢女来过山下，又知他昨日秘密去了胡府……今日胡倩娘突来神殿闹事，怎么看都是调虎离山。所以你故意离开，给他们机会见我，想借机试探我，对吧？"

时鹿鹿拿起一缕她的长发在手中把玩，道："你是聪明人，聪明人从不做无用之事。我是在给你机会。"

"什么机会？"

"跟风小雅彻底告别。"

姬善似要动怒，但最终深吸口气，忍住了，道："他带走了茜色，没有带走我，我想，这已足够说明问题。"

时鹿鹿"嗯"了一声，眉眼都显得很柔和，他道："明天，两位使臣就抵达鹤城了。陛下邀我赴宴，你去不去？"

"你已经问过。我说过，不见卫玉衡。"

"但我希望你去。"

"为什么？"

时鹿鹿在她的发上亲吻了一下，眼神显得有些哀伤，又有些讨好道："因为，明日也许就是赫奕的死期。那么重要的时刻，我希望，你能陪在我身边。"

姬善想了想，把摇匀的瓶子递给他，道："我们来打个赌吧。"

时鹿鹿挑眉道："什么？"

"这是巫毒的解药。如果有效，我就陪你赴宴，当作庆功。如果无效，说明我还要继续钻研，恕我无心外出。"

时鹿鹿一惊，立刻打开瓶盖，里面的液体无色无味仿如清水，却让他的心为之绷紧。

他一伸手，从门外抓进来一个巫女，将瓶里的水倒入她口中。巫女喝下此水，原本木然的表情逐渐变化，额头的图腾也由红转淡。

巫女匍匐在地颤抖不已地道："请神宽恕我！"

时鹿鹿盯着她的变化，眼中的表情非常复杂。

"怎么样？跟你的解药一模一样吗？"

时鹿鹿转身，盯着姬善，道："你是怎么做到的？"

姬善终于笑了，笑得又得意又傲慢，道："我说过，当世除了江晚衣，无人比我更有医学天赋。而即便是江晚衣，我也是不服的。"

时鹿鹿看看手里的瓶子，再看看那名巫女，她额头的图腾彻底消失了，眼神也恢复了些许灵动。

姬善在一旁看着，若有所悟。

时鹿鹿招手命该巫女上前，然后咬破自己的手指，往她额头点了一下。血珠很快渗入消失，耳朵图腾重新出现了。

而当图腾再次出现时，巫女又变得木讷起来。

姬善道："我明白了。巫毒是同一种，解药也是同一种。但施毒方式不同，达到的效果也不同。若是通过粉末和烟雾散布，能让吸食者瞬间昏迷不醒；若是通过血液传播，则能控制对方的心神。"

"不尽然。"

"嗯，确实——颐殊就是中毒昏迷不醒者，秋姜逼赫奕喝了她的血，但赫奕的神志依然清醒……这说明，想要控制对方心神，必须要蛊王，也就是你的血。"

时鹿鹿点头微笑，道："没错。你是如何发现解药的配方的？"

姬善从抽屉里取出一张纸，递给他道："我经过排序组合反复试错，从一千三百二十六种配比里，最终留下了这一张……"

时鹿鹿正要伸手接，姬善却又收了回去，眨了眨眼睛道："不如这样，你也把配方写出来，然后我们对比，看看是否一致？若是一致，我要奖励。"

"什么奖励？"

"让我见伏周一面。"

时鹿鹿的表情果然一沉。

"时间我定，地点你选。"

时鹿鹿静静地看了她一会儿，什么也没说，而是提起笔来，开始往纸上写字。第一个写的是："安息香，一钱"。

姬善看后，将自己的配方用手捂住，挪开露出第一行字，赫然也是"安息香，一钱"。

时鹿鹿又写："艾纳香，五钱"。

姬善再露出一行字，也是"艾纳香，五钱"。

时鹿鹿不再停滞，一挥而就写了六行，果然全部相同。

姬善沉声道："还有最后一样，也是最特别的一样——铁线牡丹。"

时鹿鹿"嗯"了一声，笔锋落下，开始书写。

时间仿佛静止，只有狼毫游走在纸张上，"沙沙沙沙"，一笔一画，拼就心血——

姬善下意识地屏住呼吸，睁大眼睛。一点、一点、再一点……然后一横一竖一横折钩……

她的眼睛亮了起来："我本也走至绝境，觉得不可能破解，直至昨日……"

"昨日秋姜送来一壶酒。"

"对。我就想，可以试试。"

时鹿鹿微微一笑，收笔，一个"酒"字赫然铺呈。巫毒解药的最后一剂也是最关键的一剂，是酒渍铁线牡丹。

姬善将手从自己的配方上一点点挪开，正要露出全貌，门外突然传来一个急促的脚步声："善姐……"

时鹿鹿和姬善双双回头，看到吃吃去而复返。

"我想过了！就算你不能离开这里，我们也不能就这么走呀。我要回来陪你！"吃吃冲上前一把抱住姬善，姬善站立不稳，整个人撞在长案上，瓶瓶罐罐倒了一桌。

吃吃呜呜大哭道："善姐，让我留在这里陪你吧！不然我们实在不放心啊……"

姬善拍了拍她的肩膀，柔声道："这个你得问过他。"

吃吃转头，看到一旁的时鹿鹿，怔了怔道："你是？小鹿？！你怎么也在这里？还这副样子？伏周呢？啊，难道说你就是伏周？可伏周不是女的吗？还是你男扮女装？这到底是怎么回事啊，我都糊涂了……"

时鹿鹿看着满脸震惊的吃吃，最终，嫣然一笑。

这一笑，花开了，云散了，无限晴朗重归人间。

"那就留下吧。"

"不要。吵死了。还有这个……"姬善从狼藉一片的长案上拿起自己的配方，纸张已糊化，看不出原来的字了。她不满地瞪了吃吃一眼，然后看向时鹿鹿道："我可是赢了的，你要遵守承诺！"

时鹿鹿含笑看着吃吃和她，道："你选时间。"

"那就明日赴完宴，带我去见伏周。"

"好。"

★★★

细雨如烟，纷纷扬扬。

姬善靠着修好的门，坐在门槛上望着听神台上的雨。身后的床榻上，吃吃已呼呼入睡。她十分喜欢这种鼾声，因为意味着安全，还有陪伴。

时鹿鹿撑着伞从山下上来，见她发呆，便收伞坐到了她身旁，问："怎么还不睡？"

"想起明日宴席，睡不着。你也是吗？"

时鹿鹿没有回答，只是仰头也看雨，神色郁郁，不似平常。

"赫奕非死不可吗？"

"你非要见伏周吗？"

两人同时开口，然后从彼此脸上看到了答案，再度沉默。

姬善伸出一只手，感受着绵绵凉意，宜国的雨真是废物，半天也湿不了衣裙，不干不脆，拖泥带水——就像此刻的她。

不能再这样下去了！她决定再试一试。

"你能不能放下仇恨？"

"你能不能放弃报恩？"

"我……不能。"

"那么，我也不能。"眼看姬善有点着急，时鹿鹿握住她的手用指背轻刮，一下一下地安抚着，不得不说，非常舒服。

"把你关在悬崖上的木屋里，是我不对，但看在我跳崖救你的分儿上，原谅我吧。"

姬善怔了一下。

"我并不是真的吓唬你，只是让你体验一下，我的十五年是怎么熬过来的——哪怕一天、一刻、一瞬间，让你站在我的立场上，感受一下。"

姬善顿觉喉咙堵住，再也说不出后面的话。

"你擅医心病，当知得病时间越早，拖得时间越长，便越难医治。我，已不可能醒悟、悔改、解脱。所以，阿善，别太了解我，别试图劝我，更不必救我。我只要你……"时鹿鹿握紧了她的手，眸色如夜雨，蕴含着绵绵密密的情意，"陪着我就可以了。"

姬善的神色无可抑制地悲伤了起来。

——像小时候，知道救不了那个人时，一模一样。

★★★

二月十五，程、璧使臣抵达鹤城，酉时，悦帝于西宫设宴款待群臣。

★★★

姬善看着帘子缝隙中再次出现宜宫那朴素的门脸时，已近亥时。鹤城与其他三国皇都最大的不同也赫然呈现——这里，没有宵禁。

一路上张灯结彩，行人如梭，热闹非凡。

因此，宜宫就显得更寒酸了，使臣的车马全停在外面，将整条街道堵了个水泄不通。幸亏巫族地位尊崇，所到之处，人人主动避让，才能挤出一条路来，进得宫门。

姬善忽然想到了一个问题，问："有别的宫门吗？"

"没有。"

"为什么？"别的皇宫起码有四道宫门，璧宫更有八处之多……

时鹿鹿想了想，附到她耳旁道："因为有密道。"

姬善想，这可真是个好答案。

"几条？"

"我所知的，三条。"

也就是说，很可能还有他不知道的……

"那今晚，还能成事吗？"

时鹿鹿高深莫测地笑了笑，道："看看就知道了。"

巫女们抬着轿子来到西宫。这是三栋楼里最大的一栋，除了柱子就是窗，此刻窗户大开，薄纱重重，伴随着丝竹歌舞声一起飘了出来，配以南岭独有的雾气，颇似云上仙境。

老规矩，巫女们并不停步，直接抬轿而入。

一瞬间，乐止舞停，欢声笑语，全都成了静默。

无数道目光纷纷投来。姬善想，幸好她提前备了个羽毛面具戴在脸上，装扮成巫女的模样，否则，光靠这层薄纱，肯定许多人能认出她来。

耳畔依稀听到众人的窃窃私语声——

"这里面坐的就是宜国的大司巫伏周？"

"她不是从不下山的吗？这次怎么来了？"

"轿里好像有两个人啊……"

姬善环视四下，只见东西两侧各有十张长案，坐了不到二十名使臣，看来大部分人留在了驿站，并没有全来。

东侧为首的是卫玉衡，独自一人占了一案，正在默默喝酒；西侧首席则是两人：一个面色冷峻，应就是传说中生人勿进的王予恒；另一个是非常漂亮的少年，十五六岁，面如好女，但看上去心事重重，眼神呆滞。

殿中这么多人里，就这三位没有看轿子。

有趣……

坐在正北龙椅上的赫奕笑道："朕的大司巫来了？来晚了。罚酒罚酒。"说罢亲自倒了一杯酒，起身迎至轿前，"这杯，你说什么也得喝！"

时鹿鹿伸出戴着彩丝手套的手，没有接酒杯，而是轻轻按在赫奕的左肩上。

"陛下……"他开口道，"请听神谕。"

赫奕面色顿变，当即将酒杯转交于一旁的太监，一掀衣袍，行了一个大礼，道："谨接神谕……"

时鹿鹿因为没有了玉杖，只能将手从赫奕的左肩滑至他的眉心，道："紫薇星暗，流珠东至。"

此言一出，殿内所有的宜人，全部惶恐地跪下了，道："巫神恕罪！"

"这个人会杀了陛下……"时鹿鹿说着，戴有五色宝石指环的食指，不偏不倚地指向了卫玉衡。

这下，不仅宜人，璧使和程使全惊了。

姬善心中暗叹：时鹿鹿的行事作风，还真是一如既往地直接。这大概便是巫的优势了，随时随地，只要搬出神谕，就能平地惊雷，搅弄风云。

如此一来……卫玉衡，你要麻烦了哦……

她有些期待地朝卫玉衡看了过去。

卫玉衡闻言短暂地惊了一下，转瞬恢复了镇定，放下酒杯，起身行了一个大礼道："臣惶恐。臣奉命来宜，身为使臣，一举一动唯恐令璧蒙羞，又怎会行刺客举妄动干戈？此间恐有误会，还请陛下明鉴！"

赫奕道："是啊，宜璧素来交好，他没有理由这么做。大司巫，你会不会是……"说到这里，迟疑停下，终究是没有说出"听错了"三字。

时鹿鹿突然动手。

彩影一闪，只一闪，就来到了卫玉衡跟前。卫玉衡下意识后退，身后却是墙，当即脚尖一勾，长案旋跃而起，挡住时鹿鹿。

时鹿鹿脚不退手不动，长案在他身前三分处，突然从中心旋转裂开，一片一片，像被风吹散的花瓣般凋零。

这一幕既凶险又唯美，令所有人都看呆了。

连王予恒身旁的美少年都睁大眼睛，惊呼出声："戏法？"

卫玉衡急声道："住手！"

时鹿鹿没有停，继续往他逼近，羽衣飞舞，面纹晃动，诡异而肃杀。

卫玉衡无奈之下，从身侧坐垫下拔出了一把红伞。

姬善挑眉：好家伙，居然真的带武器入殿！

红伞"砰"地顶开，然后"沙沙沙沙"一阵细碎声响，被时鹿鹿的袖风剥成了千万缕线，与伞架分离。留在卫玉衡手中的伞柄，就露出了原来的模样——剑。

卫玉衡持剑道："我再让一招，大司巫若还不停下，恕我要反击了！"

时鹿鹿冷哼一声，长袖挥拂，朝卫玉衡罩去。卫玉衡想要破罩而出，剑尖划过羽袖，竟拉出一连串火星。

袖未破而刃已卷。他大惊失色。

时鹿鹿道："你可以反击了。"

卫玉衡的五官扭出了一下，下一刻，突然扔掉伞柄，匍匐住地道："陛下，臣绝不敢杀您，请明察！"

姬善在轿中捂住嘴巴，才没有笑出声。不愧是能屈能伸的卫玉衡啊，果然没有辜负她的期待。

时鹿鹿眯眼，朝他继续走过去，卫玉衡一动不动，毫不反抗，任由他将他拎起，跟抓小鸡似的抖了抖。

"啪嗒"，一个卷轴从他袖中滑出，滚啊滚地滚到了赫奕脚边。

赫奕一怔。身旁的太监连忙把卷轴捡起，打开后，大惊失色地抖开，让所有人都能看见——赫然是宜宫的舆图！

宜宫简陋，只有三栋楼，大家都知道。可这张舆图上，用红线画出了三条密道，这些密道密密麻麻地盘旋在三栋楼下，蔓延出宫，分别抵达宫外的三处隐秘地点。

群臣哗然。

赫奕沉下脸道："此物，玉公做何解释？"

卫玉衡抬头看着这幅舆图，惊慌不已道："陛下，这不是我的东西！"

"这么多双眼睛亲眼看着从你身上掉下来的，还说不是你的？"赫奕身旁的太监反驳道。

"不是！真的不是！我也第一次见此物！"

"这是戏法……"王予恒身边的美少年突然开口，声音清脆，异常清楚。

卫玉衡朝他投去感激的眼神。

"云二公子，不要随便开口。"王予恒沉声道。

姬善心中"啊"了一声，这才明白美少年是谁——云家的二公子，云闪闪。云笛为救颐殊已死，没想到他弟弟竟会被颐非派来使宜。

一个面瘫，一个草包。颐非这是打得什么算盘？

在她的沉吟中，云闪闪起身走到卫玉衡面前，看了时鹿鹿一眼道："这是戏法。你在震碎长案的那一刻，趁所有人的视线被粉末吸引，偷偷将舆图塞入他袖中——我亲眼所见。"

草包有时候也是有用的，比如此刻。姬善有些嘲讽地想：时鹿鹿自视武功极高，当众栽赃嫁祸卫玉衡，谁能想到竟有人能识破他的障眼法，而且还一根筋地说出来，完全不顾引火上身地乱出头。

天意啊……

时鹿鹿叹了口气，转身看向云闪闪道："你说——什么？"

"我说……"云闪闪刚要重复，但对上他的眼睛，整个人一僵，声音立刻恍惚了起来，"我不知道……"

"你不是看见了？"时鹿鹿微笑道。

"我……看见……他，他私自携带兵器入殿。他的伞，就是兵器。"云闪闪倒戈。又引得殿内一片哗然。

姬善心知云闪闪此刻是中了巫术。时鹿鹿的武功也许有破解之法，但这巫术……实在防不胜防。只不过，为什么时鹿鹿只对云闪闪施展，不直接对卫玉衡施展？其中必有缘由。

她的面色再次凝重了起来。

时鹿鹿得了云闪闪的答案，满意地点点头，对卫玉衡道："你还有什么话说？"

卫玉衡咬牙道："还是那句话，舆图不是我的。伞虽是我的，但仅为防雨用。以我的武功，何须专门的武器？丝带飞花皆可用。最重要的是——我为什么要刺杀宜王陛下？"

时鹿鹿比了个手势，一名巫女从门外飞掠而入，将一封信笺呈上道："大司巫，这是从驿站璧使的房间里找到的。"

卫玉衡看见那封信，表情顿变，下意识想要抢，被时鹿鹿挡住去路。卫玉衡不管不顾，继续冲，时鹿鹿拂袖，一掌拍在他肩头，那一处的衣服就跟伞面一样，瞬间抽碎成了千万缕丝。

此情此景，令姬善脑海中突然闪过了一个念头，但还没来得及捕捉，就已消失。

"念！"时鹿鹿下令。

巫女立刻念了起来："姬忽在我手上，取宜王人头来换。知名不具。"

卫玉衡急声喊了起来："那封信午间突然出现在我房中，我根本不知对方是谁，也压根没放在心上……"

"那为何不销毁？"时鹿鹿冷冷道。

"我急着赶来赴宴，想留着信日后好核对笔迹，查出对方是谁……"

时鹿鹿环视四下道："诸位，你们信吗？"

众人反应各不相同。有信的，有不信的，更多的是看热闹的。

"诸位皆知宜王武功高强，完全不在我之下！而且我与姬忽，清清白白，毫无瓜葛。又怎会为了她而孤身涉险，我是疯了吗？"

"是吗？"时鹿鹿别有深意地回眸看了姬善一眼，然后冲巫女比了个手势。巫女立刻道："图璧四年八月初一，卫玉衡于回城染布坊击杀姬婴，口中喊着姬忽之名，声称姬家拆散了他和姬忽，所以要杀姬婴报仇。当时在场百余人，全听见了……"

"胡说！胡说！我没有！我没有说过！我挚爱吾妻，绝无二心！"卫玉衡气得脸都红了。

时鹿鹿悠悠道："你为了姬忽，连姬婴都敢杀，那么，对陛下动手，也不算什么。"

卫玉衡的脸一下子变得惨白。在场众人看他的眼神，也变得跟之前不一样了。

"不是的，不是这样的……我没有，我不是刺客……我自入殿以来，什么都没做，你们不能仅凭推测定我的罪……"

"等你做了就晚了。"时鹿鹿冷冷道，"神谕，本就为预防而降。把他拿下！"

巫女跟侍卫正要上前，赫奕忽道："且慢！"

时鹿鹿回眸，看着赫奕。赫奕对卫玉衡道："你束手就擒，朕保你安全回璧。"

卫玉衡原本的期待转为失望，道："束手就擒……岂非等于认罪？"

"朕不会定你的罪。"

卫玉衡冷笑道："那就是让姜沉鱼和薛采定我的罪？"

有璧国的使臣连忙喝道："玉公，你怎能直呼皇后之名？"

"我明白了……我全都明白了！"卫玉衡环视众人，俊美的五官绝望极了，他道，"你们是串通好了的！姜沉鱼一直想杀我，但没机会，也没有理由，就故意派我来这里，让你这个老相好帮忙来杀我！"

"玉公！慎言！慎言啊！"璧使们快要疯了。

"你……"卫玉衡索性破罐子破摔，指着赫奕的鼻子道，"是她的相好，当我不知道？你以为杀了我就能博她高兴？别做梦了，她只会把这份功劳算在薛采头上……"

赫奕扭头对时鹿鹿道："让他闭嘴！"

时鹿鹿挥袖，一片白雾飞出，直扑卫玉衡面门，卫玉衡反掌拍散，人则朝赫奕扑了过去。

时鹿鹿挡在赫奕身前，擒住卫玉衡的两只手，"咔嚓"声响，腕骨立碎。卫玉衡尖叫起来，叫声极大，像针一样扎入众人耳中。

姬善心中一动——就是现在！

时鹿鹿的动作因这叫声停了一下，就这么一下，卫玉衡的右靴突然弹出一把匕首，越过他踢到了赫奕身上。

赫奕下意识伸手去挡，匕首扎进掌中。

直到此刻，巫女和侍卫们才反应过来，冲上去擒住卫玉衡。时鹿鹿转身一把抓住赫奕的手道："陛下？"

"没事，小伤……"然而只说了四个字，赫奕的脸就从白转青，仿如蒙上了一层黑纱。他睁大眼睛道："怎、怎么了？为、为、为什么这么黑？大、大司巫？朕的眼睛，眼睛……"

"陛下？陛下！"

赫奕紧握着他的手，鲜红的血源源不断地从伤口里流出来，也污湿了时鹿鹿的手："看、看不见了……朕，看不见了……"

"没事的陛下，没事的……"时鹿鹿一边安抚他，一边朝巫女使眼色，哗啦啦，从楼外涌入大群羽衣彩带的巫女，将所有人都抓了起来。

四下一片惊乱。

一名程使慌不择路地扑进轿内，抬眼看到姬善，一怔，刚要说话，时鹿鹿朝这边弹一弹手指，一股白雾扑到他身上，他立刻晕厥了。

与此同时，被按压在地的卫玉衡抬头，目光穿过众人，看到了轿子里的姬善。纵然她戴着羽毛眼罩，仍是被他认了出来。

　　"忽儿……"

　　姬善坐着没有动。

　　卫玉衡突然振臂，用断了的手腕硬是将身上的两人击倒，朝她冲过来。

　　姬善面无表情地看着。

　　"忽儿！你居然在这儿！你真的在这里……"他的脚步越来越快，离得也越来越近，眼看就要冲进轿子，一股力道突然袭来，姬善横飞出去，被时鹿鹿抓到了身边。

　　时鹿鹿用巨大的羽袖将她揽住，口中吟唱起来。

　　所有巫女跟着他一起吟唱。

　　卫玉衡呻吟一声，栽倒在地，而这一次，悸颤翻滚，却是再也爬不起来了。

　　十大巫乐之一的《夔鼓曲》，声传百里，威慑天下。

"陛下手上的伤还好，身体也无他恙，唯独那匕首带毒，导致陛下双目失明，还请大司巫尽快找出解药……"太医们为赫奕看了伤，转身向时鹿鹿禀报。

"知道了，你们暂住宫中照顾陛下。"时鹿鹿交代完，太监便领着太医们出去安置了。

时鹿鹿走到龙榻前。赫奕躺在上面，眼上敷了药蒙着布条，脸上的表情很忐忑，他问："大司巫，朕的眼睛会好吗？"

"会的。"

"要快些。朕……很不适应。"

"好。"时鹿鹿的声音很温柔，"臣这就去审讯卫玉衡。"

"留个人！朕不想这么安静。"

时鹿鹿示意两个巫女留下，为他唱歌。赫奕听到乐声，稍稍平静了些。

时鹿鹿转身，牵住姬善的手，走下楼，离开北宫。

直到上了轿子，姬善才开口问了第一个问题："他为何没死？"

"我改变主意了。"

"为什么？"

时鹿鹿磨蹭着她的手，缓缓闭上了眼睛道："我想看看，当赫奕也被关入黑暗中时，他会崩溃，还是振作。如果是前者，我再杀他。"

"如果后者？"

"那我给他机会，杀了我。"

姬善皱眉。

时鹿鹿歪头睁眼看她，微微一笑道："你不认同我的做法，对吧？但我自做出这个决定后，却是舒服了许多。我现在心情很好。所以……"

"所以你该让我见伏周了。"

"别急。在那之前，我们先去见见卫玉衡。我觉得，你应该跟他，也彻底告个别。"

★★★

卫玉衡被关进了天牢。他一路都在哀号，等姬善见到他时，已喊得嗓子都哑了，整个人趴在地上，却依旧含糊不清地喊着"忽儿"两字。

时鹿鹿居高临下地看着他，一笑道："忽儿来了。"

卫玉衡果然重重一震，转过身来，当他看到姬善时，立刻变得无比激动，拼命用身体撞击栅栏，道："忽儿！忽儿！"

姬善后退了一步。

卫玉衡用断腕夹住栅栏，恳求道："别走！求你……我好不容易进了端则宫，却发现你不在！这两年，你离开皇宫去了哪里？为什么会在这儿出现？你跟伏周什么关系？她是不是胁迫你？"

时鹿鹿笑吟吟地看着她问："我们什么关系？嗯？"

姬善淡淡回答："我们是生死相依的情人。"

"什么？你跟她、她……"卫玉衡瞪大眼睛，不敢置信地打量时鹿鹿，"你、你喜欢女人？"

不能怪他，大司巫的装束过于华丽，羽领过喉，再加上时鹿鹿五官秀丽，声音低柔，确实雌雄莫辨。

时鹿鹿松动衣领，露出喉结。

卫玉衡更加震惊道："你是男人？伏周居然是个男人？！"

"我不是伏周。"

卫玉衡并非蠢货，很快便反应过来了，道："是你！是你设局陷害老子？那封信是你写的？卷轴也是你塞我袖里的！你假冒伏周假传神谕陷害老子？"

"没错。都是我做的。"

"为什么？！"

"你还看不出来？"时鹿鹿意味深长地瞥向姬善。

卫玉衡的脸越发苍白，道："为了忽儿……你、你……你也是跟我抢忽儿的……"

姬善实在听不下去，打断道："行了，别再演了！你们两个争权夺势就争权夺势，非要打着情圣的名头，不嫌恶心吗？"

卫玉衡一怔，时鹿鹿则轻笑出声，道："阿善，两个男人为你明争暗斗，你应该享受。"

"你，借他之手毒瞎赫奕；他，现在扯我下水企图自保。无论输赢，消息传出，我都是祸乱宜国的妖姬，成了第二个曦禾夫人，请问，这有什么好享受的？"

"阿善啊，我就是喜欢你这么清醒。"时鹿鹿亲昵地牵住她的手，十指相扣。

卫玉衡看得眼里几乎冒出火来，道："忽儿，此人居心叵测，竟敢冒充大司巫，还毒杀赫奕……你快离开他，免得被他利用！"

"她不会离开我的。你没听见？她刚才说了，我们是生死相依的情人。"

卫玉衡颤声道："忽儿，是真的吗？"

"是真的！"姬善无情地击碎了他的最后一点希望。

卫玉衡眼里的光一下子就消失了，他双腿一软重新跌回地上，怔怔地看着自己的两只手，腕骨已碎，此刻高高肿起，就像当年流放时戴了半个月的枷锁一样。那时他的手腕也又青又肿，剧痛难忍。

"为什么……为什么这么多年……无论我多努力，多辛苦，多不顾一切地冲到你面前时……你总是，看不到我呢？"

她总是看不见他。

她留下了小欣，却不肯留他，找个借口把他送得远远的。

那时候他想，没关系，等他学好了武艺，变得强大了再回去，她就会看见他的。

练武那么苦，冬练三九，夏练三伏，受伤了愈合，愈合了再伤。但最后还是熬到了出师，第一时间就去找她。她却不肯带他回姬府，让他自行在外找房住。

他想没关系，大家都大了，确实要避嫌。她让妹妹入了奴籍，却没让他入，这是对他的体贴，不视他为奴。

但平民是娶不到姬家的大小姐的。

于是他去考功名。那是璧国有史以来的首届武举，特别难，输一次就淘汰，百进十时他受了伤，第二天还要比赛。妹妹来看他，他怯怯地哀求，能不能让姬忽来看看他。妹妹答应带话回去。他等啊等，从夜晚等到晨曦，从满心期待变成了绝望。

姬忽始终没有出现。

他咬牙强撑着走上比武场，被打得遍体鳞伤，最终一击而中，将对手打下擂台，而他自己也力竭倒下。

他以为自己止步于此，无缘再参加后面的比赛时，右相姜仲，突然出现了。

他问他，还想不想再战。

若想，就娶他的女儿，若不想，就算了。

他拒绝了。

那夜的雨"哗啦啦"地从破屋顶里灌下来，接雨的盆不够，污水流一地，打湿了他的草席。伤口发炎溃烂，疼得根本无法入睡。于是他慢慢地爬起来，拿伞，想去找姬忽。

看一看她，哪怕只是远远地看一眼，就会重新获得坚持下去的力量。

他跌跌撞撞、一瘸一拐地走了一炷香，终于来到朝夕巷时，看见的却是颖王的马车。

华贵的马车在姬府门前停下，颖王跳下车，亲手扶着姬忽下车，姬忽朝他灿烂一笑——她从不曾对他这样笑过。

他们两个进去后，随车的下人们小声议论着，说好事将近，姬忽注定成为昭尹的侧妃。

红伞不知何时跌落在地，大雨冲刷着他的身体，像天地对他的一场嘲笑。

我本也是贵胄公子出身啊……

我父被政敌陷害，蒙受了冤屈啊……

我的真心，在高门贵女眼中，原来一文不名……

他狠狠地哭了起来，怨天怨地怨所有人，最怨恨的，还是姬忽。

终有一天，终有一天我要让你后悔，我要把你夺回来！

第二天太阳出来的时候，他来到了姜府门前，求见右相，跟他说，愿意。

他娶了右相的女儿杜鹃，右相跟他说，由于某种原因暂时不能跟杜鹃认亲，希望他们化明为暗，作为隐棋助他一臂之力。

他通通答应，就一个要求：他要当武状元。

此后的比赛一帆风顺，所有障碍都被提前清除。嘉平廿六年，十八岁的少年带着桂冠，一步步走到锦阳殿前，跟文状元同时朝拜天子。

所有人为之惊艳。掌声、鲜花、恭维、赞美……蜂拥而至。

然而，那些祝贺的人里，没有姬家。姬婴分明站在人群中，却一眼也没看他。姬家，那么傲慢的姬家，从不曾把他放在心上。

杜鹃是个眉目平庸的女人，还是个瞎子。但性格有点像姬忽，尤其是那股不冷不热的劲，一模一样。他就把她当作姬忽，各种讨好，殷切热情。杜鹃的反应很冷淡。可她越冷淡，就越像姬忽，他就越喜欢。

他们维持着看似和谐的婚姻，一晃五年。直到姬婴在回城出现，姜仲给他密令：杀了姬婴。

他看着如此简单的四个字，手兴奋得直抖。

五年，五年岁月蹉跎，回城的贫瘠也浇灭了想要荣华富贵的欲望。尤其是昭尹成了璧王，姬忽成了贵嫔。他本已死心。

可这一张密令，像内心深处不肯服输的那一口气，吹得死灰复了燃。

杀了姬婴！姬氏没落，姜氏独大。再遇姬忽，就会是截然不同的状况！失去家族庇护的妃子，和得势崛起的新臣，姬忽再也不能忽视他！

杀了姬婴！杀了姬婴！杀了姬婴！

他既激动又惶恐，最终还是做了那件事。然后——老天庇佑，他居然赢了！

姬婴死了，姜仲伺机召他回京。时别五年，他又回到了权力的最中心。

这一次，他没去找，妹妹先来了。妹妹气愤地质问他为何要杀姬忽的弟弟，他说想知道答案，让姬忽自己来问。妹妹脾气极差，当场动手，他不得已推了一把，她的一只眼睛就那么不巧地撞到案角上。

妹妹气呼呼地跑了，姬忽也没出现。

他进不了宫，只能等，但一直一直没有机会。而等他再有姬忽的消息时，已是今年。薛采召见他，问他愿不愿意来宜国，并给了一个机密任务：姬忽带着四个婢女逃离出宫，有人在宜境见过，让他伺机擒捕。

一向被无视的他，这一次，成了猎手，反过头去追缉她——这样的身份转变，令他无法拒绝，哪怕明知可能有诈，明知是个陷阱，还是不顾一切地跳了。

"我十四岁初遇见你，如今二十五岁，为你丢下璧国的荣华富贵、结发妻子、一切的一切，来到宜国，身陷樊笼，背负污名……而你竟说，我是装的……"卫玉衡回想至此，眼泪终于流了下来，"姬忽啊姬忽，你果然是个……无情之人。"

姬善看着他的眼泪，却一点都不感动，不但不感动，还厌恶极了，她道："你妹妹说过一句话——多情没错，多情到愚蠢就是错。我觉得应该再加上两个字——'自作多情'。我从不曾喜欢你。你的亲近在我看来是纠缠，你的痴情对我来说是麻烦。"

"为什么？"卫玉衡大喊起来，"我哪点不好？我一表人才，武功高强，又对你一片痴心……"

时鹿鹿忽然笑着插话道："是不错。但这三样，我也有呀。"

卫玉衡一怔，看着时鹿鹿，悲哀地发现他说得没错，而且明显此人的容貌、武功更在他之上。

"忽儿，你对我真的一点感情都没有？"

"没有。你说初遇时便爱上我，但别忘了，我们初遇之时，你要杀我。"

"那是原来，但是……"

"但是你发现我不是蠢货，还比你更强，反过头让你成了阶下囚。你骨子里是个慕强之人，知道我的身份后，便觉得我与你见过的其他女子不同。尤其是，你得不到我。你口口声声说爱慕我，你爱的不是我，是你自己。你期待通过征服我，来证明自己和满足自己。荣华富贵？结发妻子？算什么，只要最后得到我，这些，你都会有。"

姬善的声音很轻，但说出的每句话，都像锋利的匕首，捅得卫玉衡千疮百孔。

"我现在告诉你，我不是姬忽。我是她的替身，真正的姬大小姐另有其人。"

卫玉衡的眼睛一下子睁到最大，问："你说什么？你在说什么？"

"你啊……根本不了解我。不了解而说爱慕，多可笑。"姬善说完这句话，便转身离开了。

卫玉衡拼命拍打栅栏道："你说清楚！你不是姬忽？你怎么可能不是姬忽？回来！你给我回来……"

他的声音在冗长的走廊中回荡。

姬善一步步面无表情地向外走，听着这个撕心裂肺的呼喊声，眼底没有痛快，只有悲哀。

有一个人，对她极好，却不爱她，他最爱的人是他自己。

——这个人是璧王昭尹。

有一个人，为她要死要活自甘堕落，却完全不了解她。

——这个人是卫玉衡。

他们为她的生活带来错觉，让她身为女子的虚荣心得到了呵护和满足，可虚荣就是虚幻，永不会变成真的。

我遇到的都是疯子啊……

我也想……遇到一个正常人，与他产生纠葛，达成认知，体验一下何为真心。

可大千世界，人海苍茫，最难觅的就是真心。

叶曦禾，遇见了，后来呢？

姜沉鱼，遇见了，后来呢？

还有姬忽，遇见了，但又如何？

真心……不过是镜中月、水中花，尚不如指尖银针，起码你知道扎下去后，能挽救点什么。

姬善垂着眼睛走得很快，即便如此，还是有人追了上来，一把抓住了她的手。

姬善回眸，看到了时鹿鹿。

她想：嗯，又是一个疯子。

时鹿鹿凝视着她，似有话说，但最终目光闪动，说了一句："我带你去见伏周。"

说罢，他越过她，走在了前面，但他的手，始终没有松开。

★★★

时鹿鹿带她回到蜃楼山，没去听神台，而是直接进了巫神殿。

大殿高阔，神像威仪，兰膏明烛，华镫错些。

他让她稍等，然后便离开了。

姬善跪坐下来，望着足有二十丈高的伏怡雕像，莫名想起了时鹿鹿在悬崖下时说过的那句话："我要巫死。巫，怎样才死？"

巫族与如意门不同。如意门弟子对如意夫人，畏惧多于感激。巫的信徒对巫，却是发自内心地敬爱。他们深信是神引领他们走出大山，战胜疾病，获得新生。他们中的很多人，亲身感应过所谓神迹，在陷入混沌时，凭借着对神的信任，走出困境。

世上最难磨灭的便是希望。

对宜国百姓来说，巫神，就是希望。

想要让这样的东西死亡、消绝、覆灭……怎么可能？

"做不到啊……"她忍不住喃喃道。

这时一名巫女前来，恭声道："大司巫有请……"

姬善的心，"怦怦"跳了起来。

她起身，跟着巫女穿过大殿，走了好久，最终来到一扇门前。

巫女转身离开了。

姬善想了想，伸手推门，氤氲的水雾伴随着泫泫的流水声扑面而至——里面，竟是个浴室。

十丈见方的房间中央有一个圆形水池，一具玉石美人雕像抬着水瓶，水从瓶中源源不断地倒下来，落进池内，池内还有七色石雕成的铁线牡丹，一眼望去，栩栩如生。

一个人背对着她，在池中沐浴，肩若削成，腰如约素，延颈秀项，皓质呈露。

灼若芙蕖出渌波。

令人联想到子建笔下的洛神。

姬善的眼神恍惚了起来，越发地悲哀了。

她迟迟不动，那人便笑了道："过来。"

姬善有些僵硬地走过去，绕到前方。白雾萦绕，水漉美人，原本应是香艳至极的一幕，却因为那个人的脸，变得愁云惨淡。

姬善盯着那张脸，心中一遍遍地想：妖孽啊，妖孽……

她第一次见他便知道他是个妖孽，有两种截然不同的面貌，却始终没有正视这一点，放任自己跟他产生交集，一次次，最终变成了不死不休的羁绊。

对方看着她，唇角上扬，笑得很开心道："有这么震惊吗？难道，秋姜不是已经告诉过你——我，就是伏周？"

★★★

赫奕安安静静地平躺着，眼上的布条被风吹得飘啊飘的。他伸出手抓住丝带一端，再松开，再抓住。

"陛下很自得其乐嘛。"一个声音从楼梯处悠悠传来。

赫奕淡淡道："苦中作乐呗，不然还哭吗？"

"陛下分明是高兴。"

"哦？朕为何高兴？"

"你今日本做好准备一死，结果对方却手下留情，只要你的眼睛……你不高兴？"

赫奕叹了口气道："他那是留着我的性命慢慢折磨呢，哪里是手下留情？反倒是你那边……行不行啊？我看今日你那位替身全场发呆，毫不作为。"

"我不知道。她曾经是我的替身，服从我娘的安排。我本人，却是使唤不动她的。"来人缓步走到榻前，一身宫女装束，五官平凡，本是看过即忘的，但伴随着她的说话、动作，越来越鲜明，而当她伸展身体慵懒地靠坐在美人榻上时，便让人觉得这世间再没人比她更配坐"美人"榻。

此人，不是别人，正是巫女口中去了宜璧边境的秋姜。

"你告诉她时鹿鹿的真面目了吗？"

"当然。"

"你怎么告诉的？"

★★★

"秋姜送来的饭食，都会放些花草做点缀。其中姜花，出现过六次。"浴池中，时鹿鹿凝视着姬善，微笑道，"第一次是茯神粥；第二次是送酒那天的四道菜；第三次，便是火炙鹿肉——加起来，'茯（伏）粥（周）酒（就）四（是）鹿'。"

确实如此。秋姜用独有的暗号向她传达了讯息——伏周，就是时鹿鹿。所以她才问时鹿鹿，如何得到《宜国谱》。时鹿鹿回答《宜国谱》记在他的脑中。从那时起她就知道，这会是比秋姜得到《四国谱》更难的一件事。因为，秋姜可以用假死骗得如意夫人心软。可她，身中情蛊，一举一动都在对方的掌控中，甚至连谎言都说不得。她，是骗不了时鹿鹿的。

"你既已察觉秋姜把你的秘密告诉了我，为何还放任她离去？"

"因为她对我不重要。重要的，从头到尾——只有你。"时鹿鹿眼瞳深深，如雾中的星光，隐隐闪烁。

"伏周是女人。"

"是。"

"而你是男人。"

时鹿鹿眨了眨眼睛道："你看过我的。"

"怎么做到的？"

"你忘了，我说过，我会变茧。我第一次出现在你面前时，是一只茧。"

"我查过很多医术，都没有找到出处。"

"那不是医术，是巫术——巫蛊中的化茧术。"

★★★

"阿月生的是个皇子，小名小鹿，秘养在外，但她也知道，如意夫人随时会对小鹿下手，而我父未必保他。她想了很多办法，最后，宣称皇子夭折，其实偷偷将小鹿交给信任的下属抚养，并且以丫头装束示人。所以，小鹿从小就是当作女孩养大的。她还将一只蛊种入小鹿体内，如此一来，母子二人心有感应，她能操控这个孩子。"

秋姜皱眉："可茜色告诉我，时鹿鹿体内的是蛊王。"

赫奕盘腿坐起来，也许是因为目不能视，他的心反而变得很平静，能很平静地述说过往："一开始，那确实是一只普通的蛊虫。但是，小鹿十二岁时，伏极发现了他的存在，下令追杀。阿月为了保护儿子，反杀了伏极，从她体内挖出蛊王，并将蛊王封存，伪造神谕，宣称汝丘有个女童，是大司巫的继承人……"

★★★

　　"伏极那时已老了。人一老，就会变得多疑。我娘利用她的多疑铲除了很多对手，把她的身边人全换了。历任大司巫都不饮酒，我娘以酒蒸鸡，骗她吃鸡，她吃了一只果然醉了。我娘从她体内挖出蛊王，封于冰中。巫女们按照神谕去了汝丘，把我接回神殿。我这才第一次真正地见到她。"时鹿鹿低头看着水中的影子，据说他的眉眼五官很像娘，所以每每照镜子时他就会想，娘到底是什么样的。

　　"她因为背叛和碰触了蛊王，受到反噬，等我到时，她的脸已烂了，只有一头长发，拖在地上，美极了。她朝我伸手，问我怕不怕，我摇头，她便摸了摸我，说——好孩子，娘要保护你，你会活下去，无论多么痛苦，都要活下去……"

　　时鹿鹿说到这儿，抬头看姬善，水汽氤氲中，姬善的脸庞也很模糊，但她的头发是那么美，跟娘一样美。

　　"她把蛊王塞入我口中。她让我别怕。她说我一定能活下去。"

　　蛊王入体，也许是因为受了巨大的惊吓，也许是出于对人类的愤怒，开始吞噬一切。而他体内那只普普通通的蛊，为了求生不得不反击。它们在他体内打架。他痛得死去活来，几度窒息昏迷。

　　迷迷糊糊间，有一双手始终在温柔地抚摸他，再然后，又一只蛊被喂入他体内。

　　那是他体内小蛊的妈妈，原本在阿月自己的体内。

　　两只蛊一起对付蛊王，最后，蛊妈妈用自己做诱饵牵制住蛊王，让小蛊从后方给予了蛊王致命一击。

　　它吃掉了蛊王，也吃掉了蛊妈妈。最终，它成了新的蛊王。

　　它们在他体内决出了胜负，也把他弄得千疮百孔，垂危濒死。就在那时，奇迹发生了——

　　新蛊王为了自保活命，吐出了一层层的丝，把他缠裹了起来。他变成了一只茧。

　　茧子里的世界是黑色的，他听见娘在茧外对他说："从今往后，你就是宜的大司巫，你叫伏周。伏周，一定要好好地……活下去。"

　　"等我再从茧里出来时，体内的伤全好了。自那后，没有巫女敢违抗我，我能用体内的蛊王轻易操纵她们，让她们认为我是女子，让她们认为我无所不知。"

　　姬善咬唇，重复了一遍："你就是伏周，伏周就是时鹿鹿……"

"是。"

"可你说你被关了十五年……"

"是。"

"这说不通！"

"这能说通……"时鹿鹿的眼神温柔极了，而当他这么温柔时，像极了一只我见犹怜的小鹿，让人情不自禁地想要保护他。

★★★

"也许是因为太过痛苦想要忘记，也许是因为新蛊王的诞生……时鹿鹿在茧中将自己一分为二。一半带着时鹿鹿的痛苦被尘封；另一半作为伏周继续存活。"

"你说他变成了两个人？"

"对。"赫奕点头道。

"那伏周记得小时候的事吗？"

"记得，但他并不怨恨。他心平气和地接受了阿月的安排，成了伏周。"

秋姜震惊了半天，感慨道："迦楼罗。"

"什么？"

"又名不死鸟，佛经中一种专门吞噬毒蛇猛兽的神鸟。当它寿命将至时，体内的毒素发作，会痛苦不堪。于是，就飞到金刚轮山顶自焚，只剩下一颗琉璃心。如果有人持心引火，即能复生……"秋姜说到这儿笑了笑，"跟时鹿鹿的奇遇很像，对不对？"

"世间没有这等神奇的鸟。"

"世间都有如此神奇的蛊了，有那般神奇的鸟也不足为奇。"

赫奕皱了皱眉，沉声道："但朕不接受这个解释。"

"你接受什么解释？"

"朕认为——他病了。是一种，心病。"

虽然看不到眼睛，但秋姜知道，赫奕是真的这么想的。

★★★

"我说过，我被伏周关了起来。她把我关在体内，黑漆漆的，没有光。我只能听到各种声音……"

姬善下意识地搓了搓手臂，喃喃道："人有心肾两伤，一旦觉自己之身分而为两，他人未见而己独见之，人以为离魂之症也……"

"你觉得我是离魂症？"时鹿鹿轻轻一笑道，"但我心肾无伤。"

"伤了，只不过，被茧暂时治好了。"

时鹿鹿一怔。

"之所以说暂时，是因为没有痊愈。后来，你又变了一次。"

时鹿鹿纠正她道："是两次。"

★★★

"伏周接任大司巫一职后，任劳任怨，对我极好，一心一意助我振兴宜国。我虽察觉出他不是女子，但亦不愿揭穿。尤其是父王临终时把这个秘密告诉了我，让我善待于他……"赫奕说到这儿，唏嘘不已，"但人生无常，谁能想，时鹿鹿会破印而出……"

"他怎么出来的？"

★★★

"雷击？"姬善问道。

"对。"

"有一次，雷正好击中我住的那间屋子，把它烧掉了。巫女们花了三天时间重建，那三天，我终于看见了蓝天白云和太阳。"

——那是时鹿鹿曾说过的话。而真相是——

"雨夜，雷电击中了木屋，伏周被电晕了。蛊王自动化茧，为我疗伤。等茧破之时，再醒来的……是我。"时鹿鹿说到这儿，扬起唇角露出了一个极尽灿烂的笑容，却让看到这个笑容的姬善，不寒而栗。

"十二年。二十四岁时，我取代了伏周。"

★★★

"三年前，大臣们逼朕大婚，朕跟伏周说好，让他帮朕搪塞。谁知到了听神台，当着文武百官的面，他突然给了一个'璧'字。"

秋姜想到当时的情形，不禁一乐。

"朕事后问他为何改口，他说与其一味拒绝不如给个目标，好让那些闲着没事干的大臣忙活起来。朕虽觉异样，但并未细想。因为那时，朕已经很信任伏周了。"

他登基后，与伏周始终并肩作战，才得以迅速平定动荡。在程国入侵之际，也是伏周的一句"匕鬯不惊"，让所有宜人吃了颗定心丸，从而士气大振地连连打了好几场漂亮仗，逼得程王不得不御驾亲征。而他与伏周一起，反渗了如意门，令如意夫人对铭弓极不满意，最终毒倒铭弓，从而彻底保住了宜国。

"朕信任他，当他说朕的有缘人确实与璧有关，很可能在璧国时，朕正好要与九仙见面。九仙常常自夸红园之美，朕心向往，便索性约在红园相见，偷偷赴璧。"

那是图璧四年最美丽的五月。他在弥江上遭到伏击，九死一生之际，得遇救星。

那女孩从人群中走出来，为潘方倒酒，白妆素袖，静如笼月。

婢女为她取来一把琴，她弹琴为他们助酒，酒不醉人人自醉。

那时他便想：伏周没有骗他。他的有缘人，确实在璧。

又逢程王寿宴，如意夫人一早下令给伏周，让她务必说服宜王亲临。因此，他索性赖在璧的使船上，得与姜沉鱼同行，就那样引出了一段……孽缘……

其实哪里又是罪孽呢？

不过是一场君知女有夫，赠伊双明珠的遗憾罢了。

秋姜忽然打断他："你说，如意夫人下令给伏周？"

"嗯。"

"伏周为什么听我姑姑的？"

"如意夫人在时鹿鹿身旁安插了一名弟子，被阿月发觉了，阿月没有杀她，而是完全控制了她，捏造了一个玛瑙门小十成功被伏极赏识，选为亲信，继任大司巫的谎言。"

"我姑姑没有起疑？"

"有。她先后派了三拨人来核实查证。但我们早有应对，因此，天衣无缝。"

难怪伏周……哦不，时鹿鹿见到她的绿袍细腰，毫无畏惧。他从一开始就不是如意门弟子，没有经历过地狱般的驯服过程。

"你们又是如何得知《四国谱》的？"

"我们并不知道《四国谱》。"

"可是《宜国谱》分明……"

赫奕很坦诚地纠正她："我们只是找出了宜境内所有的如意门弟子，然后杀的杀，改的改，放的放，剩余的，全部成为巫神的信使，用蛊控制住他们。"

"所以，《宜国谱》还是真的，只不过，人变了。"

"对。"

宜境内共有如意门弟子四百六十九人，加上茜色，四百七十人。赫奕和伏周，竟用十五年时间把他们全部找到，清洗了一遍……宜的觉醒，真是走在了燕和璧的前头。

不得不承认，巫蛊有时候还真是很好用。

★★★

"我醒来得太晚了，禄允已死，他的大儿子泽生也死了，只剩下了赫奕。"

"你就把所有的仇恨，都迁怒在了赫奕身上？"

"不。我最恨的……"时鹿鹿的眼神又迷离又悲伤，道，"是伏周啊。"

他凭什么放下一切，平静如水地活着呢？

他凭什么心无芥蒂地辅佐赫奕？

最重要的是，他为什么过得那么苦？

"他既不好好对我，也不好好对自己，住在听神台那种鬼地方，一直一直一个人……"

"他不知道你的存在？"

"之前不知，后来我逃脱了，他被封印起来了，就知道了。"

"你第一次出来的时间，不长吧？"

"嗯。他在我体内一直不安分，各种寻找机会。我想借昭尹之手杀赫奕，没成功，伏周知道了大闹，我的头特别疼，疼痛难忍之际，我开始杀人。果然，我一杀人，他就不敢闹了。"

姬善凝眉。

"我那段时间过得很不好，又要应付巫族的大小事宜，又要应付他。他各种阻挠我，我很烦，想着怎么才能彻底弄死他。"

"然后你找到了办法？"

"我找到了娘的骸骨，把她从地里挖出来，穿上衣服打扮漂亮，放在隔壁的木屋里。而当我这么做以后，伏周，再没出声。"

姬善心中叹息。不知是该说时鹿鹿过于疯魔，还是说伏周过于可怜……

"我以为他消失了，继续我的复仇计划。伏周控制了宜境内的如意门弟子，我则起用他们来帮我做事。赫奕名望很高，而我受蛊王控制，有很多限制。比如，不能对他动手，不能对他撒谎……我没办法，只能借助外力。"

"你想到了颐殊。"

"没错。只要女王在宜，宜自然乱。我说服赫奕，告诉他神谕说了，颐殊暂不能死。"

"他信了？"

时鹿鹿点头道："他信了。"

★★★

"我从那时开始怀疑伏周，再联合之前的一些蛛丝马迹，心中越发确定——伏周变了。可历任宜王登基之时，都会喂一滴心头血给大司巫体内的蛊王，做认主标记，以保证大司巫的忠诚。"

"人也许会背叛，但虫子不会。"

"没错。所以朕一直在想，伏周为何而变？朕观察了许久，研究了许久，试探了许久，得出结论——他病了。"

秋姜想，还真是个与众不同的答案。不过，能做出这种结论的宜王，才是传说中那位仁厚洒脱、乐观积极的"悦帝"吧。

"那么，你做了什么？"

"我同意派胡九仙赴宴，暗中救助颐殊。"

"胡九仙是你的人？"

"是。"

"时鹿鹿呢？他的算盘又是什么？"

★★★

"我命茜色跟胡九仙一起去程国，负责监视，没想到，她竟在回来的路上杀了胡九仙。等我得知时，她正准备嫁给风小雅逃之夭夭。"

"所以你亲自下山去追杀她。"

"结果她竟也对风小雅下手，并道破巫毒的解药所剩无几的事实，再次逃脱。"

"而且她还把我送上听神台，送到了你身边——为什么？"

"她说她所做一切都是为了我。"

"你信？"

"我不信。但是，蛊虫不会说谎，她体内的蛊并无异样。除非……"时鹿鹿停了一下，才道，"她跟我娘一样，是无痛人。"

"无痛人？"姬善立刻反应过来道，"你指的是无痛症？你娘感受不到疼痛？"

"对。她没有痛觉，所以能对伏极撒谎，她说的谎言遭到了蛊虫的反噬，但因为感觉不到疼痛，所以不会表现出来。"

难怪她能瞒天过海与宜王偷情；她能直接碰触蛊王，她的脸都烂光了还能那么温柔地跟孩子说话……

"也就是说，你至今无法确认茜色是否背叛了你。你对她发的命令，她都会照做，却总是擅作主张。"

"对。"

"试探不出她是否有痛觉？"

"别忘了，她是如意门弟子，跟秋姜一样，擅长表演。"

姬善的表情变得有些古怪，还待追问，时鹿鹿突然朝她伸出手。

姬善下意识地接住。

时鹿鹿一拉，她被拉下水池，溅起无数水花。水花纷纷落在她和他的头上、脸上，伴着雾气，像一场迷离暧昧的梦境。

"你真的好在意茜色啊……"

姬善的睫毛颤了颤，垂眸道："你不是说我喜欢风小雅吗？我自然想知道……情敌的一切。"

时鹿鹿用手指抬起她的脸，姬善不得不抬眼，与他对视。

她的心颤颤缩紧，可她知道，她没撒谎。没有撒谎，情蛊就不会发动。

时鹿鹿等了一会儿，眼神幽幽，宛如晨间的寒气在花瓣上一点一点地凝聚成了霜，他道："分明是我先遇见你……"

"可你不记得我。"

"因为伏周把快乐的记忆都抢走了，只把悲伤的记忆留给我。在我的记忆里，没有汝丘的姬善。"

姬善心中一颤。这句话里所包含的东西，太过复杂，令她又欢喜又悲悯。欢喜的是，对伏周来说，和她的相遇是快乐的；悲悯的是，连那么一件开心的小事都不记得的时鹿鹿，他被压抑在伏周体内的十五年，是怎么度过的？

留给他的也许只有颠沛流离的逃亡、肠穿肚烂的蛊王之争，以及脸在腐烂的娘亲……

姬善情不自禁地伸出手捧住时鹿鹿的脸庞。时鹿鹿的喉结滑动着，眼神越发幽深道："阿善，若我当年没走，一切是否就会不同？"

若他当年没被伏极发现，他还能继续做他的十姑娘，跟阿善一起长大。水灾时，他就能带着她和她娘一起走，她就不会被琅琊的人找到，不用去当姬忽的替身。他们能一直一直在一起，她就不会去燕国看风小雅三次，不会喜欢上他……

那样，阿善就能完完全全属于他了。不用情蛊，也能厮守。

然而，命运没有如果。

现在的他，只能用卑劣的手段强行将她留在身边。

不过，反正我是个坏人……时鹿鹿想，那么，这么做又有什么关系呢？

★★★

"时鹿鹿利用颐殊，将燕、璧、程三国的注意力全部吸引至宜，并在今晚的宴席上，借卫玉衡之手杀我——这就是他的计划。"

"那你的对策呢？"

"躺平任杀。"

秋姜无语，提醒道："可他没有杀你，他只毒瞎了你的眼睛。"

赫奕失望地叹气道："我是又高兴又失望啊。本以为能借此机会假死遁世，现在看还要煎熬一阵子咯。"

秋姜直勾勾地盯着他，有点想笑，又有些感慨道："你还真是……洒脱之人。"

"我有执着的东西，但不在皇位。"

"接下去如何做？"

"我拜托你寻的人寻到了吗？"

秋姜拍了拍手，一个人从楼梯下走了上来，青衣如竹，背着一口巨大的药箱。

"陛下亲封的天下第一美人儿，来了。"

★★★

"你后来又是如何变回伏周的？"

时鹿鹿的耳根莫名一红，目光也有些闪躲。

姬善意识到了什么，捧紧他的脸，逼他与自己对视道："因为颐殊，对吗？"

"你……怎么……知……"

"宜境很少有雷雨天气。我在翻看巫神殿的书籍时刻意查过，今年没有下过暴雨。既然无雷，就不是又被雷劈了。而你地位尊崇，心志坚定，也没什么事能让你惊慌失措的……除了……"姬善说到这儿，唇角勾起了一个嘲弄的弧度道，"女色。"

颐殊以放荡闻名天下，她是个非常会利用自身优点的美人。当她发现自己落到宜国的大司巫之手时，以她的敏锐，应能看穿伏周是个男人。那么，用以自救的方式只有两种：一，威胁他；二，诱惑他。

"颐殊让你内心动摇了？"

时鹿鹿立刻否认道："没有！"

"她是个大美人，而且，她的头发和手，也都美极了。"

时鹿鹿的眼神有些委屈，道："你觉得，我是个对头发和手漂亮的女子就会心动的人吗？"

"那么，你为什么会被伏周抓到机会逃脱？"

时鹿鹿的睫毛慌乱地颤动了起来，半晌，才沉声道："是。她脱了衣服，我大惊。我是吃惊，不是心动！"

姬善有些想笑，时鹿鹿看上去却是快要哭了，道："我真的是第一次遇到这种事，当时一掌就把她打晕了，又生气，又嫌弃，又、又……然后就什么都不知道了。"

姬善终于笑了出来。

"有这么好笑？"

"嗯，挺好笑的。难怪轮到我时，你不上当了。原来，是有经验了。"

姬善本意调侃，时鹿鹿的耳朵却越发红了，道："她，我是不愿。你，我是不能。"

姬善收了笑。

时鹿鹿的脸在蒸腾的水汽里真的清纯极了。这让她想到他的年纪：他十二岁被封印，二十四岁才放出来，如今二十七岁。严格算来，真正的经历人世不过十五载，还是少年。

他跟伏周不一样。他甚至跟普通的少年也不一样，残忍是真的，天真，也是真的。

于是她不再笑了，继续温柔地问他："伏周趁机拿回了身体，然后呢？"

"然后……我不知道。他封印了我，这一次，我连听都听不见了。等我再醒来时，就见到了你。"时鹿鹿的眼眸落在她身上，再次变得晶晶亮。

姬善终于确定了一件事，一件很重要的事。

跳崖后，扑过来救她的人，是时鹿鹿。但悬崖下，为她疗伤猎熊的人，是伏周。

　　伏周再次出现了，但时鹿鹿，不知道。

　　所以，才会出现两种截然不同的对话。一个对她说"治好我"，而另一个说"别太了解我"。

灯光如织，照在铜镜上，泛呈出一片暖黄。

姬善坐在镜前，换了干的新衣，时鹿鹿站在她身后，用白棉织就的汗巾为她将头发一点点拭干。

"上次情蛊反噬之后，见她们为你熏发，心中一直跃跃欲试。"那时候他坐在窗下，看着远处的她，内心渴慕，压抑不住，又不能表现出来，忍得着实辛苦。而今，终于有机会亲手尝试，满足之情溢于言表。

姬善淡淡道："你只是把我当作你娘的替代品。"

时鹿鹿蹲下，将脸凑到她面前，暖黄色令他显得柔情蜜意："此地巫女人人都有一头秀发，你几曾见我把她们当作我娘？"

姬善的睫毛不自然地颤了颤，刚想后挪，时鹿鹿却又逼近，低声道："你知道的——我一直，很想……吻你。"

姬善心中一悚，眼角不自觉地跳了跳。

"但你不能。"

"是。不过……如果只是这样的话，应该可以做……"最后一个字的声音软软消失，鼻尖蹭上来，贴住她的皮肤，缓缓上移。

滑过下颌，滑过脸颊，滑过额头，来到鼻子。

两个人都生得一个好鼻子，鼻尖轻触时，光从侧方投过来，勾勒出高低起伏的清晰弧度。

鼻如悬胆，下坠至唇。

时鹿鹿的动作稍稍一停。

姬善松了口气，心想总算结束了之时，时鹿鹿眼眸一沉，突然用了点力度，撞上来。她被撞倒在地，与之一起压到的，还有他的身体。

"阿善……"他的声音轻如叹息，"虽然我没有儿时的记忆，但以我对自己的了解，能做到出手相救，必定是因为……喜欢你。"

眼前的一切迷离了起来。

姬善看到灯光将她和他的影子长长地投递在墙上，纠缠不清……

"你叫十姑娘？姓十，还是在家中排行第十？"

"她们说你是来养病的？可我看你没病啊。喂，你是不是来躲什么的？"

"你为什么不理我？方圆十里就咱们两个同龄人，你不想要朋友吗？"

"我见过很多冷冰冰的大人，但还是第一次见冷冰冰的小孩。你有秘密，对不对？"

"阿十，谢谢你救我。"

"不理我是吧？哼，今日你这样对我，他日你要病了，别来求我救你。我可是大夫，长大后，我会是唯方最厉害的大夫。你别后悔。"

"你会后悔的！你一定会后悔的！哼！"

世事玄妙如斯。

沧海桑田，云回潮生，竟都是命定的劫数。

★★★

时鹿鹿将姬善抱回听神台时，她已经睡着了。

木屋内，吃吃惊诧地过来相迎，时鹿鹿冲她比了个"嘘"的手势，将姬善轻轻放在榻上。

一名巫女在门外道："大司巫，您传唤我？"

"去把颐殊的毒解了，然后交给程使带走。"

"是。"巫女躬身退下。

吃吃听了这话，吃惊道："你肯交还女王了？"

"我的目的已经达到，留着颐殊已无用处。而且……"时鹿鹿垂眸看了姬善一眼，"做人最重要的是善良。不是吗？"

吃吃道："你这是洗心革面了？"继而大喜，拊掌道，"这就对了嘛！好好做个好人，造福百姓，自己也开心……要不这样，你也别当这个什么人不人鬼不鬼神不神的大司巫了，跟我们一起游历四海吧！"

时鹿鹿轻轻一笑道："人不人，鬼不鬼，神不神……好准。"

"那你是答应了？"

"也许吧。"

"什么叫也许？"

"意思就是大概十五年后，如果我开心了，就可以结束宜国的这一切，跟你们去玩了。"

吃吃失望至极，道："一竿子支到十五年后，行啊大哥！你干脆说百年后咱们都成鬼了，再去潇洒得了。"

时鹿鹿被她逗笑了，道："难怪阿善喜欢你，无论什么境地，都要带你们同行……"

"因为我们心思单纯，胸无大志，不求功名利禄，只求开开心心。"哪像这些人，各个活得这么复杂，这么累。

时鹿鹿一笑。这时巫女们去而复返，声音微急："大司巫……"

时鹿鹿走出去，听了她们的话后，神色顿变。

★★★

半炷香后，时鹿鹿走进神殿东北角一间专门用于囚禁犯人的密室。颐殊此前被秋姜掠走，带去了北宫。他收到赫奕圣旨带着姬善去时顺便把颐殊又带回了巫神殿。

按理说，颐殊身中巫毒昏迷不醒，不会再有人妄图带走她。可此刻，她不见了。

只有一种可能：她的毒解了。

"我们询问了当值的姐妹，一无所获。反倒是皇宫那边有消息传来，说是秋姜再次出现了。且带着一个人。"

"什么人？"

"暂未得知，只知道是个男人，二十多岁，面目俊秀，对了，还背着个药箱。"

时鹿鹿微微眯眼道："江晚衣。"

"哎？是他？我们这就去查证！"

时鹿鹿看到榻上留着一缕头发，伸手拈起，仔细辨认片刻后，眸中怒意闪烁，沉声道："茜色呢？"

"不、不知道……"巫女惶恐地看着他手里的头发，道，"这、这是？"

"茜色的头发。"

"啊？不是颐殊的？"

时鹿鹿踱步，脑中思绪翻滚，宛如灼烧的热浪，疯狂地涌向心脏。他的心口突然一痛，捂胸弯腰。

巫女察觉出他的异样，忙道："大司巫？！"

"阿善！"时鹿鹿立刻扭身，跌跌撞撞地冲了出去。

有人在杀阿善！

情蛊感应，阿善体内的蛊虫在向他体内的蛊王求救！

是谁？是谁？

无数线索在脑中串联——秋姜、颐殊、茜色、江晚衣、风小雅、赫奕……拼凑着靠近真相。

时鹿鹿飞奔，山路崎岖，剧痛彻骨，时近子时，天昏地暗，他仿佛回到被封印的时候，什么也看不见，只有一个信念异样鲜明：

阿善！

阿善！

他一口气冲上了听神台，踢开木屋的门——

屋内，一人持匕，扑在榻上，吃吃奋力抓住对方的手臂，但已来不及，匕首的刃已进入姬善体内。

红裙、红刃、红色的血……满目鲜红。

时鹿鹿挥袖，一股力风飞向持匕之人，将她扫到一旁。那人撞在墙上，"噗"地吐出了一大口血，露出脸来，竟是茜色。

时鹿鹿立刻念动咒语，茜色整个人剧烈地抖了起来，开始各种翻滚。

时鹿鹿一边继续吟念，一边快步走到榻前抱起姬善。

吃吃在一旁泪目道："鹿鹿，这个人是谁？为什么要杀善姐？"

姬善脸色苍白，双目紧闭，在他怀中瘦瘦小小一只，虚弱极了。

时鹿鹿更加愤怒，转向茜色道："说！为什么？"

茜色的嘴唇颤动着道："因、因为……"

"说！"

吃吃的声音突然变得很慌乱："鹿鹿，善姐、善姐她……"

时鹿鹿下意识扭头，茜色奋力跃起，重重撞在他身上，与此同时，一把匕首刺进他的心口。

持匕首的人，是姬善。

吃吃尖叫起来。

时鹿鹿睁大眼睛看着近在咫尺的姬善。

姬善也静静地看着他，没有说话。

只有吃吃在不停地喊："善姐，你、你到底在做什么？你的伤是假的？"

"她的伤是真的。"回话的人是茜色。她气喘吁吁地从时鹿鹿背上爬起来，四肢扭曲显得很不协调，但脸上半点痛苦之色都没有，冷静极了。

"这、这到底是怎么回事？"吃吃觉得自己的脑袋变成了一团糨糊。她刚才梳洗完正准备跟姬善一起睡觉，这个茜色就突然走了进来，走进来后也不说话，直勾勾地看着姬善。两人彼此对视了一会儿，茜色说了句时间差不多了，就拔出匕首扎进姬善体内。她吓得魂飞魄散，连忙去救，这时时鹿鹿回来了，打飞茜色，抱起姬善，结果姬善突然醒转，拔出自己身上的匕首，反刺进时鹿鹿心口……

"天啊！我这是又看了一出'被最信任的人背叛'的戏码吗？"她忍不住喃喃道。

"这把匕首，眼熟吗？"茜色问时鹿鹿。

时鹿鹿低头看了一眼，匕首的刃已刺入他体内，只剩下把手，手薄如纸片，上面雕刻着毒蛇纹理，确实眼熟——这本是藏在卫玉衡靴子里的。

他让巫女们潜入驿站，偷到卫玉衡的靴子，把上面的剧毒换成致盲的弱毒。然后，在宫宴之时，借卫玉衡之脚毒瞎了赫奕。

如今，它被握在姬善手中。不知为何，他却半点都不觉得意外。

"我百毒不侵，对我用毒，是无用的。"他开口，每个字都说得很柔软。

"我知道。"姬善终于开口，声音因为平静而显得更加残酷。

"你杀了我，自己也会死。"

"我知道。"

"所以你要跟我一起死？"

"不。"

时鹿鹿的眼眸亮了一些，道："那你在做什么？"

"你受了致命伤，蛊王该出来保护你了。"

时鹿鹿立刻明白了她的用意，当即挣扎着想要起来，却被姬善死死抱住，姬善的脸，在他眼前模糊，而他知道，这种模糊不是因为毒发。

几缕白丝从他耳中钻了出来，体内的蛊王意识到了危险，开始吐丝。

时鹿鹿强忍痛楚，沉声问："为……什……么？"

姬善转头，看向一旁目瞪口呆的吃吃，一字一字道："我说过——我来宜国，是为了救伏周。"

"你以为这样，伏周就能出来了？"时鹿鹿忽然轻轻地笑了起来，道，"阿善啊，虽然我不能对你说谎，但是，有一个问题你没有问，所以我没回答。"

"什么问题？"姬善有种不祥的预感。

"那就是——伏周不听我的，但是，蛊王是完完全全听我的。"伴随着最后一个字，原本冒出耳朵的白丝停止了蔓延，再然后，慢慢地缩了回去。

姬善揪紧他的衣领道："你！不疗伤会死！"

"你以为我在乎？"

姬善的心沉了下去。

时鹿鹿笑着，用鼻尖蹭了蹭她的鼻尖道："能跟你一起死，我甘之如饴。"

姬善一把将他推开，从一旁的抽屉里找出银针，扔给茜色："给他止血！"自己则到一旁疗伤，吃吃见状上前帮忙，口中道："善姐，你没事吧？"

姬善从怀中取出药粉撒在伤口里，疼得说不出话。

茜色用针扎住时鹿鹿的几个穴位，扭头道："不行，血还在流……"

姬善撕下布条草草缠住伤口，过去接针，忍不住说了句："医术真烂！"

"我刺你，正好离心一寸；你扎他，乱捅一气。"

"我又不会武功！"

"我也不是专职大夫啊！"

两人彼此瞪眼，冷哼一声，又各忙各的。

吃吃在一旁看看茜色又看看姬善，道："你们两个认识啊？"

姬善发出一声冷笑，道："谁要认识她，每次出现，都没好事！"

茜色则道："没有我，你什么都做不了。"

两人又各自冷睨了对方一眼。

时鹿鹿虚弱地睁开眼睛，视线掠过姬善看向茜色，道："她是为了伏周，你呢？"

茜色沉默片刻，道："我也是。"

"你为何能对我撒谎？"

"你猜得没错。我确实患有无痛症。"

时鹿鹿一颤，突然"噗"地喷出一大口血来。

姬善连忙将一根针扎进他的孔最穴，急声道："快让蛊王救你！"

"不。"

"你……"

时鹿鹿盯着她，一字一字道："我，绝不会让你，见伏周。"说罢，又喷出一口血来。

"你行不行啊？"茜色急了。

冷汗从姬善额头冒出，她持针的手在不停地抖，因为心口处的伤，也因为时鹿鹿的眼神。最后，咬一咬牙，捧起时鹿鹿的脸道："那就一起跟我死吧！"

"好啊……"

"不行！不行！"吃吃着急道。

姬善扯掉自己身上的布条，并把时鹿鹿身上的针一起拔了，然后抱住他。两人的伤口紧紧贴合在一起，血液再次喷薄而出，一时间，不知是她的血还是他的血。

视线摇晃，万物转黑。

姬善在晕过去前，听见茜色说了一句话。

她说："两个疯子……"

她不是疯子。

她只是在兑现承诺罢了。

"巫兴还是亡，我一点都不感兴趣。你生还是死，也与我无关。甚至，我的生死，于我而言，也没有意义。"

"那，什么有意义？"

"伏周。"

"要救她，就要杀小鹿。"

"那么——就杀了小鹿。"

"小鹿死，你亦死。"

"那么，我就死！死也是一种飞啊，又有何惧？"

又有何惧……

又有何惧……

她终于，可以重新飞扬了……

★★★

"停！"

黑暗中，似乎有个声音轻轻响起，说着一些奇怪的诂。

"站好。"

她想，她哪里没有站好了？她明明站得很直。

那个声音消失了一会儿，然后又响了起来："记住——你是大夫。"

姬善想她当然是大夫，她还是当今世上最好的大夫……之一。

那声音道："借鬼神以医人；救杀戮而止戈。"

她不明白这句话的意思。

这句话，跟另一个女音重叠在了一起，在黑暗中不停回荡："做人，最重要的就是善良……"

你到底想说什么？你为什么搬出元氏的话来？

"所以，不要为了救人而杀人……永远不要。"

你是谁？你到底是谁？

鼻息间依稀有腥臭的味道，她忽然想起，这是曾经发生过的一幕——悬崖下，山洞中，她喝了毒蘑菇汤，陷入幻境，裹着臭臭的熊皮，抓着时鹿鹿，哦不，当时应该是伏周，说了很多很多话。

伏周也对她破天荒地说了一些话。

说的就是这些……

“睡吧。”

“睡？”

“可我还要找船。”

“船？”

“我自由了……不，还没有……船在哪儿？在哪儿？”

“船，是我吗？”伏周轻轻地问。

所有的声音戛然而止。

姬善霍然睁眼——再次看见了熟悉的白孔雀翎。

“善姐！你醒了？”吃吃激动地扑过来，亮晃晃的黄衣刺得她的眼睛有点疼。

“我没死？”

“没有！”

“那时鹿鹿也没死？”

“对！江晚衣出现了，及时救了你和他！”吃吃笑着移开身体，一角青袍就那么映入了眼帘，随之一起出现的，还有江晚衣的笑容。

“哪里不舒服吗？”

姬善下意识皱眉，然后转了个身，背对着他。

“嗯，能转身，看来没事了。”江晚衣的声音里隐含了几分笑意。

姬善绝望地叹口气，回过头来睨着他道：“你怎么会来？”

“宜王找我，说这边可能需要我。我过来一看，竟是真的。”

姬善翻了个白眼，内心说不出地烦躁。她的医术再次输给了江晚衣——因为她救不了时鹿鹿，他却可以。当然，她当时自己也身受重伤，下针手抖，再加上心情慌乱，做不到他这么心平气和……种种原因，虽然可以找补一些，但输了就是输了。

“他怎么样？”

“你是指大司巫吗？他的情况不太好。”

姬善一惊，当即就要起身，被吃吃拦住道："不行啊善姐，江哥哥说你起码得躺个三天才能下床！"

"居然要这么多天？无能！"

江晚衣笑了道："你还是老样子。"

"别废话，他怎么个不好？"

"他的身体无法自愈，目前全赖药物顶着。"

姬善沉吟。无法自愈，是因为时鹿鹿对蛊王下了禁令吧。

"会死吗？"

"目前看，不至于死。但，何时能好转，是未知数。"

"身为大夫，居然给这么模糊的答案。"

"大夫所能做的我都做了，接下去，得看病人自己的。"江晚衣将一碗药递到她面前，道，"比如你，喝我的药吗？"

姬善垂眸看着琥珀色的汤汁，纠结了一会儿还是拿起来喝了，结果才喝一口，就"噗"地吐了出来道："这么甜？"

江晚衣"咦"了一声："你们女孩子不都怕苦吗？我多放了一点甘草。"

吃吃忙道："善姐不吃甜的！苦一点没事，甜了绝对不行！"

江晚衣"哦"了一声，再次问道："那么你，还喝我的药吗？"

姬善恨恨地把药一口干了，道："要不说你不行，就算你能开出生肌养骨、起死回生的药方又如何？半点不了解病人的喜好！"

"千人千面，了解人的喜好太累了。我时间有限，只能专精于病。幸好……"江晚衣说到这里，冲她悠悠一笑，"不还有你这样擅观人性专医心病的大夫吗？"

姬善瞪着他道："你是在讽刺我吗？"

"何出此言？"

"我若真擅治心病，那位就不至于搞成现在这样。"

江晚衣想了想，走到榻前，侧身坐下了道："扬扬……"

姬善几乎要跳起来，道："谁允许你叫我小名？"

"那么，阿善。"

姬善情不自禁地想：时鹿鹿怕是也不乐意别人这样叫她。

江晚衣注视着她的眼睛，很认真地说道："阿善，我只能保他不死，但不能让他好起来。如果有一天，他好了，那个治好他的人——肯定是你。"

姬善一怔。

江晚衣伸出食指，在她额头的耳朵图腾上轻轻敲了敲，露出一个鼓励的微笑，然后起身背着药箱离开了。

姬善抬手，碰触自己额头上的图腾，一时间，心绪翻滚，若有所悟。

★★★

江晚衣推测得没有错。她在榻上足足躺了三天，第四天时，才能勉强起身行走。

然后她才知道，这几天，时鹿鹿就躺在隔壁的小木屋中。封死的窗户已被改装成了一扇门，屋里铺了张草席，席旁有具身穿羽衣的骷髅。

吃吃道："江哥哥说这间屋子不通风不利康复，但鹿鹿不听，非要住在这儿，否则就不喝药。江哥哥没办法，只好任由他瞎来。"

姬善一点点地挪进去，发现时鹿鹿睡着了，呼吸很是虚弱，手中还牵着骷髅的一只手骨。

"茜色说，这是他娘的尸骨。"吃吃凑到她耳旁低声道。

时鹿鹿的睫毛动了动，醒了过来。

木屋光线微弱，他的眼睛也不复之前那么明亮，黑漆漆的，像两个深不见底的洞，看着她，却又不像在看她。

姬善想了想，开口道："你有话要对我说吗？"

时鹿鹿别过头去，注视着骷髅，没有回应。

姬善等了很久，他都没有再看她一眼。

吃吃露出悲悯之色，忍不住道："鹿鹿，宜王陛下派人来问，你想不想见他？"

时鹿鹿还是没有任何反应。

"他之前还偶尔回应的……"结果看见你，就再也不回应了。吃吃看着姬善，咽下了后半句话。

"你出去，让我跟他独自待一会儿。把门也带上。"

吃吃点头离开，把门合上。新门上扎了好些通风用的小孔，微薄的光透过这些孔照在草席上，一点一点，斑驳扭曲，像另一种伤疤。

黑暗和独处带来特殊的安全感，令姬善也多了很多倾诉的欲望。"这些年，我一直记着十姑娘……当时，其实我不是在救小麻雀，它已经死了，我爬上树，看到鸟窝里有只好大的杜鹃，就知道是杜鹃把麻雀推下去的。我折了根树枝，开始戳杜鹃，戳眼睛，戳肚子，戳它张得大大的嘴巴……"

时鹿鹿果然被她的话吸引了，转过头来。

"当我那样做时，兴奋极了，整个人都在抖。一直以来，我都知道在我体内潜藏着某样名为'恶'的东西，平时它被压抑着、包裹着，藏得很好，但偶尔触及，就会立刻膨胀。那只杜鹃还是幼鸟，被我戳得拼命叫……这时，一颗豆子飞过来，打断我踩着的树枝，我掉了下去……"其实想想，她的恐高症就是那会儿埋下的。

"当我以为自己非死即伤时，十姑娘飞出披帛接住了我。"姬善说到这里，笑了笑，"我知道，豆子和披帛其实都是她干的。"

时鹿鹿的眼眸里依旧没有光，但他静静地听着。

"我表面上十分感激，其实心里很生气，想着如何寻个机会报复回来。所以我天天去纠缠她。"她从小就是个心眼很多的小孩，知道察言观色，更知道要伪装自己。她一口一个"阿十"地叫着，做出一心想要跟她做朋友的模样，但内心的恶意奔腾不息。

"我很快察觉出阿十有秘密。他们说她是大户人家的小姐，得了怪病需要静养才来到连洞观。当时我的医术已经很不错了，我觉得她根本没有病，我在观后的小池塘里找到了她吃的药的药渣，都只是些补气润肺的寻常草药。我觉得自己马上就要抓住个大把柄，想到那个冰山美人惊慌失措的模样，就兴奋不已。于是我潜藏在池塘里，等着她的婢女来倒药……结果你猜，发生了什么？"

时鹿鹿并不猜，他完全没有任何开口的意思。

姬善只好继续说下去："黄昏时分，她亲自出来倒药，我用一根芦苇探出水面呼吸，结果那些药偏偏往我这儿倒，药汤顺着芦苇被我一下子吸进肚里，我一咳嗽，就灌了一肚子水。更糟糕的是，我的腿偏偏在那时抽筋，我不停地扑腾，而她，就在岸上看着。我知道她早就发现了我，故意惩戒我，于是一狠心，索性不挣扎了，放任自己沉下去。我在赌，我赌她会救我。"

她素来是个野丫头，调皮捣蛋，又聪明过人，在孩童群里称王称霸没有敌手。

哪怕是遇见"那个人"，也只有她欺负对方的份。

结果遇到这个十姑娘，终于遇到了宿命的对手，一次次地栽跟斗。

★★★

小姬善醒过来，第一感觉是：好硬的床！

等她从硬邦邦的床上爬起来打量四下时，发现这里是十姑娘的房间，于是第二个感觉是：好素的房间！

完全看不出是姑娘的屋子，什么精巧好看的装饰都没有，甚至都不如她，她屋里头好歹还有个元氏插的一瓶野花。

然后她就看到了十姑娘，还是老地点，老姿势——坐在窗边发呆。房间里没有乐器书籍玩具，找不到任何可以凸显主人喜好的东西，还真是个无趣的人啊。

姬善转了转眼珠，走过去，故意跳到窗棂上坐着，硬生生把自己挤进十姑娘的视线里，道："阿十，你又救了我一次呀。听说如果一个人被另一人救了三次，那么，他的性命就属于那个人。你什么时候救我第三次？"

十姑娘淡淡地瞥她一眼，别过头，看另一侧。

姬善便挪到窗棂的另一侧，不依不饶道："你为什么不理我？方圆十里就咱们两个同龄人，你不想要朋友吗？"

十姑娘没回话。于是她把脸凑过去，笑嘻嘻地盯着她道："可我想跟你做朋友，想当你的好姐妹，跟你一起吃饭、睡觉、游戏，还互换裙子穿！"

身后传来一声嗤笑。

姬善回头，看见十姑娘的一个小婢女提着食盒进来，傲然道："我们小姐的裙子，都是找镇上最贵的巧女坊的张裁缝亲手做的。"

姬善挑眉道："那又怎样？卖得贵就是好吗？我的衣服都是阿娘做的，慈母手中线，价值千万金。"

"你！"小婢女惊呆了，恼羞成怒道，"哪儿来的山村野丫头，竟妄想跟我家小姐做朋友？也不看自己配不配！"

"一，我姓姬，曾祖官至一品，退而致仕，隐于乡野罢了，不是什么野丫头；二，做朋友，又不是结亲，不看般不般配，只看投不投缘；三，你家小姐都没说什么，你在这儿叫嚣什么？"

"你！你！你……"小婢女气得小脸一阵红一阵白，偏偏她的小姐也不帮她，她自己都是个八九岁的丫头，一委屈，扭头哭着跑掉了。

姬善朝她的背影做了个鬼脸，然后拿起丢在地上的食盒，开始布菜道："就让我们从一起吃饭开始吧，让我看看都有什么好吃的……红豆羹，我喜欢！冬葵菜，我喜欢！煎小鱼，我喜欢！太好了，都是我喜欢吃的菜！"

十姑娘倒没拒绝，真的坐到了饭桌旁跟她一起吃。

每道菜都很淡，几乎没什么滋味。姬善吃得很是满意，连连点头道："咱俩能吃到一块儿，友情就算站稳了脚跟。"

十姑娘面无表情，毫不回应，但姬善故意去夹她想夹的菜时，她都退让了，姬善索性把整盘菜倒入自己碗里，她也不生气，姬善如此耍了几次，觉得无趣，便也不再耍了。

自那后，她每天过去蹭饭，十姑娘也不拒绝。而且此后饭菜的量多了许多，显见是把她计算在内了。

吃饭达成后，姬善把魔爪伸向十姑娘的衣服，打开衣柜，一边看一边挑剔道："你的衣服也不怎么多嘛！"可她穿得那么好看，以至于给人一种养尊处优的错觉。

然后，姬善看中了其中一件，道："我喜欢这件！我能穿吗？"

那是一条月白儒裙，领口、袖角绣着几朵黄花郎，十分清雅脱俗。

"你不拒绝，我就当你同意了。"她当即脱衣准备更换。

身后传来一声重响，回头一看，竟是十姑娘反应极大地关了窗户，背对着她，双肩似在微抖。

姬善没在意，继续脱，然而衣带勾住了耳环，疼得她惊呼起来："糟了糟了！快帮帮我！啊呀！"

一开始十姑娘没有反应，可后来大概是见她实在自己挣脱不开，只好转身走过来。

姬善额头都冒出汗来，正在拼命拉扯耳朵，一双手伸过来，按住她的手。

那是一双很凉的手，没有同龄孩童应有的温度。

"你手这么凉呀？莫非是寒症？"

十姑娘没理她，但动作又细致又轻柔，一点也没弄疼她。很快地，衣带和耳环分开了。姬善欢喜地转身道："谢啦阿十！"说罢，张臂抱住了她。

她的外衣已脱掉了，只剩一个肚兜，尚未发育的身体毫无曲线，却令十姑娘骤然变了表情。

十姑娘推了她一把。姬善始料未及，被推出七尺，摔倒在地，光溜溜的脊背被冰冷的青石地面冻得一激灵。

姬善愣住了。十姑娘也愣住了。

姬善想了想，放声哇哇大哭，哭得委屈极了。

十姑娘只好走过来，伸手扶她。

她把她的手拍开，继续哭，哭得上气不接下气。

十姑娘呆滞了片刻后，拿起那件绣着黄花郎的衣服，帮她穿上，动作依然轻巧细致和温柔。

姬善泪眼蒙眬地瞪着她："我见过很多冷冰冰的大人，但还是第一次见冷冰冰的小孩。你有秘密，对不对？"

十姑娘系带子的手停了一停，这让姬善确定：她说中了。

她停止了哭泣，腾地坐起身来，道："其实，我也有秘密。要不，咱俩交换？"

十姑娘定定地看了她一会儿，然后，眼神一沉，手再次推出，将她推倒在地。

姬善刚要再次哭，十姑娘起身径自离开了。

"喂，你去哪儿？喂！不要以为你救了我两次，就很了不起，我就要巴着你。不理我是吧？哼，今日你这样对我，他日你要病了，别来求我救你。我可是大夫，长大后，我会是唯方最厉害的大夫。你别后悔！你会后悔的！你一定会后悔的！哼！"

那是七月的一个黄昏。天有点热，地有点凉。姬善百无聊赖地躺在十姑娘房间的地上，发誓有生之年一定要她后悔。

若干年后，她终于知道了原因——

十姑娘是男的。

他体内，有一只蛊虫，主宰了他的命运。那命运如深渊，写满凶舛。

★★★

"她一直不跟我说话，而当她终于开口跟我说第一句话时，却在哭。那滴眼泪的杀伤力太大了，以至于这么多年，我总是会想起来，想着她，不知道她过得怎样……"

姬善回忆到这里，长长一叹道："我长大了，不再像儿时那样只想看她的笑话了。她所经历的一切都让我更觉心疼。我为救她而来。那么，请你告诉我——这样的她，我该怎么救？"

薄光里，时鹿鹿终于动了动，两个圆点不偏不倚地落在他的眼角上，像两滴眼泪。

"你一口一个'她'……"

姬善情不自禁地将脊背挺直，屏息等待。

"虽然伏周夺走了这段记忆，但是，那个人——那个住在连观洞、男扮女装、忍受孤独、看似冷漠却会出手救你的阿十，真的是伏周吗？"

姬善重重一震，脸"唰"地白了。

"只有我是少年啊……阿善。"

【未完待续】

图书在版编目（CIP）数据

祸国·来宜：全2册/十四阙著. -- 南京：江苏
凤凰文艺出版社,2021.10
ISBN 978-7-5594-6243-5

Ⅰ.①祸… Ⅱ.①十… Ⅲ.①长篇小说 – 中国 – 当代
Ⅳ.① I247.5

中国版本图书馆 CIP 数据核字 (2021) 第 172320 号

祸国·来宜：全2册

十四阙 著

选题策划	北京记忆坊文化	
特约策划	朱 雀	
特约编辑	朱 雀	
责任编辑	白 涵	
营销统筹	杨 迎	
封面设计	80 零·小贾	
封面绘图	无 轩	
人设绘图	南方喵族	
版式设计	段文婷	
出版发行	江苏凤凰文艺出版社	
	南京市中央路 165 号，邮编：210009	
网　址	http://www.jswenyi.com	
印　刷	环球东方（北京）印务有限公司	
开　本	670 毫米 ×970 毫米 1/16	
印　张	30	
字　数	581 千字	
版　次	2021 年 10 月第 1 版	
印　次	2021 年 10 月第 1 次印刷	
书　号	ISBN 978-7-5594-6243-5	
定　价	78.00 元（全二册）	

江苏凤凰文艺版图书凡印刷、装订错误，可向出版社调换，联系电话 025-83280257

MEMORY
HOUSE

祸国

（全三册）

HUOGUO

来宜

十四阙·著

江苏凤凰文艺出版社

JIANGSU PHOENIX LITERATURE AND
ART PUBLISHING

诅咒入骨，相思无解。

目录

CONTENTS

第三卷

入旧弦

醍醐灌顶，甘露洒心。

凡心两扇门，善恶一念间。

那是时鹿鹿说的最后一句话。

自那后，无论众人说什么，他都再没开过口。

自那后，姬善伤势转重，发起了高烧，在榻上昏沉沉地长睡不起。

吃吃连忙通知了其他三人，喝喝看看推着走走十分辛苦地登上听神台，一起
照顾她。

江晚衣对此束手无策，他道："这是心病，需要她自己医治。你们陪在左
右，多多开解她。"

走走不明缘由，连忙问道："到底发生了什么事？吃吃，你说有了大小姐的
线索，一走就是三天，这三天里都发生了什么？"

"我也不是很清楚。我都是跟着鹤公来的，时间紧迫，他也没细说。我只知
道善姐想用什么法子逼出伏周，结果杀了鹿鹿……"

大家听得云里雾里，正在茫然，一个声音道："还是我来告诉你们事情的经
过吧。"

众人扭头一看，发现秋姜笑吟吟地站在木屋外。

看看上下打量秋姜道："你居然能自己爬上山来？"

"我很擅长爬山，尤其是寒冷的高山。"

看看只好不说话了。秋姜走到榻旁，看着沉睡的姬善，然后又去推里屋的门
看了看时鹿鹿，时鹿鹿没有睡，睁着眼睛在发呆，对她的到来毫无反应。

秋姜"嗯"了一声，转身回案旁坐下。喝喝连忙给她倒茶，走走却将手一拦，
神色严肃道："姬大小姐，容我冒犯，请问——大小姐是还在为你做事吗？"

秋姜笑了笑道："何出此言？"

"鹤公成亲，跟她毫无关系，她却眼巴巴地让吃吃去通知你，甚至还亲自出
马，从茜色手中救下鹤公。"

"难道不是因为她喜欢风小雅？"

走走的眼神非常坚定，她道："我最了解她，她如果喜欢一个人，绝不会让给别人。"

秋姜挑了挑眉道："继续。"

"茜色把她掳来此地，鹤公带着看看和吃吃找到她时，她却怎么也不肯离开，说有事没做。然后现在她跟时鹿鹿两败俱伤，显然没有完成那件事，而你又出现了……若说与你无关，我不信。"

此言一出，其他三人的眼神也变得警惕和戒备起来。

"姬善确实身负任务，但不是为我。"

"那是为谁？"

"为了……"秋姜叹了口气，声音里充满了遗憾，"赫奕。"

"什么？"走走、看看、吃吃、喝喝全都惊了。

★★★

赫奕坐在长案后，眼睛上依旧蒙着布条。

空旷的大厅中央，跪着一个人，乌发红裙，纤长艳丽。

"陛下，姬善没能完成任务，还遭到了情蛊的反噬。"

赫奕把玩着托盘上的一枝新梨花，唏嘘不已："痴情人啊。"

"接下去该怎么办？"

赫奕起身，转向推月窗，伸出手比了比，道："朕这几日，什么也看不见，反而有所悟。"

那人一怔道："还请陛下……指点？"

"独圣贤之处时，时昏昧而道明。萤火之光，白日里也好，灯光下也罢，都看不见。但在黑暗中，它就显露出来了……人的情感亦如此。"

那人拧眉，似仍有疑惑。

"比如你……"赫奕话题一转，转到她身上，"你说你喜欢伏周，愿意为他做任何事。但你喜欢的，真的是伏周吗？"

她的睫毛不受控制地颤抖了起来，抬眸，望向眼前的帝王。

★★★

"伏周本是赫奕的弟弟，宜先王跟巫女十月的私生子，这是巫和皇室最大的丑闻。为了保住这个秘密，也保住伏周，他从小不得不男扮女装，然后又机缘巧合成了大司巫，辅佐赫奕登基。兄弟二人联手，励精图治，令宜国迅速崛起。"

茶香沁脾，秋姜徐徐道来，四女围坐案旁，一起聆听。唯方大陆燕璧程皆有秘密，而这一次，轮到了宜国。

"但三年前，宜王发现大司巫性情有变，话多了很多，还屡次陷害他。他心生警惕按兵不动，观察了整整三年，得出结论——不是替身，也不是野心暴露，而是，得了离魂症。"

若寻常人听到这里必定惊讶，但四女跟在姬善身边多年，听说最多、接触最多的就是各种疑难杂症。因此，秋姜一说，吃吃就"啊"了一声："也就是说，他体内有两个人！两个性格不同的人！"

"没错。伏周，还有，时鹿鹿。"

走走喃喃道："伏周就是时鹿鹿，时鹿鹿就是伏周？天啊……"

"因为儿时的经历太过痛苦，伏周封印了这部分记忆，但也失去了一些东西，比如，不记得巫毒的解药配方。不过影响不大，因为巫神殿内的解药有很多。而自他成为大司巫后，再也没有滥用巫毒。"

吃吃点头道："我在《朝海暮梧录》里看到过，伏周是历任司巫里救人最多，杀人最少的一位。现在想想，好像他开始杀人，就是这三年才有的事情……"

"没错。一个暴雨夜，雷电劈中了他的木屋，他被电晕，醒来后，就变成了时鹿鹿。而时鹿鹿，记得巫毒的解药，还有很多骇人听闻的蛊术。所以，时鹿鹿成为大司巫后，就开始有巫女受罚而死。"

吃吃颤声道："对对对，他能用巫咒杀死背叛的巫女，她们死的时候耳朵上的图腾都会变黑……他还会变茧！"

"时鹿鹿于今年八月告诉宜王，神谕说了，颐殊没到时候死，让宜王出手相救。宜王同意了。颐殊就这样被带回宜国。而这时，有趣的事情发生了……"秋姜说到这里，不知是好气还是好笑还是悲悯，"颐殊发现自己落入他手，故技重施，决定色诱之。她不知道，巫族的大司巫需终身守贞，不近女色。时鹿鹿惊慌失措之际，压不住体内的伏周，被他重新掌控了身体。"

看看嗤笑一声道："女王还是做了点好事的。"

"伏周夺回身体后，立刻同赫奕商议对策。赫奕请来江晚衣为他看病，江晚衣认为，这是心病。而当今世上，治疗心病最好的大夫是……"

"善姐。"四人异口同声。

"于是宜王四处寻找姬善，发现她就在东阳关。但此事关系重大，他并不信任姬善，决定先考考她。一切准备就绪后，伏周催动体内的蛊王，命它吐丝成茧，将自己包裹。然后，赫奕派人把茧塞入鱼腹，让鱼出现在了你们面前。"

　　四人听到这里，彼此对视了一眼，想起那一天的情形，历历在目。

　　"宜王胆子真大，善姐差点把时鹿鹿给吃了！"

　　"是啊，万一我们当时不救他，他不就死了吗？"

　　"宜王虽不信任姬善，对你们四个却是十分赞赏。尤其是走走。"秋姜的目光落到走走的腿上，道，"你为救喝喝断腿无悔，这样的你，怎会见死不救？"

　　走走的脸红了起来，讷讷道："我、我……我是因为大小姐。她的名字叫'善'，我便想着，肯定是大小姐的娘亲对她的期盼与祝福，那么，我要好好帮着大小姐一起守住这个'善'字。大小姐其实挺懒的，很多事懒得做；还有点冷，除了医术，其他都不在乎……我、我……"

　　"我知道……"秋姜伸出手，轻轻搭在她的肩膀上道，"你做得很好。大刘天上有知，必为你骄傲。"

　　走走哽咽起来。

　　看看见状转移话题道："我们救了时鹿鹿，善姐说要找伏周，带着我们一起入京，发现风小雅要娶老婆。善姐就让吃吃通知你。她能第一时间知道你在哪里，也是宜王给的讯息？"

　　"没错，你们入京时用的假过所，是姬善找人弄的。那个人是宜王的人，借他之口，透露我抵达宜国的时间地点给姬善。"

　　"难怪善姐的消息总是那么灵通，原来背后是宜王。"

　　"与此同时，姬善帮助时鹿鹿恢复了行动力，时鹿鹿不告而别。"

　　"他回听神台了。"

　　"对。当他听说风小雅要娶的人居然是茜色时，意识到了茜色的背叛。因此，重回听神台的第一件事，就是亲自追杀茜色，绝不能让她跟着风小雅离开宜国。"

　　"可茜色捅了风小雅一刀！"

　　"这就涉及茜色真正的主人了。"

　　"谁？你？"

　　秋姜摇头。

　　"她不是江江吗？江江不是你们如意门的吗？"

　　"她是如意门的，但她背叛了。"

众人震惊。

★★★

茜色抬眸望着眼前的帝王——

他刚二十七岁，身长玉立，比少年时更加俊美，当今天下，没有人穿红衣会比他更好看；他放荡不羁，富甲天下，大权在握，自信从容；他睿智英明，自登基以来看似声色犬马，但始终保持着清醒的头脑。他比彰华洒脱，比昭尹通达，更比颐殊仁厚……

他是唯方大陆上最强大的王。

这样的人，才堪配她的臣服。

茜色匍匐在地，深深一拜，带着无限虔诚和爱慕道："奴喜欢的，一直是您。陛下。"

★★★

"茜色是如意门分给阿月协助她实施奏春计划的下属，但阿月用蛊术控制她，让她辅佐伏周。没想到茜色居然跟她一样，也患有失痛症。赫奕看中了这一点，从伏周处要走她，把她安排去了胡家，然后，潜移默化地改变了她，让她成了巫神殿和胡家两者间的一枚暗棋。当发现伏周开始不对劲后，赫奕让她主动接触时鹿鹿，投诚获取了时鹿鹿的信任，但实际上，她真正效忠的对象，只有赫奕。"

吃吃张大嘴巴，惊道："茜色居然是宜王的人……"

秋姜道："不止，《宜国谱》里的如意门弟子改的改换的换策反的策反，全成了他的人。"

响了一片抽气声。

秋姜想，确实很耸人听闻。以老师之智、阿婴之志、彰华之毅，都多多少少被姑姑的计划牵制难有作为，赫奕却做到了悄无声息地釜底抽薪。这固然是因为姑姑拿宜试验，有些轻慢，也得利于宜独有的巫教文化，但最重要的原因是——赫奕和伏周这对兄弟，他们没有不和，这太难得。多少人死在手足相残上，阿婴、彰华、颐非……但命运最终还是没有放过赫奕和伏周，让时鹿鹿出现了。

"所以，是宜王给茜色下令杀鹤公？"吃吃念念不忘地纠结于此事，她的鹤公，可是在大婚之日被新娘捅了一刀啊！

"那是演给时鹿鹿看的一场戏。当然，伤口是真的。"

"目的何在？"

"伏周在把自己变成茧之前，毁去了听神台的一些东西，只留下一朵铁线牡丹、一套大司巫衣袍，以及一瓶巫毒的解药。"

看看脑子动得最快，一下子想到了，她道："他是为了让时鹿鹿相信——巫毒的解药，真的只剩下了一瓶！"

"什么意思啊？"吃吃仍是一头雾水地问。

"你想啊，当时鹿鹿重新回到听神台发现花啊衣服啊解药啊，都只剩一份，再加上他去杀茜色时，茜色当众说出解药只有一瓶，那么，他自然而然也会认为解药确实只剩下了一瓶。"

"然后呢？"

"然后解药当然不止一瓶啊笨蛋！解药根本没毁，全在宜王手里。宜王可以用它做很多事情，给时鹿鹿下套啊！"

秋姜欣赏地看着看看道："你猜得一点都没错。"

"那、那宜王都下了什么套？"

秋姜微微一笑。

★★★

赫奕注视着跪在面前的茜色，脑海中，浮现出很久很久前的一幕——

那时他还是少年，作为闲散皇子，过着熬鹰猎鹿、歌舞升平的好日子，偶尔投钱给胡九仙一起合计赚钱的营生，好继续大手大脚。突然有一天，被告知——父王去听神台求问大司巫皇位该传给谁，大司巫居然说是他。

在那之前他看不上巫族那一套，素来敬而远之。没想到对方竟主动招惹，气得他连夜爬上听神台，准备见一见这位了不得的祖宗。

到得木屋门外，听见里面传出人声——

"可以吗？"一个有点低沉、雌雄难辨的声音问。

然后是少女柔柔娇娇的一声"嗯"。

赫奕的耳朵一下子竖了起来，停下了脚步。

"疼吗？"

"不。"

"疼告诉我。"

"嗯。"

其间夹杂了一连串紊乱的气息声、床榻轻颤声、丝物摩擦声……赫奕越听越不对劲，然后喜上眉头：伏周在跟人偷情？！那个男人是谁？！

机不可失时不再来，他立刻踢门冲进去道："大司巫……"

屋内二人，一人趴躺在榻上，半身赤裸，上面扎了好多银针；一人坐在榻旁，高冠羽衣，正在施针。

赫奕"啊"了一声，顿知自己想歪了。

趴躺着的少女抬起头，他觉得她有点眼熟，似在哪里见过，但一时间又想不起来。

施针之人却没回头，继续手里的动作，问："如何？"

少女摇头。

施针之人想了想，将所有的针都拔了，起身道："一月后再来。"

少女连忙穿衣坐起，行了一礼道："是。"

从头到尾，两人都当赫奕不存在。赫奕不乐意了，当即把手一伸，拦住少女去路问："你是谁？"

少女袖中突然飞出一把匕首，直戳他双目。赫奕反手一夹，夹住匕刃，啧啧道："好恶毒的小丫头，一言不合就杀人？"

少女手腕一抖，匕首如鱼般从他指间滑走，再次戳向他的心脏。

赫奕顺势侧身，用胳膊夹住她的右手，就在这时，一丝红线从她身上飞出，紧跟着，是第二条、第三条、无数条……

红线不是线，而是血！

少女背上被针灸过的地方，全在喷血。可她半点不受影响，将匕首抛给左手，然后左手持匕，刺向他的咽喉。

赫奕只好把她的左手也夹住，急声道："你在流血啊，小丫头！"

少女拼命挣扎，越挣扎，身上喷的血越多。

赫奕只好向伏周求助道："大司巫，你管管啊！"

高冠羽衣之人慢条斯理地收拾好银针，这才回转身来。赫奕一怔——伏周竟也长着一张似曾相识的脸。

伏周一挥衣袖，少女浑身一僵，直挺挺地向后栽倒。伏周再凭空一抓，将她抓回榻上，重新伏卧。

少女盯着赫奕，满眼愤怒道："此人偷听我们议事，还看到了我的脸！主人，必须杀人灭口！"

赫奕忙道："冤枉，我什么也没听见。"

伏周伸出食指在少女的隐白穴上轻轻一点，少女的血便止住了，然后他拿出一盒膏药，为她疗伤。

赫奕啧啧称奇道："你学艺不精？给她针灸反倒害她流血？"

少女道："你懂个屁！"

"对啊，我就挺懂你的。"赫奕嘻嘻一笑道。

少女大怒道："你！"

"你叫什么什么红反正就是红色的一种，对吧？是胡倩娘的贴身丫鬟，对吧？我的记性真不错，这么不重要的人也能想起来……"

少女一怔，道："你是谁？"

"你的记性就不行，居然认不出我。我可是去过胡府好几次的。"

少女上下打量着他，最终"啊"了一声。

"想起来了？"

"主人！快杀了他！"少女大急道，"他是澄王！"

"哟呵，知道是本殿下居然还敢杀人灭口？你这个小丫头，胆子很大嘛！"

一直面无表情地看着二人争执的伏周听到这里，终于开口道："你们继续。我走了。"

"等等，你去哪里？我是来找你的！"赫奕飞身拦在门口道。

伏周皱了皱眉。

"为何选我当太子？"眼看伏周嘴唇微动似要回答，赫奕立刻打断他道，"可别说不是你选的，是神选的这种鬼话。我不会信的。你到底看上我哪点？说出来，我这就改了。"

伏周眼中闪过一抹异色，这种似笑非笑的小表情，让赫奕觉得他更熟悉了，可绞尽脑汁，也没想起究竟是在哪儿见过。

"你听好了，赶紧跟我父王改口，说泽生比我适合一千倍一万倍，他才是最合适的太子人选……"

"不。"

"为什么？"

"他要死了。"

云淡风轻的声音，说出最惊世骇俗的内容。赫奕如被雷劈。

许是他的表情太过滑稽，榻上的少女嗤笑出声。

赫奕却没有笑，沉下脸道："你说什么？泽生为什么要死？"

伏周淡定地说了两个字："神谕。"

"放屁！"赫奕怒道，"别人不知道，本王可是一清二楚，你们这些人最会装神弄鬼，说什么神谕天意，其实都是你们自己瞎编的！只不过是效仿三国时的诸葛，居草堂而知天下，顺着时运说而已。我皇兄正值壮年，无病无灾的，为何要死？是你要对他下手吧？"说到这里，他伸手去揪对方衣领——别看澄王从小吊儿郎当看似不学无术，但其实，他的功课学得很好，琴棋书画都拿得出手，尤其武学上颇有天赋。

这一擒，用了七分力度，本以为手到擒来，没想到玉光一闪，一个冰凉的东西敲在他的手腕上，他的手顿时失去知觉垂了下去。

那个冰凉的东西，正是大司巫的神杖。

赫奕不甘心，用另一只手攻击，玉杖在那只手上点了点，那只手也废了。他咬牙，不服输地飞起双脚，然后整个人被羽袖击飞，不偏不倚地摔到榻上，躺在了少女身旁。

两人大眼瞪小眼地彼此对视了一会儿。

赫奕想要爬起来，却手脚失力无法动弹，当即破口大骂："好你个伏周，竟敢对本王动手！本王一定要告诉父王！"

伏周走到榻前，盘腿坐下，静静地看着他。

"你看什么？在琢磨用什么恶心的手段对付我？听说巫蛊之术最能蛊惑人心，来啊，试啊！"

伏周想了想，道："茜色。"

"奴在。"少女回应。

赫奕想起，对了，她的名字叫茜色。

"照顾澄王。"说罢，伏周就起身走了。

"不是，你去哪儿？你想做什么？你就这么把我丢在这里？还让一个浑身呲血的丫头照顾我？"

伏周没有回应，走出了赫奕的视线。

赫奕扭头，看着近在咫尺的茜色，忽然咧嘴一笑道："我饿了。"

"什么？"

"照顾我不是？去，给本王弄点消夜来。唉，这都没顾得上吃晚膳，还爬了半天山，饿啊……"

茜色冷哼一声道："不去。"

"你胆子挺大啊，不但不听本王的命令，也不听大司巫的命令？难不成非要请出胡家的小丫头才行？"

茜色微微变色，当即恨恨起身，步履蹒跚地出门了。

"别忘了带酒。本王无酒不欢。"他在她身后放声大笑……

茜色真的去找了食物，连同一壶酒带回来。

他跟她在木屋一起躺了三天。三天后，伏周才再次出现，带来一分密函。密函上写了九个字："镇南王回京途中病逝。"

赫奕一跃而起，抓着信函的手抖个不停，问道："是你干的？"

伏周摇了摇头，淡淡道："是命。"

赫奕厉声叫道："我不信命！"

"很好。我也不信。"晨光中，穿着大司巫袍、手持巫神杖、脸绘巫图腾的伏周如是道。

一旁的茜色看看伏周，再看看赫奕，突然插话道："奴也不信。"

三个不信命的人，聚在一起。历史的车轮从那一天起，发生了不为人知却至关重要的变化……

赫奕看向茜色，缓缓道："这些年，确实委屈你了。"

十年，茜色表面上是胡倩娘的婢女，又是伏周派去监视胡九仙的细作，还是时鹿鹿的心腹，但其实，一直听命于他。

"为了陛下，赴汤蹈火，在所不辞。"

茜色说得非常虔诚。

于是，赫奕的头就不受控制地疼了起来。

★★★

"时鹿鹿命茜色跟随胡九仙一起前往程国，众人都去参加选夫宴了，胡九仙提前察觉出芦湾有异，装病不去，私下则埋伏暗处，跟着白泽暗卫找到颐殊，最终从薛采手里偷走颐殊。"

"看姐！咱们当初猜对了哎！"吃吃得意道，"你说女王是伏周派人救走的，果然是他！"

看看纠正道："是时鹿鹿。"

"时鹿鹿不就是伏周嘛！他们毕竟是一个人。"

走走疑惑道："那茜色为何要杀胡九仙？"

"假的。赫奕已察觉到时鹿鹿在布局，决定先下手为强，命胡九仙化明为暗蛰伏起来。然后，由茜色背锅，让时鹿鹿以为胡九仙是被茜色所杀。时鹿鹿绝不允许这种背叛，而巫咒有一个距离限制，也就是说，茜色要距离他三丈以内，才能予以惩戒。所以，他不得不亲自下山。茜色在婚宴上捅了风小雅一刀，这样做有三个目的：一，结束这门婚事；二，让时鹿鹿以为她有隐情；三，趁机说出解药只剩一瓶的话，让他信以为真。"

吃吃叹了口气道："我听说宜王的棋下得很好，走一步看十步，没想到他现实里也这样……"

看看的视线落到姬善身上，沉吟道："茜色是在为善姐铺路吧？"

"对。"秋姜想：姬善身边的四个丫头，走走善良，吃吃单纯，喝喝温顺，而看看，真的是很聪明。但不知为何，看看对她颇有敌意，有机会要好好了解一下。

"然后，茜色将姬善送到听神台，一来，她把时鹿鹿最想要的人送到了他身边，时鹿鹿更加相信她的忠诚；二来，姬善可以趁机了解时鹿鹿，为他治病。"

"善姐知道一切都是宜王在背后操纵吗？"

"时鹿鹿人如其名，像鹿一样机警，又有蛊王在身，除了茜色那样的，没人能在他面前说谎。所以，赫奕一直没有告诉她真相。但以她的聪明，她后来自己猜到了。"

"什么时候？"

"茜色带着我上山，被时鹿鹿所擒之时。"

那段时间里，时鹿鹿命她为姬善做饭，命茜色为姬善疗伤。然后，当他慢慢放下戒心离开听神台时，姬善终于找到机会跟茜色对峙。

茜色按照赫奕的命令一开始并不回应，只在后来，给了她一瓶解药。

"姬善看到那瓶解药，再加上我在饭菜上做了手脚，告诉她伏周就是时鹿鹿。她就什么都明白了。"

吃吃又叹了口气道："也就是善姐，要是我肯定还是什么不明白。事实上，我到现在也不明白，那瓶解药到底怎么了？"

"解药到手，就可以骗出配方了。"

吃吃恍然大悟道："啊！对啊，只有时鹿鹿知道巫毒的解药，伏周不知道！"

秋姜心中唏嘘：换了别人，时鹿鹿必定不会如此轻易上当，但偏偏，宣称研制出解药的人是姬善。时鹿鹿知道姬善在医学上的天赋，又知道姬善不能对他说谎，再加上姬善确实发现了解药里的前六种药材……

——就那样，骗出了时鹿鹿的答案。

"这一步非常巧又非常险，还需要一点点幸运。所以，姬善推荐了你。"秋姜看向吃吃道。

吃吃一怔道："我？"

"她说，你们四个里，你的运气总是特别好。"

"难怪当时我跟鹤公上山，劝说善姐跟我们一起下山时她不肯走。结果等我都走到山脚下时，茜色突然冒出来说让我再上去劝一劝，我没多想就回来了……"吃吃"啊"了一声道，"现在想想，当时善姐好像正是在跟鹿鹿对药方……天啊，被我撞了一下，药方弄污了呀！"

"没错。姬善说你肯定会哭着抱住她求她走，她可以趁机收尾。而且，最重要的是——时鹿鹿也认识你，对你，最没戒备。"

看看嘲笑道："那是，天底下这么蠢的人也不多。"

"我、我、我蠢怎么了？最后善姐的计划能成功，还不是靠我？"吃吃骄傲地叉腰道。

走走道："拿到解药配方后，伏周就可以回来了吧？"

"对。但无人知道，怎么让伏周回来。而且，此时时鹿鹿对赫奕的谋杀计划已开始了。"

使臣宴，借卫玉衡之手，杀了赫奕。

看看道："但宜王肯定早有对策。"

秋姜点头道："我在北宫住时，就已跟赫奕达成协议：他给颐殊解药，让我顺利带她回程。我帮他，搞定时鹿鹿。所以，卫玉衡这个人选，是我和薛采，刻意挑出来的。"

因为卫玉衡和姬善有微妙的关系；因为卫玉衡曾经杀死过姬婴，是个大众眼里能够创造"奇迹"的人；更因为，薛采不喜欢卫玉衡。

看看咬着下唇，神色复杂。她也不喜欢他哥，但听到他落得这般下场，还是有点难受。

吃吃好奇道："我想问，为什么程国要派王予恒来呀？"

"因为云闪闪。"

"哎？跟云二公子又有什么关系？"

"他去求颐非，说要见颐殊一面，向她问一些很重要的事。而他不想等，他愿意为寻找颐殊出一分力。"

看看警觉道："他哥死了，他不会因此迁怒颐殊，做出什么不好的事吧？"

"所以我让王予恒同来，看住他。这年头，找个靠谱公子哥也不容易啊。"秋姜轻轻一叹道，"总之，事情的经过就是这样。时鹿鹿布局要杀赫奕，赫奕准备好了一切等着他杀。没想到……"

走走叹道："他还是心软了，只毒瞎了宜王，没有要他的命。"

★★★

赫奕沉默许久后，对茜色道："朕不需要你死。你自由了。"

茜色一僵，扬起的睫毛抖如蝶翼，道："陛下？"

"如今，朕跟小鹿已撕破了脸，无须再伪装。你也不用再做四面细作这般辛苦，从今往后，你自由了。"

茜色听了这话，却是沉默许久，最终凄然一笑道："陛下，我的体内有蛊虫啊。不能因为我不会疼，就觉得……对我没有影响吧？"

赫奕一怔。

"我记得第一次正式见到陛下时，您跟大司巫说——不信命。奴当时斗胆，也跟着说了一句——不信命。"茜色的眼睛亮晶晶地看着赫奕道，可惜他看不见，"您总说您不想当皇帝，您还说您想借卫玉衡之手，假死遁世。"

"朕是认真的。"

"奴不信！"茜色往前走了几步，站在了赫奕面前道，"陛下，奴是燕雀，却也知陛下心中的鸿鹄之志。假死也好，退位也罢，都有前提，那就是——灭了巫族！"

★★★

"巫——怎样才死？"

"我要巫死。"

"治好我。"

一句句话语，像漂在水上的浮萍，而她沉在水里，看得见，够不着。

这些浮萍挡住了光，水下的世界黑极了。

船呢？船去哪儿了？为什么，那艘从来都会贴在她背上，让她浮不起来却也沉不下去的船，不见了？

姬善拼命地游啊游，想游到有光的地方，可这三句话如影随形地跟着她，乌泱泱地压在上方，不肯消散。

烦死了烦死了烦死了！巫跟我有什么关系？宜跟我有什么关系？而你……

你也只不过是一个儿时认识的人。就算救过我，又怎样？就算让我好奇，又怎样？就算哭得让我心疼，又怎样？我受够了，我不要继续留在这里，跟你，还有那个疯魔化的你纠缠不清，我要继续飞！

我的船，我的船在哪里？

　　　"虽然我没有儿时的记忆，但以我对自己的了解，能做到出手相救，必定是因为……喜欢你。"

　　　"那个人——那个住在连观洞、男扮女装、忍受孤独、看似冷漠却会出手救你的阿十，真的是伏周吗？"

　　　"只有我是少年啊……阿善。"

姬善发现自己的身体动不了了，上面的浮萍也变了，从伏周的声音变成了时鹿鹿的声音。

她一点点地继续往下沉。

她想她快要被吞噬了，马上就要被下方的深渊吞噬了。就在这时，一个柔软的嘴唇凭空出现，贴在了她的耳朵上。

秋姜的声音既熟悉又清晰，像一束光，穿透浮萍，落入她耳中——

她在喊她的名字。

对，她喊的是她的名字，真正的名字。

姬善突然睁开了眼睛！

然后她就看到了秋姜在对她微笑。

"睡太久了，起来，继续干活吧。"

★★★

姬善坐着轿子，跟着秋姜来到巫神殿。

时鹿鹿倒下后，赫奕便派人抓了他的八名贴身巫女，将她们暂时关押。而失去蛊王的指令，她们就跟失去主人操控的提线木偶一般，变得又木又呆。相比之下，神殿的巫女们此刻虽然惶恐不安，却还有几分人气。

秋姜带着姬善一间间屋子走过去，看着那些人，缓缓道："巫族的三大法宝：一，巫咒，说是咒语，其实是蛊虫，用来控人心智；二，巫毒，用以震慑；三，巫医，用以施恩。如此恩威并施再加上神秘之力，令寻常百姓深信不疑。"

姬善看着牢房中的八名贴身巫女，她们都是中年妇人，她问："这几人都是伏极种的蛊吧？"

"对。伏极体内的蛊王被伏周体内的蛊吃掉了，所以，伏周成了她们的新主人。蛊在体内越久，越受其害。每任大司巫都号称飞升，实则蛊虫爆发而亡，而且晚年都疯癫失常，十分痛苦。你要尽快想办法把你体内的情蛊取出来。"

"伏周接任大司巫后，给多少人种过蛊？"

"记录在册的有一百二十六人。"

"看来是真的好用。既如此好用，为何伏周却要灭巫？"

"这是个好问题，但只有伏周自己能回答你。"秋姜说着，带她走到走廊尽头，走廊尽头有一个房间，她没有推门而入，而是进了隔壁的房间。

隔壁是个普通的休息室，墙上悬挂着伏怡的画像。秋姜伸手在画的毒蛇部位按了一下，一旁墙上的木板移开，露出几个小洞。

秋姜示意姬善跟她一起看。

洞的那一头，正是最后一个房间，一个女子背对她们坐在梳妆台前梳头，姬善一眼认出来，正是颐殊。

许是中毒太久的缘故，虽然服了解药，但颐殊还是精神萎靡，手脚不怎么灵活，梳得很费力，梳子上扯下了不少头发。若是宫女梳成这样，她早怒了，如今却只能默默忍受。

姬善道："她，我医不了。"

"你没试试，怎么知道？"

"我试过。"

秋姜一怔。

"麟素在世时，曾邀请善娘赴程医治妹妹。我在麟素府住了九天，告诉他——此地人人有病，光治妹妹一个无用，而想医治所有人，不可能。麟素听了没说什么，送我登船离开了。他是个很大方的人，虽然没看好病，却也送了我一大笔诊金，所以后来听说他死了，我还挺惋惜。"

"此一时彼一时，当年铭弓和如意夫人都未死。"

"对颐殊这样的人来说，天底下人人对不起她。铭弓和如意夫人虽然死了，颐非却没有。所以，她会继续憎恨。就算颐非死了，她也能找到新的人新的理由憎恨……憎恨令她美丽和强大。她不会放弃，也无法放弃。"

秋姜沉默了一会儿，转头看向一旁的沙漏，道："差不多该来了。"

几乎是她话音刚落，隔壁房间的门便开了，一个人走进来。颐殊梳头的手，就那么僵住了。

来人正是云闪闪。

颐殊从镜子里看着他，他则看着镜子里的她，两人对视了很长一段时间后，云闪闪走上前，接过她手里的梳子，开始为她梳头。

　　秋姜轻笑道："云二公子竟也会伺候人，不容易啊。"

　　姬善看着这一幕，却情不自禁地想起了时鹿鹿。他也曾如此为她梳头，神情跟此刻的云闪闪很像：那是一种忐忑期待却又化解不开的悲伤。

★★★

　　颐殊沉默片刻后，咧了咧唇角，发出一声嗤笑道："你是来找我报仇的？找错人了，你哥是被薛采的手下杀死的。"

　　云闪闪垂下眼睑，睫毛的阴影盖住了整张脸，道："我不是来报仇的。"

　　"那就是来帮我的？"颐殊挑了挑眉道，"好弟弟，你确实应该帮我。你哥哥生前，就一直在帮我。"

　　云闪闪轻轻地、有些艰难地问道："我哥他……临死前，有没有……提过我？"

　　"临死前没有说。但别忘了，我跟他被一起关押了很久，他可是说了不少你的事。"

　　"真的？他都说什么了？"

　　"想知道？那你帮我离开这个鬼地方。"

　　云闪闪抿了抿唇，露出一个苦笑道："陛下太高看臣了。"

　　"是你小瞧了自己。"颐殊转过身，握住他拿梳子的手，道，"你有钱，就已经比世上的大部分人有用得多。"

　　"陛下想要钱？"

　　"对。"

　　"想要多少？"

　　"你能给我多少？"

　　"哥哥有的，我都可以给你。只要陛下告诉我，我哥的遗言。"云闪闪说着，从怀中取出一块金光闪闪的令牌，上面刻着一个云字，"这是我的金令，拿它去有金叶子标志的钱庄，就能提取云家存在里面的所有现钱。其他的，等我回去变现后再存进去。我这边存，你那边即可取。如何？"

　　颐殊怔了怔，接过令牌，眼神有些复杂。

　　云闪闪道："陛下现在可以相信臣的诚心了吗？"

　　"你为何如此执着于你哥的遗言？"

云闪闪的眼眶红了起来，半晌才道："因为我不知道该干什么……我本是个无忧无虑的小孩，在哥的庇护下长大，向来都是他说什么我做什么。他那么厉害，那么优秀，我从没想过有一天他会不在了……就留下我自己一个人。我、我真的不知道该怎么办。我就想着，也许能从陛下口中听到一点点指引，好让我知道，接下去的路怎么走……"

颐殊的目光闪了闪，忽然伸出手，轻放在云闪闪肩头，道："你跟我一起走吧。"

云闪闪惊讶抬头。

"你哥就是生死追随我的。如今他走了，你来接替他，跟我一起走，如何？"

云闪闪迟疑了很久，才似下了决定，深吸口气道："那么，陛下……你接下去，想要做什么？"

★★★

姬善看到这儿，扭头问秋姜："你安排的？"

"你是这么认为的？"

"云二公子出了名的人傻钱多，又素来崇拜云笛，唯兄命是从。女王自然也十分清楚。再没有比他更适合套话的人了。"

秋姜微微一笑道："你想得很合理，但不正确。"

姬善一怔。

"我没对云闪闪做出任何干涉和暗示，他现在所说，皆是真心。你久观人心看惯世情，当知一个道理……"

"什么？"

秋姜注视着她，眼神温柔道："真心，是要用真心换取的。"

姬善心中"咯噔"了一声，似有一场大雪，落在了宜国气候般永远怡人的心房上，冷意灌入，驱散假象，从而有了四季，有了最真实的反应。

★★★

"我现在不能告诉你。总之一句话，你跟不跟我？"颐殊紧盯着云闪闪的眼睛道。

云闪闪摇了摇头。

颐殊一急道："为什么？你不是不知道该干什么吗？我给你提供了一条最好的路。"

"可那真的是一条好路吗？"

颐殊的脸沉了下去，片刻后，冷笑起来道："你不看好我？你觉得，我已穷途末路，再无翻身之日了，是吗？"

"我只知道，我哥在你这条路上，死了。我虽然无聊，但还不想死。"

颐殊将金牌扔在他身上道："那你滚吧！我不需要你的人，更不需要你的钱！"

金牌砸中云闪闪的脸，划出了一道细痕，看起来像眼泪一般。

"陛下，你曾经以为你当了皇帝后就能幸福；后来，你当了皇帝了，又觉得沉了芦湾就能幸福；现在，你认为重回程国夺回皇位，就是幸福吗？麟素死了，我哥也死了，但原宿，还活着。"

颐殊重重一怔。

"我以为，你会要我陪你一起去找他的。"云闪闪说完，弯腰捡起地上的令牌，走了出去。

颐殊盯着他的背影，直到房门合上，然后她将梳妆台上的胭脂水粉全部扫落于地，伏案大哭了起来。

★★★

她的哭声穿过小孔，传至隔壁。

秋姜看到这儿，握住姬善的手，拉着她也走了。

"你为何安排云闪闪见颐殊这一面？"

"云闪闪想见她，我同意了，并没有抱着让他感化颐殊或者试探颐殊的目的。"

"你做事会没有目的？"

"换了以前我也不可想象。但最近我发现，可以。我可以没有功利心、不求回报、仅凭自己的喜恶去做一些事情……"

"因为如意门已解散，颐殊已擒回，而《宜国谱》，赫奕想必也还给你了。"

秋姜侧过头，深深地看着姬善道："因为我快死了。"

姬善的心似被谁闷捶了一记。

"奔月只是饮鸩止渴，你早知道的，不是吗？"走廊点着烛火，烛光被穿堂而入的风吹得摇摆不定，秋姜的脸，在光影中忽明忽暗，分明近在咫尺，却又异常遥远。

姬善定定地看了她半天，才干巴巴地憋出一句话："你什么时候死？"

秋姜哈哈一笑道："还不知道。我还有事没做呢。"

"你要押送颐殊回程？"

"对。我还要途经图壁，去看一看弟弟。"

"他被下了毒，现在只是一具活死人。"

"那更要看看，也许他看到我，会活过来。"

"那薛采肯定很头疼。"

"就让他头疼……"

两人并肩踩着烛光的影子前行。通道很长，但还是走到了尽头，尽头处，就是大殿。

两人不约而同地停下脚步。

姬善忽然问道："你安排我来看云闪闪和颐殊的这次见面，也没有什么目的吗？"

"哦，这个有。"

"就是给我讲真心换真心？"

秋姜笑了起来，牵着她的手摇了摇道："十五年前，我临行前问你，可有什么心愿。你说没有。于是我擅自做主，跟娘说让你继续学医。现在，我又要走了，想再问问你，可有什么心愿？"

姬善看着秋姜的手，她自己是个瘦小的姑娘，因此手很小，手指很细；秋姜的身形高挑纤长，手却比她还要细，几乎是皮包骨头。这样一个病重之人的手，却像猫的腹部一样柔软暖和，谁能想得到？

姬善沉默。

秋姜等了一会儿，扬眉道："还是没有？那我再擅自做主一……"

"我想再见你一面！"

秋姜愣了愣。

"做完你想做的事情后，若还活着，我们再见一面。"

"若是死了呢？"

"那留句话给我，告诉我你未了的心愿。"姬善凝视着秋姜的眼睛，一字一字道，"这一次，换我来满足你的需求。"

十五年。

时光如轮，光阴合轻。

海内知己，天涯比邻。

不是朋友，却胜似密友。

是替身，却又不仅仅是替身。

她和她，站在命运的天平上，遥遥相望，保持着一个微妙的平衡。

如果其中一个没了的话，另一个……虽然就此自由，可以从天平上落地离开，但，也会孤单的吧？

姬善凝视着秋姜离去的背影，如是想。

永宁八年三月初一，秋姜带着白泽的下属和璧的使臣，以及最重要的颐殊离开了。这一次，他们没有再保密行踪，而是光明正大走的官道，沿途官员全要恭迎相送。

不得不说，这是很妙的一步棋。

很多阴谋诡计，之所以能成，是因为藏于暗处，一旦暴露在众目睽睽下，自然消止。

秋姜走的第二天早上，姬善根据她留下来的菜谱，尝试着做了一碗茯神粥，亲自捧到时鹿鹿面前。

时鹿鹿吃了，但依旧只字不言。

自那后，姬善便天天为他做饭、针灸、喂药……就像初见时一样照顾他。然而，同样的境地，同样的人，却是截然不同的回应。

曾经的时鹿鹿，非常喜欢笑，睁着湿漉漉的大眼睛，好奇地看来看去，再情意绵绵地注视着她，写满亲昵和讨好。

如今的他，面无表情，眼神空洞，因为身体无法自愈，伤口始终不好，每天都在渗血，肉眼可见地消瘦下去。

但姬善知道，他没有垮。

他都这样了，伏周也没能重新得到身体，可见，时鹿鹿的心志依旧很坚定。他是故意的。他在故意反虐她，想让她愧疚、后悔、悲伤。

姬善洞悉了这一点，没有拆穿也没有迎合。她只是耐心地照顾他和治疗他，就像大夫对待病人那样。

一切尚未结束，她和时鹿鹿进入了漫长的拉锯战。

不久，她收到了秋姜的来信。她坐在草席旁，把信读给时鹿鹿听。

秋姜真的是跟她不一样的人，竟然喜欢写信，还写得很长。

"出了鹤城，一路北行。沿途城市都很繁华，但是，巫的痕迹在逐渐变少。在鹤城，家家户户都供奉神像；到睢洲，十户有七；到忘城，十户有五；到了随安，就只有零星一两家了。反而医馆学堂随之增多。路遇一七八岁孩童谈起巫神语多不敬，拿泥巴砸神像，被祖父赤足追打了三条街……我帮他躲过祖父，请他喝茶，问他不怕巫神报复？他反问我：'神如此小气？若这点小事就睚眦必报，他得挺忙的吧？一个成日里只忙着报复惩罚信徒的神，浑身充满了戾气，长此以往会被戾气吞噬的吧……'我很惊讶，万万没想到一个孩童会说出这样的话。这一路行来，所遇所见的孩童脑子都很灵活，不拘泥，爱思考，大概跟他们的父辈人人经商有关吧……

"从宜境最北的红婆村走过一座桥就是璧国，这座桥叫黄金桥，桥旁有一个很大很大的书店，里面大概有几万本书之多，基本都是旧的。每个过桥的宜人，都可以免费从那儿拿走一本书。管理书店的是个白发苍苍的老奶奶，自称钱夫人，挂在嘴上的话是'带书上路，带钱回家'。我很好奇，问她每天都有这么多人带书离开，为何不见书少？她回答，虽然有些宜商离开了没再回来，但回来的宜商，不仅会归还当初带走的书，还会多出很多书。我问她，为何鼓励商人带书远行。她说，钱是世界上最好的东西，想要那样的好物，必须要有与之匹配的智慧，而书就是智慧。我问她在那儿多久了。她说，快有十年了。我很惊讶，看她白发苍苍，我还以为她起码在那儿守了五十年呢。于是我又问她十年前在做什么。她回答，那时候，也是这么大的屋子，但装的不是书，而是巫的神像、神符和神器。我问她为何改变，难道不怕巫神生气吗？她回答那是神谕，神谕告诉她把那些东西换成书，会令巫神更高兴。果然，自她那么做以后，发生了很多很多好事，比卖神像时赚得多多了……"

姬善读到这里，有些明了——这大概是赫奕登基后做的某些改革，用以削弱巫的影响力，鹤城做不到，就从边远城镇做起；国内暂时做不到，就先从出国那批人做起……

"我冒充宜人，也进去选书，结果在一个隐秘的角落里竟然发现了一本旷世奇书！等我看完寄去给你。不写了我要去看书了……"

这封信让姬善非常好奇：能被秋姜认定为旷世奇书，得是多了不起的书啊。

三日后，秋姜的信又到了，附带了那本书。姬善无比期待地拆开外包的布袋，一看标题《神女倾成》，她隐约有不好的预感，果然，随手翻到一页，上面写着："成王抱伊哭曰：'孤心悦卿，山无棱天地合乃敢与卿绝……'神女闻言，亦泪流满面：'巫神在上，此情难容。殿下，你就忘了我吧！'两人相望而泣，情到浓时，宽衣解带……"

在旁围观的吃吃放声大笑道："哈哈哈哈哈！果然旷世奇书也！这是谁写的？不要命了！成通澄，这不就是在编排宜王和大司巫吗……"

"你拿进去读给他听。"

"我不！这可是本淫书，我读了，今后怎么嫁人？"吃吃把书推回给姬善道。姬善转了转眼珠，最终自己拿着书进了时鹿鹿的房间。

"盖南境有国，名怡也。怡太子，封号成，世人称之成王也。成王修八尺有余，而形貌昳丽，为世人所慕。一日，成王猎鹿，入神楼山，见一女子，上古既无，世所未见，玮态瑰姿，不可胜赞。成王一见倾心，褰余帷而请御。女子羞恼，曰：'吾乃通天神女，汝生猖獗，安敢渎神乎？'……"

时鹿鹿一开始依旧没有反应，听到这儿，听出了这是一本影射伏周跟赫奕偷情的书，面色微滞。

"两人携手进得木屋，饮酒谈心，互诉衷肠，共赴兰台……"眼看剧情越来越不像话，而姬善丝毫没有停止之意，时鹿鹿终于一把抓住了她的手。

姬善的视线从书移到他的手，再挪至他的眼。

这一次，时鹿鹿的眼里终于有了她。

"不想听？"她笑了笑道，"那你想听什么？我给你换。"

"我要见赫奕。"他看着她，平静地说。

姬善先一怔，继而欢喜。

★★★

两个时辰后，赫奕坐着软轿，被抬上了听神台，令人震惊的是，他的眼睛上竟然还蒙着布条，手里还拿着一根新雕的玉杖——看起来，跟大司巫那把一模一样。

姬善抓住玉杖的一端，领着他走进时鹿鹿的房间。

时鹿鹿看到这个样子的赫奕，眸光微动。

"你出去。"

姬善抿了抿唇，还是退了出去。

吃吃喝喝走走看看围上来，大家的神色都很兴奋。

"鹿鹿肯跟善姐说话，又主动要见宜王，这是想通了？"

走走道："就算没想通，也比之前不死不活的好一些。人啊，只要肯说话，能沟通，凡事有的谈。"

看看道："宜王的眼睛还不好？是真的弄不到解药，还是苦肉计？"

吃吃故态复萌，将耳朵贴在了门板上，并招呼喝喝跟她一起听。

在她们的忙碌中，姬善径自走出木屋，看着田里的那些铁线牡丹。它们已经长出了藤蔓，绿叶翠浓，再过一阵子就能开花，即将恢复原样。

一切看起来都有所好转。

但不知为何，她的心沉甸甸的，完全舒畅不起来。

一炷香时分后，她知道了原因。

赫奕从里间走出来，找到她，第一句话是："大司巫跟朕做了个交易——他愿意为朕治好眼睛，继续辅佐朕，但他不会放伏周出来。"

"他想通了？不报仇了？"

"算是吧。"赫奕叹了口气道，"还有个附加条件。"

姬善心中一紧，问："跟我有关？"

"他要朕，把你逐出宜国，永远不得入境。"

山崖的风吹透她的衣衫和长发，姬善脸上的表情有些难看。

赫奕等了一会儿，见没有回应，便道："朕绝非过河拆桥，只是当务之急是让他能好起来，伏周的事咱们再慢慢谋划……"

姬善打断他道："我要一辆走屋，四匹最好的马，通关文牒。另外，木屋内的毒物解药等任我带走。"

"行。"

★★★

走走看看喝喝开始收拾行李，听说能离开这个鬼地方，大家都很开心。只有吃吃有些难过，她在这里跟他们一起生活了好几天，亲眼见过时鹿鹿和姬善相处时的情形。

"我趴在门上，什么也没听见。"她靠近姬善，小声道，"也不知宜王跟鹿鹿是怎么交流的，竟然不出声，连喝喝都没听见。"

"无所谓。"姬善一边收拾银针，一边淡淡道，"无论他们谈论什么，结果都一样。"

"可咱们……就这么走吗？你，不救伏周了？"

姬善咬着下唇，神色复杂。

吃吃连忙安慰她："其实他们俩是同一个人，如今鹿鹿又变好了，只要他是真心改过，咱们得给他一个机会对吧？所以，也算功成圆满。啊，我好想去燕国啊，善姐，咱们接下来去燕好不好？"

看看附和道："我同意！我也喜欢玉京！"

"我想回图璧。"走走目露哀求道，"想回去看看娘。"

"那就先图璧再玉京，反正顺路！"吃吃说罢，征求姬善意见道，"善姐，你觉得呢？"

姬善的目光闪了闪，点点头。

大家欢呼起来，加快了动作。

姬善则想了想，推开里间的门走进去。

屋里，时鹿鹿竟坐了起来，正在试图给自己换药。赫奕留下了那根新的玉杖，看来两人是真的谈妥了。

见姬善进去，时鹿鹿瞥了她一眼，没说话，继续清创。

"我来。"姬善从怀中取出银针，走了过去。

时鹿鹿的手臂下意识地摆出一个拒绝的姿势。

姬善道："就当我临行前为你做的最后一件事吧。"

时鹿鹿手臂一僵，然后慢慢地放下了。

姬善用银针扎住他心口的几处穴位，然后上药、重新包扎，每一步都做得比平时更细致，也更慢。

时鹿鹿意识到了这一点，情不自禁地看向她：乌黑的长发与马车上初见时一样，一缕垂在耳畔，一缕探入领中，来自她的勾引，百试百灵……

神谕说他必死于此女之手。

他曾以为能够改变神谕，但最终证明了是奢念一场。

那么，想要避免神谕应验的办法只剩下了一种——离开她。

此生再不相见。

然而余生漫漫，还有那么那么多年，听神台的孤寂，伏周忍得，他忍得吗？

他把木屋改装成花团锦簇的模样，他日日看深渊，盘算着如何复仇来打发时间……他本不觉得那样的日子有什么问题。

直到她来到。

她让床榻温香，让铜镜明亮，让深渊变成了探险，让静室有了声音，她让这里的一切都不再一样……

时鹿鹿的手情不自禁地伸向她，却又硬生生停下。

姬善看着那只僵在半空中的手，突然一把抓住，压在自己脸上。

时鹿鹿一惊，声音战栗："你……"

"宜王答应了，此地的毒物解药任我带走。所以……"那双在他眼中被定义为美极了的手，拂向他的眼睛，"我要带你走。"

时鹿鹿震惊，然而已来不及，那些扎在心口上的银针，止住血的同时，也麻痹了他的身体。而随着她的手落下，他的视线骤然一黑。

紧跟着，一个大布口袋从头罩下，将他整个人包了起来。

他重伤躺了好几个月，刚刚解除了对蛊王的限制，身体还没恢复，正是最虚弱之际，万万没想到，姬善竟会来这招。偏偏声音也发不出来，留给他的，只剩一片黑暗。

"我决定也关你十五年。所以……"

黑暗中，那个能轻易撩拨起他种种情绪的声音缓缓道："恨我吧。时鹿鹿。"

★★★

马车飞快地离开了鹤城。

看着似曾相识的官道，和奔跑如飞的梅花鹿，赶车的走走无限感慨："不知不觉，在鹤城竟待了半年。这真是个神奇的地方，都看不出四季变化。草还是那么绿，天还是那么蓝……"

"对呀对呀，还有一只你，两只你，好多好多只你在跳！"吃吃雀跃地告诉时鹿鹿。

看看"扑哧"一笑："你想气死他吗？"

时鹿鹿身上的罩子拿掉了，但眼睛上蒙了黑布条，躺在榻上动弹不得，气得脸色铁青，忍不住说了一句："卑鄙！"

太卑鄙了！阿善！

看看道："亏你还说喜欢善姐，真是一点都不了解她。她可是初见到你就要把你吃了的主。做出这等卑鄙的事，多正常。"

"是啊，你把她当小白兔，纯找死。"

他想他哪里把她当小白兔，他是把她当成了超凡脱俗的闲云野鹤，觉得她生性疏懒为人淡漠，醉心医道，远离红尘，从头到脚清清白白。

这样的人，会跟赫奕那种沾满铜臭的俗物搅和在一起吗？想想都是亵渎。

没想到，她竟真的跟赫奕联手坑他。

更没想到，她胆大包天到从宜的领土上偷走宜的大司巫。

偏偏，她还弄到了赫奕亲手颁发的通关文牒，一路畅通无阻，无人敢查。听神台的巫女们还被关在巫神殿内，就算赫奕想起来放了她们，没有蛊王的指令，她们也不会自主行动。而巫神殿的巫女们都是一帮废物，没有命令不得上山。如此下去，等众人发现他不见了，恐怕他都已被带出宜境了！

看看啧啧道："看我哥就知道，下场多惨。"

走走好奇道："之前没来得及问，你哥最终怎么处置了？"

"宜王可不要脸了，把我哥留下了，然后写信给姜皇后，问她想要怎么处理。"

"这怎么就不要脸了？"

"你想啊，姜皇后肯定想要我哥死，但她身为皇后又不能这么做，便寻个机会送出国。宜王抓了我哥，不杀也不放，反问姜皇后怎么办。不管姜皇后说杀还是放，都等于欠了宜王一个天大的人情，最妙的是，这事少不得来一来二往通几封信吧？没准还要见个面？"

吃吃恍然大悟道："宜王在钓鱼啊？"

走走惋惜道："薛相这次真是失误了，怎么会把你哥这么大一个把柄主动送去给宜王呢？"

一直默默听着众人聊天的姬善忽然开口道："不是失误。他是故意给赫奕跟姜沉鱼通信的机会的。"

"为什么？"

"之前赫奕借了姜沉鱼一大笔钱，后来姜沉鱼想还，赫奕没要。薛采觉得时间拖得越久越不好，打算今年怎么也要还了。卫玉衡是个契机，有了来往才有下一步细谈的可能。"

看看道："就像钓鱼，一直拉线绷紧，线会断，所以宜王要松一松力，让鱼以为安全，然后伺机收竿。而薛相，等的就是他松力之时，好彻底逃脱。"

吃吃茫然道："我还是听不懂。"

"不懂就不懂吧。神仙打架，跟咱们凡夫俗子没关系。但是善姐……"看看瞥了时鹿鹿一眼，严肃地提醒道，"带着这个祸害，我们也不得安生。"

"你怕麻烦？"

看看哈哈一笑道："也对，咱们自己都是麻烦，还怕什么麻烦？"

赶车的走走没有说话，她看着前方的道路，双眉微蹙，却是心事重重。以她对大小姐的了解，遇到疑难杂症废寝忘食是有的；屡试屡败不肯服输也是有的；为了一个患者宁愿招惹大人物的追杀，却是不可能的！当年连被区区十几个村民追杀都要放弃喝喝，现在面对的可是整个宜国啊！本质上，大小姐是个不怕"医学麻烦"却怕"人世麻烦"的人，好不容易摆脱了姬贵嫔的身份逍遥在外，怎肯又被卷入权势纷争中？

难道……大小姐真的在跟时鹿鹿的接触中对他动了真情？所以，无论如何都要治好他？可是要治好时鹿鹿，就要让时鹿鹿去"死"，让伏周"活下来"。怎么想都是不可能做到的事情吧？

　　大小姐心里到底在盘算什么？她对时鹿鹿到底是什么感情？

　　看看有时候说得真对，大小姐身上的秘密，真是比猴子身上的虱子还要多啊……细想起来，即使亲密如她，所知道的，也仅仅是十岁以后的姬善，十岁之前的大小姐，是个什么样的人，经历过什么样的事，却是完全不知的……

　　官道宽敞，四马神骏，车身平稳，气候宜人。

　　然而，走走从这一趟旅程上，看到了某种不祥。

★★★

　　车行六日，沿途没有投宿，都只做了短暂停留，用于补给小憩。

　　第七日的黄昏时分，马车终于在一处农舍前停下。农舍不大，三四间茅屋带一个菜园，荒芜多年，看起来破败不堪。

　　吃吃跳下车，打量四周道："走姐，走错路了？为什么在这儿停啊？这儿也没水没粮啊。"

　　"大小姐说，今晚在这儿过夜。"

　　"啥？这破地方还能过夜？"吃吃伸手一推，整扇柴扉就松动坠地。

　　看看探出头看了一圈，也反对道："不行，这屋子太破了，全是灰尘，还不如住车上呢。"

　　姬善下车，踩着门板走进去，淡淡道："就一晚，随便打扫一下吧。"

　　众人素来唯她马首是瞻，虽不是很满意，但也没再说什么，纷纷下车开始收拾。

　　农舍虽破，但井里有水，柴房有柴，屋里的陈设少而简单。五人一起动手，赶在天黑前收拾妥当，搬了进去。但几张榻都被白蚁蛀烂，只能扫出一块空地，铺上席子被褥弄了个通铺。

　　最后，看看和吃吃将时鹿鹿抬进屋，放在最里面。

　　时鹿鹿看到住处，神色顿变。

　　"眼熟吗？"姬善道，"这里是晚塘果子村。"

　　"鹿鹿，这是你小时候住过的地方吗？"吃吃震惊道，"你还真在晚塘住过啊？那你小时候肯定过得很开心，这里山清水秀的，上山可摘果，下河能捞鱼！"

时鹿鹿冷冷道："没摘过果，也没捞过鱼。"

"咦？为什么？"

时鹿鹿抿紧唇角不想回答。姬善无情地拆穿了他："因为他男扮女装。"

"对哦，你小时候是当丫头养的。"吃吃同情地看了他一眼道，"那你小时候都做些什么？"

吃吃有一种神奇的本领，那就是无论多么失礼和缺心眼的话，从她嘴里说出来都显得特别真诚。因此，明明时鹿鹿心情很不好，对于姬善擅自把他带到这里的行为很愤怒，但还是回答了吃吃的问题："听。"

"听什么？"

"我在这里……"时鹿鹿用手指指了指其中一扇窗户，神色温柔地道，"曾经听到过一个声音。那个声音对我说'小鹿，今天要吃红鸡蛋'。"

"啊！是不是那天你生日？！"

"嗯。那天确实是我生日。"

"那那个声音是谁的？"

时鹿鹿的表情黯淡了下去，他道："我以为是我娘。后来又听到过好几次，都在对我说一些很温柔的话。所以，我没事就坐在窗边，等着那个声音出现……"

姬善想，难怪十姑娘常年坐在窗边发呆，想必就是在等这个声音。

吃吃歪头道："不是你娘？"

"十二岁时我见到了我娘，这才知道她的声音不一样。"

"那会是谁？"

"不知道……"时鹿鹿厌倦地闭眼，结束了这个话题。

众人张罗饭菜，姬善则独自出去了。等到晚饭做好，她回来，手里竟提了两坛酒。走走惊讶道："哪儿来的酒？"

"这位的女儿红。"姬善一指时鹿鹿。时鹿鹿一怔。

"啊？善姐你怎么发现的？"

"我去村子里打听了一圈，有个婆婆记得他，说屋后的槐树下埋了酒。我去一挖，果然有。"姬善把酒交给吃吃，自己则走到时鹿鹿面前，对他道，"婆婆还说了很多你小时候的事。"

时鹿鹿盯着她，片刻后，冷笑道："你这是做什么？来我住过的地方，打听我小时候的事，你想更了解我？"

"没错。只有知道你的心病因何而生，才能知道如何而解。我要了解你。"

时鹿鹿眼底似有悲伤一闪而逝，最终变成了嘲弄，道："好啊，那你慢慢了解。”

姬善悠然地在他身旁坐下，从怀中掏出一个口袋，时鹿鹿看到这个口袋，眉头顿时皱了起来。

姬善打开口袋，从里面掏出很多玩具：布老虎、拨浪鼓、木雕的小鹿、藤编的小球……全都做得栩栩如生。

“你来这个村子时，尚在襁褓中，陪伴你的只有一个中年妇人。体型肥硕，自称胖婶，是你的婶婶。因你父母双亡，所以抚养你。胖婶性格和善能干，农活纺织砌砖垒墙无所不会，村里人人都喜欢她。她对你很好，无微不至，给你做了好多好多玩具——直到她有了相好。婆婆给牵的线，本想让她嫁人，她死活不同意，却跟那人彼此看上了眼，偷偷摸摸在一起。两年后，那个男人意外落水死了。”姬善说到这儿，继续掏口袋，然而掏出来的东西就变成了铁链子。

时鹿鹿看到这根已经生锈的链子，呼吸变得微微急促了一些。

“自那后，胖婶虽然还照顾你，却变了。她用这根铁链拴着你，不让你出屋。她给你玩具，然后又偷偷拿走，不停地说你记性差；她给你衣服，又趁你睡着弄湿，说你睡觉不老实，各种哭闹自己弄的；她喂你很多很多食物，却不让你走动。两岁到六岁，你从没出过屋子，不会走路，说话含糊不清，像她一样肥胖……”

吃吃等人在一旁听得胆战心惊，看向时鹿鹿的眼神里，就多了很多怜悯。

“然后你开始听见那个声音——那个声音跟你说，六岁了，该吃红鸡蛋了。”

时鹿鹿的脸上没有任何表情。

姬善从口袋里，掏出了最后一样东西——一把剪刀，刀刃已生锈，残留着暗红的血渍。

“那天胖婶喝了很多酒，醉醺醺地回来。黑灯瞎火一头倒在榻上，不知道为什么，枕头上竟然竖插着一把剪刀，剪刀插进她胸口。她疯狂地大喊大叫，把村民们都吵醒了，大伙儿冲进来，这才看见你被铁链拴着，绑在墙角，整个人蜷缩着睡在稻草上，肚子下面塞着一个鸡蛋……村民们报了官，官府抓住受伤的胖婶正要审讯，她死了。然后，自称是你姑姑的女子出现，把你带走了，再也没有回来……”

吃吃受不了了，忍不住道：“她为什么这样对鹿鹿？”

“她怀疑相好的死是阿月下的手，但又不敢违抗阿月，只能私底下虐待她的儿子出气。”

“那剪刀是怎么回事？”

"官府检查后认为是她自己随手放的忘记了。当时所有人都聚焦在一个六岁的孩子竟被铁链拴在屋里长大上，都认为胖婶罪有应得。"

"确实，丧心病狂，活该！"吃吃连连点头道。

看看若有所思地盯着时鹿鹿，拧眉道："不会吧？他当时才六岁，就会设计杀人了？"

吃吃大惊道："什么？你说剪刀是鹿鹿故意插在那儿的？"

"他要吃红鸡蛋，鸡蛋怎么变红？当然是用血。"

众人闻言全都脸色一白。

"不可能！鹿鹿，你说句话，不是你！我不相信！你才六岁，而且胖婶不是啥都不教你吗？没人教，怎么会变坏？不可能的……"吃吃着急地去拉时鹿鹿的手，却发现他的手凉极了，没有丝毫温度。她一个激灵，不由得缩回了手。

姬善把玩具装回布袋中，继续道："所以，婆婆对胖婶和你的印象都可深了，你走后，她还替你收拾了屋子，把这些玩具收拾起来一起埋到了树下。"

时鹿鹿的视线也从玩具回到姬善脸上，道："没了？"

"暂时没了。"

"把酒开了，我要吃饭，然后睡觉。"

姬善定定地注视着他，半晌后道："好。"

喝喝已把其中一坛启开，倒入杯中。姬善捧杯，喂到时鹿鹿嘴边道："来一口？毕竟是你的女儿红。"

时鹿鹿冷冷道："我不喝酒。"

"太可惜了，人间至美，你无福享受。"姬善说罢自己喝了一大口，酒味醇香，色如清露，如此手艺，埋没山野，只用来照顾一个孩子，浪费了。

众人分了一坛酒，把另一坛放回车上，留待他日享用，然后又吃了点饭食，便睡了。

从头到尾，除了刚看到链子时呼吸有所变化外，时鹿鹿全程镇定，仿佛说的不是他的经历。

看看在心中得出结论：此人绝对妖孽。善姐想要治好这样的一个怪物，希望渺茫啊……

★★★

第二天，他们继续上路。半月后来到了秋姜信中所写的那座黄金桥，桥旁果然有个很大的书店，门口坐着一个跛脚的婆婆。

吃吃欢呼一声，第一时间冲进去寻找所谓的"角落里的奇书"去了。喝喝和看看则老老实实地从第一排书架看起。

姬善对赶车的走走道："你进车来休息会儿。吃吃很快会出来，但另两位，估计要逛很久。"

"大小姐你不去看看？"

"又没有医书。"

"你怎知没有？"

"若有，姬大小姐肯定会寄给我的。"

走走抿唇一笑。姬善问道："你笑什么？"

"虽是远房，但毕竟算是堂姐妹，关系果真不一样啊。"

姬善挑了挑眉，没说话。这时，吃吃回来了，手里捧了好几本书："天啊善姐，那个角落里真的全是这种书啊！你看这本《杏花梦》，讲的是曦禾夫人跟数位帝王将相的情感纠葛，一生风华绝代，颠倒众生；还有这本《女王选夫》，居然写的是颐殊选夫的故事哎！去年才发生的事，这会儿都有书了！最绝的是这本！写你的！"

姬善本似笑非笑地听着，闻言一僵。

一直闭目养神的时鹿鹿也忽然睁开了眼睛。

走走念了起来："《国色不天香》。纪氏长女，才名远扬，众星拱月，四国男子仰慕不已。直到有一天，一少年发现了真相：原来此女面目丑陋，身有异味……"

"等等！别人的都是香艳情事，怎么到我就是诋毁污蔑？"姬善一把抢过书来，翻了几页，目瞪口呆。

时鹿鹿突然开口："我想听这个。"

姬善对他怒目而视。

"如果你读这本书给我听，我可以回答你一个问题，什么问题都可以。而且你知道，我不能对你撒谎。"

姬善一怔。

这段时间以来，她在时鹿鹿身上收获极少，哪怕前几天赶到晚塘，用六岁前的经历逼他，也依旧没能得到什么回应。他封闭了他的感情，拒绝再对她展露真心，成了最不配合的一个病人。

一念至此，垂首看书，不过是荒唐文人写的游戏文字，能用它来做点实事，念念何妨？

姬善同意了。

然后，她就体验到了何为生不如死。

"纪虎洗澡，发现有人偷窥，当即尖叫一声沉入水中，屏息等了一会儿，心道登徒子该走了吧？忐忑地浮出水面一看，不但没走，还近了，就趴在池边呢。她吓得再次放声大叫。结果，少年抬头捂鼻，比她喊得还大声：'太臭了！我受不了了啊啊啊……'"

"哈哈哈哈哈哈！"四女笑得东倒西歪。

"纪虎听说少年要走，忙修书一封。少年收到信笺，刚打开，闻到熟悉的气味，再次口吐白沫晕了过去……"

"哈哈哈哈哈！"四女笑得眼泪横飞。

"纪虎冲到少年面前，跺脚道：'玉郎，你真的要走吗？你宁可娶个瞎子，都不要我吗？'少年含泪道：'瞎子，起码不会让我吐啊……'"

看看拍案叫绝："原来这个男主人公是我哥啊，啊哈哈哈哈！"

姬善深吸口气，翻过一页，继续生无可恋地念。
马车轻轻颠簸，车帘轻轻飘拂，丽夏的光照在她读书的侧影上，不停闪动。
时鹿鹿看着她，眼神幽幽，如阴生的藤蔓，向往光，却又畏惧光。

★★★

薄薄一本《国色不天香》，念了五天终于念完。姬善心中长出一口气。
吃吃笑着点评道："这本书写得这么烂，可因为我认识书里的主角原型，就觉得好好笑！"
看看也点头道："虽然写得下三俗，但把我哥描绘得还挺生动的，感觉是他能做出来的事，说出来的话！"
喝喝见大家笑便也跟着笑，虽然她完全不明白哪里好笑。
姬善把书递给吃吃道："到图璧后，去城南有谷坊找一个男人：十七八岁，左撇子，家道中落，平日里代写书信为生，特别喜欢吃鱼。把这本书给他，让他一页一页吃下去。"
"为什么？"
"他就是作者。"

吃吃惊讶道："你怎么知道？"

看看替她回答道："从书里看出来的。此人能把我哥写得惟妙惟肖，说明他很可能认识我哥。而我哥去回城前就住在有谷坊。这本书写得这么幼稚，作者认识我哥时应该还是少年，但语句流畅没有错误，说明他读过书。书香门第出来的人写这种东西，要不落魄要不爱好，而住在有谷那种地方，九成九是落魄了。"

"那如何得知他爱吃鱼？"

"书里写得最好的一段就是关于各种鱼怎么吃的描写，应该来自他的切身体会。"

"那又怎么看出是左撇子的？"

"这个得问善姐……"看看转头求助。

姬善道："因为书中的人行动时但凡提到手，说的都是左手。"

吃吃一怔，连忙翻书道："说时迟那时快，少年左手在几案上一撑，跳了起来……纪虎左手捧杯，走到少年面前，娇滴滴地说哥哥，喝了这杯酒，从此郎君是路人……还真全是左手！"

"因为作者本人是左撇子，习惯左手做事，写书的时候不自觉就这么设计了。"

吃吃恍然大悟，然后将书收好道："放心善姐，交给我了。我一定让他后悔写了这么一本破书！"

姬善"嗯"了一声，看向榻上的时鹿鹿。

时鹿鹿淡淡道："你可以提问了。"

"开心吗？"

"这是问题？"

"嗯。"

时鹿鹿惊讶。四女也很惊讶，万万没想到，善姐如此自污换来的一次机会，竟浪费在这么一个问题上。

时鹿鹿的目光闪了闪，不知为何，却迟迟没有回答。

姬善也不催促，静静地等待着。

如此过了很长一段时间，时鹿鹿才终于开口道："本以为会，但其实没有。"

他本以为听她读这本书，欣赏她的尴尬委屈愤怒，会是很开心的一件事。听了才发现并不如此，他一点也不觉得开心。事实上，他一直不太知道开心究竟是什么感觉，也许姬善拉着他去探索深渊那次，是离开心最近的一次，但最终被赫奕的圣旨打断，没能好好体验。

他的痛苦一点不少。

他的欢喜从来不多。

他本早已习惯。

可偏偏，这个人出现了……他本以为她会让他开心，但最终还是痛苦。

姬善听了这个回答，若有所思了一会儿，掀帘问走走："到了吗？"

"快了。"

吃吃好奇道："咱们又要留宿了吗？在哪儿在哪儿？"

"连洞观。"

众人皆惊，然后，齐刷刷地看向时鹿鹿——这是他和姬善初遇之地啊。

★★★

连洞观坐落在一座小山上，远离村落，四面是林，山顶有一道瀑布，落到山腰，形成一汪碧潭，潭旁盖着一座道观，名为连洞观。

时值八月，酷暑刚退，松桂飘秋，一行人来到此地，听着"轰隆隆"的声音，再被细小水花一溅，顿觉遍体清凉。

吃吃赞叹道："善姐，你小时候住在这样的神仙住处啊！依山傍水的，抓过鱼吗？摘过果吗？"

看看轻笑道："你对抓鱼摘果还真有执念啊。"

"我做梦都想住在这种地方！"

姬善望着眼前的场景，也是无比怀念，道："我在这儿住了将近一年，确实是最快乐的一段时光……"

"善姐你只在这儿住了一年？也对，你是后来跟着达真人搬上山的。"

马车停在观外，众人收拾行囊下车。观里的真人们出来迎接，但都不认识姬善，只当作普通的香客来观里暂住。

一行六口人两个坐轮椅，引来无数香客围观，吃吃全都恶狠狠地瞪了回去，道："看什么看？全手全脚不求神佛，你们才不该来！"

香客们无语，秉着惹不起躲得起的念头，纷纷散去。

姬善对其中一位真人耳语片刻，真人连连摇头想要拒绝，姬善拿出一个盒子递过去，真人打开一看，面色顿变，最终同意了她的要求。

吃吃好奇道："善姐，你给他们啥了？"

"还能有什么，肯定是天下第一才女亲笔题写的观名呗。"

走走捂唇笑道："车上现写，无本买卖。"

不多时，一个小道士过来对他们行礼道："诸位请跟我来。"

六人跟着他进了客房，这是一栋独立院落，三间房呈品字形，中间一个小院子，院子里种着一棵老槐树。看看看到这棵树，立刻有眼力见地将其他三人招呼走，院子里只剩下姬善和坐在轮椅上的时鹿鹿。

姬善对时鹿鹿道："老屋拆了，只有这棵树还在。"

时鹿鹿仰头看树，斑驳的阳光落在他脸上，恍如星光。

"你从这棵树上掉下？"

"嗯。"

"我在那边出手救你？"时鹿鹿看向西边的某扇窗。

"嗯。"

时鹿鹿忽然轻轻一笑，充满了嘲弄之色。

"你不但带我去晚塘，还带我来汝丘。你觉得我看了这些，会动摇？"

姬善蹲下身，将手搭在轮椅扶手上道："你不是没有这段记忆吗？我帮你补齐。你难道不想知道，你我之间，还发生过什么？"

时鹿鹿冷冷道："我若说不好奇，不想知道。如何？"

"那也要让你知道。"

时鹿鹿正要冷笑，姬善仰头说出了后半句话："因为，我喜欢那时的你——非常非常，喜欢。"

小姬善并不总是那么无忧无虑的，事实上，她的烦恼很多很多。

有一天她去找十姑娘吃饭时，就显得有点怪：大热天穿得很多，一向能吃，那天却吃得很少。

饭后，十姑娘取出一个布包放在案上，示意她拆开。

"什么呀？"姬善兴奋起来，但手不利索，拆了好一会儿才打开，里面是条绣着黄花郎的裙子，但是全新的，而且尺码小了一号。

她在身上比了比，很震惊道："给我的？你，让张裁缝做了一条新裙子给我？"

十姑娘点点头。

"为什么？我穿你的旧衣服就好了呀，为什么要浪费钱做新的？"姬善说到这儿，自觉明白了，"你想跟我一起穿？咱们姐妹装？"

十姑娘皱了皱眉，而姬善已笑嘻嘻地扑过去抱住她道："太好了！我一直想要个姐姐！"

十姑娘一怔，心中有什么东西就那么猝不及防地融了一地，像尘封许久的窗户终被打开，泻入了一室春光。

而这时，姬善咧嘴呲了一声，忙不迭地松手，然后笑着转身继续比衣服道："那我现在就回去换。"

十姑娘伸手拉住她的后衣领，将她提拎回来。

"怎么了？"

十姑娘用眼神示意她就在这里换。

姬善假装看不懂的样子道："你想说什么？你又不是哑巴，为什么不说话？你不说话，我可看不明白……"

话没说完，十姑娘伸手解开了她的腰带。

姬善一惊，想要后退，但被对方抓着，动弹不得，道："我今天不想在你这儿换衣服，要不还是改日再约……"

她的外衫被脱了下去。

她的胳膊露了出来，上面一道道一点点，又红又肿，全是伤。

——这也是她夏天穿厚衣、夹菜不利索的原因。

十姑娘扣住她的手臂，低头仔细观察那些伤，挑了挑眉，用眼神询问。

"没事！祖父炼丹时我在一旁凑热闹，结果丹炉炸了，溅了我一下。但我及时护住了脸，你看我脸上一点都没有，不影响我以后嫁人。"她嘻嘻一笑道，颇为自得。

十姑娘拉着她，侧身从梳妆台的抽屉里取出一瓶药，为她敷上。

"你这是什么药？给我看看？"她一看药就眼睛发亮，比看到漂亮衣服还要高兴。

十姑娘便又取了一瓶给她。姬善闻了闻瓶里的液体，还试图去舔，被十姑娘轻拍制止。姬善见她眼中有警告之意，怕她把药要回去，连忙收起来放入香囊中道："我不舔了，带回去慢慢玩。"

十姑娘耐心地、一点点地把她身上所有的伤处都敷好药。那药凉凉的，原本烧灼疼痛的感觉顿时消失了许多。

"这药真好用……"姬善躺在柔软的锦褥上，枕着十姑娘的腿，感受着被人细致照顾着的感觉，惬意地闭上了眼睛，"我也想能做出这么好用的药，既能治好病，还能让人感觉很幸福……"

十姑娘的唇微勾了一下。

"我小时候喝过一味药，又苦又腥，喝一口就想吐。我心想天啊，为什么药那么难喝？阿爹告诉我良药苦口，我心想呸。你看鱼，又臭又腥，可厨子们开膛破肚，细细调理，最后烧得鲜嫩滑软，让你吃得爱不释手。明明动动脑子就可以让药有所改变，就像这瓶药，里面加了薄荷和马鞭草，所以又香又凉。为什么大家都不做呢？阿爹说他没空。我就想，那我来！我就自己捣鼓，捣鼓来捣鼓去，你猜怎么着？"

十姑娘当然是不会回答她的，姬善也不等她回应，就径自说了下去："不但没把药弄得好吃，反而变成了毒药，喝了的人全疼得死去活来……阿爹知道后，脸都吓白了，去祠堂大哭一场，说没生儿子已经够对不起祖宗们的了，还生了个不学医反学毒的孩子。我为自己辩解，他也不听，还不让我以后再乱碰药。我气死啦，觉得他一点都不了解我，不知道我的志向何等伟大！而且，还因为我是女孩就轻视我……"

不知为何，一股委屈突然涌上心头，姬善的眼泪不受控制地流了出来："我当时很生气，发誓再也不要理他，再也不原谅他，可是……最近我常常会想起他……不知道为什么，就好难受好难受……"

那个下午，是小姬善跟十姑娘关系改善的开始。

她躺在十姑娘的腿上，默默地哭了一会儿。

十姑娘没出声，但手没有停，敷完药后，又开始温柔地梳理她的头发。

她说："阿十，你说我还有机会学医吗？我家现在这么穷……"

她说："阿十你知道吗？达真人被骗了，他炼的那些丹药根本不能延年益寿。炼丹很费钱，阿娘把首饰都当了，还在拼命绣花，绣得眼睛都花了……"

她说："阿十，我觉得自己真没用啊，一点忙也帮不上。我一直以为自己是个很厉害、很有用的人呢。直到来了连洞观，在这儿什么都干不了，无聊死了，幸好遇见你……"

她说："阿十，我有一个大秘密，但我现在不能告诉你，不能告诉任何人……这样，什么时候等我能够离开这里了，我就告诉你，你想不想知道……"

她说："阿十，你得的到底是什么病呢？会好吗？我希望你能好起来，如果你好不起来也不用怕……等我将来长大了，有机会继续学医了，我一定会治好你的……"

她喃喃地说了好多好多，说得最后睡着了。

等她醒来时，阿娘说，是十姑娘亲自抱着她回来的，身上还穿着那条新裙子。阿娘说，不能平白收人家这么贵的礼物，一定要回礼。

于是，对女红毫无兴趣的她，老老实实地跟着阿娘做了一个香囊，绣了一个"十"字，还在里面放了自配的香草料包。

第二天，她跑去把香囊送给十姑娘，十姑娘看到歪七扭八的针脚和丑极了的"十"字，"扑哧"一笑。

她没有生气，反而惊喜道："阿十！你笑了！原来你会笑啊！"

"我们小姐是被这个香囊丑笑了！"婢女在旁逮着机会挖苦道。

"那也值了啊。博美人一笑，不枉我手都扎破了呢！"

十姑娘一听，拉起她的手细细看了几眼，然后把自己腰间的香囊解下来，换上了她做的那个。婢女惊讶道："小姐，你真要戴这么丑的东西啊？"

"这是我做的香囊，我将来可是名动天下的人物，到时候你们没钱了，把这个香囊拿出来卖，没准能卖很多很多钱呢。"

"呸呸呸，你居然咒我家小姐落魄！"婢女气极了，最气的是，小姐竟然对此一点都不生气，还冲那个臭丫头微笑，于是她再次一跺脚，扭头跑了。

她们的生活就那么吵吵闹闹地持续着：阿十微笑，阿善吵闹，小婢女气得哇哇叫。

姬善想：那段时光可真有意思啊，那么那么悠闲，那么那么自在。以至于让年幼的她心生错觉，她和阿十会一直一直那么开心快乐地过下去……

结果，寒露那天，观门外来了一群人，清一色全是女人，十八九岁到四五十岁都有，其中一个中年妇人身穿羽衣手持竹杖，看上去不苟言笑。

她途经她们身边，好奇地打量那件羽衣，一少女立刻冷冷地训斥她："看什么？"

"那位婶婶的衣服好好看，都是什么鸟的翎羽编的？"

"关你什么事？滚！"少女推了她一把，她被推倒在地，愣了愣，起来拔腿就跑。

回到家翻箱倒柜地找东西，阿娘看见了问："找什么呢？"

"我前几天从达真人房里偷出来的瓶子呢？里面有毒药，放在洗脸水里，洗了就会长麻子！"

阿娘一怔道："啊？要那个做什么？"

"有人欺负我，我去下个毒。奇怪，瓶子呢？明明放在这里的……"一扭头，看见阿娘的脸，连忙改口，"我觉得那些人来者不善，以防万一嘛。"

"那些人是十姑娘的家里人。"

"啊？"

"听观主说，十姑娘家里出了事，要接她回去……"

后面的话就再没听清，她冲了出去。

来到十姑娘的小院，果然，刚才见过的女人们在那儿出出入入地搬东西。那个推她的少女看守着院门，看见她，把手一拦道："还敢来？"

她踮起脚喊："阿十……阿十……"

"吵死了，闭嘴！"少女一把捂住她的嘴巴，将她拎到一旁。

"我要见阿十！"

"阿十？放肆！我们主人的名字也是你叫得的？"

"你们真的是来接她走的吗？"

"没错。"

"你们要去哪里？"

"跟你无关。"

"求求你告诉我吧。"姬善双手合十，露出自觉最可爱的表情，却被对方又无情地推了一把，倒在地上。

"滚……"

她起身心疼地拍着裙子，这条裙子是阿十送的，摔了两次，都脏了。

可恶，这下子必须要报复了！

她扭身离开，冲回家继续翻箱倒柜。阿娘在旁劝她："别找了……"

"不行，我一定要去下个毒！"

"你再这么找下去，人都走了。"

她愕然，回头道："走？今、今天就要走？"

阿娘点头。她的手一抖，柜门"咯吱"一下压在手指头上。阿娘心疼地连忙过来帮她吹："呼呼，不疼不疼，呼呼……"

"阿十今天就要走……"她终于意识到这意味着即将失去连观洞唯一的朋友，"那她还回来吗？"

"听说家里出了大事，应该不回来了。家家有本难念的经啊……"阿娘吹完手指，看她没反应，便温柔地问道，"还找毒药吗？"

"还找，但不找毒药了。我、我送她一些东西，免得她忘了我！这样以后还能见面！"她向来是个行动派，说做就做，开始四处翻找礼物，最终收拾出一堆她认为合适的来，打了个包扛着再次来到院门前。

看门的少女立刻警觉道："你还敢来啊？我可真要对你不客气了！"

正要动手，阿十的婢女出来了，道："十姑娘请她进去。"

少女瞥了她一眼，这才侧身放行。

姬善忙不迭地跑进院，冲进十姑娘的房间道："阿十，阿十，听说你要回家了？我有东西送你呀……"

她的喊声长长，微笑表情却僵在了脸上。

黄昏的阳光照着坐在窗边的十姑娘，光洁如玉的脸上一片水光。

那是眼泪。

背上的包袱"啪"地掉到了地上，里面的礼物散了一地。

十姑娘回过头来，看着一地狼藉中的她。

姬善想：啊，机警如她，竟在那一刻，不知该说什么话。

最后还是十姑娘起身，把地上的东西一样一样捡起来，每捡一样，便看一会儿，慢慢来到她跟前，一件件地重新放回包袱里。

她蹲着，姬善站着，两人视线相对。

姬善舔了舔发干的嘴唇，轻轻地问："你不想回家吗？"

十姑娘注视着她，眼中哀愁如冰，冰化了，水溢出来。

"那不是家。"她终于开口，对她说了第一句话。

★★★

"我不知道该说什么……我有一肚子告别的话，可是一句都说不出来。"灯光点亮了西客房，十五年前，小姬善跟十姑娘站在这里，一个站着一个蹲着。

十五年后，姬善跟时鹿鹿站在这里，一个站着一个坐在轮椅上，却形成了几乎相同的姿势。

"然后，我做了一件事。"

时鹿鹿反复提醒自己不要上当，这个女人十分狡猾，她所说的一切都是为了让他动摇；她所做的一切都是为了救伏周。

可当前尘旧事在相同的地方被重新提及时，如有神力。

令他无法不好奇，迫切地想要听下去。

姬善脸上，写满了"你必须开口，我才往下说"的表情。

时鹿鹿深吸口气，扬眉："你做了……"

没等他问完，姬善已扣住他的右手，十指交握地拉住他道："我就这样——拉着你，把你从地上拉起来，然后拉到后面的窗户前，说——我带你逃啊！我有毒药！"

"我带你逃啊！我有毒药！"

耳中，一个稚嫩的声音乍然响起，跟眼前人的声音重叠在了一起。

那是来自封印的记忆中，小姬善对他说的话。

时鹿鹿整个人开始战栗。

他……他……他想了起来！

★★★

那个小丫头跟连洞观的一切都格格不入。

她太跳脱、太闹腾，还有点野。而连洞观分明是个清幽绝俗的地方。

他从晚塘离开后，还去了几个地方，最后转移来此，这一次，侍奉的人从一个变成了三个：两个婆婆，还有一个小婢女。

来这儿的第一天，就看到那个小丫头趴在围墙上踮脚往这边看。他觉得烦，第一时间把窗关上了。

结果，对方反而翻墙而入，光明正大地来敲门道："你叫十姑娘？姓十，还是在家中排行第十？"

他皱眉，婢女连忙过去开门道："你是谁呀？"

"我是住在隔壁院的姬善，你们可以叫我阿善。听说你要在这里养病？那就是久住啦。作为邻居咱们以后要好好相处啊。"

"哦，那、那知道了，你回去吧。"

阿善不停探头朝她这边看，眉眼细长，古灵精怪，她问："十姑娘，听说你生病了？什么病呀？"

"不关你的事！"婢女"啪"地关上了门。

阿善却还没走，透过纸纱窗依稀能看到她在外面转悠，大概转了盏茶工夫，才被她娘叫了回去。

婢女松口气道："可算走了。要不要让婆婆去跟她娘说说，看紧孩子，别老来打搅您？"

他看着已经看不到人影的纱窗，片刻后，淡淡道："不必。"

因他表态，婢女没有动作，姬善自然也没受到警告。于是第二天，她又来了，还是试图进来，进来不成，改在外面转悠……第三天、第四天……天天如此……

然后有一天，她在院里的树上找到了新玩具，骑在树杈上，嘴里念念有词："让你推麻雀，让你不要脸，让你吃得这么多，让你啄鸟妈妈……"

被她用树枝戳的小杜鹃嘶声大叫。

他被烦得头疼，随手拿了颗豌豆弹出去，本想打她，谁知失准头打中了树枝，树枝"咔嚓"断了，她从上面掉下来。

说时迟那时快，他立刻飞出身上的披帛，什么也没多想，披帛这一次准确地卷住目标，将她从窗口拖回来。

她掉在了他身上。

四目相对，"咚咚咚咚"，心如鼓擂。

下一刻，她嘴角一咧，开心地跳了起来道："阿十！你救了我！你居然会武功，还这么高？"

他一怔，有些不悦。她却热情地抓住他的手道："救命之恩，你想我怎么报答？听说你有病？我帮你看看？"

他冷漠地抽出手，示意婢女赶人。婢女得了眼神，连忙把姬善推了出去道："看什么看，你一小孩还会看病不成？"

"我会呀！"

婢女完全不信，道："吹牛不打草稿。要真会看病，先治好你娘吧。"

姬善一怔，就那么被她推了出去。

"成天叽叽喳喳，吵死了。"婢女回转身来，对他道，"真的放之不理？"

他轻轻地抚摸着披帛，"嗯"了一声。

小婢女永远不会知道，他其实喜欢有人这样在意他，观察他，千方百计想要了解他。在晚塘的那几年里，如果有个像姬善这样的人出现，被铁链拴在屋里的他是不是就能早点被人发现？

结果第二天，到姬善该来转悠的时间，她却没出现。

他坐在窗边，操控披帛飞出去，卷住一个瓶子飞回来，再卷着瓶子送回去，如此周而复始地练习了一会儿。她还没有出现。

他凝眉，沉思，听见后窗外边有声音。

走到后窗，隔着缝隙一看，就见姬善鬼鬼祟祟地蹲在池塘旁翻找着什么，当看清她手里拿的是什么东西后，他怔了怔。

有风吹来，拨得笔架上的笔摇摆撞击，发出清脆的"叮咚"声。

他想他为何之前没发现，原来风吹毛笔的撞击声也如此好听。

就像他之前不曾发现，外面的池塘在黄昏中波光粼粼，美极了。

婢女煎好药端进来，他一口饮尽。婢女正要拿着药渣去倒，他却摆摆手，示意自己来。端着药碗走到屋后池塘，姬善不见了，水面上只有一根芦苇在轻轻颤动。

他把药渣泼向芦苇，顿时得到惊天动地的回应。

姬善从水里跳出来，连连咳嗽，各种扑腾，惨叫道："抽、抽！我抽筋了！救、救命呀……"

没喊完，她沉了下去，再也没浮上来。

他心中一紧，却又不会游泳，试图飞出披帛救人，但帛入水中立刻力消。他只好喊了起来："来人！"

前屋做饭中的婆婆听到声音飞掠而至，将姬善从水里捞了出来。

"小姐，她没灌什么水，就是一时窒息晕过去了，我送她回家。"

他想了想，道："留在这儿。"

婆婆很惊讶。因为他极少说话，这一天，却为这个隔壁的小姑娘，破例出了两次声。

婆婆把湿漉漉的姬善擦干，换了衣服，安置在他的床榻上。他静静地观察了她一会儿，睡着时，她的淘气野蛮闹腾就通通消失了，眉眼恬静，显得很乖。

而这双乖巧温顺的眼睛，突然睁开，仿佛烛芯被点燃，仿佛骏马被放出闸门，仿佛壶口倒出清泉……一瞬间，整个画面都跟着灵动了起来。

他僵了僵，不动神色地瞥过视线。

耳中听到姬善伸了个大大的懒腰，嘟哝着说了一句"好硬"，然后又说了一句"好素"，最后朝他跑过来，一跳，坐到窗台上，冲他嘻嘻一笑。

天色已暗，夜幕将来，可她周身如沐霞光，熠熠生辉。

时鹿鹿忍不住想：这样一个人，为什么不早点出现呢？她如果在晚塘就出现，该多好啊……

但现在出现……也还行吧。

小姬善就那么硬生生地挤进他的视线，也挤进他的生活中来。她每天都来蹭饭，慢慢地，发展为蹭衣服、蹭药物、蹭一切她能蹭的东西。

他觉得她很神奇，明明那么弱小，却又那么自信，自信自己不会被讨厌，自信自己不会被拒绝。

然后就到了那一天，听神台的巫女自称得了神谕，来接他。

他不信。

从他第一次在母亲的手记里看到巫族的秘史时，他就不信巫神。如果真有巫神，他就不会出生，更不会被选为继承者。

他，可是渎神的存在啊。

可他没有选择。此身弱小，虽学了一点武功，却也远不是那些大人的对手。

再然后，小姬善赶来了，带了一大包礼物，"丁零当啷"撒一地。

她拉起他的手，跟他说："我带你逃啊！我有毒药！"

那么弱小，那么自信的姬善，在那个时候给了他勇气，那勇气极不合理，却真实存在。于是，他回应道："好！"

★★★

她拉着他偷偷从后窗跳了出去，绕过池塘，爬过围墙，进了密林。

她说："方圆十里所有的地方我都探索过，了如指掌。所以，你知道这里最能藏人的地方是哪里吗？"

他皱眉沉吟。

"笨蛋，连洞连洞，就是因为这里有好多好多洞啊！"她带他来到碧潭，冲进瀑布。瀑布后竟是溶洞，鲜有人知，人迹罕至。

两人都被淋湿了。时已深秋，溶洞内却冷极了。姬善打了个喷嚏，哆嗦不已道："没带火折子，你呢？"

他也没有。见他摇头，姬善叹口气道："算了，挺一挺吧。"

他忽然伸手抱住她。

姬善从他怀中探头，表情从不解转为了然，最后更是舒服地眯起了眼睛道："你会发热呀！像个火炉一样，好舒服……"

他"嗯"了一声，源源不断地用力为她烘干衣服。

姬善好奇道："这就是传说中的内功吧？跟谁学的？你觉得我能学吗？唉，还是算了，我还是更喜欢医术，我要把有限的时间全部花在医术上……"

他"嘘"了一声，示意她安静。

姬善点头小声道："来接你的那些人也会武功对吧？那我不说话了，免得被她们听见……对了，给你毒药。要是找来了，就给她们下个毒。"

他看着她递过来的小瓶子，期待了一下，问："会死？"

"不会。但泼到皮肤上会很痒起痱子……"

他想这种程度无济于事，但看到对方得意扬扬的表情，不忍扫兴，便接过来收入怀中。

姬善换了个姿势靠躺在他怀中，不说话了，不多会儿，便打起了呼噜。

瀑布外依稀传来巫女们的呼唤声。

他没有动。他不想去巫神殿听神台，更不想当什么宜国的大司巫，他喜欢这里，他想继续留在这儿。

然而，巫女们的声音越来越近了。他素来听力过人，听到巫女在向道士们打听附近有什么隐蔽之处，一位道士回答瀑布后有溶洞。

他想，这里终归不安全。

于是他推了推姬善，姬善迷迷糊糊地醒了，刚要出声，被他捂住嘴巴，示意她往洞里走。

姬善立刻意识到她们找来了，也不啰唆，转身带路。

溶洞又湿又冷，地面坑坑洼洼，上方还有各种钟乳石挡道，越往里走，就越黑。

姬善忍不住道："我什么也看不见了。"

"我背你。"他把她背起来，继续前行。

姬善低声赞叹道："你的视力这么好呀？"

"嗯。"

"阿十，我发现你是个宝箱哎！"

"宝箱？"

"就是带锁的那种，很难打开，但是一旦打开，里面全是宝贝。"她贴着他的耳朵笑道，笑得他好痒。

"嗯。"他想他也可以自信一点，骄傲一点，认为自己就是个宝箱。那么她呢？"你是什么？"

"我啊……我是一本医书，现在还没几页，后面全是空白的，但是等我长大了，一页一页地补上，最后肯定会变成一本特别特别厉害的书！"她张开双手比了个夸张的手势，却差点从他身上掉下去，忙不迭地抱紧他的脖子。

他轻轻一笑，笑声在一片死寂的溶洞深处，显得很清晰。

"阿十……"

"嗯？"

"你笑起来真好听，要多笑笑呀。"

不知为何，胸口有点闷，从来没有人跟他说过这种话，从没有人逗他笑，便连脑海中那个偶尔响起的声音，虽然温柔，却也只是说一些叮嘱的话：

"小鹿，你应该学点武功。"

"小鹿，这些书读熟，会背后烧掉。"

"小鹿，别让她们发现你是男孩……"

在此之前，从没人给予他赞美。而自遇姬善之后，她每天都在夸奖他。

她说他是美人，武功好，视力好，是个宝箱。

这些赞美像一朵朵柔软温暖的云，把脆弱不堪的他包裹起来，带他悠闲自在地飘。那么轻松，那么美好。

他想：她将来肯定会成为很厉害的大人物，会有一个很锦绣的未来。那么，跟她在一起的他，也会一直一直这么开心……

当他想到"开心"这个词时，他就真的开心了——心脏部位剧烈一扯，似被一分为二，紧跟着，从里头钻出了某个活物。

他一头栽倒在地，眼泪鼻涕一起流了出来。

姬善连忙从他背上爬起来，摸着他问："阿十？你绊倒了？"

剧痛让他发不出任何声音。姬善摸到他的头，发现全是汗，她问："你怎么了？是、是你的病发作了？"

她迅速地找到他的脉搏，开始搭脉——原来她真的会医术。

可当今世上，没有医术能够治疗他的病。因为，他得的根本不是病。

果然，姬善道："好奇怪啊，我什么也看不出来……你疼得很厉害吗？我、我去找人来！"她扭身想跑，却被他紧紧攥住。

不要找那些人来！他不要回去！他宁可痛死！

虽然他发不出任何声音，姬善却理解了他的意思，跪坐着握住他的手，一次次地帮他擦汗。

"阿十，你到底是什么病？你有没有带药？这样下去可怎么办呢……"

"阿十，那些来接你的人手里有药是不是？我去偷给你！"

他攥住她。

黑暗中，小姑娘轻轻地哭了起来，道："我、我好没用啊……我自称会医术，却一点忙都帮不上……"

他强咬着牙，艰难地抬起手摸了一下她的头。

姬善怔了怔，然后紧紧抱住。黑暗中什么也看不见，只有她小小的身子和暖暖的体温陪伴着剧痛中的他。

不知过了多久，剧痛仍未停止，反而越发厉害。在晕过去前，脑中的最后一个想法是：我绝对绝对不要去巫神殿！不要当什么大司巫！

而等他再睁开眼睛，就看见了伏怡神像。

★★★

时鹿鹿惊骇抬头，看着眼前的姬善，只觉世情荒诞莫过于斯。他跟她之间，竟有这样的过往，而当初信誓旦旦的誓言，也成了笑话一场。

他最终还是到了巫神殿，成了大司巫，而这段记忆也被伏周独享了，没有留给他。

时鹿鹿的脸色越发惨白。

十姑娘不想当大司巫，也不信巫。他却是信的。他为何会信？还有什么记忆，是他没有，而伏周独有的？伏周为何会乖乖留在巫神殿，一当就是十五年？为何会尽心尽职地辅佐赫奕？

这不合理！

拥有了这段记忆的伏周，本该向往自由，渴望继续跟姬善在一起才对！为什么变成了后来那个样子？

姬善紧盯着他的眼睛问："你想起来了？"

他点头，汗水沿着眉骨流至耳郭。

"想起了多少？"

"你带我躲在溶洞里，但我蛊毒发作，晕过去了。"他悲伤地看着她道，"是你把我交给那些巫女的？"

姬善摇头。

"那是她们进来后发现了我们？"

姬善沉默了一会儿，推起他的轮椅，道："去那儿你就知道了。"

她带他去了溶洞。

瀑布依旧奔腾，而这一次，她带了伞。

撑着伞快速进入水帘，两人的衣服都只湿了一点。她还带了灯，灯光映亮地面，他们缓慢前行。

当年，他背着她；如今，她推着他。时光仿佛在这一刻重叠，让他既悲伤，又欢愉。

悲伤很浓，欢愉很淡。可那么淡的一点快乐，足以抵消所有的顾虑，明知很可能是陷阱，也不得不往下跳。

走了没多会儿，姬善就停下了。时鹿鹿皱眉问："这里？"

"嗯。"

"当年明明觉得走了好久好久，走得腿都僵了腰都酸了，结果……原来才这么点。"那时候的他，真是太弱小了。

姬善居然还带了把小锄头，四下查看一番后，开始挖。

时鹿鹿心有余而力不足，只能看着她挖。幸好埋得不深，不一会儿碎石堆下就露出了一只手骨。

时鹿鹿一惊，万万没想到，这里竟然有尸体！

姬善气喘吁吁地停下来，踢了踢那只手骨道："看到了？那我就不整个挖了。"

"这是谁？"

"当初来接你的那个听神台巫女。"

时鹿鹿越发震惊，问："她死了？谁干的？"

姬善看着他，神色复杂道："你？"

"我晕过去了！"

姬善很认真地纠正他："十姑娘，晕过去了。伏周，出来了。"

"伏周？"

"就是……你这具身体里，最强大的那个人出来了。"姬善见他还是有点茫然，便说得更明白，"你其实也不记得杀死胖婶的剪刀是怎么回事吧？"

时鹿鹿震惊，而比震惊更惶恐的是，他确实不知道！他没有这部分记忆！

"剪刀就是伏周放的。你六岁时，听到的那个声音，不是神谕，是伏周在暗示你，杀了胖婶。"

时鹿鹿握紧了自己的手，却控制不住战栗。

"小鹿，今天要吃红鸡蛋。"那个声音缥缈温柔，雌雄难辨，回想起来，正是少年时未变声的他自己的声音。

"小鹿，你应该学点武功。"

"小鹿，这些书读熟，会背后烧掉。"

"小鹿，别让她们发现你是男孩……"

时鹿鹿下意识地捂住自己的耳朵。

"伏周见你没有反应，就尝试着自己出来放了那把剪刀。然后，他成功了，胖婶被刺，东窗事发。你娘得知消息，派人把你救走。然后，伏周跟你说，应该学点武功，这一点你做到了，你跟着照顾你的巫女学武，当你来到汝丘时，武功已经很不错了。你娘送来很多手记，你按照伏周的建议全部背得滚瓜烂熟，然后将之烧毁；你很少开口说话，也不允许婆婆和婢女近身侍奉，因此她们始终不知你是男孩……"

"那不是神谕？"

"不是。"

时鹿鹿绝望地闭上了眼睛。

"而当你背着我来到这里，蛊虫发作晕过去后，伏周，再次出现了……"

★★★

小姬善抱着十姑娘，拼命摇晃道："别睡，别睡啊阿十，这个时候你不能睡！睡了就醒不来了！阿十！"

十姑娘依稀发出了一声呻吟，继而开始剧烈喘息。

姬善大喜道："你能出声了！太好了！"阿十刚才连声音都发不出来，吓死她了。

然而，这时她听见了脚步声。

糟了！

有人进溶洞了！

偏偏阿十此时跟拉风箱似的喘着气，立刻被对方听到了。

"小主人，是你吗？"

黑暗中，姬善感到阿十的手用力地抓住了她，整个人仍在颤抖。

"还有一个人……是隔壁姓姬的小丫头吗？"对方离得越来越近了，"呲"的一声，火折子亮了起来，照得两个小人无处遁形。

来人正是身穿羽衣的巫女首领，她将二人的模样看在眼里，冷冷道："跟我回去。"

姬善将阿十挡在身后道:"她不想跟你们走!"

"容不得她拒绝。还有你,可以看在你的姓氏上允许你离开。"

"我不走!阿十生病了,很难受,除非你能治好她……"姬善一边抱着阿十,一边偷偷将手探入阿十袖中。

"她只要回到家,就会好。"巫女俯身要去抓人,突然间,一样东西扔过来,她始料未及,下意识用手一拍,瓷瓶立碎,里面的液体溅了她一脸。

"什么东西?!"她大怒道,一把抓住始作俑者的姬善,"你往我脸上泼的什么?"

"毒药,你马上要死了!"

巫女一怔,连忙松手开始擦拭脸上的水,然后她就发现有点痒,挠了挠,越挠就越痒,越痒就越想挠。

"这是什么?这到底是什么?"

姬善一把扶起阿十道:"走!"

阿十却不动。

"你走不动?我背你!"姬善蹲下身道,阿十还是不动。

巫女反应过来,厉声道:"你们谁也别想走!"说着一手将阿十抱起,另一只手去抓姬善。

姬善扭身就逃,她身型矮小,绕着钟乳石转圈,一时间,会武功的巫女竟也没能追上,气得火冒三丈道:"站住!你给我站住!"

阿十趴在她怀里,虚弱地抱着她,还在大口大口喘气。

姬善毕竟年幼,跑了没一会儿就跑不动了,脚下被凸起的石头一绊,摔倒在地。

巫女当即冲过去,腰间的丝带"嗖"地缠上姬善的脖子。

姬善发出一声凄厉的呻吟,拼命挣扎。

巫女冷冷道:"碍事的玩意儿,去死吧!"手上施力,丝带勒紧,眼看姬善就要气绝,一直乖乖趴在巫女怀中的阿十,突然拔下巫女头发上的簪子,一下子刺进她的咽喉。

巫女的眼睛顿时睁大了,配着满是红疹的一张脸,显得说不出地可怕。她的手臂松落,阿十掉到地上,跟着一起掉下来的,还有火折子。

火光熄灭,世界再次变得漆黑。

只有三人剧烈的喘息声此起彼伏。

慢慢地,喘息声少了一个。

再过一段时间，喘息声又少了一个。

最后，只剩下阿十尤在痛苦喘息。

黑暗中，响起了姬善怯怯的声音："阿十？你，还活着吗？"

阿十的手在地上摸索，找到火折子，重新擦燃，让姬善看到了他的脸——秀美如玉的脸上，出现了无数道红纹，那些红纹如藤蔓，蔓延至他的耳朵，原本漆黑的眼珠，也变成了暗红色。

姬善看呆了。

"背我出瀑布。"阿十命令道。

"啊？"

"找那些人救我，但不要说这里的事。等我们走后，埋了她。"

"哦……为什么？"

"不想给你爷爷和你娘惹麻烦，就按我说的做。"

"阿十，你怎么了？为什么用这么可怕的语气跟我说话？"微弱的火光中，小小的姬善脸色苍白，满头大汗，浑身泥垢——刚才，她为了救他曾拼上了性命。

十姑娘的目光闪了闪，放软了口吻道："我要走了。"

"啊？"机灵如她，也反应不过来阿十的这种转变了。

"我娘在那儿，我得回去。"

"哦……"姬善想这个理由能接受，当即把阿十背了起来。阿十很沉，她背得很吃力，只能一点一点往外挪。

十姑娘伏在她背上，拿着火折子，只能看到姬善的头发和手。

"那，阿十，你回到家后还能再出来吗？"

"不知道。"

"这样啊……那我以后有机会去找你！"

长长的睫毛覆下来，遮住了他的真实表情。

"不。"

"为什么？你不想见我吗？"

十姑娘不说话，好像又变回初见时的冰山美人，拒人千里。

"可我想见你呀！所以阿十，别担心，我以后会是个很厉害的大夫。晚衣跟我说不管是好人坏人，都会对大夫好，因为指不定哪天就会生病求到人家。到时候我很厉害了，往你家门前一站，你的家人们都会欢天喜地地出来迎接我呢！"

她开心地说道，阿十依旧没回答，只用双臂搂紧了她的肩。

她忽然想起一事，问："阿十，你杀了那个仆人，没关系吗？"

"没关系。"他终于回应了，叮嘱她，"别让人知道。"想了想，又叮嘱，"埋的时候，别怕。"

"我不怕死人。我爹医死过很多人呢。"

阿十把脸埋在她的肩窝上，似轻笑了一下。

"对嘛，多笑笑……"她一边继续赞美他，一边背着他从瀑布走了出去，一出去就看到了他的小婢女。小婢女惊呼一声，于是远处的其他人也全知道了。

她们抬来一顶软轿，把十姑娘安置在上面。其中一个好奇地问了句："九婆婆呢？"

十姑娘淡淡道："现在不走，我就永远不走了。"

众人一惊，忙不迭地抬着轿子走了。

姬善忍不住追了几步，喊着："阿十……阿十……"

软轿的纱帘被风吹开一线，露出十姑娘的半张脸，眼瞳深深，难以描述。

姬善挥挥手，露出一个灿烂的笑容，没再说什么。

纱帘最终闭合，一行人匆匆离去。瀑布依旧湍急，道观重新清幽。姬善放下手，收起笑容，喃喃说道："你又救了我一次啊，阿十。你救了我三次……"

"听说如果一个人被另一人救了三次，那么，他的性命就属于那个人。你什么时候救我第三次？"

玩笑之言，竟成了终身之诺。

只是当时的她尚未意识到，这个承诺何其沉重。

"我从未见过你这种病，发誓有朝一日一定要治好你。"

时鹿鹿嘲讽地笑了笑道："所以儿时的我对你来说，不过是个新奇玩具，特殊病人，对吧？所谓的善意、友情，都是借口？"

姬善很认真地想了想，回答："如果你没有那个病，我根本不会注意你，更不会靠近你。"

"你……"时鹿鹿正要发怒，姬善道："但靠近你，认识你之后，我便……放不下你了。"

满腔怒火瞬间消弭。

时鹿鹿看着姬善的脸，仿佛宿命精心为他构造的一张脸，淘气跳脱也好，冷漠薄情也罢，一颦一笑，都让他无法抗拒。

姬善忽然又拿起锄头去挖另一侧，另一侧埋得更浅，几下就拉出了布袋的一角，再用力一拽，把整个包袱拖拽出来。

时鹿鹿认出了这个包袱——是当年姬善送他的临别礼物。

"你走后我才想起，这些都没来得及给你。现在，你还要吗？"她拎起布袋的一角，平静却又极具杀伤力地问道。

★★★

圆月银辉，跟烛火一起照着长案，案上摆满物件。

因为有三个房间，这一次六人不用挤在一起，因此走走喝喝住一间，看看吃吃住一间，他和姬善住一间。

姬善翻看医书，他则看那些礼物。

第一样，是一根芦苇。芦苇被风干了，上面残留着许多污渍，闻了闻，还有一股淡淡的药味。

他熟悉这股药味，于是就找到了它的出处——姬善曾用它藏在池塘里，然后被他拿药泼了个正着。

她当时溺水晕过去了，是后来刻意去找回的这根芦苇吗？

第二样，是一个瓶子，是他当年装金创药的瓶子，他送给了她一瓶，她为何拿来送还他？带着这样的想法，时鹿鹿伸手，费了好一番工夫才打开瓶盖，里面飘出一股幽香，跟她当年送他的香囊一个味道。

而那个香囊，他走得匆忙，没有带走，也不知是不是跟着旧房子一起灰飞烟灭了。

第三样，是一双竹筷，筷尾雕刻着"十"字。跟香囊上的一样，歪歪扭扭，雕工平平，想来是小姬善自己做的。他们曾一起吃过半年的饭，回忆起来，恍如隔世。

第四样，是一包细碎的褐色种子，他不认识，但是猜得到——是黄花郎的种子。

第五样，是一个陶器花瓶，瓶身是一张微笑的人脸，丑得可爱，还有点像她。

第六样，是一盏小灯，灯上画了瀑布、碧潭和道观，画工普通，但很好辨识。

第七样，是一本书，只有第一页写了字，后面全是空白的。第一页上写着："我今天想起了阿善，快往下写，快往下写……"

一共七样礼物，每一样都在提醒他不要忘记她。

然而最终没被带走，只能埋在尸休旁，成了独属于她的十五年的秘密。

时鹿鹿情不自禁地回头看姬善，她在看书，可又何尝不是在等他的反应。

别信她。

她所做的一切，都是为了救伏周。

要救伏周，就意味着要封印你。

你和伏周不能同时出现……

一句句劝阻的话，在他耳畔不停响起。伴随着伏周信誓旦旦地说过的"神谕"——"你会死于她手"。神谕——时鹿鹿，会死于姬善之手。

诅咒入骨，相思无解。

时鹿鹿忽然笑了起来，越笑越大声，笑得姬善不得不放下书扭头看他。

"你赢了。阿善。你赢了。"

姬善下意识地屏住了呼吸。

"来吧，让伏周，出来吧。"他凝望着她，一字一字道。

姬善走到时鹿鹿面前，伸手，捧住他的脸。

小鹿般的一张脸。

事情发展到这一步，坦白说，已经超出她的预料。她本以为伏周是本体，时鹿鹿是寄生，但现在看来，时鹿鹿才是本体，伏周是寄生。

因为儿时的经历太过痛苦，小小的小鹿幻想有一个人能保护他、救他。于是伏周就此诞生：用剪刀谋杀胖婶，指点他好好习武读书，不要暴露真实性别，还杀了进入溶洞的巫女救了小时候的姬善。

再然后，当时鹿鹿被强行带回听神台后，伏周彻底掌控了这具身体，他代他接受蛊王之战，代他跟阿月诀别，代他成为大司巫，代他不带情绪地活下来……

时鹿鹿不知道，他只知道自己被关在了不见天日的小黑屋里，怨恨生长，无法宣泄。而当雷劈身体，伏周昏迷的时候，夺回身体的时鹿鹿开始了疯狂的报复……

怎么治这种病？

怎么救这个人？

她走的是一条前所未有的医之道，因此，没有先例可循，每一步都要自己摸索。

"第二个。"她的声音宛如梦呓。

"什么？"

"离魂症，你是我遇见的第二个。"

时鹿鹿一震，问："还有谁？"还有谁跟他一样身陷囹圄，以自己为敌，与另一人同体？

"阿娘。"

时鹿鹿震惊。

姬善松手，往回走了几步，秋姜临行前说的那句"真心换真心"在她脑海中闪烁浮现，仿若鼓励。

"阿娘得了离魂症，是两个完全不一样的人。一个她，温柔贤惠，擅长绣花，对一切都逆来顺受，从不反抗；另一个她，拿刀杀了丈夫。"姬善必须握紧自己的手，才能继续往下说，"达真人没有杀儿子。杀人的是阿娘。"

时鹿鹿忽然想起他的小婢女曾说过一句话："吹牛不打草稿。要真会看病，先治好你娘吧。"也就是说，连小婢女都知道她娘有病，而儿时的他，没有留意这一点。

"如果是妻子杀夫，按照律例会判死刑，但若是父亲杀子，在父权胜于律法的姬氏家族里，可被谅解。所以，达真人对外宣称是他杀了儿子，出家赎罪，官府便也不再追究了。"

时鹿鹿看着低着头攥着手的姬善，有些难过。他的童年那般不幸，但他以为，起码姬善是快乐的，她总是笑得那么没心没肺，而且那么自信，像备受宠爱长大的孩子。

但其实一切早有前兆——比如脱掉外衫后，看到的满目伤痕。

"你和伏周彼此知道对方的存在，但阿娘不知道。她不知道是她杀了丈夫，搬到连观洞后，达真人迷上了炼丹，耗费巨大，阿娘变卖了首饰古玩，最后实在没钱，就开始刺绣补贴家用。她绣啊绣，绣得眼睛都化了，然后，她变成了另一个她，冲进炼丹房，把东西全砸了。我和达真人试图拦阻，不小心被烫伤。阿娘砸完，心满意足地睡着了。我和达真人一起收拾残局。达真人让我不要告诉她，说不知道才能活下去。"

姬达在巫神殿的记录里是个庸碌之人，一生无所作为，却没想到如此大义。

"阿娘对我一直很好，非常非常非常好。"姬善一连说了三个非常，眼神充满孺慕，"后来遇到琅琊，虽也对我不错，但毕竟不是阿娘。"

时鹿鹿有点小意外——在巫神殿的记录里，琅琊用元氏要挟姬善成为姬忽的替身，没想到后来居然对她不错？

"阿娘为我变成了另一个人，为我杀了丈夫，为我砸了公公的丹房，最后还为我……死了。"

"她怎么死的？"

"汝斤大水，所有人都上山躲避，道观住满流民，为了食物自相残杀。阿娘为了保护我……"姬善眼中浮现出一片水光，这是时鹿鹿第二次看见她的眼泪，第一次是小姬善说想阿爹，第二次是大姬善说阿娘。

"她再次变成另一个她，拿着扫帚疯狂阻挡那些流民，然后冲我喊——跑！快跑！我一咬牙，跳进水里拼命地游，想着要去报官，或者找人求救。我游啊游，游了好久，大水茫茫，连县衙都淹了……我被冲到一棵树上，挂在上面两天，幸运地遇到了姬家人的船。"

此后，遇到崔氏，传奇开始。

但在传奇之前，九死一生。

"琅琊没有食言，她找到了阿娘。她把两个男人带到我跟前，对我说——他们吃了她。"姬善想：要剖析自己原来这样难，她的秘密像一层层裹在身上的纱布，因为裹得太久太多太紧，已跟骨肉相连在一起，每剥一层，都像是在剥皮。

"那两人痛哭流涕地跪在我面前，求我原谅。他们说大水淹了半个月，观里什么吃的都没有，他们只能吃人；他们说阿娘疯疯癫癫的，反正也治不好了，为了生存只能这么做；他们愿意做牛做马赎罪……他们说了很多很多……琅琊说，你可以杀他们，我保证不会有任何麻烦；也可以一直关着他们，每当心情不好时就去牢房抽他们一顿；你还可以放了他们，让他们改过自新重新做人。你，选哪种？"

琅琊一向如此，在她二十年的姬家主母生涯中，一直杀伐果断，冷静到冷酷。

"我想啊想，想了三天三夜，跟琅琊说：我选第四种。我把那两个男人关起来，用他们试药。喂毒，毒发，治好，再喂……周而复始。我有一个药人坊，里面全是这种恶贯满盈的药人，当年追杀喝喝的那帮人也在里面……我用从他们身上试好的药，救了很多人。我觉得，我做得对。我觉得，这是他们最好的归宿……直到有一天，有个人进了药人坊，把所有药人都放了。"姬善说到这儿，本想叹息，但声到嘴边，变成了微笑，"你猜那个人是谁？"

时鹿鹿根据巫神殿的档籍手册迅速过了一遍，得出结论："姬婴？"

"对。白泽公子姬婴，在琅琊病逝，继承家族后，做的第一件事就是跟我道歉，然后把我的药人都放了。我很生气，这哪是道歉？分明是阻挠。他把我很用力地抓到镜子前，让我看镜子里的自己，说：'你真的知道自己是谁吗？'"

醍醐灌顶，甘露洒心。

凡心两扇门，善恶一念间。

"我看着镜子里的人，想：对啊，我是谁？因为是姬忽，所以无视律法滥用私刑；因为是姬忽，所以衣食无忧任性妄为；因为是姬忽，所以玩弄人性不负责任……可我不是姬忽。而真正的姬忽，根本不会做这些事。"

真正的姬忽在如意门抽筋剔骨，浴火重生，为天下孩童而活，为终止罪孽而战。而她这个假姬忽，享受着原本属于她的一切安逸富贵，胡作非为。

"我选错了。我应该把那两个男人还有那些村民，全都交给官府，这才是唯一正确的处理方式。可琅琊没有给我这个选项。因为在她心中，也是没有律法的存在的。"

因为无视律法，姬家做了那么多错事；因为无视律法，天下多了那么多无冤可申的平民。她从平民中来，原本胸怀大志，想要成为最好的大夫，却在权势中逐渐迷失，忘却了自己是谁。

"从此姬婴变成了我梦里的船，沉甸甸地压在身上，时刻提醒着我，要像阿娘起的名字那样——善良。"

对很多人来说，善良是最无用之物，但是若没有善良，道德将沦丧，秩序将崩塌，人类也必将灭亡。

"姬婴问我，想好要做什么了吗？我想了很久很久，告诉他，我要偿还姬忽和姬善身上的因果，等全部还清了，我就回家，做回真正的自己。"姬善说到这儿，抬眸深深地看着时鹿鹿，"所以，我来宜国找阿十。我要——报答你。"

四目相对，一时无言。

时鹿鹿想：命运弄人，戏谑如斯。他的童年，她的童年都过得那么苦。而成长也没有带来幸福，他在仇恨的泥潭里无法自拔，她在泼天富贵中迷失自我。再相遇更是悲剧一场，他迷上她，却只会用情蛊命她爱他；她为救赎而来，唯一的办法却是抹杀他……

"来吧。报答我，让伏周……出来吧。"时鹿鹿想，他累了。

其实，这三年，挺累的。

伪装成性格不一样的人，挺累的；

与赫奕那样的人为敌，挺累的；

用蛊王去操控下属，挺累的；

连喜欢的姑娘都不能亲近的禁欲生涯，挺累的……

那些曾经沸腾、翻滚、不达目的不罢休的怨恨，在这一刻，通通被疲惫占领。他想，到此为止吧。就这样，让她赢。

他跟她之间，起码有一个人能称心如意，可以了。

更何况，姬善此刻看他的眼神如此悲伤。

时鹿鹿道："你觉得我在骗你？我是不能对你说谎的……我知道了，你不知道怎么让伏周出来。其实……我也不知道。"

原来伏周在六岁时出来过，挪着肥胖的身体爬到榻上安插了那把剪刀。

也在十一岁时出来过，拔下巫女的发簪杀了巫女救了阿善。

还在十二岁时出来，彻底封印他取代了他……

这些他都不知道。他一直以为是一个叫伏周的丫头把他关进了小黑屋，直到雷劈后，他在漆黑一片的世界里看到了光，他朝着光奔跑……睁眼时，看见蓝天白云，以及，躺在地上狼狈不堪的自己。

他当时还以为是因为木屋没了，所以自己才被放出来。

雷电没有劈中他，却把他电了个半死。他无法动弹，一开始躺在地上看天，后来被巫女们搬到榻上看天，再后来木屋重建好了，他被搬到木屋的榻上看天。

他很奇怪，为什么巫女们一口一个大司巫地喊他。她们为他穿上司巫袍，请他处理巫族事宜，对他毕恭毕敬无不应从……

但很快醒悟过来——他就是伏周，伏周就是他，他们是一个人！

这个发现让他震惊了很久，而当震惊过后，则是狂喜。有机会了！他有机会报仇了！

他开始谋划一切，想要杀死赫奕；他察觉到体内有不对劲的一股"意念"，于是警告对方再乱动就杀人；他用十二年里听到的全部细节来伪装自己，再用巫蛊控制一切……

他以为自己天衣无缝。却不知，赫奕早已看透。

更重要的是，伏周再次找到机会掌握了他的身体，并跟赫奕一起拟定了对付他的计划——他们把他送到姬善手中。

时鹿鹿看着眼前的女子，想：他们怎么就知道他会爱上她？毕竟，她并不是什么倾城倾国的美人。她有那么多缺点，性格也一点都不温柔可爱，为什么，自己就会渡不过这道劫？

最终他找到了答案——多么显而易见的事，伏周知道——早在汝丘时，他就已经喜欢上她了。

一切都在十五年前就已注定了啊……

时鹿鹿冲姬善黯然却又温柔地笑了笑，道："我真的不知道。对不起啊，阿善……"

姬善突然走过来，将他一推，他身体往后倒，抵在了墙上。

然后，她分开双腿，坐在了他腿上。

时鹿鹿一怔，继而大惊，她、她这是要……

姬善反手拆掉束发的丝带，满头秀发瀑布般飞落下来，发丝染着烛光，如蒙雨珠。而那只白皙如玉的食指，就那样轻轻软软地点在了他的眉心上，然后，沿着鼻子下滑，暧昧地停在唇间。

她凑到他跟前，双眸亮得逼人。

"你……"他一张嘴，舌尖便触到了她的手指，忙不迭地缩回来，一张脸涨得通红。

不行，阿善，不行！我不能够！你知道我不能够！

"我想知道，为什么蛊王在身，就必须禁欲？"近在咫尺的距离里，她的每个气音都喷在他脸上，令他难以抑制地颤抖。

"如果破戒，会如何？你，不想知道吗？"说着，她侧过头亲了下来。

时鹿鹿无法动弹，无法呼吸，甚至，无法思考。

只能眼睁睁看着对他而言极致诱惑的红唇伴随着他最爱慕的长发，一起覆过来，直将他吞噬……

★★★

一根食指点在了姬善的眉心上，却没有下滑，而是慢慢用力。以至于她的头不得不往后仰。

马上就要完全贴合的嘴唇就那样擦着对方的鼻尖离开。

那是时鹿鹿的手，在最后的关键时刻，推开了她。

姬善试图再次靠近，然而点在眉心的手指，上移来到了她的神庭穴。

"停。"冷漠的声音，平静的语调，以及映入眼帘的一双深邃无波的眼睛都在宣告一个事实——

"伏周？"姬善一怔道。

再看眼前的男子，少年气质荡然无存，留下的只有深不可测的威仪和拒人千里的冷意。

她下意识想要起身，却被他箍住腰重新按压在腿上。

"别动。"

伏周皱眉，烦躁和欲念闪现在深黑眼底，像一座藏在海面下的火山就要喷发。

姬善顿时不敢动了。

随着伏周的到来，亲热虽被中止，暧昧却似越浓。

她张了张嘴巴，忽觉尴尬。面对时鹿鹿，她知道她可以尽情放荡，时鹿鹿只会紧张、逃避、不知所措；可对着伏周，就哪儿哪儿都很不自在，尤其他的眼神又冷又热，凉得刺骨，热得灼人。

"那个，这法子原来……还真管用啊……"她僵硬地坐着，给无处安放的双手找了件事做——把披散的头发拢在一起，但丝带不知扔哪里去了，只能用手抓着。

伏周皱眉道："小鹿未经人事。"

她下意识地问："难道你经过？"

腰间的手紧了一分，把她压向他，然而与动作截然不同的，依旧是寒意翻涌的声音："伏周是女人。"

姬善目瞪口呆，在心中骂了一句贱人。

她与他紧密贴合，怎会感觉不到他的身体变化，都这样了还说自己是个女人……时鹿鹿说得没错，此人是个贱人。

姬善顾不得再抓头发，伸手去推他道："放开我！"

他的食指在她的神庭穴上轻轻一按，姬善顿觉一股热力从头顶一路往下蔓到了脚尖，又酥又麻，一言难尽。

他跟时鹿鹿真不愧是一个人。时鹿鹿用巫术让她不能动，伏周则用医术让她不能动。

不过由此也可以证明：眼前这个，确实是伏周，会医术的伏周。

"你恩将仇报！"她不满地怒视对方道，"我把你救了出来，你却这样对我！"

他凝视她片刻，胸膛一挺靠近一分。而他箍在她腰上的手也紧了一分。

姬善心中"咯噔"一声，莫名就涌出了某种叫作"畏惧"的情绪。这种畏惧，数十年来，从未有过，她道："你、你想做什么？"

"吃了你。"

姬善震惊。

伏周脸上沉静无澜，眼瞳却在深黑和浅黑之间不断变化，看上去妖异极了。而且，他的身体非常烫——太烫了，以至于她意识到不太对劲——这应该不仅仅是情欲时的反应！

伏周一点点地朝她逼近，慢慢张开嘴巴，他有两排非常整齐好看的牙，平时说话和微笑都只能看到一条线，然而此刻，牙齿全露，鲜红的牙龈露了出来，仿佛面对猎物时的狼。

眼看那森白牙齿就要啃上她的脸，姬善闭上眼睛尖叫出声："阿十……"

她的心"怦怦怦怦"。

预料中的疼痛并未来临，姬善睁开眼睛，看见伏周定在了面前一分处，目光在她脸上巡视，似在寻觅什么，然后，似找到了。他慢慢地往后退。

新鲜的空气重新回到鼻腔，她再次试图离开。

"别动！"这一次的声音里，多了许多警告。

姬善不敢再动。

偏偏这时，房门"吱呀"一声开了，吃吃冲进来道："善姐善姐不好了，出大……啊……"

看到屋内的情形，吃吃捂住眼睛，转头就跑道："你们继续，我等会儿再来告诉你……"

此情此景，似曾相识。

但这次，姬善不再游刃有余。恐惧笼罩了她的身体，她觉得自己再次站在了悬崖边上，因为恐高而不敢动弹。

伏周微垂着眼睛，手指在她腰间轻抖。

火山在熊熊燃烧，附近海水跟着滚烫，鱼群瞬间死去，船只也被侵蚀。熔浆无法熄灭，一旦形成水汽柱就意味着全面崩溃……

姬善想：他怎么了？他到底怎么了？难道这就是蛊王的反噬？这就是破戒的后果？

"施针！"伏周突从牙缝间挤出两个字。

姬善立刻反应过来，这是让她使用银针，但是，药箱在很远的地方，她又不能动……

伏周伸手一招，地上的药箱立刻飞了过来，落在姬善脚边。而这么一个动作，令伏周额头冒出了无数颗汗珠。

"快！"

姬善连忙打开药箱取出银针，问："怎么做？"

"按我之前做过的！"

之前？是山洞里那次？当时她趴躺着，如今却是坐在他身上……但时间由不得犹豫，姬善将一枚银针扎进了他的哑门穴。

伏周闷哼了一声，表情显得更加痛苦了。

姬善没有停，脱掉他的衣服，然后用手摸准穴位，一路往下，扎至腰阳关。随着银针一根根进入，似将冰凉海水源源不断地借调至火山处，慢慢地，灼热消退，身体转凉……

姬善紧张地盯着伏周，伏周的呼吸由重变浅，直到一盏茶后，才长吁出口气。他看了姬善一眼，伸手将她慢慢推开，显得无比疲惫。

姬善从他身上离开，跪坐到一旁的空榻上，忍不住问："到底……怎么了？"

伏周沉默了好一会儿，还是答了："你方法不对。"

"什么？"

"你催动情欲，想要诱我破戒……"

姬善连忙纠正他道："是时鹿鹿，我针对的对象是时鹿鹿。不是身为女人的你。"这一点必须说清楚。

伏周无视了她的声明，继续道："蛊王发现了，决定吃了你。"

姬善的脸"唰"地白了。刚才，他是真的要吃她啊？！可她更加不解，问："蛊王为什么要吃情蛊？而不想着——交配？"

"蛊王不是生出来的，是吞噬同类进化而成。所以，跟普通虫子不同，交配不在它的思考范围内。它受到你的吸引，觉得你对它是个大威胁。"

"时鹿鹿明知如此还要给我种情蛊？"

伏周冷冷道："他不知道。毕竟，在此之前没有大司巫这么做过。"

"宜国的大司巫们还真循规蹈矩啊。"

"不是不做，是不能，亦不敢。"

姬善突然用一种奇异的眼神看着他，以至于伏周不得不挑了挑眉，问："有话说？"

"你话好多。"不是不爱说话的吗？之前掉下悬崖出现那次也是沉默寡言的，今天却破天荒说这么多字。

伏周似被噎住了。

姬善"扑哧"一笑道："好啦好啦，我知道你刚才对我轻薄是为了救我，对我解释这么多是为了保护我。谢了，我领情。"她跳下榻，捡起地上的丝带，走到镜子前将头发重新扎上。

姬善看着镜子里的秀发，不知怎的就想起了时鹿鹿为她梳头时的情形，呼吸一窒。

伏周出来了，意味着时鹿鹿重新被关进了"黑漆漆的、什么也看不见的地方"，但因为能听见，所以能听到她和伏周的对话……

姬善握紧丝带，抿抿唇，回头问："他还会出来吗？"

"会。"

"你怎么知道？"

"我能感应到……"伏周垂眸道，"他还在。"

她有些艰难地说道："那、岂非、没有、治好？"

"时机未到。"

姬善想起他之前说的"要巫死"的话，此刻所指的时机，是不是指这个？

伏周忽道："给我药箱。"

姬善将药箱推过去。

这一路上，她都没有给时鹿鹿治疗，因此他的伤迟迟没好，刚才经过蛊王的一番闹腾，再次渗血。伏周打开药箱，辨析一番后，熟练地给自己上药。药箱里还有纸笔，他提笔写字。

姬善以为他在开药方，可探头一看，写的是："他不能视，机密笔谈。现编暗语，区分我俩。"伏周写完，将笔递给她。

姬善接过笔，看他冷淡的样子，不知为何就有点心痒，于是写道："小可爱。"

伏周看着这三个字，皱眉。

姬善歪了歪脑袋道："我问你是谁，你回答这三个字，我就知道是你。"

伏周严肃的脸果然有些崩裂："换一个。"

"不，我就要这个。"姬善挑衅。

伏周睨了她片刻，最终放弃了，沉声道："我要睡了。"

姬善做了个请便的姿势，然后转身走到门边，一拉房门，吃吃摔进来——果然又在听壁脚！

"啊哈，你们这就聊完了呀？天色不早，是该睡了。鹿鹿，早点休息，好好养养……"吃吃挥手道。

姬善弹了一记她的脑门，道："说正事！发生了什么大事？"

"啊，对！陛下驾崩了！"

短短五个字，却无异于五道惊雷，震蒙了姬善，也把本要睡觉的伏周惊得重新坐直了。

★★★

看看拨亮灯芯，把灯台压在璧国的舆图上。

汝丘距离图璧有八百里远，快马需跑一天，马车起码六日。

"什么时候发生的事？"姬善问。

"八月十四，三天前。"

"怎么可能……"秋姜就在帝都啊，有她在，昭尹怎么会死呢？

"怎么死的？"江晚衣的那个毒药，根本不致死啊……

"不知道。"

"吃吃你和看看辛苦点，立刻快马赶回姬府找秋姜或薛采，问问到底什么情况，伺机行事。我们也加快行程，明日出发追你们。"

"是！"吃吃看看当即转身准备出发去了。

姬善转头看向伏周，伏周沉浸在一种奇异的思绪中，脸上的表情特别大司巫——悲天悯人。

"要派人回宜，知会一下宜王吗？"

伏周回过神来，淡淡道："不必，他未必比我们知道得晚。"

"那，你有什么想法？回宜？"

"我同你去图璧。"

姬善没往下问，而是对走走喝喝道："就这样，大家赶紧休息，明日一早出发！"

待得所有人都走了，姬善关上房门，走到伏周面前问："你在想什么？"

伏周面色冷漠，似不想说，姬善便道："你若不告诉我，我就不带你走。"

伏周皱眉，沉默片刻后，方道："在赫奕原本的计划里——卫玉衡刺杀成功，他假死由明化暗，把皇位传给夜尚。如此一来，小鹿会以为自己赢了，继续为非作歹……"

看着这样一张冰山脸评价他自己为非作歹，真是莫名滑稽，姬善忍不住笑了。

"三年来，我一直在想，如何灭巫。最终，我和赫奕达成了一致：欲之灭亡，需先令其疯狂。"

姬善收起了笑，道："所以赫奕这三年里，任由时鹿鹿胡来？"

"宜国百姓深信巫神，想要拔除这种祖祖辈辈积攒下来的信仰，非常难。赫奕之辛，犹胜其他三王。"

确实，燕王要对付世家；程王要对付自家；璧王虽然有点复杂，但他们要对付的都是"人"；宜王，要对付的却是"神"。

"只能先从让人们不'信'开始。"

"如何不信？"

"神谕出错。"

姬善心想：确实，当大司巫的话被一次次地证明是错的，他的威信自然下降。可大司巫不完全等同于巫神，通常而言人们只会怪伏周无能，不敢擅自推翻巫神。

"然后，让巫医失效。"

姬善想起，时鹿鹿不会医术，只会巫术。

"当人们发现巫者的占卜不再灵验，医术不再有用，而伤人害人的巫术肆意盛行时，你觉得，他们会臣服，还是反抗？"

姬善回答："恐惧带来的臣服，迟早会被希望粉碎。"

"没错。真正能令百姓信服的，只有希望。"

这很容易理解，比如去寺庙道观求签拜佛的人里，大部分都是带着"希望自己能更好"的心愿而去的，只有极个别是"希望别人更坏"。所以，象征毁灭的咒，永远比不过象征希望的医和卜。

而当人们发现巫神已不能为他们消除病痛指引前程，只会让他们胆战心惊痛苦绝望时，就是信仰崩塌之时。

"小鹿的作为，在推动和加速巫的灭亡。所以，赫奕决定不阻止。"

"那为什么后来又改变主意了，把他送到我手里？"

伏周看了她一眼，欲言又止。

姬善想，有蹊跷，当即伸手捧住他的脸道："你和小鹿一体，情蛊对你也是有效的吧？"那么，伏周亦不能对她说谎。

伏周伸出手指，慢吞吞地点向她眉心。

姬善连忙撤离。

"我睡了。"他又说了一遍，倒头睡下。

姬善发现自己手指在抖，竟是气的。此人果然厉害，竟能让她这么生气。要知道时鹿鹿又是试探又是囚禁都没能让她生气，而伏周不过不理不睬，就让她好生牙痒。

本以为救出伏周就是救出阿十，现在看来是她想得太简单了。其实她并不认识伏周，并不认识掌管宜国第一权杖十五年的大司巫。

姬善当即也睡了，有些气恼地想：这么一对比，还是时鹿鹿好啊……

　　红烛高燃，觥筹交错，无数张脸，喜气洋洋。

　　眼前景象，让她一度以为回到了风小雅和茜色成亲的婚宴上，结果一低头，发现自己穿着凤冠霞帔，手持却扇，竟是新娘。

　　再然后，崔氏出现，笑容满面地将她扶进一个房间。她很惊讶，崔氏可是姬府的大管家，怎么可能陪她出嫁？可当她一转身，看到坐在榻上的新郎时，便明了了——颖王殿下。

　　这是当年她以姬忽的身份嫁给颖王昭尹时的情景。

　　她是在做梦吗？

　　带着恍惚和费解，她走到昭尹面前，昭尹看见她，起身俊朗一笑道："阿忽，你来了。"然后递给她一杯合卺酒，"喝了这杯酒，你我就是夫妻了，白首偕老，生死与共。"

　　她想这不可能，她迟早是要离开的，手却温顺地接过来与他交杯，一口饮干。

　　礼毕，屋内宫人全部退了下去。

　　昭尹伸手替她摘掉了沉甸甸的凤冠，问："饿吗？要不要吃东西？"

　　她摇了摇头。于是他又替她脱衣服，两只手从肩膀一路往下……

　　她没有拒绝。他的手非常轻巧，把累赘的婚服脱下时，一点也没有碰到她的身体。

　　"你累了一天，早点休息？"

　　"那你呢？"

　　"我也休息。放心，我不碰你。"

　　"为什么？"

　　昭尹笑了笑道："我看出，你不乐意。"

她被说中心事，拧眉道："我不习惯与人同榻。"

"那我也不能走。大婚之夜我不留宿，于你名声有损。我睡美人靠。"昭尹说完，真的拿了被子枕头搬去一旁的美人靠休息。

她想了想，拆散头发简单梳洗后也躺下了。

红烛缓缓融化，纱帘轻轻飘拂。

她盯着床帐上的流苏，一点也睡不着。

奇怪的是，昭尹也睡不着，睁着眼睛看着屋顶的横梁，若有所思。

如此过了好久，夜深人静之时，窗外传来几声清脆的杜鹃叫声。

昭尹连忙起身，将窗推开一线，外面有人轻声对他说了几句话，他点点头，重新关上窗户。

眼看他呆呆地坐在美人靠上不继续睡觉，她忍不住开口道："大婚之夜，还有牵挂？"

昭尹一怔道："你没睡？"

"杜鹃只在春夏两季夜间鸣叫，现在可是冬天，它早飞宜国去了。"

昭尹哑然失笑道："原来如此，是我的下人疏忽了……"停一停，有些愁眉不展地道，"阿茗……自旧岁感染了风寒，发热头疼，到今天也没好。我有点担心，所以让下人看着，有异状及时来报。"

她想，她要真是姬忽，肯定气死。大婚之夜夫君心里满满惦念着的居然是另一个女人。幸好她不是，因此听到这个消息，第一反应是："薛茗的风寒除了发热头疼，还有什么？"

昭尹一怔。

"不如，我们夫看她？我懂医术。"她兴奋地拉开床帏道。

昭尹看她的眼神复杂，道·"阿茗是真病，不是装的。"

她失笑道："你以为我是要去找碴儿？也是，大婚之夜，拿病当借口，想把夫君从侧妃那儿叫走……好多话本都这么写。"

"她不是那样的人。"

"她是不是，我看了就知道了。带我去吗？反正咱俩都睡不着。"

昭尹定定地看了她半天，摇头叹道："姬忽啊姬忽，不愧是你！走。"

于是她起来穿上披风，跟他一起走出房间，守院的婢女们吓了一跳，道："殿下？侧妃娘娘，你们这是？"

她淡淡道："听说王妃病了，我们去看看。"

婢女们面色大变，很快地，府中下人全都得了这个消息，鸡飞狗跳地跑去通风报信。

当她跟昭尹兴师动众地来到薛茗院前时，薛茗已经梳妆完毕，被两个婢女搀扶着等在院门处。

昭尹一看就急了，道："你怎么能出来？快进院！"

"且慢！"薛茗咬唇道，她面色苍白，"今日乃殿下大婚之夜，殿下不在洞房安寝，反来我这儿，于礼不合。还请殿下跟妹妹快些回去。"

早闻薛家的这个女儿是个女古板，今日第一次见，还真是这样，都病成这副鬼样子了还要顾虑名声。

她勾唇一笑道："听说你病得很厉害？跟我走！"说罢，强行攥着薛茗的手往屋里拖。

薛茗大惊道："妹妹，你、你这是做什么？"

"替你看病。"

婢女们也全都惊慌失措，有个嬷嬷奋力挡住房门道："侧妃息怒，我家小姐是真的病了，不是……"

她沉下脸，提高了声音道："让开。"

姬大小姐的狂放之名，世人皆知，嬷嬷的眼泪都流下来。昭尹突然开口道："让她们进去。"

嬷嬷一震，看向薛茗，薛茗微喘道："让开吧，嬷嬷。"

她推开门，拽着薛茗进屋道："谁也不许进来。"然后"砰"地关上房门。

外面的哭声顿时响成一片。依稀听到嬷嬷拍门，恳求道："姬侧妃，姬侧妃，你千万莫要伤害我们小姐……"

她脱掉披风，放下背着的药箱，看到里面的银针和瓶瓶罐罐，薛茗惊呆了。

"你……"

"坐下。"她抓住薛茗的手腕开始搭脉。

"你真是来给我看病的？"

"不然呢？你以为我是来争宠找碴儿的？"

薛茗一怔，再次咬住下唇。

"你的脉象反沉，不完全是风寒之症。给我看看你都吃什么药。"

薛茗找了药方给她，还是带着几分疑惑。

她看了药方嗤笑一声道："庸医！阳浮阴弱才用桂枝汤。你这明明是阴虚体弱……"说到这里，若有所思地盯着薛茗。

薛茗被她看得极不自在，别过脸去。

她的视线在屋中扫过，沉吟道："原来如此……你去年小产了？"

薛茗重重一震，惊呼出声："你！"

这一声极大，门外的嬷嬷立刻不顾一切地冲了进来，道："小姐！你没事吧？"

进屋看到药箱，一愣，再一看虽然坐着但还摇晃不稳的薛茗，忙不迭地过来搀扶着道："小姐？你、你对小姐做了什么？"

她没有理会，重新写了一张药方递给薛茗道："明日起吃这个，一日两服，吃半月，然后减为一日一服，再吃半月后应就好得差不多了。多出去晒晒太阳。"

薛茗正要接，嬷嬷在一旁着急地使眼色。

她冷笑了一下，把药方放在案上道："不信也行。反正你急我不急。啊，不知道如果我先诞下麟儿的话，这正侧之位是不是会换一换？"

众人面色大变。

而她哈哈一笑，背起药箱穿上披风走了出去，走到昭尹面前："夫君，该回去洞房花烛了。"

昭尹的目光闪烁着，哭笑不得，朝薛茗投去一个安抚的眼神后，便真的跟着她走了。

回到新房，她把药箱小心翼翼地收回柜中，昭尹若有所思地打量着她。

"怎么？怕我毒害你的好表姐？"

昭尹笑了笑道："天下第一才女之名来之不易，应该不愿背上嫉妒投毒的骂名。"

"希望那位薛大小姐也能想到这一点。不过……都说虎父无犬女，身为薛怀的女儿，薛茗可真是柔善可欺啊！"她一个侧妃冲到人正妃院中把人独自抓进屋，满院奴仆，竟无人敢拦。

昭尹无奈地叹了口气道："你以为自己是普通人？人小姐，你想做的事，连我都不敢拦。"

她哈哈一笑，一笑过后却是叹气。姬大小姐的身份确实好用，太过好用了，以至于她偶尔会忘记自己是谁，甚至不想再变回自己。

"你信我吗？"她认真地凝视着昭尹问。

昭尹先是下意识地笑，慢慢地，笑容消去，变成了凝重和正经，最后将她的手握住道："你以真心待我，我自真心待你。"

这个滑头。她想，看似情深义重的一句话，其实是有条件的，必须她信任他，他才能回予信任。

但她擅揣摩人心，也能辨识出，昭尹心中对薛茗的担忧是真的。于是，她很诚恳地说了下去："那么，让她喝我开的药。"

迷迷糊糊间，姬善想着没错，这是已经发生过的事，是她嫁到颖王府的第一晚发生的事：昭尹没有跟她洞房，他们一起去看了薛茗，她给薛茗开了药方，然后，薛茗在昭尹的要求下真的喝了那药，然后病就慢慢好转了。

　　也因此，后来薛茗一直对她很好，哪怕她再离经叛道，都有她在旁庇护。

　　那个女人是个大好人，好人意味着无趣，她的温柔换得帝王的一时感动，但换不来永远钟情。尤其是——后来，曦禾夫人出现了。

　　场景瞬息变化，从红彤彤的婚房变成了一座桥，一座非常雄伟壮观的桥，共有七个桥洞，汉白玉栏杆，横卧湖上，如一串熠熠生辉的珍珠。

　　她想了起来——这是洞达桥。

　　曦禾被临幸后的第二天，一顶彩色飘带的软轿把她从普通宫女的住所里抬出来，抬过此桥，从此成了人上人。

　　而当时，桥旁宫女、侍卫、太监、嫔妃，全都看呆了。

　　一个小宫女看得太入神还掉进了湖里，引为笑谈。

　　她跟婢女们泛舟湖上，也远远地看到了那顶轿子和轿子里的人，吃吃嘴里的莲子一下子蹦出去，喷在了她脸上。

　　"啊，我看到仙女了！"吃吃痴痴地说道。

　　她把莲子从脸上摘掉，也叹了口气道："那张脸，应该长在我脸上啊。"

　　看看哈哈大笑道："没想到贵嫔也会羡慕别人的美貌。"

　　"你不懂。这张脸长在姬家大小姐身上，是锦上添花，长在一个贫贱女儿身上，是虎蹊之肉。"

　　"啥意思？"

　　看看解释道："谁都能来啃一口，最后被饿虎吃光的意思。"

　　"不会！"吃吃却是信心满满地道，"她都已经成了陛下的女人了，飞上枝头变凤凰啦！"

　　她表面呵呵，心里叹息。

　　这不是她第一次见曦禾。

　　上一次见，是去年开春，她跟走走偷溜出宫去鬼市。所谓的鬼市，是城西南角的一处落魄之所，三教九流聚集于此，五更天摆摊，天一亮就连人带摊一起消失。因为没有灯，只有一点黎明前的薄光，买卖双方形如鬼魅，故有此名。

　　那地方鱼龙混杂，偏偏能弄到不少稀罕药物，她偶尔会去看看。

　　还没到鬼市，却先看见了姬婴。乍一看，以为看错了。连赶车的走走也觉得自己看错了，扭头道："大小姐，我好像看见公子了？"

"没错，是他。"

"可是……他、他居然没穿白衣！"

姬婴没有穿白衣，没有带下属，出现在了鬼市。

直觉告诉她不要多管闲事，但实在按捺不住好奇，她跳下马车，独自跟了上去。

其实她有点怕，因为此时的姬婴已经知道她不是姬忽了，很可能不会对她手下留情。

可是，姬婴穿着红衣！

他居然穿着红衣服！

换作任何人，都会想看一眼的！

她不懂武功，但擅长控制呼吸，又保持好距离，因此一时间，姬婴没有发现。

姬婴在黑市旁的一条巷子旁停下了。

她立刻俯下身，假装去看一名商贩摊前的货物。

过不多时，一个少女从巷子里跑出来，翩跹如蝶般停在姬婴身后，伸手去捂他的眼睛。一向耳聪目明的姬婴，竟似不察，被她蒙了个正着。

少女咯咯一笑道："猜猜我是谁？"

她想世上竟有如此无聊的问题。

而如此无聊的问题，姬婴公子答得很认真："听声音，你应该十五岁左右；帝都口音，家住此巷中；能捂到我的眼睛，说明不矮，大概六尺以上；手指很细，说明很瘦……嗯，手上有面粉味，刚做过面条？我猜——你就是传说中做面一绝的叶夫人家的……"

他每说一句，少女便回应一声："对对！"

"婢女？"

少女听到最后的答案，娇嗔道："什么呀！我娘才没有婢女！我也不是婢女！"

姬婴笑了笑，又道："你的声音像我儿时念书时听到的钟声，一响就意味着功课完毕欢愉来临；你的手指像我蹒跚学步时递过来的那根竹杖，握住它就能抚平心绪不怕前行……"说着，他转身，拉开她的手，注视着她的眼睛，"而你，像梦境时出现的那朵花，在树枝上，在春风里，在我眼前，也在我心底。"

少女的脸腾地红了，目光盈盈地注视着他。

再然后，少女用粉嫩的拳头捶了一下姬婴的胸，道："油腔滑调的小红！哼！我和了一夜面，累死了，走不动了，背我！"

姬婴竟真的弯下腰把少女背起来，慢慢地离开了此地。

远处的姬善目瞪口呆。

震惊过后，涌起发现了秘密的欢喜：姬婴啊姬婴，原来你也有弱点啊。

一年后，他的弱点出现在了洞达桥。

姬善再次看见姬婴跟少女站在一起，相望无言。

少女梳起了头发，穿着华衣，已不复之前的贫寒模样，神色间也满是不耐烦，冷冷道："不说话？那我走了。"

姬婴挪了一步，拦住去路，终于开口道："若你愿意，我送你离开。"

"离开？去哪儿？"

"唯方大陆，不只图璧。你想去哪里，都可以。"

少女冷冷地看着他，看了许久，忽而一笑："小红啊小红，你可真是自私啊。"

姬婴低垂着头，他一直是个风华绝世之人，可这一刻，如蒙尘灰，暗淡无光。

"你违背诺言，弃我不顾。如今看我时常在你面前晃悠，又觉碍眼，这才想把我送走，送得远远的，对不对？"

姬婴定定地看着她。

少女勾起唇角，笑得又妩媚又刻薄："我偏不走。我偏要留在这里，我要让你每次进宫都能看见我，我要你每看见我就愧疚、难堪、心虚！这，是我今后活下去的意义！"

姬婴的眼中一下有了泪光，唤她的名字声音长长："曦禾……"

"叫我夫人！"少女如是道，"跪我！"

天地苍茫，万物萧索。

姬善远远地站在黑暗中，看着洞达桥，看着那个永远挺拔犹如松柏的身躯摇晃了几下，然后慢慢地、一点点地，跪了下去。

曦禾就那么倨傲地昂着头，接受着他的跪拜，幽幽说了一句："我永远不会原谅你……和他。"

那个他，指的是昭尹。

一年后的一天，昭尹思虑重重地来找姬善，也不说话，在屋中踱来踱去。她径自在旁捣药，完全不理会。

一个下午过去，当黄昏的最后一缕光被夜色吞噬时，昭尹的脸也被阴影覆盖。而他终于做出了决定："曦禾夫人有了身孕。"

她不以为意地随口道："恭喜。"

"朕还年轻，对吗？她也还很年轻。"

"所以？"

昭尹走到她面前，压下她手中的药杵，令她不得不看向他，道："朕已万事俱备，就差东风。这个孩子这个时候来，你说，会是朕的东风吗？"

她想：啊，真有意思。初识时那个还会因为发妻生病而惴惴不安的少年颖王已经不见了，短短两年，他就变成了一个心狠手辣的帝王，无不可利用之物，无不可利用之人。

"那要看陛下想怎么借这股风。"

夜更深，屋内没有灯，昭尹的脸已经完全看不见了，只有他的声音在黑暗中迟疑又清晰地响起："朕、要、赢。"

她给了他药，药用在了曦禾夫人身上，听说毒发之际，曦禾夫人把血吐在一个进宫为她弹琴的姑娘身上，把那姑娘吓得魂不附体。

再然后，姬婴出面解决了此事。是夜，走走送口信说，公子想见她。

她便去白泽府见姬婴。姬婴一言不发地凝视了她很长很长一段时间，最后挥了下手，示意她可以回去了。

反倒她不甘于此，迈出门槛时说道："不是我，也会有别的药。我的药，起码比别人的药好一些。"

姬婴还是没说话。她走出去后回头看了一眼——

书房如笼，四面罩着身穿白泽服的男子。

——终究不复少年，不复红衣。

姬善梦到这里有点不想再梦下去了，挣扎着试图醒来，可是无济于事。场景再次转换，再次回到洞达桥。而这一次被轿子抬进宫的人，是姜沉鱼。

姬善想：不对啊，姜沉鱼进宫那会儿她去了玉京，而当她从玉京回来时姜沉鱼去了程国。后来九月廿一那天，她操桨为言睿送行，在凤栖湖边遇见了昭尹和他的新皇后。

那是她第一次见到姜沉鱼——传说中那位被曦禾夫人吐了血在身上的弹琴少女，差点还成了姬婴的未婚妻，姜家的小女，图璧公认的第一闺秀。

她明明是那时候才看见的姜沉鱼，为何在梦境里，变成了初遇在洞达桥？

然后她听见吃吃看看叽叽喳喳地议论道："陛下真会选美人啊，这个姑娘也好美！"

"我觉得她没有曦禾夫人美。"

"曦禾之美，是女娲娘娘捏得用心；这位姑娘之美，却是世家望族精心养出来的啊！"

她心中一动，觉得吃吃说到了点子上。

跟天生丽质的曦禾不一样，跟浑身伤疤的她不一样，跟浴火而生的姬忽也不一样，姜沉鱼是姜仲精心供养、修剪出的玉叶金柯，是个真正的大家闺秀，几乎没有缺点。

直到姜沉鱼遇到姬婴。

爱而不得像一场突如其来的狂风暴雨，肆虐着冲进了没关门窗的温室，将这株玉叶金柯吹得东倒西歪，花叶尽落，只剩下光秃秃的枝干。

她本以为姜沉鱼会就那么完蛋，没想到，最终还是挺了过来，重新绽出了新芽。

她钦佩她的坚强，欣赏她的公正，所以完全没想要去找麻烦。那与她的人生准则相悖。

黄花郎，处处是家，肆意飞扬，不留牵挂。

姬婴一死，她就跑了。昭尹被姜沉鱼和曦禾毒倒之际，也不曾回来相救。面对秋姜的指责，更是理直气壮。

"因为我知道，那毒，是有解药的。"

昭尹跟曦禾不同，他想活，解药一到即能活；曦禾不想活，再加上之前中过她的毒，就算她跟江晚衣联手也治不好。

而姜沉鱼又是个心慈手软的好人，会把昭尹照顾得很好。他会没有痛苦地睡着，睡到秋姜回来，唤醒他。

为什么、为什么会死呢?

是哪个环节出了问题，导致了这样的结局?

洞达桥碎，梦境旋转。

这一次不再定于一处，而是无数画面缤纷闪烁:

有江晚衣再次出现在她面前无比震惊地看着她的。

有昭尹半夜突然来到端则宫静坐不语的。

有她酒兴上头脱了外衫跳上长案，提笔在墙上疯狂写字的……

一幕幕，有如旋涡。她随波涛翻滚，被撞得头晕眼花。

偏偏这时，昭尹再次出现，于旋涡中朝她伸出手，道: "救我! 姐姐，救我!"

她道我不是你姐姐，我知道，你也知道。

有什么关系呢，昭尹道，反正我不是我自己，你也不是你自己，我们还可以当姐弟。

她问他，为什么容不下姬婴。

他回答，没有容不下，只是意难平。牺牲了那么多才成为帝王，既成了帝王，总要试一试，能否出了这口心头恶气。

她说，你病了，你这是病！

他道，那你救我啊，姐姐，救救我……

她下意识地朝他走了几步，突然一只手伸过来，对她说，别去！

回头，看见了伏周。在梦境里，她非常容易就能区分出这个人是伏周。

她问为什么。

伏周转过头，深深地凝视着她道，他是骗你的。

她心中"咯噔"一声，一股巨力突然袭来，将她卷进旋涡——

原来是昭尹的手，像章鱼一样卷住了她，把她死命往下拖拽，他喊，救我，救我！

她咬咬牙，在滔天巨浪中抓住他的脑袋，拽出水面，然而，海藻般湿透的长发下，是时鹿鹿的脸。

是时鹿鹿在喊，救我……

★★★

姬善腾地坐了起来，发现果然是梦境一场。

但她手中真的抓着一只手——伏周的手。

伏周站在榻旁，低头看她，原本皱起的眉头在她坐起的瞬间松开，重归于平静，他问："噩梦？"

姬善"嗯"了一声，抱住被梦境搅和得无比疼痛的头。

伏周看了她一会儿，忽然伸手，按在她的太阳穴上。

姬善一怔，然后放松，感应到他的手带来恰到好处的力度，按到哪里，哪里就不疼了……心中不由得感慨：伏周的医术真的是不错啊……

但突然又想到这步骤、这手法都似曾相识……

是茜色！茜色曾为她按摩，也是这一套……

她不满地抬眸，问道："茜色的医术是你教的？"

"嗯。"伏周点头道，"她很有天赋。"

姬善睁大眼睛，心中一把怒火腾地炸开了，当即用力拍掉他的手。

伏周皱了皱眉问："不疼了？"

"你说茜色有天赋？"

"嗯。我只教了她一天。"

"昨夜若非我用你那套只施展过一次的针法压制蛊王，你已经死了！"

伏周一怔。

姬善也怔住了。完蛋完蛋，她又生气了，气得手抖……

伏周眯了眯眼，冷冷道："昨夜若非我，死的是你。"

姬善一噎，当即抄起枕头朝他砸过去。枕头在距离伏周一寸时裂开，变成了千万缕丝，棉花如雪，飞撒空中，再悠悠扬扬地散落下来。

她和他的视线，隔着飞絮，定定相望。

"你果然——事关医术，才有情绪。"伏周道。

姬善本来已经控制住了，一听这话，突然冲上去抓住伏周，一口咬在他的脖子上。

这不是她第一次这么做。

上一次她在山洞时，也咬过伏周。

当时伏周没有反抗，任凭她咬，还安抚地摸了摸她的头发。

可这一次，一根手指点在她的眉心，然后，再次移向神庭穴。

她识得厉害，只能松口退让。

伏周冷冷地看着她，似有些烦恼，不知该拿她如何是好，又似被什么东西干扰，最终转为平静。

"卯时了，该上路了。"他道。

★★★

卯时一刻，马车浴光出发。

走走赶车，三人坐车。姬善还在生气，拿了本医书翻看着不理人。伏周则一如传闻般很安静。只有喝喝在忙碌，一会儿煮茶，一会儿烤饼，一会儿数盘缠。

姬善看了一会儿书，根本心浮气躁看不进去，情不自禁地去瞄伏周在干吗。他在看着窗外的天空发呆。果然又在看天！

姬善深吸口气，生硬地开口道："神谕有说话吗？"

伏周摇头。

"为什么？"

伏周不回答。

"那你在看什么？"

伏周终于开口，说的却是："吵。"

姬善气得一拉车门道："走走，你进来休息。我赶车。"

"哎？"走走一惊，但看到她的表情，不敢拒绝，忙乖乖地回来了。

姬善跳上车辕，挥鞭"驾"了一声。还是外面好，不用跟那个假女人待一块儿！

如此，第一天就在狂奔的马蹄声中度过。因为太生气了，姬善都没顾得上好好看沿途景色。

第二天，她刚要坐到车辕上继续赶车，回头看了眼又在望天的伏周，上车把马鞭强行塞入他手中，道："今天你赶车。"

走走惊道："大小姐，他还有伤在身啊！"

"看他气色好得很快，活动活动筋骨，对他有好处。"姬善眉带挑衅。伏周淡漠地看了她一眼，接过鞭子一言不发地赶车去了。

姬善坐在车中，不知为何，觉得更气了。

第二天的官道两旁陆续出现了白布，越近图璧，氛围越浓。

第三天，伏周自觉地去赶车，姬善突然叫住他："等等！"

伏周回头。

"你……还是车里待着吧！我……"她刚想说她去赶车，走走已先撑着身体坐到了车辕上："大小姐，你可怜可怜我，让我来吧。我腿已经不行了，手再不练，可就真废了。"

姬善没来得及反应，走走"砰"地关上了车门。

她只好和伏周一起待在车厢里，看看伏周再看看喝喝，一个冰块脸一个闷嘴葫芦，心中后悔为什么要把吃吃和看看同时派走，失策啊失策，但凡留一个下来，都不会这般煎熬。

在她的胡思乱想中，伏周忽然开口道："你要学吗？"

"什么？"

"巫医之术。"

姬善一怔。

"也教你。一天。"

姬善的眼睛亮了起来，很想有骨气地拒绝，但话到嘴边，变成了一声冷笑，道："好啊，我就让你见识见识，何为真正的天赋！"

赶车的走走听壁脚听到这儿，终于松了口气。她本来还在纳闷：时鹿鹿又灵又乖会来事，怎么变成伏周就木讷至此。偏偏，大小姐对时鹿鹿无感，反而对着这个冷冰冰的伏周又是生气又是吃醋又是委屈……造孽啊造孽。

幸好，伏周总算找到了讨大小姐欢心的办法。那就是——医术。

也不是真呆嘛！

走走唇角上扬，加快了前行的速度。

★★★

第四天，伏周教授姬善巫医之术。

第五天，姬善沉浸在新学到的知识中，发了一天呆。从车窗望出去，家家户户披麻戴孝，终于有了天子驾崩、举国悲痛的氛围。

第六天中午，他们终于抵达图璧。

这座唯方大陆最华美的城池，已是满目凄白。姬善望着白璧镶嵌而成的城门，想起十五年前初见它时的情形，恍如隔世。

心底的某种情绪变成了黄花郎的白伞，忍不住就想借风吹出去。

"我在图璧十五年，从未视其为故乡。我在这儿扎根发芽，只想着等待种子成熟，再次飞扬。可飞去哪里呢？迟迟没有答案。"

如此掏心的话，伏周听了却没什么反应，淡淡道："我第一次来。"

姬善瞥他一眼，冷哼一声。

走走忙回头插话道："大小姐，我们回宫，还是回府？"

"先回府，跟吃吃看看碰面。"

"好咧！"

没多会儿，马车驰入朝夕巷，来到白泽府前，门口守卫认得走走，正要开侧门放行，姬善从车窗处探头，守卫看见她连忙行礼道："参见大小姐！"

"吃吃和看看呢？"

守门人对视了一圈，拱手道："回大小姐，不知道。"

"不知道？她们四天前就到了，没来这里？"

"不曾来过。"

姬善心中一沉道："驾车入府，我要见薛采！"

马车行至前厅，一个肥胖的中年妇人匆匆来迎："贵嫔娘娘驾到，有失远迎，还望娘娘恕罪！"

姬善认得她是府里的厨娘张婶，听说崔管家日渐病重放权，现在府内下人皆由此人统管。

"薛采呢？"

"相爷在书房。"

她示意走走把马车赶去书房，张婶有些着急地拦阻道："那个，贵嫔娘娘……相爷说谁也不得打搅。"

姬善什么也没说，只是冷冷地睨着她。

张婶额头的冷汗一颗颗地冒出来，却还是不肯挪位，颤声道："相爷这些天心情不好，贵嫔娘娘还是不要见了……"

姬善呵呵一笑道："我才多久没回，这府里的天都变了？"

张婶面色顿白，腰弯得更深了些。

"走走，驾车！"姬善不耐烦与她废话，决定直接碾压过去，张婶闻言，果然下意识地闪到一边。啧啧，此人对薛采的忠心，也就这么点了。

走走正要驱车，一个声音远远传来道："大小姐，您回来了。"

姬善脊背一僵，扭头望去，便看见管家崔氏在婢女的搀扶下拄着拐杖走了过来。阳光照着她一头银发，那个在她记忆里精明干练的女人，竟已到了暮年。

张婶忙不迭地小跑到崔氏身后，就像恶犬找到了主人一般。

姬善心中叹口气，脸上换上了一个甜甜的微笑，道："崔嬷嬷，您的身体可好些了？"

"劳大小姐挂念，勉强活着罢了。大小姐，薛相可以见你，但只能你一人来。"

姬善回头看向伏周，伏周的眉头微微皱着，自从他醒来就一直是这副高深莫测的模样，她看得糟心，索性不理，径自下车道："好。我自己去。走走，你们去我屋等我。"

"是。"走走将马车掉头，去了姬忽的住处。

崔氏这才点点头，对姬善道："跟老奴来。"

姬善跟着她走了一会儿，崔氏道："张氏，你跟小东一起去准备晚膳。大小姐舟车劳顿，应该饿了。"

"哦哦，是！"张婶和婢女也被打发走了。如此，就剩下姬善和崔氏两人。

崔氏朝她伸出手，姬善的目光闪了闪，上前牵住——就像当年入府时那样。

"既已走了，回来做什么？"崔氏的声音里充满疲惫。

"听闻陛下驾崩……有点担心。"

崔氏闻言似笑非笑道："你个冷心热面的丫头，糊弄谁呢。"

她改口道："好吧。其实我是来看热闹的。"

"何必蹚这浑水。"

"不知道，总觉得，还欠着姬家什么。也许是欠姬忽的，怕她出事。"

崔氏停步，目光在她脸上扫了一圈道："阿善，你不欠姬家。只有姬家欠你的。"

姬善心头一震。

"你不回来我不怪你。但你如今回来了，我……替小姐谢谢你。"崔氏口中的小姐是琅琊。崔氏这一生，所做的一切都是为了琅琊。任何触及琅琊利益的，都无情抹杀，当年正是拜崔氏所赐，姬婴没能跟曦禾远走高飞，也是因为崔氏，自己从遥远的汝丘被弄来了图璧，一待十几年。

崔氏一直待她很好，虽然知道她的这种好也是站在琅琊的利益上的，但十几年的岁月，足以把假意磨成真情。尤其是琅琊逝后，崔氏的支柱没了，她的身体迅速衰老，她的心，却恢复了柔软。

姬善看得出来，这一刻，崔氏是真的希望她远走高飞，不要再回来了。

她不禁握紧了崔氏的手道："那么，告诉我，昭尹是谁杀的？"

崔氏没有说话，而是看向某处。姬善顺着她的视线看过去，看到了一座熟悉的假山，下意识地"咦"了一声。

★★★

穿过山洞，走进一条偏僻走廊。走廊的尽头有两扇对开的门，门缝中间挂着把破破烂烂的铜锁，看得出已经很久没人开过了。

姬善独自一人来到这儿，没有理会这把锁，而是将两扇门一起从下往上提，露出门洞，钻了进去。

原来锁不过是障眼法。

门内是条石子小径，通向一片竹林。茂林深处，有一茅屋，上书"无尽思"三字。

当年的她们，正是在这里临摹读书，接受筛选。

姬善推开茅屋的门，里面果然有人。

她一直紧绷的心，至此松了松，然后挑眉道："怎么回事？"

★★★

伏周站在姬忽房内，望着窗外的陆离水榭——传说中《国色天香赋》就在那里写成，造就了唯方第一才女之名。

当年为了让长女能合理地嫁给颖王，姬夫人果真煞费苦心。

而能够乖乖任她摆布扮演姬忽的姬善，也真不是一般人。

严格算来，这其实属于命运偏差。因为在他的记忆里，小姬善一心一意只想成为天下第一神医，结果却被弄来此地，当了天下第一才女。

虽然她也曾偷偷外出行医，但善娘之名始终不显，而江晚衣已经受封"神医"之号了。

姬善心中必定非常介怀，才会在他说茜色天赋不错时那么生气，事后还拼命想要证明她比茜色强……

伏周想到这儿，唇角情不自禁地翘了翘，但下一刻，在有人来前立刻收起，恢复成平淡无波的模样——这是多年听神台上练就的习惯反应，他是掌握天命的大司巫，任何情绪外露都会被过度解读，造成恐慌。

只见喝喝推着走走进来，二人走到一旁的佛龛前。走走熟练地从抽屉里取出香点燃，虔诚参拜道："老天保佑吃吃看看一定要平安，千万别出事……"

伏周看着这一幕，忽然开口道："你们信佛？"

走走答道："我信。她们不信的。"

"阿善不信？"

"她信扁鹊。"

伏周眼中闪过一丝笑意，表情柔软了几分。可就在这时，心口一痛，熟悉的暴涨感再次涌起，伏周一下子弯下腰去。

喝喝第一个注意到，连忙过来看他。

"药、药箱！"他咬牙道。

喝喝将药箱捧给他，伏周哆嗦着取出银针，但穴在背上，只能摸索着扎。

走走关切道："怎么了？"

"你们出去。"

"可是你自己一个人……"

"快！"他大吼起来。吓了二女一跳，意识到不对劲，走走立刻叫上喝喝推她离开。

伏周在哑门穴上扎了一针，下一针陶道穴却是怎么也够不着了，疼得一下子从榻上摔下来，在地上蜷缩颤抖。

蛊王……开始不受他的控制了。

它在寻找情蛊。

找不到就很焦躁，像火山即将再次爆发，而这一次，姬善不在。

也幸好，她不在。

伏周一边喘息一边颤抖地拿起银针，毫不犹豫地朝上星穴扎去："停下！不然我们一起死！"

蛊王似听懂了，不再翻腾，但还是燥热得厉害。伏周咬牙盘腿坐好，双手拈了个手势，整个身体突然升起，虚浮空中开始静坐，与体内的异力抗衡。

冷汗源源不断地从他身上冒出，滴在下方的地板上。

当姬善回来时，守在门口的走走连忙告诉她伏周出事了。

她推门而入，地上的水已经积了碗口大的一摊。

看到浮在空中的伏周，姬善目瞪口呆，心想难怪宜国子民深信巫神，别的不说，光大司巫这打坐的姿势，就已经艳压群教了。

她不敢靠近，只能仔细观察。

伏周的脸太苍白了，心口的伤再次崩裂，血跟着汗一起滴到地上，那摊水就隐隐变成了浅粉色。

这样下去不行！姬善试着开口道："伏周？"

伏周的眼睛睁开一线，看到她，面色大变道："出去！"

然而已来不及，好不容易平静了点的蛊王嗅到姬善的气味，再次翻腾起来。伏周"噗"地喷出一口血，从空中跌落。

姬善连忙冲过去抱住他，他却一把推开她，道："逃！"

姬善见他的眼瞳隐约又在变深，立刻明白了怎么回事，是蛊王在作祟！

伏周咬牙，嘶声道："快——离开！"不然那晚的情形会再次发作，而这一次他未必能控制得住。

就在他急得不行之际，姬善突然拂袖，一股臭味涌入鼻尖，伏周一下子睁大了眼睛。

紧跟着，纤纤食指点在了他的神庭穴上，最后映入眼帘的，是一个狡黠如昔的笑容，她道："这次轮到你了。"

伏周晕了过去。

"都进来，快！"姬善把走走喝喝叫进屋，帮忙脱去伏周的衣服，开始为他施针。

伏周虽然昏迷了，蛊王却没有，闹腾得越发厉害，伏周的身体上肉眼可见地出现了一道道红纹。

然而，姬善手法极快，红纹到哪儿，针就提前落下，用伏周之前教她的方法再加上后来学到的巫医之术，双管齐下，再一次，令火山平息。

昏迷中的伏周的呻吟声终于停止了。

姬善起身,抹了把额头的汗,问走走:"发生了什么?他突然这样发作?"

走走描述了一遍她走后的情形,姬善一边沉思一边将伏周抬起来放到榻上,继续为他医治胸口的伤。

处理完毕后,她用解药唤醒伏周,伏周慢悠悠地醒了过来。而这时,张婶的饭菜也送到了。姬善取了一碗肉粥,喂到伏周嘴边。

伏周全身虚脱,没有任何胃口地摇了摇头。

姬善哄他:"我知道你现在恶心难受,但必须要吃一点,不然什么都吐不出来,更难受。"

一旁的走走和喝喝交换了个眼神——姬善行医多年,素来对患者爱答不理,几曾如此耐心过。

伏周只好张嘴吃了,吃了几口果然吐了,姬善又细致地为他收拾污渍,伏周一把挡住她的手道:"不要……你。"

姬善有点生气道:"好,你要谁?"

伏周看向一旁的喝喝。

姬善的手紧了紧,然后松开,扭头对喝喝道:"你来帮他擦身更衣。"

喝喝乖巧地点头,打水照办了。

姬善看了伏周一眼,正好伏周也勉强抬眼看她,冷冷道:"出去。"

姬善一甩头发转身离开。

"大小姐!"走走连忙推着轮椅追出屋,道,"你、你别生气。"

姬善做了好几个深呼吸,道:"我不生气。"

"真的?"

"我自己选的,是我选择救他,封印小鹿。"

"可是他好像……不像时鹿鹿那么……"喜欢你。最后二个字,没有说。

姬善揪了一旁的一簇花花草草揉碎,口中则道:"无所谓,反正我要做的只有治病。等我想办法把蛊王从他体内拿走,我欠他的三条命,就算还清了。从此,山高水长,不必再见!"

揉碎的花草撒在地上,姬善大步走了出去。

屋内,明明相隔极远,但耳力过人的两个人都将这番话听得一清二楚。喝喝忽然睁大眼睛看着伏周,眼神很奇怪。

喝喝欲言又止,最终没说什么,拿起汗巾为他擦身,伏周抬臂挡了一挡,道:"我自己可以。"

喝喝便走到角落里蹲下,等着下个指令。

伏周看着她瘦瘦小小、蜷缩成团的身子，眼底再次露出独属于大司巫的悲悯之色。

★★★

当姬善再回到房间时，伏周已在喝喝的帮助下收拾清爽，躺在榻上休息。见她进屋，依旧是平静无波地一瞥，只看一眼，绝不多看。

姬善心中冷笑了下，径自走到他面前坐下，问："好点了？"

"嗯。"

"能谈正事了？"

伏周抬眸道："关于吃吃看看？"

"她们不见了，薛采派人去找了。"姬善很冷静地道，"没事，只要在图璧，丢不了。"

走走却在一旁咬唇道："可是……这里真的安全吗？连陛下都突然暴毙……"后面的话没敢往下说。但姬善明白走走的意思：在姜沉鱼和薛采的保护下，昭尹应该不会有事才对。而他偏偏死了，这说明姜皇后和薛相失去了对璧国的完全掌控，尤其现在外面传得沸沸扬扬，都说姜皇后和薛相不和……如今的图璧，不再固若金汤。

"那我们也只能等。如果薛采都找不着，我们更不可能。"

走走只好作罢。

姬善道："你带喝喝去睡吧。"

走走明白这是有事要跟伏周谈，便带着喝喝离开了，把门合上。

姬善再次看向伏周道："之前我问你，赫奕的计划是否跟姜沉鱼有关，你没回答。现在，你必须要告诉我。"

"为什么？"

姬善抿了抿唇，说出一句足以惊世骇俗的话："姜沉鱼要死了。"

园有桃

第四卷

蓝天湛湛，白云悠悠。

花朝月夕，山长水阔。

这么美、这么美的，唯方大地。

璧国的皇宫里，姜沉鱼已入睡了，睡得很不安稳。

她这些天都睡得不好，因为薛采已经好多天没进宫了，他走前他们吵了一架。她一向知他尖酸刻薄，可当他的讽刺挖苦掉转方向冲她来时，她发现自己完全不能接受。

于是，那些话便在睡梦中反复出现：

"再见，璧国的太后。"

"你，如此懦弱的一个女人，还是抱着孩子继续做合家和睦的梦去吧！"

姜沉鱼尖叫一声，醒了过来，发现手里抓着半截袖子，正是之前从薛采衣服上扯下来的。

握瑜、怀瑾闻声掀帘唤她："娘娘？"

"我没事。你们继续睡吧。"

两个婢女对视一眼，依命放下帘子。

姜沉鱼展开手里的衣袖，上面绣着白泽图腾，她的手指在图腾上轻轻抚摸，眼眶不由自主地红了。

"你这样对我，你这样对我……你忘了公子的嘱托了吗？"

声音颤颤，最终转为了委屈："继公子之后，你也要离开我吗？"

★★★

"有人在布局，想从姜沉鱼手中夺权。"天黑了，姬善一边将灯点亮，一边道，"昭尹之死，只是第一步。"

伏周沉吟不语。

"第二步，分裂姜沉鱼和薛采，并制造一些事端，让薛采分身乏术。"

如今的薛采，果然中计，在家闭门不出。

"第三步，诱姜沉鱼出宫，趁机暗杀。"姬善说到这儿，将灯捧到伏周面前，神色严肃，"所以，如果赫奕的计划是得到姜沉鱼的话，现在是个很好的机会。"

伏周抬眸，看着灯光中的姬善，开口道："你如何得知？"

"我暂时保个密。"

"你为何不把此事告知薛采？"

"很简单，薛采和布局之人，我站布局之人。"

"为什么？"

"我帮亲人，姜沉鱼不是我的亲人。"

伏周的眉毛轻轻拧起。姬善在灯下看他，觉得他跟时鹿鹿真的是区别很大的两个人。时鹿鹿从不这么安静，他会千方百计地想要吸引她的注意，撒娇也好，讨好也罢，哪怕是恶狠狠地凶她时，眼睛里也满满盛着她。可伏周的眼神大多时候是放空的，偶尔看着她，也带着思虑。

可他本不该这样。

他明明知道她就是小姬善，是跟她有过过命之交的故人，而且现在还在一心一意地想要帮他和救他，为什么要对她如此冷漠？明明之前在山洞里还不这样，是那次吃了毒蘑菇后说了什么不该说的话吗？

姬善忽道："阿十。"

伏周似有些不耐烦地先皱了下眉，才抬眸看她——眼神冷冷淡淡，不含感情。

姬善心底微凉道："没事，我只是想叫叫你。"

伏周"嗯"了一声，低头继续不再看她。

灯光照着他的眉眼，虽然时鹿鹿比他更像少年，但伏周身上才有阿十的气息——那个不喜欢说话的、不笑的、有点抑郁的阿十，他在这里。

我找到你了。阿十。我找到你了。

伏周思考了足足一盏茶工夫，姬善便盯着看了他一盏茶时间。

最后，伏周抬起头，回视她道："你希望赫奕做什么？"

★★★

如此，姬善等人就在府中住下了。过了好几天，依旧没有吃吃看看的消息，走走担忧得饭都吃不下。姬善看在眼里，起身道："我再去催催薛采。"

走走忙拉住她道："别，相爷日理万机，这点小事不好总是去麻烦他……"

姬善叹了口气，正色道："走走啊，你现在已经不是奴籍了，别总这么卑微啊。薛采这几日都没有上朝，成天待书房里抄经，闲得很，正该找点事给他，再说，堂堂天子脚下走丢了两个大活人，可是很大的事！"

走走喃喃道："天子都驾崩了，看看吃吃两个平民百姓……"

"正因为天子驾崩，更要维稳。交给我吧。"姬善说罢大摇大摆地出去了。

她毕竟名义上还是姬忽，府内下人人人认识，因此一路畅通无阻地来到书房，结果在书房外，又看见了崔氏。

这一次，崔氏拦住了她道："先别进去。"

"为什么？上次你就没带我见薛采。"她领她去见了另外一人，今天又不让见，很蹊跷。

崔氏凑到她耳旁低声道："皇后来了。"

姬善心中"哎哟"了一声："今天？"糟了！

她立刻转身，跑回住处，推门对伏周道："来不及了！她们……"

伏周正在查看自己胸口的伤，伤口已经彻底愈合了，闻言抬头，姬善的眼神落到他赤裸的胸上，他第一时间穿上了衣服。

姬善忍不住撇嘴道："时鹿鹿当年可是全身赤裸地出现在我面前的。而且在听神台，我们一直同榻而眠。你还避嫌？"

伏周果然皱眉，随即转移话题："什么来不及了？"

"姜沉鱼来了。这意味着，她出宫了。"

伏周面色微变。

"赫奕来不及英雄救美了……要不，你替你哥先把人救了？"

伏周问："我一个人？"

"你可是大司巫啊！蛊王在手，天下何人是你对手？"见伏周沉吟，姬善急道，"再晚可就来不及了！"

伏周盯着她看了一会儿，终于点头。

"你同意了？"

"走吧。"

★★★

走走将马车走后门到朝夕巷外的一条小道上，静静地等待着。从车窗正好可以看到皇后的车舆。

据说姜沉鱼临时起意出的门，只带了二十名侍卫，四个跟进府了，外面等着十六个。

"动手？"姬善示意伏周赶紧下蛊。

伏周却摇头。

于是他们等。等了大概半个时辰后，姜皇后面带微笑地出来了。伏周盯着她，眸光闪烁，若有所思。

姬善伸手在他眼前摇晃了一下，道："看呆了？"停一停，故意道，"赫奕眼光不错吧？姜沉鱼可算是当今天下第一美人了。"

伏周抓住了她的手，然后把手挪开，继续盯着姜沉鱼。

姬善挑一挑眉，不知为何，有点不高兴了，道："喂！你不是说你现在是女人吗？"

"嘘。"

姬善无语，只好以手环胸冷冷等在一旁。

姜沉鱼上了马车，很快消失在视线内。伏周对走走道："跟上。"

姬善下意识要阻止，但话到嘴边，硬生生咽下了。

走走驾车，远远地尾随着，担心道："大小姐，我们这样会被发现的吧？"

"有大司巫在，发现了也有办法应对。"姬善凉凉道。

伏周沉浸在某种思绪中，没有对此做出反应。

走走摇了摇头，没办法，只好跟上。如此走了三条街，车上的喝喝突然起身，面露惊骇。

姬善道："怎么了？喝喝？"

喝喝的目光四处转，最后尖叫起来。她一叫，走走连忙停下车。姬善连忙抱住她安抚道："没事了，没事的，喝喝，你听见什么了？"

喝喝捂着耳朵浑身战栗，仍在尖叫。姬善不得不取出银针，正要扎针，伏周开口道："她听见了伏兵。"

"什么？"

"两重伏兵。外重有三百人左右，里重……将近二十。呈漏斗状，就在前面那条街。"

姬善心中一惊，继而想起，若论听力，伏周才是真正的当世第一。

"也就是说，真有人要行刺姜沉鱼，而且，还安排了两拨……怎么办？"

"等。"

"万一姜沉鱼被杀了怎么办？你舍得？"

伏周一怔，眉头立刻皱了起来。

"哦不，我说的是，你家悦帝可舍不得。"

"你不是要帮布局之人吗？为何又要救姜沉鱼？"

"如果你救走姜沉鱼，她肯乖乖去宜国跟赫奕比翼双飞，布局者的目的就等于实现了。如此一来，大家都不用死，都能开心地活，不是吗？"

"真的都开心？"

"哦，有个人可能不开心。"

"嗯。"

姬善惊讶道："你知道那个人是谁？"

伏周的目光落到车后方道："他来了。"

姬善一怔，连忙掀帘，就看见了白泽图腾。

★★★

"放开我！大胆！我可是公子的姐姐，你们竟敢抓我！"姬善用力拍打抓住她胳膊的两名白泽暗卫。

暗卫们硬生生地挨着打不敢躲避，但也不肯松手。

走走也被擒住了，在一旁怯怯道："大小姐，好汉不吃眼前亏……"

姬善怒视唯一没被抓住的伏周，道："你是死人吗？快救我呀！"

伏周心中暗叹一声，没来得及有所动，一个声音道："动一下，立死。"

人群分开，一匹白马来到车前，马上人白衣翩然，发刚及肩，正是薛采。

而在他身后，十二名白泽铁骑手持弓箭，箭尖不偏不倚地对准马车。

姬善惊道："薛采，你这是什么意思？"

"意思就是，别动。否则，连人带车，轰……"薛采比了个灰飞烟灭的手势。他个子矮年纪小，偏偏做出这种动作来一点都不显得幼稚，而是令人不寒而栗。

薛采是个可怕的小孩。姬善一直这么认为。

从某种角度来说，姬善觉得他才应该得离魂症，原来恩宠长大的天之骄子突遭巨变被封印了，换了个妖物住进他的身体里，取代他成为白泽的新主人。否则没法解释，为什么一个十岁的小孩子，会有这么可怕的气势。

她自己在十岁时就已经够早熟够惊才绝艳了，但跟薛采一比，就成了玩泥巴的蠢蛋。

姬善深吸口气，露出个甜美的笑容，刚要开口，薛采道："别笑。你一笑，更不像秋姜。"

姬善心中骂了一句脏话。

一旁的伏周却似忍俊不禁，微微动了下眉。

"小采……"姬善并不气馁，柔声道，"我正要去找你，崔管家不让见。你是知道的，我的婢女吃吃和看看都不见了，我特别着急，等了这些天，你也没给个准讯，我没办法，只好亲自找找看。"

薛采歪了歪头，打量她，乌黑的眼睛，配着巴掌大的小脸，明明该是很天真的动作，却显得很是玩味，他道："晚上出门找？"

"没办法啊，我身份特殊，白天抛头露面也不合适啊。"

"你白日里出门抛头露面还少吗？善娘，嗯？"

姬善沉下脸道："我就要这个时候出门找人，怎么地？"

薛采也沉下了脸道："不怎么地。请大小姐回府。"

十二名铁骑眼看就要包抄过来，姬善忙道："好！我回！但不要回府。本宫要回宫，为陛下守灵！"

薛采的眉头一下子皱了起来，目光带厉。可姬善不怕。不管怎么说名义上她还是姬贵嫔，地位之高，仅次于皇后，薛采最会装样，她赌他不可能当着这么多人的面揭穿她。

果然，她赢了。

"带上他们。"薛采吩咐了一声后，白衣铁骑们继续前行。每匹马的马蹄上都包了布，这么大的阵仗，硬是没发出什么声音。反倒是他们的马车轱辘声，在寂静的夜里显得有些突兀。

但现在，这已经不是她所需要担心的事了。

她和走走被押回车厢里坐着，由白泽暗卫赶车。姬善咬咬牙，突然坐到伏周身边。伏周第一时间往旁边挪了挪，拉出一个拳头大小的距离。

姬善看着这一拳之隔，心中冷哼一声，跟着又挪过去，将伏周逼到了角落里。

伏周不悦地睨她一眼，姬善却故意歪头靠过去，伏周伸出食指刚要将她推开，就听她轻声问道："能给薛采下蛊吗？"

伏周怔了一下，停下了推的动作，回答道："不能。"

"为什么？"

"幼虫只能在宜境生存。这里太冷太干。就算种了也活不下去。"

姬善恍然大悟，这才明白为何巫族迟迟没能扩张到其他三国，因为不具备天时地利。只有宜国四季如春，确实适合虫卵孵化。

"可惜了！要能给薛采下蛊就好了，一下解决所有问题。"

薛采在外面咳嗽了一声，道："我能听见。"

"我随便聊聊的。"姬善死猪不怕开水烫地说道。薛采冷哼一声，没再开口。

姬善刚要再跟伏周说几句，伏周的手指终于点到了她额头，眼中全是警告。

于是姬善也只好冷哼一声，重新坐回到走走喝喝身旁。

走走看着这一幕，心中再次暗叹：造孽啊造孽……

铁骑很快在街尾停了下来，等待命令。

姬善叹了口气道："看来今晚姜沉鱼不会死了。"没想到薛采早有布置，螳螂捕蝉黄雀在后。吵架也好，拒不上朝也罢，甚至闭门不出，都是假象。

话音刚落，喝喝突然再次跳起，眼看又要尖叫，伏周出指如电，在她两耳上一点。喝喝双目睁圆，愣了愣。

"姬善。"伏周突然叫了她的名字，"学着。"

"叫我阿善！"姬善嘴上不满，眼睛却很是专注，看着伏周的手指不停地继续在喝喝各个穴位上拍点，最后落到她的灵台穴上，揉压片刻后，放手。

喝喝不再叫了，而是身体渐软，喘息着趴在了走走怀中。

姬善睁大眼睛道："这是什么？"

"她听力太好，经常会听到很多可怕的声音，加上儿时阴影，极易诱发惊恐。每当这时，可先封其听觉，再舒缓神经，令她平静。"

原来如此。姬善在心中回味了一遍，挑眉道："学会了。"眼尾扫去，看到伏周正注视着她，眼眸幽深，像深渊能卷走她的全部视线。

然而不过是瞬间。

当她看到他的刹那，旋涡就消散了，重新将　切拒之门外。

哼，有什么了不起的？你以为还是小时候？我没人可玩才不得不找你玩？我现在有的是玩伴，多你一个不多，少你一个不少……

姬善一边胡思乱想，一边眼睛眨也不眨地盯着他。

伏周有点受不了她的视线，不自然地别过脸道："开始了。"

"什么？"姬善刚说完，就依稀听到厮杀声隔着一条街传来——刺客动手了！

她连忙探头出窗，只见薛采还骑在马上一动不动地等着，白泽铁骑们也等着，夜月照着他们的白衣白马，分明是非常醒目的存在，却宛如铺在街上的一张白布，随风微动，与周遭事物和谐地融为了一体。

姬善眸光微沉，手指有些紧张地绞在一起。

一记清脆的口哨声响起，薛采抬起手臂，笔直地往前一指，白泽铁骑们立刻冲了出去，区区十二人硬是冲出了万马奔腾之势。

再然后，街道、屋顶、草丛中、角落后涌出许多黑衣暗卫，如退潮的海浪般归拢到了马车旁。

姬善鼻尖闻到了血腥味，他们都是杀了人回来的。也就是说，刺客有两拨人，黄雀也有两拨。黑衣的暗卫用于绞杀外重的三百人，白衣铁骑再去对付内围的二十人……

"来得及吗？"她把疑惑问出口。

伏周答道："来得及。"

"为什么？"

"有个高手藏在姜皇后的马车下。"

姬善一怔，莫非之前伏周一直盯着姜沉鱼看，不是在看她，而是在看车下的那个高手？

前方再次穿来一记哨声，驾车的暗卫挥鞭驱动马车前行。

马车走过一地尸体，无数个蒙面黑衣刺客横七竖八地倒在血泊中，兵器散落一地。姬善心头震撼，她根本没听见打斗声，不知道就在她发呆之际，一街之隔已有数百人丧命。

再看喝喝，就越发怜悯——喝喝能听见，所以她才害怕。

那么伏周呢？伏周从头到尾都很平静。他的听力比喝喝更强，也就是说，他从小也要听见各种可怕的声音，但他始终不曾表现出丝毫……

姬善心中，似被一根羽毛挠了挠，情不自禁地伸出手点了点伏周的耳朵。

伏周的身体本能一僵，然后，不耐烦地将她推开，换来了意料中的训斥："别动。"

而这时，马车停下了。

透过车帘缝隙，前方百丈外，姜沉鱼的马车已经四分五裂，几个黑衣刺客被五花大绑跪在姜沉鱼面前，薛采一一从他们身前走过，轻描淡写地不知说了些什么后，黑衣刺客纷纷叫嚷起来。人多声杂，姬善一句也没听清，便问伏周："在说什么？"

"他们奉姜贵人和萧将军之命行刺。"

姬善叹道："不愧是薛采。"真狠啊，让刺客们自己告诉姜沉鱼——她的姐姐姜画月要杀她。

果然，姜沉鱼优雅高贵的模样再也维持不住，抢了一名铁骑的马就跑了。

朱龙立刻追了上去。

只有薛采依旧站在原地，望着她离去的方向，月光落在他漂亮的脸上，将他的侧脸勾勒出冰霜的质感，看上去冷极了，也许只有鸦羽般睫毛下的眼瞳是暖的，但随着那个人的离开，最终归于冷酷。

姬善忽然得出了一个结论："薛采要干一件坏事了，天大的坏事。"

走走好奇道："大小姐，你怎么知道？"

"因为，我擅看心病呀。"姬善说着转过头，冲伏周灿烂一笑。

伏周被她的笑容晃得呆滞了一下，然后，瞥开视线。

★★★

马车一路行驶，来到宫门前。

守卫们全都跪在地上，一动不动。看到姬善的马车，下意识想要起身，却最终不敢动，继续跪在原地。

马车驰进宫门，里面的情况也一样，所有人都跪在地上，瑟瑟发抖。

"我从没见过姜沉鱼发脾气呢……"姬善啧啧道，"她之前对昭尹恨得要死，也没有表露分毫。有了权势，人果然会变啊。"

"她必须变。"接这话的人不是车内的伏周，而是车外的薛采。

薛采坐在车辕上，跟着他们一起入宫，脸上始终带着"要干一件坏事"的表情。

说完这句话后，他就跳车干坏事去了。

姬善忍不住喊道："我自由了吗？"

"滚吧。"风中传来薛采的回应。

姬善"呸"了一声，扭头道："英雄救美没成，另找机会吧。回白洋府？"

伏周却看向某个方向，问："那是凤栖湖？"

夜月下，一片湖光粼粼。

姬善点头道："对。"

"我想去端则宫。"伏周转过头来，直视着她的眼睛，正色道。

姬善心中一漾道："我给你划船！"

她带他下车，走走抱着喝喝道："喝喝还没彻底缓过来，我们就不跟去了。"

姬善给了她一个赞美的眼神，走走微微一笑，关上车门。

姬善带着伏周转了个弯，来到一处萧条湖边，此地远离洞达桥，相对人迹罕至。她走到一座石雕灯柱前，转了三次灯台，再点亮烛火后，只听一阵"噼里啪啦"的水花声，水里慢慢地升起一艘船来。

"这是昭尹专门从燕国请求鲁馆的高人为我设计的，方便我出入。"说到这里，不禁有些感慨，"他对每个妃子，都真是不错。"

伏周轻轻皱了下眉，没说话。

二人上船，姬善抄起双桨开始划船。伏周本要接桨，被她拒绝道："坐着吧。我喜欢划船。黄花郎想要飞，得靠风。可船不一样，桨在自己手里，想朝哪个方向就朝哪个方向。"

木桨荡起水花，船头削开波浪，载着二人前往湖心岛。

一轮下弦月挂在墨蓝色的天空中，繁星点点，映在湖面上。而船头坐着阿十……就像是梦境里曾经出现过的画面。

姬善想，眼缘真是个有趣的东西，明明过去了这么多年，眼前的这个人也变了很多，可她一面对着他，就情不自禁地想说话。

"我上次来，是给姬婴过七期。我不信这些，但走走非要办，说是身为姐姐必须做的。那时候她还不知道我不是真姬忽，没办法，我只好随她去了。结果那晚，言睿突然来找我……"

伏周目光微动，眼神有异。

姬善敏锐地注意到了，问："干吗这么看着我？"

"没有。"

姬善转了转眼珠，猜到了一些端倪，道："巫神殿关于我的那二十页里，是不是写我喜欢言睿？"

伏周微讶。看到他的表情变化，姬善就知道，果真如此。她舔了舔牙根，忽然眼睛一弯，跟波光粼粼的湖面一样笑了起来，道："还真是消息灵通啊！还写了什么？"

等于是变相承认了。

伏周沉默着听了一会儿欸乃声，才道："还有，你曾跟他私奔。"

"哈哈哈！"姬善笑得更大声了些，"对！"

伏周垂眸。下弦月像把游来荡去的钩子，倒映在水中。

姬善的微笑，就像这个钩子，乱了湖水，乱了人心。

姬善道："有意思，时鹿鹿都没问过我言睿呢，反而你问了。"

伏周放在膝上的手紧了紧，姬善看到了，眼中笑意更深。

伏周深吸口气，面色如霜，冷了几分道："回去吧。"

"你不是想看看端则宫吗？"

"不看了。"

姬善把桨放下，走到伏周面前道："你猜我这会儿走到你面前，是想做什么？"

伏周不得不抬起头，看向她。

夜月脉脉，瞳眸幽幽，姬善一字一字地问："阿十，我问你一件事——这么多年，你没有忘记我，那么，可曾想过我？"

伏周刚要拒绝，姬善已伸手捧住了他的脸颊，道："回答我！"

伏周的睫毛轻轻扑动，每一下都能引起湖波荡漾，声音却依旧冷漠："没有。"

"真的，从来没有？"

"从来……"他的脸色骤然一变，额头的冷汗慢慢地冒了出来。

"三、二、一……"姬善数了三下，三下后，伏周面色稍缓，她的唇角扬起，一点点地笑了，"看啊，说谎的后果。"

伏周有些生气地要别过脸，却被姬善紧紧捧住。

姬善盯着他，与侵略的眼神截然相反的是她的声音，又轻又软："但我天天都在想你，想要去找你。"

伏周的咽喉滑动了一下。

"而且，我真的去找过你。"姬善轻轻一语，换来他重重一震。

"我拜托言睿替我找阿十，他约我见面。于是我甩开吃吃喝喝她们去见他。他告诉我你在宜国，很可能就是伏周，但他也不能完全确定，毕竟听神台是个很诡异的地方，如意门很难渗透。那时候我快出嫁了，我跟琅琊说，想去找个儿时的朋友，就当是跟儿时的自己告别。毕竟，我无父无母，真正的娘家人等于一个也没有。琅琊同意了。"

伏周的脸白了几分。

"结果传到旁人耳中，就变成了我跟言睿私奔了……你说大家为什么不觉得荒唐？他比我大四十多岁啊！"姬善感慨万千道，"可能大众眼中，天下第一智者跟天下第一才女确实是绝配吧。"

伏周目光闪动，定定地看着她。

"我去了宜国，听说你在蜃楼山上，我鼓起勇气爬到一半，腿就软了，没能上去。"她能克服一切艰难险阻，独独恐高，是真的再有毅力都不行，"陪我前去的两个暗卫爬到一半，被巫女发现，听见巫乐后疯了，一个失足掉下山，一个自杀。我躲在草丛中，因为不会武功，幸免于难。那时候起我就知道——想要见伏周一面，是很难很难的事情。"

伏周眼中露出了几分悲色。

"我放弃啦，乖乖回璧嫁给了昭尹。我想算啦，反正也不是真嫁人。等以后有机会，我能彻底摆脱姬忽这个身份了，再去找你也来得及……"姬善捧着他的脸，笑得狡黠，"所以阿十，不要有负担。在我心里，一直把你当作姐妹在想念的。我不知道你是男的。"

"但我知道。"伏周的睫毛扬起，黑瞳亮如晨星。

姬善心中"咯噔"了一下。

伏周凝视着她的脸，一字一字道："我当时知道我是男的。"

这、这句话什么意思？是、是她想的那个意思吗？姬善只觉一颗心颤颤地揪紧了。

伏周犹豫了一下，但还是说了："我一直在思念女孩的你。"

姬善想：完蛋了。

这么多年，很多少年说爱她。

她都在旁冷笑嗤笑嘲笑假笑，不为所动。

遇到时鹿鹿，哪怕被种下情蛊，也始终保持着理智，没有真的沦陷。

可此时此刻月下船头湖面上，仿佛上天为她精心准备的天时地利与人和，让一场告白在最美丽的景色中到来。

她想她得说些什么，必须得说些什么，可没等她开口，伏周继续道："可是，这不合时宜。"

告白变成了回绝，伴随着伏周一本正经的表情，让人觉得这才是他要说的重点："我不能。姬善。你很好，但是，我不能。"

姬善咬住了下唇问："因为你体内的蛊王？"

伏周苦涩一笑道："是。"

姬善想，自作自受。她满心好奇，想要知道破戒的后果，结果就是时鹿鹿终于动了真情，而当他动情之际，蛊王感应到了情蛊的存在，想要吞噬她。也就是说，现在的伏周若对她动情，就无法控制蛊王，最终的结局不是她被吃掉，就是他爆体而亡。而他要压制蛊王，就不能对她动情，只有这样才能继续实施后面的计划。

"我一定能找到取蛊之法的。"姬善沉声道。

伏周看着她，眼神不再冰冷，而是更令人难过的悲凉："数百年来，只有一人取蛊成功，就是我娘。但是，她是无痛症者，而且取出蛊后，伏极立死，我娘也腐烂而亡。"

"你娘不懂医术我懂！"姬善喊了起来，"我，可是很厉害很厉害的大夫啊！"

那是多少年前曾经发生过的誓言。

从轻稚口中喊出的最天真的话语。

而今，誓言重演，顶着重重压力，像在黑暗中拼命敲击的火石，想要绽出一丝光。

"不许瞧不起我！"姬善哽咽道，"我，一定，能治好你的！"

伏周定定地看着她，突然，一口血从他口中喷了出来——情蛊再次不合时宜地发作了。

姬善连忙去掏怀里的银针，就在这时，伏周的耳朵动了动，本就骤然涨红的脸变得更加焦急，他道："逃！"

"我不！我能帮你压制它！"

"快逃！"伏周猛一挥袖，一股巨力扑向姬善，将她横拍出去。

姬善整个人就像流星般划过空中，然后"砰"地掉进湖里，蹬水浮起后的第一反应就是重新朝他游回去："阿十……"

"别过来！"伏周一边厉声喊，一边一掌拍向舱底，木板立碎，下方浮起一股血花。

姬善看到这一幕，惊呆了——有人藏在船下，被他掌风击退，受了伤！

"逃！"伏周再次喊道，奋力拍向水下。

又几股血柱窜天而起。与此同时，十几个黑衣刺客跃出湖面，可能也意识到此人不容易对付，当即全都转身朝姬善游来。

伏周重重踢了船舷一脚，船身立刻整只都翻了过来，溅起巨大的水花，他踩在翻转的船上，以之为板，刚想追，胸口又是一阵剧痛，疼得弯下腰去。

姬善不敢再多看，连忙掉转方向朝湖心岛游去。但她穿着宽袖长袍，被水一泡沉甸甸地拖在身上，那些黑衣刺客却是紧身劲服，又会武功，游得十分快。当先一人挥剑刺向姬善，姬善反手丢出一物，砸到他脸上，粉末扑了一脸。

此人连忙用水抹干，继续追刺，却觉脸上剧痛，大怒道："这是什么？你给我用了什么？！"

姬善不答，咬牙拼命游着。然而后面的黑衣刺客们也都追上了，形成包围之势，纷纷拔剑朝她刺去。

眼看就要中剑，一块木板横飞过来，砸在其中两个黑衣刺客身上，将他们砸进了水里。紧跟着，又一片木板飞来，其他黑衣刺客连忙闪避。一道弧光掠过，伏周飞过来踩在木板上，一把将水中的姬善捞起，以碎木为踏板，横穿大湖。

"追！"黑衣刺客们穷追不舍。

伏周紧紧搂住姬善的腰，跳跃不停。

姬善在他怀中，情不自禁地想起了去深渊探索那天，时鹿鹿也是这样搂着她，带她飞越。

那时，她还有闲心想一想风小雅，而今，满心满眼只剩下身前的这个人。

伏周的蛊王在闹腾，身体滚烫滚烫，唇缝不停地往外渗血，还要带着她躲避追杀……

姬善的眼眶红了。

"去端则！"她深吸口气道，现在不是伤感之时，"那是我的地盘！"

伏周咬牙提气，将碎木调整方向，朝着湖心岛飞去，汗水从他脸上滑落，砸在姬善脸上，跟下雨似的。

眼看碎木没了，离岛却还有很长一段距离，伏周忽道："闭眼！"说罢，将她用力一掷。

姬善闭上眼睛，然后身体下坠，"啪嗒"几声，停住了。她闭着眼睛试探着伸脚，居然踩到了实物，好奇地睁眼一看，发现自己的衣服挂在了柳树上，而脚正好踩着一截树杈。

她吓得尖叫起来，闭眼一把抱住树干，感觉整个人就像即将融化的蜡。

耳旁风动，一只湿漉漉的手伸过来，伴随着浓浓的血腥味，再次挽住她的腰，将她从树上救了下去。

姬善颤抖地抱住对方火热的身躯，依旧不敢睁眼，道："去院子，那儿有棵梅树！"

然而，对方不动了。

"去院子啊！"姬善推他，结果才轻轻一推，对方就"啪嗒"坠地。

姬善睁开眼睛，只见伏周倒在地上，两只手紧扣住地面，剧烈地颤抖着。

"跑。"他沙哑地挤出一个字。

远处，黑衣刺客们正在奋力游来，马上就能上岸。

"一起走！"

"我、控制不住了……"伏周突然一仰头，号叫起来，伴随着他的号叫，耳朵里、鼻口里，以及指甲缝里全都冒出白色的丝来。

这一瞬间的他，变成了怪物！

姬善惊恐地连忙后退，但已来不及，白丝瞬间延长了无数倍，卷住她的脚，将她绊倒在地，然后拖回去。

与此同时，黑衣刺客们上岸，看到这一幕，都惊呆了。

"啥玩意儿？"

"别过去！"他们纷纷止步，惊恐地看着姬善被拖回到伏周身边。

姬善叫道："阿十！阿十！"

号叫中的伏周一抬头，是满脸红纹和一双完全被瞳仁占据了的眼睛。

姬善从怀中掏出一堆东西向他砸过去，然而半空中就被白丝挡住，紧跟着，伏周一把抓住她，将她压在身下，张开了嘴巴。

姬善手里握着最后一样东西没有扔，就在等这一刻。当伏周的嘴张到最大时，她把那样东西一下子塞入他口中。

用软布包着的细碎的褐色种子，在地下封藏多年后，被她挖出来拿给伏周看。正是当年她送他的礼物之一。又因为想试试种子还能不能栽种，所以一直带在身上，这一刻卡住他的嘴巴，关键时刻救了她。

伏周拼命做撕咬动作，企图把那包种子吞下去，但种子摩擦着溢出了许多粉尘，顿时呛得惊天动地。

姬善趁机捡起地上的碎石企图割断白丝。

一名黑衣刺客突然上前道："萧将军说生擒她！她活着我们才能活命！"

其他人受到提醒，连忙上前挥剑将白丝砍断，把姬善抓了起来。

这边，伏周终于把整包种子全部咽了下去，发出一声更大的号叫后，挟着形如鬼爪般舞动的白丝朝他们扑来。

黑衣刺客们拼命跑。姬善道："去院子里的白梅树下！"

黑衣刺客们下意识地按照她的话跑向双宜亭间的院子，毫不费力就找到了那棵老梅树。

一伙人冲到树下，一人问："然后呢？"

"然后……"姬善伸手在树干上按了一下，道，"你们就可以休息了。"

"什么？"黑衣刺客们一怔，刚意识到有点臭，紧跟着双腿一软，纷纷晕倒了。

与此同时，伏周冲到了近前，敏锐地闻到异味，立刻停步，深黑色的眼瞳里写满警惕——他中过一次这个迷药。

姬善咬牙，没想到这个蛊王居然还有智商！

她招了招手道："我就在这里，你过来啊！"

伏周没有过来，过来的是白丝。白丝凝成匹练，卷住姬善的双脚，姬善紧紧抱住树干抵御，手却一点点地滑脱。

一声尖叫过后，她被伏周再次抓住了。而这一次，身上空空，再没有可以抵御的东西。

伏周身体又烫又湿，红纹一路往下延伸，每一条纹路都像青筋一样鼓起，显得说不出地可怖。

眼看他再次张嘴,朝她的咽喉咬下来时,四目对望,漆黑色的眼瞳原本无情无绪犹如死物,突然间,倒映出了她的模样——伏周的神志,有了一瞬的清明。

他用力侧头,擦着姬善的脸,一口咬在她耳旁的草上!

紧跟着,双手一推,将姬善推了出去!

姬善翻了个十几圈,撞到亭子的台阶上,才堪堪停下。

再看梅树下的伏周,两手往树干上一插,"咔嚓"一声,两条手臂都陷了进去,紧跟着是脚,又一声"咔嚓"后,两条腿也陷了进去。他的腰弓起,从鼻子、嘴巴和指甲缝里溢出的丝,迅速将他包裹了起来。

这是姬善第一次亲眼见到化蛹术,呆了半晌才想起来喊道:"阿十……"

伏周微微抬了下眼睛,这一眼里,没有冷漠,没有犹豫,只剩下浓浓的、真实的感情——就像当年,十二岁的他坐进软轿,从帘缝中沉默地看了她一眼一样。

只是当时,年幼且一直把他视作姐姐的小姬善,没有看懂。

再然后,伏周的眼睛也被白丝裹了起来,不复可见。

姬善不再犹豫,踉跄爬起,她的银针在被他打到湖里时掉了,而端则宫,当时离开以为不会再回来,把能拿的东西都拿走了。

"阿十,你在这儿等我,我去找东西来救你!"姬善扭身刚要跑,湖面上出现了一条船。

姬善一惊,连忙冲到湖边一看,真的有船,划船人是朱龙,船头坐着一个年轻人,青衣如竹。

姬善的眼眶一下子热了起来。

不得不承认,此时此刻,全天下最想见到的人就是他。因为,他的出现,意味着生机,意味着希望。

★★★

江晚衣走到梅树下,姬善迅速将事情的经过说了一遍。而等她说完,伏周已经彻底变成了一只茧——一只粘在树上的茧。

江晚衣好奇地围着茧转了半天,赞叹道:"巫的化蛹术,真是夺蝉蛹之造化为己用啊。"

姬善第一时间抢过他的药箱,打开翻找银针,闻言一怔道:"什么意思?"

"寄生。所谓的蛊,不过是虫子寄生在了人体内。巫族在漫长的岁月里,学会了训练虫子、驾驭虫子，并且利用虫子来增强自身的修为。但，每种虫子的特性不一样，因而，大司巫所擅长的巫术，也不尽相同。在伏周之前，据我所知，只有两位大司巫能化茧，当他们身受重伤时，体内的蛊王就会吐丝保护宿主。而化蛹后，宿主和体内的蛊王都会更加强大。"

姬善惊讶道："你怎么会知道？"

"我也看了巫神殿的甲历。"

姬善顿时感觉到了差距——她当时为了还原巫毒和破解解药也看了那些档案，却没有留意到这一段。

"那现在怎么办？"

"现在不用管他，等他自己恢复即可。不过……"江晚衣沉吟片刻后，有些担忧地看着她道，"他再次出来时，可能会有变化。"

"什么变化？"

"有可能变回时鹿鹿，有可能还是伏周，不管是哪个，都会对你有更大的执念……"

"吃了我？"

江晚衣点头道："根据你刚才说的，自从你唤醒时鹿鹿的情欲，让蛊王意识到了你的存在后，一开始，伏周能自己压制住；第二次，需要借助你的针灸；而这次，失去理智被蛊化……也就是说，蛊王的力量在增强，而他的控制力在减弱。"

姬善咬了咬发干的嘴唇，道："所以，他不可以再动情，否则下一次会更糟糕。"

江晚衣怜悯地看着她，却换来了姬善的一个白眼："你这是什么眼神？看我跟看祸水似的！"

江晚衣道："我觉得，未必是坏事。"

"什么意思？"

"宜国的历任大司巫，观看她们生平，救人无数，杀人也无数。好也罢坏也罢，不管怎么说，都是万里挑一的高人，才智不在你我之下。"

姬善嗤笑了一声。

"那么，为什么她们没有一个成功取出体内的蛊王呢？"

江晚衣说到了问题所在。姬善嘴边的冷笑消失了，转为深思。

"她们想必用尽了所能想到的任何办法，也就是说，现存于世的医术和巫术都解决不了。"

这点确实，在山洞时她就问过伏周，伏周说过，蛊王既无法毒死在体内，也无法在保证宿主不死的前提下挖出来。

"如今你走了一条跟她们全不相同的路，是大凶险，却也很可能是，大生机。"江晚衣说到这儿，朝她凝眸一笑，"事在人为，扬扬。"

"都说了不许这样叫我！"姬善将药箱扔还给他，顶着树上的茧，回想这番话，觉得不无道理。但到底应该怎么做呢？

这时，朱龙把地上的黑衣刺客全都捆了起来，拖上船去。眼看要走，姬善顾不得再思考蛊王的事，忙追上去问道："等等！我还没审他们呢！"

"不必审。"

"为什么？我莫名其妙被追杀，总得问清楚，是哪个王八蛋敢这样阴我！"

朱龙用一种古怪的眼神看着她。

"是你。"

"什么？"

"据罗与海和萧青招供，他们之所以敢勾结姜贵人毒杀陛下，行刺皇后，皆是因为有你——姬贵嫔在幕后主使和撑腰。"

姬善惊呆了。

半个时辰后，姬善跟着朱龙来到天牢，走廊尽头有两间牢房，朱龙将其中一间打开，一股血腥味扑面而来。

牢房里，暗卫正在施刑，薛采站在一旁看着，素白的脸上没有任何表情。

姬善心中啧啧：这么小就老看这种画面，难怪变成了个妖物。

一人被捆绑在木架上，血肉模糊遍体鳞伤，眼角余光看到姬善，呆滞了一下，继而疯狂地喊了起来："是你！就是你！居然敢骗我！"

姬善连忙躲到了薛采身后，问："这人是谁呀？"是之前被她看病坑过的病人？

薛采懒洋洋地道："朱龙，告诉她。"

"他是观军容使萧青。"

"我没给他看过病啊！"

萧青厉声喊了起来："是你给罗与海毒药！说可以杀死陛下……"

姬善一怔。

"你还说有法子牵制薛采，让我们尽管动手……结果跟去外面的兄弟们全死了！全死了……"

姬善的脑子动得飞快，探头看向薛采道："他说的你信？"

薛采嗤笑了一下。

姬善道："对吧，我自己都不知道我做了这么多大事！"

薛采没说什么，示意姬善跟她离开这间牢房，然后去了隔壁屋。

这间屋里也关了一人，却没上刑。两间屋子毫不隔音，此人待在这里，一直听着隔壁同伙的痛苦哀号，受到了很大的刺激。

他披头散发，本来神情萎靡地缩在墙角落里，听到声音也不敢抬头，用双手抱住了头。

薛采淡淡道："姬贵嫔来了。"

那人一听，立刻松手抬头，在看见姬善的脸后果然精神一振，冲上前紧紧抓住了栅栏，道："贵嫔！贵嫔！你救救我！你告诉相爷，我只是奉你的命令行事！是你说陛下不可能醒来了，与其让姜沉鱼掌权，不如你来。你说姜画月是个废物，到时候任你摆布，这些都是你让老奴做的啊！"

姬善把墙壁上插的火把拔下来，走到他面前道："你好好看看，真是我？"

罗与海借着火光上下打量她，然后，表情慢慢地变了，道："不、不是？可、可是……"

姬善骂道："废物！"

罗与海慌乱起来，拼命抓挠着栅栏道："怎么会、怎么会？那位、那位姬贵嫔什么都知道……而且，前几天她还带着吃吃姑娘和看看姑娘来的啊！"

姬善一惊道："你看见吃吃看看了？"

"是啊，她们就站在你，哦不，那个人身边！老奴虽然没见过你几次面，把她错认作了你，但是！她能说出小时候她进宫来老奴伺候她时的细节，还带着吃吃和看看两位姑娘……"

姬善顿时明白了怎么回事。她扭头看向薛采道："吃吃看看，落到……秋姜手里了？"

"现在……"薛采转过身，冲她笑了一下道，"告诉我，秋姜在哪里。"

"我不知道啊，这事你得问朱龙吧？"姬善立刻祸水东引地看向朱龙。

但薛采不为所动，道："如果你不说，我马上让人火烧了端则宫的老梅树。"

姬善的脸"唰"地白了，立刻改口道："我当然知道她的下落！但我有条件，我说了，你要保证我和伏周的安全。"

薛采眯了眯眼睛道："成交。"

★★★

姬善坐着马车从天牢返回皇宫时，全身瑟瑟发抖。她在水里游了半天，又在土里滚来滚去，再被带到监狱那种地方，早已体力透支。

薛采在车外透过车窗看了她一眼后，将身上的披风解下，扔进车内。

姬善看到熟悉的白泽图腾披风，眼眶一酸道："浑蛋，这会儿才想起来，要是阿婴，早脱下来给我了。"

"不要就拿回来。"

姬善连忙抖开给自己裹上，道："已经脏了！"

薛采轻哼一声，没再说话。天渐渐亮了，他们折腾了一夜，所有人都很疲乏，只有薛采精神奕奕，显得很亢奋，在他眼底，有团火在燃烧，不是怒火，而是一种势在必得、成竹在胸的火。按照姬善的理解，就是"要做一件天大的坏事"的表情。

"这到底是怎么回事？凤栖湖上追杀我的那拨人是萧青的人？"

"嗯。他兵分两路，一批行刺皇后，一批埋伏端则宫旁。一旦事情败露，擒住姬贵嫔，也能扳回一局。"

"你早知道？"姬善看薛采的表情，早就知道，当下更气了，"你知道也不提醒我？"

薛采冷笑道："首先，我让你回白泽府，你不回；其次，是你自己突发奇想去的端则。"

姬善一噎。

"你要感谢世上还有个秋姜，否则，就你今晚的所作所为，说你是清白的都没人信。"

姬善觉得头很疼，道："秋姜，哦不，姬忽疯了？为什么做这种事？你们不是朋友吗？"

薛采看着马头下方的道路，冷冷道："我们不是朋友，只是归程的盟友而已。归程之外，敌友另算。"

"真是翻脸无情的贵族们啊。你看我们平民百姓就不一样，特别重感情。"

薛采睨了她一眼，没说话。

一行人很快回到了凤栖湖，薛采道："从今天起你回端则暂住，直到我抓到秋姜。"

"所以我这是被软禁了？"

"人证物证皆在，没马上定你个谋逆造反、祸乱宫廷的罪名就不错了。"

姬善立刻行了一礼道："有劳相爷查明真相，擒拿真凶，还我清白，还有最重要的是，帮我找回吃吃看看，多谢多谢。"

薛采受不了地翻个白眼，立刻走人了。

姬善望着他的背影，直起腰来若有所思。

★★★

"姬大小姐跟着使臣的队伍回璧，但中途自己一人悄悄离开，没带任何人，甚至也没有告诉朱龙。"端则宫内，走走一边捣药一边跟姬善闲聊。昨夜她跟喝喝被留在别的宫殿睡下，一大早来端则宫找姬善，这才知道竟发生了这么多事。喝喝还好奇地用树枝戳了戳树上的大茧，满脸全是期待。

姬善以手托腮，蹲在一旁看喝喝戳茧，点了点头。

"然后，姬大小姐偷偷回到京城，以贵嫔的身份跟罗与海和萧青密谋，先毒死了陛下，再暗杀皇后？"

姬善又点点头。

"姬大小姐还碰到了吃吃看看，带着她们一起去骗罗与海？"

"对，所以那两丫头现在在她手上。"

走走皱眉道："好奇怪啊……"

"是啊，她为什么会杀昭尹？"

"不是这个，而是——看看不喜欢她，怎么会跟她同行？"

姬善一怔。

"姬大小姐能控制和诱骗吃吃我信，看看我不信。"

姬善转了转眼珠，道："有道理。"

走走很发愁地道："姬大小姐都是将死之人了，还有什么看不开的？为何还要介入璧国政事，制造内乱呢？"

"原来有这么多说不通的地方啊……"姬善喃喃道。

"什么？"

"没什么……反正该头疼的是大人物们，我啊，现在只关心一件事……"姬善走到梅树前，伸手摸了摸巨茧道，"上次咱们是直接煮了剖开的，这次怎么来？等他自己出来，还是再煮一次？"

走走和喝喝纷纷摇头，表示不敢做这个选择。

姬善只能自己选："等三天，三天不掉，煮了看看。"

第一天晚上，突然下起了雨。

姬善三人忙从宫中翻出油布罩在上面，免得挨淋，好一番折腾。

第二天，雨下得更急了不说，还刮起了大风，油布也不顶用了。姬善三人把木案拆了，拼了个木箱扣在上面，又好一番折腾。

第三天，好不容易雨停了，摘掉木箱和油布一看，里面发霉了，树干上长出了好多蘑菇，密密麻麻地蔓延到了茧上。

走走震惊道："咱们之前住这儿时，这棵树从不长蘑菇啊。"

喝喝则问："还煮吗？"

姬善揪下一朵蘑菇，想起山洞里喝的那碗熊掌汤，不由自主地笑了笑。然后扔掉蘑菇，正色道："煮吧。"时间到了，她不想再等。

她迫不及待地想见他。

然而，紧跟着来的问题就是：仅有的两个会武功的丫头不见了，剩下仨一个瘸一个弱一个是小孩，切不动也搬不动这么巨大的一个茧。

三人彼此对视，姬善迅速做出了决定："喝喝，去外面叫个暗卫来。"

喝喝应了一声，刚跑几步，突又惊叫着退了回来，拼命指着湖岸，一个字都说不出来。

姬善和走走顺着她指的方向看去——湖边的柳树在秋日里，像年华老去头发稀疏却又不肯服老的女人，犹在搔首弄姿。

"什么？我什么也没看见啊……"

"我也什么……"姬善刚说了四个字，搔首弄姿的柳条齐齐断裂，一刀东来，带起两排巨浪，扑到了岛上。

刀风并未停歇，直奔梅树而来。

姬善大惊，下意识挺身而出，伸手挡在茧前。但她不会武功，立刻就被吹了起来，横飞出去，重重跌在地上。

刀风冲向梅树，一闪，白茧落地。

之前还在头疼的问题——怎么把这么大的茧切下来，瞬间解决了——却不是以姬善想要的方式。

走走和喝喝连忙过去搀扶姬善，问："大小姐！你怎么样？"

姬善顾不得疼痛，连忙爬起来喊道："何方高人？出来一见！"

喝喝拉了拉她的袖子，指向某处。

姬善定睛一看，一个少年慢吞吞地从湖里走了出来，怀里还抱着一把很长很长的刀。

姬善下意识去摸梅树上的机关，少年突然抬眼，盯着她的手，那眼神，让她顿时不敢动弹。

"你是谁？"

"刀刀。"少年说着，爱惜地用袖子拭擦长刀。

姬善小声问走走："我没给这人看过病吧？"

"没有。我确定。"

姬善皱眉问："你来干吗的？"

刀刀不再回答，手中长刀转了个圈，刀尖笔直地指向白茧道："这是我刚得的新刀。"

走走不解道："所以？"

"他是来试刀的。"姬善的脸色很难看。薛采那个废物，说了保她安全的，结果却让这么个人出现在了端则宫。

她的手在袖子里紧了紧，然后伸出来缩头发，脸上则洋溢出一个轻快的笑容道："好啊，你过来试吧。我也想看看，纯镤打造的刀刃，比普通的厉害多少。"

刀刀提刀走了过来，一步、两步、三步……

姬善的手一边绕着长发，一边有意无意地靠近树干。

再近一点，再近一点……

然而，就在迷药所及的分界处，刀刀停下了，道："他们告诉我不能靠近梅树十丈，会有陷阱、迷药、机关。"

姬善心中一沉。

"那你怎么试刀？"

"这么试！"刀刀一刀劈出，刀风顿时席卷而至，却不是劈斩，而是勾动。地上的茧被风卷起，朝他飞了过去。

姬善当即追上前喊："住手！"

然而已来不及，刀光一闪，锋刃落下，将茧从中一分为二。白丝"砰"地炸起，像一朵瞬间开放的黄花郎，被风吹着在空中四散飞扬。

若非担心伤及性命，不得不说，这一幕真是美极了。

丝断后，露出里面全身赤裸、昏迷不醒的伏周——姬善这才知道，初见时鹿鹿时为何赤裸，不是故意不穿衣服，而是衣服会被腐蚀掉。

刀刀再次举刀，毫不迟疑地向伏周劈下去。

"不要……"姬善大叫起来。

刀止、风停，刀刀维持着劈刀的姿势；刀崩、柄碎，刀刀朝后倒下。

一切不过是眨眼间。

姬善睁大眼睛，就见伏周缓缓坐起，右手指尖夹着一截断刀，他看了眼刀刃，淡淡道："镤不适合做刀，热处理后虽然锋利，但易断裂。"

刀刀从地上一跃而起，怔怔地盯着他。

伏周把断刀扔到他脚边，道："还是老老实实用铁吧。"

刀刀俯身捡起断刀，一言不发地扭头跳进湖中。

走走目瞪口呆道："就这样走了？"

"试刀有了结果，再不走就要死了。"姬善说完，开心地冲到伏周面前，对方抬头，严肃高冷的一张脸——谢天谢地，是伏周，不是时鹿鹿！

她很想伸手抱他，很多话想告诉他，但想起江晚衣的叮嘱，只能忍住。最后，脱下自己的披风，给伏周罩上，干巴巴地说道："这段时间发生了很多事……"

　　伏周打断她道："我知道。"

　　"你……在茧中也能听见？"

　　"嗯。"

　　"那……现在图壁已是多事之秋，我们回宜吧。"

　　伏周静静地看着她，目光过于深邃，呈现出某种疏离来。

　　姬善的声音变得有些涩，道："还是，你要自己回去，不、不想再与我同行？"

　　跟她一起意味着危险，她想她能理解，无论从哪方面来说，就此分开才是安全的。时鹿鹿已被封印，伏周可以回去继续当他的大司巫，跟赫奕一起灭巫。等事成之后，再找她想办法取蛊，这才是最理智的作为。

　　可是，拔除一个如意门，尚耗费了姬忽十几年，还要联合三国之力才成功。那么，扫除巫族又要多少年？尤其是，如意门祸害四国，四国国主都想除之，才会联手。而巫族，于其他三国无害，他们不落井下石已算仁慈。伏周和赫奕仅凭一己之力，能与神抗争吗？

　　一想到如果就此分开，也许很多很多年都不能再见，姬善突然道："我不接受。"

　　伏周一怔。

　　"我们已经分开过十五年。我不接受再次分开。江晚衣说了，生机往往存在于危机之中。你必须带我同行，如此我才能找出取蛊之法。如果分离，虽然安全，但也意味着毫无进展。"悠悠扬扬飘舞着的白丝间，姬善的眼睛亮如旭日，她道，"而且蛊王证明了——你喜欢我。"

　　伏周太冷淡了。以至于她一开始以为他不喜欢她，又或者他真的是个藏在男人身体里的女人。可蛊王拆穿了这层假象——他的拒人千里，恰恰是心动的证明。

　　伏周定定地看着她，似惊悸，又似悲伤。

　　"我不是秋姜。我喜欢谁，如果对方也喜欢我，那么，不管我们之间有多少困难，也一定要——在一起。"姬善说着，朝伏周伸出手。

　　那是他的定义中世间最美的一只手。

　　呈现出邀请的姿态，带着与子偕老的承诺，近在眼前。

　　伏周的睫毛颤了颤，覆下去遮住眼瞳，也遮住了所有挣扎，等再扬起时，就变得跟她一样明亮。

他伸出手，握住了姬善的手，却没有顺势起身，而是开口道："我们不会分离。因为——我们不回去。"

姬善惊讶道："为什么？"

伏周这才借力站起，望着恩沛宫方向——那是姜沉鱼的住处："赫奕要来了。"

★★★

薛采按照姬善说的去"无尽思"找秋姜，然而人去楼空。秋姜失踪了，连带着吃吃看看一起。

为了安全起见，薛采把颐殊关在了一个秘密之地，等璧国的大事解决后再由他亲自送回程国。

而这件所谓的璧国的大事，真的是件大事——昭尹病逝，太子年幼，太子生母被幽禁，姜皇后俨然已成璧国第一人，距离称帝一步之遥。

因此，薛采非常忙碌，一次也没出现。

姬善跟伏周等人住在端则宫，仿佛被所有人遗忘了。

趁着这段时间，姬善在伏周的帮助下继续研究蛊虫，试图寻找取蛊之法。院子里的黄花郎散尽凋零，而老梅树上，渐渐开出了花苞。

璧国的冬天，来到了。

所有人都在等待着，等待璧国的历史被改写。

对伏周来说，他在等赫奕来。

"姜沉鱼一旦称帝，跟赫奕就算彻底没戏了，对吧？"姬善情不自禁地想：不愧是薛采，连击退情敌的方法都与众不同。

"但紫薇尚未天启。"伏周仰望夜空，若有所思道，"还有转机。"

姬善顿时来了兴趣，问："姜沉鱼有可能当不上皇帝？"

"不知道……天象很怪，暧昧不明。"

姬善又问："你在这里听不到神谕？"

伏周眼中闪过一抹异色，道："你不是已经知道了吗？"

"什么？"

"神谕，是不存在的。"他垂下头，声音低沉犹如叹息，"所谓的神谕，不过是人言。为了让君王的暴政得以实施；为了让不合理的事情有个借口；为了安抚浮动的民心；为了遮掩不堪的罪行……神谕，由此而生。大司巫，说穿了不过是帝王的口舌。"

确实如此。一切不过为更好地统治而生。最早的宜王，借神谕来宣告自己的王位名正言顺；此后的历任宜王，以巫神愚弄百姓，让他们服从、认命、安分守己。一代代灌输神不可违的理念，导致的后果就是慢慢地巫权超越王权，百姓宁违王命而不敢抗巫言。极致的特权导致极致的腐败，暴虐敛财，滥权干政，百姓愚昧，民智不开。

在燕璧都已兴科举而废士族的新政下，只有宜还在神授一切。励精图治如悦帝，怎会甘心？灭巫，势在必行。

"我觉得荒唐。"姬善提出自己的看法，"若赫奕真是位有大志的帝王，为何会执着于姜沉鱼？"

要美人而不要江山的帝王，也许有，但不应该是赫奕。

伏周注视着她，许久方道："情难自已吧。"

姬善一怔，此话一语双关，由不得她不多想。

"赫奕是个运气很好且很聪明的人。从少年起，他学什么都很快，普通人要非常辛苦才能学会的技能，他随便玩玩就会。经商也一样，他给胡九仙投的钱基本都有大回报。他看上的女人，全都喜欢他；甚至皇位，他不要，也会主动送到他跟前……"

"等等！"姬善听到这里，好奇地打断道，"不是你选的他吗？"

伏周唇角露出一个有些嘲讽的笑，道："是先帝希望我选他。"

"为什么不选泽生？"

"比起泽生，先帝更喜欢赫奕。父亲的偏爱，有时毫无道理。"

姬善很想问一句那么他对你呢？他知道你是他儿子吧？他看着你不得不男扮女装担任大司巫，就不曾想过要救一救你吗？还是，于他而言，这样的你，能更好地守住秘密，帮助赫奕治理宜国，所以放任你身陷囚笼？

难怪时鹿鹿那么恨，恨禄允，恨赫奕，更恨你。

你本不该承受这一切……本不必做个好人……

这些话在心中翻滚着，但最后都压在了舌底，没有说出来。她不能刺激伏周。

"所以，比起彭华，其实赫奕更顺风顺水——直到他遇到姜沉鱼。"

一个他喜欢却得不到的姑娘。

一个让他的好运就此失效的姑娘。

一个地位越来越高，眼看就能与他平起平坐的姑娘。

一个比除巫更难的挑战。

姬善想，确实，如果她是赫奕，肯定也最爱姜沉鱼。

"所以，赫奕不会甘心姜沉鱼就此称帝，他一定会来。"

"来做什么？阻止？他做得到吗？"

伏周再次把目光投向恩沛宫，夜色下，恩沛宫的灯光十分璀璨，像世间最高不可攀的明珠，令无数人跃跃欲试地想要采撷。

"这……就要看最终的赢家，究竟是薛采，还是他。"最后一句话，伴着叹息融入风中。

风声呜呜，宣告着一场角逐，即将开始。

★★★

十一月初一，图璧迎来了今年的第一场雪。

雪不大不小，飘洒如黄花郎。姬善坐在双宜亭的东亭子里，温了酒，一边看雪，一边欣赏绽放枝头的白梅，忽然幽幽一叹。

一旁的伏周问道："怎么了？"

"此时此景，我很想念秋姜做的薄炙鹿肉。"

伏周的表情明显一滞。姬善解下腰间令牌，丢给正在煮酒的喝喝，道："好喝喝，去管御膳房要点鹿肉来，咱们烤着吃呗。"

喝喝接了令牌转身离去。

伏周看着空中飞舞的雪花，道："还没找到秋姜？"

"没准死了。"

伏周诧异地挑了下眉。

"毕竟，猫临死前都会找个很隐蔽的地方躲起来，不让人发现。"

伏周皱眉。

"你知道吗？昭尹的毒，是可以解的。但如果我是秋姜，我也不会让昭尹活的，燕官程三国都在崛起，昭尹的复活却只会加速璧的衰落。于公于私，姜沉鱼为帝，都是璧国最好的选择。可是，这里面有矛盾之处。秋姜可以杀昭尹，但不该杀姜沉鱼，罗与海说她想自己称帝，如果她的身体健康，那么还有可能，可你我都知道，她是强弩之末。所以，其中必定还有一部分我们不知道的原因……"姬善说着，又给自己倒了杯酒，"她们活得真累啊……不像我，享着荣华富贵，学着气息得理，求着百病不生，过着闲云野鹤……"

"这是你想要的生活吗？"伏周深深地凝视着她。

"是呀。命运待我不薄，起码我无论在哪儿，都过成了这样。"姬善嫣然一笑道。

此言非虚。在汝丘时，她有姬达和元氏爱护；到了图壁，有琅琊和昭尹庇护；去了鹤城，也被时鹿鹿精心照顾着；如今回来了，薛采也没有追究她擅自逃离之罪……她身上有一种神奇的特质，就像黄花郎一样，飞到哪里，就能在哪儿生长。

伏周垂眸看向自己的手，道：“是啊，你是个……自由之人。”

姬善扭头反问：“你觉得什么是自由？”

伏周愣了一下，沉吟不语。

“你在听神台十五年，从不下山，你觉得，自由吗？”

伏周没有回答这个问题。

“换句话，时鹿鹿，被你囚于暗室十五年，不可看不可言不可外出，你觉得，他自由吗？”

伏周眸光一沉，凝重了起来，问：“你想说什么？”

“我想说，你也好，时鹿鹿也罢，都是自由的。”

伏周一震。

“你和时鹿鹿都能听。你们与外界并未完全隔绝。听风雨，知时节，习巫术，修己身。你们比这世间大部分人，学得多、懂得多、看得远。你知道种子在土壤里时，也是漆黑一片的，但它们的根茎在悄悄生长，汲取力量，等待破壤。这，就是自由。”

伏周第一次听说这样的言论，脸上的表情古怪极了。

“你在晚塘住过，当知那里很穷，深山老林中有几个村落，村民们能走能跑，孔武有力，却从不曾想过要出山迁徙。祖祖辈辈在那儿生、在那儿死，没有一个人认字，没有一个人思考过何为命运，又为什么要承受那样的命运。”姬善想起了喝喝，喝喝就来自那样的地方。

“你看这株梅树，多美啊，可它长在这里，除了咱们几个，无人能见。而这些黄花郎，看似低贱，却能御风而行，去各种地方……”

“所以，你是黄花郎，不是白梅。”

“对。”姬善微笑道，笑容淡化了冷艳慵懒的气质，呈现出洒脱之意，“囚我于宅，囚我于官，囚我于山巅，囚我于孤岛，都无所谓。我的自由不是别人给的，是我自己的。”

这一刻的她，终于脱去了长年伪装的白梅外衣，露出真实的模样来。

伏周的手握紧，眸光飘忽如外面纷纷扬扬的雪花，再也聚焦不上。

这时，喝喝提着个食盒去而复返，道：“善姐，没有鹿肉。有鸡翅，吃吗？"

姬善不满地撇撇嘴道："好吧，聊胜于无。"

刚要动手，伏周伸手过来道："我来。"

"你？"姬善想起那锅可怕的熊掌蘑菇汤，质疑地看着他。

"你说的，要多学多思。"

姬善伸手做了个请的姿势。

大雪白梅，她靠着庭柱，看伏周烤翅，如看着世间最美的画卷。然而，视线尽头，是数重隐忧。

该如何取出蛊虫？

该如何……治好这个人？

该如何……真正彻底地圆满这场因果？

而这一切，都要先取决于一个答案——赫奕和薛采之间，谁能赢？

★★★

赫奕跟着怀瑾走进城郊的园子时，雪还在下。他不是一个人，身边跟着茜色。茜色笼罩在黑色的斗篷中，看起来就像他的影子。

赫奕望着眼前的风景，感慨万千道："我上次来，是三月，梨花满头。而这次，白雪压肩，寒意刺骨啊。"

怀瑾微笑道："听闻宜国四季如春，陛卜第一次遇冬，确实难免不适应，进屋就好了。"

跟在赫奕身后的茜色忽道："奴第一次看见雪，甚是欣喜。"

赫奕回头看了她一眼，笑了笑道："也是，春光冬景，本就各有特点，朕狭隘了。"说罢，推开曲廊尽头的一道门。门内是个僻静的院子，院中栽了一棵梨树，因值寒冬，无叶无花，看上去颇是萧索，但雅舍精致，隐约有暖香飘来。

怀瑾躬身道："陛下请进。这位姑娘请跟我去旁边的屋子暖和暖和。"

茜色看向赫奕，赫奕点了点头，她这才跟着怀瑾离开。

赫奕望着雅舍，脸上的表情很是复杂，站了一会儿，才反手将院门合上，走到雅舍前，推门。

两扇熟悉的素石屏风映入眼帘，依旧是檀木书桌，桌上放着绿绮琴。但窗户闭合着，窗边花插里插着两枝白梅。除此之外，再无旁物。

赫奕看着白梅，笑了笑，走到琴前开始弹奏。

上一次，他来此地见姜沉鱼，弹的是《阳春白雪》，这一次，弹的却是《别鹤操》。

回鸾抱书字，别鹤绕亲弦。

声声思旧事，句句悲别离。

将乖比翼隔天端，山川悠远路漫漫。

揽衣不寐食忘餐，千愁万绪难尽言……

赫奕沉浸在琴声中，弹得忘乎所以，正觉酣畅淋漓之际，一记敲打声从屏风后响起，"啪"的一声，像根突然出现的鱼刺不上不下地卡住了咽喉，令他琴声立乱。

赫奕皱了下眉，没有停，反而弹得更快了些。

于是，又一记敲打声响起，像捕蛇人的刺枪一下子扎进蛇的七寸处，令他琴弦立断。

赫奕生气地拍了一下琴案道："你就不能让朕痛痛快快地把这段弹完吗？"

"不能。难听。而且，我不喜欢。"屏风后一人如是道，声音清亮如少女，却也仅仅是像少女。

赫奕听着这个声音，睨着屏风道："果然是……陷阱啊。"

"我并未邀请，是陛下自己非要来。"

"朕是来见沉鱼的。"

"所以出现在此地的人，才是我。"伴随着这句话，此人从屏风后走了出来，白泽图腾的白衣，凤凰图腾的鞋子。

当今世上，只有一个人拥有两个图腾，那就是唯方有史以来最年轻的宰相——薛采。

★★★

茜色站在窗边，一眨不眨地看着雪花。

怀瑾就着炉火烤好了山芋，递了一个给她，道："天冷，吃个垫垫肚？"

茜色摇头。怀瑾见她始终不接，只好作罢，自己剥皮吃了起来。

茜色看了她几眼，问："你是姜皇后的婢女？"

"嗯。你呢？宜王陛下的暗卫？"

"不是。"

"那是什么？"怀瑾来了兴趣，道，"我第一次见他带人同行。"还是来这里，明显信任度不一般。

茜色想了想，道："我是逐鹿人。"

"什么叫逐鹿人？"

"就是追随权势。胜者为王，谁是王，我追随谁。"

怀瑾似懂非懂地点了点头，低头继续剥芋头，然后她就看到芋头上多了一滴血。她惊讶地伸手擦了一下，两滴、三滴……越来越多的血流了下来。

她顾不得擦拭，抬头，血从她头发里源源不断地流下来，流淌过她的眼睛、鼻子和脸庞。

怀瑾"砰"地朝旁倒了下去。

窗边的茜色一惊，当即拔出腰间匕首四下环视，道："谁？出来！"

就在这时，她发现了一个更可怕的事——远远的院子那边传来的琴声，没有了。

陛下出事了？！

她立刻跳窗而出，飞过院墙，踢门冲进雅舍，就看见赫奕躺在血泊中，身旁有一把断了琴弦的琴。

"陛下？！"茜色抱住赫奕吼道，"是谁？是谁？"

"薛、薛……"赫奕没能说完，他的呼吸停止了。

茜色心中一抖，惊呼道："陛下！陛下！"刚要抱起赫奕，一道刀光从头顶上方劈落。

茜色一个跟斗翻身滚开，刀未落，刀风切在地上，地面顿时裂了一条大缝。

茜色连忙跳起来，想要再次捞人，这一次刀落了下来，贴着她的鼻尖而过，她一连换了七种身法，才堪堪避过，脊背上不由得冒出了一层汗。

而她看见持刀人的脸时，不由得一惊——"刀刀？"

"你认识我？"刀刀眯了眯眼，却没有半点留情，又是雷霆一刀，挟着千军万马之势，划向她的腰。

茜色识得厉害，纵身后退，退出屋子，一边绕着梨树跑，一边道："你疯了？为什么要杀宜王？"

"奉命行事。"

"奉谁的命令？"

"夫人。"

"什么？"

刀刀很是理直气壮地道："除了如意夫人，还有谁能使唤得动我？"

茜色顾不得惊讶，再看一眼屋里赫奕的尸体，一咬牙，转身逃了。

刀刀持刀追了上去。

两人如同两匹黑马，在白雪皑皑的天地间奔驰，不一会儿就消失在了远方。

素石屏风后，薛采再次走了出来，望着他们离去的方向，皱眉道："你确定这丫头没问题？"

"我确定。"另一个声音答道。

"她可是四面细作，防不胜防。"

"但她有一句话是真的。"

"什么话？"

"她是个逐鹿人，谁能赢，她帮谁。"

★★★

烤得金黄色的鸡翅浓香扑鼻，姬善张嘴先咬了一口翅尖，翅尖微焦，骨酥肉烂，好吃极了，当即满意点头道："手艺进步了。"

伏周笑了笑，取了帕子擦手，就此停歇。

姬善扬眉问："你怎么不吃？"

"心中有忧，没有胃口。"

"担心赫奕？"

"算算时间，他前几日就到了，却始终没有放焰火联系我……"

"也许是因为下雪，路上耽搁了。"姬善又咬了一大口翅中，考虑到她口味清淡，没放什么佐料，清水焯熟后烤的，火候却掌握得极好，跟之前的蛇肉简直天差地别。

她的目光闪了闪，忽扭头道："说起来，我还不知道你喜欢吃什么。"阿十也好，时鹿鹿也罢，都是她吃什么他吃什么，从没表现出明显的喜好。

这世上哪有人是真正无欲无求、没有喜好的呢？之前种种，不过是为了维持大司巫神秘莫测的形象罢了。

伏周低头看着炉火，火光在他眼底依稀跳跃，他道："凉拌豆苗。"

姬善一怔，道："这是我第一次去你那儿蹭饭时吃的第一口菜。"

"对。后来去了听神台，再没吃过。"

"因为那是连洞观的真人们自己种的，用的潭水浇灌，味道与别地不同。"

"嗯，很多东西，离开原地后都会变得不一样。"

其实也包括感情。姬善一边想，一边抬眼看他，心中有个地方瑟瑟发紧，难以平息。

而这时，薛采来了。

他带着一队白泽暗卫，健步如飞，白狐皮裘衬得面如美玉，像一株重新植回殿堂的剑兰，高傲犀利，不可亵渎。

"吃着呢？"他扫了亭子一眼道。

"是啊，如此雪天，相爷上岛有何贵干？"

"请你们喝酒。"薛采一挥手，暗卫们捧出了数坛美酒，琳琅满目，什么品类的都有。

姬善怔了怔道："你何时变得如此大方了？"

薛采坐下来，拿起一串烤好的鸡翅，悠悠一笑道："害命谋财，大发了一笔。"

姬善顿时领悟道："赫奕来了？"

"来了。"

"在哪儿？"

"死了。"轻描淡写的口吻，说出了石破天惊的话语。

姬善手里的鸡翅"啪嗒"落地，而伏周更是面色一白。

薛采张嘴咬了一口鸡翅，挑眉道："为何惊讶？我赢不是理所当然的吗？"

姬善长吁口气，点头道："我一直看好你。"

薛采眼神如刀，冷冷地掠向伏周道："你呢？"

伏周没有回答，他出手了——火炉飞起，直掷薛采面门。

薛采没有动，两名暗卫早有防备，瞬间扑过来，一人抱住火炉旋转离开，一人拦在他前持剑戒备。

再然后，"唰唰唰"，十几把剑，同时对准伏周。

薛采又咬了一口鸡翅，淡淡道："拿下。"

一时间，刀光剑影，全朝伏周刺去。姬善大急道："住手！薛采……"

"是他先动的手。"

"是你先杀了宜王！"

"是赫奕先惹怒了我。"

"是你家沉鱼先招惹的他！"

薛采面色一沉道："把她也拿下！"

姬善一怔，想要改口已来不及，立刻被按倒在地。

一旁的走走和喝喝大惊，刚要动，也被擒住了。

伏周被十几人包围，见状挥袖将其中几人扫开，踩着他们的头飞过来救姬善。然而，人到半途突然一折，直朝薛采扑去。

薛采依旧没有动，抓着姬善的那名暗卫却动了，手中剑在姬善喉上一划，立马血花喷薄！

空中的伏周一僵，身法微滞。暗卫们立刻上前将他团团围住。

姬善捂住咽喉，面色惨白，发不出声音。

走走惊叫道："相爷恕罪！相爷恕罪！"

薛采冷冷道："吵。"

暗卫立刻把她的嘴巴堵上了。

被包围着的伏周微眯了下眼，再睁开时瞳色由浅转浓，姬善看在眼中，心中了然——他要施展巫术了！

薛采比了个手势。

暗卫们突然抄起地上的酒坛向伏周泼去，伏周眼神一乱，连忙闪避，但还是被其中几人泼中，立马湿透了。

姬善非常震惊地看向薛采。薛采看出了她的疑惑，微微一笑道："说来还要多谢你。"

什么？

"若不是你骗出巫毒的解药最后一味是酒，我和江晚衣也想不到原来蛊虫怕酒，或者说，嗜酒。酒能令它放松警惕。而且天寒地冻，蛊不愿动，正好克制他的巫术。"

血从姬善的指缝间源源不断地流出来。

伏周沉声道："给她疗伤！"

"可以。前提是——你束手就擒。"

伏周看向姬善，姬善拼命朝他摇头，然而，伏周的手还是慢慢地放下了。暗卫们趁机上去将他按倒，捆了起来。

紧跟着，一名暗卫把一颗丹药喂入伏周口中，伏周的背一下子弓起，显见痛苦到了极点。

"你给他吃了什么？！"姬善惊呼道。

薛采道："死不了的。"说罢使了个眼神。

暗卫提着药箱过来，要给姬善疗伤，被她挥手拍开，从药箱中取出金创药和纱布自行包扎。

等她包完，薛采也把鸡翅吃完了，将竹签往几上一插道："从今日起，不许他们离开此岛。等到陛下登基，再做处置。"

他径自离开了。十几名白泽暗卫则留了下来，分散站好。

姬善得了自由，连忙冲过去抱住伏周，伏周的手轻轻碰了下她的咽喉，然后掉落。

他晕了过去。

　　喝喝煮好药，喂到伏周唇边，伏周有气无力地睁开眼，自他服下那颗药后，就一直浑身乏力，脸颊微红，很像宿醉。姬善检查一番后，发现薛采没有骗人，确实性命无忧，这才放下心来，慢慢调理。

　　"你说，蛊王到底是怕酒，还是嗜酒？"她满脑子都在琢磨此事。

　　伏周眼神迷离地摇了摇头，看得出，此时的他难受极了。

　　"难为薛采能想出这么一招……"姬善感慨道，"更没想到我们满心盼着宜王来，却得替他收尸。"

　　伏周的表情顿时一痛。

　　"你看那些大人物，平日里呼风唤雨，厉害得不行，却原来也死得这么容易。姬婴如此，赫奕也如此……"

　　走走忍不住道："大小姐，少说几句吧，不疼吗？"

　　姬善摸了摸喉咙上的纱布，道："你不懂，因为疼，才更想说。死薛采，我一定会报仇的！"

　　"还是不要了吧？等陛下登了基，咱们能逃就逃，再也别回璧国了。"走走忧心忡忡道，"一回来就发生这么多事，吃吃看看也至今不知下落……"

　　"逃不掉的。你没听薛采说害命谋财吗？宜王死了，宜现在就是他嘴边的肥肉，唾手可得，想做什么，要什么，全借大司巫之口要就可以了。"

　　这才是最阴险的地方。

　　杀了赫奕，但留下伏周，届时，再借伏周之口立新宜王，予取予求。

　　姬善看向伏周道："所以，当务之急是你要好起来。只有好起来，才有一丝生机。"

　　伏周目光微闪，压下所有脆弱表情，沉重地点了点头。

是夜，降雪不歇，越来越大。

姬善裹着被子，一边琢磨着怎么才能让伏周尽快好转，一边迷迷糊糊地睡着了。

睡得很不安稳。

一会儿梦到江晚衣，对她说："是大危机，也是大生机。"

一会儿梦到秋姜，对她说："真心才能换来真心。"

还梦见了元氏，含泪叮嘱道："阿善，要做个善良的人。"

连姬婴都出来凑了个热闹道："你怎么还不走？我说过，任尔离去。"

她不耐烦起来，反驳道："我倒是想走，可没风，我怎么走？"

风呢？风在哪儿？一直都在的风，为什么不见了呢？

然后，风小雅就出现了，在很远很远的地方，注视着她，问："走吗？"

她一愣。

风小雅笑了笑道："看来，你并不是在等我啊。"

她呆了半晌，才低声回答道："我在等船。"

"什么船？"

"我也不知。但就是知道，有那么一艘船。"

风小雅"哦"了一声，朝她伸出手道："跟我走，然后一起等那艘船。"

她忽然难过起来，自己也说不清为什么如此难过。

然后她就想起了伏周，不是现实里的伏周，而是曾经出现在她梦境里的那个伏周。他抓着她的胳膊，对她说："别去！"

她再次问，为什么？

伏周转过头，深深地凝视着她说，他是骗你的。

姬善一下子睁开了眼睛，心在"怦怦"直跳。

就在这时，她听见一个脚步声朝这边走来，走到一半，却又折返，去了里屋。

伏周就睡在里屋，她则睡在外间好照顾他。喝喝走走在隔壁。按理说周围还有十几名暗卫，但平日里感觉不到他们的存在。

所以，这个脚步声，是外来的。

谁？谁来了？

她想动，却发现自己动不了，全身酥软，使不上半点力气。这是……

以她对毒药的了解，立刻辨析出——这是巫毒！通过粉末和烟雾散布，能让吸食者瞬间昏迷不醒，而且无臭无味，比她的迷药好使很多。但因为她此前接触此毒一段时间，有了些许抗力，因此没有彻底昏迷，保持着意识。

是谁？会是谁来了？

电光石火间，想起一人——茜色？

只有她，如今人在璧国且逃离在外；只有她，拥有巫毒；也只有她，会来寻找伏周……

姬善竖起耳朵，极力聆听，可惜只能听到模模糊糊的说话声。

要是喝喝在就好了……

如此，过了盏茶工夫后，一道红影闪烁，一人突然落到榻旁，姬善没来得及闭眼，跟对方的视线撞了个正着。

果然是茜色！

她张了张嘴吧，想说话，却发不出声音。

茜色什么也没说，手一抖，多了个大布袋，朝她套下来。

姬善顿觉眼前一黑，彻底看不见了。紧跟着，茜色把她背了起来，开始移动。

这是要去哪儿啊？

她目不能见，耳力又普通，唯独嗅觉还算灵敏，在袋子里，先是闻到了油烟味，应该是进了厨房？再然后，有木头移动的声音，身体开始下降，鼻子里全是泥土和潮湿的臭气。

难道是……密道？

怎么可能？她住在端则宫好几年，从不知底下有密道！也不可能是新挖的，因为气味十分陈旧混浊。

难道是她离开的这三年里挖的？茜色又为什么会知道？

带着种种疑惑，她在布袋里晃晃荡荡大概待了大半个时辰，终于一阵"咔嚓"声后，对方停下来，把她放在了地上。

茜色把布袋解开，姬善连忙伸头出去吸了好几口气——新鲜的空气。

睁目眺望，果然已不在密道里，而是一个非常荒凉的偏殿，前面还有七个巫女——听神台的巫女差不多都到齐了！她们正把伏周抬进白色软轿中。

姬善连忙用眼神示意茜色把自己也抱进轿里，茜色冷笑道："你算什么东西？还想跟大司巫同起同坐？"

姬善目瞪口呆。不是吧大姐，之前在宜国时你不是这态度啊！

"若非你擅自偷走大司巫，陛下怎会冒险来这个破地方？陛下若不来这儿，根本不会死！”

等等，赫奕不是为了姜沉鱼来的吗？姜沉鱼要当皇帝了，他是来阻止的好吧？只是薛采技高一筹，把他给灭了。

“总之，都是你的错！若不是大司巫非要带着你，我早把你宰了！”

姬善听到这儿，突然冲茜色小人得志地一笑，笑得茜色果然大怒，伸手一把把她推倒在地。

“住……手……”轿中，传出伏周虚弱的声音。

茜色“哼”了一声，将姬善连人带袋重新拎起，走进了其中一间屋子里。

姬善万万没想到，殿内竟还有人——一个女子被五花大绑地捆在柱子上，应是睡梦中被抓来的，只穿了薄薄的亵衣，冻得嘴唇青紫浑身发抖。

女子听到声音，颤抖地抬起头，借着微弱的天光，姬善看清了她的脸，顿时大惊——薛茗？！

好家伙！茜色不但把伏周跟她从端则宫弄了出来，还把薛茗抓了来！她是如何在薛采眼皮底下做到这一切的？

薛茗看到她，也是一怔，继而认出了她，震惊地睁大了眼睛。

茜色将姬善扔到她身旁，然后去轿中看望伏周，道：“大人，我已派人送信给薛采，用薛茗换你的解药，再等等。”

话音刚落，一名巫女从外飞了进来，朝茜色点一点头。紧跟着，外面响起了一连串脚步声。

茜色立刻窜到薛茗身后，将匕首架在她的喉咙上，道：“站住，外面说话就好。”

脚步声果然在门外停下了。紧跟着，薛采的声音传了进来：“放了姑姑，饶尔等不死。”

姬善想：哟，难得听到薛采如此气息不稳，薛茗果然是他的软肋之一啊。

茜色冷笑，反手一划——薛茗的喉咙上立刻出现了一条血线，慢慢地凝结出一颗血珠滑落。

姬善心中一惊，万万没想到此女如此干脆利落。

茜色沉声道：“这道口不大，但也不小。一盏茶工夫内，还能救回。我就等一盏茶，解药！”

姬善想此刻薛采的表情肯定很好看，可惜她这个角度，什么也看不到。

薛采沉默了一会儿，才有回应：“朱龙，给她解药。”

一个瓶子被扔了进来，一名巫女一把接住，毫不犹豫地打开自己先喝了一口，然后才转身拿进轿子。

伏周低声说了几句话，巫女转身朝茜色比了个手势，茜色立刻高声道："让你的人从屋顶上离开，否则……"

她的匕首贴上了薛茗的耳朵，道："我就废了她双耳！"

薛采深吸口气，才道："撤！"

屋顶上传来一阵脚步声，紧跟着是落地声。姬善不由自主地抬头看了看天花板，刚才白泽暗卫们显然想从上面突围，可惜，伏周耳力过人，有他在，是不可能近身布局的。

血珠一颗按一颗地从薛茗喉间涌出，流到衣服上。薛茗的脸色越发苍白，但她从头到尾，没有表露出丝毫害怕、绝望、痛苦等情绪。

姬善忽然意识到，自己已经很多年没见过薛茗了，她变化真大。当初那个仓促穿衣匆匆走到院门口来迎接昭尹和她的少女，彻底消失了，眼前的女人未老先衰，双颊深陷，瘦得只剩一把骨头，但这把骨头挺得笔直，不再弯曲。

不知为何，姬善看着这样的薛茗，一颗心异常地难过了起来。

轿子里，忽然传出一声深深的呼吸，像长时间憋气的人终于浮出水面，重获生机。

姬善立刻扭头——伏周好了？

果然，下一幕，轿帘挽开一线，露出伏周深沉如海的眼睛。他缓缓开口道："薛相，此番来璧，是我算错天机，祸及吾主，罪在我身。只求你将他尸身赐还，我这就回宜，有生之年，永不来犯。你若同意，立签国书。"

姬善睁大眼睛——不报仇？

门外的薛采，显然也有点意外，却没有松口："不够。"

"你待如何？"

"宜王送还，人可巫留在此地继续做客，时机合宜，再走不迟。"

"陛下驾崩，宜需新王。我需尽快返回听神台，主持大典。"

"新王人选，我有推荐，保证宜国百姓人人满意。"

"谁？"

"小公子，夜尚。"

"他才十三岁。"

"宜王当年登基，也不过十五岁，两年而已，相差不大。"

伏周的眼眸沉了下去，道："我若不允？"

"那就跟宜王的遗体一起留下。"

伏周转头看了眼薛茗，道："你不在乎你姑姑的性命？"

薛采冷笑了一下，提高声音道："姑姑为了我，随时可以死。对不对？

姑姑？"

薛茗直至此刻才说了第一句话："对。而且陛下走了，我……生无可恋。"

茜色面色微变。

"小忽……"薛茗突然唤道。姬善愣了一下才反应过来是在叫自己，可她无法出声，只能抬头回应。

薛茗异常温柔地看着她，道："咱们姐妹一场，有始有终。你别害怕。"

什么意思？这是要？

"薛采，不用管我和小忽！到时候把我们的尸体跟陛下一起埋于皇陵，便是你对我最大的孝顺了！"

姬善面色一白。等等，我不打算给昭尹殉葬啊！

然而，伴随着薛茗的这句话，外面立刻燃起了火光。殿内巫女纷纷变色，围在轿子前面。

茜色厉声道："薛采！你们薛家可就剩这么一个亲人了！你真的不管她的死活吗？"

"你以为这是哪里？"薛茗忽道。

姬善想，她确实不知道这是哪里。她鲜少在宫中溜达，第一次知道还有这么破的屋子。

"这是冷宫啊！我在这儿住了三年！三年！一千多个日日夜夜，我住够了！"薛茗放声大笑，这一笑，脖子上的血流得更急了，"嬷嬷去年也走了，就只有我一个人。如今，能有这么多人陪我一起去找陛下，我好开心！"

茜色一把将她推开道："疯子！"

薛茗被推倒在地，继续笑，脖子上的血渐渐从血珠变成了血线。

火焰像舌头一样伸进门内，然后迅速烧了起来，茜色立刻脱下斗篷扑火。然而，窗户、屋顶同时"噼里啪啦"地烧了起来。

姬善这才明白过来——刚才白泽暗卫们爬上屋顶，其实是为了放火做准备，从一开始，薛采就打算牺牲薛茗！

往事恍如隔世，那个见姑姑受辱挺身而出用鞭子抽打曦禾夫人马车的小孩，不见了；那个为了保护家人一头撞在柱子上的小孩，不见了；那个哭着接过白泽发誓要继承姬婴遗志的小孩，不见了……

十岁的璧国宰相，在纷飞大雪中点火，铁腕无情，没有丝毫犹豫。

姬善看着越来越大的火，和地上犹在疯狂大笑的薛茗，心头一片凄凉。

一只手突然抓住了她，紧跟着，她被搂入熟悉的怀抱中，后退数丈，避过了前门的火。

抓着她的人，正是伏周。

伏周低头正要说话，就看见姬善在哭。这是她第三次在他面前哭，一次为她娘，一次为她爹，而这一次，不知是为薛茗还是为了薛采，抑或者，皆而有之。

四面是火，空气灼烫，每一口呼吸都似在熏烧肺腑，就在姬善以为会这样被烧死时，茜色突然翻开床榻上的一块板，露出个三尺见方的洞来。

巫女们立刻围成一圈，以衣扑火，让伏周先走。

伏周抱着姬善纵身一跳，跳入洞中。

姬善再次闻到了那股混浊发霉的味道。她很惊讶，为何薛茗的冷宫里也会有密道？为什么茜色会知道？

这一切都不合理极了，究竟是怎么回事？

可惜她不能动也不能言，只能任由伏周抱着她在密道中快行。如此走了足足半个时辰，才来到出口。

出口外，是一家看起来再普通不过的布行。晨曦微亮，照着屋子里的绫罗绸缎，也照着伏周布满尘灰的脸，呈现出一种劫后余生的安宁来。

伏周这才将她放下，转身等着茜色和巫女们出来，然后朝茜色伸手。

茜色立刻识趣地从怀中取出解药。伏周将解药喂给姬善，姬善一能出声，就忙不迭地问道："怎么回事？为什么会有密道？"

伏周示意茜色回答。

茜色只好不情不愿道："端则宫那条是卫玉衡挖的。"

"什么？！"

"你的痴情郎为了见你，花了一年半时间从薛茗住的冷宫挖了一条密道去湖心岛，好不容易上岛一看，居然不见你，气了个半死。"

姬善回想起再见卫玉衡时，他确实说过什么好不容易进了端则宫的话，居然是用这种方式？

"他怎么做到的？"

"薛茗那儿人迹罕至，他又收买了值班的守卫。"

"你又怎么知道的？"

"能被收买一次的守卫，自然能被收买第二次。"

"那、那冷宫到这儿的这条呢？"

"这条是颐非当年用过的。薛采让他从这里进宫，成了百言堂的花子。颐非走后，薛采命人封了密道出入口，但被我们重新打开了。"

"那等火灭了，薛采找不到我们的尸体，肯定知道我们从密道逃了呀！"

"对，所以我们得马上走。"

一名巫女出去转了一圈，回来道："倾脚工来了。"

"走！"

"等等！"姬善绝望道，"我们要跟倾脚工的粪车走？"

"你看不起倾脚工？你可知有个叫罗会的人，世副其业，家财万贯？顺带一说，他是宜国人。"茜色说罢不再理会她，径自出去了。

伏周将姬善重新抱起，安抚道："权宜之计，忍忍。你说的，如今最重要的是尽快回宜。"

姬善沮丧道："当初听说颐殊和云笛就是从粪车溜的，我还笑话过她。天道轮回啊！"

茜色的声音冰冷地从外传来："要不你留下来别走了？"

"不行！"姬善一把搂住伏周的脖子道，"阿十在哪儿，我在哪儿，休想再把我们分开！"

一缕光透过门缝正好照在伏周脸上，映亮了他的惊悸和欢喜，就像光映亮海面，终于可见底下鱼群游弋，珊瑚丛生。

★★★

薛采走进嘉宁宫时，白雪已笼罩了整座宫殿，为之裹上了一层厚厚的银装。

宫婢们个个面色凝重，无声地向他行礼。

他挥一挥手，她们便全部退了出去。

薛采走进屋内，屋内没有生火，冷极了。在璧国的皇宫中，嘉宁宫虽不像宝华宫那么穷奢极欲，却是最舒适宜人的。然而不过短短两三月，就变成了一座冷宫，放眼看去，帘旧了，窗破了，满目尘灰。

就像一瓶失去水分供养的花，迅速地枯萎了。

暗淡的光影里，姜沉鱼坐在榻旁，静静地看着榻上的姜画月。

姜画月脸色灰败，瞳仁发黄，双手不停地在空中抓着什么，已是弥留之际。

姜沉鱼就这么静静地看着她，眼中无悲亦无喜。

薛采走过去，什么也没说，径自找了个垫子坐下。姜沉鱼看姜画月，他便看姜沉鱼。整个世界仿佛都不存在，只剩下他，和他眼中的她。

姜画月的手突然一把抓住了姜沉鱼左耳上的耳环。

姜沉鱼一惊，但没有动。

姜画月的手指在耳珠上摸动，一直涣散的眼中突然露出了一丝光："长……相……"

第三个"守"字没能说出来，手无力坠落，眼中的那点光就像投石击出的涟漪，瞬间起，瞬间散，不留痕迹。

姜沉鱼忍不住也摸了摸自己的耳珠，轻轻道："我会好好照顾新野的。"

姜画月没有回答，她已经永远无法再回答了。

姜沉鱼用手合上了她的眼睛，然后才深吸口气，转头看向薛采道："我以为自己会哭的，结果没有。生死之际，我脑海里想的全是她的好。仇恨，原来真的是不重要的东西，在死别面前，一点都不重要。"

薛采沉默，半晌才"嗯"了一声。

"你来找我，有事？"

"我放姬善走了。"

姜沉鱼惊讶地问："她回来了？"

"嗯。她因陛下驾崩而回。"

"七七已过，所以她走了？"

薛采垂下眼睛，遮住隐晦不明的情绪，又"嗯"了一声。

姜沉鱼想了想，道："走了也好。姬忽之名囚了她十五年，也是时候放她自由了。今后，不必再找。"

薛采定定地看着她。

姜沉鱼挑了挑眉道："怎么？又觉得我妇人之仁了？"

"没有。"薛采忽然笑了笑道，"你说得对，死别之后，你想一个人时，只会想起他的好。"

姜沉鱼起身道："走吧，我去下令厚葬姐姐。"

薛采温顺地跟着她，出了门，看着留在雪地上的脚印，她和他之间，保持着二步的距离。而迟早有一天，这距离将缩短、缩短，直到并肩而行。

他的眼眸深深，蕴满算计。

因此，他绝不会给姜沉鱼想起赫奕时只想到赫奕的好的机会。

绝不。

★★★

姬善从倾脚工的车里探出头，发现他们已经安全地离开了图壁。

只要一离开京城，接下去的行程就变得舒适了许多，起码不用再藏在粪车里了。

"经此一事，我发誓再也不嘲笑颐殊了，她确实是个能干大事的，不愧是唯方大陆千百年来的第一位女王……"她由衷地感慨道。

伏周闻言笑了笑。

姬善又道："可惜后面的路没走好，不想着励精图治，沉溺于淫乐报复，就此陷入更为不堪的泥潭……所以，仇恨伤人啊。"

伏周收起笑容，淡淡道："但仇恨令她强大，若没有这份恶意，她活不下来。"

"对。但她活下来了，活到了现在，现在，可以选另一种方式了。"

"换种方式，谈何容易？鱼离水，可能游？"

姬善回视着伏周的目光，理所当然道："能啊！求鲁馆的高人跟我说过，鱼上岸长出了脚，从鳃变成了肺，从而开始行走于陆地上，活得不一样了。"

伏周一怔，一时间答不上来。

而这时，视线前方，出现了一艘船。

姬善想，看样子接下去要走水路。

船靠岸后，船夫们排列成行地走到伏周面前，五体投地齐声道："大司巫神通！我等听从神的号令，愿为神奉上我最珍爱的一切：财富、自由，乃至生命！"

姬善心中暗道：传说中的魔教也不过如此了。

伏周没开口，茜色道："休要磨叽，立刻出发！"

一行人上船，船夫扬起风帆，沿着运河南下。

一路上，都有惊无险。据茜色打听到的消息说：姜贵人和薛皇后先后病逝了，因此薛采分身乏术，不能离开图璧，只能派手下来追。

几次遇到白泽追兵，都在宜人的帮助下躲了过去。这些在璧国谋生的宜人，把能护送伏周视作了无比光荣的事情，真如他们所言，付出财富性命都在所不惜。

姬善目睹着他们的虔诚和疯狂，心中感慨万千。

她忍不住对伏周道："其实想想，除巫，等于杀死这些人的信仰，令他们从此无从寄托、难得慰藉……错误的不是巫神，而是借巫行事的人。"

"你想说什么？"

"赫奕死了，你还想除巫吗？"

冬日海风冰寒，吹着波光粼粼的江面。伏周的眼神也如江面一样闪烁着，有点冷，有点乱，还有点说不出的疲惫，他道："先立夜尚为王，其他再徐徐图之吧。"

姬善沉默片刻，点头道："也对，新帝登基，一切以稳定为重……"

"你会陪我吗?"伏周忽然问道。

姬善怔了怔,然后眨了眨眼睛道:"当然。我还要为你取蛊。如果我连这种事都成功了,当世第一神医,非我莫属!"

她的笑容也像江水一样闪烁,却是暖的、灿烂的,充满了希望的。

这笑容落尽伏周眼底,于是他也情不自禁地微微笑了起来。

茜色在船尾,看着这一幕,翻了个白眼,看不下去,进舱去了。

★★★

薛采坐在书房中,举灯看着摊在书案上的璧国舆图,朱龙站在一旁,用红笔在舆图上标记了一连串点。

"他们从桃花渡进弥江,先绕了个圈去了这里、这里和这里,然后从白客口拐回,继续走的运河……分别在九个地方停留,我们的人在其中三个地方做出伏击之势,不敌败退。他们应该没有起疑。"

薛采盯着那九个点,喃喃道:"千里之堤溃于蚁穴。这些年,宜王在璧的蚁穴,也太多了……趁机全拔了吧。"

"是!"朱龙应了,却又有些迟疑,"现在就做?会不会节外生枝?"

"现在做,才能让对方打碎牙齿往肚子里咽,不得不忍。"

"明白了。"

"还有……"薛采说到这里,抬眸看向皇宫所在的方向,"绝不能让……"

"让皇后察觉。放心。"

"嗯。"薛采挥了挥手,朱龙便一个闪跃,消失在了房间里。于是书房里就只剩下了他一个人。他看着舆图,却又似没看舆图,小小年纪的脸上,始终带着萧索之色。

与此同时的恩沛宫中,罗公公将两张礼单交呈给姜沉鱼,道:"皇后娘娘,这是礼部拟的薛夫人和姜贵人的陪葬单子,请您过目。"

姜沉鱼接过来翻看,问道:"薛夫人那张给薛相看了吗?"

"看过了。薛相把所有的都删了。"

姜沉鱼一怔,翻到第二张,果然上面的陪葬品全都画掉了,最后薛采提笔写了一行字:"马鞭,一根"。

"马鞭?"姜沉鱼诧异道。

罗公公脸上露出一个复杂之极的表情,道:"就是、就是把曦禾夫人的马打到湖里那根。"

姜沉鱼"啊"了一声，想了起来——

薛茗参佛归来，在洞达桥上，遇到了曦禾夫人的马车。

曦禾夫人不肯让路，双方僵持之际，七岁的薛采冷冷一笑，出车叱喝道："区区雀座，安敢抗凤驾乎？"说完夺过车夫手里的马鞭，对着曦禾夫人的马狠抽一记，马儿吃痛跳起，连车带人全部掉下了桥……

仿佛已是上辈子发生的事情，但其实不过只过去了三年。

三年里，花开花落，灯明灯灭。薛茗的一幅佛经还没绣完，生命就已走到了尽头。

姜沉鱼忍不住问道："薛茗得的是什么病？"

"肺痨。据说已经咯血两年了。"

"怎么没找太医看？薛采都不知道吗？"

"薛相后来知道了，但已来不及了。"罗公公迟疑着，压低了声音，"恐怕，还跟陛下驾崩有关……"

姜沉鱼心中一软，唏嘘万千。她一直觉得昭尹最喜欢的女人不是曦禾，而是薛茗。但也一直觉得薛茗对昭尹，更多的是为了家族而奉献。而她的这种奉献在后来变得越来越偏激，甚至逼迫七岁的薛采扛起重任，负隅前行。

薛茗心中有太多恨、太多怨，也有太多悔、太多悲，最终成了被重重深宫活活吞噬的人命一条。

姜沉鱼把礼单合起，递给罗横道："那就这样吧。传旨……"

图璧六年冬，废后薛茗于冷宫中溘然病逝。姜后大开恩典，赐伊与先帝合葬。新平三年，有史官重书璧史，为伊正名，赞其敏质柔闲芳衿内穆，无奈为家门所累，不得善终。

故，后人又敬称伊"贤后"。

——《图璧·皇后传》

船行半月，遇到寒流，多处江道结了冰。费了好一番折腾后决定绕道而行，驰入青海。再沿着海岸，回宜。如此一来，反到了一处寻常没人会走的地方——东阳关。

姬善望着熟悉无比的海岸和悬崖，她的走屋仿佛还停在沙滩旁，吃吃喝喝走走看看还在忙碌，她还躺在岩石上压着钓竿睡大觉……

一晃，竟已是一年。

姬善趴在船舱上，感应到源源不断的暖流从宜境方向袭来，寒冬似乎就此跟着壁国的一切闹剧被隔离了。

她的眼底多了很多情绪，再无法做个置身事外的局外人。

一件披风披到她肩头，伏周从船舱内出来，也看着前方海岸，若有所思道："在想什么？"

姬善伸手指向某块岩石，道："去年，我们就是在那边，救了时鹿鹿。不，应该说，在你的安排下遇到时鹿鹿。"

伏周目光微闪，道："对不起，擅自将你卷入局中。"

"不必道歉，这一年精彩纷呈，我收获颇多。"姬善不以为意地笑了笑道。

海风吹拂着她的头发，像最美的黑缎一样在阳光下闪闪发光。他情不自禁地伸出手，想要抓一抓，但手到半途，转了方向，落在船舷上。

姬善一直望着那块岩石，眼眸中全是怀念。

伏周想了想，问道："想靠岸走走吗？"

"可以吗？"

伏周转头对茜色吩咐了几句。茜色道："天快黑了，咱们继续走，天黑前能入境。若在这儿耽搁，只怕……"她没能把话说完，因为伏周眼神骤冷。

茜色只好命船夫们靠岸。姬善俏皮地朝她吐了吐舌头，气得茜色又翻了个白眼。

伏周朝姬善伸手，姬善眨眼道："发乎礼，止乎情？"

伏周无奈一笑，却猛地一把拽住她的手，拉着她下船。

姬善一怔，心头"扑扑"乱跳。

这些天，为了避免蛊王再次发作，她跟伏周始终保持着距离。这还是他第一次牵她的手。故地重游，本就思绪万千，再被他微凉的手握住，记忆中某段画面自行蹦了出来，提醒她，在曾经的曾经，阿十也这样牵过小姬善的手，带她去划竹筏。

她记得那是酷暑，特别特别热。阿十的房间赶上西晒，一到下午就跟蒸笼似的。

她来找他玩，热得躺在木地板上不肯起来。

阿十就一把拽住她的手，拉着她往外走。

她不满地嚷嚷道："干吗去呀？我热得呼口气都流汗呢。"

阿十不答，拉着她走出道观，来到瀑布下方的碧潭。姬善看到一个崭新的竹筏横在水面上，筏上摆一矮几，放着茶壶糕点，顿时惊了，问："你做的？"

阿十点点头，把她抱上筏。

瀑布的水花轻柔地扑上身，凉而不湿；壶里装的不是茶而是冰镇过的绿豆汤。姬善盘腿坐在筏上，喝着绿豆汤，吃着樱桃糕，只觉神仙境地，不过如是。

"你好会享受呀，不愧是大户人家的千金。要我，看到潭水只会想着脱衣服跳下来泡着，完全想不到要编个竹筏放这儿玩呀。"姬善大大地赞美了他一番。

阿十虽然面上不显，但心中十分受用，闻言还从几下取出一顶草帽，示意姬善戴上。

姬善戴上了，却发现阿十没有，她道："只有一顶？那你戴吧。你这么白，晒黑了就可惜了。不像我，已经黑无可黑了。"

阿十却执意把草帽给她。于是姬善只好戴上，对着潭水照了照影子，叹道："阿十，你性子真好，又会玩又温柔，将来不知道便宜了谁家的郎君。"

阿十专注地看着她。相处时间长了，虽然她不说话，但姬善也能猜出七八分她的意思："你想问我？我已经有人家啦！"

阿十诧异地睁大了眼睛。

姬善嘻嘻一笑道："不过我爹不同意，那人也看不上我，后来又发生了很多事，十有八九会黄掉。"

阿十睫毛微垂，若有所思。从姬善的角度看，他真的美极了，像这瀑布下的潭水，看似幽深不见底，但接触之后就知道清澈无垢，沁人心脾。

"阿十。"她忽然掬起一捧水，朝他泼过去。

阿十下意识抬袖挡住，水泼在袖上，瞬间湿透。他被这湿意冰了一下，如遭小鹿乱撞。

视线中，小姬善以眼瞄他，满是挑衅和逗弄之意。于是他挥袖一扫，带起一片水浪，反击回去。

姬善"啊呀"一声，惊呆了，索性不反抗，直挺挺地等待着。

眼看水浪扑至鼻前，却被阿十袖子一卷，又收了回去，落了一场烟雨。

烟雨中，阿十冲她皱了皱鼻子，终于露齿一笑……

姬善看着手上的手，再抬头，这一瞬，伏周的侧脸跟儿时阿十的侧脸重叠在了一起，神态、五官，几乎没怎么改变。

可记忆蕴于心底，挖出来，一幕幕，越美好，就越心慌。

最终，只能垂下头，握紧那只手，假装平静地往前走。

岩石很快就到了。

"就是这儿吗？"

"嗯。就是这儿。"姬善比画给他看，"当时走走坐在这儿，吃吃和看看抓螃蟹，喝喝不记得在干吗。我在那儿睡觉。她们发现蓝鳍，准备捞来吃，结果一剖肚，里面居然有个茧。她们就商量着要煮了缫丝。真的蛮险，差点时鹿鹿就被吃了呢。"

"然后呢？"伏周鼓励她往下说。

"然后发现茧里有人，她们叫我，我一看你的脸，就觉得你必不是凡人，救了会有麻烦，还是煮了吃好。"

伏周笑了，片刻后，眼神温柔道："但你还是救了他。"

"是走走她们非要……"

伏周打断她道："你想救的。你想救他。"

姬善抿了抿唇，只好承认道："好吧，是的。我觉得他有点眼熟，但想不起来在哪儿见过。毕竟这些年走南闯北，见过太多人了。后来才想起来，他长得有点像阿十。"

伏周眼神深邃道："所以，虽然拥有同样的一张脸，但你不喜欢小鹿。"

姬善张了张嘴巴，却又迟疑。

伏周挑眉。

姬善叹了口气道："你知道的，我不能对你说谎。"

"嗯，然后？"

"我……我没有不喜欢小鹿。恰恰相反，我喜欢。但是……"姬善的话没有说完，因为伏周伸手一把抱住了她。

他抱得是那样紧，以至于姬善的呼吸滞了一下。

她忍不住提醒道："阿十，小心蛊王……"

伏周的手伸过来，以指背蹭一蹭她的脸。

刹那，如坠冰窟！

姬善整个人一僵。感应到她的不安，伏周轻轻地、欢愉地、得意地笑了起来。

姬善猛地抬头，定定地看着近在咫尺的这个人，颤声道："你……你……"

"阿善。"眼前的男子笑着，笑出了少年气，"你果然喜欢我啊。本来，我都绝望了呢……"

姬善当即就要挣扎，却被对方抱得更紧。她气得叫了起来："你骗我！"

"我从没说过，我是伏周呀。"他朝她眨了眨眼睛，分明在笑，却让人感到不寒而栗。

他是什么时候变的？一直是他？不可能，回璧途中的"他"教过她医术，那么就是在端则宫从茧变回来后？

没错，就是那个时候！他出手挡住了刀刀的刀，然后告诉她不回宜国，因为，他要等赫奕来。

"你故意的……你故意的……这一切，都是你的阴谋！"

时鹿鹿的笑容里多了一抹苦涩，但很快就转成了得意，道："是。我是故意的。我本已心灰意冷，我都已经跟赫奕谈好条件了，只要把你赶走，我就继续当我的大司巫，辅佐赫奕……"

"那是因为你以为他瞎了眼睛！你想让他也过十五年目不能视的黑暗生活！"

"是。但起码，那样他能活着。而现在，他死了。"

姬善极力想要脱离时鹿鹿的怀抱，时鹿鹿一把抓住她的头发，逼她与自己对视，沉声道："是你，是你给了我机会。是你，导致了赫奕的死。"

"我、我……"姬善颤不能言。

"我知道，你想救伏周。你把我私带出境，与我一路同行，对我百般顺从，无非是想感化我。"时鹿鹿的眼瞳又黑又深，与他对视，如看深渊，"那么，我便给你机会，也给伏周一个机会。"

所以他在第一次蛊王发作时，趁机退离，让伏周出现。

伏周出来后，姬善果然态度大变，不但吃醋生气还开始使小性子，终于有了小女儿的七情六欲。

这些，他都听得见。

"你知道听着你跟他打情骂俏，我有多嫉妒吗？"他凑过去，轻咬了一口她的耳朵道，"分明同一张脸，你对他和对我，却如此不同……阿善，你真是偏心啊。"

姬善挣脱不掉，索性不动了，面冷如霜道："你凭什么跟他比？"

时鹿鹿面色一变。

"你把我关在悬崖上的黑屋里，而他，给我镔丝让我逃。"

时鹿鹿眯了眯眼睛道："你说过，你无论在哪儿都是自由的。"

"那也不代表我会喜欢琅琊，喜欢昭尹，喜欢你！"姬善冷笑起来道，"你们自比天神，玩弄人心，不但要人服从听话，还要人真心爱你……凭什么？"

时鹿鹿的脸色沉了下去。

姬善后面的话就说得更无顾忌："说什么喜欢我，如果我不是我，还会得到你们的喜欢吗？琅琊，为了给姬忽找替身，把二十个孩子以各种借口弄来，然后又随意将她们丢弃，她们本来过得虽然苦，却不痛苦，但在见识了繁华富贵后，再回泥潭，怎么忍受？没有一个说是因为见了世面而努力奋斗的，有的只有自暴自弃，好高骛远和利欲熏心！这只是琅琊玩弄过的二十颗最不重要的棋子，而那些她看中的棋子，命运更惨！姬婴，完全失去自我成了白泽；姬忽，为了赎罪不得不断情绝爱以大义为先；我，若我不是我，早就成了最惨的那个，永远顶着别人的名字别人的身份活在不见天日的阴影里！

"还有昭尹，为了夺嫡娶薛家女、姬家女、姜家女，看上去各个都真心以待，其实全是权宜之计。登基后，予取予夺，为了压过姬婴，还故意抢走叶曦禾和姜沉鱼。结果呢？薛茗郁郁寡欢死在冷宫；姜画月被屈辱和仇恨吞噬；叶曦禾是我行我素保住了本心，但也一夜白发毒发身亡；姜沉鱼，看似摆脱了命运，甚至反败为胜马上就要成为一国之主，然而，她想要的，真的是皇位，是天下吗？而我，若我不是我，昭尹不会以礼相待，不会任我自由，我会成为另一个薛茗或者姜画月或者曦禾，成为被皇宫吞食的鲜活人命一条！"

"至于你……"姬善终于说到了他，时鹿鹿闻言下意识屏住了呼吸。

"你更可笑！没错，命运确实对你不好，但是，皇子的身份注定你这一生，与蝼蚁不同。你被胖婶虐待，但她没有杀你，更没有逼你劳作，让你像真正的山野村孩一般放牛锄地挨打饿饭，比起很多人，你已经幸运得多。而你呢？你做什么了？你逆来顺受浑浑噩噩地活着，你没有反抗没有思考，替你思考反抗的人是伏周！”

时鹿鹿眼中冒出了怒火。然而，姬善根本不在乎，道："伏周改变了你的命运，让你得到了老师，获得了学习的机会。但你肯定一开始漫不经心不以为意吧？不然，伏周不会出现提醒你。他比你上进，比你坚韧，更比你聪慧！"

时鹿鹿一把掐住姬善的脖子，想要制止她往下说，可碰到她的肌肤，双手不由自主地停下了，不敢缩紧，无法缩紧。

他的手起了一阵颤抖。

"然后你来了汝丘，遇到了我。你说那个冷淡的、不爱说话，但会出手救我的人是你？怎么可能？那明明是伏周！是朝乾夕惕练武读书、眼里有人命、有贫苦、有蝼蚁的伏周啊！"姬善的眼眶红了起来，"而你，高高在上的皇子殿下，一心复仇的司巫大人，你在乎过人命吗？你不在乎，你根本不会救一个在你窗外叽叽喳喳，把你吵得够呛的乡下丫头。不要否认，我太了解你了！你眼里只有赫奕，就算后来装进了我，也不过是因为我身份特殊才艺出众，我跟普通蝼蚁，不一样。"

时鹿鹿的脸一阵红一阵白，微微扭曲了起来。

"琅琊喜欢我，她当然应该喜欢我。我最像她想要的假姬忽——灵活、乖巧，还从不给她惹祸。昭尹喜欢我，他当然会喜欢我，我满足了他对于身侧女人的所有要求——体贴、不嫉妒、医术好，还有弱点——我是假的，他随时能用这个罪名掐死我。你喜欢我，你当然喜欢我——当今世上，如果有一个人能帮你取出蛊王，只会是我！"

最后一句话，掷地有声，被海风吹至岩壁，隐隐荡起回声。

时鹿鹿定定地看着姬善，脸上的情绪慢慢淡去，最终归于冷静，挑眉一笑道："你说得对。我确实跟伏周不同。而你，也确实跟蝼蚁，不同。"

他再次伸手，用指背轻蹭她的眉眼、鼻梁和嘴唇，动作很慢，像刻意的一场精神凌迟。

"所以，也只有你这样的人，才有资格站在我身边。我不会放了你的，阿善。这一次，你要扮演的角色，是我——时鹿鹿的妻子。"

★★★

天黑了下来。时鹿鹿吩咐将船停泊过夜，待明天再入宜。

茜色为此很不高兴，瞪了姬善一眼。姬善没有理会她。现在的她，已经无心理会任何人任何事了。

她感觉自己又重新被关进了悬崖上的小黑屋里，而这一次，伏周没有留下自救的工具。

其实一切早有预兆。

那个反复做了两次的梦境里，深陷旋涡向她求助的人总会变成时鹿鹿，而伏周也总是会出现，告诉她别去："他是骗你的！"

果然是假的。从茧中出来的时鹿鹿，伪装成伏周，骗她留在端则宫里，等着赫奕自投罗网。

因为薛采想逼姜沉鱼称帝，而赫奕绝不会袖手旁观，肯定会想方设法地阻拦。早在三月，赫奕就偷偷赴璧见过姜沉鱼，她知道，薛采也知道。

所以，薛采制造了一场虚假的"二度见面"，派出同样的领路者怀瑾，去往同样的地点，在那儿杀死赫奕。

但被茜色逃脱了。刀刀没能追上茜色，反而让她联系上了听神台的巫女们，从地道潜入端则宫，救出时鹿鹿。

整个事件其实非常容易，但要促成该事件的前提非常非常罕见——

首先，受蛊王的宿主限制，像在宜国时一样，时鹿鹿不能自己动手，要借薛采之手除掉赫奕。

其次，薛采跟赫奕往日并无恩怨，还有数面之缘，算友非敌，要让薛采起杀心，必须要有一个巨大的冲突点。

这个冲突点，就是姜沉鱼。

谁也想不到昭尹会死，璧国无主，薛采势必要把姜沉鱼推上皇位，这是最快且最稳的选择。在此期间，所有阻挠姜沉鱼称帝的绊脚石都要铲除。

赫奕的秘密入京，就成了一个主动送上任人鱼肉的好机会。而薛采，跟姬婴彰华等人不同，从不心慈手软，也不讲究非要堂堂正正。

所以，他肯定会抓住机会杀死赫奕。

然后，还需要一点点运气：赫奕死，而茜色活。否则光靠时鹿鹿一人，又人在他国，力量有限，还是逃不出薛采的追捕的。

幸好，茜色找到了不为人知的密道，并用薛茗之死和姜画月之死来阻挡薛采，令他无法亲自上阵。

就这样，时鹿鹿终于功成身退。赫奕已死，他回宜国，万人之上无人之下。他的目的达到了。

姬善把整个事件从头到尾梳理了一遍，然后意识到里面的所有巧合恐怕都不是巧合，而是人为。

比如，秋姜为什么会杀昭尹？恐怕是时鹿鹿暗中布局促成，因为只有昭尹死，才有薛采和赫奕的冲突。

比如，赫奕为什么死得如此轻易？恐怕跟茜色逃不了干系。他的眼睛本已被毒瞎，到图璧赴约时，却已好了，如果是茜色治好的他，那么，想在眼疾的药里加点什么导致赫奕失去武功，也不是难办的事。

再比如，端则宫的地道，恐怕是卫玉衡被囚在宜国时逼问出来的，有了这条地道，时鹿鹿才主动说要去端则宫看看，并千方百计地跟她一起留在端则宫，给薛采一种"无法逃脱"的假象。

还有很多很多细节，琢磨起来，一步步，全是局。

时鹿鹿吸取上次宜宫里失败的经验教训，这一次，终于成功。

而最成功的是，他骗过了她。

姬善想到这里，捂住了自己的脸。

时鹿鹿轻轻一笑，抓住她的手，强迫她露出脸庞："阿善，你是聪明人，当知一个道理——既然无法拒绝，不如坦然接受。"

姬善注视着这张俊美飞扬的脸，淡淡道："我曾经觉得卫玉衡恶心，现在，你比他还要恶心。"

时鹿鹿面色顿变。

"我可以容忍琅琊，因为对姬家而言，她是个了不起的人；我可以容忍昭尹，因为对璧国而言，他也算个不错的君王。但你，不行。"

时鹿鹿一把握紧了她的手，她忍着疼痛，继续道："伏周的理想是灭巫，帮助赫奕励精图治壮大变强。而你的理想是杀了赫奕，再毁了宜国。宜国一千三百万人，在你高贵的眼里，就是蝼蚁吧？你找我干吗？你应该找动不动就要沉了芦湾的颐殊，你跟她才是一对！"

时鹿鹿抓得更紧，乌黑的眼睛里，全是愤怒，但他很快压了下去，再开口又是云淡风轻："你在故意激怒我。我知道的阿善，你想激怒我，让我放了你，但是不可能的。你我情蛊在身，我既不能杀了你，也不能任你独自在外，万一薛采知道我们共生，而对你下手，我就会很危险。你想想，于情于理，我们都要在一起的，对不对？"

姬善露出了绝望之色。

"阿善，留在我身边，继续感化我。不就是一千三百万人嘛？你想救他们，就来哄哄我。我高兴了，也许会做出改变。所以，宜国未来的命运……"时鹿鹿凑到她耳边，声音低柔仿佛诅咒，"其实掌握在你手中呢。"

说完这句话，时鹿鹿松开她的手，她的手腕上肿了一圈乌痕。时鹿鹿取来药，给她细心敷上包扎好，这才离开。

船舱里只剩下姬善一人。她看着手腕上的布带，心头一颤——竟是当初阿十用来救她，后来又被她拿去试探交还给了时鹿鹿的那条披帛。

披帛虽旧，却一直被悉心保存得很好，因此还是那么柔软冰滑。时鹿鹿用它缠住她的手腕，还扎了个漂亮的结。

然而，此情此景下，越是美丽，越是悲凉。

她的阿十，她在这个世界上最心心念念的那个人，居然变成了这样……

她该怎么做？怎么做才能彻底杀死时鹿鹿，只留下伏周？

这大概是当今世上对大夫而言最难的病症，没有之一。

偏偏她是大夫。

又偏偏，让她与他有这样的羁绊和孽缘。

誓言沉如千斤，压在遥远的回忆中，也压在此刻绝望的境地里，提醒她——不能放弃。

不能放弃啊，扬扬。

是大危机，亦是大生机。

江晚衣的话语于此刻回想在脑海中。姬善深吸口气，缓缓闭上了眼睛。

她还没有绝望。

她必须想出解决之法。

★★★

姬善绝望地趴在木榻上，风吹海浪，船身颠簸，她也跟着　荡　荡。

她完全想不出有什么办法。

这时舱门被敲了敲，她下意识地像只警惕的猫般弓起背来。门开了，进来的人不是时鹿鹿，而是茜色。

也是，时鹿鹿出入从不敲门。她放松下来，懒洋洋地重新趴倒，却被茜色一把抓起手，顿时惊呼出声："疼疼疼疼疼！"

衣袖落下，茜色看见了包扎在手腕上的丝帛，冷哼一声道："起来，准备洗澡。"

"什么？"姬善挑眉道，"一，大海之上洗什么澡？清水值千金啊！"

"你以为我乐意？大司巫交代的。少废话，快点准备。"

"二，我都受伤了，手不好使，怎么洗？"

"你以为我乐意？我帮你洗！"

姬善目瞪口呆。

茜色打了个响指，巫女们便抬着装满热水的木桶进来了——这一幕在听神台上时倒是经常发生。

"为什么？为什么我要洗澡？"

"明日就入宜了，你身为大司巫身边的神女，怎能如此蓬头垢面，不成体统？"

"等等，神什么？我？"

"恭喜你，大人专门为你加了一个职位——神女。从今往后，你在巫族里的地位，仅次于他。"

姬善冷笑道："他打算继续男扮女装欺世盗名下去呢？"说什么妻子，结果还不是见不得光？

"闭嘴！不得对大司巫不敬！"茜色推了她一把，将她推到木桶前。

姬善想，洗就洗吧，不管怎么说，洗澡是件很舒服的事。

巫女们退了出去，茜色挽起袖子，见姬善还在一旁慢吞吞地脱衣服，当即不耐烦地一把将她拉过来，按进水里。

姬善惊叫道："我还没准备好呢！"

"准备什么？"

姬善有些羞涩地低下头，但最终一咬牙，豁出去道："不管怎么说，都湿了，来吧！"

"婆婆妈妈！"茜色说着"唰唰"几下把她的旧衣服扯破了，然后抓起她的头发一阵乱搓……

★★★

三个船舱之隔的房间里，时鹿鹿正在翻看包裹里的东西——这些东西，正是小姬善想要送给阿十的临别礼物，这一次出来，他没有忘记，让茜色一起带上了。唯独可惜了那包蒲公英种子，被伏周给吃了。

水花四溅声、姬善的尖叫声、茜色的抱怨声……清晰地传入他的耳朵。他看着这些礼物，听着远处的动静声，想着姬善愤怒鲜活的模样，唇角微扬。

姬善之前对他，一直很冷淡。

他以为她生性如此，但直到风小雅事件，他才意识到，姬善是有情绪的。

而如今，她对他也终于有了情绪。他渴望她的爱，却也享受她的恨。对被关在黑暗中十五年的人来说，风吹草动皆是情趣，最怕的是没有声音。

而那十五年里，其实有声音的时候不多，大多数时候伏周都很安静，安静地发呆，安静地拒人千里，安静得让他……备受煎熬。

赫奕，已经死了。

下一个该死的，其实应该是伏周而已。

可他没办法杀死自己，只能先这样。他不知道下一次伏周会在什么契机下出现，但这不是很有趣吗？

越危险，越有趣。

他本就置身在深渊中。

姬善那边的水声终于停止了。过不多会儿，两个脚步声走过过道，来到门外。

茜色的声音隔着门板毕恭毕敬道："司巫大人，她好了。"说罢一推，将姬善推进房内，再"砰"地关上门。

时鹿鹿忍不住想：这个下属，确实好用，虽然不够忠诚，但机敏识趣，远超其他巫女。

姬善跟跄两步，扶住一个矮柜才站稳。她的长发披散着，刚被熏干，蓬松得如云如雾；因为没有自己的衣服，穿了巫女的衣服。其实她气质偏冷冽，平日里也大多穿宽大的素色衣袍，脚踩木屐，显得懒散不羁。如今穿了彩色羽衣，加上额头耳朵图腾犹在，多了几分魅邪之感，倒是别样地艳丽。

时鹿鹿不是第一次见出浴的她，但这一次的她，经由茜色的巧手装扮后，最是符合他的喜好。

他忍不住朝她伸出手。

姬善凉凉地看着他的手，半点搭上来的意思都没有。时鹿鹿便笑了，突上前两步，将她整个人抱住。

"别动。我给你戴耳环。"他摘下自己的耳环，给她戴上。

姬善皱了皱眉，虽没反抗，嘴里却道："大晚上的戴这个给谁看？"

"给我看啊。"时鹿鹿戴好一只，再戴另一只，"我喜欢你这身打扮。当初在听神台时就该让你这么穿的，幸好，还来得及……"

姬善不悦地睨着他。他却满眼都是温存笑意，看着羽毛耳环在他最爱的乌发间飘荡，便觉得心也跟着一勾一勾。

"阿善，我都想好了。回到宜国后，我先对外公布你的神女身份，让所有人都知道你；然后你说几句大预言，一一灵验后，让他们看到你的神通；再把大司巫一职传给你，我则对外宣称飞升。飞升前做出最后的预言是——先帝有子在外，名时鹿，神择鹿为宜新主，不得有违。如此一来，你成为大司巫，我成为宜王……"

姬善打断他道："你要自己称帝？"

"对。我想来想去，你说得对，让一千三百万人死，不难；让一千三百万人生，才有挑战。我既得你相伴，总要做些你喜欢的事，让你开心点。"

姬善不敢置信地看着时鹿鹿，时鹿鹿是不能对她说谎的，也就是说他真的改变主意了。

怎么、怎么会这样……

"阿善，如此一来，我与你……"

"等等！你是宜王，我是大司巫——我们怎么做夫妻？"

时鹿鹿哈哈笑了起来，笑得快乐极了，他道："这才是最有意思的地方——渎神！我父、我母，不就是这样有了我？"

姬善的心沉了下去。她还以为他有所悔改了，结果是他找到了比毁灭宜国更有趣的事。禄允和十月的私情是一切悲剧的根由，给伏周也好，时鹿鹿也罢，造成了不可磨灭的创伤。为了治愈这个伤口，伏周选择尽心尽力地改变宜国，而时鹿鹿选择……重蹈覆辙。

同一个人，为何会有两种如此截然相反的性格？

"阿善！我一想到到时候能在听神台与你私会，就……"时鹿鹿说着，握住她的手按在自己心口，让她感受急促的心跳声，"好期待。"

"我不期待。"

姬善刚要把手抽回，他却抓着她的手轻轻吻了一下，道："也好激动。"

"我不激动。"姬善突然皱眉，疑惑道，"你怎么敢……你不怕？"

"阿善，你还没发现吗？伏周对蛊王的控制在减弱，但我对蛊王的控制，在变强啊。比如此刻，我告诉它——不许动。"时鹿鹿的眼瞳一黯，复又亮起，面色如常地伸出另一只手。

"我第一眼看见你时，你有两缕散发，一缕在这儿……"他用指背滑过姬善的耳朵。

"还有一缕，在这儿……"指背沿着弧线优美的脖子一路往下，伸进羽衣中……

"阿善，我当时就想这么做，但做不到。现在你看，可以了。"

姬善闭了闭眼睛，再睁开时，忽然笑了道："那你为什么不做得彻底些？光摸就满足了？"

薄唇涂丹，羽衣轻敞，由白梅变成红梅，白梅不可亵渎，红梅却在邀人攀折。

时鹿鹿看着巧笑嫣然的姬善，眼眸再次黯了下去。

★★★

百丈开外的悬崖上，两个人站在树旁，其中一人用一样金属圆柱物眺望着海上的船。在漆黑无月的夜里，点着灯光的船只像蛰伏的凶兽睁着明黄色的眼睛，警惕着周遭的一切。

"此物名瑷碟，改良后视力更远，可惜夜里视野不佳，勉强看个轮廓。"一人道。

另一人道："要不靠近些？"

"不可。时鹿鹿听力可达百丈，而且对你的呼吸太过熟悉，再近必被发现。"

"也是……"那人长长一叹，看了看悬崖峭壁道，"这一回，你我可真是壁上观了。"

"我们自觉是大人物，天下大事由我们一掌乾坤，却不知很多历史成败，由普通人决定。比如——这一次。"最后三字幽幽，蕴满深意。

★★★

时鹿鹿没有动。

动的人是姬善。她反手抓住他的衣领，将他揪到跟前，鼻尖相贴，温热的气息暧昧地扑到对方唇上。

时鹿鹿忍不住开口道："阿……"

一根手指压在他唇上。再然后，学他的样子用指背轻滑而过。

时鹿鹿的呼吸，明显乱了。

姬善的眸光闪了闪，轻吐舌尖缓缓道："渎神不是吗？来……"伴随着最后一个字的尾音，她低下头，吻住他。

嘴唇贴合，再没有丝毫缝隙。

时鹿鹿一颤，似要动，但姬善用舌尖舔开了他的唇，气息越发急促，体温迅速升高。

"陛下，与巫女如此，开心吗？"低迷的声音，含糊不清，却让时鹿鹿从头

150

发丝到脚趾头都开始颤动，兴奋地颤动。

他突然上前一步，反客为主，将姬善压在墙上，捧住她的脸炙热地吻了起来。

姬善微微睁开眼睛，看到鸦羽般的睫毛下滚烫鲜活的漆黑瞳仁，就是现在——她狠狠地咬了下去！

咸甜的血腥味立刻溢满口腔，咬的却是自己的舌头。

时鹿鹿一惊，刚要把她推开，姬善却紧抓着他，用咬破的舌头继续卷住对方的舌头疯狂地吻回去。

"痛苦，快活，还是皆而有之呢？"她的喘息声喷进他耳里，又痒又酥。于是，想要推开的念头就此消止。时鹿鹿刚要继续，心口猛地传来一股熟悉的骚动！

一直乖乖蛰伏的蛊王，尝到了姬善的血，瞬间兴奋了。

而这一次，不再只是骚动，它开始一路往上游蹿。

姬善手中不知何时多了几根银针，用力扎到他背上的穴位上。时鹿鹿一震，当即振臂将她推开。

姬善被推到一旁的矮柜上，扑灭了好几盏灯，只留下最远角落的灯，照着她翘起的唇角，唇上还带着鲜血，看上去邪魅如催命的女鬼。

时鹿鹿反手拔掉银针，但是已来不及，这几根针为蛊王打开了方便之门，一股剧痛从小腹一路上蹿，来至咽喉。他想吞咽压下，喉咙却仍不由自主地一点点张开了。

尝到情蛊之人的鲜血的蛊王，不再受他的控制，急欲出来吞噬让它疯狂的对手。

这种感觉跟儿时母亲将老蛊王放到他体内时一样，老蛊王急着消灭对手，根本不顾宿主的死活。只是那一次，它们在他体内，而这一次，它要出来。

时鹿鹿发出一声嘶吼，拼命掐着自己的咽喉，然后，他的喉咙上就多了一个洞，一个活生生的洞。

一样东西从洞里钻出来，朝血腥味的来源处——姬善飞去。

时鹿鹿随手撕下一片帘子包住咽喉，再扑向姬善想要救她。可手伸到一半，母亲溃烂的脸在脑海中闪了一下，就这一下，让他动作一停。

这一瞬极短，却又极长，长得像是能够把跟姬善相识以来的所有过程全部重温一遍——

那个从灯旁转头问他"醒了"的捣药女子。

那个大火之时也不忘用棉被先裹住他，再抱他跳车的女子。

那个看似不耐烦却认认真真为他针灸疗伤想让他舒服一点的女子。

那个说着不要再见却在听神台上意外重逢的女子。

那个跟他说想知道深渊是什么亲自下去看看就知道了的女子。

那个用匕首刺他一刀却是为了救另一个他的女子。

那个把他从听神台偷走的女子。

那个被他从端则宫带回的女子……

那么那么多个她，他的阿善，马上，要死了。

时鹿鹿睁大眼睛，就像小时候看着十月一样，这一刻他明白了，小时候不救娘亲，他以为是因为自己弱小，如今分明能救，却还是选了不救。也就是说，从小到大，他都是一个怯懦自私的人，所以最终，伏周才出来，取代了他。

一滴眼泪流了下来。

为曾经的娘亲，为此刻的阿善，或许，也是为他自己。

蛊王飞出的时候，一道刀光落在了船上，将船一分为二。

紧跟着，琴声响起，海浪滔天，琴弦如线，将其中一间舱室瞬间捆住——正是姬善和时鹿鹿所在的那间。

再然后，是一杆枪，枪尖猛地扎进舱室侧端，像一根定海神针，稳住舱室。

一切不过发生在瞬间，船身彻底分开坠落于海，琴弦旋转，就像剥开橘子皮一样，把舱室的四面墙板全部带离，露出里面的模样，变成了一块漂浮在水面上的竹筏。

而时鹿鹿的眼泪，此时堪堪流到下巴上。

紧跟着刀风、琴弦、枪尖两线一点，伴随着越发高亢的琴音，汇聚在了某一处——姬善喉前三分处。

如疾雷、如迅电、如鹰拿、如雁捉——如这世间所有极致的快。

"唑……"

一个细微的声音响起。

琴声停，一黑影瞬间飘过，手中举着一个瓶子，瓶口开启，将那个看不清的东西吸入瓶中，然后，盖上盖子。

时鹿鹿至此终于回过神来，震惊地看着凭空出现在姬善面前的这个人——风小雅。他的脸一下子扭曲了起来："是你？！"

"嗯。"风小雅扶起姬善。

"放开她！"时鹿鹿当即就要冲过去，又三道人影乍现，跳上船板，拦在他面前。一个是刀刀，一个是云闪闪，还有一个人不认识。

那个不认识的人，倨傲地抬头道："在下马覆。"

马覆？他不是跟周笑莲一起失踪了吗？怎么会跟风小雅、刀刀和云闪闪一起出现在此？

然后他终于听见了声音——在整个过程里，他的注意力一直在姬善身上，没有听见的声音——有两个人慢吞吞地从悬崖那边走来，而被劈开的船旁，巫女们在拼命挣扎，再被水中的茜色一个接一个地干掉了。

有一个巫女扭身逃脱，游过来抓住了船板，嘶声道："救我，大司巫……"

然而，时鹿鹿没有理会。他的视线一直盯着风小雅，和他搀扶着的姬善。

姬善抹了把唇上的血，依旧在笑。

于是他明白了，这一切的一切，都是陷阱。

"你找到了取出蛊王的办法。"他的声音因为喉咙受伤变得又哑又沙。

而姬善的声音又脆又甜："对，我找到了。"

★★★

江晚衣说得没错，是大危机，却也是大生机。

在此之前，没有大司巫给别人下过情蛊，而情蛊受到宿主情欲的影响，会让蛊王非常惊恐——这是生物对于危险与生俱来的本能。

所以，它会不顾一切地吞噬掉威胁到宿主的虫子。

但十月的经历也说明了三点：一，不能碰触蛊王，会溃烂无解；二，蛊王离开宿主身体也能存活，只要及时冰冻，可以不死，回到人体后重新复活；三，蛊王不会主动离开宿主的身体。

于是，姬善提出了一个大胆的想法——如果蛊王发现，它可以钻到另一人体内吃掉对它威胁最大的情蛊呢？那么，是会将另一个人变成新的宿主，还是企图重新返回原宿主体内？

这一点因为之前无人试过，所以无法验证。十月虽然取了老蛊王放入时鹿鹿体内，但最后真正成为蛊王的是他体内原有的那只，因为它在母虫的帮助下赢了；如果是孤军奋战的情蛊，基本上是没有胜算的。也就是说，姬善很可能变成新的宿主，然后死掉，蛊王重新回到跟它有血脉关系的原宿主体内。

一切都会功亏一篑。

想要赢，只有一个办法——在蛊王离体之际，杀了它。

从巫神殿的档籍中，可以推测出蛊虫十分小，可能比芝麻还要小。这么小的一只虫子飞在空中时，怎么杀？

带着种种疑惑，姬善前往"无尽思"。

★★★

姬善推开茅屋的门，里面果然有人。

她一直紧绷的心，至此松了松，然后挑眉道："怎么回事？"

那人转过身来，正是秋姜。

"有你在，昭尹还能死了？"

"我杀的。"秋姜神色淡淡地道，却让姬善大吃一惊。

她呆立了半天，才开口道："他的毒有解药。"

"我知道。"

"吃了解药，再调养个一年半载，能好起来的。"

"我知道。"

"那、那为什么？"

秋姜将一本册子递给她。姬善打开一看，心中一沉，看到最后，手指一松，册子坠落于地。

"时鹿鹿干的？"

秋姜点了点头。

姬善咬牙，手在袖中捏紧。

"萧青的客卿里有一个宜人，此人向萧青献策，说巫蛊神奇，可操控人心。萧青便收买姜画月的婢女，命她把蛊虫虫卵掺在水中喂昭尹，一开始屡试屡败，但七月时有一天特别热，居然成功了，虫卵顺利在他体内孵化。等我回来发现时，为时已晚。与其等他们唤醒他，把他变成傀儡，不如就此让他走。"

"什么时候开始的？"

"半年前。"

"当时的时鹿鹿毒瞎了赫奕的眼睛，已经达成所愿，为何还要对璧王出手？"

"因为他要赫奕痛苦。赫奕的软肋有两个：一，宜国；二，姜沉鱼。前者有一定难度，而且他还要留着慢慢折磨。所以便把主意打到了姜沉鱼身上。昭尹一死，姜沉鱼会成为太后，或者成为新王，无论哪一种，赫奕都会痛失所爱。"

"那你做了什么？"

秋姜叹了口气道："将计就计。"

★★★

秋姜顶着姬贵嫔的身份出现，与罗与海见面，告诉他虽然用蛊虫控制昭尹，是个很好的办法，但是，蛊是萧青下的，到时候很可能只听萧青的话。而杀死昭尹就不一样，她从小得他照拂，姬家又落入薛采之手，今后只能倚靠他。她成为太后，比姜画月更合适，因为一个母亲，为了孩子什么都干得出来，等新野大了肯定过河拆桥，到时候他和萧青，就是前两个被拆掉的桥。而她，不是新野的生母，不会优先考虑新野的利益，能更紧密地跟他和萧青合作。

她巧舌如簧，又剖析利害关系，最终，说服了罗与海。

"罗与海把我给的毒药给昭尹服下，那晚我潜入宫中，趁姜沉鱼不在，看了昭尹一眼。"

那是秋姜再见昭尹的第二面。

第一次见他，他尚是孩童；第二次再见，就已是死别。

昭尹躺在龙榻上，面容平静。看得出被照顾得很好，全身上下干干净净，四肢没有萎缩。他就像睡着了，轻轻一唤便能醒来。

秋姜坐到榻旁，伸手抚摸他的脸。

"你跟阿婴都长得像娘。以至于，我现在看着你，就会想起娘来。

"这些年，我也试着开解自己，娘的处境艰难。爹是扶不起的阿斗，一大家子千口人，全指着娘吃饭，王家、姜家和薛家又咄咄逼人。她没有选择，不想被吞噬就只能继续扩张。而她对姬家来说，是个嫁进门的外姓，又是女人，没有人真正服她，很多手段用了也没用。她唯一能指望的，只有她亲自生下来的三个孩子——我、阿婴，还有你。

"她长于礼仪之家，从小被灌输的理念就是奉献。为夫君奉献，为家族奉献，天经地义。有意思吧？那么好强的一个女人，却从不曾想过——凭什么，为他人、为他族而活呢？"

那是上一个百年，不，唯方大陆有史以来所有王朝的通病：宜国，用巫神控制人心，让子民奉献；璧国和燕国，用门阀礼法，让子民奉献；程国，以武治国，让子民奉献……在那样一代代的驯化和禁锢里，不允许有人质疑、思索和反抗。

直到这一个百年。

这一个百年里，出现了言睿。再然后，有了姬婴、薛采、姜沉鱼、彰华、风小雅、颐非、颐殊、赫奕、伏周……一系列的叛逆者。

正如她之前对朱龙所言的那样——越来越多的人在抗拒命运，在摆脱束缚，在找回自我。君王在革新，士族在反省，百姓在奋斗，能人异士层出不穷，星星火光，已有燎原之势。

一切落后的、陈旧的、腐朽的制度，都将跟此时龙榻上的昭尹一样，被推翻，被淘汰。

"阿尹，娘费尽心机助你称帝，言睿也对你悉心教导，期成明君。你表面做得极好，知人善用，赏罚分明，但私下里刚愎自用、穷奢极欲，需求无厌，完全不理会百姓死活。曦禾的琉璃宫殿，不是她要的，是你想要；姬善的湖心岛，是你向往；你对薛家出手，因为觉得受了他们的挟制，但更因为贪图他们的富足；你明知姜仲贪腐，但因为他迎合圣意，你毫不理会……阿尹，你没有离开过图璧，没有亲眼看一看你的大好河山，在谢长晏书中，是何等地千疮百孔。饥荒、水灾、旱灾，为何连绵不绝？皆是因为施政不实。地方官员知你好大喜功，处处欺瞒、层层盘剥……而这些，你都看不见。

"你只看见自己多么悲惨，只看见姬婴比你幸福，只看见所有人对你俯首称臣，你觉得，这便是王权，这便是霸业！老师说阿婴过柔、阿善过懒、我过刚，而到了你，三个字——教不动。你不听他的，你不听所有人的，你只听你自己的。而你自己，受天赋、见识、历练所限，不过是井底之蛙罢了。"

秋姜收回手，缓缓起身，看了昭尹最后一眼："还了吧。本就不该是你的东西，到头来会发现，终究不是你的。"

她说完，转身离开。

让离开的回去，让偏差的纠正，让一切回到原点。让程国重新成为程国，让璧国重新成为璧国，让姬氏重新成为姬氏。

让这把星星之火，燃烧得更旺一些。

烧出一个——太平盛世来！

"阿婴临终之际，为璧国选了两人：一沉鱼，一薛采。"在"无尽思"里，秋姜告诉姬善道，"二人性格互补，能彼此牵制，达到一个巧妙的平衡。我赞同他的选择。所以是时候，让璧国迎来一个新的时代了。"

姬善听到这里，皱眉叹道："好麻烦。你们这些天之骄子，就是想得太复杂太多。"

秋姜笑了，睨着她道："那么平民百姓的扬扬姑娘，如果是你，你怎么做？"

"一切与我无关，谁当皇帝对我没有区别。我只要把伏周治好了就行。别对一个大夫要求性命之外的东西。"

秋姜的目光闪了闪，叹道："没错。你跟晚衣走的都是另一条路。我们或颠覆或革新或改变着历史这辆大车，但只有你、晚衣、公输蛙这样的人，才是真正在推动车轮前进。"

姬善咬了咬下唇，低声道："我没有江晚衣做得好。"

"你跟他走的，是不同的医术之道。只有互补，没有好次。"

姬善定定地看着秋姜，忽然受不了地揉了揉自己的胳膊，道："不行不行，我得走了。再跟你聊下去，等你死了，我得多难受啊。"

"好。"秋姜丝毫不以为意，微笑道，"那么长话短说。你要救伏周，就必须粉碎时鹿鹿的阴谋。我和薛采会配合你，我们打算……"

"且慢！"姬善制止了她道，"你们的计划别告诉我。我身中情蛊，不能对时鹿鹿撒谎，知道得越多，越会露出马脚。就跟之前赫奕和伏周设计我遇到时鹿鹿一样，让我在不知情的情况下入局吧。只有如此，才会成功。"

秋姜点点头道："也是。那么，拟定一个暗语，当你听见这个词时，就意味着——开始行动。"

"什么暗语？"

秋姜一字一字道："你以为我乐意。"

★★★

"一，大海之上洗什么澡？清水值千金啊！"

"你以为我乐意？大司巫交代的。少废话，快点准备。"

"二，我都受伤了，手不好使，怎么洗？"

"你以为我乐意？我帮你洗！"

姬善目瞪口呆——她万万没想到，来通知她行动开始的人，会是此人！

巫女们退了出去，茜色一把将她拉过来，按进水里，与此同时，一条亚麻澡巾在她面前展开，上面用木炭写着一行字："诱出蛊王，击杀之。"

姬善惊叫道："我还没准备好！"

"准备什么？"

姬善有些羞涩地低下头，但最终一咬牙，豁出去道："不管怎么说，都湿了，来吧！"

"婆婆妈妈！"茜色说着"唰唰"几下把她的旧衣服扯破了，抓起她的头发一阵乱搓，然后姬善看到了长长澡巾后面还有字："合风小雅等四人之力，勿怕。就算不成，亦可将你救走！再议后事。"

炭字一入水就化了，成了真正的澡巾。

姬善一边撩水，一边由着茜色为她洗头，忍不住道："但怎么会是你呢？为什么派你来？我讨厌你。"

茜色气乐了，道："你以为我乐意？"

好吧，一语双关，提醒她一切都是幕后大人安排的。

"你出去吧。接下去的我自己洗！"

"行。"茜色松手，走了几步，突又拿起一旁的一盏灯，当着她的面表情凝重地吹熄，"记得，洗完一定要把灯吹了！我就知道你好了，然后进来替你熏干头发。"

姬善看着那盏熄灭的灯，点点头道："知道了。"

★★★

于是，船舱中，姬善被时鹿鹿推到一旁的矮柜上时，故意扑灭了好几盏灯，只留下最远角落的灯扑不到。

但骤然变弱的灯光，还是给了潜伏在外的四人信号。他们出手劈开船舱，再然后，风小雅捕捉到了蛊王，抓住了它。

时鹿鹿看着风小雅手中的瓶子，恨得双眼赤红，道："还给我！"

风小雅摇了摇瓶子，竟然真的丢还给了时鹿鹿。

时鹿鹿忙不迭地接住，双手却被烫得"嗞"了一声，下意识松手，瓶子落地，"哐当"砸了个粉碎，一抹余灰跟着飘起，像冬日里哈出的一口气，很快消散在了风中。

时鹿鹿连忙扑到地上摸索，然而，除了依旧烫手的瓶子碎片，什么也没有。

"你杀了蛊王？"他猛地抬头，怒视着风小雅道。

风小雅"嗯"了一声道："不杀，难道给它回到你体内的机会？"

时鹿鹿大怒地朝他扑去，却被风小雅伸臂轻轻一挡，再一振，横飞出去，"嘭"地砸进海里。

下一瞬，他一个纵身又跳了起来，跳回船板上，浑身湿透，狼狈不堪。

风小雅淡淡道："蛊王离身，你大伤元气，应该好好休养。"

时鹿鹿脖子上匆匆包住的伤口源源不断地流出血来，染湿了布条。可他一点都不在乎，而是将目光移向了姬善，道："你，很好，非常好。"

姬善直到此刻，才把嘴里的血擦干，道："我取蛊成功，当然好。"

时鹿鹿嘲讽地勾起唇角，道："那你如何取出自己体内的情蛊？"

"这个就不劳阁下费心了，天无绝人之路。"

时鹿鹿眼中的愤怒转成了悲哀，道："这是你，第二次出卖我。"

"你的神不是告诉过你——你会死于姬善之手吗？"一个清风明月般的声音远远传来——那两个从悬崖上下来的人，终于走到了岸边。一个是秋姜，一个竟是赫奕。

时鹿鹿听到赫奕的声音回头，盯着他看了半天，道："你果然没有死。"

赫奕笑了笑道："可能老天看朕太顺眼，不舍得收我？"

时鹿鹿冷冷道："很好。你死了我本还觉得可惜，没死就太好了。那就一起看吧。"

"看什么？"

"看你的姜沉鱼，成为璧王。"

赫奕注视着他的眼眸，脸上的表情很古怪，然后扭头对秋姜道："你看，朕跟你说朕的志向是陶朱归五湖，你始终不信。朕的大司巫，却是深信不疑啊！"

"他信。因为他是个痴情人。"秋姜看着血流了一身的时鹿鹿，心中无限唏嘘。

若时鹿鹿像昭尹一样，此计就绝不能成。他们之所以能成功，是因为时鹿鹿对姬善确实动了真心。

他是个杀人不眨眼的魔头，却始终不肯杀姬善。不但不杀，还各种讨好，连情蛊那种东西都给姬善种下，把自己的命跟她绑在一起。想想，确实还是少年，又残忍又天真。

"是啊，朕这一家子全是情种。父王痴迷阿月，皇兄独爱发妻，而小鹿，对阿善姑娘也是情有独钟。"赫奕说到这儿，话音一转，"所以朕，也确实倾慕小虞。"

"你听出区别了？"秋姜问时鹿鹿。

时鹿鹿眯了眯眼睛，没接话。

"宜王陛下喜欢的是去程国的药女小虞姑娘，而不是真正的姜沉鱼。"

"此言差矣。朕固然对小虞念念不忘，魂萦梦牵，但三月见了姜皇后的真容，顿时觉得……"

"觉得什么？"

"比朕想象的更好呢。"

秋姜冷冷道："宜王陛下，请慎言。"

赫奕坦荡地笑了起来，道："窈窕淑女，君子好逑，有什么好遮遮掩掩的？但是，小鹿，哥哥与你有一样最大的区别——那就是，我绝不会为了一己私欲，阻挠心仪的女子称帝。甚至，我可以做到保持距离，远远看着，绝不打搅。"他说后半句话时，收起了笑容，神色严肃又温柔，"学学伏周，别总想着把姑娘关起来，放她自由，也许，她反而会喜欢你。"

时鹿鹿的脸一阵红一阵白，突又扭身跳入海中，扭住一人的胳膊，将她拖上船板，狠狠一脚踩在对方心口上。

姬善和风小雅同时惊呼道："住手！"

姬善喊完，听到风小雅的声音，立刻停了。

风小雅继续道："放开她！"

时鹿鹿冷冷道："别动，虽然我元气大伤，但杀她还是很容易的。"说着低头，盯着脚下的茜色，沉声道，"我确实不会伤害阿善，但你……"

茜色抓着他的脚，手上的青筋一根根暴起，分明是受了重伤，但因为感觉不到疼痛，神色非常平静。

这种平静，令时鹿鹿眼中的戾气更重，他道："区区蝼蚁，也敢背叛我！"

时鹿鹿脚下一用力，茜色"噗"地吐出大口血来。

风小雅急声道："你想要什么？我们谈谈。"

"事到如今，我还会要什么？"时鹿鹿哈哈一笑道，笑得又讽刺又悲凉，"我还敢要什么吗？我身边的人，全想我死！"

"我没想你死！"姬善反驳道。

"你想我消失，想让这具身体彻底变成伏周！"

姬善没法再反驳，她确实是这么想的。

"你呢？你为什么背叛我？"时鹿鹿低下头，看着茜色问。

茜色喘着气道："我、只帮……王者。"

"王者？"时鹿鹿扭头看了赫奕一眼，道，"你认为，他比我强？"

"目前看来，确实如此。"

时鹿鹿眼中闪过一丝寒意，道："那么，为了不让你再次背叛我，去死吧！"

"且慢！"

这次，同时出声的人是赫奕和风小雅。

赫奕道："小鹿，看在她跟你娘有点像的分儿上，放了她吧。"

"有点像？"时鹿鹿眯了下眼睛，似在怀念，但随即变得更加狠戾，"确实像！十月是个贱人！她也是个贱人！"

赫奕一怔，没想到竟然起了反作用。

姬善轻叹一声道："他都能把他娘的骸骨挖出来用来威胁伏周，你觉得他对十月能有几分感情？"

"可他跟朕说因为你的头发和手都像十月，所以才对你……"赫奕说到这儿，吞下了后面的话。

"头发和手，是十月安抚他时给他留下的画面，是对他有利的，能够取悦他的；而骸骨，是他见到十月时感到害怕的、不安的东西。他把这些分得很清楚。所以，才会得这种病。"

这样充分解释了为什么时鹿鹿对她如此迷恋。

因为伏周一直跟时鹿鹿暗示"他会死于姬善之手"。这句话让姬善有别于这世上的其他任何一个人，变成了让他害怕和畏惧的东西。可这样东西身上，又有他最喜欢的美丽蓬松的秀发、纤细灵巧的手、能够帮他取出蛊王的医术，以及若即若离冷淡疏慢的性子。

她对他来说就是深渊。

时鹿鹿喜欢她，是因为她又危险又迷人，让他难以抗拒，只想与她共沉沦，而不是仅仅因为她有十月那样的长发和手。

风小雅看着呕血不止的茜色，沉声道："怎样才能放了她？"

时鹿鹿瞥向姬善。

姬善上前一步道："我替她。"

"呵呵。"时鹿鹿冷笑了一声。

"你杀了她，也不过是弄死一只蝼蚁，有什么意思？我就不一样了，任你揉捏，想怎么报复都可以。"姬善说着笑了笑，轻轻道，"蛊王没了，你再无禁忌了。"

时鹿鹿眼眸一沉，但随即露出嘲讽的讥笑，道："你以为，我还会上当？"

"我觉得你会。"姬善往前走了一步道。

风小雅阻止道："善姑娘！"

姬善没有理会他，直勾勾地盯着时鹿鹿道："你不肯？不敢？不想吗？"

狐疑和渴望在他眼中交织变化，眼看就要应允，秋姜突然开口："停！"

一时间，万籁俱静。

秋姜上前拽住姬善的手，将她拖了回来道："这么多人在，还轮不到你自我牺牲！"

姬善一怔。

"时鹿鹿，你已经一败涂地。现在之所以还活着，一，姬善体内的情蛊没有取出来，你死，她也会跟着死；二，宜王还幻想着能治好你，让伏周存活下来。这两点，你心中很清楚，对吧？"

"没错。"时鹿鹿慢悠悠地勾动唇角，眼神得意地道，"我是输了，你们又能奈我何呢？"

"那么，如果你不立刻放了这个贱人，我就动手杀了她。"秋姜抬起手，手里的戒指，不偏不倚地对准了地上的茜色，"你可以比比看，是我快，还是你快。"

风小雅一惊，但他没有回头，哪怕他最想念的人距离他只有三步远。然而这三步，隔着天涯海角的距离，沉甸甸地压在心上，令他不敢动，只能听。

秋姜也从头到尾一眼没看他，继续对时鹿鹿道："然后，我保证，你会被关进黑屋里，而且这一次，什么都听不见。你会活着，死不了，继续过十五年这样的日子。反正，没了你，宜王能再选个志同道合的大司巫，姬善也能继续潇洒当她的名医。"

时鹿鹿的眼角抽动着，扭曲了起来，道："你……"

"我说到做到。我数三声，一……"

时鹿鹿低头看着气息越来越弱的茜色。

"二……"

时鹿鹿抬头看向姬善。

"三……"秋姜刚要按动戒指，时鹿鹿一脚将茜色踢回水中。

风小雅立刻跳下去把她捞起来，带到了沙滩上。

姬善目不转睛地望着风小雅和茜色，脸上的表情有点古怪。

这一幕落到时鹿鹿眼中，忽然唤道："阿善……"

姬善下意识回头，时鹿鹿一把扯掉脖子上的布条，道："这一次，是真的——跟我一起死吧！"

他的手猛地朝喉间的洞中插入！

姬善一下子睁大了眼睛……

★★★

姬善感觉自己做了很长很长的一个梦。

梦境里出现了一个人，那人问她："你长大想当一个什么样的人？"

"我想当天下第一的大夫！"年幼的她野心勃勃地回答，"像扁鹊、华佗一样厉害！把江晚衣那小子狠狠地踩在脚下，让所有家人看到我才是最棒的那一个！"

那人打量着她，若有所思。

她顿时不满起来道："你是不是也觉得我不行？你觉得我一个女孩子，做不到？唯方迄今没有女王，也没有女大夫，对吧？我跟你讲，我就要当第一个！"

那人哈哈一笑，摸了摸她的头道："好好好，天下第一的女神医！那么，就从医治他开始吧。"

"谁？"

那人手一指，指向了花丛中的某个人。花团锦簇模糊了对方的样子，她在梦境中，认不出此人是谁。

但她看见自己信心十足地回答："没问题！"

她想了好多好多办法，试了很多很多药，都没有用，于是备受打击地想：原来我做不到……我做不到啊……我比不上江晚衣吗？我成为不了扁鹊华佗吗？我的人生，只能跟邻家的王姐姐李姐姐一样，天真无知地活着，长到十八岁，然后乖乖嫁人，相夫教子吗？

她觉得自己被罩在了一个笼子里，笼子越来越小，她的活动范围也越来越小，到最后连手脚都不能动了。

　　就在那时，她看见了一簇黄花郎。

　　黄花郎长在路边最不起眼的角落里，旁边还有各种娇艳的鲜花，它看起来是那么不起眼。可是，一阵风来，其他花朵都破了散了，唯独它，飞了起来——

　　它飞起来了，一朵朵白伞在阳光下翩翩起舞，恍如点点星光。

　　她在笼子里跟随着它们的足迹，看到的东西越来越多，看到的世界越来越大……最后，身上的笼子散落，她也飞了起来，变成一朵小小的、白白的，却是自由的黄花郎，朝天边、朝海角、朝无限广阔的世界飞了过去……

　　啊，这才是她，她的乳名叫扬扬。

　　然后她看见自己飞到了一个地方，风停了，她落到了一个女人的发髻上。

　　这个女人病了。她想，她应该治好她。可随即又沮丧地想起自己是个废物。这般废物的自己，是救不了这个女人的吧。

　　她好累，正好风也停了，她不飞了，就那么乖乖地插在对方的发髻上，看着女人纺纱织布，刺绣裁衣。

　　直到有一天，风又来了，把她吹到树上。再然后，一条披帛卷住她，将她插在了花瓶里。站在瓶前看她的姑娘，居然长着一双重瞳的眼睛。

　　啊！她还是第一次见到传说中的重瞳！她又好奇又惊讶，试图弄明白为什么。于是她安安分分地留在花瓶里，那姑娘每天给她浇水，悉心照料，但不肯跟她说话。

　　然后她发现这个姑娘也有病，而且是很奇怪的病，谁也瞧不出，谁也治不好。

　　姑娘病得越来越严重，眼看就要奄奄一息，却挣扎着起身，走到花瓶前对她轻轻道："我要死了。"

　　她忽然觉得难过，她想我要不这么废物就好了，要能救好这些人，该多好啊？

　　她的眼泪掉出来，为自己的平庸，为理想的搁置，为命运的颠覆。

　　姑娘伸出手指，温柔地替她擦掉眼泪，然后捧着花瓶走到窗边，推开窗户道："飞吧。继续去飞吧。"

　　风来了。她知道她又能飞了。

　　可她舍不得这个姑娘。

　　"我要救你！你能不能不要死？等等我，等我长大了，变厉害了，一定来救你！"

姑娘虚弱地笑了，没说什么，只将她往外又递了几分，风把她吹得飞了起来，慢悠悠地飘离。

她再次喊："要等我！我一定会救你的！我啊，一定一定，要成为天下最厉害的大夫啊！"

这一刻，她重拾梦想，朝着山川河流飞过去，把种子播撒在每个停留的地方。有的种子顺利发芽开花，有的遇到麻烦没能存活。但是没关系，只要她飞得够远，够久，存活的种子就会越来越多，最后绵绵不息，遍布天下……

很久很久以后，她终于又遇到了这个姑娘，她开开心心地飞过去，对姑娘说："我来兑现承诺啦！"

姑娘却一把抓住她，抬起头，已经是另一张不认识的脸了。

"跟我一起死吧……"

★★★

姬善一震，清醒过来。

与此同时，两道人影闪现，一人一条胳膊地抓住了时鹿鹿，一个是风小雅，另一个是赫奕。

他们止住了他的继续深入，却无法将他拉出，也不敢拉出。

一时间，双方僵持。然而血流成河，若不及时止住，终将血尽而死。

就在这时，姬善开口了："你，不想知道我为什么喜欢风小雅吗？"

时鹿鹿整个人颤抖了一下。

这是一个……困扰他许久的问题。

姬善在他面前第一次露出情绪，是在听说风小雅要娶茜色为妻之际。这让当时的他立刻敏锐地意识到：风小雅对她来说与众不同。

后来，情蛊证明了姬善心中偶尔会思念风小雅。但因为看看说过姬善只是想给风小雅看病，所以他姑且接受了这个答案。

再然后，姬善就很少表露出对风小雅的特殊了，也当着他的面澄清过。

可是今晚，风小雅出现了，就站在她面前时，她又表现得不太正常了。

她对风小雅，确实有一种非常古怪的情绪。

是什么？为什么？

这一系列的问题，在姬善问出来后，成功吸引了他的全部注意力。

时鹿鹿哑声道："为、什、么？"

"你先止血，我才说。我说完，如果你还想跟我一起死，那么，我满足你——我不能撒谎，你是知道的。"

时鹿鹿看着脸色素白但并没有情蛊发作的姬善，最终缓缓拔出了手指。姬善走上前，从袖中取出银针，扎在他的脖子上，然后把自己手腕上包扎的丝帛撕下一半，替他包上。

整个过程中，其他人全都一声不吭，有一头雾水的，比如云闪闪；有对此不感兴趣的，比如刀刀；有专心看戏的，比如马覆；有心事重重的，比如赫奕……而所有人里，最震惊的就是风小雅。

他不敢置信地看着姬善。似乎所有人都知道姬善喜欢他，独独他自己不知道。

什么时候的事？是上次他被茜色捅伤她为他疗伤之时吗？

一念至此，他低头看向茜色，茜色又吐出一大口血来——她也急需治疗。

"海风吹够了，想听故事的话，是不是该换个地，来壶茶，慢慢听？"秋姜忽然开口道，格外看了时鹿鹿一眼，"否则就你们俩，故事没讲完，已先挂了。"

时鹿鹿看着姬善手腕上的丝帛，再低头看到自己脖子上的丝帛。一瞬间，脑海中全是儿时的相处画面——灿如宝石，美似梦境。

再然后，姬善伸出双手，用指背轻轻地搭在他脸上蹭了蹭。

时鹿鹿的眼睛一下子红了。

★★★

十里外有一荒废的猎人小屋，被打扫成了临时居所。之前就是在这里，秋姜等人商议决定在东阳关开始行动。

因为，对时鹿鹿而言，赫奕已死，宜国已是他的囊中物；而东阳关，是他初遇姬善之地，此地又素来人迹罕至……对时鹿鹿而言，这是一个很安全的地方，也是一个很有意义的地方，势必会在这儿稍做停留。

问题是，怎么让他经过此地？

求鲁馆的高人给了良策——璧国可不是宜国，冬天，是很冷的。只要河道结冰，时鹿鹿的船不得不绕行，只能走东阳关。而根据他们推测，今年的璧国比往年冷，河道必定结冰。

天时地利，都一一就绪，下面，该人和了。

让谁埋伏？

166

谁能对蛊王一击必中？谁能压制住武功极高的时鹿鹿？

众人想了很久，最后秋姜道："一个人做不到的话，可以多几个人。"

他们找了当今世上最快的一把刀、一杆枪、一把琴，以及身法最快的一个人，将他们会聚起来，秘密训练了一段时间。其中只有云闪闪是主动要求的，他的枪法也是最差的，但最终进步之神速，令所有人刮目相看。

秋姜曾问他为何帮忙，他说对时鹿鹿对他施展巫术一事念念不忘，很想亲口问一问，是怎么做到的。

而马覆的加入，是为了报答茜色，据说茜色在海难时救过他。

至于刀刀，秋姜又给了他一把新刀，他决定再找时鹿鹿试一次刀。

如此，剩下最后一个问题——怎么埋伏？

他听力过人，任何百丈内的风吹草动都逃不过他的耳朵。百丈之外，又太过遥远，云闪闪的枪、刀刀的刀、马覆的琴弦，都不足以瞬间抵达。

幸好这时，茜色给了他们答案——一路上，她负责船只的采买补给，有机会离船来跟他们碰头。

茜色道："大司巫确实能听到百丈内的任何声音，但是有个前提——不分心时。"

"你的意思是，如果他为某事分心了，就会忽略很多声音？"

"对。在听神台上，我试过。当他独处，或跟巫女们说话时，无论我在屋外做什么，他都知道。唯独一个时候，他会听不见。"

秋姜猜到了："跟姬善相处时？"

"不够，必须是当姬善特别引起他的专注力时。有一次，巫女们伺候姬善洗澡，大司巫在一旁看着，我故意在门外打翻水盆砸毁新栽的铁线牡丹。若换平时，他肯定生气，可那一次，他没有。并且事后我试探过——他以为那块地的大坑是姬善砸的。"

秋姜定定地看着茜色，叹服道："人才。"

真是个人才啊，不愧是四面细作。

就这样，刀刀、马覆、云闪闪和风小雅四人藏在沙子下的坑里，等着船只经过，等着姬善和时鹿鹿下船，再等着天黑，船只停宿。

整整等了一天。

没有食物，没有水，甚至连空气都很稀薄。

但四人全都坚持了下来，并终于等到了行动的机会，一击而中。

在木屋中，赫奕再看四人时，内心涌出无限感慨：这四人，全是白衣，没有任何功名官职在身，再加姬善和茜色，六人一起完成了这个计划。而他和秋姜确实只能在旁看着。

就如此刻，他们回到木屋，却依旧也只能看着。

姬善将时鹿鹿放到榻上，然后开始治疗茜色。银针在她手上，就像名剑遇到剑客，好笔遇到大家，如臂使指，出神入化。

这是此地所有人第一次看她用针——虽然隔着一道纱帘，但还是能看出大致水准。

赫奕见过伏周施针，也见过江晚衣施针，伏周精准，江晚衣细致，而姬善比他们都要大胆得多，也快得多，大开大合，自成一派。

"江晚衣喜欢针灸，因为对穷人来说，这是一种不用花钱买药的治病之法。"姬善缓缓道，"伏周也喜欢，因为能帮他辨识虫蛊所在。而我，一点也不喜欢。"

不得不说，这句话出乎所有人的意料。

云闪闪忍不住道："那你还学？"

"我爹不让我学，我为了跟他作对，拼命学会的。"

"为什么？"

"因为，女大夫给男人把脉已是极限，怎么能赤身裸体地接触呢？还要不要嫁人了？"

确实，针灸之时，需要脱衣。比如茜色此刻就是上身赤裸的。

"还要不要嫁人啦？以及，你就算学了，也比不上晚衣的——是我儿时常常听到的两句话。"

云闪闪怜惜道："你爹太过分了！"

"所以，八岁之前，我有两个目标——一，找个人把亲事定了；二，在医术上超过江晚衣！"

云闪闪拱手做了个佩服的手势。

时鹿鹿则专注地注视着姬善，须臾不离。

姬善抬头看了他一眼，道："然后，我遇到了一个人，成功完成了第一个目标。"

时鹿鹿一怔。

云闪闪配合地问出了大家的心声："谁呀？"

"一个天生怪病，群医无策，身份高贵，相貌出众的人……"姬善说着，从帘里伸出一根指头，指向了其中一人。

所有人扭头。

除了被指中的那个——风小雅。

风小雅本是坐着休息的，在沙下埋伏了一天，他已疲惫至极，此刻强撑着等姬善治疗茜色。然后，听到了这句话后，他一下子站了起来，双目圆睁，如遭雷击。

秋姜至此才侧目看他，轻轻一叹道："我本以为，你能认出她的。"

云闪闪惊呼道："什么？你是鹤公以前的夫人？十一个夫人里的哪个？"

"我不是十一个里的哪个。"姬善把手指缩了回去，冷冷道。

"你是……江、江？"风小雅颤声说出了最后两个字。十五年，这两个字是悬在他心口的一把剑，悠悠荡荡。他为此而生，为此而活，为此有了十五年的追寻探索。

一度，他以为找到了，结果对方告诉他，不是。

后来，他又以为找到了，结果对方捅了他一刀。

而此刻，竟然有人自称是江江，这个人，居然是姬善！

怎么可能？！

风小雅瞬间失去了全部声音。

比起风小雅的悸颤，时鹿鹿平和得多。原来如此，他一遍遍地想，原来如此……

赫奕看看风小雅再看看帘子里的姬善，再看看秋姜道："你知道？"

"嗯。"

"你什么时候知道的？"

"我到鹤城的第一个晚上。"

★★★

朱龙抱着宝剑沉沉睡着了。

姬善提着一盏灯笼，灯笼里有两根蜡烛，她把含有迷烟的那根吹熄，然后拈起刻意穿上的红纱裙走进屋内。

屋内的秋姜，似是睡着了，但她知道，秋姜没睡，今夜，她在等江江。

"我知道你醒着。我也知道，你动不了。但你能说话，有什么想问我的吗？"

秋姜问道："你是江江？"

"我是。"她的确就是江江。

"你是何时知道自己的真实身份的？"

"从未忘过。"

"这么多年，为何不逃？"

"不得自由。"

"现在你已经自由了。"

"还没有。"

"为什么？"

"因为我还有一些事没有办。"

"你要杀风小雅？"

"不。"

那晚的对话里，她没有说谎。所以，当秋姜把她当成茜色，问她"那你为何答应婚事？"时，她拉开帘子，让秋姜看到她的脸："这也是……我想知道的。"

秋姜一惊，然后仔细辨认道："你不是茜色！你是……"

姬善等待着。

然后，千知鸟的记忆没有辜负她的期待，秋姜认出了她："姬善？"

姬善凝眸一笑道："对。是我。"

★★★

"我祖父江玎，跟江淮是堂兄弟，后来跟我爹江运去了燕国，在玉京开了一家药铺，名叫复春堂。所以，江晚衣是我堂兄，我们小时候见过几次面。我从小在他的光环下长大，活得很憋屈。"姬善说到这儿，撇了撇嘴。

时鹿鹿想：难怪姬善一开口就问江晚衣在巫神殿有多少页，得知自己比他多后就显得很开心；难怪江晚衣来后叫她扬扬，当时他在木屋里间听到了，还觉得他叫得讨干亲密了；难怪姬善总是提起江晚衣的医术……这些曾经的疑惑，都有了答案。

"我娘生了我后，性情大变，她原本是个温柔活泼的姑娘，可生了我后开始天天哭，不吃饭，我爹自己治不好，请了江淮来也治不好，江伯伯说，娘是产后抑郁成疾，得了心病。如此我大概四岁时，有一天，她突然说要出去走走，丢下我，投湖死了。"

时鹿鹿的手抖了一下——他一直以为元氏是她娘，她是个在元氏的宠爱下长大的小姑娘，所以才那么开朗活泼。

"我那时候已经有点记忆了，记得她郁郁寡欢的模样。我便立志学医，想弄明白为什么她要自杀，为什么她不爱我。"

云闪闪听得眼泪都要流下来了，道："我娘也是，我娘也是生了我没半年就死了，也说是得了心病天天以泪洗面……"

"后来我走过很多很多地方，看到过很多生完孩子的产妇都有这种病。这才知道我娘之死，跟我无关。"

"那是为什么？"

"心病。构成的原因非常复杂，我摸索出了一套治疗之法，试过几个，都成功了。"

"怎么治？"

"陪伴。父母、夫君、最亲近之人的陪伴，是治这种心病最好的心药。"姬善发现话题扯远了，便收回来道，"总之，发现我对医术很感兴趣后，我爹一开始很高兴，后来就开始劝阻。他希望我能安安分分嫁人，不要搞事。我不服气，就这样认识了——他。"

姬善的手指再次从帘中伸出，指向了风小雅。

而这一次，风小雅终于回过了神来，道："我第一次见你……"

"我爹阻挠我学医，希望我嫁人。我就琢磨着怎么嫁呢。这时，伙计要去给你送药，我知道你天生是个病秧子，相爷遍寻名医都治不好你，我十分好奇，于是那天我替伙计送药。进府后，看见你坐在滑竿上看人放风筝，一脸羡慕。"

"是……然后你把风筝抢过来，硬塞到我手上，跟我说：'躺着也能放！'"

"你看，你都记得这件小事，为何不拿去跟茜色对质？还把她认作我，气死我了。"

风小雅苦笑道："她说她不记得入如意门前的事了。"

"那你也该好好观察，她的声音、表情、动作、脾性，可有与我相像之处？"

"她懂一点医术，跟你长得有三分相像。"

"就这？"

风小雅无言了一会儿，最后叹口气道："我其实，也不太记得小时候的你了。"

"这才是真话。若我此刻不提，你肯定也想不起来放风筝那事。因为——你小时候根本不喜欢我！"

风小雅垂下眼睛——被她说中了。他此生确实为江江而活，要说有多喜欢小时候的江江，却是基本没有的。他对江江，更多的是愧疚、是责任。而后来遇到秋姜，才是真正的……情难自已。

秋姜此刻就在一旁坐着，然而，他连转头看她一眼的勇气都没有。

"无所谓，其实我也不喜欢你。但是呢，我又特别想弄明白你的病，所以此后去你府上送药的，全是我。一来二去，跟相爷也混熟了。啊，我可真喜欢他，尤其是他问我想不想嫁给你。我一听，这不是正想打瞌睡就有人递枕头吗？我当然同意！只要定下了亲事，我爹就不能阻挠我了！而且，相爷比我爹开明多了，他有一屋子的医书，全都任我拿。就这样，我答应了！"

姬善的这番话，跟风乐天当时跟秋姜描述的江江的话完美重合了。秋姜听着江江小时候的事情，想起那位笑如弥勒的老人，心中又是一阵抽疼。这么多年过去了，手上似乎还残留着割下风乐天头颅时的感觉，这种感觉像浸满水的纸张，一直贴在她脸上，让她面无表情，可以继续假装平静，也让她呼吸艰难，怏怏难乐。

"我爹这个时候又开始不舍得了，觉得你会短命，上门哭求，结果反把你爹的玩笑话做了实。就那样，我跟你定亲了。"

"后来……"风小雅艰难地开口，深呼吸了好几次，声音又干又涩，"幸川放灯时，究竟发生了什么？"

"当时你爹跟我说，让我有个心理准备，你可能活不过那个冬天。消息不知怎的传出去了，你爹声望极高，又只有你一个孩子，大伙儿不忍他中年丧子，就全去幸川放灯为你祈福。我爹也逼我去。我说要是放个灯就能治病，那还要大夫干吗？把做灯的工匠招进太医院得了！"

云闪闪"扑哧"一笑，连马覆也忍俊不禁起来。不得不说，虽然姬善此刻讲述的是个悲剧，但她偏有本事说得风趣可爱，惟妙惟肖。

"我跟爹大吵一架，最后还是生气地提灯去了。结果路上看到了一件新鲜事：有个婆婆伸手往一落单的男娃面前一拍，那男娃就晕了。我好奇极了，这是什么迷魂药，这么有效，当即追了上去！"

时鹿鹿至此，忍不住说了进木屋以来的第一句话："不愧是你。"

风小雅也长叹一声道："不愧是你。"

云闪闪再次拱手表达佩服。

秋姜不由自主地勾了勾唇。姬善确实跟她不像，遇到这种事，她肯定第一时间叫人，而不会单枪匹马跟过去。

"我追问婆婆用的是什么药，她又气又急，根本不理我，只管带着男孩走。我就拖住那个男孩不让走，非让婆婆给我也来拍一拍。结果……"

"她把你也拍走啦？"云闪闪好奇地睁大眼睛问。

"她说我年纪大，又丑，还是女的，不要我。"

云闪闪的眼泪又流了下来，这一次，是笑的。

时鹿鹿冷哼一声道："瞎眼的！"

姬善朝他投去一瞥，继续道："最后，婆婆被我缠得没办法，说那药身上没了，让我上车，带我去亲眼看。"

"你就上车啦？"

"对。然后我就被掳走了。"

众人全都无语。连被掳都掳得如此与众不同，不愧是她。

"我坐着马车到了一个农舍，那里有个姑姑，听说了我的去意，就真的给我看了那种药。我追问怎么炼制，她不肯说。我就不走，赖在那儿。你知道吗？农舍里有十几个孩童，他们天天哭，都不怎么吃东西。一开始，因为发现我一个人吃得跟十几个人一样多，姑姑很生气，说再不走就杀了我。正好那时一个孩子病了，我过去看了看，报了个药方。姑姑将信将疑地跟着抓药，治好了他。姑姑顿时不舍得杀我了，也不再说赶我走了。我就跟着姑姑上了船。"

"你不想家？"

"我跟爹在吵架，根本不想回家，而且风小雅要死了，他肯定又要念叨嫁人嫁人什么的。我就想着跟那姑姑，走走看看，见识见识。"

风小雅的目光闪烁了几下，低声道："所以……你是自愿走的。"

姬善收了银针，掀帘下榻，走到风小雅面前，正色道："对。所以，你不用这么愧疚了。"

风小雅的眼尾红了起来。这一刻的心情复杂到了极点。

这么多年，幸川和冰灯都是他的禁忌，多少午夜梦回，惦念着江江的遭遇，泪湿衣襟。

这一刻，救赎终于来到，却迟了这么这么多年……

他望着姬善，一字一字地问："你，为什么，不早点告诉我？"

"我还没有讲完我的故事。等你听完了，若还想问这个问题，我再给你答案。"姬善说着，走到秋姜身边，秋姜拍了拍她的手，带着安抚之意。姬善这才觉得好过了些，在她身旁坐了下来。

她在尽量用欢快的口吻描述过程，但事实上，真正的过程哪有这么轻描淡写？

她自小在医馆长大，见识过无数人世间最悲惨的事情：有病人在医馆孤独地死去，无人问津；有病人尸骨未寒子女就已为家产打了起来；有贫穷的母亲抱着绝症的孩子拼命磕头，求大夫施以援手；有富有的孩子却无药可救只能眼睁睁等死……

小小一家药铺医馆，浓缩世情冷暖。

但那些，都没有青花船可怕。

姑姑和婆婆都是无知的妇人，因为无知，她们坏得也很质朴，对孩童的手段不过打骂。因她小小年纪医术就很不错，对她还有点敬畏讨好。可青花上的船头，是念过书识得字的。他们的坏，突破了她的想象。

江江跟在姑姑身后上船，好奇地东张西望。

姑姑连忙回头提醒她道："等会见了小吴哥，机灵些，他性子冷，不喜欢吵闹。"

"小吴哥就是迷药的研制者吗？"

姑姑点头。

小江江雀跃起来，立刻比了个闭嘴的手势。

船不大，上下两层，上面伪装成渔船模样，下层住人，而原本用来压石的底舱里，塞满了掠来的孩童。

江江因为嘴甜又会来事，哄得姑姑很喜欢她，所以跟姑姑一起住在下层，不必去底舱挤。姑姑带她去夹板上拜见小吴哥。

她记得很清楚，那天海上下着雨，风大雨急。然而船头放着一把躺椅，椅旁两个船员合撑一把巨型红伞，为躺在椅上的那人挡雨。

那人一边躺着欣赏海上的风雨，一边喝茶。

姑姑带着江江过去，她们没有伞，很快就被雨浇透了。

姑姑半点也不敢问为何不回船舱，畏惧温顺地行了一礼道："小吴哥，这是今年最后一拨，共计男童十二人，女童四人，请您查收。"

小吴哥喝着茶，望着浓黑如墨的天空，没有说话。

姑姑忙又道："我知道今年人数不如往年，但燕国如今查得越来越严，这活也越来越难办，还请小吴哥不要生气。来年、来年开了春我肯定能补上的！"

小吴哥依旧慢条斯理地喝着茶不说话。

姑姑被大雨淋得浑身湿透，冬雨寒冷，她瑟瑟发抖，却又不敢离开。江江在一旁也瑟瑟发抖，忽开口道："你不应该喝茶，应该喝酒呀。"

姑姑大惊，连忙用眼神喝止，但已来不及。小吴哥回眸瞥了江江一眼，他不过二十出头的年纪，看起来又黑又瘦，很不健康的那种瘦，眼底有两个大大的黑眼圈，看人时自带一股阴恻恻的探究。

"你体内燥热发干，所以在这儿吹风吸雨喝凉茶。但茶的效果没有酒好，你不妨试试。"江江又道。

姑姑一听，眼底露出些许喜意。

而小吴哥的眉毛果然斜斜地扬了起来，道："哦？"

姑姑忙躬身道："这是我们此行最大的收获——这个孩子聪明极了，还会医术，路上帮忙治好了两个风寒发热的……"

小吴哥冷冷地横了她一眼，她立刻吓得不敢再往下说。

然后，他才又继续抬头看天道："二十。"

姑姑脸上的血色"唰"地没了。江江知道这句话的意思，本来每个月要交二十个孩童给他，可这次加上她才勉强凑了十六个。姑姑上船前就因为这事愁了好久，最后硬着头皮来的。她问姑姑为什么不逃？姑姑苦笑了一下，说了一句："逃不掉的。做了鬼，哪还能回去做人呢？"

江江路上也听婆婆说过一些姑姑的事，童养媳出身，嫁给瞎眼的夫君，没有孩子，遭到公婆虐打，最后放一把火烧了全家，关了十年，燕王大赦出来，身无分文走投无路，一咬牙跟着狱里认识的婆婆走上这条路。她因为无子而被虐打多年，对孩童尤其是男童又羡慕又嫉妒，好起来时愿意给他们看病，坏起来就成心不给吃的，然后又因为愧疚再给他们看病……周而复始。

江江觉得，她也有病，病得不轻。

姑姑"扑通"跪在地上，磕头道："求求你，求求你，我来年一定补上……"

小吴哥道："米牟若吏风调雨顺，戒备森严，怎么办？"

姑姑呆住了，答不上来。

江江想了想，开口道："风调雨顺时，卖儿鬻女的是少了，但外出游玩的会多呀。多拿点药，拍回来不就行了？"

姑姑应和道："对对对，还请小吴哥多给点'神花'。"

那种一拍就跟着走的迷药叫神花。据说就是这位小吴哥研制出来的，因此他年纪轻轻就成了燕国青花的头。

小吴哥冷哼道："多给点？你以为神花是街边的野草，长一茬拔一茬？"

江江立刻道："我帮你种！我特别会伺候草药！"

小吴哥的目光一下子犀利了，打了个手势后，就有船员过来抓着江江的手拉到他跟前。小吴哥细细地打量着江江，道："你很爱说话？"

"也可以不说。但看到您，忍不住就想多说。神花真的好神奇，我琢磨了半天也没弄明白。你可以教教我怎么做出来的吗？"

"教你？"小吴哥的眼睛危险地眯了起来，道，"你想取代我？"

"我拜你为师！帮你做事！"

一旁的船员们全都嗤笑了起来。江江不解道："你们笑什么？"

"你长得难看，想得倒挺美。"大家哈哈大笑道。

江江发育得慢，这两年才开始换牙，因此堪堪只长出了门牙，再加上又瘦又小，看上去就像土拨鼠，确实不怎么好看。可她从来就不知道何为自卑，当即道："长得丑就不能想得美了？你们不也是？穷成这样，还天天做梦发财呢！"

船员们笑得更厉害了。

小吴哥淡淡道："我不收弟子，更不会把神花的配方传授他人。你们没有完成我的命令，必须接受惩罚。否则，对其他完成命令的人，不公平。"

姑姑大急，拼命磕头道："求求你！再给个机会吧，小吴哥，我、我还有用处，我可以像往年一样，以、以身抵债……"

船员们挤眉弄眼地笑了起来，道："你这具臭皮囊，我们已经玩腻了！小吴哥，玉京那块就换个新妹子呗。"

小吴哥挥了挥手，船员们立刻把姑姑扛了起来，姑姑发出凄厉的叫声，拼命挣扎，但无济于事。她被绑上一块大石头，扔进了海里。

江江听到"砰"的一声巨响，整个人都不好了。

她长这么大，见过很多生老病死，但还是第一次见到如此不以为意地杀人。就在片刻前，还鲜活地叮嘱她不要多言的人，转瞬间，就跟条烂鱼一样被丢掉了。

大雨"哗啦啦"地下着，她全身湿透，却不发抖了，只觉得一股火在胸口烧了起来。

"小吴哥，这丫头也扔下去？这年纪，这模样，卖不了几个钱吧？"

"让我留在船上吧。"她轻轻道，"如果有人病了，我能给看病。"

一名船员笑嘻嘻地弯腰对她道："小丫头，咱们的青花有三不：一，如果船上有人病了，不治，通通扔海里；二，不收六岁以上的孩童；三，如果有出挑的小孩出现，不要，也扔了。"

"为什么？"

"因为小吴哥说了，出挑就是冒险。咱们这行最重要的一个字就是——稳。"

"话太多了。"小吴哥突然道。

该名船员面色顿变，连忙扛起江江就往船舷边走。

冰冷的雨水无情地拍打着江江的脸，让她意识到了一个事实——自己并不像想的那么有用，这个世上并不是所有人都会对她好。

眼看船舷已到，船员开始往她身上绑石头，她马上就要步入姑姑的后尘，江江大声叫道："我撒谎了！其实我已经知道神花的配方了，而且，还知道怎么让它变得更好！"

船员手一抖，石头"砰"地掉下去，砸到了他的脚。他却顾不得疼痛，一把揪住江江问："真的？"

"真的！神花一次只够弄晕一个孩子，若有大人在场，就很难得手。但我有办法，让所有人一起晕，到时候你们进屋，不只孩子，钱财首饰随便拿。"

"吹吧，哪儿有这么神奇的药？"

"在小吴哥之前，谁能想到有这么神奇的神花呢？"

船员们一怔，纷纷扭头看向小吴哥。

小吴哥终于放下了手里的茶杯，起身。撑伞的船员连忙跟着他。他一路走到江江面前，"啐"了一口道："所以我才不要六岁以上的……真是麻烦！"

伴随着最后两个字，他的右手掐住了江江的脖子，把她整个人提了起来。

江江的腿疯狂地蹬动着，眼看就要被活活掐死，一道雷突然劈落，劈中了最高的船帆，巨大的帆杆立刻断成两截，重重砸下，将半边甲板砸了个大坑，不仅如此，帆布更是燃烧了起来。

小吴哥一惊，手下意识一松，江江掉到了甲板上。

船员们全都跑过去扑火的扑火，堵水的堵水，一时间忙作一团，再也无力管她了。

江江见机转身就跑。小吴哥的眼角余光看她跑了，下意识要追，但一片燃烧着的帆布被风刮过来，他就地一滚避开，身后两个撑红伞的船员却被刮了个正着，发出两声绝望的惨叫后，"扑通"落水。

甲板的坑越来越大，海水疯狂地冲挤进来，一帮人用木桶倒水根本来不及，眼看水位越来越高，救援无望，小吴哥当机立断道："分船！"

众人一听这话，大惊失色，尤其是甲板上的那拨人，连忙喊道："不要啊，小吴哥……"

然而，伴随着"咔咔"的机关声，甲板一分为二，就像一个壮硕的巨人，硬生生地切掉了自己的两条胳膊。

被分出去的残破船体连同上面的人立刻被海水吞噬了。有水性好的船员试图游泳爬上来，留在主船上的船员们不敢救，为难地看着小吴哥。

小吴哥冷冷道："不救。"

一个浪打过来，水性好的船员瞬间被拖入海里。

"别婆婆妈妈，速度集合，稳住主舱，收拾残局，还有，把那丫头给我揪出来！"

伴随着这句话，江江开始了长达六个时辰的船上逃生。

她趁乱跑进船舱，本想躲到舱底的孩子堆里，可跑到一半觉得不对。她从小为了学医，一直跟她爹斗智斗勇，针灸要躲起来偷偷练，医书要藏起来偷偷看，因此摸索出一套藏匿之法。这些人肯定会第一时间去搜舱底，她绝不能躲在那里；其次应该选厨房，因为有吃有喝，能不挨饿，但这些人肯定也会想守着厨房，等她没吃的时自投罗网，所以厨房也是他们的排查重点；然后还剩下宿棚，那里时刻有船员警戒望风，去不得；那么，只剩下船尾的屋，那里是船员们的住处。

江江想到这儿，没有犹豫，当即提了个水桶套在头上朝船尾跑了过去。船上大乱，后方的船员没有听见前方的指令，全忙着继续扑火，没有注意到她。

江江跑啊跑，途中撞到了一个男童，正是之前路上风寒被她治好的其中之一，名叫三郎，今年刚五岁。大概因为大病初愈，所以没安排他去舱底，免得过病给别人，留在了甲板上。三郎定定地看着她。江江连忙比了个"嘘"的手势，顶着水桶继续跑，终于赶在被人发现前冲进了后屋。后屋一共四间，看上去一模一样。江江一怔。就她对小吴哥的印象，此人耽于享乐，这么大雨天还要人给他撑伞，方便他喝茶，那么他的住处也应该跟旁人不同，格外华丽才是……

这时，外面传来了脚步声。

来不及了！碰运气吧！江江一咬牙，当即选了其中一间躲进去。屋里跟所有男人的房间一样，又脏又乱，充满了浓浓的体臭味。也幸亏如此，她的脚印在湿答答、污浊一片的地上才没有显得太明显。

江江没有躲进柜子里，也没有藏到床底下——她爹找她，从来都是先搜这两处。

她迅速找到放衣服的柜子，先把身上的湿衣草草换了，免得滴水暴露痕迹，再找出一根裤带，打个结往上方的横梁上一扔，然而手臂无力，没能扔到。

脚步声更近了。

她继续尝试，扔了好几次都没扔上去。

一人在外面道："三郎说了，看见那丫头往这儿跑了！就在这里面！"

江江一听，气得手抖，手越抖就越挂不上。

她听见了踢门的声音：一间、两间、三间……就剩下她这间了！

"砰……"第四间房间的门也被踢开了，两名船员冲了进来，第一时间去趴床底，然后打开柜子，再把边边角角都查了一遍。

"没有。"

"我这儿也没有。"

"走！"他们冲了出去。

江江趴在横梁上，捂着自己的嘴巴，提醒自己必须放缓呼吸，绝不能被发现——刚才，千钧一发之际，她跳到榻上再一甩，裤带挂中横梁，她爬了上来！

江江于此刻无比感谢她爹。若不是跟爹长年累月斗智斗勇，她都想不到躲在梁上，更不会擅长攀爬。

想起爹，连日的愤怒和委屈，在这一刻通通变成了后悔和害怕。衣服虽然换了，但头发和鞋还是湿的，刚才急着跑，现在静下来，就感觉到冷得刺骨。鼻子很痒很想打喷嚏。她拼命捂住，不敢让自己发出声音。

门外传来凌乱的脚步声，紧跟着一人道："小吴哥！"

江江吓得一抖，睁大了眼睛。

不要进来不要进来不要是这间……结果，对方偏偏就进来了："废物！"

"我们把舱底、厨房，还有这里都找过了，会不会是刚才忙乱之时掉海里了？"一名船员道，其他人纷纷附和："她一个小孩子能躲哪里去啊，没准已经掉下船了。"

"再找。普通人家养不出她那样的孩子，一旦消息泄漏，很可能招来麻烦。"

"是！"

其他船员离开了，只剩下小吴哥独自坐在榻上，手里还拿着茶杯，不知道在想什么。

江江觉得鼻了更痒了，随时都会打喷嚏。怎么办？怎么办？

她急得眼眶都红了，暗中咬了一口舌头，舌尖立刻尝到了血腥味，这才把那股痒意勉强压下去。然而，就在这时，小吴哥突然举杯，看着杯中的茶。

一瞬间，江江脑海里浮现出四个字"杯弓蛇影"，自己的影子不会是映到茶里了吧？

一颗心顿时揪紧。

幸好，她的好运气再次及时赶到——一个船员飞奔而来道："不好了，小吴哥！粮舱着火了！"

"什么？！"小吴哥顾不得再看茶，将茶杯一放，大步冲了出去。

江江的喷嚏一下子打了出来，眼泪鼻涕一起流下。

　　粮舱就在厨房旁，原本火势没有蔓延过来，众人扑完火又累又渴，还要去厨房搜江江，行动间难免有点急，结果一人不慎，怀里的火折子从衣服里滑落，又没留意就随手关门出去了。

　　火折子坠落时碰倒了一旁的油壶，绽出火花，火花遇油，瞬间烧了起来。等外头的人闻到烟味进去一看，已经变成了熊熊大火。

　　船员们手忙脚乱地救火。等小吴哥到时，火是再次扑灭了，里面的食物也烧了大半。

　　小吴哥看着焦黑一片的厨房，脸色非常难看。他们的船已行驶了大半天，离港口很远了。燕国向来宽出严进，此船又一看就知发生了事故，必须要向官府报备。也就是说，他们无法回头，只能加速赶到下一个接头点才行。

　　"哪个家伙干的？"他沉声道。

　　一名船员被众人推了出来："他！他走在最后面！"

　　该船员哭道："我真的不知道，我不知道我怎么点的火……小吴哥，这只是意外啊！"

　　"清点食物。"

　　船员哭哭啼啼地应了一声"是"，忙不迭地开始清点还剩多少吃的，最后惶恐不安地汇报道："还、还剩一些被火烤熟了的蛋和肉。大、大概够所有人吃、吃一天。"

　　"所有人？把舱底的算进去了？"

　　该船员面色一白，连忙摇头道："没、没有。如、如果他们也要吃，那、那就一顿，还是半、半饱。"

　　小吴哥飞起一脚踹在了他身上，把他踹得滚了好几圈，重重撞到灶台上。

　　"下个港口还要多久？"

　　"起码三天。"

　　"那就先吃这些。不够——吃他。"小吴哥的手，指向了灶台旁的船员，船员惊声尖叫起来道："饶了我吧小吴哥饶了我吧！"然而没有用，两名船员立刻上前手起刀落，将他给了结了。

★★★

　　横梁上的江江是从两名船员的聊天声中得知此事的。当时她趴在横梁上已超过了两个时辰，整个人都僵硬极了，但她不敢翻身，因为陆陆续续有人进屋，快到睡觉的时间了。

她顿觉不妙，因为睡觉意味着要平躺，要仰头看天花板，很容易发现她！

眼看天越来越黑，回屋的人越来越多，就在这时，小吴哥进来了，道："还想睡？"

所有休息的船员立刻蹦了起来。

"连夜赶路，分批操桨，后天一早必须抵达下个港口！否则全死！"

"是！"船员们连忙跑出去干活了。江江这才稍稍松了口气，但紧跟着她的心又提了起来——就剩下小吴哥一个人了，他会睡觉吗？

小吴哥在屋子里坐着，估计是想养精蓄锐，如此过了一段时间，江江觉得自己的腿痒得不行了，很想挠一挠，于是她慢慢地、一点点地移动着手到腿上，刚抓了抓，底下的小吴哥忽然起身，吓了她一跳，以为自己被发现了！

只见他起身把床榻上的某块板给打开了，底下有个暗格，他伸手进去从里面摸出个盒子，盒子打开后，里面是几个稀稀落落的瓶子，只占据了盒子的三分之一。

小吴哥沉吟着，想把东西揣怀里，但最终只拿了一半，另一半装回去放好。然后他起身走了出去。

江江长出一口气，连忙活动手脚，结果没想到腿上一抽，立马掉了下去。幸好她腰上还缠着腰带，掉到一半，挂在横梁上的腰带拉住了她。好不容易干了点的衣服又被冷汗浸湿了。

她挣扎着落地，解开腰带，决定换个地方。他们终会回来睡觉的，而且已经搜过一次了，对别的地方的防备也会减少。

但她一只脚刚迈过门槛，想了想，扭身回来，照葫芦画瓢地打开暗格，把那个箱子掏了出来。打开瓶子一看，大喜过望——这就是神花啊！她连忙把剩下几瓶全拿了，然后放好床板，这才离开。

她决定去厨房。

厨房已经烧了，吃的都搬出去换了个地方，现在应该没人会去那儿。

照样拿木桶套在头上，一点点往外挪移，结果好巧不巧，又碰到了三郎。三郎睁大眼睛看着这个移动的木桶，还弯腰凑过来看。江江再次比了个"嘘"，然后挪去了厨房，三郎好奇地跟着她。

她拼命打手势驱赶，但是没用。幸亏此刻所有的船员估计都在忙着划船赶路，无人看见他们。

三郎忽然道："我饿……"

江江咬咬牙，抓着他的手一起进了厨房，问："你知道他们把吃的挪哪儿了吗？"

三郎摇头。

江江想，算了，不指望这傻子。她在已被搜罗过的厨房里再次搜寻起来，希望能够找到些许残渣剩饭。然而没有，一点都没剩下。

三郎又开始闹起来："我饿……"

"跟我讲有什么用？我也没有。"

三郎跟了她一圈，信了她确实没有，当即就出去了。江江心想谢天谢地他可算走了，打量四下决定再去灶洞里摸一摸——这也是在家里时养出来的习惯，厨娘总是会用灶里的余火埋点芋头栗子什么的，结果居然真的被她摸到了两个鹅蛋，顿时欢喜得差点叫出来。

这时门外传来叱喝声。她一惊，索性整个人都爬进了灶洞里，用炭灰抹脸，尽量让自己黑一点，从外边能看不见。

厨房的门被"咚"地撞开了，两个船员抓着三郎的手臂飞快地走了进来。

三郎尖叫，他们就用布堵住了他的嘴巴。

"听说没？一共就三十六个蛋，还有两块肉。"

"那不算舱底那些人，咱们每人能分一个半鸡蛋？一口肉？"

"想得美！小吴哥把所有吃的都拿走了，然后跟大壮他们说必须划足六个时辰，才能领一个蛋。"

"那你把我扯这儿来干吗？赶紧回屋休息啊，明早就轮到咱们了。"

"你咋这么死心眼呢？让他们划去呗！六个时辰，你能扛得住？"

"哥，那、那这两天咱们吃什么？"

其中的哥哥提起三郎的手，使了个眼神。弟弟嫌恶地皱着脸道："吃人？不要吧……感觉怪怪的……"

"我是你哥，你得听我的，想活，就得这么做！我跟了小吴哥多年，非常了解他，那些鸡蛋他最多给一半，另一半都得留着，用来控制大伙儿不闹事。要知道，上面的人还有口吃的，下面那拨货可是要生扛啊！还有，下个港口三天根本到不了！"

"啊？"

"你想啊，这么冷的天，名家湾那边又破又窄的，内河肯定冻上了，根本进不去！只能去下下个大一点的红梅湾。"

"那怎么办啊，哥？"

"咱们就藏这里，没人会再来这儿了。这小孩省着点吃，又不干活的话，能扛到红梅湾。"

"好吧，那、那就这样吧……"

"来，你动手。"哥哥将刀递给了弟弟。

弟弟问："为啥我来？"

"我按着他不让他发出声音，你麻利点！"哥哥把三郎抱起来压住。三郎再傻这个时候也明白了，当即拼命地挣扎起来。

灶台里的江江下意识地闭上眼睛，心中默念：不关我的事不关我的事，我自身难保我自身难保……

弟弟持刀，哆哆嗦嗦地靠近。

"快呀！"哥哥催促。就在那时，有人拍了拍他的肩膀，他不耐烦地顶开，继续催促："就这儿，一刀！"催到一半想起不对劲，赶紧回头，然而某物已经拍在了他鼻子上，他的双眼直了一会儿，软软倒下。

"哪里啊，到底扎哪儿呀？我没杀过人啊……"弟弟还在胆战心惊，一只手伸过来，在他脸上拍了拍，然后，他也倒下了。

江江只觉一颗心"咚咚咚咚"都快要跳出胸膛，幸好在家时对伙计们干过这种下药的事，面对大人也不畏惧，所以一击而中！

三郎得了自由，当即张大嘴巴要哭。江江连忙也给了他一拍，他"啪"地倒下了。

看着眼前两大一小三个人，她只觉头疼得要命，气得踢了三郎一脚。

"你可真是我的克星。把我的行踪告诉别人不说，还逼我出手救你！幸好我偷到了神花，不然他们要吃你，过来一点火一生灶，我就死定了！"

然后她就不知道该怎么办了。神花是有时效的，大概一两个时辰就会醒来。厨房不能再待了，而哥哥也看到了她的脸，等他们醒来，她还在船上的事就藏不住了。

这下可怎么办啊？本来藏在灶洞里，多好啊！

江江越想越气，又踢了两个船员一脚，然后把灶洞里的蛋拿出来，剥开吃掉。刚吃了一口，就眼睛一直，也倒下了——她忘了，她拍过神花后，没有洗手。

★★★

江江醒来时，头疼得不行。但谢天谢地，她才吃了一口沾了神花的蛋，所以毒性最轻，是第一个醒来的。船员兄弟和三郎都还躺着——他们中毒比她深，至今未醒。

江江松了口气，想起身，却发现手脚依旧酸软，不过姑姑曾说过这种酸软很快就会过去，她便躺着继续琢磨该躲去哪里的问题。

似乎哪儿都不安全了，被发现难逃一死。难道自己真的会断送在这儿？可她还没学好医术，成为很厉害的大夫啊……

脑海中突有什么东西一闪而过。

江江腾地坐了起来——然后就发现，自己恢复行动力了。

如果，把这条船上的船员都视作病人的话，他们的病因是什么，想要解决的病痛又是什么？身为大夫的她，如何对症下药？让自己活下去，让这些人，也活下去？

外面很吵，不知道发生了什么事。她爬起来，拿起水桶罩在头上开门悄悄地溜了出去。

远远的后舱那边，有两拨人在对峙，一拨以小吴哥为首，另一拨领头的则是个叫大壮的，相比之下，大壮那边人多一点。

雨还在下，但所有人都没动。

小吴哥面色阴沉道："我说了！只要后天一早能赶到名家湾，这船买卖就没白忙！"

"那也得有命活到那儿！你让我们划船，却不给吃的，我们哪有力气？"

"你们想怎样？"

"先分吃的，再干活！"

两拨人大吵不止，江江听了一会儿，果然跟那个船员哥哥抱怨的一样，其他人也不全是傻子，都发现这是个骗局了，就这天气名家湾根本没法停靠，而要去红梅湾起码十天。也就是说，只有吃了舱底的孩子，才能坚持到那儿。可那些孩子都是钱，而且小吴哥应该也是有任务在身，需要跟上头交代。所以他极力想要保住那些孩子。船员们不干了，逼他选择：要兄弟，还是要孩子。更有甚者开始趁机分权，要他拿出食物。

真是好一场大戏啊。

江江躲在木桶里，借着桶上的缝隙看热闹。恨不得两拨人赶紧打起来。可随即又想打起来了就没人划船，大家都要死在海上，不由得又有些着急。

怎么办？她拼命思索着。

她从小就是个爱动脑筋的孩子，总能想到一些稀奇古怪的点子，因此这一次，她也想到了。但是，成功率只有三成。

不管了，反正都是死，拼了！

一念至此，江江转身，拖着木桶回厨房。

厨房里清水没了，但还残留着灭火剩余的海水，这些水不能喝，却能泼人。江江从身上搓出两个泥丸，其中一颗里加了点神花，然后，把没放神花的泥丸塞进哥哥嘴里，再用海水把兄弟二人泼醒。

先醒的是哥哥，他揉着剧痛的脑袋，迷糊了一阵子。直到江江开口道："醒啦？"

哥哥一惊，继而大怒，这时弟弟也醒了，开口喊了一句："哥？"

"你……啊呸呸呸！什么……"哥哥刚说了一个字，就发现嘴里有什么东西又咸又臭又苦，但已经化了吐不出来，只好继续骂道，"你个臭丫头！果然还在船上！"当即就要爬起来去打她，但手脚发软，一时起不来——这也是江江刚才亲身体验过的。所以她有恃无恐地蹲在弟弟身边，然后，把加了神花的那颗泥丸当着哥哥的面，塞进弟弟口中。

弟弟一怔，"咕咚"一下给吞了。

"住手！你给他吃了什么？！"

弟弟两眼发直，再次失去知觉。

江江悠悠道："我说过，我会医术。这是我精心研制的蚀骨丸，吃后每个时辰都要服食解药，否则七窍流血爆体而亡。"

哥哥大惊，将信将疑。但他此前也在甲板上，亲耳听过这个小孩说她会医术，还知道神花的配方……

江江又道："你刚才昏迷之际，其实也吃了。"

哥哥又一惊，下意识地摸自己的喉咙。

"所以，你现在是不是觉得头晕眼花恶心嘴臭想吐？"她每说一种，哥哥的脸就白一分，"不过你吐不出来的，死心吧。"

"你、你这个死丫头！"

"我是为了救你！"江江起身，让自己显得高大一些——这也是她学医时的发现，如果你站得比对方高，对方就会下意识地认真听你的话，"名家湾去不了，红梅湾又太远，现在船员们都在闹，要小吴哥承诺必要时把舱底的孩子们分给大家吃了。如此，他们才肯继续干活。"

哥哥一怔，狐疑地盯着她问："那跟救我有什么关系？"

"你也很明白，小吴哥不会这么做的。孩子没了，虽然你们的命保住了，但他到了地方，必定会被上面的人惩罚。王姑只是少了四个孩子，就被弄死了。你们这么多人，要划船，十天还不得吃四五十个孩子啊，这责任，他担不起。其实你们也担不起。所以，就算你们吃了孩子，活着到了红梅湾，也是死罪。"

哥哥想到以往如意门的惩罚手段，额头的汗立刻流了下来。

"我有办法救你们。"

"什么办法？"

"我觉得你脑子特别聪明，又孔武有力，还是这里的老船员，为什么一个手无缚鸡之力的小吴哥，能压在你头上？你什么都得听他的？"

"废话，他有神花啊！"

"我也有啊。"江江从怀中取出一个瓶子来，哥哥看到此物，本将信将疑的心又信了几分。

"我也能给你神花，而且还比这个更好用。所以，你想不想取代小吴哥？"江江把瓶子拿到哥哥面前摇了摇。

哥哥试探地伸出手，江江索性放到他手里，瓶子已经空了，但里面残留着很淡的味道，确实就是神花，再加上刚才江江就是用神花把他拍晕的，至此，哥哥的最后一丝怀疑都烟消云散了。

"你想怎么做？"

"我想帮助你干掉小吴哥，收服其他人，所有人都不用死，还能有钱拿。"

哥哥定定地看着眼前的女童，好半天才挤出一句话："你是谁家的女儿？"

江江灿烂一笑。

★★★

船尾的吵闹终于停歇了，因为大强出现了。他把领头闹事的大壮拉到一旁低声说了好一番话后，大壮面露惊色，再回来时摆了摆手道："算了！先去名家湾，要是那儿真冻上了进不去再说。"

小吴哥道："这才对嘛。为没谱的事先内讧，伤了兄弟们的感情。"

大强道："对对对，我才打个盹的工夫，大壮你就闹出这么大的事，幸亏小吴哥不计较，快，给小吴哥赔罪！"说着拖着大壮走到小吴哥面前。

小吴哥微微一笑道："自家兄弟……"刚说了四个字，大壮和大强双双出手，将他抓住。其他人大惊，两拨人当即开打，一时间，乱成一片。

大壮手中刀光闪现，二话不说就给了小吴哥一刀。

鲜血喷薄而出，四下飞溅！

"别打了！听我说……"大强跳到箱子上喊道。

再看大壮脚下的小吴哥，匕首直入心脏，血流成河，显见是不能活了。两拨人慢慢地停了下来，不敢置信地看着这一幕。

"你们疯了？"

"我们没疯！我们是为了活命，让兄弟们全活命！"

小吴哥张了张嘴巴，涌出大团血沫，发不出声音。

"看这雨，看前面的雾，靠这么一点吃的，别说红梅湾，就算名家湾能进，也得吃几个娃才能熬到那儿！对上头的人来说，咱们的人命值钱，还是那些娃值钱？"

大家不约而同地沉默了。

青花规矩森严，如意门更是手段残酷，他们全都见识过。平日里处决别人，还觉得自己挺牛，但这处决一旦落到自己头上，就变得无比可怕。

"这么多年，这厮仗着自己会捣鼓毒药，对我们呼来唤去，非打即骂，拼死拼活累的是咱们，好处他全自个儿吞了！这么大雨，还要兄弟们在外给他打伞吹风受冻，一不满意就杀人，这些年，死了多少兄弟？！"

一些人听到这儿，再看小吴哥的眼神里就少了畏惧，多了许多愤恨。

"那也就算了，都是为了混口饭吃。可是这次，他要拖着我们所有人一起死！我们明明能活！"

"怎么活啊？吃了那些娃，被夫人知道了，不也是一个……"声音小了下去。

"不吃娃，也能活！"大强朗声道，"我们返程！"

"返程？你是说回燕？"

"对。我们才出来一天，回去也一天，一天，怎么都熬得住！"

"不行不行，官府查起来……"

"官府那边，有人肯保咱们！"

"谁？"

"我呀！"一个声音远远传来。

众人扭头一看，发现瘦小的女孩从风雨中缓步而来，手里提着一盏灯笼，走到哪儿，亮到哪儿。

地上的小吴哥本已奄奄一息，看到江江顿时气得挣扎起来。

江江走过来，盯着他看了一会儿，然后抬脚，用力朝他心口的匕首踩了下去，道："汝等贱民，也敢杀我？"

小吴哥"噗"地再次喷出大口血来，血泼了江江一身，但她半点害怕的样子都没有，而是用衣袖擦了擦，冷冷道："你知道我是谁吗？"

小吴哥瞪大眼睛。

"我姓江，名江，是复春堂的大小姐！除此外，我还有一个身份……"

"我知道！"一名船员惊呼起来，"你是风相的儿媳！"

"什么？什么儿媳？"

"燕国的宰相风乐天，为他儿子定了复春堂的千金为妻，这事所有燕人都知道！"那人越发惶恐起来，道，"完了完了，我们居然抓了他的儿媳妇……"

江江心想此人真是上道，都不用自己说就把身份给抬起来了。果然，众人看她的表情顿时变了，多了几分敬畏。

只有小吴哥，眼睛都红了，气得整个人都在抖。

江江冷冷道："只要你们送我回去，我保你们平安无事。这船孩子，你们补给完毕后还能带走。我绝不追究。"

"真的？"众人将信将疑道。

"你们也可以不信。那么，就想办法熬去红梅湾吧。"江江说完，跳到一个箱子上坐下了，一副成竹于胸、任君选择的模样。

船员们琢磨起来。其中，大强没得选择，他们兄弟中了此女的毒药，因此，他大声道："我选择回城！"

大壮迟疑了一下，也道："我也回城！"

是饿死在路上，还是吃孩子后被上头惩罚，还是选择返程。三条路摆在眼前。而结局，很明显。

江江在风雨中，看着眼前的一幕，害怕的感觉早已消失殆尽，身体里涌动着一股激动的、兴奋的，以及充满成就感的东西。

这便是人心啊。此地人人想活。

这便是心药啊。她给了他们一条活路。

有了这道心药，人们愿意服药——听她的话返程。

有心药者，即能控制人心。

她悟了！她悟了！

她找到了自己的道！

木屋中，众人听到这里，反应各异。

最震惊的，自然是云闪闪，他问："你当时几岁？"

"刚满九岁。"

"九岁，你，就弄死了一艘青花船的老大，让整船人跟着你干？"

"薛采九岁就让整个璧国跟他干了。我不过是一艘船，有什么好大惊小怪的？"姬善白了他一眼。

云闪闪一想有道理，但还是心悸，他如今十七岁，若是换了江江的处境，也完全做不到这一点啊。

秋姜则淡淡道："你运气不错。"江江能反败为胜，运气占了五成，若非一道雷突然劈落，若非那条船上众人都不会武功，若非小吴哥身体虚弱，若非小吴哥让她发现了神花所在……她早已死了。

"我的运气，一向很好。"

风小雅忽道："你……为何没回来？"按照姬善所言，江江明明带着整艘船返燕了，但结果是她就此失踪，并没有回来。

"因为小吴哥弄沉了船。"姬善说到这儿叹口气，"我那时候还是太小，不懂人心之恶。大壮他们要杀他，我还说留着交给官府，没准还能领赏。我不知道，原来所有青花船上都有一个自爆机关，用于走投无路时沉船销毁证据。他明明都半死不活了，却找到机会按下机关，拖着所有人跟他一起死。"

"船炸了？"

"炸了，大家都掉到了海里。"

云闪闪惊道："那你怎么活下来的？那可是冬天啊，还在下雨不是吗？"

"我说过，我是个运气很好的人。"姬善说到这儿，眼眸中多了几分温柔之色，"我遇到了阿娘。"

时鹿鹿道："元氏？"

姬善点点头。

★★★

船炸开的时候，江江正趴在小吴哥的床榻上研究暗格，原来除了神花还有别的一些金银珠宝什么的，正琢磨着这些钱财怎么分，天旋地转间，船身炸裂了。

江江跟着床榻一起掉下，再被巨浪一下子吸入水中，瞬间失去了知觉。

等她再醒过来时，发现自己在海上漂。一条腿卡在榻板的格子里，因此，榻板浮起来的同时把她也托了起来。说不幸吧，如此大难都不死；说运气吧，冬夜下雨的海面，冷得身体头发全结冰了。可她这会儿不觉得冷，还觉得热。

她挣扎着试图脱衣，脱到一半突然想起医书中读过极度冰寒时人都会产生错觉，觉得自己很热，因此冻死的人大多都会死前脱衣服。她一个激灵，吓醒了一些，不敢脱了。意识却迷迷糊糊再次昏沉起来。

"不能睡，不能睡啊，江江，不能睡！睡过去就完蛋了！"她拼命告诫自己，可体温流失得太快，她再次陷入了昏迷。

然后她做了一个梦。

梦见了娘亲。

娘亲居然从湖里走了出来，朝她走过来，唤她："扬扬……"

她睁大了眼睛，心里想着娘居然没有死？娘回来了？

"扬扬！"娘亲走过来，轻轻抱住了她，像云朵、像棉花、像冬日的阳光一样又暖又软又温柔。

娘亲！她哭了出来，你的病好了吗？我好想你啊，我好想好想你啊！

娘亲梳理着她的头发，一遍又一遍，她觉得好舒服好舒服……

江江猛地睁开眼睛，发现不是梦，她的脑袋真的枕在一个女人身上，那个女人一边哼着歌，一边替她梳理头发。

置身处是个大船舱，很多人，船身简陋，大家都坐在地上，衣着大多俭朴，全是平民百姓。看起来是个小商船，顺带捎点旅人。

谢天谢地，总算不再是青花了！

给她梳理头发的是个特别干瘦的女人，手上有很多瘀痕和伤疤，但仪态优雅，坐得跟其他人都不一样。她身边还有个小女孩，跟她差不多年纪，长得非常漂亮，正好奇地看着她。

江江眨了眨眼睛，心想这里是哪里？

"你醒了？阿娘，她醒了！"女孩叫道。

女人停下手，柔声道："你醒了？"

江江一脸茫然。

身旁有个婆子凑过来道："谢天谢地，大难不死，必有后福啊！小丫头，你可得好好谢谢元娘子，她可是用自己的一对翡翠耳环，换来你的命啊！"

元娘子忙道："没什么的。正好经过，是老天爷让我救这孩子。这么冷的天，王哥他们下水救她也很辛苦，给点酒钱罢了，那对耳环不值钱。"

一旁的女孩点头道："嗯，娘找到了我，是老天慈悲。所以娘也要慈悲，多做好事！"

"没错，阿善。"元娘子摸了摸女孩的头。

江江立刻听懂了：这艘船经过时看到了漂在榻板上的她，元娘子用自己的耳环求船夫下水把她救了起来。看她和阿善的衣着，都是旧衣，不是什么有钱人，竟如此好心……再联想到刚才那个美好温暖的梦，江江的眼眶情不自禁地红了起来。

"怎么了？是饿了吗？"元娘子当即从身下取出包袱，从里面拿出一块硬饼，掰了一半给她，另一半给阿善。阿善摇头，把饼全递到江江面前，道："你吃吧。你冻了半天，肯定很饿。你叫什么名字？"

"我叫江江。"

"我叫姬善，善良的善。阿娘说了，做人最重要的是善良。"姬善说着朝她灿烂一笑，露出两个可爱至极的酒窝。

那是九岁的江江，第一次见到姬善——真正的姬善时的情形。

那也是江江第一次切身体验到何为善良。

相处久了，姬善告诉她，她爹嗜赌，把家里的田地老宅都输得差不多了，就把她也输了出去。那人是个商人，带着她去燕国经商。元氏知道后大哭一场，收拾包裹离家出走，千里寻女，吃了很多苦终于在燕境内找到了她，商人被此举打动，就把阿善还给了元氏，还买了船票送她们回家。

难怪元氏看上去跟平民百姓不一样，原来是大家族的夫人，可惜家道中落。但她把阿善教养得真好啊，总是甜甜微笑，经历了那么凄惨的事也一点都不怨恨，还对她非常好，把自己的衣服和食物都分给她。

江江本想回家，但看这对母女归心似箭，而且人在船上也走不了，便决定先跟着她们，等到了地了凑点盘缠再回。

就这样，她来到了璧国，来到了汝丘。

汝丘距离京城很远，她去找邮子，问送信去京城的江太医家要多少钱，邮子说要一担谷。然而她身无分文。看着她为难的样子，姬善便拉着她的手道："要不你先跟我们回家，我去找阿爷，看看能不能凑一担谷出来。"

元氏当时面有难色，但没有拒绝，还是带着她一起回家了。

结果刚到家就听到一阵吵闹声，房门大开，一个三十左右的男人正在翻箱倒柜发脾气："都藏哪儿了？我知道你肯定有！快给我，你这个老不死的！"

一个五十开外的老者盘腿打坐，闭着眼睛，一脸平和，充耳不闻。

男人更生气，当即就去揪老者的衣领，姬善忍不住叫着跑了过去："放开阿爷！"

男人回头，看到姬善吃了一惊，再看到身后的元氏，又惊又喜："你、你们怎么回来了？"

老者突然睁开眼睛，厉声道："跑！"

"阿爷！"

"跑……别回来……"

然而，男人手臂一长，一把抓住了元氏，道："你回来得好，有钱吗？"说着去翻她的包袱，把里面的衣服干粮抖了一地。

姬善害怕地躲到了老者身后。老者的眼角湿润了起来，道："你们还回来干吗？快逃啊……"

男人逼问元氏："钱在哪儿？"

"没有。我没带钱走。"

"骗鬼啊？你去燕国找丫头，能不带盘缠？而且你都把她带回来了……"说到这儿，看到了江江，一怔，"怎么还多了一个？这是谁？"

元氏连忙扭头对江江道："我这儿没水喝，你去别地借吧。你爹在外头该等急了。"

江江心知这是暗示她走，当即就要转身离开，却被男人一把抓住道："编！继续编！外面半个人都没有，哪儿来的她爹？小丫头，你是谁？"

姬善道："别打她，阿爹，她是我和娘从海里救回来的……"

元氏冲过去捂住她的嘴巴，然而男人立刻明白了，道："救回来的？那就是无家可归的？"当即将江江扛了起来，要往外走。

元氏一把拖住他问："你干吗？"

"我欠孙胖二钱银，把这丫头抵给他！"

"你疯了？她不是咱们家的人！"

男人一脚将元氏踢飞，扛着江江继续走。姬善冲了上来，抱住男人的腿道：

"阿爹，你别卖她！"

"滚开，不然连你一起卖！"

老者愤怒地拍着长案道："逆子！逆子啊！你干脆连我一起卖了吧！"

"谁要？"男人嗤笑了一声，把姬善也踢飞，继续往外走。

这时元氏又扑了过来道："不可以！你不能这么做！我不允许！"

"你算什么东西，还你不允许……"男人话没说完，脸上挨了一巴掌。他愣了愣，脸上突然露出凶光，一下扔掉江江，朝元氏劈头盖脸地揍了过去。

元氏被揍倒在地，哀号打滚。

"别打我娘，别打我娘……"姬善哭着上前抱住她，结果，被男人一脚踢中心口，整个人横飞出去，口吐白沫。

江江一惊，连忙跑到姬善身边，就见她的口鼻眼里全都冒出血来。

"江、江……"

"别说话！"江江连忙帮她止血，然而血源源不断地流出来。她想，肯定是刚才那一脚踢碎了姬善的心肺……怎么办怎么办？这个她治不了……

姬善伸出手，颤抖地握住她，目光盈盈，像摇摇欲灭的烛光，道："你、你快……逃……"最后一个逃字刚说出音，烛光彻底灭去，身子一抖没了呼吸。

江江的眼泪一下子流了出来。

身后，元氏还在遭受虐打；身前，九岁的小女孩好不容易被找回家，却惨死在亲生父亲手中……

凭什么？凭什么？凭什么？！

江江红着眼，转身一头朝男人撞了过去，男人不防，被她撞得后退了好几步。没等他开口，江江又扑过去抱住他的腿用力一咬，将他咬得嗷嗷叫。

"放开我，放开我！你这个小疯子！"

江江没有松口，死死地咬着，很快就感到了牙齿间的血，但不够，这点血不够！

元氏看到这一幕，也爬起来冲过来一口咬在男人的另一条腿上。男人倒在了地上，对着二人的脑袋一通捶。

眼看元氏、江江的鼻子里也开始流下血来，一直坐着的老者终于动了。

他转身解下了墙上的一把剑。

然后走过来，拔出剑，指向男人的脖子。

男人先怔了怔，然后不耐烦道："一边去，别添乱！怎么着？你还能杀亲生儿子？那你杀啊！杀——往这儿来——"他放开元氏和江江，拍打自己的胸膛，一副狠戾模样。

老者的手颤抖了起来。

男人大笑道："就知道你这老东西没种……"

就在这时，元氏突然抢过老者的剑，一下子刺进了他心口，红着眼喊道："你踢阿善那一脚，就是这个地方吧！"

男人张大嘴巴，像虾一样蜷缩了起来。

元氏又用力将剑拔出，血溅到她脸上、身上，形如修罗。

一旁的江江抬起头，定定地望着这一幕，却觉得——这是她此生见过的最美的一个人，最美的一个画面。

★★★

"阿善被他爹踢死了。阿娘疯了。阿爷跟官府说，人是他杀的，官府看在姬家的面上，没有追究，让他出家。"姬善说到这儿，吸了吸鼻子，强行将那股泪意压下道，"在船上时，我曾问阿娘，为什么还要回去，回那个残破不堪的家？她可以跟阿善就此离开，换个地方住。只要能帮我找到家人，我可以回报她们，给她们安排新的人生……"

云闪闪的眼睛都哭红了，哑着嗓子问："她怎么回答的？"

"她说，人都是要经历事的，经历了好事，固然值得庆幸，但经历坏事，才能理解人生的真谛：可以怨恨、愤怒、消沉，但也可以勇敢、坚强、温和。她选择后者。"

姬善说这话时，看着时鹿鹿，时鹿鹿也回视着她。两人彼此对望。

时鹿鹿的目光闪烁着，显得心绪不宁，但最终，轻轻开口道："选择后者的她，最后疯了。"

姬善苦笑道："是的。"

时鹿鹿道："选择善良的阿善，死了。"

"是。"

"然后你变成了阿善。"

"对。阿娘疯了后有时会把我认作阿善，那时候她就会比较平静。所以，我不舍得离开她。我想给她治病，帮助她。"

风小雅开口道："你一直没有联络江淮。"

"对。因为我始终也没有凑齐一担谷。"姬善长长一叹，继而讥讽地笑了笑道，"我之前不知自己如此无用，竟然赚不到一担谷。而连洞观验证了——是真的。"

姬达当道士后迷上了炼丹，也许只有炼丹能让他逃避一切，忘记杀害他儿子的凶手就在身旁。而元氏，出于对他的感激和愧疚，拼命刺绣供他挥霍。她留在观里顶着姬善的名字，把自己活成姬善的样子，陪伴着元氏……

最后，她还在那里，遇到了阿十。

"我在汝丘当了一年的阿善，遇到了阿十，再送阿十离开。阿娘的身体越来越不好，我以为，也快到我离开的时候了。但我没想到，最后会是那种离开方式……"

汝丘大水，元氏让她逃。她遇到了姬家的人，把她带去见崔管家，崔管家再带她去见琅琊。

"一开始，我想求琅琊帮我找阿娘，所以答应了下来。后来……"姬善看着秋姜道，"你说服了你娘，她安排我去千问庵学医，我开心极了，想着一定要珍惜机会好好学，这样等我学成归来，琅琊也找到阿娘后，我就可以继续给她治病了。然而，两年后，琅琊告诉我，阿娘早就死了……"

秋姜突然伸臂，将她搂入怀中，她的手指探入姬善的头发里慢慢地梳理着——就像元氏为她梳理的那样。

姬善怔了怔，然后缓缓地、有些僵硬却又顺从地将脑袋靠在了秋姜的肩膀上。

对面的时鹿鹿看到这儿，想起自己曾经很多次帮姬善梳头，难怪那时候她的表情会额外温柔……

"我不难过。因为我想起阿娘说过的——遇到不好的事情时，可以怨恨、愤怒、消沉，但也可以勇敢、坚强、温和。我，也选后者。"姬善说这句话时，再次深深地注视着时鹿鹿。

时鹿鹿的手在袖中轻轻地颤抖了起来。

"我决定继续从医，提升医术。我问过无眉真人，我的医术如何？她说尚可。我问如何才能登峰造极，天下第一？她回答——踩着尸体往上爬吧。所有医术，都自失败中来。我只有比江晚衣失败得更多，才可能比他爬得更高。"

风小雅凝视着秋姜肩头的姬善，两张有些相似的脸同时映在他眼中，就能看出很大的区别。秋姜的张扬，是假的，真实的她隐忍克制、含蓄温柔；姬善的张扬，却是真的，是经历过无数次捶打后依旧风一吹就能飞扬的黄花郎。

"从此，我开始了经常外出行医的生活。医死了很多人，但也治好了一些人。然后，图璧元年的春天，我去了一趟玉京。"姬善把目光转向风小雅，风小雅的背挺得越发笔直了些，他和时鹿鹿都知道，马上又要进入一个关键问题了——

为什么姬善，始终不肯用江江的身份，跟他相认？

"我带着忐忑和期待到玉京，去了复春堂，这才知道爹搬走了。而街头巷尾都在说，宰相家的公子娶妻了。"

时鹿鹿一怔。风小雅也一怔。

"我去相府，正好看到龚小慧回府，扶她下车的几个婆婆都是儿时接待过我的。"

云闪闪泪汪汪地道："你当时肯定很难过……"

"我不难过。我脑海里就想着一件事……"

时鹿鹿突然接话："去给他下个毒。"

众人听到这儿都不禁莞尔。姬善叹道："知我者，阿十也。"

时鹿鹿笑了笑，这是他来木屋后的第一个笑，很淡，却异常难得。

姬善于是继续道："我想做点什么教训一下这个薄情郎负心汉！然后就看到龚小慧又出来了，行色匆匆。我很好奇，跟着她的马车，发现她去巡视商铺了。路人告诉我，相爷清廉，而鹤公奢靡，家里入不敷出，这才娶了个会赚钱的娘子。我听得更生气了，想着儿时的小哭包居然长大了这么窝囊废，给你下毒的兴致就淡了，更别提相认。于是我就回去了。"

那时她还不知道"切肤"的存在，不知道风乐天和风小雅为了找她付出过什么。她带着遗憾和感慨回图璧，一边派人暗中打听父亲的下落，一边继续专心扮演姬忽。

"年底时，我听到消息说你又要娶妾，差不多娶了十一个？我很同情龚小慧，从她身上看到了阿娘和琅琊的影子。这些女人都以柔弱之躯扛起全家的重担，可结果呢？我很生气，决定……"

"再去给他下个毒！"这次接话的人变成了云闪闪。众人再次全都笑了起来。木屋里的气氛终于变得轻松了一些。

"我再次回到玉京，上门想要找碴儿，结果先遇到了风伯伯。"

风小雅一怔道："我爹见过你？"

"对。他看到我的第一眼，就认出了我。"

风小雅震惊。图璧元年也就是华贞三年的冬天，父亲就见过江江？可他一直一直没有跟他说！为什么？为什么？

★★★

风乐天看到姬善，很惊讶，沉默了很长一段时间后，给她倒了一杯酒，柔声道："这些年，过得很辛苦吧？"

这句话一下子让姬善火气全消。

这些年，过得很辛苦吧？——这句话，如慈父，如恩师，如老友，如她儿时遇到的那个风乐天，一点都没变。

她定定地看着眼前这个眉发都白了，显得比真实年龄苍老很多的男人——燕国除了燕王以外地位最高的男人，心里一遍遍地想：我错了。我错了。传言有虚。

我的风伯伯怎么可能养出纨绔儿子，怎么可能允许儿子是个废物？怎么可能奴役儿媳来安享晚年？他可是风乐天啊，是在所有人把我的梦想当作笑话，在我爹都讽刺挖苦我说我异想天开时，唯一认同我、鼓励我，把医书全送给我的风伯伯啊！

她的眼角湿润了起来，为了掩饰这点狼狈，忙不迭地转移话题道："只、只有一杯酒吗？你怎么不喝？你不是最喜欢喝酒的吗？我人生中喝的第一杯酒还是你给倒的呢！"

风乐天笑了笑道："戒啦。"

"什么？我成酒鬼了，你这个老酒鬼反而戒酒了？"她不满地道，拿了个空杯子就要给他满上，"这么多年没见，你不激动不开心？说什么也得来一点啊，是吧……"

风乐天用手挡住杯口，眼眸深深，写满深意道："我不能喝。"

她的手指碰到了他的手，手凉极了。姬善一惊，当即抓住他的手腕开始把脉。风乐天挑眉道："哟，没忘本？真当了大夫？"

姬善的心却沉了下去，再然后，整个人都抖了起来。

风乐天将手从她手下抽回，眼睛弯弯，笑如弥勒，道："看来医术还行，一下子就发现了。"

"什么时候开始的？"

"很多年了。救小雅的代价。"

姬善这才知道风小雅是怎么活下来的——风乐天用自己的武功，再联合六大高手之力，一起为他续了命。

"他不想死，他想找你，这么多年，他一直在找你。"

姬善不知道自己该说什么。

"然后，他认错了人。"风乐天看她的眼睛里有愧疚，更有遗憾，道，"你早点来就好了。"

她想其实她早来过的，她来时风小雅还没娶十一夫人，一切本来得及纠正。

但现在……

"我去找他！"她要纠正错误，她要消除误会！

风乐天却拉住了她的袖子。

姬善回头，见他脸上没有了笑意，变得郁色浓浓。她的心情不自禁地抖了抖。

"扬扬，老夫能不能求你一件事？"风乐天轻轻地说道。

★★★

"你爹告诉我秋姜的事，也告诉我你和她的纠葛，听他描述完，我就知道了……"姬善转头看着秋姜道，"秋姜，是你。"

是你啊，姬家真正的大小姐。原来你成了秋姜，成了我。

"我不能破坏你的计划，风伯伯也不同意，不仅如此，他知道自己活不久了。我告诉他你的目的后，他问我，有什么药能撑一撑？撑着等到你动手，好助你一臂之力。"

秋姜眼睛一红，整个人也抖了起来。她一直奇怪为什么公爹会在当时就知道她的身份、她的目的，原来是姬善告诉他的。见她的那两次，风乐天一边咳一边喝，她当时还觉得他真是个酒鬼。现在才知道，其实他本已戒酒了，就为了活得久一点，能配合她行动。

"割下他脑袋的滋味很难受吧？但我告诉你，你是在帮他解脱。他为了等你，一直在服用奔月，而这种药有多难受，你比任何人都清楚。所以，你可以从内疚中，走出来了。"

秋姜猛地别过头去，不让人看到她的脸。

姬善看向风小雅道："我答应他对你隐瞒此事。然后就离开了。这是第二次。"

风小雅也闭上了眼睛，一直笔挺的脊背终于弯了下去。

"不久之后，我听说秋姜被你送上陶鹤山庄，风伯伯也辞官退隐了。外人不晓，但我心知，风伯伯走了。过了一段时间，琅琊病逝。姬婴告诉我，我随时可以离开。于是，我第三次，回了玉京。"

风小雅睁开眼睛，缓缓道："你依旧没有见我。"

"我本想上陶鹤山庄，可我爬不了山。我去了听风集，想着怎么见你。然后我就看见了你。你坐着滑竿出来，脸色灰败，脸颊深陷，最重要的是——你的眼睛里，看不到任何光。阿娘偶尔病发时，就是那种眼神；喝喝病发时，也是那种眼神……"姬善盯着风小雅，轻轻道，"你病了。"

那年的除夕，风乐天死在秋姜手上。秋姜失去记忆，被送上陶鹤山庄。

那年的风小雅只觉天地崩裂，再无光亮。

"你需要药，但不是我。我看着你上山，等你再下来时，眼神亮了一点。于是我知道，你暂时不会死的。你的药，在呢。"

风小雅看向秋姜，秋姜依旧背对着众人面对着墙。千情万绪本在暗中涌动，如今，曝光在了众人面前，似乎看得更清些，又似乎离得更远了。

"这时姬婴派人告诉我，找到我爹了。我没再逗留，回璧了。"

云闪闪欢喜道："你找到你爹了？"

"嗯，这些年，爹一直在到处找我，遇到一个儿子也被略的寡妇，两人结伴同行。慢慢地，有了感情，他们成亲了。朱龙带我过去时，我看见一座小院，爹抱着两岁大的男童满脸笑容地在院子里爬，给他当马骑。我想，我可以过去，融入他们；也可以离开，假装不曾来过。我在外面站了整整一天，站得腿都麻了。这时他的妻子外出归来，发现了我，问我：'姑娘，你是来找外子看病吗？'那一瞬间，我的脑袋先摇了摇，而我的腿跟着自行带我离开了。我回到马车上，对朱龙说走吧。朱龙问我为什么不认？"

"是啊，为什么啊？"云闪闪不解地问。

姬善忽然笑了，眨了眨眼睛道："因为——我还没有成为天下第一的女神医呀！"

她也有病。她的心病是父亲的贬低。她憋了一口气，而那口气，成了一种心药，促她奋发上进。

想要保持对医术的野心，就不能少了这口气。

她最终，没有跟爹相认。

"现在，你还有问题吗？"姬善望着风小雅道。

风小雅抿了抿唇角，最终摇头。

姬善转头看向时鹿鹿道："我却有问题，想要问你。"

时鹿鹿轻点了下头。

"你现在知道我最大的秘密了，也知道我所有的事情了。你还觉得，我是要杀你吗？"

时鹿鹿一震。

姬善从秋姜身旁起身，缓缓走向他道："你太小看我了。你也，太小看自己了。"说到最后一个字时，他伸出手，捧住了时鹿鹿的脖子，连同纱布里面的伤口一起轻轻地拢在手中。

"我此生，经历如此多的事如此多的人，无比艰辛地走到今日，怎么甘心用杀一个人，去换救一个人？"姬善眼中似有星光万点，照着他，照亮他，"我的目的，一直是——治好你！"

治好他，而不是抹杀其中的一个他。

这很难，但是，医术之路向来曲折。

这些年，她想治好很多很多人，有的成了，有的没成。她踩着那些没成之人的尸骨，一步步走到如今。时鹿鹿，也许也是脚下的一具尸骨，但在确定失败之前，永不放弃——这，就是她的道。

"伏周曾经问我一个问题——如何才能除掉巫。这段时间，我一直在思考这个问题。"姬善看向赫奕道。

赫奕脸上有种若有所思的默契表情，他道："现在你有答案了？"

"对。"

姬善环视着木屋里的每一个人，他们虽然有几个人没有功名，但都是贵胄出身，都是天之骄子，只有她，是小户人家的女儿，是真正的布衣。

也因此，她看到的东西，跟他们全都不一样。

"我认同小鹿说的一句话——巫这个字，人在天地之间，通天达地，两处相连。也就是说，巫的诞生，是为了让人们活得更好，就像医一样。当人病了，替他看病；当人痛苦了，给予希望……但人类的痛苦太复杂了，伴随着仇恨、嫉妒和爱。慢慢地，巫就变了味，他们用诅咒、用毒来给一部分人希望的同时，剥夺了另一部分人的希望。再然后，恐惧取代了希望，咒怨压过了祝福……巫，变成了现在的巫。"

赫奕露出动容之色。不得不说，姬善说到了点子上。

"你可以除掉巫神，但你不能抹杀希望。这么多年，我所遇到的每个人都多多少少有病，有的脆弱无依，有的命运多舛，有的偏执自闭，有的绝望疯狂……唯方人人有病！如何治病？给他们药！什么药？"

赫奕喃喃道："希望。"

"没错。希望，才是药！能让人们经历了悲剧之后仍能选择温和、善良和坚强的，只有希望！"姬善盯着赫奕道，"陛下需谨记一点——除巫的目的，不是为了让宜国的子民从今往后只听你的，而是，要让他们更幸福。你只有比神更能让他们幸福，你才有可能战胜神——此为，真正的药。"

一时间，屋内静静，众人听了这番话，全都若有所思。

而天边露出一道薄光，晨曦来了。

一队银甲少女来到了木屋外。

再然后，不离、不弃抬着滑竿出现。

于是风小雅知道，到了自己该走的时候了。

他走到榻前，看着沉睡中的茜色，想了想，问姬善："她会好的？"

"她会。"

"那么，她醒来后，请帮我带一句话。"风小雅说完了那句话，姬善挑了下眉，似笑非笑。

风小雅笑了笑道："这句话，也是我对你说的。"

姬善看着他，其实这还是她第二次跟他正式说话——第一次是他带着吃吃看看来听神台找她。这个在她生命中占据了很重要的位置的人，能勾动她作为人所无法割舍的浮躁情绪的人，严格说起来，其实并不了解。可在这样近的距离里，她看到他的眼睛，就像看到了风乐天在对她微笑。

于是她伸出手臂，忽然上前一步，抱了抱他。

风小雅一怔，但没挣脱。

下一刻，姬善松手，退后一步，拧眉道："还真是七股内力乱撞啊……这个病例有意思，回去后你能不能帮忙记录一下晨、午、晚时的脉搏？供我参考。"

风小雅笑得越发深了些，点点头道："好。"

"那就这么说定了。你走吧。"姬善说完，半点也没留恋地坐下为茜色换药了。

她神色专注，动作麻利，阳光从窗外照进来，周身如沐神光。

风小雅的视线恍惚了一下，想起初见时，她在阳光下快步跑来，把风筝的线轴交到他手上时，也是这个表情，她对他说："你知道吗？风筝躺着也能放！"

那时候她其实就是在医治他了，此后，来玉京三次而不见，也是治疗的一种方式……人生玄妙如此，如此羁绊之深的一个人，却没有跟他有更多交集，虽然没有交集，却一直一直在暗中帮助他……

风小雅想到这儿，深吸口气，转身往外走，眼看走到了滑竿旁，突然回头——秋姜站在窗边看着他。

她没有回避他的视线，很平静地看着他。

红尘嚣嚣，伊人煌煌。

他本以为此生再没有相见的时候。

然而，老天最终慷慨地给了他这个珍贵的机会，借姬善之口，解了秋姜的心结，也解了他的。

他鼓起勇气，大步朝窗户走过去。两人隔着一道窗，两两相望。

然后，风小雅开口，轻轻道："过了鬼神桥后，记得回头。"

秋姜的睫毛颤了颤，像记忆的深海摇曳出前尘旧事，而最终付之一笑，道："姜花开时，如你所愿。"

儿时上学，谈及鬼神桥。你知道那个传说吗？投胎之人要过桥，桥上会有声音呼唤他，让他回头。他心里最想听什么，那个声音就说什么。所以，过桥之前，都会有个智者苦口婆心地劝说——别听，别回头。回头的人，最后都无法返回人间。

我跟老师说，那些回头的人真傻，为何不等过了桥后再回头呢？这样，桥也过了，惦念的人也能见到。阿婴反驳我，若那时惦念的人消失了呢？我说，那就是那个人不对了。他为何不等等我？等我过了桥，再续前缘？

所以，永远前行——这是我的道。我必须往前走，完成我的事情。

到时候如果你还活着，我就去见你。

风小雅得了承诺，心满意足地上了滑竿离开了。他的背依旧挺得笔直，唇边有笑，眼底有光。

秋姜站在窗边，一直一直望着他的背影，眼眸深深，充满不舍。

姬善走过来，站到她身旁道："这剂心药不错。那傻子估计又能挺很多年。"

"别告诉他。"

"你和风伯伯都挺自以为是啊。但也许有时候，隐瞒不是保护，病人也有选择治，还是不治的权利啊。"

秋姜回眸，温柔地叫她："阿善。"

姬善整个人一抖。

"做人，最重要的是，善良啊。"秋姜轻轻一笑道。

于是姬善就再也说不出任何话来。

她愣了半天，冷哼一声："是我多嘴多管闲事了！"刚要转身走，被秋姜拉住了。

"我也要走了。"

"快滚吧。"

"也许是最后一次见面。"

"怎么？又想问我有什么心愿，再玩一次煽情吗？"

秋姜笑，她确实是个特别爱笑的人："你上次想再见我一面，我满足你了。现在，你满足我一个心愿吧。"

姬善睨着她道："总觉得你有点不怀好意呢。"

"阿善，做人最重要的……"

"行了行了，行！说吧，什么心愿？"

"如果有一天我召唤你，无论如何，请来见我。"

"你直说你还想再见我一面不就行了？"

秋姜伸出手，轻轻地拉住了她道："我还想再见你一面。所以，请一定要满足我。"

姬善看着她的手，再从胳膊一路往上，看到她的脸。在她眼中，秋姜身体的每个部位都在叫嚣着"救我救我救我"，但心病还有心药，而有些病，是心药亦难医的。

"阿忽。"她忽然上前一步，像抱风小雅那样紧紧地抱住了秋姜，道，"一定有机会的。一定。"

这是十岁的江江，第一次与九岁的姬忽见面时说的话。

严格算来，她比姬忽大，所以虽然比她矮小，但可算是她的姐姐。

这么多年，江江变成了姬忽，姬忽又变成了江江。她们彼此是对方的影子，在世界的两端，过着本该属于对方的生活。

她替她圆了母女情、姐弟情，甚至夫妻情。

她也替她还了一段姻缘、一份因果。

如今，她们又一起为一件事奔走、交会、携手。

像命运的共同体。因为太沉重，一人难以独扛，所以上天创造了她和她，两个人一起分担。

姬善紧紧地抱住秋姜，迟迟没有松开，感受到怀中人的虚弱和坚强，生出一万种不舍来，她道："我觉得你很好，阿婴也很好。但有时候，你们可以不用这么好的。作为人，我们先是个人。家会亡，国会破，历史不因一人而成，亦不因一人而败。对自己好一点。"

秋姜反手拍了拍她的肩，然后冲她嫣然一笑道："你说的这些我都知道，但你知道吗？"

姬善扬眉。

“我，喜欢国啊。”

姬善一怔。

“可能因为我在燕璧程都生活过很长时间，每个国家我都很喜欢。如你所言，作为人，我们先是个人。头发皮肤骨血构成了我的身体，但国和家才构成了我的灵魂，它告诉我，一个人应该做点什么事。身体要有灵魂才完整，我与家国不可分割。我，真心地喜欢甚至热爱它们，愿意为之，付上余生。”

姬善发现自己不知道该说什么了，说什么都是多余的。于是她眨了眨眼睛，眨掉那点快要泛出来的泪光，“哼”了一声道：“你不喜欢宜吗？”

秋姜哈哈一笑道：“等你们真的除了巫，再喜欢不迟。”

“那你就等着吧，到时候你再来，没准就舍不得走了。”

“我期待那一天。”

秋姜走了，跟马覆和云闪闪一起走了。这次，他们是真的要带颐殊回程了。

云闪闪临行前，突然掉头跑到时鹿鹿面前，道："我能不能问问你，我一直想问问你——你是怎么做到的？"

"什么？"

"你冲我一眨眼睛，我就迷糊了，顺着你的话说了。为什么？"云闪闪一脸好奇地问。

"巫术中的催眠术，用声音将内力推进你耳中，令你有一瞬的失控。"

"这么神奇，那你岂非天下无敌？"

"三类人不可用：一，武功比我高者；二，毫无武功者；三，意志坚定者。"

云闪闪的脸立刻垮了下去，道："也就是说我武功低脑子笨呗？"

"放心吧，他再没机会用了。"姬善走过来，如是道。

"为什么？"

姬善笑吟吟地看着时鹿鹿道："因为蛊王没了。只有蛊王在身，才能施展巫术。"

时鹿鹿面无表情地看着她。

云闪闪这才松了一大口气，道："那蛊王是我干掉的，我还挺厉害！"

"是呀，金枪之名，名不虚传。"

云闪闪的眼睛一下子亮了，冲姬善露出一个大大的笑容后，转身脚步轻快地走了。

时鹿鹿看着他的背影，淡淡道："见人撒药？"

"你把赞美视为心药？也对，确实算药。不过你忘了？小时候我每天都赞美你。"

时鹿鹿怔了怔，垂下眼眸道："你赞美的是阿十，不是我。"

他是那个一出生就被种下蛊虫从而不会哭泣的婴儿。

是那个两岁起就被铁链拴在家中拼命填饭备受羞辱的孩子。

是那个六岁起为了习武头破血流也不敢停下的孩子。

是那个十二岁时被逼回到听神台却看见一具骷髅自称是他母亲的孩子。

是被封印了十二年的一段记忆。

是从小男扮女装见不得人的私生子。

是渎神的孽种，皇族的丑闻。

即使后来遇到了姬善，她也从不曾赞美过他。她对他说的最多的一句话是——与我无关。

姬善注视着他，忽然上前用手掐起他的唇角，往上一拉，拉出微笑的表情来，对他道："我知道。所以，从今天开始，我会一直一直赞美你。我要让你知道，遇到好人，是种什么感觉——而你，其实已经遇见了。伏周知道，所以，他虽然安静，却是快乐的。"

顺着姬善的视线，时鹿鹿扭头，看见赫奕站在院中，负手望着天边的朝阳。

镐镐铄铄，赫奕章灼，若日明之丽天。

★★★

永宁八年十二月底，姬善和赫奕带着时鹿鹿和茜色返回宜国，路上跟吃吃喝喝走走看看合合。

次年正月初一，璧姜沉鱼登基，改国号梨。

据说赫奕之前还是去见了沉鱼一面。薛采没有再阻止。因为尘埃落定，赫奕欠了他一份大恩，就算有想要阻挠的心思，也都使不出来了。

他跟姜沉鱼告别，有了一个三年之约。

回国后，赫奕立刻开始效仿燕王开设科举，开启民智，广建医馆，实施"以医替巫"之策，正式将巫医分离。再然后，巫神的信徒们发现大司巫变了，很多神谕也都被证实没有应验。

比如，胡九仙根本没有死，突然有一天，他大摇大摆地带着随从走出胡宅，从第一条街溜达到最后一条街，巡视他的商铺。第二天，消息飞到全国各地，宜人们都听说了，原来胡九仙没有死，茜色也不是凶手。

再比如，听神台的巫女们全没了，据说全死了，死因众说纷纭，有说触怒巫神被赐死的，有说是发现了巫神的恐怖秘密而潜逃的，还有说是被大司巫处死了……

最后，大司巫向宜王辞官，声称自己再也听不到神谕了，已经丧失了神力。宜王挽留了三次，含泪同意。

大司巫一走，巫族立刻溃散。巫神再没有出现，就算有巫女声称听到了神谕，但随着越来越多的巫言被证实了不准，渐渐地，人们就不怎么相信了。

他们有了新的希望，那就是医馆。

在鹤城最大的医馆里，有一男一女两个大夫，医术都很高。尤其是身边跟着四朵金花的那个女大夫，特别擅长治疗疑难杂症。一时间，慕名者众。

有了病，去请医，而不是巫，逐渐成为共识。

时间一晃即过，再然后，到了永宁九年的十月初一。

时鹿鹿从睡梦中醒来时，觉得有点不对劲，浑身乏力，意识迷糊，还有点透不过气来。

他茫然地睁开眼睛，看到头顶的横梁上有蛛网。

他生性爱洁，怎会允许房间里有这种东西？再然后，就看到了更多不对劲的地方：屋顶不是木的，是稻草；墙壁不是石砌的，是黄泥；身上的被子不是锦缎，是粗麻……伴随着一件件的粗鄙之物映入眼帘，记忆中的某个画面慢慢浮现、重叠……

时鹿鹿的脸一下子变了，当即挣扎起来想要下床，响起了一阵"叮当"声。

这是铁物摩擦的声音。

也是对他来说噩梦般的声音。

他抬起右手，看见了上面的铁链——跟儿时一模一样的铁链子。手上、脚上都有，另一端，牢牢地钉死在石床下。

时鹿鹿一震，环视四周——没错，是他在晚塘的那个"家"。他为什么会回来这里？他昨晚睡下时明明还在鹤城，为什么一醒来就又回来了晚塘？他是在做梦吗？这是梦吗？

然后他听见了脚步声。

晨曦透过门缝，把一个胖胖的女人的倒影拖到地上。

他的汗毛一下子竖了起来。一瞬间，明知不可能，却又认定了来人是胖婶，就是那个胖婶！

他抬起一只手咬在手臂上，不疼，一点也不疼，果然是梦。可这个梦，比什么都要可怕。

他想吼叫着让她不许进来，可发不出声音。这个梦境里，他分明是成年人的躯体，却依旧像儿时一样废物，没力气，动不了，还连话都不会说。

影子越来越近了。

他坐在榻上不知道该怎么办。

没有人会来救他。就像儿时没有人会发现屋子里还有个他一样。没有人在乎他，没有人记得他。唯一的身边人还虐待他……

他浑身战栗，汗如雨下。

再然后，胖婶终于进来了，挎着篮子，身材肥硕，一张奇怪的脸。他看着这张脸，总觉得哪儿不太对劲，但脑袋昏沉沉的，想不出究竟什么地方不对劲。然后他发现自己已经不记得儿时的胖婶的脸了。她和他的母亲一样，都模糊成了一个轮廓。

胖婶放下篮子，朝他走了过来。

他下意识地往角落里缩，靠着墙，让粗麻被子裹住自己，把头也包上，仿佛如此就能安全一些。

然后，他听到了长长的叹息声。

"鹿鹿。"一只手伸过来，落在他头上，隔着被子，轻轻地揉了揉。

他浑身僵硬，瑟瑟发抖。

"鹿鹿，我不叫胖婶，我不记得自己原来的名字了。我三岁就被卖进如意门，她们安排我学酿酒，学木工，学杂活。再然后，安排我来宜国当小商贩。你娘跟我一起来的宜国，路上还救过我。她生得美，我非常羡慕，她却告诉我没什么可羡慕的，美貌很多时候带来的只有不幸。后来，她去了巫神殿，又进了听神台，用她的美貌，征服了宜王，有了你。可即便如此，我也依然羡慕她。羡慕她被人真心地爱过，哪怕只是很短的一段时间。我受她托付照顾你，带你藏在晚塘。在你两岁之前，其实，我是真的把你当自己的儿子养的。"

他躲在被中，静静地听着，一言不发。

"然后，隔壁的婆婆给我安排相亲，我哪是能相亲的人呢？我不敢。可那真的是个很好的男人，很好很好，又忠厚，又老实，还一点都不嫌弃你，说要跟我一起照顾你。那阵子我开心极了，我想，虽然我又胖又丑，可是，居然也会得到一个人真心的爱啊……"手依旧很温柔地、一下一下地抚摸着他的头。

他下意识地咬住了被子。

"可如意夫人发现了。她让人杀了那个男人，并且给我两条路选：一，杀了你；二，虐待你，把你养成废物，以报复阿月的背叛。我怎么能杀你呢？你是我含辛茹苦地养到两岁的啊，你第一个会说的词，是'婶婶'，而不是娘啊！"

他拼命地咬着被子，咬到嘴里都渗出血来。

"我只能选后者。我把你用铁链拴起来，我把你养得很胖，我每天骂你……这样，那些监视我的人就会回去禀报给夫人知晓，我确实在虐待你。可是，夜深人静时，给你盖被的人是我，端屎端尿给你洗澡的人是我，让你活着的人，也是我啊……我只是个无知妇人，只想着别让你饿着冻着就行，我想不出更好的保护你的办法啊……"对方突然一把抱住了他的头，紧紧搂在怀中道，"对不起，鹿鹿。对不起……"

粗麻摩擦着他的脸，他想好疼啊，为什么会这么疼？然后，他的眼泪流了下来，濡湿了粗麻。再然后，粗麻就变软了，不再那么疼了。

不知过了多久，胖婶松开了他，然后就听到"哐哐"的声响，手上忽然一松，链子，被砸断了。

心里有什么东西，也似被砸断了一般。

时鹿鹿呼吸一滞，抬起手，被子掀起的缝隙带来了光，半截铁链在他手上晃荡，一闪一闪，异常刺眼，又异常明亮。

等他终于把被子彻底掀开时，胖婶正好转身离开，肥硕的身躯步履蹒跚，她走向光，再然后，被光吞噬……

时鹿鹿猛地醒来，发现刚才的一切果然是梦。

他还躺在医馆的房间里，鼻息间全是各种各样的药味。

柔软的锦被，白皙的砖墙，高阔的屋宇，床榻旁的花插里摆上了一簇新的鲜花。一切都与梦境截然不同。

敲门声响了起来，紧跟着，姬善的脑袋探了进来，道："寿星公，还赖床？"

他恍惚间想起，今天是十月初一，他的生日。

姬善手里提了个篮子，篮子里赫然摆着两个红鸡蛋。

"生日，就要吃红鸡蛋啊。"似乎有个声音如此对他说。

分明眼前才是现实，却给他身陷梦境的错觉。

姬善走到榻旁，拿出一个红鸡蛋敲碎，开始剥壳，道："快起来洗漱，不然不请你吃。"

于是时鹿鹿下榻去梳洗，梳洗之时，他抬起右手，右手手腕光滑，并没有留下什么铁链的痕迹。

等他洗漱完时，两个鸡蛋都剥好了。姬善邀他对坐，开始了对他日行一善的赞美："今天是阿十的生日，虽然他都二十八了，很老了，但是他还是个少年，因为他真正在人间活的日子，加起来才十六年。十六岁的少年，风华正茂，羡煞我了！给……"

时鹿鹿看着递到面前的白嫩光滑的鸡蛋，再看向鸡蛋后方同样白嫩光滑的脸庞。

"难道还要我喂？行，我喂。"姬善很好说话地凑过来，把鸡蛋喂到他嘴边。时鹿鹿终于张口，轻轻咬了一口。

"好吃吗？我给你讲，煮鸡蛋也是一门学问呢！我小时候弄了个大锅，六十个鸡蛋同时开煮，水沸后数数，每数十下就取一个蛋出来，再排列在一起，最后得出结论，数到三百六十下时的那个鸡蛋最好吃！"姬善说得正在兴头上，时鹿鹿忽然抓住了她的手，凑过来。

姬善一怔，笑容僵在脸上，但她没有后退。

于是，时鹿鹿一点点地靠近。

眼看他就要吻到她时，姬善闭上了眼睛。

然而，想象中的吻并没有出现，他的嘴唇滑过她的脸落到了她耳旁，轻轻地说了六个字："胖婶，叫我，阿十。"

姬善一下子睁开了眼睛。

时鹿鹿侧过头，在很近的距离里注视着，大大的黑眼睛，这一刻，像极了小鹿——灵秀美好得能让人心都碎了。

刚才他的那个梦境，是假的。

是姬善和赫奕的一次精心设计。他们在附近盖了个草屋，彻底还原了晚塘的农舍，再趁他入睡时用迷药将他迷晕。蛊王没了，他的戒心也大大降低了。

姬善从邻居口中问出胖婶的特征后，找了个很像的伶人打扮成胖婶，让她去演一出赔罪的戏。安抚他的伤痛，陈述胖婶的苦衷，再砍掉那根象征噩梦的铁链。

这是一种她绞尽脑汁想出的治疗方法，此前背着他在好几个人身上试过，全有收获。

却因为一个昵称的错误，露出马脚，被他洞察。

"对不起……"姬善只能道歉，"今天你生日，我只想，送你一份比较、不太一样的礼物……对不起……"

"不一样的礼物……"时鹿鹿目光微敛，落在她唇上，道，"我想要的礼物，你真不知？"

"你不会又想说是——我吧？"姬善的眉毛皱了起来道。

时鹿鹿深深地看着她。

姬善迟疑了一会儿，露出豁出去的表情，一挥手凛然道："行！反正你秀色可餐，我也不吃亏。来吧！"

她跪坐在他面前，抓住他的双肩，准备好好地吻一吻他。反正之前那么激烈地亲过了，面对此人，有什么好矜持的。

然而，眼看她的嘴唇就要与他贴合时，一根食指点在了她的眉心上，再上移来到了她的神庭穴。

姬善先下意识一抖，然后意识到了什么，一惊，不敢置信地看着眼前之人。

那人微微抬睫，用眼尾看她，眸中是熟悉的冰霜。

"不会吧……"她的心开始跳得很快，嗓子干哑，第一时间想要撤离，却被对方抓住手臂，拽了回去。

"你是谁？"那人一个字一个字吐得又慢又沉。

她却莫名地窘迫起来，窘迫之外还有很多自己都察觉不到的娇嗔："不行不行，明明说好了得我问你的，怎么变成你问我了！你是谁？"

对方似笑了笑，但他的笑意素来很浅，就像羽毛落到湖心上的轻轻一点，让人又酥又麻："小、可、爱。"

姬善睁大了眼睛，万万没想到，自作自受，自己当初定的暗语，分明为了调戏他，可谁知这三个字从伏周口中说出，会这么……这么地……要命！

她再次想要逃走，却被他抓得很紧："不是要送我礼物吗？"

"不行不行，我以为你是鹿鹿……等等，鹿鹿呢？"

"不见了。"

"真的假的？"

伏周垂头沉思了一会儿，道："确实不见了。大概是心结彻底解开了，安息了。"

姬善不敢置信。

她设想过无数次时鹿鹿离开的情形，就像当年她设想再见阿十时的情形一样，无不是天崩地裂柳暗花明曲折离奇苦尽甘来，谁知竟会如此轻描淡写？

就像花插里的花，一个转身的呼吸间，就被风吹走了。

伏周凝视着他，忽又道："还有——其实胖婶，确实叫我鹿鹿。"

姬善一怔道："你！"

"阿十是你给我起的，只有你如此叫我。"伏周说着，勾动唇角，笑得明显了一点。

姬善目瞪口呆，定定地看着眼前之人，道："我就知道……我就知道！我就知道！"她就知道这家伙出来了只会气死她啊！

果然，她好生气好想跺脚好想哀号啊……

可她刚要发脾气，伏周伸手一勾，掐住她的下巴，吻掉了她的哀号声。

★★★

永宁九年，悦帝扶医馆，兴科举，平庶狱，黜贪墨。巫言多不中，民始懈，再有病疾，始寻医问药。三年后，宜有医而无巫也。

——《来宜·悦帝传》

★★★

永宁十一年的春天，北国的燕子来宜的同时，一封信也跨越千山来到了姬善手中。

拆开后，里面没有字，只有一朵干了的姜花。

姬善立刻动身启程，吃吃喝喝走走看看都想跟着去，但她拒绝道："我要快马加鞭抢速度，带着你们会变慢。下次吧。"

走走知道自己的情况，只好道："那你也不能一个人去，我们不放心。"

"对，我们不放心啊！"

这时伏周走了进来，问道："需要我陪你一起吗？"

"不用了。我去去就回。你留在这里，继续好好磨炼医术。你的针法已经被我完全超越了，这样下去可不行啊。"

伏周似笑非笑地看着她。其他四人一看，挤眉弄眼了一番后出去了。房中只剩下他们两个人。

眼看姬善收拾完了包袱要走，伏周突然拉住她的手。

"干吗？舍不得我？"

"神谕……"

姬善一怔。

伏周抱住她，很认真地看着她道："伏周会陪姬善同去，因为，若不去，姬善会舍不得。"

姬善气乐了："呸！"

"好吧，是我也想去程，我没去过程国。"

被他那双小鹿般的眼睛湿漉漉地一看，姬善就不由自主地心软了，心软之余却又牙痒道："行吧带你一起去！真是的，你怕什么？你的蛊工解了，我的情蛊还在呢，这辈子都要跟你拴在一起，逃不了的……"

伏周的目光闪了闪，忽低声道："怕你又成为别人。"

姬善一颤。

"别再扮演别人了，扬扬。"伏周抓起她的一缕头发，神色凝重道，"我不想成为第二个风小雅。"

姬善想：我哪里舍得呢。

风小雅于我而言只是个用来反抗爹爹的借口，而你，是我的阿十啊。

我的阿十，我终于终于，找到你，并治好你了。

而最值得庆幸的是，在成为很厉害很厉害的神医这条路上，你也能与我继续走下去啊……

但这些话，我才不告诉你呢。哼。

姬善笑了起来。

人在局中，一颦一笑，终于有了烟火气息。

★★★

姬善跟伏周抵达程国的皇都芦湾时，春光正浓，重建后的芦湾花团锦簇，风景秀美。

她不禁啧啧称奇道："人说祸兮福之所倚，诚不我欺。若无当年水漫芦湾，何来如今新春光景？"

"多谢美誉。"一个声音笑着接话道。

姬善侧身，就看见了颐非——当年颐非还是百言堂的花子时，她曾暗中见过他，因此一下子就认了出来。但他跟当年也不一样了。当年的花子便如此间春光花团锦簇，可如今一袭青衣，很是素淡，脸上那股轻浮的笑意也荡然无存。三年磨砺，让他变得沉稳了许多，隐隐有了王者的气度。

"请……"颐非请她进屋。

伏周朝她点点头，和颐非一起留在了外面。姬善便独自一人，伸手推开门，走了进去。

屋子布置得很素雅，但很整洁，里面的一切有点眼熟，姬善愣了愣，才想起来——这是姬忽儿时的闺房。

秋姜一直住到九岁，再然后，换她住。看这些陈设物，不是复刻，而是原件。是谁给秋姜弄来的？外面那个颐非吗？

说也奇怪，颐非一直没有称帝。秋姜把颐殊送回后，颐殊依旧是程国名义上的女王，但因为芦湾一事民怨沸腾，因此对外宣称女王病重，朝中事务一概由三司协宰相商议处理。颐非彻底把自己藏在了暗处。

就这样，过去了三年。

姬善想，秋姜挺能撑的，竟比她想象的撑得久了许多。

而当她绕过屏风，终于看到秋姜时，眼眶无法遏制地一热。

秋姜穿着一件淡绿色的罗衫，坐在书案旁，手里拿着一卷书。当她抬头，回眸，露出笑容朝她看来时，整个房间都似跟着亮了起来。

姬善想：这样才对。秋姜坐在这扇屏风后，这座书案前，这样才对。她才是真正的姬忽啊。

但偏偏，这里不是朝夕巷，不是真正的她的房间。

有什么被圆满了，又有什么还空缺着，让人看着眼前一幕，心中生出感慨万千来。

秋姜朝她招手道："你猜我在干什么？"

姬善走过去，看了她手里拿着的书，脸立刻绿了。

秋姜笑眯眯道："《女医黄花郎》——我跟自己说，一定要把它看完。"

"呵呵。"姬善回了她一个无情的冷笑，道，"来吧，交代遗言吧。"

秋姜又笑道："谁说我是交代遗言的？"

"总不会是让我来陪你读书的吧？"

秋姜合上书，在手心里敲了敲，微笑道："还真的挺期待的。不过，下辈子吧。"

姬善咬住下唇，心里很想发点脾气什么的，仿佛只要这样做了，就能驱散压在心头的阴影。这么多年，见识过那么多生离死别，作为大夫，她本该更心平气和。

可当对象换作这个人，眼前的这个人后，她发现自己完全无法再保持镇定。

于是，她粗声粗气地又催了一遍道："那你到底找我来干吗？"

"这些天，我在思考一个问题：我这辈子，有没有没了的心愿。"

"当然有啊。"

"是什么？"

"等在鬼神桥那头的傻子呗。"

秋姜"扑哧"一笑，笑着笑着，眼眶却红了。

姬善跺脚道："说吧说吧，你想我做什么？我通通都答应你！"

"你说，我可以对自己好一点的，是吧？所以……"秋姜迟疑着，深吸口气，像是鼓起了勇气般轻轻道，"我想自私一回。我希望你能继续医治风小雅，别让他……忘了我。"

姬善沉声道："他不会忘记你的。"

"人死灯灭。死了灰飞烟灭，就不会再记得谁了。"

"你是这么认为的？"

"嗯。我不信鬼神，不信有轮回，更不信能另一个世界相聚什么。我希望，我希望他能活着。哪怕痛苦地活着，也活着。因为只有活着，你们才能帮我……"秋姜伸出瘦骨嶙峋的手，颤颤地握住了她的，"这么多好看的书，替我看啊；那么多好吃的东西，替我吃啊；还有酒，我好喜欢酒，可我不能喝，你们要多多替我喝啊；这么难得的太平盛世啊……替我，守下去啊。"

姬善想，她无法呼吸了。

一个姬婴，一个姬忽，怎么都这样，都这样啊……

当年薛采被叫到姬婴面前时，就是这种无法呼吸的感觉吧？

可姬忽比他还要过分，太过分了，真过分啊……

她的眼泪流了下来。

"君王在革新，士族在反省，百姓在奋斗，能人异士层出不穷，涓涓细流已成浩瀚江海，复兴火种已经熊熊燃烧……我真的，好喜欢好喜欢现在的唯方啊……"秋姜偏了偏脑袋，凑过来，轻轻吻在姬善眉心的图腾上，道，"扬扬，替我继续喜欢这个世界吧。"

★★★

姬善走出房间的时候，伏周迎了上去，虽然她面色如常非常平静，但他知她颇深，一眼看出异常，道："哭了？"

"唉。"姬善叹了口气。

"当你心情不好的时候，就去——看一个比你心情更不好的人吧。"

姬善一怔，伏周的眼尾扫向了远处的颐非。

姬善想，对啊，这可真是个好办法！以及，伏周果然是个贱人。

她朝颐非走过去，咳嗽了一下。颐非原本望着天空发呆，闻声回头，不待她说，先笑了道："你答应她了？"

"我能不答应吗？"

颐非道："也是。她吃准了你会答应她，也吃准了我会答应她。"

"你答应她什么了？"

"应该跟你答应的一样。"

两人对视，然后同时叹了口气，道："真狡猾。"

"嗯，兄妹两个，都是看着老实，其实可坏了。"

"我们上了贼船。"

"是啊。"两人又齐齐叹气道。

"但天真美，对不对？"

"是啊，真美啊……"

蓝天湛湛，白云悠悠。

花朝月夕，山长水阔。

这么美、这么美的，唯方大地。

· **走走看看吃吃喝喝**

天下无不散的宴席。

吃吃终于实现了梦想，出嫁了。

三人将穿上嫁衣的她送到门前。

吃吃回身抱了抱喝喝，道："我会常回来看你们的！"

喝喝盯着她身上的嫁衣，眼神有点呆滞，但值得庆幸的是，没有发病。

看看道："快滚吧。等会儿万一她发病了，你带着闹心走，多不合适。"

吃吃又去抱她道："看姐，我舍不得你！"

"那你别嫁了！"

吃吃立刻松了手道："不行，人各有志，不能勉强的。我走啦！走姐，看姐，喝喝，替我好好陪伴善姐啊！"

"自己跟她说去，她在外面等着你呢。"

吃吃嘻嘻一笑，开开心心地走了。

看看眼中满是哀愁，道："脑子不好，眼光也不好，居然嫁给朱龙。"

走走道："朱爷挺好的啊。"

"可她不是一向喜欢文弱美男子吗？"

"这个……人们喜欢的，跟最终嫁的，往往会不一样。说起来，我有一件事特别好奇，能不能问问你？"

"你问，但我不一定答。"

走走问："你跟姬大小姐有仇？为何不太喜欢她的样子？"

看看的眼眸闪了闪，忽然嘲弄地一笑道："有意思。为何我一定要喜欢她？世界参差，有喜欢，也有不喜欢。她又不是金子，为何会人人喜欢？"

走走点了点头道："有道理。"

看看咬了下唇，还是说了："我不喜欢大小姐。任何大小姐，我都不喜欢。善姐因为不是真正的大小姐，我才喜欢她的。"

"为什么？"

"因为——我本也是个大小姐。人们对于失去的东西，总会耿耿于怀的。"看看走到窗边，望着外面的蓝天白云，幽幽道："哥哥不知道，我爹的官职是因为触及了姬家的利益而丢的，我们与姬家有仇。但是后来，我跟着善姐，来到了姬家，看到了现在的姬家，便又觉得，天道轮回，果然诚不我欺。"

走走想了想，掏出一个盒子递给她。

"什么？"

"姬大小姐让大小姐带回来的，说是赔你的。"

看看打开盒子，里面是一个新的礤礤。

· 姬忽

姜沉鱼坐在书案后，有点不受控制地紧张。

今天，她要以梨王的身份，见一个人，一个很重要的人。

这个人，将决定她是否能成功退位，实现薛采的遗愿。

更鼓声响起，罗横的声音准时从外传来："陛下，她来了。"

"快宣！"

宫门开启，一个人走进来。

她的脚步轻快飞扬，果然和传说中的一样张狂。

姜沉鱼望着眼前这位传说中神龙见首不见尾的人物，缓缓道："你……就是姬善？"

来人嫣然一笑道："是呀。"

· 茜色

茜色道："风小雅让你带什么话给我？"

姬善道："他说你是个无耻之徒，冒充我去骗婚，不要脸。"

茜色道："听说他给咱俩的话是一样的。你确定要这样咒自己？"

姬善道："若你所需，若我活着，尽管来找我。"

茜色道："是这句啊……可惜，我所需的，他办不到。"

姬善道："是呀，你想嫁给宜王嘛，趁早死心吧。"

茜色道："谁说我需要这个？"

姬善道："不然哩？"

茜色道："不告诉你。"

姬善道："呵呵。"

·赫奕

永宁十四年的某一天，赫奕没有上朝，茜色推开寝宫门走进去，发现里面没有人。

枕上压了一封厚厚的信，封面上写着"致小鹿"。

茜色把信送到伏周手中，伏周拆开来，从里面拉出长长的折页，全是空白的，直到最后一页，才写了三个字："我溜啦！"

茜色看到这三个字，皱了皱眉，二话不说地转身离开。

姬善道："她肯定很伤心。"

第二天，他们去找小公子夜尚时，就看见茜色站在了夜尚身后，一如她站在赫奕身后一样。

姬善叹服道："不愧是逐鹿人。"

·太妃

"太妃，您觉得呢？"大臣们的声音迟疑响起，惊醒了姬善的好梦。

"什么？"

"这是陛下的功课，其中关于君之所畏，陛下写畏天地，畏民心。老臣们商量了一番，觉得，应该加个畏史笔。太妃觉得呢？"

"哦……我不懂啊。"

几个大臣彼此面面相觑。

"这种事，以后问姜大人吧。啊？"

"这……您可是天下第一……"才女二字，最终吞进了肚子里。

新野从书案前抬头，注视着帘子后的姬善。姬善伸了个懒腰打了个哈欠道："啊，都一个时辰了？怎么做了这么久的功课？万一眼睛像看看了怎么办？走走走，小陛下，跟本宫一起玩耍去……"

新野把书立了起来，冷冷道："不要。朕要读书，太妃自己去吧。"

姬善一怔，居然有小孩不爱玩！她当即掀帘而出，一把将新野拉起来，拖出去道："不行！你必须要玩！必须保证每天玩足两个时辰！"

"太妃！太妃……陛下！陛下……"一帮大臣面面相觑，最后一人道，"去找姜相吧。"

此举立刻得到了大家的响应。

然而结局是姜仲闻言微微一笑，道："我可不敢管太妃的事啊！"

大臣们都很忧虑，觉得陛下要被教废了。

·小鹿

姬善回到端则宫时，看到花瓶里多了一束黄花郎，顿时大喜转身唤道："阿十？"

"嗯。"伏周从屏风后走了出来。

"你来了？！什么时候来的？"姬善朝他跑过去，扑入他怀中。

伏周接住她道："帮夜尚送贺礼给赫奕。他的儿子满周岁了。"

"什么？这就有儿子了？儿子还满周岁了？也是，他都快三十五了，都能当爷爷的年纪了。啧啧。"

伏周的表情有些怪。

姬善注意到了，连忙改口："啊哈，我说他老，不是说你。你可是小鹿，要减掉十二岁，嗯，才二十四，风华正茂啊……"

伏周放在她腰上的手上移，来到她的脸——姬善心中一抖，面色顿变——因为，他用的是指背。

修长的指背蹭划着她的脸，来到耳朵，再从耳朵一路往下……

姬善一把抓住这只不安分的手，紧张道："小鹿？"

伏周挑了下眉毛。

姬善的呼吸绷紧了，道："你是谁？"

伏周眼中闪过一抹笑意，姬善一怔，松了口气，继而大怒道："你居然敢假扮他！"

"不是你说我是小鹿吗？我要让你如意。"

"我……"姬善心中"啐"了一口：贱人！果然是个贱人。

伏周忽然将她抱了起来，往里屋走去，道："不过你说得对。三十五六了，确实该要个孩子了……"

"什么？等等！我觉得……"

"名字我都想好了，时善善，如何？"

如何？

·情蛊

姬善又一次灰头土脸地从密室里出来，冲伏周摇了摇头："又失败了。"

还是没法取出体内的情蛊。

伏周安慰她："没关系，还有时间。"

"你当然没关系。不能说谎对我来说，有多要命……"姬善非常不满这点。

伏周眸光一闪，笑了。

姬善想：果真贱人。要跟这个贱人绑一辈子，真是……好有意思啊！她背过身，眸光微闪，也笑了起来。

·时善善

"后来呢？"

"后来，后来大家都活着，活得很开心。"街边，有几个小孩在一边捅蚁穴一边聊天。

"他骗人的！"

"我没骗人！我看的《四国谱外传》里就是这么写的！"

"那是野史，是假的！真正的历史是，首先璧国发生了瘟疫，然后……"说话的孩子没说完，就被另一个女孩子捂了嘴，"停！我不要听！我不要听悲剧！总之，故事讲到这里就可以了。大家都活着，活着一起享受着美好的生活呢！"

女孩子说着把男孩一推，拍拍手回家了。

"爹，娘？人呢？又出诊去了？"女孩子摇了摇头，只好自己淘米煮饭。她从小在医馆长大，阿爹阿娘都忙得脚不着地，因此，虽然才六岁，就已学会了自己照顾自己。

做好饭，她捧着出去，跟街坊邻居的小伙伴们一起吃。

大家彼此吃对方碗里的菜，你来我一口，我夹你一口。

打打闹闹，嘻嘻哈哈。

没有大人告诫他们不能在外逗留，否则会被花子拍走。他们一群人，全都理想远大：小白想考文状元当大官，小胖要考武状元当将军，小明想去求鲁馆学艺，小红想学医。他们全都开开心心。

"你呢？时善善？你长大后想当什么？"大家转头问她。

她骄傲地一仰头，道："我娘说了，当什么都可以，总之做人，最重要的就是……"

"善良。"所有人异口同声。

★★★

新平二年，宜王禅位其侄——宜人昵称"小公子"的贤王——夜尚。

梨晏五年，薛相病逝，不久姜氏亦薨。

新平二年冬，程颐非称帝。

唯方大地，迎来了四位君王的新时代——

【全文完】

后记

终于、终于写完了!

2008年开始写这个故事,待打出"全文完"时,竟已是2021年了!十三年啊朋友们!十三年!人生有几个十三年呢?对我来说,这十三年里,我养了猫、结了婚、有了女儿、送一只猫离开、送父母离开,人生也快步入中年。

《图璧》是我裁剪的一件素衣,《式燕》是我为它绣上的花纹,《归程》是里撑,《来宜》是罩纱。而我终于完成了这份礼物,捧到少女们面前,以博卿欢。

谢谢你们一直等到现在。

谢谢生活和时间允许我重拾梦想。

谢谢书中所有的角色,陪伴我一路走来。你们都是我的老朋友啊。没能给你们安排更好的结局,对不起啊。

但在书里,你们不死,永远长生。

《四国谱》已齐,唯方正来宜。

你们永远的十四阙
于最合宜的盛夏

图书在版编目（CIP）数据

祸国·来宜：全 2 册 / 十四阙著 . -- 南京：江苏
凤凰文艺出版社 , 2021.10
ISBN 978-7-5594-6243-5

Ⅰ . ① 祸… Ⅱ . ① 十… Ⅲ . ① 长篇小说 – 中国 – 当代
Ⅳ . ① I247.5

中国版本图书馆 CIP 数据核字 (2021) 第 172320 号

祸国·来宜：全 2 册

十四阙 著

选题策划	北京记忆坊文化
特约策划	朱　雀
特约编辑	朱　雀
责任编辑	白　涵
营销统筹	杨　迎
封面设计	80 零·小贾
封面绘图	无　轩
人设绘图	南方喵族
版式设计	段文婷
出版发行	江苏凤凰文艺出版社
	南京市中央路 165 号，邮编：210009
网　　址	http://www.jswenyi.com
印　　刷	环球东方（北京）印务有限公司
开　　本	670 毫米 × 970 毫米 1/16
印　　张	30
字　　数	581 千字
版　　次	2021 年 10 月第 1 版
印　　次	2021 年 10 月第 1 次印刷
书　　号	ISBN 978-7-5594-6243-5
定　　价	78.00 元（全二册）

江苏凤凰文艺版图书凡印刷、装订错误，可向出版社调换，联系电话 025-83280257

MEMORY
HOUSE